孙 歌——著

"元嘉三大家"经典化研究

中国出版集团　东方出版中心

图书在版编目（CIP）数据

"元嘉三大家"经典化研究 / 孙歌著. —上海:
东方出版中心, 2023.1
    ISBN 978 - 7 - 5473 - 2105 - 8

Ⅰ.①元… Ⅱ.①孙… Ⅲ.①谢灵运（385 - 433）-
诗歌研究 ②颜延之（384 - 456）-诗歌研究③鲍照（约
416 - 466）-诗歌研究 Ⅳ.①I207.22

中国版本图书馆 CIP 数据核字(2022)第 207643 号

"元嘉三大家"经典化研究

著　　者　孙　歌
责任编辑　刘玉伟
封面设计　钟　颖

出版发行　东方出版中心有限公司
地　　址　上海市仙霞路 345 号
邮政编码　200336
电　　话　021 - 62417400
印刷者　上海盛通时代印刷有限公司

开　　本　890mm × 1240mm　1/32
印　　张　15.625
字　　数　361 千字
版　　次　2023 年 1 月第 1 版
印　　次　2023 年 1 月第 1 次印刷
定　　价　68.00 元

序

詹福瑞

孙歌同学是我 2014 年在南开大学招收的博士生，2017 年毕业，所撰博士论文《"元嘉三大家"经典化研究》获得答辩委员会好评，以此获文学博士学位。现在，她的论文即将付梓，嘱我写序，能就孙歌和其书稿说几句话，我很高兴。

经典化是我多年来比较关注的问题。在文学发展的过程中，所有的作家作品都有一个经典化的过程。文学史不但要告诉读者这就是经典，还要解释它们是怎样成为经典的。研究经典，不应只关注它作为经典的思想艺术特征以及成为经典后的影响，还要探讨在整个经典化过程中，作家作品所经历的微妙历程，作品主体与传播接受者的冲突、交会与融合的复杂变化。在实际的文学史中，任何一个经典作家都经历过从作品的经典化到作家的经典化的过程，这个过程就是作家作品意义的凝练、价值的揭示和典范意义的确立的过程。这个过程也许是一帆直航、两岸欢声的，如唐代的两位伟大诗人李白和杜甫；也许是道路曲折漫长，甚至反反复复、终成定论的，南朝刘宋时期的陶渊明和"元嘉三大家"即是。陶渊明终南朝宋齐之世都不甚显，无法与颜延之、谢灵运相比，到梁代才被萧统发掘出来。然经唐宋，尤其是宋代，不但确立了其经典地位，其影响还大大超越了颜延之、谢灵运和鲍照。所以，经典的确立必须经历经典化的过程。而经典化就意味着不是作家作品价值意义的自我显现、自然呈现，而是读者的品鉴、评论、汰选所决定了的。经典化的权力体现为政治、教育、传媒和读者的综合作用。而这些其实在我们的文学史中是被忽略了的。即使是在近些年兴起的文学史的传播与接受研究中，也很少集中研究这个问题。所以，当孙歌确定以"元嘉三大家"的经典化作为博士论文选题时，我很满意她选了一个颇有学术价值的题目。

此书最大的创新之处在于从《文选》传播的角度考察"元嘉三大家"经典化的过程。《文选》的传播研究自不必说，一直是学界研究的热点；"元嘉三大家"的接受研究，近些年亦时见之。但往往是花开两朵，各表一枝，未把二者紧密结合起来。现在，孙歌在研究"元嘉三大家"的经典化问题时，以《文选》的传播为切入点，突然发现，《文选》的传播对"元嘉三大家"经典化竟然具有十分重要的意义。我们进而可以推论，《文选》的传播不仅在很大程度上影响了"元嘉三大家"的经典化，而且影响了先秦至南朝作家作品的经典化，我以为这是此书的一大特色，也是其新的贡献。

以《文选》为切入点考察"元嘉三大家"经典化的过程，显然出自孙歌对《文选》地位影响的准确把握。如孙歌所说，《文选》本身就具"权威性"，萧统以太子之身主持编辑此书，以"略其芜秽，集其清英"为主要目的，"以选立言"的编选思想，今天看来就是自觉的"经典化"活动。南朝以后，《文选》地位有升有降，历代文坛领袖对《文选》的态度，很大程度上影响到"元嘉三大家"经典化的进程。

《文选》在中国诗文发展史上，影响至为深远，其本身就成为选本乃至诗文的经典。唐代文学上承汉魏六朝文学，加之唐以诗赋取士，《文选》是士人学习诗赋的主要范本。宋承唐制，亦以诗赋取士，《文选》仍然是士人的必读书，故有陆游"《文选》烂，秀才半"之语。明清两代科举考试以八股文为主，但也要考策、论、表、判等，清代还要加试诗，士人自然离不开《文选》中的文章范本。明代文坛，前后七子标榜复古，提出"文必秦汉，诗必盛唐"的口号，《文选》重新受到重视。清代士人普遍重视学习《文选》，朱鹤龄、冯班、施闰章等都明确提倡阅读《文选》，评注《文选》，成为当时文坛重要现象。在此背景下，"元嘉三大家"的经典化与《文选》在历代的传播与接受密切相关。

孙歌的书稿以纵向历时性研究为主，比较历代选录"元嘉三大家"之作与《文选》所选的异同，考察历代对《文选》及"三大家"的评价，揭示"三大家"诗对后世文学创作的影响，深入研究了《文选》与"元嘉三大家"的经典化的关系。从其论述我们得知：《文选》在后世地位的升降成为"三大家"作品经典性的重要参照，后世选家选"三大家"之作，多以《文选》所选为参考；"三大家"为后人所赏的名篇佳句，也大多出自《文选》所录；历代效仿、借鉴"三大家"之诗，亦多以《文选》所录为典范。《文选》选"元嘉三大家"诗，以谢灵运为首，颜延之次之，鲍照又次之。谢灵运有一半以上诗歌借《文选》得以流传，这些诗几乎成为后人选集选录的必选篇目。颜延之绝大部分诗文赖《文选》得以保存，后人对颜作的辑录都是在《文选》的基础上进行。《文选》录鲍照作品虽然在"三大家"中最少，但后世选鲍之作多重《文选》所录。这些论述，不仅细致考察了"元嘉三大家"经典化过程中《文选》所发挥的重要作用，同时也为《文选》在历代的影响提供了坚实的例证。

此书的另一贡献，是从历代选录、评论、拟作等多个角度，揭示了不同时期、不同诗歌流派对"元嘉三大家"诗价值、意义及其文学史地位的认识，为学界梳理出一千五百余年间"元嘉三大家"的经典化脉络。

　　《玉台新咏》与《文选》都是梁代出现的选本，而且也是先秦至南朝幸存的两个选本。同出一个朝代，对待"元嘉三大家"的态度却有很大差别。《玉台新咏》多选《文选》未选的三家诗，其鲍、颜、谢的排名，刚好与《文选》谢、颜、鲍的排名相反。这里可明显看出《玉台新咏》与《文选》文学观的不同，左右了选家对作家作品的择选与评价。萧统认为诗文应与经国之志相关，《文选》所录"元嘉三大家"便多言志的雅丽之作；而徐陵所录却着眼于"艳歌""巧制"，抱着娱乐、玩赏的心态看待文学，所以其选谢、颜、鲍作品，偏爱咏物写景状人之什。但两家皆选三家之作，亦可见三人在南朝影响之大。两家总集虽然文学观颇有差异，却从不同角度促进了"元嘉三大家"的经典化。隋唐时期，"选学"兴起，士人重视《文选》之选，争相记诵、模仿，谢、颜、鲍之作必然也成为时人学习的典范。然"元嘉三大家"所受重视的程度却颇不同。总体看唐人学习最多者为谢灵运山水诗和鲍照乐府诗，谢灵运在唐代的经典地位依然，鲍照地位上升，颜延之地位有所下降。其原因在于唐人认为"文贵自然"，推崇芙蓉出水、浑然天成、优游不迫的美学境界。宋代愈加"反绚崇淡"，陶渊明诗文的自然冲淡之美受到崇尚，谢颜的经典地位受到冲击。谢、颜、鲍三家，"颜不如鲍，鲍不如谢"，皆因颜延之太雕琢，而谢灵运近自然。其中，苏轼尚自然的文学观和理学家尚纯正的文学思想发挥了重要作用。明代前后七子主张"古诗学汉魏"，而谢、颜、鲍诗近于汉魏，故获得高度肯定。晚明诗主性灵，士人着力发掘谢、颜、鲍诗作的情感价值。"元嘉三大家"中，谢灵运五言诗的经典地位更加牢固，鲍照五言诗的地位继续提升，颜延之的地位不及谢鲍已成定论。清代"选学"兴盛，"三大家"诗普遍获得较高赞誉，三家《文选》未选之作，也受到与《选》诗同样的重视，受赏亦多。谢鲍地位之争激烈，颜延之与二人差距过大，逐渐被边缘化。孙歌的以上论述，对我启发很大：研究经典化，虽为同一时期，亦应关注不同的诗文观对作家作品经典化的影响。

经典化是以读者为主体的活动。在经典化过程中，作家作品所处的是被动地被人评价与汰选的地位。不过，一个作家、一部作品在一定时期成为经典，不能离开作家作品本身的价值与意义。孙歌此书的学术价值，不仅体现于以上内容，还表现在从经典的角度分析"元嘉三大家"及其作品的内在品质。书稿从"权威性""耐读性""累积性"等多个方面分析"元嘉三大家"诗的思想内涵和艺术性，其论述内容亦多为既有的研究所少见。

孙歌性格平和内敛，不常言笑。我与查洪德教授合作培养研究生，常感慨孙歌不善于主动与老师交流。但洪德说她肯于学习，读书认真，也有己见。我与她数次交谈，亦感绪密思清，言语畅达，这些在她的论文中也有充分的表现。现在她身在九江，与我们相隔更远，更不容易听到她的话了，但很希望能常见她的文章，这样的交流更可喜。

2022 年 7 月 6 日

目　录

绪　论

　　《文选》作为我国现存最早、最完整的诗文总集，具有很高的文献价值；所录作家作品，常被后世选家所选；《文选序》"沉思"与"翰藻"并重的文学观也对后世的文学创作有重要影响。"元嘉三大家"（谢灵运、颜延之、鲍照）作为中古文学的杰出代表，其作品有不少成为经典，流传至今，而"三大家"经典地位的奠定离不开《文选》的传播之功。《文选》本身具有很高的"权威性"，其选录的"三大家"作品大部分成为经典，得到历代多数读者的集体认同。

一、选题来源和意义

　　本书选题源自对《文选》和"元嘉三大家"经典地位的思考。整体来讲，《文选》和"元嘉三大家"都是现代人公认的经典；然具体看来，《文选》所录作品并非篇篇可称为经典，而"元嘉三大家"的文学成就亦非均等。无论是《文选》的地位，还是谢、颜、鲍三人的地位，在历史上都有起伏。"元嘉三大家"的经典化与《文选》的传播息息相关，后人辑录、选评谢灵运、颜延之、鲍照的作品（尤其是诗歌），往往以《文选》为重要参照对象，在《文选》所录作品篇目的基础上进行补充、删减和评论。"元嘉三大家"的地位在很大程度上受《文选》地位的影响，历代对于《文选》的接受也会影响到"三大家"作品的接受。

　　"元嘉三大家"一说，来源于宋代严羽《沧浪诗话·诗体》，严羽把谢灵运、颜延之、鲍照三人之诗合称为"元嘉体"，这是最早把谢、颜、鲍三人并称的文献。之后方回著《文选颜鲍谢诗评》，也明确把颜延之、鲍照、谢灵运并列而谈（"谢"不仅指谢灵运，还有谢瞻、谢惠连、谢朓等诸谢，但当然以谢灵运为主）。方回之后，人们往往把谢、颜、鲍三人合在一起进行评论，认为他们是刘宋文学的代表，逐渐形成"元嘉三大家"的概念。但是"元嘉三大家"一词的明确提出，却要到 20 世纪七八十年代以后。从 20 世纪初到改革开放以前，各种关于中国文学史的编著层出不穷，学者们对于元嘉文学的代表谢灵运、颜延之、鲍照多有评论，却几乎没有把三者合称为"元嘉三大家"的说法。直到 20 世纪七八十年代之交，各种文学辞典中才开始频繁出现"元嘉三大家"一词，其后使用此称谓者才逐渐增多。

（一）新中国成立前，文学史编著者关于谢、颜、鲍的评价

　　新中国成立以前文学史的编著者们，普遍认为谢灵运、颜延之、鲍照三人是元嘉文学（或刘宋文学，或六朝文学）的代表人物，但是他们三人的文学成就并不均等。鲍照可说是当之无愧的大家，其文学造诣远在谢灵运、颜延之之上；谢灵运的文学成就次于鲍照，但也比颜延之高许多。各种文学史中评价较高的谢颜诗例，几乎都出自《文选》所录，而鲍照获较高评价的例子，不仅有《文选》所录作品，还有《文选》未录之作。

　　钱基博《中国文学史》中对颜、鲍、谢作有对比："延之巧琢而或伤堆砌，照则巧琢而出以喷薄。延之采缛而肌沉，负声无力；照则骨

劲而气猛，振藻高翔。丽而能遒，此其所为与延之异也。谢灵运文不警切，以不知扣题；而照则巧于驭题，随事赋形……题面题神，一丝不走，此其所为与灵运殊也。"[1]钱基博认为颜延之和鲍照的诗歌都具有巧丽的特点，但是颜延之的巧丽流于堆砌，有硬伤；而鲍照却是"丽而能遒"，以气御辞，这就比颜延之高明许多。谢灵运与鲍照之诗同有精练的特点，但钱基博认为，谢灵运"不知扣题"，鲍照能"题面题神"，不但技法高超，境界亦高。

胡适《白话文学史》中说："六朝的文学可说是一切文体都受了辞赋的笼罩，都'骈俪化'了。"[2]胡适对六朝文学持鄙夷的态度，他厌恶"骈俪"的文风，只对陶渊明一人垂青，认为陶渊明"把建安以后一切辞赋化、骈偶化、古典化的恶习气都扫除的干干净净"[3]。而"刘宋一代号称文学盛世，但向来所谓元嘉文学的代表者谢灵运与颜延之实在不很高明。颜延之是一个庸才，他的诗毫无诗意……谢灵运……受辞赋的影响太深了，用骈偶的句子来描写山水，故他的成绩并不算好"[4]。胡适只选了谢灵运一首他认为比较好的诗，即《石壁精舍还湖中作》，却仍十分不满此诗全是骈偶，称"出谷"与"披拂"两联"都是恶劣的句子"。然而此诗历来被人所称道的佳句却是"林壑敛暝色，云霞收夕霏"，胡适对此联佳句视而不见，一概批判之，不免有以偏概全之嫌。胡适虽然对元嘉文学的两位代表谢灵运、颜延之持批判态度，却对元嘉文学的另一位代表鲍照给予充分的肯定，他说："当时的最大诗人不是谢与颜，乃是鲍照。鲍照是一个有绝高天才的

---

[1] 钱基博：《中国文学史》，中华书局 1993 年版，第 183 页。
[2] 胡适：《白话文学史》，上海古籍出版社 1999 年版，第 75 页。
[3] 同上书，第 80 页。
[4] 同上书，第 83、84 页。

人；他二十岁时作《行路难》十八首，才气纵横，上无古人，下开百代。他的成就应该很大。可惜他生在那个纤弱的时代，矮人队里不容长人出头，他终于不能不压抑他的天才，不能不委屈迁就当时文学界的风尚。"[1]又说："颜延之……轻视惠休，却又把鲍照比他，可见鲍照在当日受一班传统文人的妒忌和排挤。"[2]胡适相当欣赏鲍照的才气，认为鲍照《拟行路难》"上无古人，下开百代"，极具影响力，极有价值，只可惜受时代风尚的影响和身份地位的制约，鲍照没能充分展现其才气，胡适觉得遗憾之至。

郑振铎《插图本中国文学史》[3]"南渡及宋的诗人们"一章，讲到谢灵运的诗歌创作，如《晚出西射堂》《登池上楼》《游南亭》，"也并不是什么轻率的篇什"[4]，《石壁精舍还湖中作》《登石门最高顶》《岁暮》，"尤富有自然之趣，不以雕斫为工"[5]。提到颜延之较好的诗篇有《五君咏》《夏夜呈从兄散骑车长沙》，但仍"拘促于绮语浮辞之间"[6]。说到"与颜谢鼎立于当时者有鲍照"，鲍照"是一位真实的有天才的作家，其对于后来的恩赐是远过于颜谢的。齐梁之间，照名尤著。然其险狭之处，挺逸之趣，则继轨者无闻焉"[7]。郑振铎谈到鲍照在后世影响力很大，"在颜谢作风笼罩一切之下，照的'俊逸'却正是'对症之药'"[8]。认为鲍照的拟古之作如《代东门行》《代放

［1］ 胡适：《白话文学史》，第 84 页。
［2］ 同上书，第 85 页。
［3］ 郑振铎：《插图本中国文学史》，《郑振铎全集》第八卷，花山文艺出版社 1998 年版，据人民文学出版社 1982 年版重印，但郑振铎完稿时间为 1932 年。
［4］ 同上书，第 174 页。
［5］ 同上。
［6］ 同上书，第 175 页。
［7］ 同上。
［8］ 同上书，第 176 页。

歌行》《代陈思王白马篇》，可与左思《咏史》比肩；《松柏篇》拟傅玄，却远胜之；"《拟行路难》十八首，几乎没有一首不是美好的"。郑振铎不满钟嵘批评鲍照诗"不避危仄"，两次提出反驳意见。他认为《拟行路难》诗句是"爽脆之至，清畅之至的东西，又何尝是什么'危仄'！"[1]鲍照五言诗也有"风格遒上""陈言俱去"之作，如《赠故人马子乔》《冬日》《梦归乡》，"又何尝是什么'危仄'！"[2]可见，郑振铎所肯定的谢灵运、颜延之的诗作，除谢灵运《岁暮》一首非《文选》所选，其余全为《文选》所录，鲍照诗作如《代东门行》《代放歌行》为《文选》所选，但更多的篇目如《拟行路难》十八首、《赠故人马子乔》《冬日》《梦归乡》等，也很优秀，却未入《文选》。郑振铎《插图本中国文学史》对于谢、颜、鲍三人文学创作的评论，更多的是维护之语、欣赏之词。

　　林庚《中国文学史》[3]，在"原野的认识"一章里对谢灵运写景之作赞赏有加，摘录许多谢灵运的佳句，录全首的有《游南亭》和《登池上楼》。林庚说颜延之的"作风与谢灵运有相似处，然而他对于大自然既缺少更深认识，而才力又远不及灵运，所以处处都显出字句的沉闷，他偶有成功之作"[4]，如《五君咏》。颜延之"身价虽高，而真正能够与谢灵运旗鼓相当的，这时还不能不推鲍照"[5]。林庚列举不少鲍照的诗例，五言、七言都有。可见他对于鲍照的赞赏要明显高于谢灵运、颜延之，谢颜受赞的作品全为《文选》选录的部分，而鲍照受赏的作品却不止有《文选》选录的那些。

005

---

[1]　郑振铎：《插图本中国文学史》，第 176 页。
[2]　同上书，第 177 页。
[3]　林庚：《中国文学史》，厦门大学出版社 1947 年版。
[4]　同上书，第 132 页。
[5]　同上。

刘大杰《中国文学发展史》写于20世纪三四十年代[1]，他认为齐梁时人一致认为颜延之与谢灵运是"元嘉诗坛的代表"[2]，但并没有把三人合称为"元嘉三大家"。在该书中，颜延之的《为湘州祭屈原文》《陶征士诔》《五君咏》《北使洛》《还至梁城作》都得到赞赏，但也受到有雕藻之弊的批评。刘大杰称谢灵运的作品，"开山水写实一派"[3]，"喜用骈偶的句子描写自然，用雕镂的文笔刻画山水，所得到的是山水真实的形貌，而比较缺少自然界的高远意境"[4]。讲到灵运山水诗的特点和缺点，他列举其代表作品如《过始宁墅》《七里濑》《登江中孤屿》《石壁精舍还湖中作》《夜宿石门诗》《入彭蠡湖口》《登池上楼》等，认为谢灵运的这些诗作造语精工，却有"繁芜刻画之病"。与颜延之、谢灵运相比，"在当日的诗坛，能以自由放纵的笔调，抒写怀抱"[5]的是鲍照。刘大杰认为对鲍照"雕藻淫艳"的批评主要针对他的五言诗或辞赋而言，但"他的代表作品，却是那些杂体的乐府歌辞"，认为鲍照"打破了当代死气沉沉的诗风"，"诗调高昂，情感充沛，形成俊逸清拔的风格，在当代文学中放出异样的光彩"[6]。"在七言歌行的发展史上"，鲍照有重要地位，其代表作有《拟行路难》十八首和《梅花落》。"鲍照有很高的才情和高尚的品质"[7]，鲍照的七言歌行，"在风格和形式上，后代高适、岑参、李白

---

[1] 该书上卷完成于1939年，1941年出版；下卷完成于1943年，1949年出版。此后随着政治形势的变化，曾多次修订改版。

[2] 刘大杰：《中国文学发展史》，复旦大学出版社2006年版，第224页。

[3] 同上书，第225页。

[4] 同上。

[5] 同上书，第226页。

[6] 同上。

[7] 同上。

诸人，都受到他的启发和影响"[1]。刘大杰看重的谢灵运诗，除《夜宿石门诗》一首非《文选》所选外，其余皆为《文选》中诗，而他列举的颜延之还算成功的作品，也全都是《文选》所选的篇目。只有鲍照，他不仅赞赏《文选》中的鲍作，更看重《文选》未选的"杂体的乐府歌辞"（《文选》选录鲍照乐府为五言体），《拟行路难》十八首和《梅花落》即为代表。他不但称赏鲍照的作品，更欣赏他的才情、才气，看重他对后代的影响。

（二）新中国成立后，文学史编著者关于谢、颜、鲍的评价

新中国成立以后，出版了三种具有代表性的《中国文学史》： 游国恩、王起、萧涤非、季镇淮、费振刚主编的《中国文学史》[2]，袁行霈主编的《中国文学史》[3]，章培恒、骆玉明主编的《中国文学史新著》[4]。这三部文学史由于用作大学教材，影响巨大，它们都对谢灵运、鲍照赞赏有加，尤以鲍照为甚，却对颜延之着墨不多，评价也不高。

游国恩、王起、萧涤非、季镇淮、费振刚主编的《中国文学史》在"南北朝诗人"一章里，设有专节"谢灵运和山水诗""鲍照和七言诗"，颜延之却没有如此待遇。此部文学史赞赏谢灵运的"名章迥句"[5]，却少提全诗。关于颜延之，仅在谢灵运"专节"的末尾，简单予以提及："宋代和谢灵运齐名的诗人颜延年，其作品虽然号称'体裁明密'，却缺乏兴会和才华，又好用典故，'文章殆同书抄'，成就远

［1］ 刘大杰：《中国文学发展史》，第 227 页。
［2］ 游国恩、王起、萧涤非、季镇淮、费振刚主编：《中国文学史》，人民文学出版社 1963 年版。
［3］ 袁行霈主编：《中国文学史》，高等教育出版社 1999 年版。
［4］ 章培恒、骆玉明主编：《中国文学史新著》，复旦大学出版社 2007 年版。
［5］ 游国恩等主编：《中国文学史》，第 272 页。

不及谢灵运。但所作的《五君咏》《北使洛》等诗，仍有一定的内容。"[1]此部文学史反对古人颜谢齐名的看法，虽然赞同前人批颜的观点，但也没有全盘否定颜延之的创作；对于鲍照，则予以很高的评价，说"鲍照是南北朝时代最杰出的诗人。他的七言及五言乐府等作品，对唐代李白、高适、岑参、杜甫等诗人有很大的影响。杜甫评论李白、高适、岑参的诗都提到鲍照，绝不是偶然的"[2]。在"南北朝的骈文"一章里，刘宋作家，仅提鲍照一人。袁行霈主编的《中国文学史》第二卷第五章专章标题"谢灵运、鲍照与诗风的转变"把谢灵运、鲍照并称，不提颜延之，可见此书对谢灵运、鲍照的重视程度明显高于颜延之。章培恒、骆玉明主编的《中国文学史新著》在"南朝的美文学"一章里，谢灵运和鲍照有专节讲述（"谢灵运与山水诗的兴盛"和"鲍照及汤惠休等"），颜延之无专节，只把他的介绍附在谢灵运的专节里，讲颜延之的"部分作品，尽管整体效果一般，但其中的一些诗句却写得相当出色"，如《赠王太常僧达》中的"庭昏见野阴，山明望松雪"和《秋胡行》（九章之三）中的"离兽起荒蹊，惊鸟纵横去"，均为写景佳句[3]。所举例子全出自《文选》选颜诗部分。《中国文学史新著》全面称赞鲍照的才力与激情，分别论述鲍照在五言古诗、乐府歌行、辞赋、书信等领域内的造诣，道出鲍照继承前贤并自拓新之处，称他"为齐梁乃至唐代文学的成长开辟了新的道路"[4]。

综上所述，"元嘉三大家"在现代人的文学史观念里，仍然占有重

---

[1] 游国恩等主编：《中国文学史》，第272、273页。

[2] 同上书，第277页。

[3] 章培恒、骆玉明主编：《中国文学史新著》，第329页。

[4] 同上书，第331页。

要地位，但谢灵运、颜延之、鲍照三人的地位并不均等，通观自 20 世纪百年来各种《中国文学史》的叙述，三人当中对鲍照做出的评价最高，不仅在文学创作上予以肯定，更在才情、影响力方面大加赞赏（批评当然也有，但相比赞语要少得多），对谢灵运的评价基本上毁誉参半，而对颜延之则以批评为主，表扬很少。但凡谢灵运和颜延之受到文学史编者们称赞的作品十有八九为《文选》所选（谢灵运有个别非《文选》所选之作也得到认可，颜延之得到认可的作品全为《文选》所选），鲍照入选《文选》的五言乐府诗受到赞赏最多，未入《文选》的七言（杂言）乐府、若干五言古诗也受到充分肯定。另外，在文学史编著者笔下鲍照的《芜城赋》和《登大雷岸与妹书》亦获得众多赞誉，《芜城赋》即被《文选》所选。

　　需要注意的是，"元嘉三大家"仅针对诗歌领域而言，并不包含赋、文。谢灵运、颜延之、鲍照三人可以作为元嘉文学（刘宋文学）的代表，甚至是六朝文学的代表，但真正配得上"大家"之名的唯鲍照一人而已。通过比较谢灵运、颜延之、鲍照三人的诗文成就，及和魏晋、唐后诸家杰出诗人的比较便知，鲍照的文学成就体现在诗、文、赋各个方面，诗歌成就又体现在乐府、古诗等不同的诗体上，且鲍照的诗文对后世的文学创作影响深远。可以说，在现代人的文学史观念里，"元嘉三大家"是中国中古文学的代表，而鲍照才是经典作家。

二、研究现状概述

　　关于《文选》和"元嘉三大家"的研究自 20 世纪 80 年代以来，逐渐成为中国古代文学研究的热点。在《文选》研究方面，既有版本、注释、考据等文献方面的研究，又有《文选》编辑观念、分类体例等文学方面的研究，还有关于历代"选学"的研究。在"元嘉三大家"的研究方面，既有单人的专门研究，也有整体的综合研究；既有关于"三大家"艺术特点的研究，又有文献考证的研究，还有接受史研究。国外也有不少研究我国六朝文学的学者，如清水凯夫、冈村繁、兴膳宏等。总之，对《文选》和"元嘉三大家"的研究，涵盖面广，且不乏细化、深入者。

（一）关于《文选》的研究

"选学"在隋唐兴起之时，主要以音韵、注释、训诂为主，李善、五臣注《文选》影响深远，流传至今。唐后直至清代，《文选》地位虽时有升降，但并不妨碍《文选》的传播和研究。"选学"除注释外，又有校雠、广续、辞章、评论诸学。进入20世纪初叶，"五四"时期在新文化运动的背景下，"选学妖孽，桐城谬种"成为当时学者反对旧文化的"口号"，《文选》地位一落千丈。

即便在"五四"至新中国成立前这段"选学沉寂"的时期里，仍然有现代"选学"里程碑式的代表作出现——黄侃《文选平点》[1]、高步瀛《文选李注义疏》[2]、骆鸿凯《文选学》[3]。黄侃熟于经、子、史，深于音释"小学"，他对《文选》的评笺、考证，屡有真知灼见。高步瀛同样博学多识，他对李善注的引文及引书，比照现存典籍，详加核对；旁征博引又精细严谨，力图还原李善注的真实面貌。《文选》李注共六十卷，可惜高氏仅完成八卷"赋"部分的义疏。如果说黄高二人使古代"选学"的优良传统得以延续，那么黄侃弟子骆鸿凯，则开启了现代"选学"研究的新篇章。骆氏《文选学》一书，全面论述《文选》的

---

[1] 据黄焯《文选平点后记》知，黄侃平点《文选》当是1922年。见黄侃：《文选平点》，上海古籍出版社1985年版，第345页。

[2] 高步瀛著，曹道衡、沈玉成点校：《文选李注义疏》，中华书局1985年版。

[3] 骆鸿凯：《文选学》，中华书局2015年版。

篡集、义例、体式、征故、评价等，对于《文选》文献价值以及文学价值的发掘至深。此书最具意义的地方在于开创了现代"'选学'学"。骆氏从"选学"肇始之初的隋唐直到清代，对当时的"选学"作家和著作进行梳理、评述，使读者可以清晰地了解"选学"的发展过程。

自 1988 年于长春举办的首届"选学"国际研讨会以来，《文选》研究渐热。目前中国学者认为，"选学"之范畴大概包括八个方面："1.《文选》注释学；2.《文选》校勘学；3.《文选》评论学；4.《文选》索引学；5.《文选》版本学；6.《文选》文献学；7.《文选》编纂学；8.《文选》文艺学。"[1]尤其是 2000 年以后，关于《文选》的研究论著或文章，层出不穷，其中成就突出者以曹道衡及其弟子傅刚、刘跃进等为代表。曹先生在 2000 年至 2005 年期间，发表了一系列研究《文选》的论文，如《〈文选〉对魏晋以来文学传统的继承和发展》，载于《文学遗产》2000 年第 1 期；《试论〈文选〉对作家顺序的编排》，载于《文学遗产》2003 年第 2 期；《萧统的文学观和〈文选〉》，载于《文学遗产》2004 年第 4 期。傅刚的两本著作《昭明文选研究》[2]和《文选版本研究》[3]，对《文选》的文学特质、版本流传及文献价值，作了深入的分析，论证有力，论述清晰。其他在"选学"研究方面卓有成绩的当代学者还有穆克宏、俞绍初、马积高、屈守元、王立群等。近几年，河南学者《文选》研究成果明显，如刘志伟主编《文选资料汇编·赋类卷》[4]，俞绍初等校订《新校订六家注文选》[5]。两部

011

[1] 俞绍初、许逸民：《文选学研究集成序》，见俞绍初、许逸民编：《中外学者文选学论集》，中华书局 1998 年版，第 2 页。

[2] 傅刚：《昭明文选研究》，中国社会科学出版社 2000 年版。

[3] 傅刚：《文选版本研究》，北京大学出版社 2000 年版。

[4] 刘志伟主编：《文选资料汇编·赋类卷》，中华书局 2013 年版。

[5] 俞绍初等校订：《新校订六家注文选》，郑州大学出版社 2013 年版。

著作为当今的《文选》研究提供了丰富的文献材料，为读者阅读和查询提供了极大的方便。2017 年，由凤凰出版社出版的刘跃进著、徐华校《文选旧注辑存》，可谓《文选》文献整理的集大成之作，嘉惠学林，贡献巨大。

（二）关于"元嘉三大家"的研究

自 20 世纪 80 年代以来，关于"元嘉三大家"的研究成果逐渐增多，尤其是关于谢灵运和鲍照的研究文章，大量涌现。这些研究有：1. 对作者籍贯、家世、诗文创作年代等问题的考辨：如曹道衡《关于鲍照的家世和籍贯》，载于《文史》1979 年第 12 期；丁福林《鲍照诗文系年考辨》，载于《中华文史论丛》1983 年第 3 期；钱志熙《"元嘉三大家"永嘉郡事迹考》，载于《中国典籍与文化》2015 年第 4 期。2. 对作家思想性格的发掘探讨（包括与其他诗人的对比）：如刘文忠《鲍照与庾信》，上海古籍出版社 1986 年出版；曹道衡《鲍照和江淹》，载于《齐鲁学刊》1991 年第 6 期；白崇《同源异象——颜延之、谢灵运诗风异同论》，载于《江西师范大学学报》2007 年第 4 期。3. 从整体上说明作家诗文的艺术特色及地位、影响：如胡大雷《以系统观点论鲍照诗歌的"俊逸"艺术风格》，载于《广西师范大学学报》1987 年第 2 期；周山河《优游、自适、靡嫚、华艳——鲍照仕途上升时期诗歌特征刍议》，载于《重庆社会科学》1999 年第 3 期；汪春泓《论山水诗与陈郡谢氏之关系——兼论"庄老告退，而山水方滋"》，载于《文学遗产》2015 年第 6 期。4. 对作家某些具体诗文作品、写作技巧的研究：如吴冠文、陈文彬《谢灵运诗歌的用典特色辨析》，载于《武汉大学学报》（人文科学版）2013 年第 4 期；蔡义江《诗坛天马早行空——鲍照〈拟行路难〉二首鉴赏》，载于《文史知识》1998 年第 2 期。

2000 年以后，关于"元嘉三大家"的整体研究和接受史研究增多。如罗春兰《鲍照诗接受史研究——以南北朝至唐代为中心》，骆玉明指导，复旦大学博士学位论文，2004 年；王芳《清前谢灵运诗歌接受史研究》，杨明指导，复旦大学博士学位论文，2006 年；白崇《元嘉文学研究》，林家骊指导，浙江大学博士学位论文，2006 年；钱志熙《论初唐诗人对元嘉体的接受及其诗史意义》，载于《中国文化研究》2007 年夏之卷；时国强《"元嘉三大家"研究》，魏耕原指导，陕西师范大学博士学位论文，2008 年；张润平《"元嘉三大家"研究》，姜剑云指导，河北大学博士学位论文，2010 年。这些研究属于综合性研究，涵盖了文献、文学、文艺多个方面，对谢、颜、鲍三人作品的文学特质、文学史价值都有较充分的论证，但在关于《文选》及《文选》类选评对"三大家"的影响之探讨上，还有欠缺，仅仅是把这些选评作为征引材料来用，没有系统地梳理其影响和价值，这正是笔者要补充之处。

长期以来在"元嘉三大家"的研究中，谢灵运、鲍照研究占据主要地位，颜延之研究相对滞后；近几年，这种情况有变，颜延之研究兴起。如孙明君《颜延之与刘宋宫廷文学》，载于《文学遗产》2012 年第 2 期；《玩世如阮籍，善对如乐广——元嘉诗人颜延之》，载于《古典文学知识》2015 年第 2 期。再如石磊《颜延之研究》，韩格平指导，东北师范大学博士学位论文，2012 年；杨晓斌《颜延之的人生命运及其著作的编辑与流传》，载于《文学遗产》2012 年第 2 期。这些研究有助于我们对颜延之其人、其作品的再认识，发掘其被掩盖于谢鲍光辉下的"闪光点"，使我们更加全面地了解"元嘉三大家"。近年来关于"三大家"的研究，多从地域、意象、用典或创作模式角度出发，少有宏观全面的考察。

（三）关于"经典化"的研究

自 20 世纪 90 年代以来，既受西方文化思潮的影响，同时也源于重写现代和当代文学史的需要，"经典"成为学术界研究的重点。1997 年，广东现代文学研究界举办了"文学经典化问题"研讨会；2005 年，首都师范大学文学院联合北京师范大学文艺学研究中心和《文艺研究》杂志社，在北京召开"文化研究语境中文学经典的建构与重构"国际学术会议；2006 年，中国社会科学院文学研究所、《文学评论》杂志社和陕西师范大学共同主办了"文学经典的传承与重构"学术研讨会；同年，中国社会科学院文学研究所又联合《外国文学研究》编辑部和厦门大学文学院主办"与经典对话"学术研讨会；2007 年，首都师范大学文学院又在北戴河举办了"文学经典化问题：文学研究与人文学科制度"2007 年国际学术论坛，会议论文结集为《文学经典化问题研究》(人民文学出版社 2010 年版)。从 2005 年到 2007 年，如此密集地召开有关经典的学术研讨会，足见经典问题已经成为学术界关注的热点。

2000 年以来，关于经典问题的研究著作、论文，成批出现。如孙康宜《文学经典的挑战》一书中的《刘勰的文学经典论》，说明了对经典的评价标准总是随着时代的需要而不断变化："刘勰所做的工作虽然是文学的经典化，但是他所采取的程序却与他的前辈极端不同。不像许多从前的学者一贯以道德准则作为其评价（或标举）文学的方法，刘勰却是将文艺美学思想应用至儒家经典之中，从而使得文学性质成为其判断所有经典的基本准则。"[1]何为经典？经典都有哪些内在属性？构成经典的外部因素有哪些？这些问题长期以来都是学界关注的

---

[1]　孙康宜：《文学经典的挑战》,百花洲文艺出版社 2001 年版,第 23 页。

重点。童庆炳《文学经典建构诸因素及其关系》一文认为："文学经典建构的因素，起码要有如下六个要素：1.文学作品的艺术价值；2.文学作品的可阐释的空间；3.意识形态和文化权力的变动；4.文学理论和批评的价值取向；5.特定时期读者的期待视野；6.发现人（又可称为'赞助人'）。"[1]詹福瑞《论经典》（人民文学出版社 2015 年版）一书，认为经典具有"传世性""普适性""权威性""耐读性"以及"累积性"等属性，同时政治、媒体、教育等因素也会对经典的传播与建构造成影响。

三、本书的创新之处及研究方法

经典化与接受史最大的区别在于：接受史较为泛化，经典化属于接受史的一部分。接受史要论及"三大家"对历代人影响的方方面面，不能够突出"三大家"作品的典范性和价值，而经典化更注重对作家作品价值意义的提炼。凡被称为"经典"的作品，必须具有"传世性"，能够经受住历代读者的考验，经受住不同审美眼光的挑选，跨越时间的局限，获得大多数读者的集体认同。

《文选》所录"三大家"作品，多半至今仍为人所赏，它们在历代的传播过程中，整体获得的赞赏要多过批评。其中，尤以《文选》所录谢灵运的"游览""行旅"诗，颜延之的《五君咏》，鲍照的"乐府"诗获评最高，受赏程度经久不衰。每一代人对《文选》和"元嘉三大家"的重视程度不同，且人们的关注点也不同。比如唐代，主要从诗歌创作和注释《文选》（包括《选》中谢、颜、鲍诗）两个角度，推动谢鲍诗的经典化进程。而宋代又以批评《文选》选录、排次不当的另

---

[1] 童庆炳、陶东风主编：《文学经典的建构、解构和重构》，北京大学出版社 2007 年版，第 80 页。

一角度,影响谢鲍的经典化进程。批评也是重视的表现,后人普遍对《文选》中的谢、颜、鲍诗评价较高,以《文选》为重要参照对象去选录、评价、模拟"元嘉三大家"诗。

本书最大的创新处在于:从《文选》传播的角度考察"元嘉三大家"经典化的过程。以往虽有关于"元嘉三大家"的接受和《文选》的传播的研究,但没有把二者紧密结合起来。虽然有的研究涉及过《文选》在"元嘉三大家"经典化过程中所起的作用,但大多浅尝辄止,没有充分体现出《文选》的传播对"三大家"经典化所具有的意义,忽略了"三大家"经典价值的提炼过程与《文选》的接受密切相关这一关键。

本书以纵向历时性研究为主,比较历代选录"三大家"之作与《文选》所选的异同;考察历代对《文选》及"三大家"的评价;揭示"三大家"诗(谢颜诗以《文选》所录为主,鲍诗兼及《文选》未录之作)对后世文学创作的影响,同时兼有横向之作家、作品的比较研究(谢、颜、鲍三人的比较,"三大家"同六朝其他作家的比较,不同体裁、题材作品的分类比较)。

本书以《文选》所录"元嘉三大家"诗为主要研究对象,同时兼及《文选》未录"三大家"诗,将二者进行对比研究。从后世选、评、拟等角度揭示不同时期、不同诗歌流派对"三大家"诗价值、意义及其文学史地位的认识,考察"三大家"经典化的历史。主要探讨三个中心问题:1."三大家"作品在《文选》(含后世选、评类)中的位置;2.《文选》所选的"三大家"作品在谢、颜、鲍传世经典中的地位;3."元嘉三大家"排名的演变过程。希望本书的论述,能对"元嘉三大家"文学史意义的再认识有所助益。

第一章 |

《文选》之选与"元嘉三大家"地位的初步奠定

在《文选》成书以前,"三大家"的创作便具有很大影响,尤以谢颜为重。《文选》选"三大家"诗,以谢灵运为首,颜延之为次,鲍照为末;选赋和文,各以鲍照、颜延之为首。刘勰和钟嵘主张"适要"(《文心雕龙·物色》)[1]与"巧似"[2]相结合,《文选》中"三大家"诗有符合刘钟主张之作。《玉台新咏》多选《文选》所未选之"三大家"诗,鲍、颜、谢的排名,刚好与《文选》谢、颜、鲍的排名相反。

第一节 刘宋时期"元嘉三大家"诗的影响

谢灵运、颜延之当其生时,便名满天下。谢颜并称,地位高于鲍照。沈约、江淹、谢朓等人诗,都有模仿"元嘉三大家"诗的痕迹。《文选》不单选谢、颜、鲍的作品,还选他人模仿"三大家"之作。"三大家"中,《文选》选诗最看重谢灵运,赋最重鲍照,文最重颜延之。与其他作家作品比较而言,"三大家"之作在《文选》各类排名中均较

---

[1] 刘勰著,詹锳义证:《文心雕龙义证》,上海古籍出版社 1989 年版,第 1747 页。
[2] 钟嵘著,曹旭集注:《诗品集注》,上海古籍出版社 1994 年版,第 160、161 页。

靠前。

在《文选》成书之前，谢灵运、颜延之、鲍照的创作便具有不小的影响，尤以谢颜声名为赫。沈约《宋书·谢灵运传》说灵运"每有一诗至都邑，贵贱莫不竞写，宿昔之间，士庶皆遍，远近钦慕，名动京师"[1]。可见谢灵运在世之时，他的诗作就人尽皆知、备受推崇。到了齐梁两代，谢灵运诗仍然延续在刘宋时代的热度，出现了专事效仿的"谢灵运体"。萧子显《南齐书》中说齐武陵昭王萧晔"诗学谢灵运体"[2]，李延寿《南史·儒林传》中说伏挺"为五言诗，善效谢康乐体"[3]，无论王公贵族还是士子学人，都争相学习。在刘宋一代与谢灵运齐名的是颜延之，"江左称颜谢焉"[4]。颜延之"好读书，无所不览，文章之美，冠绝当时"[5]（《宋书·颜延之传》）。延之诗文庄重典丽，与其博学多才的修养密不可分。颜谢声名不只在江左流传，《北史·文苑传》载："济阴王晖业尝云：'江左文人，宋有颜延之、谢灵运，梁有沈约、任昉。'"[6]济阴王把颜延之、谢灵运当作刘宋文人的代表，二人的影响力由此可见一斑。

谢灵运、颜延之影响之大还表现在与其他文人的互动上，有的以赠答诗的形式呈现，有的以评语的形式呈现。谢灵运与颜延之都有写给对方的赠答诗。灵运《还旧园作见颜范二中书》作于永嘉太守任上，他写给颜延之、范泰二人，表达自己虽然感念宋文帝圣恩，但更愿意优游山水的心志。谢灵运此诗主要向对方呈现自己的生活状态和

[1] 沈约：《宋书》卷六七，中华书局 1974 年版，第 1754 页。
[2] 萧子显：《南齐书》卷三五，中华书局 1972 年版，第 625 页。
[3] 李延寿：《南史》卷七一，中华书局 1975 年版，第 1733 页。
[4] 沈约：《宋书》卷七三，第 1904 页。
[5] 同上书，第 1891 页。
[6] 李延寿：《北史》卷八三，中华书局 1974 年版，第 2785 页。

心境意志，而颜延之《和谢监灵运》则是赞美对方的才学、创作，颜诗曰："芬馥歇兰若，清越夺琳珪。"李周翰注曰："言灵运之诗，芬芳清越，可以夺美玉香草之音气。"[1]颜延之称赏谢灵运的诗歌有如芳兰、美玉一般的清丽自然之美。"元嘉三大家"中的另一位——鲍照评谢灵运、颜延之二人的诗歌说："谢五言如初发芙蓉，自然可爱；君诗（颜诗）若铺锦列绣，亦雕缋满眼。"[2]认为谢诗与颜诗是两种不同的风格，谢诗清新，颜诗雕华，各具特色。王僧达在《答颜延年》[3]诗中赞美颜延之，称其诗文"珪璋既文府，精理亦道心"，既有形式上的文辞之美，又有内容上的精理、道心；还赞美颜延之的德行"君子耸高驾""清气溢素襟"，说他品格高洁，襟怀清旷，有君子之风。

　　谢灵运、颜延之、鲍照的影响更多体现在诗歌写作当中。谢氏家族内部的赠答诗[4]，大多具有谢灵运的诗风，谢瞻、谢惠连与谢灵运多有诗歌互动，写景对仗用词精练，情感深厚。"三大家"的影响不只表现在家学渊源上面，后人的诗作从谢、颜、鲍诗中得益颇多。沈约的写景技法效仿谢灵运，表现清幽之境、险阻之景时，会借用谢诗的词语或造境。如沈约《游沈道士馆》中的景句"山嶂远重叠，竹树近蒙笼"和"都令人径绝"源自谢灵运《过始宁墅》中的"岩峭岭稠叠"，《于南山往北山经湖中瞻眺》中的"林密蹊绝踪"和《登石门最高顶》中的"连岩觉路塞，密竹使径迷"。沈诗此处营造远山叠嶂、密林绝径的景象有似于谢诗，但仍属于间接的取境模仿，沈约另有一种明显的直接模仿，如《休沐寄怀》中句"园禽与时变"明显化用谢灵运

---

[1] 俞绍初等校订：《新校订六家注文选》，第 1633 页。

[2] 李延寿：《南史》卷三四，第 881 页。

[3] 逯钦立辑校：《先秦汉魏晋南北朝诗》，中华书局 1983 年版，第 1240 页。

[4] 例如谢瞻有《答灵运》《于安城答灵运》，谢惠连有《西陵遇风献康乐》，谢灵运有《酬从弟惠连》五首。

《登池上楼》中句"园柳变鸣禽";"紫箨开绿筿"句合谢灵运《于南山往北山经湖中瞻眺》中"初篁苞绿箨,新蒲含紫茸"两句为一句。不单写景,沈约在抒情言志方面也模仿谢灵运,如"寄言赏心客,岁暮尔来同"(《游沈道士馆》),即效仿谢灵运《酬从弟惠连》中句"永绝赏心望,长怀莫与同"。两者均属于游览类的山水诗,诗歌先用大半的篇幅记游写景,在结尾处稍添两句抒情,都表达出希望有人共赏佳景的心愿。沈约《游沈道士馆》显然是仿照谢灵运山水诗的结构,不同点在于沈诗展现的"赏心"含有轻松、愉悦的情绪,而灵运诗中的"赏心"通常含有孤寂、无奈、充满渴望的情绪。

相比沈约而言,谢朓对谢灵运、颜延之、鲍照创作的学习更全面、更自然、更能化为己用。如在写景方面,谢朓《别王丞僧孺》中的"首夏实清和,余春满郊甸"化用谢灵运《游赤石进帆海》中的"首夏犹清和,芳草亦未歇";《京路夜发》中句"晓星正寥落"似鲍照《上浔阳还都道中作》中句"侵星赴早路";《始出尚书省》《游山》诗中的景句描写,精妍、华丽类颜延之写景的手法。在言情方面,谢朓《之宣城郡出新林浦向板桥》中的"既欢怀禄情,复协沧洲趣","赏心于此遇"化用谢灵运《富春渚》中句"久露干禄情,始果远游诺"和《游南亭》中句"我志谁与亮,赏心惟良知"。谢朓在字词上有借用灵运诗的地方,往往能变其调,同样写"怀禄""干禄"与"赏心",谢朓表达出积极、开朗的心情,而谢灵运流露出的是孤独、忧愁之情。谢朓继承了鲍照用自然物象表达忧生之惧的手法,如谢朓诗云:"常恐鹰隼击,时菊委严霜。"(《暂使下都夜发新林至京邑赠西府同僚》)用"鹰隼"和"严霜"比喻当路者的忌刻和政局的黑暗,以此表达内心的恐慌不安。鲍照诗中多用飞禽意象表达内心的惊惧之感,如"朔风伤我肌,号鸟惊思心"(《拟古》八首其六)、"伤禽恶弦惊,倦客恶离声"(《代东门行》)。谢朓所处时代的政治环境与鲍照类似。鲍照用"号鸟""伤禽"比拟自身,把自己的情绪融入动物的情绪当中,形象生动,令读者容易产生共鸣,可见可怜。两者的不同处在于谢朓用自然物象比拟他人,鲍照用动物意象比拟自身。另外,谢朓有些诗歌的开头极具气势,这种特点亦像鲍照诗歌"发唱惊挺"(《南齐书·文学传论》)的特点,如《暂使下都夜发新林至京邑赠西府同僚》的开头:"大江流日夜,客心悲未央。"写景气象宏阔,写情悲怆之至,起首便奠定整诗的感情基调,后面的写景、抒情无不笼罩于此两句下。谢朓有些诗歌的题名类似"三大家"的诗题,如谢朓送别诗题名《送江水曹还远馆》似鲍照送别诗名《送盛侍郎饯候亭》,《休沐重还丹阳道中》似鲍照《上浔阳还都道中作》,《三日侍宴曲水代人应诏》似颜延之《应诏宴曲水作诗》。谢朓《始之宣城郡》《暂使下都夜发新林至京邑赠西府同僚》《将发石头上烽火楼》有近于谢灵运诗题《初往新安至桐庐口》《夜发石关亭》《登临海峤初发强中作与从弟惠连可见羊何共和之》的地方,有的以"郡""京邑"或其他地名表示赴任途中,地点前有"之""至""发"等为指向性动词;有的以"初发""将发""夜发"表明诗作的时间;有的诗题不仅表明时间、地点,还有人物,人物多为赠答的对象。

如果说沈约、谢朓等人对谢、颜、鲍的承袭多表现在局部方面,那么江淹则有完整效仿"三大家"之作,从字句形式到内容风格,极近原诗。江淹《杂体诗》三十首模拟汉、魏、晋、刘宋名家古诗而作[1],其

---

[1] 江淹效汉诗有效《古离别》、李陵诗、班婕妤诗者;效魏诗有效曹丕诗、曹植诗、刘桢诗、王粲诗、嵇康诗、阮籍诗者;效晋诗有效张华诗、潘岳诗、陆机诗、左思诗、张协诗、刘琨诗、卢谌诗、郭璞诗、孙绰诗、许询诗、殷仲文诗、谢混诗、陶渊明诗者;效刘宋诗有效谢灵运诗、颜延之诗、谢惠连诗、王微诗、袁淑诗、谢庄诗、鲍照诗、汤惠休诗者。

中模拟"元嘉三大家"的诗作有《谢临川游山》《颜特进侍宴》《鲍参军戎行》三首。《谢临川游山》效仿谢灵运的游山类诗,在写景方面,"南中气候暖,朱华凌白雪"仿谢灵运《入华子岗是麻源第三谷》中"南州实炎德,桂树凌寒山"两句。描写南方冬季温暖的景象,江淹诗句比谢诗平易近人,"气候暖"即为"炎德","朱华凌白雪"比谢诗"桂树凌寒山"色彩鲜明,更能唤起暖意。另外"乳窦既滴沥"句仿鲍照《遇铜山掘黄精》中"乳窦夜涓滴"句,"映月游海潆"句仿谢灵运《入华子岗是麻源第三谷》中"乘月弄潺湲"句。江淹所写之景都是化用、借用谢灵运所见之景,遣词造句(或整句,或个别字词)有明显模仿的痕迹。《谢临川游山》所写景色,奇险处极类灵运写景,但感觉没有谢诗写景顺畅,有生硬、拼凑之嫌,这源于江淹不能亲历实景,而灵运是亲身游览绘写。江淹不仅在写景上效仿谢灵运,在感情表达方面也尽量贴近灵运的方式、语气。《谢临川游山》中"赏心非徒设"句即抓住谢灵运诗歌中的重要词汇"赏心"[1]一语,表达诗人希望有人同游、有知己同心的感情。而结尾两句"摄生贵处顺,将为智者说",更是仿效谢灵运"玄言尾巴"的特点,融合谢灵运三首诗中的玄言成分为两句诗[2],表达乐山乐水、安然顺时的心境。

江淹《颜特进侍宴》模仿颜延之侍游类诗而作,辞采雍容典丽,笔力华重沉厚。写景有似延之处,如"青林结冥濛,丹巘被葱蒨"似颜延之《应诏观北湖田收》中"攒素既森蔼,积翠亦葱仟"两句,都是用

---

[1] 谢灵运山水诗中经常出现"赏心"或"心赏"一词,如《游南亭》:"我志谁与亮,赏心惟良知。"《永初三年七月十六日之郡初发都》:"将穷山海迹,永绝赏心悟。"《田南树园激流植援》:"赏心不可忘,妙善冀能同。"《石室山诗》:"灵域久韬隐,如与心赏交。"《入东道路》:"满目皆古事,心赏贵所高。"

[2] 谢灵运《石壁精舍还湖中作》曰:"寄言摄生客。"《登石门最高顶》曰:"处顺故安排。"《石门新营所住四面高山回溪石濑茂林修竹诗》曰:"匪为众人说,冀与智者论。"

大笔渲染的手法写山林繁茂之景；而"气生川岳阴，烟灭淮海见"中的"气""烟"，又像颜延之《应诏观北湖田收》中"阳陆团精气，阴谷曳寒烟"的"气""烟"。伴皇家出行，所写之景需要气象阔远，色调庄重华美，颜延之应诏、侍游类诗深谙此道，江淹模仿得也惟妙惟肖。颜诗除了大半的描写部分外，在结尾四句也有少量的抒情："观风久有作，陈诗愧未妍。疲弱谢凌遽，取累非缰牵。"表达诗人自愧才能有限，欲有所为，却心有余而力不足，恐负皇恩的心理。江淹《颜特进侍宴》保持了这种制式，亦在结尾处抒情："荣重馈兼金，巡华过盈瑱。敢饰舆人咏，方惭绿水荐。"表达的同样是自谦才逊，恐负圣心的意思。

　　江淹《鲍参军戎行》一诗模仿鲍照戎行类乐府诗。开头两句"豪士枉尺璧，宵人重恩光"，指出"豪士"与"宵人"的区别，豪士轻利且不获用，宵小之辈重利且常能受赏。不单单陈述两者的区别，更讽刺上层统治者没有用人的眼光。这种讽喻手法同鲍照的"爵轻君尚惜，士重安可希"（《代苦热行》）相类，都表达了诗人对统治者是非不分、赏罚无当的讥讽和愤慨。江淹写豪士"殉义非为利，执羁轻去乡"，近似鲍照笔下"负剑远行游"（《代结客少年场行》）、"投躯报明主"（《代出自蓟北门行》）的游侠形象。"殉义"即为"投躯报明主"，因为重义轻利，故不以去乡为虑。同样描写寒苦之境，江淹云："戎马粟不暖，军士冰为浆。"鲍照曰："马毛缩如猬，角弓不可张。"（《代出自蓟北门行》）江淹化用陆机《苦寒行》"渴饮坚冰浆"一句，直接描写军人将士不畏艰辛之状。鲍照没有直写将士们不惧艰难之态，却用"马毛""角弓"两个具体、细微的物象，表现出征旅之地的恶劣环境，进而暗赞从戎将士刚毅、坚贞的品格。江淹用动物意象表现豪士失意的手法也似鲍照。江淹《鲍参军戎行》曰："鹪鹏不能飞，玄武伏川梁。锬翮由时至,感物聊自伤。"鲍照《代东武吟》中道:"昔如鞴上鹰,今似槛中猿。""时事一朝异,孤绩谁复论。"两诗都用见弃、被困的动物意象,表达怀才不遇、生不逢时的伤感、郁闷之情。

江淹模仿谢灵运、颜延之、鲍照的诗作,不仅形似,连风格气韵也相类。他对三人擅长的诗歌类型及主要特点,把握较为准确。谢灵运的游山诗,写景有奇崛的一面,江淹《谢临川游山》绘景亦奇崛;颜延之侍游诗写景有庄重、典丽的特点,江淹《颜特进侍宴》写景亦如此;鲍照戎行类乐府写有寒凉、荒凄之景,江淹《鲍参军戎行》亦摹苦寒之景。他用谢灵运式的玄言结尾,抒发安于山水的心境;仿照颜延之侍游诗的结尾自谦之词,既含颂圣又含希望被用的心意;三首拟古诗中,写得最好的是《鲍参军戎行》,他深受鲍照乐府气体勃发、感情沉郁的影响,汲取鲍照多首乐府诗的精华,写就慷慨不平之句,诗风像极鲍诗。

第二节 《文选》"元嘉三大家"诗之选录

萧统编纂《文选》的目的在于"略其芜秽,集其清英",他认为前人著作繁杂,良莠不齐,想要从浩如烟海的作品中找出精华,为后人的创作树立典范。萧统在《文选序》中说明他不选经、史、子三类的作品,但经、史、子中的序、论、述、赞部分,由于具有"事出于沉思,义归乎翰藻"的文学特征,方才入选。"《文选》以文体为依据收录作品,表现出编者十分明显的辨析文体的编辑宗旨。"[1]《文选》选鲍照赋两篇,游览类《芜城赋》和鸟兽类《舞鹤赋》;选颜延之赋一篇,鸟兽类《赭白马赋》;谢赋无;文,选颜延之五篇,谢鲍均无。显

---

[1] 傅刚:《昭明文选研究》,第 177 页。

然，萧统对于谢灵运、颜延之、鲍照作品的选录，赋，最欣赏鲍照；文，则是颜延之。谢灵运赋、文均不被看好，但是诗歌却是三人当中最被看重的。

一、《文选》选"元嘉三大家"诗的具体情况

《文选》诗部分共分二十四类，而谢灵运、颜延之、鲍照三人入选之诗，占有十二类。其中谢灵运诗入选十类四十首，颜延之诗入选七类二十一首，鲍照诗入选六类十八首。具体入选情况如下：

公宴类共选十四首诗，其中刘宋诗入选最多，有四人五首；其次为魏诗，有四人四首；晋诗有三人三首；梁诗有两人两首。曹植、王粲、刘桢、应玚之诗树立了此类诗歌的基本制式，皆用以乐景写乐情的表现手法，且景中含有颂圣之意。"元嘉三大家"中有两人诗歌入选，为谢灵运《九日从宋公戏马台送孔令诗》和颜延之《应诏宴曲水作诗》《皇太子释奠会作诗》。谢诗为五言诗，两首颜诗均为连章体四言诗。谢诗写景宏阔，颂圣之情寓于景中，赞美皇德之余仍委婉含有恐己力不能任、望主上垂青的心意，写法近于同时期的谢瞻、范晔诗。颜诗庄重典丽，类似陆机、陆云的此类之作，皆为四言体，稍有《诗经·颂》之遗风，颂圣以及含蓄表达己愿方面，类于谢诗。鲍照无诗入选此类，非为鲍不作公宴诗，他有五言《侍宴覆舟山》二首，是代柳元景而作，较谢颜二人诗显得单薄，不够典重。

咏史类共选九人二十一首诗，其中晋诗入选最多，有三人十首；其次为刘宋诗，有三人八首。颜延之诗入选六首——《秋胡诗》和《五君咏》五首，鲍照入选《咏史》一首，谢灵运无诗入选。颜延之《秋胡诗》歌咏先秦时代鲁人秋胡子之妻重义轻利、坚贞不屈的高尚品格，《五君咏》为颜延之托阮籍、嵇康、刘伶、阮咸、向秀之口言志，表现

自己志向之高洁。鲍照《咏史》运用对比的手法，用财雄、奢华之辈对比清贫、寂寞的严君平，表达作者对追逐声利之辈的愤慨，及对先贤安贫乐道、持节守义精神的钦慕，写法与诗风近于左思《咏史》八首。颜延之与鲍照的咏史诗继承曹植、王粲、左思、张协等魏晋人咏史之作，着重表现所咏对象的节操、品格，同时流露出本人重义轻利的志向。《文选》咏史类诗作体现出儒家典型的事功思想，诗人通过咏史寄寓自己的功名意识，或表达持节守志、宁折不弯之意，或抒发功成名就、归隐山林的渴望，或展现踌躇满怀、舍生取义的信念，或抒发壮志难酬、仕途多舛的怨愤。诗风多慷慨悲凉，沉郁雄壮。

游览类共选十一人二十三首诗，其中谢灵运入选诗歌最多，有九首——《从游京口北固应诏》《晚出西射堂》《登池上楼》《游南亭》《游赤石进帆海》《石壁精舍还湖中作》《登石门最高顶》《于南山往北山经湖中瞻眺》《从斤竹涧越岭溪行》。其次为颜延之和沈约，各有三首诗入选，颜诗有《应诏观北湖田收》《车驾幸京口侍游蒜山作》《车驾幸京口三月三日侍游曲阿后湖作》。鲍照诗入选一首——《行药至城东桥》。此类诗中，谢灵运以前人所作多表达时不我待、珍惜光阴、及时行乐、流连美景之意，如曹丕《芙蓉池作》和殷仲文《南州桓公九井作》。谢灵运《从游京口北固应诏》与颜延之入选的三首诗皆为侍游诗，与前面提到的公宴诗有相似之处。侍游诗为陪皇帝出游而作，公宴诗为参加皇室宴会而作，诗中都含有颂圣的成分。谢灵运其他入选的八首诗均为个人记游之作，诗歌写作大体呈现一种模式，开头先交代出游时间或事由；再写途中所见之景，有清丽之景，有寒荒之景，有精细的刻画，有疏朗的勾勒，写景占据诗歌不少篇幅；末尾多用《庄子》《周易》的典故寄寓一己之情，或有向往山林、欲将归隐的恬淡，或有看透世事、安命处顺的慨然，或有孤独寂寥、知音难求的惆怅。鲍照《行药至城东桥》也是先写景后抒情，与谢灵运、颜延之游览诗不同处在于，鲍诗抒情成分多于写景，谢颜二人的诗作则以写景为主。《行药至城东桥》是宦游诗（"抚剑远辞亲"），不同于游玩、游赏性质的诗歌；感情基调沉郁，不同于谢颜游览诗的明丽。鲍诗抒情强烈、浓挚，"扰扰游宦子，营营市井人""争先万里途，各事百年身"，感慨于"游宦从利之徒，扰扰营营，争先万里，莫不各为百年之身所累"[1]（刘坦之说）。他轻视追名逐利之辈，对"尊贤永照灼，孤贱长隐沦"的生存境况表示愤慨和无奈，发出"容华坐消歇，端为谁苦辛"的疑问，含有生不逢时、怀才难遇的愁思和忧虑。鲍诗的写景完全配合于抒情，用寒凉之景表悲慨之怀，虽然诗风与谢颜相异较大，但整体格调近似《古诗十九首》，为《文选》编者所看重。选家最看重刘宋时期的游览诗，不但入选数目最多，而且后人如江淹、沈约入选之作，含有明显模仿谢颜诗歌的痕迹，可见其典范性意义。

　　哀伤类共选九人十三首诗。晋诗入选最多，有二人五首；其次为魏诗，入选三人四首；刘宋入选两首，为谢灵运《庐陵王墓下作》和颜延之《拜陵庙作》，鲍照无诗入选。谢灵运、颜延之两诗均为逝者而作。庐陵王刘义真爱好文学，与谢灵运相善，后来被徐羡之所害。谢灵运途经云阳县，特意拜祭庐陵王墓。诗歌与谢灵运众多的山水诗大为不同，诗中景色描写只起点缀作用，大部分篇幅用来抒情，把自己对庐陵王的深切怀念、沉痛悼念之情，以及庐陵王对自己的深情厚谊表现得淋漓尽致。诗中有叹惜庐陵王命运的哀痛，有无法左右命运的悲伤。如果说谢灵运《庐陵王墓下作》更像是写给已故知己，个人色彩浓厚的话，那么颜延之《拜陵庙作》则更带有例行公事的性质，"自元嘉以来，每岁正月舆驾必谒初宁陵，复汉仪"（《宋书·礼志》）。延之此诗的写景述情与其应诏、侍游类诗歌相似，以颂圣为主，但也含有自谦身份低下、才力不及，望得到重用，祈愿不负圣恩的心意。

赠答类共选二十四人七十二首诗。其中晋诗入选最多，有十一人三十一首；其次为魏诗，有四人二十二首；刘宋诗第三，有五人十一首；齐梁诗有四人八首。诗作入选最多者为陆机，有十二首；其次为刘桢，入选八首；再次为曹植，入选六首。"元嘉三大家"中有两人诗歌入选，谢灵运诗三首——《还旧园作见颜范二中书》《登临海峤初发强中作与从弟惠连可见羊何共和之》《酬从弟惠连》，颜延之诗四首——《赠王太常》《和谢监灵运》《夏夜呈从兄散骑车长沙》《直东宫答郑尚书》，鲍照无诗入此类。谢灵运的三首赠答诗都有留恋知己、安于山水之意，都作于出为永嘉太守之后、隐居始宁时期。谢灵运经历了仕途的起伏，见过了人情冷暖，表面看这三首赠答诗写景清丽，手法精致，给人以作者甘于幽居静处、恬淡自守的印象，实际上三首诗均表现了灵运决绝、孤寂、无奈的心绪。如"长与欢爱别，永绝平生缘"（《还旧园作见颜范二中书》）、"倘遇浮丘公，长绝子徽音"（《登临海峤初发强中作与从弟惠连可见羊何共和之》）、"永绝赏心望，长怀莫与同"（《酬从弟惠连》）。谢灵运用"长绝""永绝"赠答亲朋，他明明不舍知己，却表现得乐于独处、优游山林，这其实是以乐衬悲的隐晦表现形式。他的隐居表面看起来是自愿、洒脱的，其实内蕴无奈、失望的情感。谢灵运的赠答诗更多是自我的展现，向对方展现自我居住、游览的环境，以及自我的心境。而颜延之的四首赠答诗，更具有赠送的性质，他在诗中都称美了对方，要么美其德行，要么赞其才学，这又跟前面提到的侍游诗中的颂圣不同。延之赠答诗中的颂友人更自然、更用情，不像侍游诗的颂圣那样官方、板滞。颜延之赠答诗中的景句相比侍游诗的写景，更显得亲切、可人、生活化，他本人的情感抒发也更为外放、多元，不仅有心悦之情，还有悲慨、愁虑，这便是颜延之写给友人之诗与写给君主之诗的不同。

行旅类选有谢灵运诗十首——《永初三年七月十六日之郡初发都》《过始宁墅》《富春渚》《七里濑》《登江中孤屿》《初去郡》《初发石首城》《道路忆山中》《入彭蠡湖口》《入华子岗是麻源第三谷》；颜延之三首——《北使洛》《还至梁城作》《始安郡还都与张湘州登巴陵城楼作》，鲍照诗一首——《上浔阳还都道中作》。谢灵运这十首诗中有许多写景佳句，写清丽之景的如"白云抱幽石，绿筱媚清涟"（《过始宁墅》）、"野旷沙岸净，天高秋月明"（《初去郡》）；写险寒之景的如"溯流触惊急，临圻阻参错"（《富春渚》）、"荒林纷沃若，哀禽相叫啸"（《七里濑》）。

谢灵运行旅诗的抒情要比游览诗强烈，游览诗中的抒情多含蓄、内敛，诗人往往把孤寂、不满的情绪隐藏在模山范水和玄言结尾之中；而行旅诗的抒情却相对直接，读者能够轻易感受到诗人的喜怒哀乐。如灵运行旅诗表现出对官场的失望和愤慨之情，现实的打击使他对自己的初衷、宿心产生怀疑，"从来渐二纪，始得傍归路"（《永初三年七月十六日之郡初发都》）、"负心二十载，于今废将迎"（《初去郡》）、"宿心渐申写，万事俱零落"（《富春渚》）。他于身心俱疲之时，迫切希望远离污秽、繁喧的是非之地，"沦踬困微弱"（《富春渚》）、"拙讷谢浮名"（《初去郡》），渴望回到故乡，"挥手告乡曲，三载期归旋"（《过始宁墅》），故乡才是他精神的避风港，灵魂的栖息地。官场沉浮二十年，感觉像个错误，有陶渊明"误入尘网中，一去三十年"（《归园田居》其一）的意味。颜延之的三首行旅诗，写景抒情均有妙句。写寒凉阔远之景如"阴风振凉野，飞雪瞀穷天"（《北使洛》）、"故国多乔木，空城凝寒云"（《还至梁城作》）、"凄矣自远风，伤哉千里目"（《始安郡还都与张湘州登巴陵城楼作》），写景用间接成色的手法，"飞雪暓穷天"和"空城凝寒云"中的"雪""云"是白色的本体，而"飞""暓"配于"雪"，"凝""寒"配于"云"，使得白色尺幅扩大，光泽变暗，雪满天，云压城，给人以铺天盖地的压抑、阴郁之感，如此画面方能体现"岁暮行役之悲"[1]与"所见无故物"之凄。延之把悲凄之情融于景色表现当中，完美地做到了情景一体，不露痕迹。三首诗都写伤怀愁绪，"隐悯徒御悲，威迟良马烦"（《北使洛》）、"愚贱同埋灭，尊贵谁独闻"（《还至梁城作》）、"万古陈往还，百代劳起伏。存没竟何人？炯介在明淑。请从上世人，归来艺桑竹"（《始安郡还都与张湘州登巴陵城楼作》），古往今来，贤愚同没，这是一种无奈也是一种自我慰藉。延之仕途不顺，他也有不满、悲愤的情绪，行旅诗本就多为宦游途中所作，这种身份、职责、志向带来的压力、坎坷，与眼中所见荒寒之景相触发，使得诗人产生退隐"艺桑竹"之想。这种心态，不独颜延之有，谢灵运、鲍照也都有。鲍照《上浔阳还都道中作》云"谁令乏古节，贻此越乡忧"，他在自责宦游离亲，想极力维持同古人一样的高尚节操，但往往事不如意，这与谢灵运自悔官场误身是同一道理。鲍照此诗的写景同谢颜写景相类，"腾沙郁黄雾，翻浪扬白鸥""绝目尽平原，时见远烟浮"，基调悲壮阔远，表现出羁旅之途的艰险和作者仕宦的困难。

乐府类诗选谢灵运一首《会吟行》，选鲍照诗八首——《代东武吟》《代出自蓟北门行》《代结客少年场行》《代东门行》《代苦热行》《代白头吟》《代放歌行》《代升天行》，颜延之无乐府诗入选。谢灵运

---

[1] 张玉谷著，许逸民点校：《古诗赏析》，上海古籍出版社 2000 年版，第 350 页。

《会吟行》书袋气太浓，典故频仍，意脉不流贯，风调类似于颜延之的那些典丽诗作。相对而言，鲍照这八首乐府诗抒情深挚、淋漓，气勃势劲，典故化于抒情之中，不滞不涩，流畅之极。八首乐府中有代言体，以征夫、游子的口吻，写怀才不遇、报国无门的艰辛和郁闷；经常运用动物意象表现自己艰难的处境和痛苦的心境；惯用对比手法，有今昔对比，豪奢与贫贱的对比，小人与君子的对比，在对比中反映社会的黑暗、心胸的郁结和意气的难平。诗中的景物描写多具后来唐代边塞诗的风格，以壮景为主，配合感情的抒发。可以说，《文选》中"三大家"诗歌抒情言志的分量，到鲍照八首乐府这里达到了顶峰。

杂诗类选谢灵运四首——《南楼中望所迟客》《田南树园激流植援》《斋中读书》《石门新营所住四面高山回溪石濑茂林修竹诗》，鲍照两首——《数诗》《玩月城西门廨中》，颜延之无作品入选。谢灵运《南楼中望所迟客》主要写登楼待客至的心情变化，中间点缀表时间、节候的景句，将诗人对这位客人的殷切期盼、向往之情，以及因客人久盼不至而产生的纠结、伤感之意，表现得自然、充分。《斋中读书》与《田南树园激流植援》都为谢灵运养病期间所作，前者是灵运在永嘉时所写，"卧疾丰暇豫，翰墨时间作"；后者是灵运"养疴"始宁期间所作。两诗都表现出诗人静心养气、安于田园的心境，"赏心不可忘，妙善冀能同"（《田南树园激流植援》），"万事难并欢，达生幸可托"（《斋中读书》）。《石门新营所住四面高山回溪石濑茂林修竹诗》同样描写谢灵运幽居静养的状态。这四首诗营造出一种病弱寂寞、踽踽独行的自我形象。鲍照《数诗》非为数字游戏制作，他用从一至九的数字构成十八句诗，极写富贵、豪奢之人的志得意满，结尾两句"十载学无就，善宦一朝通"运用对比手法，浓缩着作者痛陈事实（"善宦一朝通"即为前十八句的写照总结）、郁愤诘问之情，有振聋发聩的功效。《玩月城西门廨中》有以乐景衬哀情的写法，用欢愉夜宴反衬"客游厌苦辛，仕子倦飘尘"的孤苦、心酸之态。

杂拟类选录谢灵运诗八首——《拟魏太子邺中集诗》八首（并序），鲍照诗五首——《拟古诗》三首、《学刘公干体》《代君子有所思》，颜延之无诗入此类。谢灵运《拟魏太子邺中集诗》八首是组诗，作者仿照曹丕的口吻作序，感慨岁月如流，故人已逝，"天下良辰、美景、赏心、乐事，四者难并"[1]。模仿曹丕、王粲、陈琳、徐干、刘桢、应场、阮瑀、曹植八人的诗歌特点作诗，每首诗前有小序，简述八人各自的人格特质或主要诗风。鲍照《拟古诗》原有八首，也是组诗，《文选》只录其中的三首。这三首诗多用典故，其一（"幽并重骑射"）和其三（"十五讽诗书"）表现的都是少年英杰的形象，分别表现少年游侠超群的武艺、热忱的报国之志，和饱读诗书、才华横溢，亦欲投笔从戎、精忠报国的志向。其二"鲁客事楚王，怀金袭丹素。既荷主人恩，又蒙令尹顾""南国有儒生，迷方独沦误。伐木清江湄，设置守羵兔"，先借慕古人得志暗示自己怀才、等待君相的知遇的意愿。鲁客荣耀，得之有道，令人羡慕；南国儒生，沦落自误，令人怜惜。由此暗寓鲍照自己的苦闷，他怀才待遇，迟迟不见伯乐，不甘心却不得不去过伐木守兔的归隐生活。三首诗都表现出主人公（诗人自我的化身）竭诚尽力，立志报国的意向，让读者觉得好似曹植《白马篇》描述的那位文武双全的"幽并游侠儿"立在眼前。鲍照《学刘公干体》原有五首，是组诗，《文选》仅选一首。前面三首《拟古诗》为"代他人言"，此首《学刘公干体》为"以物代言"，诗人把自己比作随风飞舞的雪花，这种表现手法明显受刘桢《赠从弟》三首的以物喻

---

[1] 萧统编，李善注：《文选》卷三〇，上海古籍出版社 1986 年版，第三册，第 1432 页。

人手法的影响。

由上述可知，《文选》各类诗中，选谢灵运、颜延之而未选鲍照的有公宴、哀伤、赠答；选谢灵运、鲍照而未选颜延之的有乐府、杂诗、杂拟；选颜延之、鲍照而未选谢灵运的为咏史一类。"元嘉三大家"只选一人诗的有祖饯类，选谢灵运《邻里相送方山诗》；独自成类的有郊庙类和述德类，郊庙类选颜延之《宋郊祀歌》二首，述德类选谢灵运《述祖德诗》二首。可见《文选》选诗对"元嘉三大家"的排名，无论是从入选诗歌所占类别的多少，还是从入选诗歌的数目上来讲，都是谢灵运为首，颜延之居次，鲍照第三。

另外，《文选》祭文类选有王僧达《祭颜光禄文》，史论类选有沈约《宋书·谢灵运传论》，这两篇作品是后人专门为颜延之、谢灵运而作。虽然《文选》杂拟类诗歌所选江淹《杂体诗》三十首中有一首效仿鲍照诗，但仅为组诗中的三十分之一，并非专为鲍照而作。可见谢灵运、颜延之对齐梁人的影响巨大。《文选》不仅选谢颜作品多过鲍照，就连选后人创作的关于"三大家"的作品，也是以谢颜为重。

二、《文选》较少选鲍照诗的原因

鲍照出身贫寒，一生困顿，沉居下僚，仕途坎坷，命途多舛；生活经历曲折，性格刚直，险恶的时代氛围使其常发出强烈的"诘问"。《南史》载："照始常谒义庆，未见知，欲贡诗言志，人止之曰：'卿位尚卑，不可轻忤大王。'照勃然曰：'千载上有英才异士沉没而不闻者，安可数哉！大丈夫岂可遂蕴智能，使兰艾不辨，终日碌碌，与燕雀相随乎？'"鲍照诗的起首和结尾处常多问句，诗中亦多有问句，可见其胸中自具一股"不平之气"，借遍布全诗的诘问、设问、反问来抒发愤懑、不平。如《拟行路难》其六曰："丈夫生世会几时？安能蹀躞垂羽翼！"人生难得一展抱负的机会，怎可畏畏缩缩地跟在权势后面！诗人欲表明不可放弃"奋翅凌紫氛"[1]（刘桢《赠从弟》其三）的愿望，但倘若自己不主动"垂敛羽翼"的话，现实将硬生生地折断理想的翅膀。鲍照不想委曲求全，故有前两句"对案不能食，拔剑击柱长叹息"，真实原因为"自古圣贤尽贫贱，何况我辈孤且直"，他以古来圣贤皆贫贱宽慰自己，强调坚守倔强、孤直的性格而不悔。

鲍照诗的审美趣向，继承魏晋诗以悲凉意象表现忧生之惧的特点，但又匠心独运，为诗歌注入丰满的生命力，"以气御辞"，其多种诗体均对唐诗创作影响不小。魏晋时期，名士竞出，身处屠刀飞舞的险恶时代，面对"朝不保夕"、人人自危的生存状况，诗人们大多认为写人的诗歌易招来祸患，不如状物、绘景能掩盖真实情绪，具有一定的保护作用。故"苦闷焦虑的阮籍，在他那充满'忧生之嗟'的八十二首《咏怀》中，就有二十七首写鸟的诗，数量之多，可谓前无古人。写鸟的诗如同他们嗜酒一样，都带有防护作用"[2]。又如阮籍以前的曹植，虽然贵为诸王，却也每多忧生之虑。他在《蝉赋》中说：

> 内含和而弗食兮，与众物而无求。栖高枝而仰首兮，漱朝露之清流。隐柔桑之稠叶兮，快啁号以遁暑。苦黄雀之作害兮，患螳螂之劲斧。冀飘翔而远托兮，毒蜘蛛之网罟。欲降身而卑窜兮，惧草虫之袭予。[3]

从魏晋到刘宋，其间虽有短暂的和平，但大多时间社会仍处在动荡不安、杀伐不断的状态之中。险恶的生活环境，迫使文人长期为忧惧、

---

[1] 吴云主编，张乃鉴校注：《建安七子集校注·刘桢集校注》，天津古籍出版社 2005 年版，第 570 页。

[2] 魏耕原：《谢朓诗论》，中国社会科学出版社 2004 年版，第 123 页。

[3] 严可均辑，马志伟审订：《全三国文》，商务印书馆 1999 年版，第 140 页。

恐惶的氛围所笼罩，有怨难申、有苦难言、有志难酬。所以他们的创作多有壮郁、悲凉之风，源于其所闻、所见、所感多为令人哀惋、悲叹之事，愁由心生，忧从中来。例如被南朝宋文帝赐死的重臣傅亮，曾写"忧惧之词"，他感于世路艰险，作《感物赋》寄意曰："于时风霜初戒，蛰类尚繁，飞蛾翔羽，翩翾满室。赴轩幌、集明烛者，必以燋灭为度。虽则微物，矜怀者久之。"[1]赋借"飞蛾扑火"来暗喻自身处境。位高权重的人，素来是帝王忌惮的对象。时至于此，傅亮已是骑虎难下，他想放手，却又不得不把持权力；就像飞蛾本性向往光明一样，明知会有被烧死的危险，却仍然一意孤行，故落得被诛的结果，实际也算预料之中。鲍照也写过《飞蛾赋》，与傅亮所作不同的是，鲍赋中的"飞蛾"宛如斗士的化身，表现出为理想牺牲性命也在所不惜的执着精神。"本轻死以邀得，虽糜烂其何伤。岂学山南之文豹，避云雾而岩藏"，鲍照认为有才、有志的人，就应该济世报国，无论你贵贱如何，无论你是否得到重用，都不能轻易改变自己的理想。显然鲍赋透着一股决绝、坚定之气，实有别于傅赋流露出的忧恐之气。

其实不管是名门出身，还是才华横溢之人，"嫌怨既萌，诛责自起"[2]（《宋书·颜竣传论》）。谢灵运出身名门、身份高贵，且富才华，"诗书皆兼独绝，每文竟，手自写之，文帝称为二宝。既自以名辈，才能应参时政，初被召，便以此自许，既至，文帝唯以文义见接，每侍上宴，谈赏而已"，他曾受到过上位者的赏识，但当权者只与其谈文学创作，不谈政事，故灵运心中颇有不平，"灵运为性褊激，多愆礼度，朝廷唯以文义处之，不以应实相许。自谓才能宜参权要，既不见

---

[1] 沈约：《宋书》卷四三，第五册，第1339页。

[2] 沈约：《宋书》卷七五，第七册，第1967页。

知，常怀愤愤"[1]（《宋书·谢灵运传》）。他看到资质平庸者如王昙首、王华、殷景仁等人，都被委以实权，而自己却不见重用，意甚难平，经常称疾不上朝，弄花种草，疏怠公事，"出郭游行，或一日百六七十里，经旬不归，既无表闻，又不请急，上（文帝）不欲伤大臣，讽旨令自解"[2]。这还只反映出表面上的皇权对贵族权力的削弱，若贵族确实不合作，掌权者便会"撕破脸皮"，暴露其凶残的真实面目，狠下杀手。如南朝宋文帝在下达诛杀檀道济的诏书中说：

> 谢灵运志凶辞丑，不臣显著，纳受邪说，每相容隐。[3]
> （《宋书·檀道济传》）

当时灵运已被赐死三年，实际在诛谢灵运之前，文帝便已暗藏杀意，令其自解东归，已是蓄着一股极大的"怨气"，倘若谢灵运能够就此离去，真正归隐，或许就不会招来之后的杀身之祸。偏偏他不甘心归隐，于临行前仍上书劝文帝伐河北，殊不知文帝最讨厌他对自己的政事指指点点，杀他只是迟早的事。又如同样出身于谢氏贵族的谢晦，"太祖即位，加使持节，依本位除授。晦虑不得去，甚忧惶"[4]。谢晦和徐羡之、傅亮一同被下诏赐死，临终前，谢晦兄子作联句诗曰："伟哉横海鳞，壮矣垂天翼。一旦失风水，翻为蝼蚁食。"谢晦续之言："功遂侔昔人，保退无智力。既涉太行险，斯路信难陟。"[5]（《宋书·谢晦传》）可见南朝宋时期士人生存的艰难。

鲍照经历整个元嘉时代，他对文帝的尖刻、猜忌，想必也见识得

[1] 沈约：《宋书》卷六七，第六册，第1753、1772页。
[2] 同上书，第1772页。
[3] 沈约：《宋书》卷四三，第五册，第1344页。
[4] 沈约：《宋书》卷四四，第五册，第1348页。
[5] 同上书，第1361页。

清清楚楚。文帝对名士、重臣尚且狠心杀戮，更不用说对没有家世、地位的自己了。鲍照《观漏赋》曰："时不留乎激矢，生乃急于走丸。""死零落而无二，生差池之非一。"生也何其短，死也何其速！"抚寸心而未改，指分光而永违"，奈何宿志不得实现，韶华却已飞逝，遗憾、幽怨充溢胸间。然"力不足"不是鲍照自身才力不够，而是当时的政治环境着实令人望而生畏，鲍照没有施展才华的保障，"昔伤矢之奔禽，闻虚弦之颠仆。徒婴刃而知惧，岂潜机之能觉。惟生经之霍靡，亦悲长而欢促"。文中处处流露惊惧惶恐之情，令人感到鲍照心中的不平之气和难言之恨。鲍诗中多"不敢言"和"不能言"的表达，实际暗含对当权者的不满，既恐又怨。清人陈沆笺注《拟行路难》十八首其四曰：

> 无论明远二十之年，一命未沾，无官可罢，即使预设之词，亦必语出有为。岂非未涉太行，先闻折坂；未伤高鸟，已坠惊弦者乎。朝暮亲侧，妇子欢聚，岂有傅（亮）、谢（晦）夷灭之惨，鲸鲵失水之吟。故知世路屯艰，是以望风气沮。[1]

又如出身于琅邪王氏贵族的王僧达，初以才学颇得文帝赏识；孝武帝刚一登基，"即居端右，一二年间，便望宰相"[2]，然而好景不长，王僧达后来一年之内改调五次，颇不得志，被降成护军，上书三次，惹得孝武帝十分不快，"僧达屡经狂逆，上以其终无悛心，因高阇事陷之"[3]（《宋书·王僧达传》），最终下诏将其赐死在狱中。王僧达是

［1］　陈沆：《诗比兴笺》，上海古籍出版社 1981 年版，第 80 页。
［2］　沈约：《宋书》卷七五，第七册，第 1952 页。
［3］　同上书，第 1958 页。

鲍照的好友[1]，他的死给鲍照带来很大的打击，令其切身体会到了死亡的恐怖。

再看颜延之，虽然他没有像谢灵运、鲍照一样"不得善终"，但活着时却也颇不得意：

> 时尚书令傅亮自以文义一时莫及，延之负其才，不为之下，亮甚疾焉。庐陵王（刘）义真待之甚厚，徐羡之等疑延之为同异，意甚不悦……延之疏诞，不能取容当世，见刘湛、殷景仁专当要任，意有不平。常言："天下事岂一人之智所能独了。"辞意激扬，每犯权要。[2]

刘湛甚恨延之，鼓动彭城王刘义康将其调为永嘉太守。《南史·颜延之传》载："延之甚怨愤，乃作《五君咏》，以述竹林七贤，山涛、王戎以贵显被黜。咏嵇康云：'鸾翮有时铩，龙性谁能驯。'咏阮籍云：'物故不可论，途穷谁无恸。'咏阮咸云：'屡荐不入官，一麾乃出守。'咏刘伶云：'韬精日沉饮，谁知非荒宴。'此四句盖自序也。"刘湛及彭城王大怒，要把颜延之贬到远郡，文帝与刘义康诏曰："宜令思愆里间，犹复不悛，当驱往东土；乃至难恕者，自可随事录之。"于是颜延之"屏居不豫人间者七载"，仕途颇为坎坷。

由上述可知，鲍照在南朝时代的地位不如谢灵运、颜延之，与他作品多直接抒写不平、愤懑之词相关。但鲍照以悲凉意象表达忧生之惧的手法，却同魏晋文人的表现手法相近。他的贫寒出身虽对其文学

---

[1]《鲍照评传》中言："鲍照与王僧达的交往，还得追溯到元嘉年间他在临川王义庆幕时。其时鲍照为义庆幕僚，而僧达则为义庆女婿，故二人有相往还之机缘而以文义相交往。在鲍照现存的与友人相唱和的诗作中，以与王僧达相唱和的为最多。"见鲍照著，丁福林、丛玲玲校注：《鲍照集校注》附录，中华书局2012年版，第1073页。

[2] 李延寿：《南史》卷三四，第三册，第878页。

地位有一定的影响，但更主要的影响来自文学抒情方式，谢灵运、颜延之同样仕途不顺，同样性格中有不羁的一面，但反映到文学创作当中，谢颜二人多把那种满腔的怨愤、不平之气内敛于写景、玄言、用典当中，不像鲍照有些诗作把不满的情绪表现得直白、淋漓。《文选》未选鲍照《拟行路难》十八首，一方面出于诗歌体裁的原因（以五言诗为主，兼少许四言，而《拟行路难》多杂言、七言体）；另一原因便在于诗中激烈情绪直露，不符合儒家传统的蕴藉含蓄、温厚雍容的风格。

三、"三大家"入《选》作品之量化分析

《文选》反映出萧统"企图对前人文学进行总结的愿望"[1]，所选作品的创作时间，上限为《楚辞》，下限为沈约卒年（513）[2]。这与"《文心雕龙》《诗品》旨在总结的主导思想"相似，"《文选》的这一编辑思想与当时文学批评的大背景是相符的"[3]。《文选》旨在"以代表作家代表作品为榜样，学有楷模，不失正轨"[4]，它对每类作品的选录基本都按时代先后次序排列，这样就能令人辨清源流，通过比较不同时代不同作家同一类型的作品，而学习到此类作品应该具有何种体貌、规范。

鲁迅在《选本》一文中说："凡选本，往往能比所选各家的全集或选家自己的文集更流行，更有作用。册数不多，而包罗诸作，固然也

---

[1] 傅刚：《昭明文选研究》，第174页。

[2] 《文选》不录存者，使其更具有权威性，反映了编者企图总结前人文学的愿望。后来因为刘孝绰，又加选了刘孝标、陆倕、徐悱三人的五篇作品，但这五篇作品也都创作于天监十二年以前。参见傅刚：《论〈文选〉的编辑宗旨、体例》，《郑州大学学报》1997年第6期。

[3] 傅刚：《昭明文选研究》，第175页。

[4] 曹道衡、傅刚：《萧统评传》，南京大学出版社2011年版，第230页。

是一种原因，但还在近则由选者的名位，远则凭古人之威灵，读者想从一个有名的选家，窥见许多有名作家的作品。所以自汉至梁的作家的文集，并残本也仅存十余家，《昭明太子集》也只剩一点辑本了，而《文选》却在的……凡是对于文术，自有主张的作家，他所赖以发表和流布自己主张的手段，倒并不在作文心、文则、诗品、诗话，而在出选本。"[1]《文选》可以说是萧统的文学理想的具体体现，单看《文选序》可能还不能明显感到他对儒家传统"雅正"文学观的继承，但是遍览《文选》便可发现，他所收录的作品，很多都表现有颂圣、报国内容。只不过有的明显，比如应诏、侍游类；有的抒发报国之情直接；有的则以典故或代言体的形式寄寓渴望明主、建功立业的志向。我们不仅可以从入选作品的具体内容，来考察萧统的文学观念，还可以从入选作家作品的时代，来考察萧统的文学史观，见表1：

表1　《文选》选录诗人诗作的时代情况

时　代	入选作家人数（人）	入选作品篇数（首）
汉代	7	34
建安	7	58
正始	3	25
西晋	24	126
东晋	4	10
南朝宋	11	105
南朝齐	3	24
南朝梁	6	53

[1]　鲁迅：《鲁迅全集》第七卷，人民文学出版社2005年版，第138页。

可见，《文选》选诗最看重的为西晋的作家作品，两晋合计入选二十八人、一百三十六篇作品；其次看重的为南朝宋时的作家作品，而在入选的一百零五篇诗作中，谢、颜、鲍三人的诗作共计七十九篇，占百分之七十五以上，可见"元嘉三大家"的地位之重。入选诗作最多的是西晋和刘宋，反映出萧统对其的高度评价，说明这两代诗作对齐梁诗创作产生了重要影响。在其他类别中，《文选》选赋排名为：潘岳为首，宋玉、张衡次之，司马相如、扬雄并列第四，班固、陆机、鲍照、江淹并列第六。选诗排名为：1. 以入选数量算：陆机为首，谢灵运第二，江淹第三，曹植第四，颜延之、谢朓并列第五，鲍照并列第六；2. 以所占类别算：谢灵运居首，陆机、曹植并列第二，颜延之、谢朓并列第四，王粲、鲍照并列第六。选文排名为：任昉第一，班固、陆机并列第二，曹植、潘岳、颜延之、范晔并列第四。"元嘉三大家"在各类排名中均名列前茅，可见萧统对三人作品的欣赏，而选诗综合排名的前三位——陆机、谢灵运、曹植，正好又分别符合钟嵘《诗品序》对此三人"太康之英""元嘉之雄""建安之杰"的评价。

魏晋诗对"元嘉三大家"诗的影响巨大，除《文选》游览、行旅类谢灵运入选诗最多，特点最为鲜明外，其他入选类别"三大家"诗的风格、内容均大多继承魏晋诗的写作范式，只不过"三大家"诗的用典密度比魏晋诗更甚，描写也更为精细，但抒情逐渐趋于沉晦，不如魏晋诗自然。

第三节　南朝人评、选对"元嘉三大家"经典化的影响

南朝是"元嘉三大家"经典化的奠基时期，其中刘勰《文心雕龙》、钟嵘《诗品》对"三大家"的评论，以及《玉台新咏》对"三大

家"作品的选录，都对后人评、选"三大家"之作有重要影响。刘勰对南朝文学是贬多于赏的，他对刘宋文学的评论仅有寥寥数语。钟嵘很欣赏谢灵运的诗歌，将其列为上品，颜延之和鲍照居中品。《玉台新咏》选颜延之、鲍照诗歌的数量相当，轻视谢灵运之作。

一、《文心雕龙》《诗品》之谢、颜、鲍批评

通过前面的论述可知，萧统虽然重视文学辞采的艺术特质，但仍十分重视文学作品的思想性，认为诗文要有助于教化，有积极入世的表达，只不过这些思想内涵大多都掩盖于辞采之下。说到底，《文选》不选经类，不是认为儒家经典不好，更不能简单地以为是经类作品缺乏文采的缘故。相反，萧统认为"孔父之书，与日月俱悬"，"岂可重以芟夷，加之剪截？"（《文选序》）萧统的主要文学思想还是"宗经"，这点近于与他同时的刘勰和钟嵘。

刘勰《文心雕龙》对于刘宋文学少有评语，只在《时序》篇说："自宋武爱文，文帝彬雅，秉文之德；孝武多才，英采云构。自明帝以下，文理替矣。尔其缙绅之林，霞蔚而狂飙起；王袁联宗以龙章，颜谢重叶以凤采。"[1]《南齐书·王俭传》："宋武帝好文章，天下悉以文采相尚。"刘勰点出了刘宋文学风貌形成原因之一为君主提倡，文士云集响应，其中提到颜延之、谢灵运以"凤采"闻名。《时序》开头曰"时运交移，质文代变"，结尾赞曰："质文沿时，崇替在选。"各时代文风有时崇质朴，有时尚华采，"文变染乎世情，兴废系乎时序"，文学创作随时代（社会环境、政治、文化、上层下层喜好）变迁，一文体在某一时期发展到顶峰，就应该寻求新变。同理，文风也不可能一成

---

[1] 刘勰著，詹锳义证：《文心雕龙义证》，第 1714、1716 页。

不变，一时有一时之风，一体有一体之风（不同文体要求的风格不同）。"龙章""凤采"为刘宋时代的文学风尚，而颜延之、谢灵运又是刘宋文人的代表，所以刘勰把颜谢二人并称。这种文学创作随时而变的思想，萧统也同样具有，正由于历代创作"随时变改"（《文选序》），《文选》不同文体入选的作家作品，各个时代所占比重也不同。

《文心雕龙·物色》曰："自近代以来，文贵形似。窥情风景之上，钻貌草木之中；吟咏所发，志惟深远；体物为妙，功在密附。"[1]"近代"主要指齐梁，但也涉及刘宋。自谢灵运开始，诗文创作注重景物描画，"密附"指描写要真实、形象，贴合物象的自然之貌。"密附"要把握好度，"凡摛表五色，贵在时见"（《物色》），自然万物皆有颜色，描写颜色要适当、适时地点缀，要恰如其分，"若青黄屡出，则繁而不珍"。比如描写山水应详略得当，该用精笔细描的就精细描写，就像谢灵运运用点染手法，选取小巧的自然物象，体现其精确的观察力，如"初篁苞绿箨，新蒲含紫茸"（《于南山往北山经湖中瞻眺》）、"山桃发红萼，野蕨渐紫苞"（《酬从弟惠连》）。诗人为植物的初芽设色，不是大笔渲染，而是小心点染，正符合植物萌芽需人呵护的状态。这四句诗，皆在倒数第二字用颜色形容词，头二字表物象主体，中间第三字用动词，表现出植物萌芽的生长之状。读者目光随最初的静态本体，经过动态的生长，最后汇聚、集中到颜色的一点，眼前为之一亮，仿佛亲见植物的整个初生过程，其间还伴有欣喜、充满希望的心情。该大笔渲染时，就用大幅设色的手法进行描写，如颜延之《应诏观北湖田收》"攒素既森蔼，积翠亦葱仟"和《直东宫答郑尚书》"流云蔼青阙，皓月鉴丹宫"，也是大幅着色，"攒素""积翠"表

---

[1] 刘勰著，詹锳义证：《文心雕龙义证》，第 1747 页。

现出一种浓厚的绿色，与"森蔼""葱仟"相映，体现山林之茂；"青阙""丹宫"本为皇家宫殿，占地面积广，在天又有"流云""皓月"的笼衬，"蔼""鉴"二字，使宫阙青丹之色更添庄严肃穆之感。

刘勰推崇《诗经》"以少总多，情貌无遗"的表现技巧，称赞《离骚》描写秋兰只用绿叶、紫茎，便表现出植物清丽之貌。《诗经》《离骚》描写自然物象的共同处，在于能抓住物象本体最鲜明、最具代表性的特征，修辞既不过分也不欠缺，笔墨清亮简洁，画面触目生鲜。刘勰提倡写作应该"善于适要""略语则阙，详说则繁"，"所谓诗人丽则而约言，辞人丽淫而繁句也"，"约言"便是"适要"；刘勰批评"近代辞人，务华弃实"[1]（《文心雕龙·程器》），"务华"便是违反了"适要"的原则。描写不能为求形似而事无巨细、纤毫毕现，比如间接成色的表现手法，即符合"适要"原则。有些诗句的画面感不是通过颜色形容词来直接呈现，而是通过所选取的物象自身来完成，这是间接成色，物象自带颜色，不须另加着色，尤其在"冷色调"的呈现方面，用物象代替色彩的描绘最为常见。如谢灵运常把"密"字与本身含有绿色的物象相结合，形成一种更加浓郁幽深的绿色。"密林含余清"（《游南亭》）、"密竹使径迷"（《登石门最高顶》）、"林密蹊绝踪"（《于南山往北山经湖中瞻眺》），这些"密林""密竹"都是灵运游览途中所见。诗人爱好寻幽探险，所历之境，大多为人迹罕至之地，树木繁茂，入眼皆为绿色。诗句虽然未着一"绿"字，却处处见"绿"，全赖"密"字的托显，灵运炼字之精可见一斑。"密"本用来形容林木的繁盛之状，进而表现路途之艰难，同时又暗含作者不畏险阻，悦于茂林之景，想要探寻更深更广之"绿"的欢心。这些景句，

044

---

[1] 刘勰著，詹锳义证：《文心雕龙义证》，第 1869 页。

"无广目细心者，但赏其幽艳而已"（王夫之《古诗评选》卷五），难以发现诗人用字设色的良苦用意，更遑论作者览胜寻幽的心境了。

后人对南朝文学雕藻淫艳的一面多有批评，且常把"元嘉三大家"当作"声色大开"（沈德潜《说诗晬语》卷上）的代表。谢灵运、颜延之、鲍照三人的诗歌虽然有精工雕刻的一面，有些诗作确有繁芜、绮密的缺点；但是"元嘉三大家"的诗歌，尤其是那些优秀的景句，并没有雕藻的毛病，反而能够恰到好处地运用光色来表现物象，这种光色修辞法与当时文学创作"尚巧似"（钟嵘《诗品》）的风潮是分不开的。钟嵘《诗品》对于谢灵运、颜延之、鲍照的评论均提到他们诗作"尚巧似"的特点。评谢灵运曰："故尚巧似，而逸荡过之。颇以繁芜为累。嵘谓：若人学多才博，寓目辄书，内无乏思，外无遗物，其繁富，宜哉！然名章迥句，处处间起；丽曲新声，络绎奔发。"[1]钟嵘夸赞谢灵运博学多才，思维敏捷，描写极为精细，秀句众多，但缺点也很明显"以繁芜为累"，太过追求巧似，有精句但少整体的浑融之感。评颜延之曰："尚巧似。体裁绮密，情喻渊深，动无虚散，一句一字，皆致意焉。又喜用古事，弥见拘束，虽乖秀逸，是经纶文雅才。雅才减若人，则蹈于困踬矣。汤惠休曰：'谢诗如芙蓉出水，颜如错彩镂金。'颜终身病之。"[2]颜延之诗歌的缺点同谢灵运有相似处，"绮密"与"繁芜"都有琐细、刻镂之意，不过颜延之比谢灵运更甚。颜诗好堆砌典故，显得"弥见拘束"，不如谢诗尚有清丽之句。钟嵘评鲍照曰："善制形状写物之词，得景阳之诙诡，含茂先之靡嫚。骨节强于谢混，驱迈疾于颜延。总四家而擅美，跨两代而孤出。嗟其才秀人微，故取湮当代。然贵尚巧似，不避危仄，颇伤清雅之调。故

---

[1]　钟嵘著，曹旭集注：《诗品集注》，第160页。
[2]　同上书，第270页。

言险俗者，多以附照。"[1]鲍照不但继承了谢灵运、颜延之写景尚形似的手法，而且还善于描写生活中的器物，刻画巧似，虽巧却没有前面所说谢灵运、颜延之两人"绮密""繁芜"的弊病，源于鲍诗有"骨节"、风格"驱迈"。钟嵘认为鲍照诗的缺点在于声韵、节律"不避危仄"，不符合"清雅"的审美标准。钟嵘还在评沈约时说其"宪章鲍明远也，所以不闲于经纶，而长于清怨"[2]。所谓"清怨"即为评鲍诗时所说的"颇伤清雅之调"，沈约诗继承了鲍诗的风调，钟嵘对此有微词，可见鲍诗的"危仄"不仅指诗歌声调促迫、险急，还指诗歌内容有怨言愤语，这是不符合钟嵘的审美理想的。

钟嵘认为谢灵运、颜延之、鲍照诗歌的尚巧似是时代风尚所驱，但要达到"巧似"之巧，并不容易，"三大家"有些诗句的"巧似"把握得好，有些并没把握好"巧"的火候，所以才引起钟嵘的批评。所谓"似"指形似，诗歌描写的物象要尽量写实，贴近物象本体的自然、真实的状态；而"巧"指修饰，表现在自然物象的营造上，就看诗人能如何巧妙地运用光色去修饰物象本体，使之贴近真实之色、真实之形。故"尚巧似"其实是尚写实，那么如何才能做到"巧"呢？"功在密附"（《文心雕龙·物色》）即为最有效的方法，自然物象本身具有光色，它们是紧紧附着于物象本体之上的，诗歌描写景色要想真实、动人，就少不了光色的运用，有的可以直接用形容词点明，有的不须出现形容词，物象名词组合出的画面就自带色彩，而"光影被当作造形的从属性手段，光影本身的表现力要为形的表现力让路"[3]。诗人应拿捏好光色修辞的度，要如刘勰在《文心雕龙·物色》中所言"凡

---

［1］ 钟嵘著，曹旭集注：《诗品集注》，第 290 页。
［2］ 同上书，第 321 页。
［3］ 戴士和：《画布上的创造》，北京大学出版社 2011 年版，第 71 页。

摛表五色，贵在时见"，模山范水应恰当运用光色，形容词、对偶句不能频繁出现，要适时、适当地点缀，否则"青黄屡出"，满目炫彩，只见颜色不见物象，诗作固然不能成功。

曹丕曾说"气之清浊有体"（《典论·论文》），文章亦有清刚与婉妍之分。魏晋时期人们多崇尚清劲刚健之美，但也渐渐欣赏精细秀丽之美。到南朝宋，劲、妍之风并行，"尚劲"是"重气"的表现，注重诗文体现生命的张力；而"尚妍"是"写实"的需要，描写要真实、形似，修辞自然便趋于细致。这不仅是文学发展规律使然，也是整个文艺界审美趣向发展的必然。其实把刘勰《文心雕龙》中的"适要"与钟嵘《诗品》中的"巧似"结合起来看，说的就是文学创作该如何写实的问题。过于巧似便会伤于繁芜，这就要用气力、劲势来弥补不足，"干之以风力，润之以丹彩"（钟嵘《诗品》）说的便是此理。诗文不仅要具风骨生气，还要有适当的润彩修饰。这种文学趣向同样反映在当时的绘画、雕刻等艺术上面。齐人谢赫在《古画品录》中称陆绥的画"体韵遒举"，顾骏之的画"精微谨细"，江僧宝的画"用笔骨梗"。南朝宋画坛整体呈现出劲、妍并存的风格，既有粗笔渲染，又有精笔细描。当时的雕刻也同样存在刚劲与精谨兼具的审美风尚，如宋文帝陵墓前的石兽雕像，远观给人以刚强谨严的视觉压迫力，近观"其弯曲之腰，短捷之翼，长美之须，皆足以表之"[1]，这说明了当时工匠雕刻技艺的高超，注重细节表现，精工细刻，惟妙惟肖，精与劲完美结合。上述审美趣向反映在"元嘉三大家"的诗歌之中，唯其趣向精妍，所以注重光色表现，会运用点染手法表现小巧的物象；唯其秉承前代刚劲之美，故诗歌饱含生气、多具动感，会多采用渲染手法表现

047

[1] 梁思成：《中国雕塑史》，百花文艺出版社 2006 年版，第 59 页。

阔远的画面。

综上所述，钟嵘和刘勰都肯定了文学创作应该具有形似的特点，钟嵘《诗品序》言："五言居文词之要，是众作之有滋味者也，故云会于流俗。岂不以指事造形，穷情写物，最为详切者邪？"《文心雕龙·物色》中云"文贵形似"，但二人又都同时说到"适要"与"巧似"的问题，"形似"如果没有解决好"适要"与"巧似"的问题，就会出现"繁芜""绮密""文章殆同书抄"（《诗品序》）的缺陷。要解决过于形似带来的问题，就应该用清刚之气、雄劲之笔来配合形似的描摹。"元嘉三大家"之诗，尤其是《文选》中所选"三大家"之作，为我们提供了很好的写实的范例。

二、萧纲、萧绎对《文选序》观念的态度

萧统《文选序》中言："盖踵其事而增华，变其本而加厉；物既有之，文亦宜然。随时变改，难可详悉……若夫赞论之综缉辞采，序述之错比文华，事出于沉思，义归乎翰藻。"历来大多数人把"事出于沉思，义归乎翰藻"当作《文选》选录的重要标准，认为辞采华美、熟用典故的诗文是《文选》所录作品的主要特征。然而"萧统这两句话本是针对史书中赞、论、序、述等文体而言，若说它是《文选》选录标准的内容之一，是正确的，但决不就是这标准的全部内容"[1]。人们把目光多集中在"增华""翰藻"上面，忽视与其同等重要的"踵事""沉思"，这里的"事""思"不仅要求作家思考如何运用前人事迹、典故，更要求作品内容应追求雅正，作品应体现作家对人生的思考及其报国建功的志向，能表现其真实的心理状态。《文选》所选作品的内容大多

---

[1] 曹道衡、傅刚：《萧统评传》，第 152 页。

具有如此特点。然而这些内在的品质要求往往被掩盖于"翰藻"外形之下，只道《文选》是美文、典故的集合体，欣赏也是赏其辞采，批评也是攻击其重辞采，忽略作品的内涵，作家的意旨。这是欣赏的歧途，也是《文选》流传过程中的遗憾。

萧统从小被当作皇位继承者来培养，深受儒家传统思想的影响，有积极入世的精神，他的文学观有近于建安士人的功名意识，即"重功利"的一面，这从《文选》中所选不少诗歌含有追求建功立业的内容上即可说明。"重功利"的文学思想与作家的身份地位有一定的关系。同样身为太子，曹丕和萧统把文事当作政德的组成部分，文事可以作为政功的点缀，虽然重要却不能排在政功之前。曹氏父子三人位高而爱才，他们利用自己权位的便利大力倡导文学创作，"魏武以相王之尊，雅爱诗章；文帝以副君之重，妙善辞赋；陈思以公子之豪，下笔琳琅；并体貌英逸，故俊才云蒸"（《文心雕龙·时序》）。领导者不仅自己多有创作，风雅为文，而且还以其自身魅力吸引大批才俊附和响应，文学之盛，可谓极矣。萧统的情况与曹氏父子类似，《梁书》中说萧统爱好文学且能"引纳才学之士，赏爱无倦，恒自讨论篇籍，或与学士商榷古今；闲则继以文章著述，率以为常"。普通四年（524），"东宫新置学士"（《梁书·明山宾传》）；又据《梁书·王规传》载，殷钧、王锡、张缅俱为萧统所礼，而东宫学士中的核心人物则为刘孝绰、王筠："昭明太子爱文学士，常与筠及刘孝绰、陆倕、到洽、殷芸等游宴玄圃，太子独执筠袖、抚孝绰肩而言曰：'所谓左把浮丘袖，右拍洪崖肩。'其见重如此。"（《梁书·王筠传》）萧统把汇聚才学之士、能共同做出名传千后的文学经典，当作自己东宫政德的一部分。他带领刘孝绰等人编辑《文选》，其实便有把文绩算作部分政绩的动机。

曹丕在《典论·论文》中说："盖文章，经国之大业，不朽之盛事。年寿有时而尽，荣乐止乎其身，二者必至之常期，未若文章之无穷。是以古之作者，寄身于翰墨，见意于篇籍，不假良史之辞，不托飞驰之势，而声名自传于后。"[1]他又在《与王朗书》中道："生有七尺之形，死惟一棺之土，惟立德扬名，可以不朽，其次莫如著篇籍。"虽然文学的地位在曹丕这里得到空前的提高，甚至可以达到与立德、立功相比较的程度，但我们仍然看到，曹丕借文学以立言以至不朽，只是把文学看作不朽的路径之一，但不是首选之路。立德最难，近乎可与"成圣"相比；"立功"却是曹丕所处那个时代众人所追慕的一种名传于后的方式。

曹植在《与杨德祖书》中亦道：

> 辞赋小道，固未足以揄扬大义，彰示来世也。昔扬子云先朝执戟之臣耳，犹称："壮夫不为也。"吾虽德薄，位为藩侯，犹庶几勠力上国，流惠下民，建永世之业，流金石之功，岂徒以翰墨为勋绩，辞赋为君子哉？[2]

曹植虽然自身才高八斗、文采斐然，但他却不以此为意，他赞同扬雄认为写诗作文乃"壮夫不为"的看法，认为辞赋等文学创作是不足以"彰示来世"的，他眼中够得上可以流传后世的作为是"勠力上国"和"流惠下民"，这分明是想有一番政治作为的强烈愿望。萧统不但继承了曹氏兄弟著作为政功服务的思想，而且与同时代刘勰的思想不谋而合。刘勰《文心雕龙·程器》中说："盖士之登庸，以成务为用……安

---

[1] 曹丕著，夏传才、唐绍忠校注：《曹丕集校注》，河北教育出版社2013年版，第238页。

[2] 曹植著，赵幼文校注：《曹植集校注》，人民文学出版社1984年版，第154页。本书所引曹植诗文俱出此书，后面不再一一注明。

有丈夫学文，而不达于政事哉？""文武之术，左右惟宜"，"摛文必在纬军国，负重必在任栋梁；穷则独善以垂文，达则奉时以骋绩。若此文人，应梓材之士矣"[1]。刘勰同萧统一样虽肯定文学创作要有规范、有辞采，但这些都得在"宗经"的基础上才行。儒家经典讲文学要有揄扬大义、教化的功能，文人要有积极入世、建功报国之志。这些虽然萧统没有明说，但从《文选》选录作品的内容上便可知晓，大部分即符合刘勰所说的"以成务为用""达于政事"。

南朝时期，以《文心雕龙》和《诗品》为代表的文学批评著作，提倡"适要"与"巧似"的文学观，这种文学观其实反映的即为传统的儒家文质观。孔子讲"质胜文则野"（《论语·雍也》），认为为文应该内容与文采并重；萧统在《答湘东王求文集及〈诗苑英华〉书》中也说："夫文典则累野，丽亦伤浮，能丽而不浮，典而不野，文质彬彬有君子之致。"[2]他认为诗文应该"丽而不浮，典而不野"，文质相半，方为佳作。如若不然，重藻丽轻内容抑或重内容轻修辞，都不会写出君子文章的。这种文质相辅相成、恰当适要的观念，其实说的还是如何写实的问题。谈写实就不得不提物色感发的问题。诗人写景往往是有感而作，"遵四时以叹逝，瞻万物而思纷"[3]（陆机《文赋》），诗歌呈现的画面不仅有视觉上的审美感，还要有心理上的共情感，能令读者身临其境、体会乐景乐情或哀景哀情的诗歌，才称得上优秀之作。南朝人讲究"寓目写心"[4]（萧纲《答张缵谢示集书》），不仅注重写真实之景，还注重写真实之情。所谓"情以物迁，辞以情发"[5]（《文

---

[1] 刘勰著，詹锳义证：《文心雕龙义证》，第1888、1891、1895页。

[2] 萧统著，俞绍初校注：《昭明太子集校注》，中州古籍出版社2001年版，第155页。

[3] 陆机著，张少康集释：《文赋集释》，人民文学出版社2002年版，第20页。

[4] 严可均校辑：《全上古三代秦汉三国六朝文》，中华书局1958年版，第3010页。

[5] 刘勰著，詹锳义证：《文心雕龙义证》，第1732页。

心雕龙·物色》），诗人对物象的选择、对物象光色的描绘往往把自己的心情蕴含其中，在某种程度上可以说物体之色亦是心情之色，"关情者景，自与情相为珀芥也；情景虽有在心在物之分，而景生情，情生景，哀乐之融，荣悴之迎，互藏其宅"[1]。心情愉悦舒畅，光色自然清丽；心情压抑苦闷，光色必定阴暗。情景一体，光色含情，绘景同时亦在抒情。

上面说到文学创作应为政事余暇所好之事，既为余暇所好，当然要放松心情，听凭大自然的感发、召唤。《诗品序》中说："若乃春风春鸟，秋月秋蝉，夏云暑雨，冬月祁寒，斯四候之感诸诗者也。嘉会寄诗以亲，离群托诗以怨。"[2]萧统《答湘东王求文集及〈诗苑英华〉书》中也有类似的表达：

> 谭经之暇，断务之余，陟龙楼而静拱，掩鹤关而高卧。与其饱食终日，宁游思于文林。或日因春阳，其物韶丽，树花发，莺鸣和，春泉生，暄风至。陶嘉月而嬉游，藉芳草而眺瞩。或朱炎受谢，白藏纪时；玉露夕流，金风多扇。悟秋山之心，登高而远托。或夏条可结，倦于邑而属词；冬云千里，睹纷霏而兴咏。密亲离则手为心使，昆弟宴则墨以情露。[3]

自然四季，景色各异，作者应该"手为心使""墨以情露"，自然之景带给我们怎样的心理体验，便抒写怎样的内心情绪，不夸张，不矫饰。《文心雕龙·物色》中说"岁有其物，物有其容；情以物迁，辞以情发"，写景须形似、传神，要符合景物的节候特征，而且还应景中含

---

[1] 王夫之：《姜斋诗话》卷一，人民文学出版社 2006 年版，第 144 页。
[2] 钟嵘著，曹旭集注：《诗品集注》，第 47 页。
[3] 萧统著，俞绍初校注：《昭明太子集校注》，第 155、156 页。

情，就像《文选》所选谢灵运、颜延之那些游览、行旅类诗歌的景句，能够做到"天高气清，阴沉之志远；霰雪无垠，矜肃之虑深"（《文心雕龙·物色》）。可见，萧统《文选序》虽未明言文学创作重抒情的一面，但《文选》所录作品也有不少含情之作，特别是融情于景和寓情于典之作。

531 年，萧统病逝，萧纲被征入京，进京后不久作《与湘东王书》："比见京师文体，懦钝殊常，竞学浮疏，争为阐缓。""吾既拙于为文，不敢轻有掎摭。但以当世之作，历方古之才人，远则扬马、曹王，近则潘陆、颜谢，而观其遣辞用心，了不相似。"萧纲反对乃兄萧统的文学观，刚进京就要组织新的文学集团，提倡新的文学思想，有革新诗歌的迫切愿望。从梁天监至普通年间，京师文学却以萧统为中心，形成了一个不同于永明文学的面貌。萧纲批评"京师文体"，即为批评以萧统为代表的东宫文人集团。萧统去世，萧纲即将入主东宫，他急需标新立异，与前任太子的文学集团、文学观念划清界限，以重新树立以自己为核心的文人集团。萧纲的文学观念自然就要与萧统的有所区别，他不但批评当代的京师文体"懦钝""浮疏""阐缓"，而且还轻视前代作家，如扬雄、司马相如、曹植、王粲、潘岳、陆机、颜延之、谢灵运。萧纲认为这些作家的"遣辞用心"极易追模，当代作者便可比肩。

萧纲的文学观与《文选》之重古代、轻当代作家作品不同。《文选》将"作家作品的下限定为天监十二年（513）"[1]，是年沈约去世，标志着以萧统为中心的文学集团的时代结束，而以萧纲为中心的文学集团即将开启另一时代。从前述可知，萧纲不喜欢的扬马、颜

---

[1] 曹道衡、傅刚：《萧统评传》，第 151 页。

谢，正是《文选》中所重视的作家；萧纲看重的当代作家只是符合他本人文学观念之人，对于当代那些符合萧统文学观的京师诸人，以及"时有效谢康乐、裴鸿胪文者"（《与湘东王书》），他是颇持怀疑态度的。谢灵运是《文选》中的大家，其诗作入选的种类和数量都数一数二。萧纲看不惯齐梁人争相效仿谢灵运的诗体，在很大程度上即为看不惯《文选》中的作家作品。他批评谢灵运之作"酷不入情"，其实也是暗讽《文选》选作有"酷不入情"的缺陷。另外，裴子野著有《雕虫论》，思想保守，持教化说，基本否定刘宋以后文学。《梁书》本传载："子野为文典而速，不尚丽靡之词，其制作多法古，与今文体异。"萧纲看不惯裴子野的为文和谢灵运体（《文选》的代表），体现出他轻视儒家传统文学思想的一面。萧纲明确反对文学宗经，他在《答湘东王和受试诗书》中说：

> 未闻吟咏情性，反拟《内则》之篇；操笔写志，更摹《酒诰》之作；迟迟春日，翻学《归藏》；湛湛江水，遂同《大传》。[1]

《内则》《酒诰》《归藏》《大传》皆为儒家经典，他认为文学创作要以"吟咏情性"为主，情性应为作家有感而发，自然而然，因人而异，而不是比附儒经中的情性。抒情写景应该兴到笔至，随情随性。每人情性不同，所见之景亦不同，写作怎可都千篇一律，都效仿《内则》《大传》等儒经中的情景之句。萧纲的文学观主张"寓目写心"，他在《答张缵谢示集书》中云：

> 至如春庭落景，转蕙承风；秋雨且晴，檐梧初下；浮云生

---

[1] 张溥辑：《梁简文帝集》，《汉魏六朝百三名家集》卷八二，清光绪十八年经济堂刊本。

野，明月入楼。时命亲宾，乍动严驾。车渠屡酌，鹦鹉骤倾。伊昔三边，久留四战，胡雾连天，征旗拂日。时闻坞笛，遥听塞笳。或乡思凄然，或雄心愤薄。是以沉吟短翰，补缀庸音。寓目写心，因事而作。[1]

他谈到四季景物感发创作，应该写真景、实情，景以动人，情因景发，"寓目写心，因事而作"，这点其实与萧统、刘勰、钟嵘的看法是一致的。

后来到了萧绎，愈发重视文学的抒情功能。他在《金楼子·立言》中云："至如文者，惟须绮縠纷披，宫徵靡曼，唇吻遒会，情灵摇荡。"萧纲重情在于物色，用描摹景物、事物来抒发情感；萧绎重情则表现为声色，更讲究诗文的听觉美感了。萧绎《闲愁赋》又言：

　　情无所治，志无所求，不怀伤而忽恨，无惊猜而自愁。玩飞花之入户，看斜晖之度寮。虽复玉觞浮碗，赵瑟含娇，未足以祛斯耿耿，息此长谣。[2]

这里可明显看出他对文学抒情的态度与萧统的不同。萧统主张抒情应与经国之志相关，《文选》所录许多作品便有关于经国的内容，诗人可以表达感念圣恩之情，也可以表达恐负皇恩之情，更可以表达怀才不遇的愁苦、孤寂、愤懑；但萧绎却安然自得于"情无所治，志无所求"，抱着娱乐、玩赏的心态看待文学创作，写景、写人、写情只为看来悦目，听来悦耳而已。相比萧纲的不宗经而言，萧绎的文学观愈发跟萧统的雅丽文学观背道而驰。

---

[1]　张溥辑：《梁简文帝集》,《汉魏六朝百三名家集》卷八二。
[2]　张溥辑：《梁元帝集》,《汉魏六朝百三名家集》卷八四。

三、《玉台新咏》选"三大家"作品

陈徐陵《玉台新咏序》曰："逸思雕华，妙解文章。"[1]赞美所收作品的辞采风貌。《玉台新咏》多收佳丽才情之作，"往世名篇，当今巧制"为其选录标准之一，"撰录艳歌，凡为十卷。曾无参于《雅》《颂》，亦靡滥于风人"[2]。可见《玉台新咏》对于"新"和"艳"的肯定和追求。《文选》所收竟陵八友的诗，以十句以上（包括十句）的长篇为主，八句体诗仅有四首，四句体诗无一首（鲍谢小诗亦是）；《玉台新咏》则更讲究从律句和押韵方面考察，收录不少民歌性质的小诗、乐府诗。《玉台新咏》所选大多为新体诗，《文选》多收古体。《玉台新咏》收录的诗歌内容多为咏物、男女之情；《文选》多朋友赠答、写景。《玉台新咏》卷一至卷八多录五言体诗，卷九多录七言体诗，卷一〇多录五言四句体小诗。对于"元嘉三大家"诗歌的收录，鲍照最多（二十首），颜延之次之（十首），谢灵运最少（二首），颜谢二人入选篇数的总和还不及鲍照个人的入选数量。《玉台新咏》选录魏曹植诗十首，晋傅玄诗十六首、陆机诗十五首，齐王融诗十四首、谢朓诗二十二首，梁武帝诗五十四首、萧统诗八首、萧纲诗一百零四首、萧绎诗二十八首、江淹诗八首、沈约诗四十二首。鲍照诗入选数量，在梁前作家中排名第二，仅次于谢朓（只比谢朓少两首诗）；在全书所录一百三十一位作家中，排名第六。

《玉台新咏》卷四选录鲍照诗作十题十一首，分别为：《玩月城西门廨中》（同《文选》所录）、《煌煌京洛行》《拟白头吟》（同《文选》所录）、《代朗月行》《代东门行》（同《文选》所录）、《采桑诗》《梦还

---

[1] 吴冠文、章培恒等汇校：《玉台新咏汇校》，上海古籍出版社 2014 年版，第 7 页。
[2] 同上。

诗》《拟古》(组诗之一，不同于《文选》所选)、《咏双燕》《赠故人马子乔》二首；卷九录四题九首，分别为：《代淮南王》二首，《白纻歌》二首，《拟行路难》四首。这二十首诗中仅有三首与《文选》所选相同(《玩月城西门廨中》《拟白头吟》《代东门行》)。《玉台新咏》卷四录颜延之诗二题十首：《为织女赠牵牛》《秋胡行》九首(《文选》作一首九章体)。《玉台新咏》卷一〇录谢灵运诗一题两首：《东阳溪中赠答》二首。《玉台新咏》的编纂者为陈代后宫中颇具才情的宠妃[1]，徐陵只是为《玉台新咏》作序，并不是编者。《玉台新咏》与《文选》编纂者迥然不同的身份地位，本身就影响其作品的选录标准。

　　《文选》中收录作品以报国明志、颂圣寄怀为主，带有儒家传统的事功思想，且多以五言诗为主；而《玉台新咏》所收"艳歌"，诗中多有男女之情、相思之意的内容，诗体多样，诗歌语言多直接抒情，不像《文选》所选之作多用典故。如果说《文选》所收作品风格更像一位博学多识、雅正、严肃的夫子的话，那么《玉台新咏》所录作品风格则像名娴静、秀婉又不失灵动的妙龄佳人。

057

---

[1] 有学者认为该书为张丽华所编。参见吴冠文、章培恒等汇校：《玉台新咏汇校·前言》。

第二章 |

《文选》载录与后世对"元嘉三大家"作品的辑集

入宋以后,"三大家"作品散佚情况严重,尤其是谢灵运和颜延之的作品。《文选》选录对"三大家"作品的保存和流传有重要作用。谢灵运有一半多的诗歌借《文选》得以流传,几乎成为后世选集选录的必选篇目。颜延之的作品至今没有完整别集的整理本,他的绝大部分诗文赖《文选》得以保存,后人对颜作的辑录都是在《文选》的基础上进行的。鲍照作品相比谢颜二人而言,保存较好,《文选》所选鲍作虽然在三人中最少,但后世选鲍之作是以《文选》为重要参照的,尽管后来选家比《文选》多选了一些鲍照的作品。

第一节 《文选》谢灵运作品之辑集

一、谢灵运作品的散佚与辑集过程

由第一章论述可知,谢灵运诗作当其生时便负盛名,广被传诵。整个南朝时期,谢诗都受推崇,《文选》选谢灵运诗四十首,在整个南朝作家中首屈一指。谢灵运作品在南朝时便有结集,《隋书·经籍志》

载"宋临川内史《谢灵运集》十九卷",注:"梁时尚存二十卷。"[1]知其集在梁时为二十卷,到隋末唐初剩十九卷,保存较好,但已经开始散佚。唐后,《谢灵运集》散佚严重,宋代杰出的目录著作晁公武《郡斋读书志》和陈振孙《直斋书录解题》均无记载。两宋之交的唐庚编有《三谢诗》(谢灵运、谢惠连、谢朓),灵运诗部分,即照录《文选》所选。后来方回在《文选颜鲍谢诗评》中说:"灵运集已亡。"[2]可见,至宋完整的单行本《谢灵运集》已不复见。虽然唐宋两代有不少文人作品提到灵运诗,但基本属于零散的只言片语,或仿作谢诗,或评论其人、其诗。谢灵运作品(主要为诗歌)在唐宋两代,以《文选》所录篇目传播最广,获评较高,保存最好。尽管唐代类书《艺文类聚》《初学记》、宋代郭茂倩《乐府诗集》中保存了许多谢诗,但从数量上言,《文选》所选谢灵运诗占有相当大的比重。《文选》除了只选谢灵运一首乐府《会吟行》外,其余三十九首全为五言诗。《乐府诗集》补《文选》之缺,辑录谢灵运乐府诗十六题十七首(包括《会吟行》)。谢灵运两种主要诗体——五言古诗与乐府诗,《文选》与《乐府诗集》合计共选录五十六首,这五十六首诗作便构成了明人重辑《谢灵运集》《谢灵运诗集》的基础。

　　明人黄省曾辑纂有《谢灵运诗集》,嘉靖年间刊刻,现存于上海图书馆。黄省曾序文中曰:"予南游会稽,偶于山人家见旧写本,取展读之,又得登游之诗自《永嘉绿嶂山》以下十三首。"[3]黄省曾把《文选》和《乐府诗集》中选录的谢灵运诗五十六首,再加上新得的十三

[1] 魏徵等:《隋书》卷三五,中华书局 1973 年版,第四册,第 1072 页。
[2] 方回选评,李庆甲集评校点:《瀛奎律髓汇评》,上海古籍出版社 2005 年版,第 1867 页。
[3] 《谢灵运诗集》卷首,明嘉靖年间黄省曾辑刻本。

首诗，凡六十九首编为《谢灵运诗集》。其中，黄省曾本新添的谢诗《郡东山望溟海诗》和《石门岩上宿》，又见于唐代类书《艺文类聚》，文字稍有不同；《石室山诗》和《过瞿溪山饭僧》二诗，《太平寰宇记》分别摘录四句。十三首诗中，四首来源可查，其余九首皆为黄氏增补。后来，嘉靖末、万历初冯惟讷的《古诗纪》，在黄省曾《谢灵运诗集》的基础上，又新辑谢灵运诗十六首，共计八十五首。冯惟讷之后，沈启原又编辑《谢康乐集》，万历十一年（1583）刊刻，《谢康乐集》除全录冯惟讷《古诗纪》中谢灵运诗外，还新辑谢诗若干首，但讹误较多，例如新增《咏冬》一首，是从明刊本《艺文类聚》中来，但"宋刊本《艺文类聚》则题为谢惠连作，冯惟讷《古诗纪》就归入谢惠连名下"[1]。晚明时，张溥主要依据《古诗纪》编纂《汉魏六朝百三家集》，又增补谢灵运诗三首。到了清代，丁福保《全汉三国晋南北朝诗》从《文馆词林》中又辑录谢诗若干首。今人顾绍柏在古人辑录的基础上，编辑、点校有《谢灵运集校注》[2]，按谢灵运作品的创作时间排列，书末有集评，收集了部分古人对谢灵运的评价，便于读者查询。李运富也编注有《谢灵运集》[3]。这两部《谢灵运集》，是目前通行的比较好的本子，但书中仍有错误之处；现今市面上通行的大多为谢灵运诗歌的选集或选录（合于多人诗歌选集中），至今没有令人满意的完整的《谢灵运集》点校本。

二、历代代表性选本选谢灵运诗与《文选》所选之比较

《文选》谢、颜、鲍诗在唐代的接受，以注释和仿作为主。宋代以

［1］ 周兴陆：《关于谢灵运诗歌的文献学问题》，《复旦学报》2008 年第 2 期。

［2］ 谢灵运著，顾绍柏辑校：《谢灵运集校注》，中州古籍出版社 1987 年版。

［3］ 谢灵运著，李运富编注：《谢灵运集》，岳麓书社 1999 年版。

后，选诗活动逐渐盛行，各种历代、断代诗歌选本层出不穷，后世选家选谢、颜、鲍诗多以《文选》为参照。本书选取宋真德秀《文章正宗》；明李攀龙《古今诗删》，曹学佺《石仓历代诗选》，钟惺、谭元春《古诗归》，陆时雍《古诗镜》；明末清初王夫之《古诗评选》；清陈祚明《采菽堂古诗选》，王士禛选、闻人倓笺《古诗笺》，沈德潜《古诗源》，张玉谷《古诗赏析》，王闿运《八代诗选》，凡十一种选本作为考察对象[1]，比较十一种选本中所选谢灵运作品与《文选》所选的异同。

《文选》选录谢灵运作品只及诗歌，未及赋、文，所以本书只论谢灵运诗。后世选本（前述十一种）选录谢诗同于《文选》者，见表2-1：

表2-1　后世十一种选本选录谢诗同于《文选》者

《文选》所选	后世十一种选本选录情况	入选次数
《述祖德诗》	《古今诗删》《古诗镜》《古诗评选》《采菽堂古诗选》《古诗笺》《古诗源》《八代诗选》	7
《九日从宋公戏马台集送孔令诗》	《古诗镜》《采菽堂古诗选》《古诗笺》《古诗源》《八代诗选》	5
《邻里相送方山诗》	《古今诗删》《石仓历代诗选》《古诗镜》《古诗评选》《采菽堂古诗选》《古诗笺》《古诗源》《古诗赏析》《八代诗选》	9
《从游京口北固应诏》	《古今诗删》《古诗镜》《采菽堂古诗选》《古诗源》《古诗赏析》《八代诗选》	6
《晚出西射堂》	《古今诗删》《石仓历代诗选》《古诗镜》《古诗评选》《采菽堂古诗选》《古诗笺》《八代诗选》	7

[1]　本章以上述十一种选本为例,比较它们选录谢灵运、颜延之、鲍照作品与《文选》所选谢、颜、鲍作品的异同,后文有关颜延之、鲍照作品的比较论述不再重复注明。

《文选》所选	后世十一种选本选录情况	入选次数
《登池上楼》	《文章正宗》《古今诗删》《石仓历代诗选》《古诗归》《古诗镜》《古诗评选》《采菽堂古诗选》《古诗笺》《古诗源》《古诗赏析》《八代诗选》	11
《游南亭》	《石仓历代诗选》《古诗归》《古诗镜》《古诗评选》《采菽堂古诗选》《古诗笺》《古诗源》《古诗赏析》《八代诗选》	9
《游赤石进帆海》	《石仓历代诗选》《古诗归》《古诗镜》《古诗评选》《采菽堂古诗选》《古诗笺》《古诗源》《古诗赏析》《八代诗选》	9
《石壁精舍还湖中作》	《文章正宗》《古今诗删》《石仓历代诗选》《古诗归》《古诗镜》《古诗评选》《采菽堂古诗选》《古诗笺》《古诗源》《古诗赏析》《八代诗选》	11
《登石门最高顶》	《石仓历代诗选》《古诗镜》《采菽堂古诗选》《古诗笺》《古诗源》《八代诗选》	6
《于南山往北山经湖中瞻眺》	《古诗镜》《古诗评选》《采菽堂古诗选》《古诗笺》《古诗源》《古诗赏析》《八代诗选》	7
《从斤竹涧越岭溪行》	《石仓历代诗选》《古诗归》《古诗镜》《古诗评选》《采菽堂古诗选》《古诗笺》《古诗源》《古诗赏析》《八代诗选》	9
《庐陵王墓下作》	《古诗归》《古诗镜》《古诗评选》《采菽堂古诗选》《古诗笺》《八代诗选》	6
《还旧园作见颜范二中书》	《古诗镜》《八代诗选》	2
《登临海峤初发强中作与从弟惠连可见羊何共和之》	《石仓历代诗选》《古诗归》《古诗镜》《采菽堂古诗选》《古诗笺》《八代诗选》	6
《酬从弟惠连》	《石仓历代诗选》《古诗归》《古诗镜》《采菽堂古诗选》《古诗笺》《八代诗选》	6
《永初三年七月十六日之郡初发都》	《石仓历代诗选》《古诗镜》《采菽堂古诗选》《八代诗选》	4

《文选》所选	后世十一种选本选录情况	入选次数
《过始宁墅》	《文章正宗》《古今诗删》《石仓历代诗选》《古诗镜》《采菽堂古诗选》《古诗笺》《古诗源》《古诗赏析》《八代诗选》	9
《富春渚》	《古诗镜》《古诗评选》《采菽堂古诗选》《古诗笺》《八代诗选》	5
《七里濑》	《石仓历代诗选》《古诗归》《古诗镜》《古诗评选》《采菽堂古诗选》《古诗笺》《古诗源》《八代诗选》	8
《登江中孤屿》	《古今诗删》《石仓历代诗选》《古诗归》《古诗镜》《古诗评选》《采菽堂古诗选》《古诗笺》《古诗源》《古诗赏析》《八代诗选》	10
《初去郡》	《文章正宗》《古今诗删》《古诗归》《古诗镜》《采菽堂古诗选》《古诗源》《古诗赏析》《八代诗选》	8
《初发石首城》	《古今诗删》《古诗镜》《采菽堂古诗选》《八代诗选》	4
《道路忆山中》	《石仓历代诗选》《古诗镜》《古诗评选》《采菽堂古诗选》《古诗笺》《八代诗选》	6
《入彭蠡湖口》	《石仓历代诗选》《古诗镜》《古诗评选》《采菽堂古诗选》《古诗笺》《古诗源》《八代诗选》	7
《入华子岗是麻源第三谷》	《石仓历代诗选》《古诗镜》《古诗评选》《采菽堂古诗选》《古诗笺》《古诗源》《八代诗选》	7
《会吟行》	《采菽堂古诗选》	1
《南楼中望所迟客》	《石仓历代诗选》《古诗镜》《采菽堂古诗选》《古诗笺》《八代诗选》	5
《田南树园激流植援》	《文章正宗》《古今诗删》《古诗归》《古诗镜》《古诗评选》《采菽堂古诗选》《古诗笺》《古诗源》《古诗赏析》《八代诗选》	10
《斋中读书》	《文章正宗》《古今诗删》《石仓历代诗选》《古诗归》《采菽堂古诗选》《古诗笺》《古诗源》《古诗赏析》《八代诗选》	9

《文选》所选	后世十一种选本选录情况	入选次数
《石门新营所住四面高山回溪石濑茂林修竹诗》	《文章正宗》《古今诗删》《古诗镜》《古诗评选》《采菽堂古诗选》《古诗笺》《古诗源》《八代诗选》	8
《拟魏太子邺中集诗》	《采菽堂古诗选》《八代诗选》	2

由上表可知，《文选》所选谢灵运诗中，被后世选家选录次数最多的为《登池上楼》和《石壁精舍还湖中作》，十一种选本全部选录；其次为《登江中孤屿》《田南树园激流植援》二诗，均为十次；再次为《从斤竹涧越岭溪行》《邻里相送方山诗》二诗，均入选九次；其他《文选》中诗又入选六次以上者过半。可见《文选》所选的谢灵运诗歌有一大半得到后世选家的认可，只有《还旧园作见颜范二中书》《会吟行》《拟魏太子邺中集诗》入选次数在两次以下。《文选》选谢诗的经典性显而易见。再来看《文选》未选诗后世十一种代表性选本选录情况，入选次数多于四次（包括四次）的谢灵运诗作见表 2-2：

表 2-2　后世十一种选本选录谢诗异于《文选》者（入选次数 ≥ 4）

诗　题	后世十一种选本选录情况	入选次数
《东阳溪中赠答》二首	《古今诗删》《石仓历代诗选》《古诗归》《古诗镜》《古诗评选》《采菽堂古诗选》	6
《登永嘉绿嶂山诗》	《石仓历代诗选》《古诗归》《古诗评选》《采菽堂古诗选》《古诗笺》《八代诗选》	6
《郡东山望溟海诗》	《石仓历代诗选》《古诗评选》《采菽堂古诗选》《八代诗选》	4
《石室山诗》	《石仓历代诗选》《古诗归》《古诗镜》《古诗评选》《采菽堂古诗选》《八代诗选》	6
《登上戍石鼓山诗》	《古诗归》《古诗镜》《古诗评选》《采菽堂古诗选》《八代诗选》	5

诗　题	后世十一种选本选录情况	入选次数
《过白岸亭诗》	《石仓历代诗选》《古诗归》《古诗评选》《采菽堂古诗选》《古诗笺》《八代诗选》	6
《夜宿石门诗》	《石仓历代诗选》《古诗归》《古诗评选》《采菽堂古诗选》《古诗笺》《古诗赏析》《八代诗选》	7
《初往新安桐庐口》	《石仓历代诗选》《古诗评选》《采菽堂古诗选》《古诗笺》《八代诗选》	5
《种桑诗》	《石仓历代诗选》《古诗镜》《采菽堂古诗选》《八代诗选》	4

可以看出，在《文选》未选的谢灵运诗歌中，最被后人认可的为《夜宿石门诗》，入选七次；其次为《东阳溪中赠答》二首、《过白岸亭诗》《登永嘉绿嶂山诗》《石室山诗》诸诗，皆入选六次。其中除《东阳溪中赠答》二首是五言四句体的小诗外，剩余诗作均为五言多句体的山水诗。《文选》所选谢灵运诗后世亦选六次以上者，比比皆是；而《文选》未录谢诗，后世亦选六次以上者，只有寥寥数篇，可见《文选》中谢诗在后世选家心中的地位之高。由前述可知，《谢灵运集》至宋末几乎亡佚，他那众多为人称道的诗作皆出自《文选》所录（四十首），因为《文选》的流传没有断绝，才保存了谢灵运诗歌的精华。明代后半期，重新补辑《谢灵运集》，增添不少灵运的作品，其中诗歌占有很大比重。从这些《文选》外谢灵运诗歌的被选次数可以看出，明人选谢诗仍以山水诗为主，这点同于《文选》选录谢灵运游览、行旅类山水诗多于其他种类的特点。

第二节　《文选》颜延之作品之辑集

一、颜延之作品的散佚与辑集过程

颜延之与谢灵运的文学地位，在南朝时期旗鼓相当，颜谢"所著并传于世"[1](《宋书·颜延之传》)。现在可见关于《颜延之集》最早的著录为《隋书·经籍志》载"宋特进《颜延之集》二十五卷"[2];梁时《颜延之集》有三十卷,又有《颜延之逸集》一卷;到隋末唐初,《颜延之集》缺五卷,《逸集》已不可见;唐宋两代,《颜延之集》散佚非常严重,到宋末"皆无之矣"[3](方回《文选颜鲍谢诗评》),仅有随《文选》流传下来的二十一首诗作。直至明代万历年间,才陆续出现重新辑刻的几种《颜延之集》,并流传至今。明人重新辑集颜延之作品时所依据的"类书和总集主要有《玉台新咏》《北堂书钞》《艺文类聚》《初学记》《太平御览》《文选》及李善注、《弘明集》《广弘明集》《乐府诗集》《古诗纪》《宋文纪》等,所依据的正史史传和通史主要为《宋书·颜延之传》《宋书·王弘之传》《宋书·张敷传》和《通典》"[4]。来源庞杂,重新缉录又属于间接取材,故明代辑刻本《颜延之集》中难免有错漏之处。

值得一提的是李善注本《文选》在颜延之作品流传中所起的作用。《文选》游览类诗中选有颜延之《应诏观北湖田收》和《车驾幸京口三月三日侍游曲阿后湖作》二诗,李善分别于诗题下注曰"《集》曰:'元嘉十年也'"[5]"《集》曰:'元嘉二十六年也'"[6],指出两诗的创作时间。《文选》赠答类诗中选有颜延之《夏夜呈从兄散骑车长沙》,李善题下注曰:"《集》曰:'从兄散骑,字敬宗。'"[7]以此说明颜延之赠诗的对象。《文选》行旅类诗中选有颜延之《北使洛》和

[1] 沈约:《宋书》卷七三,第七册,第 1904 页。
[2] 魏徵等:《隋书》卷三五,第四册,第 1073 页。
[3] 方回选评,李庆甲集评校点:《瀛奎律髓汇评》附录,第 1859 页。
[4] 杨晓斌:《颜延之的人生命运及其著作的编辑与流传》,《文学遗产》2012 年第 2 期。
[5] 萧统编,李善注:《文选》卷二二,第三册,第 1049 页。
[6] 同上书,第 1051 页。
[7] 萧统编,李善注:《文选》卷二六,第三册,第 1203 页。

《始安郡还都与张湘州登巴陵城楼作》二诗，前者李善题下注曰："《集》曰：'时年三十二。'"[1]说明该诗写作时作者的年龄；后者李善题下注曰："《集》曰：'张劭。'"[2]说明诗人的创作背景为与张劭登楼有感。这些例子证明李善为《文选》作注时，见到过《颜延之集》，并征引于颜延之作品的注释当中。然而李善注本《文选》的流传也是历经波折，与五臣注本《文选》经过了数次分分合合，其中脱、讹、衍等问题层出，所幸到了现代，中华书局和上海古籍出版社为李善注本《文选》做了大量精细的校勘、标点工作，使我们现在得以从今人整理、点校的李善注《文选》中窥见颜延之大部分诗文的面貌。

明刻传本《颜延之集》中有两种所收延之作品较全面，校刻较为精良。一为万历戊申年（1608）所刻《颜氏传书》，该本由颜氏后裔颜欲章主持编辑，其门人姚士粦总校，包鹤龄分校。《颜氏传书》为颜延之与颜氏家族其他人作品的合集[3]，属于家刻本，旨在弘扬家学。其中《颜光禄集》为吕兆禧所辑。姚士粦《颜光禄集跋》中云："昔吾友吕锡侯（吕兆禧）手辑此编……因翻录，得附《传书》。兹承师（颜欲章）命，与生鹤龄分授点校，辄寄姓名，不以吕生后死，不朽于光禄也。海盐姚士粦谨跋。"另外一种传世的明刻本《颜延之集》为张溥所纂《汉魏六朝百三家集》中的《颜延之集》[4]，传播广泛，影响比家刻的《颜氏传书》本要大。《颜延之集》尚无今人整理本。虽然《谢灵运集》的两个点校本不尽如人意，但总算为当代读者了解谢灵运作品

---

[1] 萧统编，李善注：《文选》卷二七，第三册，第1253页。

[2] 同上书，第1256页。

[3] 《中国古籍善本书目》卷三五"丛部·家集丛书"著录："《颜氏传书》八种四十二卷，明颜欲章编，明万历三十六年刻本。"其中《颜光禄集》有三卷。见《中国古籍善本书目》，上海古籍出版社1989年版，第577页。

[4] 张溥辑：《汉魏六朝百三家集》卷六七，文渊阁《四库全书》本。

的全貌提供不小的帮助，而我们要想了解颜延之创作的全貌，就不得不自己去广泛搜罗，从逯钦立辑校的《先秦汉魏晋南北朝诗》（中华书局 1998 年版）中考察颜延之诗的面貌，从各种前人的别集辑刻本、选集（总集）或史书中寻检颜延之文的零散篇什，同时还有校勘、辨析真伪等问题。《颜延之集》无点校本在很大程度上影响到颜延之作品的传播，使其得不到足够的重视，导致颜延之在文学史上的地位越来越低，这是一种令人叹惋的现象。

二、历代代表性选本选颜延之诗与《文选》所选之比较

后世选本（前述十一种选本）选录颜延之诗同于《文选》的情况，见表 2 - 3：

表 2 - 3　后世十一种选本选录颜诗同于《文选》者

《文选》所选	后世十一种选本选录情况	入选次数
《应诏宴曲水作诗》	《采菽堂古诗选》《古诗源》《八代诗选》	3
《皇太子释奠会作诗》	《八代诗选》	1
《秋胡行》	《石仓历代诗选》《古诗归》《采菽堂古诗选》《古诗笺》《古诗源》《古诗赏析》《八代诗选》	7
《五君咏》	《文章正宗》《古今诗删》[1]《石仓历代诗选》《古诗归》《古诗镜》《采菽堂古诗选》《古诗笺》《古诗源》《古诗赏析》《八代诗选》	10
《应诏观北湖田收》	《古诗镜》《八代诗选》	2
《车驾幸京口侍游蒜山作》	《古今诗删》《石仓历代诗选》《采菽堂古诗选》《古诗笺》《八代诗选》	5

[1]　李攀龙《古今诗删》选颜延之《五君咏》五首中的《阮步兵》《嵇中散》两首。见《古今诗删》，文渊阁《四库全书》本。

《文选》所选	后世十一种选本选录情况	入选次数
《车驾幸京口三月三日侍游曲阿后湖作》	《采菽堂古诗选》《八代诗选》	2
《拜陵庙作》	《古诗镜》《采菽堂古诗选》《八代诗选》	3
《赠王太常》	《古诗镜》《采菽堂古诗选》《古诗笺》《古诗源》《八代诗选》	5
《和谢监灵运》	《石仓历代诗选》《采菽堂古诗选》《八代诗选》	3
《夏夜呈从兄散骑车长沙》	《石仓历代诗选》《古诗评选》《采菽堂古诗选》《古诗源》《八代诗选》	5
《直东宫答郑尚书》	《古今诗删》《古诗镜》《采菽堂古诗选》《八代诗选》	4
《北使洛》	《石仓历代诗选》《古诗镜》《采菽堂古诗选》《古诗笺》《古诗源》《古诗赏析》《八代诗选》	7
《还至梁城作》	《石仓历代诗选》《古诗镜》《古诗评选》《采菽堂古诗选》《古诗笺》《八代诗选》	6
《始安郡还都与张湘州登巴陵城楼作》	《古今诗删》《石仓历代诗选》《古诗镜》《古诗评选》《采菽堂古诗选》《古诗笺》《八代诗选》	7
《宋郊祀歌》	《古诗源》	1

　　由上表可见，《文选》中最被后人所推崇的颜延之诗作为《五君咏》，其次为《秋胡行》《北使洛》和《始安郡还都与张湘州登巴陵城楼作》三首诗；颜延之诗不被后人看重的有《皇太子释奠会作诗》《车驾幸京口三月三日侍游曲阿后湖作》《宋郊祀歌》（二首），四诗皆为颂圣之诗，内容单调、乏味，典故繁杂、晦涩，辞采华美却不易于传诵、理解。颜延之流传下来的诗作本就不多，《文选》所选二十一首，基本就是颜诗全貌。除却《文选》所选外，颜诗没有其他被选录三次以上的诗作，只有个别诗歌如《为织女赠牵牛》，南朝时被《玉台新咏》所

选，后来选集类有明代曹学佺《石仓历代诗选》亦录此诗。曹书还另录有《文选》外的颜延之《归鸿》《辞难潮沟》两诗。清初陈祚明《采菽堂古诗选》中，同于《文选》所录的有十七首诗，不同于《文选》所录处在于，少了《宋郊祀歌》二首，多了《从军行》和《归鸿》（同《石仓历代诗选》所选）二诗。

第三节 《文选》鲍照作品之辑集

一、鲍照作品的散佚与辑集过程

鲍照的作品在刘宋时没有辑集，直到南朝齐永明年间，虞炎奉文惠太子之命编辑成集，《隋书·经籍志》载："宋征虏记室参军《鲍照集》十卷。"[1]清人钱振伦注《鲍参军集注》是最早的鲍照集注本，由序言知此注本完成于清同治七年（1868）十月，其中相关鲍照诗文的注释，录李善注《文选》中的注释、吴兆宜注《玉台新咏》中的注释以及王士禛选、闻人倓笺《古诗选》中的有关笺注。黄节的《鲍参军诗注》[2]在钱振伦集注本的基础上，补注了四卷诗歌部分的注释，又在每首诗后添加历代相关评语。此后，"钱仲联的《鲍参军集注》又在钱振伦、黄节注本的基础上广事增补，并以涵芬楼影印毛扆所校宋本、《文选》六臣注影宋本、《乐府诗集》影宋本、严可均《全宋文》及《艺文类聚》《初学记》《太平御览》所引加以校勘，篇末附有《鲍照年表》及历代有关评论"[3]。上海古籍出版社1980年出版的《鲍参军集注》是目前最流行的鲍照集注本，该书采用"句中注、篇末评、全书

---

[1] 魏徵等：《隋书》卷三五，第四册，第1074页。

[2] 鲍照著，黄节注：《鲍参军诗注》，人民文学出版社1957年版。

[3] 鲍照著，丁福林、丛玲玲校注：《鲍照集校注》凡例第6条，第3页。

后又附有总论的形式，一方面给研究者提供了丰富的研究资料，一方面又给一般读者提供了对鲍照文学从整体到个别的有助于理解的材料"[1]。现在最新的鲍照集注本，是丁福林和丛玲玲校注的《鲍照集校注》，由中华书局于 2012 年出版，该书注释体例大体遵从钱仲联《鲍参军集注》，不过比钱注更加细致，引论的出处标注得更为明晰，搜集的相关评论也更加丰富，方便读者查找核对。另外，该书还有一特点便是，于鲍照每篇诗文前均有较为详细的题解，说明诗文的写作背景和时间，对我们理解鲍照诗文的内涵具有不小的帮助，而这些对鲍照诗文的创作动机，以及写作时间的考辨，大多源自丁福林多年来所从事的关于鲍照的研究工作。

二、历代代表性选本选鲍照诗与《文选》所选之比较

《文选》共选鲍照诗作十八首，为"元嘉三大家"中最少者，但入选篇目的经典性却不容小觑，有近一半篇目被后人选录六次以上，具体情况见表 2 - 4：

表 2 - 4 后世十一种选本选录鲍诗同于《文选》者

《文选》所选	后世十一种选本选录情况	选次
《咏史》	《古今诗删》《古诗镜》《采菽堂古诗选》《古诗源》《古诗赏析》《八代诗选》	6
《行药至城东桥》	《古今诗删》《古诗镜》《采菽堂古诗选》《八代诗选》	4
《上浔阳还都道中作》	《古今诗删》《古诗镜》《采菽堂古诗选》《八代诗选》	4
《代东武吟》	《文章正宗》《古诗镜》《古诗评选》《采菽堂古诗选》《古诗笺》《古诗源》《古诗赏析》《八代诗选》	8

---

[1] 金开诚、葛兆光：《古诗文要籍叙录》，中华书局 2005 年版，第 235 页。

《文选》所选	后世十一种选本选录情况	选次
《代出自蓟北门行》	《文章正宗》《古今诗删》《古诗镜》《采菽堂古诗选》《古诗笺》《古诗源》《古诗赏析》《八代诗选》	8
《代结客少年场行》	《古今诗删》《古诗镜》《古诗评选》《采菽堂古诗选》《八代诗选》	5
《代东门行》	《文章正宗》《古诗归》《古诗镜》《古诗评选》《采菽堂古诗选》《古诗笺》《古诗源》《古诗赏析》《八代诗选》	9
《代苦热行》	《采菽堂古诗选》	1
《代白头吟》	《文章正宗》《古诗镜》《采菽堂古诗选》《古诗源》《古诗赏析》《八代诗选》	6
《代放歌行》	《古今诗删》《古诗归》《古诗镜》《古诗评选》《采菽堂古诗选》《古诗源》《古诗赏析》《八代诗选》	8
《代升天行》	《采菽堂古诗选》《八代诗选》	2
《数诗》	《八代诗选》	1
《玩月城西门廨中》	《古诗镜》《采菽堂古诗选》《古诗源》	3
《拟古诗》	《古诗镜》《采菽堂古诗选》《古诗源》《古诗赏析》《八代诗选》	5
《学刘公干体》	《古诗评选》《采菽堂古诗选》《古诗笺》《古诗源》《古诗赏析》《八代诗选》	6
《代君子有所思》	《采菽堂古诗选》《八代诗选》	2

　　《文选》所选的鲍照乐府诗被后世选录的次数最多，《代东门行》入选九次，《代放歌行》《代出自蓟北门行》与《代东武吟》均入选八次。值得注意的是，鲍照写有不少组诗，后人选录往往只录组诗中的若干篇。这种选录方法有利有弊，利处在于容易比较出鲍照组诗内部各诗的优劣；弊处在于不利于了解鲍照组诗的整体面貌及其整体的艺

术特征。如鲍照《拟古诗》原有八首，为组诗，《文选》只选其中三首："幽并重骑射""鲁客事楚王""十五讽诗书"。陆时雍《古诗镜》中选鲍照《拟古诗》共三首，其中有两首同于《文选》所选（"幽并重骑射""鲁客事楚王"），有一首不同于《文选》所选（"束薪幽篁里"）。王夫之《古诗评选》中没有选《文选》所选的三首《拟古诗》，而是选了组诗中的另外两首（"凿井北陵隈""蜀汉多奇山"）。沈德潜除了仍选《文选》所录的三首诗外，还多选了"凿井北陵隈""蜀汉多奇山"两首，同王夫之《古诗评选》所选。张玉谷《古诗赏析》中选鲍照《拟古诗》三首，一首同于《文选》所选（"幽并重骑射"），两首异于《文选》所选（"凿井北陵隈""河畔草未黄"）[1]。余冠英选鲍照两首《拟古诗》，一首同于《文选》所选（"幽并重骑射"），另一首不同于《文选》所选（"凿井北陵隈"）。可见《文选》所选鲍照三首《拟古诗》中，最为后人称赏的是"幽并重骑射"一首；而《文选》未选的五首诗中，后人多欣赏"凿井北陵隈"。

　　下面看后世选本选录鲍照诗不同于《文选》者，入选次数多于四次（包括四次）的诗作，见表 2-5：

表 2-5　后世十一种选本选录鲍诗异于《文选》者（入选次数≥4）

诗　题	后世十一种选本选录情况	选次
《拟行路难》	《古诗归》《古诗镜》《古诗评选》《采菽堂古诗选》《古诗笺》《古诗源》《古诗赏析》《八代诗选》	8
《代白纻舞歌词》	《古诗镜》《古诗评选》《古诗笺》《八代诗选》	4
《登黄鹤矶》	《古诗镜》《古诗评选》《采菽堂古诗选》《古诗笺》《古诗源》《八代诗选》	6

[1]　张玉谷著，许逸民点校：《古诗赏析》，第 378 页。

「元嘉三大家」经典化研究

诗　题	后世十一种选本选录情况	选次
《赠故人马子乔》	《古今诗删》《古诗镜》《古诗评选》《采菽堂古诗选》《八代诗选》	5
《日落望江赠荀丞》	《古诗镜》《古诗评选》《采菽堂古诗选》《古诗源》《古诗赏析》《八代诗选》	6
《发后渚》	《古诗镜》《古诗评选》《采菽堂古诗选》《古诗笺》《古诗源》《古诗赏析》《八代诗选》	7
《绍古辞》	《古诗归》《古诗评选》《采菽堂古诗选》《古诗笺》《古诗源》《八代诗选》	6
《园中秋散》	《古今诗删》《古诗镜》《古诗评选》《采菽堂古诗选》《古诗笺》《八代诗选》	6
《登庐山》	《古诗归》《古诗镜》《采菽堂古诗选》《古诗笺》《八代诗选》	5
《从登香炉峰》	《古今诗删》《古诗镜》《采菽堂古诗选》《古诗笺》《八代诗选》	5
《从庾中郎游园山石室》	《古诗镜》《采菽堂古诗选》《古诗笺》《八代诗选》	4
《还都至三山望石头城》	《古今诗删》《古诗归》《采菽堂古诗选》《古诗笺》《八代诗选》	5
《观圃人艺植》	《古今诗删》《古诗镜》《采菽堂古诗选》《古诗笺》	4
《代鸣雁行》	《古诗镜》《古诗源》《古诗赏析》《八代诗选》	4
《代淮南王》	《古诗归》《古诗镜》《采菽堂古诗选》《古诗笺》《古诗源》《古诗赏析》《八代诗选》	7
《代春日行》	《古诗归》《古诗镜》《采菽堂古诗选》《古诗源》《古诗赏析》《八代诗选》	6
《梅花落》	《古诗归》《古诗镜》《采菽堂古诗选》《古诗笺》《古诗源》《古诗赏析》《八代诗选》	7
《吴兴黄浦亭庾中郎别》	《古诗镜》《采菽堂古诗选》《古诗笺》《古诗源》《八代诗选》	5

诗 题	后世十一种选本选录情况	选次
《赠傅都曹别》	《采菽堂古诗选》《古诗笺》《古诗源》《古诗赏析》《八代诗选》	5
《行京口至竹里》	《古诗归》《古诗镜》《采菽堂古诗选》《古诗源》《古诗赏析》《八代诗选》	6
《遇铜山掘黄精》	《古今诗删》《古诗归》《采菽堂古诗选》《古诗笺》《古诗源》《八代诗选》	6
《秋夜》	《古诗镜》《采菽堂古诗选》《古诗笺》《古诗源》《八代诗选》	5

由此可见，《文选》未选的鲍照诗作中，被后世选本选录次数最多者为《拟行路难》，其次为《发后渚》，再次为《代淮南王》《梅花落》。鲍照《拟行路难》原有十八首，为组诗，历来选家虽然不一定全部选取，但基本涵盖组诗全貌。钟惺、谭元春《古诗归》选取鲍照《拟行路难》三首，陆时雍《古诗镜》选取十二首，王夫之《古诗评选》选取九首，陈祚明《采菽堂古诗选》选取七首，沈德潜《古诗源》选取八首，王士禛、闻人倓《古诗笺》选取八首，张玉谷《古诗赏析》选取十首，王闿运《八代诗选》全选整组十八首，可见后世选家对该组诗的看重。但也有例外，明代李攀龙《古今诗删》选颜延之诗四题五首，谢灵运诗十四题十六首，鲍照诗十四题十九首，从入选诗作的数量上看，鲍照诗为冠，谢灵运诗次之，但所差不多，颜延之诗在"三大家"中入选数量最少，然而选目最多的鲍诗中竟无一首《拟行路难》。同李攀龙相去不远的曹学佺《石仓历代诗选》卷五"宋诗"，谢灵运和颜延之的诗歌均有入选，鲍照却无一诗入选，但选有其妹鲍令晖、其友汤惠休的诗歌。李攀龙和曹学佺选鲍诗的这种现象令人玩味。

从前面的论述可知，谢灵运、颜延之作品的散佚程度要重于鲍照作品，后人的补辑、校注工作，却是鲍照作品的完整、精良程度高于谢灵运、颜延之的作品。《文选》所选的谢、颜、鲍作品有一大半得到历代选家的认可，虽然《文选》本身的地位有起有伏，但谢灵运、颜延之、鲍照作品的不少精华，还是得益于《文选》的选录、流传而被后人所赏的。如真德秀《文章正宗》卷二二，选取谢灵运诗七题七首（《登池上楼》《石壁精舍还湖中作》《过始宁墅》《初去郡》《田南树园激流植援》《斋中读书》《石门新营所住四面高山回溪石濑茂林修竹诗》），颜延之诗一题五首（《五君咏》五首），鲍照四首五言乐府诗（《代白头吟》《代东门行》《代出自蓟北门行》《代东武吟》）。真德秀选取的"元嘉三大家"诗作全为《文选》中所选，他的实际操作（补脚注）与其贬低《文选》的观念是矛盾的，他对《文选》有所不满，并不妨碍他对谢灵运、颜延之、鲍照诗作的认同。又由上列表2-2、表2-5可知，在《文选》未选的诗歌中，鲍照诗被后世认可的最多，被选四次（含四次）以上的诗作有二十余首。《文选》未选却被后人多次选录的谢灵运诗作也有十首左右，但远不如鲍照《文选》未选诗歌得到认可的数目多。可以说，《文选》的载录、流传对保存谢灵运、颜延之诗作的精华，居功至伟；而《文选》对鲍照诗作精华的选录，虽有典范意义，但仍有不少鲍诗精华未能入选。即便如此，《文选》却激励着后世选家在其选录的基础上，不断发掘鲍照其他作品的价值、意义。

第三章 |
科举考试对《文选》及谢、颜、鲍作品典范化之影响

　　科举考试对《文选》的传播与"元嘉三大家"的经典化有重要影响。《文选》地位的升降，同科举取士对"辞科"的态度相关，而语文教育又同科举考试的内容联系密切。科举制度创始于隋，形成于唐，完备于两宋，经元、明、清，中间虽有废除阶段，但大体传承完整，是中国古代实行时间最长、影响最大的一种举士制度。与之相应，"选学"肇始于隋，盛行于唐，宋、元、明人对《文选》虽有批判，但《文选》的传播却始终没有中断，清代"选学"全面复兴。《文选》流传期间，科举取士对其有重要影响，唐代、宋初以"辞科"为主要考试内容，官方意识形态倡导诗赋创作，故《文选》成为学子们的记诵范本，得以大量传播。宋代诗文革新运动与政治改革紧密联系，文坛领袖参与其中，对文学思潮的引导起到重要作用，在"经世致用"思想的影响下，科举取士逐渐以"经义"为主，"辞科"地位大幅下降，《文选》地位也随之下降。元人科举，废律赋用古赋，祝尧撰有《古赋辨体》。到了明代，科举以"八股文"为主要考试内容，"时文"的创作模式，与《选》文体制有联系又有区别。

第一节 "《文选》烂，秀才半"与诗赋取士

隋炀帝时设进士科，考试内容"犹试策"，考生们"因陋就寡，赴速邀时，缉缀小文，名之策学，不以指实为本，而以浮虚为贵"[1]（《旧唐书·薛登传》）。隋代文人仍然大多承袭南朝华美文风，考试策文写作，重形式华美，不重内容质实。初唐依旧延续此种应试文风，唐高宗上元元年（674），刘峣上疏批评当时重辞采文华的风气：

> 礼部取士，专用文章为甲乙，故天下之士，皆舍德行而趋文艺，有朝登甲科而夕陷刑辟者，虽日诵万言，何关理体；文成七步，未足化人。况尽心卉木之间，极笔烟霞之际，以斯成俗，岂非大谬！夫人之慕名，如水趋下，上有所好，下必甚焉。陛下若取士以德行为先，文艺为末，则多士雷奔，四方风动矣！[2]（《资治通鉴·唐纪十八·"高宗上元元年"条》）

刘峣批判科举取士以诗文好坏为主要评判标准，而忽略考生的德行，他说以诗文取士导致考生只把心思放到怎样描写"卉木""烟霞"上。而《文选》中多有关于"卉木""烟霞"的描写，可谓考生们学习的绝佳范本。如此一来，读书人重《文选》而轻儒家经典，最后录取的人，"朝登甲科而夕陷刑辟"，夸夸其谈，毫无实干能力，误国误民。他主张"取士以德行为先，文艺为末"。仪凤三年（678），魏元忠亦云："谈文者以篇章为首，而不问之以经纶。"[3]（《旧唐书·魏元忠

---

[1] 刘昫：《旧唐书》卷一〇一，中华书局 1975 年版，第 3138 页。
[2] 司马光：《资治通鉴》卷二〇二，中华书局 1956 年版，第 6374—6375 页。
[3] 刘昫：《旧唐书》卷九二，第 2945 页。

传》）认为对诗才文华的看重程度，竟然超过儒家经典，着实不可取。后来高宗才根据考功员外郎刘思立的建议，加试帖经与杂文。"初，国家自显庆以来，高宗圣躬多不康，而武太后任事，参决大政，与天子并。太后颇涉文史，好雕虫之艺。永隆中，始以文章选士。及永淳之后，太后君临天下二十余年，当时公卿百辟无不以文章达，因循日久，浸以成风。"[1]（《通典·选举三·历代制下》小字注）在武则天时代盛行以诗文取士之风。"有唐自高祖至高宗，靡不率由旧章……后至调露二年（680），考功员外郎刘思立奏请加试帖经与杂文，文之高者放入策。寻以则天革命，事复因循。至神龙元年（705），方行三场试，故常列诗赋题目于榜中矣。"[2]（《唐摭言·试杂文》）即便唐高宗时代，科举考试也考儒家经典和诗赋以外的其他文体，但把文章写得漂亮与否作为重要的考核标准。到武则天时代，就常常把诗赋作为主要考试内容，而其他文体则渐被忽视。神龙元年"三场试"的顺序为：先考帖经，再考杂文，最后考时务策。"其进士帖一小经及《老子》，皆经注兼帖；试杂文两首，策时务五条。文须洞识文律，策须义理惬当者为通。若事义有滞、词句不伦者为下。"[3]（《唐六典·尚书吏部·考功员外郎》）"杂文"试中，多考诗赋，但也考表、铭、箴等类文体，这些文体都可以从《文选》中找到范例。判定"杂文"和"时务策"的好坏，都把有无文采当作重要标准。"杂文"要写得声情并茂，有韵律、有章法；"策文"也要写得通顺流畅，不能"词句不伦"。

　　"杂文"专考诗赋当在玄宗末年，"开元间，始以赋居其一，亦有

---

［1］　杜佑：《选举三历代制下》小字注，《通典》卷一五，中华书局 1984 年版，第 84 页。

［2］　王定保：《唐摭言》卷一，上海古籍出版社 1978 年版，第 9 页。

［3］　李林甫等：《唐六典》卷二，中华书局 1992 年版，第 45 页。

全用诗赋者，非定制也。杂文之专用诗赋，当在天宝之季"[1]（《登科记考》引唐高宗《严考试明经进士诏》"进士试杂文两首"下注）。玄宗早期，励精图治，选人不以文采为重，重实学才干。如其开元六年（718）诏云："比来选人试判，举人对策，剖析案牍，敷陈奏议，多不切事宜，广张华饰，何大雅之不足，而小能之是衒！"[2]（《册府元龟·贡举部·条制一》）他看不上那些公文写得不切实际、辞华藻丽的官员："开元二十五年（737）二月敕：'今之明经、进士，则古之孝廉、秀才；近日以来，殊乖本意。进士以声律为学，多昧古今；明经以帖诵为功，罕穷旨趣。'"[3]（《唐会要·贡举上·帖经条例》）玄宗不满当时的选人制度，进士科考试多以诗赋为主要内容，"以声律为学"，重形式之美，而不重诗义辞旨，失却古诗之道。明经科考试又以考记诵为主，少考经义阐发，这些都"殊乖本意"，不符合早年以德才兼备为取士标准的初衷。又《唐会要》卷七六《制科举》载："天宝十三载（754）十月一日，御勤政楼，试四科举人，其辞藻宏丽，问策外，更试诗赋各一道。"[4]玄宗亲临殿试，考问四科举人，应答"辞藻宏丽"者，尤受赏识。除问时务策外，还考察他们作诗写赋的能力，"唐天宝十三载，始试诗赋，盖用梁陈之意云。科举之以辞赋，此其初也"[5]（《事物纪原·学校贡举部第十六》）。玄宗朝晚期，"主司褒贬，实在诗赋"[6]（赵匡《举选议》），对考生文才的看重超过对其实干能力的看重，考试诗赋，又喜好有梁陈之风的作品。李华曾

---

[1] 徐松著，孟二冬补正：《登科记考》卷二，北京燕山出版社2003年版，第85页。
[2] 王钦若等：《册府元龟》卷六三九，中华书局1960年版，第7670页。
[3] 王溥：《唐会要》卷七五，中华书局1955年版，第1377页。
[4] 王溥：《唐会要》卷七六，第1393页。
[5] 高承：《事物纪原》卷三，中华书局1989年版，第166页。
[6] 董诰等：《全唐文》卷三五五，中华书局1983年版，第3602页。

说："开元、天宝年间，海内和平，君子得从容于学，以是词人材硕者众。然将相屡非其人，化流于苟进成俗，故体道者寡矣。夫子门人，德行、言语、政事、文学，四者无人兼之。"[1]（《杨骑曹集序》）开元、天宝年间，正处唐朝国力鼎盛时期，海晏河清，人民生活安逸，故读书人多好文学，不重视"德行""言语""政事"方面的修养，导致"词人材硕者众""体道者寡"现象的出现。

科举考试重诗赋之风，影响到《文选》的传播和注释。《文选》为广大士子举人提供众多的学习范例，当然备受重视。而且唐代"选学"兴盛，各种注本层出不穷。李善注完成于高宗时代[2]，尚能保持渊深、严谨之风；五臣注完成于玄宗时代[3]，科举考试正以文采辞华为主要取士标准，五臣注的语言也恰好有文从字顺、富于辞采的风格。考生们本身就从《文选》中学习华诗美赋的写法，参考的注释又多文华之语，应试时作出的诗文岂能不"辞藻宏丽"？无怪乎李华会有"体道者寡"的担心。

中唐之后，伴随古文运动的兴起，以文取士逐渐代替以诗赋取士，"策文"的好坏成为选录人才的重要标准。特别是安史乱后，劫后余生的士子们从原来"为文者多拘偶对，而经诰之指归，迁雄之气格不复振起"的文风转变为"多尚古学，效扬雄、董仲舒之述作"[4]（《旧唐书·韩愈传》）。柳宗元提倡"文者以明道"（《答韦中立论师道书》），白居易主张"文章合为时而作"（《与元九书》），经世致用的思想盛行，权德舆称赞丘颖"文学政事，子之家法"（《送丘颖应制

---

[1] 董诰等：《全唐文》卷三一五，第398页。
[2] 据《旧唐书·儒学传》载，李善于唐高宗显庆三年(658)上《文选注表》。
[3] 吕延祚于唐玄宗开元六年(718)上《集注文选表》，见李善、吕延济、刘良等注：《六臣注文选》，中华书局1987年版，第1页。
[4] 刘昫：《韩愈传》，《旧唐书》卷一六〇，第4203、4195页。

举序》）。上位者喜欢把文学与政事紧密结合，有人非议以文辞取士，如杜佑说："文辞取士，是审才之末者。"[1]（《通典·选举六·杂议论下》）选拔人才的长官若以诗赋取士，则被批不具备"审才"的眼光。唐宪宗元和三年（808），卫次公"知礼部贡举，斥浮华，进贞实，不为时力所摇"[2]（《旧唐书·卫次公传》）。元和七年（812），韦贯之"改礼部侍郎，凡二年，所选士大抵抑浮华，先行实，由是趋竞者稍息"[3]（《旧唐书·韦贯之传》）。真正有选人眼光的当如卫次公、韦贯之一样，抑斥浮华，不以文辞为取向，而以"行实"为标准。武宗朝宰相李德裕"家不置《文选》，盖恶其不根艺实"。《文选》为考取进士的必读书，李德裕"家不置《文选》"，更看不起那些奉《文选》为经典，炫才逞技，"不根艺实"的进士们。李氏的态度虽有过分之处，但正反映出当时科举考试重文华、轻实干的不良之风。"及唐之季世，进士之科尤为浮薄，时皆知其非而不能更革也"[4]（《通志·选举一·历代制》）。五代十国时期，虽然战乱频仍，科举考试却并无中断，考试科目基本上为唐制的部分延续，没有多少新发展。虽然《文选》的地位随着诗赋所占科考内容的比重，时起时落，但始终为考生的必读书之一。

第二节　经义、时文取士对《文选》地位的影响

宋代随着印刷术的进步，各种官刻、家刻、坊刻《文选》得到传播，谢、颜、鲍的作品随着《文选》的传播也得到流传。自北宋以来，

---

[1]　杜佑：《通典》卷一八，第104页。
[2]　刘昫：《旧唐书》卷一五九，第4180页。
[3]　刘昫：《旧唐书》卷一五八，第4174页。
[4]　郑樵：《通志》卷五八，中华书局1987年版，第709页。

上自帝王下至普通士子，读书人大多重视《文选》。如宋太宗曾命人读《文选》[1]（《宋史·吕文仲传》），又如"普安郡王（即后来的宋孝宗）府学教授赵卫等言，王已诵《文选》，稍通经书意义，可学为文。诏令读《左氏传》，对句及评议故事"[2]。可见，《文选》为宋代皇室子弟初学的必诵书之一。宋祁手抄《文选》三遍，小字"选哥"。宋真宗景德四年（1007）曾下诏刊刻李善注《文选》，后来因为宫城起火，书版被烧毁。至天圣年间，国子监又重新雕版印行。北宋时还刻有六臣注《文选》，如秀州州学本和广都裴氏刻本。然而南渡以后，国子监本散佚严重，世间少有流传。至孝宗淳熙八年（1181），尤袤在池阳郡斋开雕印书，成为后来流行的尤刻本。

　　北宋初年因唐制，以文章、诗赋取士为主，经义次之，出现过"《文选》烂，秀才半"[3]的现象，至仁宗朝改此局面。庆历二年（1042），宋仁宗诏令"应天以实不以文"，为配合"庆历新政"，欧阳修积极响应，作《进拟御试应天以实不以文赋》。是年科举，罢帖经和墨义，改试策论和诗赋，然策论在先。范仲淹说："专以辞赋取士，以墨义取诸科，士皆舍大方而趋小道，虽济济盈庭，求有才有识者，十无一二。"[4]擅辞赋者，未必有真才实学；精"墨义"者，也未必通圣人之道。为避免所录非人，应该把策论安排到诗赋之前考试。宋祁说："先策论，则文词者留心于治乱矣；简程式，则宏博者得以驰骋矣；问大义，则执经者不专于记诵矣。"[5]（《文献通考·选举考四·举士》）先策论、后诗赋的考试顺序，能矫正士人专意文辞形式、

［1］　脱脱等：《宋史》卷二九六，中华书局1977年版，第9871页。
［2］　李心传：《建炎以来系年要录》卷一五一，中华书局1956年版，第2439页。
［3］　陆游撰，李剑雄、刘德权点校：《老学庵笔记》卷八，中华书局1979年版，第100页。
［4］　李焘：《续资治通鉴长编》卷一四三，中华书局1985年版，第3435页。
［5］　马端临：《文献通考》卷三一，中华书局1986年版，第290页。

忽略思想内容的弊病，能提高士人的社会责任心，使其关心国家政事，提倡经世致用的文学观。

神宗朝，"王安石批评科考士子沉溺诗赋而疏于经术，习为浮华之文而无当大道，鄙薄只是记诵文辞的'诗赋'科"[1]。王安石执政，变更贡举法，"罢诗赋、帖经、墨义，士各占治《易》《诗》《书》《周礼》《礼记》一经，兼《论语》《孟子》。每试四场：初大经，次兼经，大义凡十道，次论一首，次策三道，礼部试即增二道。"[2]（《宋史·选举一》）王安石执政，彻底改变前代以诗赋取士的制度，罢诗赋，唯以经义取士，把儒家经典作为主要的考试内容。司马光说："取士之道，当先德行，后文学。就文学言之，经术又当先于词采。神宗罢赋诗及诸科，专用经义、论策，此乃复先王令典，百世不易之法。但王安石不当以一家私学欲盖掩先儒，令天下学官讲解。"[3]（《文献通考·选举考四·举士》）他赞同"罢诗赋"，但不赞同王安石借职务之便，弘扬"一家私学"。王安石主持编撰《三经新义》（《书义》《诗义》《周礼义》），作为全国学校用于考试的教材，实行三舍取士法，与科举考试并行。清人吴锡麒为张云璈《选学胶言》所作序中说："大抵选学者，莫重于唐，至宋初犹踵其盛，故宋子京曾手抄三过，而张佖亦以士子天鸡二问为耻。所谓'文选烂，秀才半'者信有征也。自熙丰以后，士以穿凿谈经而选学废，及后帖括盛行而选学益废。"[4]纵观宋代自熙宁、元丰以后，科举制试变化无常，"并非按照科举考试本身的运行规则日趋完善地发展，而是随着政局与党争的变

---

[1] 张毅：《宋代文学思想史》，中华书局 2006 年版，第 50 页。
[2] 脱脱等：《宋史》卷一五五，第 3618 页。
[3] 马端临：《文献通考》卷三一，第 295 页。
[4] 张云璈：《选学胶言》，《丛书集成续编》本。

动而变动"[1]。虽然诗赋在科举考试中的地位时起时伏，但并不妨碍读书人对诗赋的热情，当然《文选》的传播也没有中断。

元代虽有几十年时间没有进行科举考试，但恢复科举后的考试内容以经史为主，文辞为辅。选拔官吏，以能通经史兼及文辞为标准："凡翰林院、国子学官大德七年议：'文翰师儒难同常调，翰林院宜选通经史、能文辞者，国子学宜选年高德劭、能文辞者，须求资格相应之人，不得预保布衣之士。'"[2]（《元史·选举三·铨法中》）"能文辞"是选官的标准之一，而非主要标准。科举考试诗赋部分，不看重文采辞藻，而看重抒情言志。郝经《文弊解》云："事虚文而弃实用，弊亦久矣……孔氏之门游夏以文学称，未闻其执笔命题而作文也。则所谓文学者，亦异矣。后世文士，工于文而拙于实，衒于辞章而忘于道义。故班马不免于刑，范晔、陆机、谢灵运不免于诛，陈叔宝、杨广不免于覆宗社，而柳柳州不免于小人。文何益耶？苟有其实矣，何患无文！"[3]郝经认为以诗赋取士，不仅不利于选拔人才、有补于世，而且还无益于文人自身的发展。自古以来，凡"工于文而拙于实"者，都有溺于辞章之学而忘却道义的弊病。他列举包括谢灵运在内等不得善终者为例，说明耽于文华的害处，呼吁世人看重德行修养。

元代科举考试废律赋，恢复古赋。祝尧撰有《古赋辨体》（正文八卷，外集两卷），"其书自楚辞以下，凡两汉、三国、六朝、唐宋诸赋，每朝录取数篇，以辨其体格"[4]。其中，关于"元嘉三大家"

---

[1]　陈秀宏：《唐宋科举制度研究》，北京师范大学出版社 2012 年版，第 44 页。
[2]　宋濂 等：《元史》卷八三，中华书局 1976 年版，第 2064 页。
[3]　郝经：《陵川集》卷二〇，文渊阁《四库全书》本。
[4]　永瑢 等：《四库全书总目提要》卷一八八，中华书局 1960 年版，第 1708 页。

之赋，只录鲍照、颜延之二人，共四篇作品。选录鲍照赋三篇：《芜城赋》《舞鹤赋》，亦被《文选》所选；祝尧添选一篇《野鹅赋》。他对《文选》所录两赋评价不太高，主要由于其"辞过于情"，他不仅不满鲍照赋的艺术表现，还不满萧统的选录标准。《芜城赋》题解曰：

> 赋也，而亦略有风、兴之义。此赋虽与《黍离》《哀郢》同情，然《黍离》《哀郢》情过于辞，言穷而情不可穷，故至今读之犹可哀痛。若此赋，则辞过于情，言穷而情亦穷矣，故辞虽哀切，终无深远之味。《诗》云："知我者谓我心忧，不知我者谓我何求？"古人之情，岂可于辞上穷之邪！[1]
> （《古赋辨体·三国六朝体下》）

祝尧认为《芜城赋》的哀切风格源于《楚辞》，但辞藻修饰过甚，掩盖了情感的深意，"言穷而情亦穷"，缺少"深远之味"。他又评价《舞鹤赋》说："赋也。形状舞态极工，其'若无毛质'及'整神容以自持'等语，皆超诣。末聚舞事结束，正用《啸赋》格。盖六朝之赋，至颜谢工矣，若明远则工之又工者也。其所以工者，尽辞之妙，而惟其辞之不尽。岂知古人之赋，宁不能尽其辞而使之工哉？每留其辞，而不使之尽哉！诚欲有余之情，溢于不尽之辞，则其意味深远，不在于辞之妙，而在于情之妙也。然以荀卿大传所赋，犹或不察，而况于六朝间人耶！"（同前注）祝尧认为该赋精工至极，但与《芜城赋》有同样的缺点：情感表达欠缺力度。他认为赋的正确写法应是充分抒发感情，写情重于摹景状物，宁可辞采有欠，也要保证情深意远。祝尧又论

------

[1] 祝尧：《古赋辨体》卷六，文渊阁《四库全书》补配文津阁《四库全书》本。

《野鹅赋》曰：

> 比而赋也。此赋虽亦尚辞，而其凄惋动人处，实以其情使之然尔。遐想明远当时赋此，岂能无慨于其中哉！以六朝之时，而有赋若此，则知辞有古今，而情无古今。但习俗移，人虽贤者，失其情而不自觉。《文选》不收此赋，前辈谓昭明识陋，固不信然。此赋从祢正平《鹦鹉赋》中来，可与并看。
>
> （同前注）

这篇赋把作者自身遭际寄寓于所写对象之中，情胜于辞。写野鹅形单影只，便是写自己漂泊无依，借物抒发身世之悲，感慨人世多险，壮志难酬。情意深远，"凄惋动人"，有祢衡《鹦鹉赋》之风，故高出《芜城》《舞鹤》二赋。《文选》不选此赋，实非明智之举。祝尧论颜延之《赭白马赋》："赋也。辞极精密，晋宋间赋辞虽太工丽，要是赋中所有者，赋家亦不可不察乎！此若使辞出于情，情辞两得，尤为善美兼尽。但不可有辞而无情尔。愚故尝谓：'赋之为赋，与有辞而无情，宁有情而无辞。'盖有情而无辞，则辞虽浅而情自深，其义不失为高古；有辞而无情，则辞虽工而情不及，其体遂流于卑弱。此赋句意皆出于汉，《天马歌》至唐李杜咏马之作，则又出于此矣。"此篇颜赋，《文选》亦选，祝尧欣赏其辞"精密""工丽"，但却不满其"有辞而无情"。通观以上评论，祝尧的古赋观重情轻辞，他多次批评《文选》所录鲍颜赋"辞过于情"，显然是把《文选》看作华辞美文的集合体了。

明代在"古诗必汉魏"复古思潮的影响下，《文选》诗成为人们争相学习、效仿的对象。胡应麟《诗薮》中说："梁武纂辑诸书至二千余卷，宇宙间日力有限，那得如此？中或诸臣秉笔，帝总其成耳。"萧纲、萧绎文集过百卷，也大多如其父"诸臣秉笔"的情况，"惟昭明著述，皆出己裁，不过百卷，而《文选》自唐迄今，指南学者"[1]。胡氏认为《文选》诗为自唐至明士子学人的"诗学指南"，可见《选》诗在读书人心目中的地位，但《选》中其他文体并不怎么受明人称赏，这源于"文必秦汉"的复古思潮的影响，以及科举考试以"八股文"好坏为主要取士标准的影响。然而也有人轻视"八股文"的权威，吴宽就不满应试之时文，他推崇古文，说：

> 先君好购书，始得《文选》读之，知古人乃自有文。及读《史记》《汉书》与唐宋诸家集，益知古文乃自有人，意颇属之……予则自信益固，方取向之《文选》及《史》《汉》、唐宋之文益读之，研究其立言之意，修词之法，不复与年少者争进取于场屋间。[2]（《旧文稿序》）

088

吴宽少时，其父买过《文选》《史记》《汉书》、"唐宋八大家"诸人文集，他从小就学习这些书中的篇章，长时间受到熏陶，"研究其立言之意，修词之法"。体会到古人作文的独特高妙之处，绝非当时"八股"一类僵化刻板的"时文"所能比，故不复亦不屑"与年少者争进取于场屋间"。王夫之把鲍照七言歌行的"换韵不换意"之法与"八股"文法相联系，认为古诗之法可通于时文："古诗及歌行换韵者，必须韵意不双转。自《三百篇》以至庾鲍七言，皆不待钩锁，自然蝉连不绝。此法可通于时文，使股法相承，股中换气。"[3]（《夕堂永日绪论内编》）鲍照七言歌行，最得回环复沓、意脉流贯之致，"八股"时文之所以死气沉沉，便是不懂转折照应之法，须形转意不转，以气行乎字

---

[1] 胡应麟：《诗薮》外编卷二，上海古籍出版社 1958 年版，第 159 页。
[2] 吴宽：《匏翁家藏集》卷四一，文渊阁《四库全书》本。
[3] 王夫之：《姜斋诗话》卷二，第 148 页。

里行间，方能使文章富于生命力。可惜，时人只睹文字，未见意气！

清代科举考试有考写诗的部分，考官有从《文选》诗中出题的现象，陈鳣《文选诗题说》云：

> 近日试士诗题多出《文选》句，有某学使试苏州府，属诸生以"东琴不只弹"为题，场中哗然谓"琴"字有误，使者茫无应也。或改李义山诗云"锦瑟无端作七弦"，一时传为笑语。按《文选》卢子谅《览古诗》云："西岳终双击，东瑟不只弹。"李善注："西岳、东瑟已见《西征赋》。"宋元及元张伯颜重刊本皆如此……《能改斋漫录》载袁州自国初以来，解额以三十人为率，仁宗时，查拱之郎中知郡，秋试进士以"黄华如散金"为诗题，举子多以秋景赋之，惟六人不失诗意，由是只解六人，后遂为额，无名子嘲之曰："错认'黄华'作'菊华'。"此二条与近事正相类。"天鸡"句见谢灵运《湖中瞻眺诗》，李善注引《释鸟》，李周翰注亦云"鸟名"。当时何未审及？"黄华"句见张季鹰《杂诗》，首云"暮春和气应"，明是春景，乃秋试取此为题，宜多以秋景赋之者，良由读《文选》未熟耳。然宋初《文选》刊布未广，如陶岳《五代史补》云："毋昭裔贫时借《文选》于交游间，人有难色，发愤曰：'异日若贵，当版以镂之遗学者。'"可见是时从事"选学"尚难，今则刻本盛行，人各有编，而谬种流传，罕能是正文字，又奚论"熟精文选理"哉！ [1]

陈鳣讥讽当时的主考官不熟《文选》，诗题从《选》诗中出，却常常误

---

[1] 陈鳣：《简庄诗文钞》卷六，清光绪刻本。

引错别字。他还感慨这种情况，宋人亦多见，举张翰《杂诗》中句为例，以"黄华如散金"为诗题，考生们多因考试在秋天进行，而纷纷描写秋景应试，殊不知张翰诗云："暮春和气应，白日照园林。青条若总翠，黄华如散金。"[1]试题在第四句，前三句分明写的是暮春之景，试题句后还有"嘉卉亮有观，顾此难久耽"两句，表达春景易逝，好景难留的感伤。整部《文选》就只选一首张翰诗，即被作为考试题目的该首。考生们以己意揣度古人诗意，把"黄华"认作"菊华"，以应秋天之景，"良由读《文选》未熟"，学业不精。陈鳣对考官、考生不熟《文选》的现象很是痛心，他认为前代《文选》刊行未广，读书人往往费尽心力才能觅得一部，珍之重之，反复涵泳、琢磨。至清代，雕版印刷术已相当成熟，《文选》更是"刻本盛行，人各有编"，占有着便利的资源却不知好好珍惜，只知道藏书以装点门面，却不认真阅读、学习。《文选》既然作为科考的必考内容，考官和考生竟不懂辨别真伪，"谬种流传"，却往往自以为是，连《文选》收录了何人、何作都不知道，更遑论"熟精《文选》理"，真乃可恨又可悲！

第三节 "熟精《文选》理"与谢、颜、鲍诗技的传习——以秀句为例

自唐以后，诗赋在科举考试中时罢时考，但并不影响人们把《文选》作为参考书目。文人教授与学习最多的是关于"选体"与谢、颜、鲍诗文技巧的方面，炼字锻句，无一处不讲究。《文选》成为"词章之士掇其字句以供馨帨"[2]（顾广圻《思适斋书跋》卷四）的工具书。

---

[1] 萧统编，李善注：《文选》，第三册，第 1377 页。

[2] 国家图书馆编：《国家图书馆藏古籍题跋丛刊》，国家图书馆出版社 2002 年版，第五册，第 338 页。

其中"元嘉三大家"的秀句自然也成为讲习、模拟的重点对象之一。《文镜秘府论·南卷·论文意》中曰："梁昭明太子萧统与刘孝绰等，撰集《文选》，自谓毕乎天地，悬诸日月。然于取舍，非无舛谬。方因秀句，且以五言论之。"[1]前人把《文选》看作汇集五言诗秀句的宝库，从中随手拈来片言只语，化为己用，便可使诗焕彩生香，所谓"搴琅玕于江鲍之树，采花蕊于颜谢之园"[2]（《文镜秘府论·南卷·集论》），《文选》中的江淹、鲍照、颜延之、谢灵运诸人诗，秀词佳句纷呈，足供后人采摘模拟。

后人所称赏的"元嘉三大家"诗歌的秀句，绝大部分出自《文选》。如胡应麟《诗薮》中曰：

> 世谓晋人以还，方有佳句。今以众所共称者，汇集于此……康乐："清辉能娱人，游子淡忘归。""池塘生春草，园柳变鸣禽。"……延之："鸾翮有时铩，龙性谁能驯？"……明远："绣薑结飞霞，璇题纳行月。""马毛缩如蝟，角弓不可张。"[3]

上录谢灵运诗秀句分别出自《石壁精舍还湖中作》和《登池上楼》，颜延之诗秀句出自《五君咏·嵇中散》，鲍照诗秀句出自《代君子有所思》和《代出自蓟北门行》，诸诗皆为《文选》所选。又如黄省曾曰："延年植性疏诞，不护细行，而文章妙丽。然祖述平原，颇伤妍致，好用实故，遂乖流逸。汤惠休曰：'谢如芙蓉出水，颜如错彩镂金。'故延年终身病之也。至如'前登洛阳路，日夕望山川。阴风振凉野，飞

---

[1]　遍照金刚著，王利器校注：《文镜秘府论校注》，中国社会科学出版社1983年版，第354页。

[2]　同上书，第370页。

[3]　胡应麟：《诗薮》，第33页。

雪霉穷天'。又云'凄矣自远风，伤哉千里目'，亦足为跨代之词。"[1]他称赏的颜延之秀句出自《北使洛》和《始安郡还都与张湘州登巴陵城楼作》，二诗均为《文选》所选。他又评鲍照曰："明远词质而文，意秀而逸，颇构曹刘之体，所谓总四家而擅美，跨两代而独出者也。何哉？浅子目为'羲皇上人'，予所爱者，如云'争先万里途，各事百年身'，又云'客行惜日月，崩波不可留'，又云'日中市朝满，车马若川流'，又云'一息不相知，何况异乡别'，又云'胡风吹朔雪，千里度胡山'，又云'盛年日月尽，一去万恨长'，又云'途随前峰远，意逐后云结'，又云'不见长河水，清浊俱不息'，又云'君其且调弦，桂酒妾行酌'。并皆吐发神灵，宣泄秘思矣。"[2]黄省曾称赏的鲍诗秀句分别出自《行药至城东桥》《上浔阳还都道中作》《代结客少年场行》《代东门行》《学刘公干体》《代边居行》《发后渚》《行京口至竹里》《采桑》，凡九首诗。其中除《代边居行》《发后渚》《行京口至竹里》《采桑》四首诗非《文选》所选，其余五首皆为《文选》所选。

另外，《文选》选诗的经典性可从后人所赏谢诗的秀句中得见一斑。许学夷《诗源辩体》中言：

> 五言自士衡至灵运，体尽俳偶，语尽雕刻，不能尽学。然士衡语虽雕刻，而佳句尚少，至灵运始多佳句矣。灵运如"晓霜枫叶丹，夕曛岚气阴""初篁苞绿箨，新蒲含紫茸""春晚绿野秀，岩高白云屯""初景革绪风，新阳改故阴""白云抱幽石，绿筱媚清涟""憩石挹飞泉，攀林搴落英""秋岸澄夕

---

[1] 黄省曾：《五岳山人集》卷二七，明嘉靖刻本。
[2] 同上。

阴，火旻团朝露""远岩映兰薄，白日丽江皋"等句，皆佳句
也。然语虽秀美，而未尽镕液。至如"水宿淹晨暮，阴霞屡
兴没""扬帆采石华，挂席拾海月""海鸥戏春岸，天鸡弄和
风""岩下云方合，花上露犹泫""池塘生春草，园柳变鸣禽"
"云日相辉映，空水共澄鲜""昏旦变气候，山水含清晖""林
壑敛暝色，云霞收夕霏"等句，始为镕液矣。即鲍明远所谓
"如初发芙蓉，自然可爱"，王元美谓"琢磨之极，妙亦自
然"者也。[1]

许学夷把谢灵运诗中的秀句分为两类：一类"语虽秀美，而未尽镕
液"，一类"语既秀美，又自然镕液"。许氏所选秀句皆出自《文选》
所录灵运诗，谢诗秀句十之八九以对偶呈现，且多"名词＋动词＋名
词"的句式。许学夷认为"未尽镕液"的秀句，多含颜色形容词，写景
易给人满目炫彩的印象，故非其所赏。而他认为"自然镕液"的秀句
则多具动态感，有时间的流动，有景色的流动，读者仿佛跟随诗人，
从两句对偶中便可体会到整天甚至季节的变化，写景生动至极，视野
广阔，给人留有丰富的想象空间。

　　不仅许学夷称赏灵运诗那些"人工胜似天工"的秀句，胡应麟说：
"灵运诸佳句，多出深思苦索，如'清晖能娱人'之类，虽非锻炼而
成，要皆真积所致。此却率然信口，故自谓奇。至'明月照积雪'，风
神颇乏，音调未谐。"[2]他发现谢诗除却能以绘景体现"自然"的特
质外，"率然信口"而出之语也能体现"自然"的特质。陆时雍同胡应
麟一样，也讲"风神"，他赞美谢灵运诗的秀句，精工而不费力，一片

---

[1]　许学夷：《诗源辩体》卷七，人民文学出版社 1987 年版，第 109 页。
[2]　胡应麟：《诗薮》外编卷二，第 149 页。

神行。他说："'林壑敛暝色，云霞收夕霏'，其言如半壁倚天，秀色削出。"[1]（《诗镜·古诗镜》）陆时雍说：

> "池塘生春草"，虽属佳韵，然亦因梦得传。"林壑敛暝色，云霞收夕霏"语饶霁色，稍以椎炼得之。"白云抱幽石，绿筱媚清涟"，不琢而工。"皇心美阳泽，万象咸光昭"，不淘而净。"杪秋寻远山，山远行不近"，不修而妩。"猿鸣诚知曙，谷幽光未显""岩下云方合，花上露犹泫"，不绘而工。此皆有神行乎其间矣。[2]（《诗镜·诗镜总论》）

谢灵运的每句秀句，细察似乎都讲究字法、句法，每个形容词、动词与名词的组合搭配，都好像有意安排，但看起来的效果却似无意安排，这便是"神行"之技。王夫之亦称赏谢诗秀句所具之"神韵"，他说："'池塘生春草''蝴蝶飞南园''明月照积雪'，皆心中目中与相融浃，一出语时，即得珠圆玉润；要亦各视其所怀来，而与景相迎者也。"[3]（《夕堂永日绪论内编》）情景相生，属于自然际会，而非故意迎合而得。先有情，后恰遇能触动情怀之景，秀句妙语便在这情动景生之时，脱口而出，不待雕琢而气韵流转，可见夫之对灵运诗赏爱至极。

通观以上诸人对"元嘉三大家"秀句的评论可知，他们的关注点往往不在字法、句法的形式表现上，而在秀句的自然与否、有无神韵上。他们普遍认为灵运秀句，已见人工之精，却不排斥这种贴近自然的人力。谢灵运是"元嘉三大家"中诗歌入选《文选》最多的作家，后

---

[1] 陆时雍选评，任文京、赵东岚点校：《诗镜》，河北大学出版社 2010 年版，第 124 页。
[2] 同上书，第 5 页。
[3] 王夫之：《姜斋诗话》卷二，第 146 页。

人称赏的谢诗秀句绝大部分出自《文选》所录，而后人所追慕的汉魏古诗又大多出自《文选》所选。大抵人们所欣赏的不是具体的某诗某句，也不是篇章字法，而是自然有神的诗风、气格。正如谢榛所言："诗有可解、不可解、不必解，若镜花水月，勿泥其迹可也。"[1]谢灵运的"池塘生春草"，"千古传诵，大家都觉得它好，有无穷韵味，让人联想起人生之某种经历，某种曾经有过之感觉，但好在什么地方，却说不清。说清了，就说呆了。说不清，是因为它传递的只是一点空灵飘忽的感觉情思。此为诗有不可解者之一端"[2]。科举考试重技法，所以实行时间久了，考生的应试诗文便会有模式化、僵化的倾向。《文选》中佳篇秀句众多，人们不应该把其当作应试的"工具书"，去寻章摘句、字模句拟，而应该把它作为能引人深思、启发诗兴的经典来看待，常读常新。古人用心良苦，作者创作偶得佳篇妙语，已属因缘际遇；选者又遍览辞林，去粗取精，分析源流，亦煞费苦心。尽管《文选》对作家作品的去取编次，非皆尽如人意，但它仍然存有包括"元嘉三大家"诗歌在内的许多经典之作，为后人提供源源不断的文学滋养，应得到珍惜和重视。

---

[1] 谢榛：《四溟诗话》卷一，商务印书馆1936年版，第1页。

[2] 罗宗强：《明代文学思想史》，中华书局2013年版，第562页。

第四章 ┃
唐代"选学之兴"与重谢轻颜

隋唐时期,"选学"兴起,李善、五臣注《文选》盛行,注释当中不乏对"元嘉三大家"诗的精辟见解。韩愈、柳宗元的"文以明道"观和"不平则鸣"观,是对萧统雅正文学观的继承,有些《文选》"三大家"之作符合韩柳的观念。《诗式》和《文镜秘府论》都看重谢灵运诗,忽视颜延之诗,对鲍照诗有赞有贬。

第一节　李善、五臣注《文选》之谢、颜、鲍诗

《文选》作为经典能够流传至今,注释功不可没。"流传下来的前人对经典的理解文字构成了经典的次生层"[1],注释即为"次生层"的样态之一,尤其是唐代李善、五臣注《文选》,对于《文选》的流传及其经典地位的巩固,可谓居功甚伟。相应而言,谢灵运、颜延之、鲍照的诗文随着李善、五臣注《文选》的盛行,其内涵也得到更为深刻的理解,作品得到更为广泛的传播,加速了"元嘉三大家"经典化的进程。

---

[1]　詹福瑞:《论经典》,人民文学出版社 2015 年版,第 133 页。

　　《文选》被视为研究对象，而不仅是记诵、模仿的对象，当从萧统的从子萧该算起。《隋书·儒林传·何妥传附萧该传》载萧该撰有《文选音义》十卷[1]，在隋代颇受重视。萧该注释《文选》中作品的音义，开"选学"先河。后来隋唐之际的曹宪"所撰《文选音义》，甚为当时所重。初江淮间为《文选》学者，本之于宪。又有许淹、李善、公孙罗，复相继以《文选》教授，由是其学大兴于代"。曹宪学识渊博，唐太宗"尝读书有难字，字书所缺者，录以问宪"[2]（《旧唐书·儒学传》）。曹宪《文选音义》惜已失传，我们无法得见其貌，但李善等人曾随曹宪学习过《文选》，且都注过《文选》[3]，可见曹宪对"选学"具有建立之功。曹宪之后，李善注《文选》六十卷最负盛名，李善于唐高宗显庆三年（658）上《文选注表》，"赐绢一百二十匹，诏藏于秘阁"[4]（《旧唐书·儒学传·李善传》），其注本"大行于时"[5]（《旧唐书·文苑传·李邕传》）。然而李善因曾与贺兰敏之交好，被流放姚州，后遇赦还，"以教授为业，诸生多自远方而至"[6]（《旧唐书·儒学传·李善传》），"传其业，号'文选学'"[7]（《续通志·文苑传》）。李善注本虽然广受欢迎，但并不能满足所有人的需求，晚于李善的吕延祚便于唐玄宗开元六年（718）上《集注文选表》，谓李善注"是征载籍，述作之由，何尝措翰"[8]，吕延祚认为李善"止引经

［1］　魏徵等：《隋书》，第 1716 页。
［2］　刘昫：《旧唐书》卷一八九上，第 4946 页。
［3］　《旧唐书·儒学传》载公孙罗"撰《文选音义》十卷"，许淹"撰《文选音》十卷"；皆见刘
　　　昫：《旧唐书》卷一八九上，第 4946 页。
［4］　刘昫：《旧唐书》卷一八九上，第 4946 页。
［5］　刘昫：《旧唐书》卷一九〇中，第 5039 页。
［6］　刘昫：《旧唐书》卷一八九上，第 4946 页。
［7］　嵇璜：《续通志》，光绪浙江书局刊本。
［8］　李善、吕延济、刘良等注：《六臣注文选》，第 1 页。

史，不释述作意义"[1]是种缺憾。《新唐书·李邕传》中说李善"不能属辞，故人号书簏"，"为《文选》注，敷析渊洽"，却"释事而忘义"[2]。吕延祚集吕延济、刘良、张铣、吕向、李周翰五人之注而成"五臣注《文选》"，与李善注《文选》并行于世，企图弥补李善注征引多于释义的缺憾。五臣注在疏通作家作品的文意方面下了大功夫，但其注释仍有不少缺陷。

李善与五臣注《文选》互有优劣，下面就来考察他们关于《文选》中谢灵运、颜延之、鲍照作品的注释有何区别，优点、缺点都有哪些具体体现，他们注释特点的成因为何，以及我们应该如何运用注释去理解谢、颜、鲍的作品。

五臣注《文选》有两大缺点。第一点，征引不标出处。五臣注有几同史书处，或引原话，或复述史家语，却不标明出处，不如李善注严谨；李善注基本都标明出处，令读者有据可查。如注颜延之《五君咏》五首《阮步兵》"物故不可论，穷途能无恸"二句，张铣注曰："籍虽放诞不拘礼教，然口不评论臧否人物。当率意独驾，不由径路，车迹所穷，辄痛哭而返。此延年自托以为途穷者。"[3]李善注曰："臧荣绪《晋书》曰：'阮籍虽放诞不拘礼教，发言玄远，口不评论臧否人物。'《魏氏春秋》曰：'籍时率意独驾，不由径路，车迹所穷，辄痛哭而返。'"[4]对比二者可知，张铣注把《晋书》和《魏氏春秋》的话结合在一起，只改变个别字，称阮籍为"籍"，加转折连词"然"字，少"发言玄远"四字，其余字句全部照搬。只有最后一句"此延年自托

[1] 晁公武撰，孙猛校证：《郡斋读书志校证》，上海古籍出版社1990年版，第1056页。
[2] 欧阳修、宋祁：《新唐书》卷二〇二，中华书局1975年版，第5754页。
[3] 俞绍初等校订：《新校订六家注文选》卷二一，第三册，第1325页。
[4] 萧统编，李善注：《文选》卷二一，第1008页。

以为途穷者"是自己的话，而且还有"废话"之嫌，因为吕向在注《五君咏》五首总题时，就已说过颜延之"述竹林七贤以自喻"[1]，《阮步兵》作为组诗中的一首，作者显然借咏阮籍抒情言志，不须再次说明。

与其说五臣抄史书，不如说抄李善注。不独史书类，五臣注还重复李善注征引的材料。如注释谢灵运《登池上楼》"祁祁伤豳歌，萋萋感楚吟"[2]二句，五臣注先引材料，与李善注一模一样。但五臣注并不说明话出自《诗经》和《楚辞》，李善注却有说明，五臣注又在最后添加了一句多余之话——"言感伤此歌吟也"[3]，此处根本不须注释，谢诗原句中便有"伤""感"之词，感伤之意显而易见，五臣注等于重复诗人原话。如果说五臣注有些多余之言是反面的例子，那么再举一个正面之例。李善注鲍照《咏史》中"君平独寂寞，身世两相弃"二句，李善除征引《汉书》《楚辞》《庄子》外，添了一句有意义的自己的话。李善曰："言身弃世而不仕，世弃身而不任。"[4]"身弃世"属于主观选择，诗人可以凭借本心，选择入世或出世。但"世弃身"属于客观无奈之选，只有一种被迫的选择，诗人想报效国家，却得不到重用，无法施展抱负。五臣注曰"此诗独美严公，以诮当时奢丽"，点出严君平不仕的高节和洒脱，以及诗人当时所处的社会现实；却不如李善注能体现诗人报国无门的痛苦与愁虑。可见李善注并不都是征引他书、他人之话，李善也用自己的话释义，且多切中作家原意，一语中的，简洁明了。

---

[1]　俞绍初等校订：《新校订六家注文选》卷二一，第三册，第1324页。
[2]　俞绍初等校订：《新校订六家注文选》卷二二，第三册，第1373页。
[3]　同上。
[4]　萧统编，李善注：《文选》卷二一，第三册，第1012页。

　　五臣注《文选》的第二大缺点：释义袭用或几同李善释义。李善注若有释义，注语一般先言自己的理解，再征引他书或作家本人其他作品为据。如注谢灵运《晚出西射堂》中"安排徒空言，幽独赖鸣琴"二句，李善曰："言安排之事，空有斯言；幽独不闷，唯赖鸣琴而已。"[1]吕向曰："安排之理，空有其言，幽独不闷，是赖鸣琴而已。"[2]对比可见，吕向释义只改变李注个别字，基本同于李善释义，却不加任何说明。这与前论五臣注征引不标出处，属于一个性质。还有一种情况为五臣注与李善注的释义相近，但有时李善的语言表现更胜一筹，如注谢灵运《于南山往北山经湖中瞻眺》中"孤游非情叹，赏废理谁通"二句，李善与五臣注均无征引，只有释义。李善曰："言己孤游，非情所叹，而赏心若废，兹理谁为通乎？"[3]吕延济曰："言非我情独为叹息，且赏此废此，是理谁能通矣。"[4]两者释义都指出了诗人不忍孤游的无奈之情，但孤游虽不情愿，却并不妨碍持有平和、自然的赏景之心。李注语言简洁、明快、畅晓，突出"赏心"对于诗人的重要性；吕注语言比李注拖沓、含糊，"赏此废此"更是没有"赏心若废"能体现作者的诗意。

　　相比五臣注的两大缺点，李善注有两大优点，其一为引作家本人作品进行内证。如李善注谢灵运《石壁精舍还湖中作》和《登石门最高顶》两诗，都征引诗人《游名山志》来说明"石壁""石门"所处的周边地理环境[5]。又如注谢灵运《从斤竹涧越岭溪行》中"握兰勤徒结，折麻心莫展"二句，李善引谢灵运《南楼中望所迟客》中句："瑶

---

[1] 萧统编，李善注：《文选》卷二二，第三册，第1039页。

[2] 俞绍初等校订：《新校订六家注文选》卷二二，第三册，第1371页。

[3] 萧统编，李善注：《文选》卷二二，第三册，第1047页。

[4] 俞绍初等校订：《新校订六家注文选》卷二二，第三册，第1382页。

[5] 萧统编，李善注：《文选》卷二二，第三册，第1044、1045页。

华未堪折，兰苕已屡摘。路阻莫赠问，云何慰离析？"[1]李善曰："然握兰摘苕，咸以相赠问也。"[2]李善认为《从斤竹涧越岭溪行》和《南楼中望所迟客》所要表达的都是谢灵运欲以芳草送友人，却感慨知己难会，少同赏心者的意思。并不是像吕延济所说："事君勤苦，空结于怀，相知之心，无由申展。"[3]吕注据《楚辞》中以芳草赠君主来解释谢灵运的心意，赠送的对象在"君"而不在知己友人，似较牵强。

　　李善注优点其二：　列举前人诗句，从中看出作家学习前人的轨迹。五臣却几乎不引前人诗文原句，可谓是种缺失。如李善注谢灵运《石壁精舍还湖中作》"蒲稗相因依"句，引阮籍《咏怀诗》"寒鸟相因依"[4]句，说明谢灵运"相因依"词源自阮籍诗，都表现出物象参差起伏的状态，只不过谢灵运把阮诗用在动物意象（"寒鸟"）的状态用到了植物意象（"蒲稗"）上面。又如注谢灵运《庐陵王墓下作》"松柏森已行"句借用曹植《寡妇诗》"松柏森兮成行"[5]句，描写陵墓周围景象，只有两字不同。而注鲍照《行药至城东桥》中"容华坐消歇，端为谁苦辛"两句，则说明是合陆机《长歌行》中"容华宿夜零，无故自消歇"以及《古诗十九首》中"坎坷长苦辛"句为一体[6]，表达韶华易逝，理想难就的愁苦。再如颜延之"慕类抱情殷"（《夏夜呈从兄散骑车长沙》）句，李善注说明颜延之"抱情殷"语出有源，颜诗结合魏文帝《善哉行》中"喟然以慨叹，抱情不得叙"的"抱情"和桓玄

101

[1]　萧统编，李善注：《文选》卷三〇，第三册，第1396页。

[2]　萧统编，李善注：《文选》卷二二，第三册，第1048页。

[3]　俞绍初等校订：《新校订六家注文选》卷二二，第三册，第1384页。

[4]　萧统编，李善注：《文选》卷二二，第三册，第1044页。

[5]　萧统编，李善注：《文选》卷二三，第三册，第1094页。

[6]　萧统编，李善注：《文选》卷二二，第三册，第1056页。

《鹦鹉赋》中"眷俦侣而情殷"的"情殷"[1]，表达一种深至浓厚的感情。而颜延之的另一首诗《北使洛》中"阴风振凉野"句，又源出于陆机《苦寒行》中"凉野多险难"[2]句。从李善注可知，谢灵运、鲍照、颜延之学习魏晋人诗句较多，或是借用个别字词，或是融合不同诗人的诗句为一体，诗意也大多与前人相差不远，属于正面借鉴。通过比较"元嘉三大家"之诗与被化用的前人之诗，我们可以看出"三大家"对前人精华的继承和自我的创新，这些都是李善注带给我们的启示，益于我们认清"三大家"诗作的渊源，以及在诗歌发展史上的意义。

五臣注虽有缺点，当仍有相当可取之处，其一为揆度作者心意，释义尽量贴合作者心境。如注谢灵运《酬从弟惠连》中句："永绝赏心望，长怀莫与同。末路值令弟，开颜披心胸。"李周翰曰：

> 言无敢望有识我心者，长怀代人，无有堪与同事。末，衰也，衰老始得逢令弟，开解我心胸也。[3]

释义把谢灵运那种知音难觅的孤独、无奈之情，以及对其弟谢惠连的深情厚谊彰显出来，语言真挚切情。五臣在释义颂圣、政教类内容的诗句时，语言表现尤佳。如注谢灵运《庐陵王墓下作》中"道消结愤懑，运开申悲凉"二句，李周翰曰："君子道消，群佞在朝也。愤懑气结者，谓少帝时王见废也。今属大运已开，得申积日悲愁。"[4]注释使作者的情绪更为鲜明，把谢灵运对少帝朝的愤慨、失望和对文帝朝

---

[1] 萧统编，李善注：《文选》卷二六，第三册，第 1203 页。
[2] 萧统编，李善注：《文选》卷二七，第三册，第 1254 页。
[3] 俞绍初等校订：《新校订六家注文选》卷二五，第三册，第 1619 页。
[4] 俞绍初等校订：《新校订六家注文选》卷二三，第三册，第 1456 页。

的欣喜、期望，展露无遗。又如注颜延之《拜陵庙作》中"幼壮困孤介，末暮谢幽贞"二句，李周翰曰：

> 延年自言少时困于孤介之事，不能居少帝乱朝也。老时
> 复谢幽静贞吉之道，亦不能就，为恋文帝之明德也。[1]

注释把诗人少时不得用于朝、老时不能有用于朝的苦闷和伤感，表达得淋漓尽致。谢灵运和颜延之的这两首诗中虽然有称颂帝王的成分，但五臣的释义却情真意切，深入细腻，充分体现出作者的感情心绪，起到了颂圣却不令人反感的效果。

五臣注的优点其二：对写景之句进行适当的释义，使诗句更易于理解，且往往能表现出诗歌景中含情的一面。而李善对于景句基本不释义，只作少量材料性的征引，因为觉得写景显而易见，没必要解释，这应算是李善注的一种缺憾吧。如注谢灵运《登临海峤初发强中作与从弟惠连可见羊何共和之》中"秋泉鸣北涧，哀猿响南峦"二句，张铣曰："猿鸣泉响感动人，使其忧伤久念皆攒聚于心也。"[2]释义把作者途见秋景的悲凉、凄伤的心绪较好地传达出来，显示出景语亦为情语的表现手法。又如注鲍照《上浔阳还都道中作》"腾沙郁黄雾，翻浪扬白鸥"二句，李善注只是说："鸥，水鸟也。"刘良曰："言飞沙郁然若黄雾也，翻浪有似白鸥鸟也。"[3]刘良注把鲍诗黄沙飞腾的景象和江浪翻涌的形态具体形象地表现出来，令诗句更容易呈现画面感。

李善注和五臣注各有优劣，我们应该把两者结合起来看，不可偏废。例如颜延之《赠王太常》中"静惟浃群化，徂生入穷节"二句，李

善注只征引无释义，而五臣注只释义无征引，二者刚好互补。刘良注曰："静思及于万物变化之理，伤我既往之年，入此穷暮之节。喻已年老也。"[1]刘良根据李善注引《庄子》中"已化而生，又化而死"[2]来释义，并且结合作者处境，把诗人伤时感岁的心情表现出来。又如注释谢灵运《七里濑》的首四句，李善注与五臣注各展所长。李善注引曹植《九咏》中"何孤客之可悲"句说明谢诗"孤客伤逝湍"的出处，引灵运他诗《入彭蠡湖口》中"坼岸屡崩奔"句作为内证，说明《七里濑》中"徒旅苦奔峭"的"奔"字指"落"意[3]。李善注的两大优点——指出诗歌承袭的渊源和用作家本人作品内证，均在《七里濑》的注释里得到体现。同样注释《七里濑》，吕向注起首二句曰："羁旅之心积于秋晨，秋晨游望展适怀抱……言旅客奔往，皆多伤苦于此。"[4]吕向把谢诗景句含情的特点凸显出来，且能贴合作者心理，把羁旅秋怀的感伤基调表露在读者眼前，令人能更顺畅地理解诗意。

由上述可知，李善注比五臣注严谨，征引有出处，旁证、内证相结合，释义简洁明晰。五臣注虽有征引不标出处、袭用李善释义等缺点，但优点也值得重视。五臣有些释义很能贴近诗人心理，使作家内敛之情得以彰显，语言流畅、切情，有助于读者理解。这其实反映出的是两种不同的注释风格，李善注严谨，五臣注切情。两种风格的形成不仅与注者本人的性格、学识相关，更受当时文化氛围的影响至深。李善、五臣注在发掘"元嘉三大家"诗尚典，善于使用寄情于典、

---

[1] 俞绍初等校订：《新校订六家注文选》卷二六，第三册，第1625页。
[2] 萧统编，李善注：《文选》卷二六，第三册，第1202页。
[3] 同上书，第1241页。
[4] 俞绍初等校订：《新校订六家注文选》卷二六，第三册，第1685页。

情景交融的艺术表现方面，具有重大的推动作用。

第二节　初唐人对《文选序》观念的继承

李善注产生于初唐时期，当时注解之风盛行，经学方面有孔颖达注疏儒家经典，文学方面就是李善、公孙罗诸家注《文选》。注者大多为博古通今之士，学风严谨、质朴。初唐文学思想反对南朝绮艳文风，《贞观政要·论文史》中记载唐太宗的话：

> 朕若制事出令，有益于人者，史则书之，足为不朽。若事不师古，乱政害物，虽有词藻，终贻后代笑，非所须也。只如梁武帝父子，及陈后主、隋炀帝，亦大有文集，而所为多不法，宗社皆须臾倾覆。[1]

太宗不想让人为自己编纂文集，他首先从政教社稷的角度考虑问题，而不是从文学自身的发展来考虑。唐太宗作为定鼎初期的统治者，时刻谨记以史为鉴，他认为前代如梁武帝父子（萧纲、萧绎）等，虽然在文学上有所成就，却没把文学用于正道上，只用来娱乐，不重视德政建设，最后落得国破身死的下场。所以他反对纵欲、淫乐、有害于政教的文学。南朝文学发展到后来，绮靡淫艳之风渐盛，文学逐步沦为娱乐的工具，失去了助于政教的功能，这是他所反对的；但唐太宗并不反对文采、辞藻，当他站在欣赏者的角度考虑问题时，他是重视文学的艺术性的。如唐太宗称赞陆机道："文藻宏丽，独步当时；言论慷慨，冠乎终古。高词迥映，如朗月之悬光；叠意回舒，若重岩之积秀。"[2]

---

[1]　吴兢：《贞观政要》卷七，上海古籍出版社1978年版，第222页。
[2]　房玄龄：《晋书》卷五四，中华书局1974年版，第1487页。

《旧唐书·令狐德棻传附邓世隆传》中言唐太宗即位后："于听览之暇，留情文史。叙事言怀，时有构属，天才宏丽，兴托玄远。"[1]这种把文学作为政事余暇清赏的行为，与萧统"谭经之暇，断务之余"[2]（《答湘东王求文集及〈诗苑英华〉书》），遍览辞林的行为是同一性质。魏徵在《隋书·文学传序》中言：

> 梁自大同之后，雅道沦缺，渐乖典则，争驰新巧。简文、湘东，启其淫放；徐陵、庾信，分路扬镳。其意浅而繁，其文匿而彩，词尚轻险，情多哀思。[3]

彼时萧统已逝，萧纲、萧绎没能继承萧统文质彬彬、典丽雅正的文学观，大开声色之门。萧统《文选》倡导的沉思与翰藻并重的文学准则，到萧纲、萧绎之后流于只重翰藻，摒弃沉思，"文匿而彩，词尚轻险"，完全偏离了儒家传统的文学观。初唐人的文学观同于萧统"文质彬彬，有君子之致"[4]（《答湘东王求文集及〈诗苑英华〉书》）的观念，《隋书·文学传序》中言文学作品应"掇彼清音，简兹累句，各去所短，合其两长，则文质彬彬，尽善尽美矣"[5]。《周书·王褒庾信传论》中认为诗赋"以气为主，以文传意"，"其调也尚远，其旨也在深，其理也贵当，其辞也欲巧。然后莹金璧、播芝兰，文质因其宜，繁约适其变，权衡轻重，斟酌古今，和而能壮，丽而能典，焕乎若五色之成章，纷乎犹八音之繁会"[6]。"文质因其宜，繁约适其变""丽而

106

---

[1] 刘昫：《旧唐书》卷七三，第 2600 页。

[2] 萧统著，俞绍初校注：《昭明太子集校注》，第 155 页。

[3] 魏徵等：《隋书》卷七六，第 1730 页。

[4] 萧统著，俞绍初校注：《答湘东王求文集及〈诗苑英华〉书》，《昭明太子集校注》，第 155 页。

[5] 魏徵等：《隋书》卷七六，第 1730 页。

[6] 令狐德棻：《周书》卷四一，中华书局 1971 年版，第 745 页。

能典"讲的就是萧统、刘勰以及钟嵘他们的文学观,谓诗文写作能"适要""巧似"(参见第一章),辞采与内容并重。

第三节 韩柳古文观念对《文选序》观念的修正

韩愈、柳宗元以积极入世的态度对待人生、政治,反映出他们求实的精神,两人持有功利的文学观。他们认为文学创作首先求有经世之用,然后才考虑作品的形式之美。这与萧统主张的文质并举,"沉思"与"翰藻"并重的文学观有差异。韩愈、柳宗元更偏重于作品"沉思"也即"明道"的一面。

韩愈的文学观与前人的文质并重有所不同,他更偏重于质,也就是道。他在《重答张籍书》中明确指出其所本之道为传统的孔孟儒家之道[1],在《诤臣论》中说:"君子居其位,则思死其官;未得位,则思修其辞以明其道。我将以明道也,非以为直而加人也。"[2]"未得位,则思修其辞以明其道"的观点与曹丕、曹植、刘勰、萧统的观点(文学为政事之附)相一致。韩愈在《答李翊书》中言:"将蕲至于古之立言者,则无望其速成,无诱于势利,养其根而俟其实,加其膏而希其光。根之茂者其实遂,膏之沃者其光晔,仁义之人,其言蔼如也。"又说:"气,水也;言,浮物也,水大而物之浮者小大毕浮。气之与言犹是也,气盛则言之短长与声之高下者皆宜。"[3]韩愈"既强调明道,因之也就强调作者修养,对作者来说,是以行为本,以文为

---

[1] 《重答张籍书》:"自文王没,武王、周公、成、康,相与守之,礼乐皆在;及乎夫子,未久也;自夫子而至乎孟子,未久也;自孟子而至乎扬雄,亦未久也……己之道,乃夫子、孟轲、扬雄所传之道也。"见韩愈著,马其昶校注:《韩昌黎文集校注》卷一四,上海古籍出版社 1986 年版,第 135、138 页。

[2] 同上书,第 112—113 页。

[3] 韩愈著,马其昶校注:《韩昌黎文集校注》卷一六,第 171 页。

辅；对文章来说，是以道为本，以辞为末"[1]。《答李秀才书》中云："不违孔子，不以琢雕为工。"韩愈是轻视辞采的，他认为作家的品行端正、品格高洁，其为文也自然便有君子之风，"然愈之所志于古者，不惟其辞之好，好其道焉尔"[2]，"道"主要指道德，他看重的是文章的思想内容是否雅正，能否体现出作者的良好品性。

柳宗元没有韩愈那么轻视辞，但却极力反对藻丽之辞，如《柳常侍行状》曰："凡为学，略章句之烦乱，采摭奥旨，以知道为宗；凡为文，去藻饰之华靡，汪洋自肆，以适己为用。"[3]文章的表达要自然畅晓，"以知道为宗"，不要添加过多的修饰之语，烦言杂句过多，影响文意的表达。柳宗元也强调"文以明道"，他在被贬永州司马之后，"明道"的主张才逐步明确起来。他在《与杨京兆凭书》中言："自贬官来无事，读百家书，上下驰骋，乃少得知文章利病。"[4]又在《答韦中立论师道书》中说：

始吾幼且少，为文章以辞为工。及长，乃知文者以明道，是固不苟为炳炳烺烺、务采色、夸声音而以为能也。[5]

柳宗元称自己年少时，以为文章不过就是辞采、声色之学。等到年龄大了，阅历丰富以后，才发现其中真味，文章必有"以辅时及物为道"[6]（《答吴武陵论非国语书》）的内容才算好。他还说："本之《书》以求其质，本之《诗》以求其恒，本之《礼》以求其宜，本之

[1]　罗宗强：《隋唐五代文学思想史》，中华书局2003年版，第145页。
[2]　韩愈著，马其昶校注：《韩昌黎文集校注》卷一六，第176页。
[3]　柳宗元：《柳宗元集》卷八，中华书局1979年版，第181页。
[4]　柳宗元：《柳宗元集》卷三〇，第789页。
[5]　柳宗元：《柳宗元集》卷三四，第873页。
[6]　柳宗元：《柳宗元集》卷三一，第824页。

《春秋》以求其断，本之《易》以求其动，此吾所以取道之原也。参之穀梁氏以厉其气，参之《孟》《荀》以畅其支，参之《庄》《老》以肆其端，参之《国语》以博其趣，参之《离骚》以致其幽，参之太史公以著其洁。此吾所以旁推交通而以为之文也。"[1]（《答韦中立论师道书》）为文必须要宗经，儒家各种经典就是"取道"的源泉，在以儒经为主的基础上，又学习《庄子》《老子》《离骚》《史记》等其他经典，如此这般方可做出真正的文章。

柳宗元虽然宗经却不泥于经义，"圣人之道，不穷异以为神，不引天以为高，利于人、备于事，如斯而已矣"（《时令论》），所持之道只要有利于国计民生便可。他还重视辞的表达，《报崔黯秀才论为文书》中云：

> 然圣人之言，期以明道，学者务求诸道而遗其辞。辞之传于世者，必由于书。道假辞而明，辞假书而传。[2]

"道"本无形，要靠文章得以显现、弘扬，故恰到好处的词句表达必不可少。柳宗元《杨评事文集后序》中曰："文有二道：辞令褒贬，本乎著述者也；导扬讽谕，本乎比兴者也。著述者流，盖出于《书》之谟训，《易》之象系，《春秋》之笔削，其要在于高壮广厚，词正而理备，谓宜藏于简册也。比兴者流，盖出于虞夏之咏歌，殷周之风雅，其要在于丽则清越（扬雄曰'诗人之赋丽以则'，谓靡丽而有法则），言畅而意美，谓宜流于谣诵也。兹二者，考其旨义，乖离不合。故秉笔之士，恒偏胜独得，而罕有兼者焉。"柳宗元认为文学作品既要有讽喻兴寄，又要富于文采。他又在《答贡士沈起书》中说："仆之狭陋蛩鄙，

---

[1] 柳宗元：《柳宗元集》卷三四，第873页。

[2] 柳宗元：《柳宗元集》卷三，第85页。

而膺东阿、昭明之任，又自惧也。乌可取识者欢笑，以为知己羞？进越高视，仆所不敢。"[1]柳宗元自谦才识浅陋，却被委以像曹植、萧统的文学责任，恐怕难以胜任，"仆尝病兴寄之作，堙郁于世，辞有枝叶，荡而成风，益用慨然"[2]。柳宗元慨叹往世许多有兴寄明道内容的作品被埋没，诗文应有兴寄，或以自然物象起兴，或以前贤典故寓志，不能把明道的内容掩盖于辞藻之下。

另外值得注意的是，韩愈、柳宗元虽然轻视辞采，却不轻抒情，他们欣赏的抒情方式为"不平则鸣"。韩愈、柳宗元的"文以明道"和"不平则鸣"的文学观，其实正符合《文选序》中"事出于沉思"的观点。韩愈《送孟东野序》中云：

> 大凡物不得其平则鸣。草木之无声，风挠之鸣；水之无声，风荡之鸣。其跃也或激之，其趋也或梗之，其沸也或炙之。金石之无声，或击之鸣。人之于言也亦然，有不得已者而后言，其歌也有思，其哭也有怀。凡出乎口而为声者，其皆有弗平者乎！[3]

"不得已者"指怀才不遇、仕途蹭蹬、生活坎坷之人，必然会有怨气、愁气、闷气、愤气郁结于胸，必定要或歌或哭或为文以疏导之。他还在《荆潭唱和诗序》中言："夫和平之音淡薄，而愁思之声要妙；欢愉之辞难工，而穷苦之言易好也。是故文章之作，恒发于羁旅草野。至若王公贵人，气满志得，非性能而好之，则不暇以为。"[4]认为艰难的处境能激发人做出好文章，穷苦才会积极想要建功立业、经世报

---

[1] 柳宗元：《柳宗元集》卷三三，第861页。
[2] 同上。
[3] 韩愈著，马其昶校注：《韩昌黎文集校注》卷一九，第233页。
[4] 韩愈著，马其昶校注：《韩昌黎文集校注》卷二〇，第262—263页。

国，怀才不遇又会感到报国无门，郁结难舒，故更容易受到激发，做出好的诗文。这是把抒情与文以明道观相结合的观念，"由于强烈的入世思想，便把不平之鸣、把强烈的喜怒哀乐的感情发抒，和重功利的文学观统一起来了"[1]。韩愈《上兵部李侍郎书》中言"愈少……家贫不足以自活"[2]，韩门弟子多清贫出身，如孟郊、张籍、李翱[3]（《与冯宿论文书》）。韩愈及其门人的文学思想多念民生疾苦、同情失意者，作品多表现"不平之鸣"便与出身相关。而这种情况在"元嘉三大家"中的颜延之和鲍照身上均有体现。颜延之《拜陵庙作》中云"幼壮困孤介"；鲍照出身贫寒，不平则鸣的诗句很多。如"但闻风声野鸟吟，岂忆平生盛年时"（《拟行路难》其十），盛年浮华之景还历历在目，此刻却是孤影茕孑，落魄徘徊，唯野鸟烈风相伴。今昔对比，令人悲恺萦怀。忆昔会令现实更痛，前途未卜，明日还不知会有何种险阻塞路，眼下痛苦与挣扎又算得了什么！忆，不仅仅是一种回顾，更是一种悔恨和反思，一种对未来的启示，希望以后不会如当下这般回忆现在。这种"明知故问"的表达含有愤慨、怨怅、无奈以及自慰等感情，是一种"不平则鸣"。问的结果其实鲍照心中早已有数，却仍不甘心，实际上是对"世胄蹑高位，英俊沉下僚"（左思《咏史》其二）的诘问，即便知道不会有人来解答。方东树在《昭昧詹言》中言："传曰：'诗人感而有思，思而积，积而满，满而作。言之不足，故长言之，长言之不足，故嗟叹咏歌之。'"[4]就像鲍照组诗《拟行路难》十八首中的表达，"吞声踯躅不敢言""中心恻怆不能言"，气萦于

111

［1］　罗宗强：《隋唐五代文学思想史》，第 158 页。

［2］　韩愈著，马其昶校注：《韩昌黎文集校注》卷一五，第 143 页。

［3］　韩愈著，马其昶校注：《韩昌黎文集校注》卷一七，第 197 页。

［4］　方东树著，汪绍楹校点：《昭昧詹言》，人民文学出版社 2006 年版，第 1 页。

怀,在胸中不断积聚;"含歌揽涕恒抱愁""心中惕惕恒怀悲",经过反复思虑,郁气渐渐地升腾、抒发出来,只不过这时的表达少了之前的激昂;"如今君心一朝异,对此长叹终百年""西家思妇见悲惋,零泪沾衣抚心叹""亦云朝悲泣闲房,又闻暮思泪沾裳"[1],诗人多了些看清现实后的悲惋与无奈。

鲍诗不皆为"激昂奋进"式的豪言壮语或愤愤不平的怒言怨语,还有自我慰藉之语,其实是"不平则鸣"的另一种体现形式。鲍诗以"君当""愿君""当愿""但愿""宁闻""宁及""莫叹"为标志。如"愿君裁悲且减思"(《拟行路难》其一),威武如汉武帝、魏武帝者,尚且难永享荣华,吾等平庸之辈又怎能奢望名垂千古呢!"君当见此起忧思,宁及得与时人争""为此令人多悲悒,君当纵意自熙怡",这同《古诗十九首》中"行乐须及时,何能待来兹"以及陶渊明《杂诗》十二首中"盛年不重来,一日难再晨""荣华难久居,盛衰不可量""倾家持作乐,竟此岁月驶"相类。鲍诗体现出的及时行乐并非出自本愿,那只是诗人理想受挫时的自慰之语,实际也反映出作者孤独、倔强的沉吟者形象。再看谢灵运的自慰方式,表现于甘愿"长绝"的自我形象的树立,这属于另类的"不平则鸣"。谢灵运不像鲍照选择用诘问来宣泄,他通常与人作决绝的姿态。"长与欢爱别,永绝平生缘"(《还旧园作见颜范二中书》),"倘遇浮丘公,长绝子徽音"(《登临海峤初发强中作与从弟惠连可见羊何共和之》),"永绝赏心望,长怀莫与同"(《酬从弟惠连》),谢灵运自言以山水明志,孤独寂寞、知音难求,但他并不以为然。他以"长绝""永绝"的方式表达心中潜藏的不平之气。

---

[1] 诗例皆出自鲍照《拟行路难》十八首,见鲍照著,钱仲联增补集说校:《鲍参军集注》,第 227、234、239 页。

第四节 《诗式》《文镜秘府论》之谢鲍批评

唐人注重诗歌创作，不注重诗歌评论，他们对前人诗歌的评价，多数以效仿的写作形式展现，或效仿前人诗风，或化用前人诗句，或以前代诗人入典。皎然算是唐人重诗歌批评的代表之一，《诗式》中对许多诗歌的创作技法和艺术风格都有评论。《文镜秘府论》的撰者虽为日人，但受唐人影响颇深，书中许多观点都承袭了王昌龄《诗格》的见解。我们来看《诗式》和《文镜秘府论》中关于谢灵运和鲍照诗歌的评价。皎然极力推崇谢灵运之诗，他在《诗式·文章宗旨》中说：

> 曩者尝与诸公论康乐为文，真于情性，尚于作用，不顾词彩，而风流自然。彼清景当中，天地秋色，诗之量也；庆云从风，舒卷万状，诗之变也。不然，何以得其格高，其气正，其体贞，其貌古，其词深，其才婉，其德宏，其调逸，其声谐哉！至如《述祖德》一章，《拟邺中》八首，《经庐陵王墓》《临池上楼》，识度高明，盖诗中之日月也，安可攀援哉！惠休所评"谢诗如芙蓉出水"，斯言颇近矣！故能上蹑风骚，下超魏晋。建安制作，其椎轮乎？[1]

皎然指出谢诗最重要的特质为"真于情性，尚于作用，不顾词彩，而风流自然"。他认为谢诗富于情性，技艺纯熟，其诗风流天成乃"尚于作用"后达到的自然。这种观点影响到后人王世贞、王夫之对谢灵运诗的评价。王世贞《艺苑卮言》中云："三谢固自琢磨而得，然琢磨之极，妙亦自然。""三谢"（谢灵运、谢惠连、谢朓）诗均有琢磨而至自

---

[1] 皎然著，李壮鹰校注：《诗式校注》，人民文学出版社 2003 年版，第 118 页。

然的特点，王夫之《古诗评选》中称谢灵运诗："琢尽还归不琢。"这里的"琢尽"就是"琢磨之极"，类于皎然所说的"不顾词彩"，"不顾"不是忽略"词彩"，恰恰指极为重视，用尽心思琢磨如何把"词彩"运用得自然无痕、臻于化境。谢灵运"诗之量"，如清朗日光普照万物，能容天地、四时之景；谢诗妙于变化，诗势有风云舒卷之感。正因"诗之量"广与"诗之变"妙，故成其"格高""气正""体贞""貌古""词深""才婉""德宏""调逸""声谐"等九个优点。皎然举出四例谢灵运诗，认为它们高明之至，犹如日月。这四例诗均为《文选》所选，其中《临池上楼》（《文选》中题为《登池上楼》）最为后世所赏，《述祖德》和《经庐陵王墓》（《文选》中题为《庐陵王墓下作》）虽不如《临池上楼》的受誉程度之高，但也有受称许之处。惟《拟邺中》（《文选》中题为《拟魏太子邺中集诗》）八首，后人无甚赞语[1]，陈祚明评曰："康乐深于性情，而不审格调"，"至于风度，未协建安风旨"，"仍是康乐本调"[2]。陈氏认为谢诗"深于性情"同于皎然所说的"真于情性"，但他不同意皎然称谢诗"格高""貌古"，尤其是《拟邺中》八首，绝少建安风骨，格调亦与建安诗相去甚远。

皎然非常赞同惠休评谢诗"如芙蓉出水"的看法，他认为谢诗之所以能达到"芙蓉出水"般自然的境界，与灵运通晓佛理密不可分。他说："康乐公早岁能文，性颖神彻。及通内典，心地更精，故所作诗，发皆造极。得非空王之道助邪？"[3]（《诗式·文章宗旨》）"内典"指佛教经典，"空王之道"指佛教道义。谢灵运通晓佛典，撰有阐

[1] 参见第二章表 2-1。

[2] 陈祚明评选，李金松点校：《采菽堂古诗选》，上海古籍出版社 2008 年版，第 549、550 页。

[3] 皎然著，李壮鹰校注：《诗式校注》，第 118 页。

发佛理的《佛影铭》《与诸道人辨宗论》等文，他还常与名僧交往，《高僧传·慧远传》载："谢灵运负才傲俗，少所推崇，及一相见，肃然心服。远内通佛理，外善群书，夫预学徒，莫不依拟。"[1]慧远不仅具有极高的佛学修养，而且还博览群书，其文学修养想必也不低，故受灵运如此青睐，在他去世后还专门作有《庐山慧远法师诔》。不仅慧远，南朝宋时期，僧人们普遍具有兼修内外的博学素养，不仅通晓佛家经典，而且还遍览儒道经典，且对文学的热情逐渐高涨。《高僧传》卷七载：慧严"博晓诗书""学洞群籍"，慧静"解兼内外，偏善涅槃"，梵敏"内外经书，皆暗游心曲"，昙谛"游览经籍，遇目斯记。晚入吴虎丘寺，讲《礼》《易》《春秋》各七遍，《法华》《大品》《维摩》各十五遍。又善属文翰，集有六卷，亦行于世"，僧彻"遍学众经"，"措怀篇牍，至若一赋一咏，辄落笔成章"[2]。可见当时通晓诗文的佛僧不在少数，且文人与僧人间交往频繁，谢灵运如此，"元嘉三大家"中的另两位颜延之、鲍照亦如此。

颜延之极力推赏求那跋陀罗，经常登门造访，他人纷纷效仿延之所为，使得求那跋陀罗声名鹊起[3]。鲍照与僧人汤惠休相善，就连对谢灵运诗如"芙蓉出水"的看法也颇一致[4]。"芙蓉出水"不单是从艺术层面上说谢诗的风格清新自然，而且也是从佛理的层面上讲谢诗的境界超凡脱俗。"芙蓉出水"为佛教中常用的比喻，《四十二章经》中说："我为沙门，处于浊世，当如莲花，不为泥所污。"[5]《大宝积

---

[1]　慧皎撰，汤用彤校注，汤一玄整理：《高僧传》，中华书局1992年版，第221页。

[2]　同上书，第260、285、287、279、277页。

[3]　《求那跋陀罗传》："颜延之通才硕学，束带造门，于是京师远近，冠盖相望。"

[4]　鲍照曰："谢五言如初发芙蓉，自然可爱。"见李延寿：《南史》卷三四，第881页。

[5]　高楠顺次郎、渡边海旭等编：《大正新修大藏经》，台北佛陀教育基金会出版部1990年版，第17册，第723页。

经·普明菩萨会》中言：

> 迦叶，譬如有诸莲花，生于水中水不能着，菩萨亦尔，生
> 于世间而世间法所不能污。[1]

莲花即芙蓉，生于水中却不为泥所污，比之于人，则谓有菩萨般高
洁、纯净的精神品格，不为世间人事的浊气所染。惠休和皎然均为佛
门中人，他们对谢诗如芙蓉的评价显然含有称颂其精神境界的一面，
这是种极高的赞誉。可以说，"芙蓉出水"是一种理想的美的境界，
"在艺术中，要着重表现自己的思想，自己的人格，而不是追求文字的
雕琢"[2]；"论人，则康乐公秉独善之资，振颓靡之俗"[3]（《诗
议》）。谢灵运无论诗品还是人品均超脱凡俗。《诗式·品藻》亦说：
"其华艳，如百叶芙蓉，菡萏照水。"[4]李壮鹰按："诗之华艳一品，
有天然之华艳，有雕饰之华艳。"[5]皎然认为"芙蓉出水"属于天然
华艳，谢灵运诗便具如此品质。有些谢诗确实很好地体现出诗人独立
出尘、坚守自我的品性，且写景自然，寓目辄书，融情于景。皎然看
到谢诗山水掩盖下的情性、意旨，极力褒扬之，曰：

> 两重意已上，皆文外之旨。若遇高手如康乐公览而察
> 之，但见情性，不睹文字，盖诣道之极也。向使此道尊之于
> 儒，则冠六经之首；贵之于道，则居众妙之门；精之于释，则
> 彻空王之奥。但恐徒挥其斤而无其质，故伯牙所以叹息

---

[1] 高楠顺次郎、渡边海旭等编：《大正新修大藏经》，第 11 册，第 633 页。
[2] 宗白华：《美学散步》，上海人民出版社 2005 年版，第 60 页。
[3] 皎然著，李壮鹰校注：《诗式校注》附录二，第 374 页。
[4] 皎然著，李壮鹰校注：《诗式校注》，第 64 页。
[5] 同上书，第 66 页。

也。[1]（《诗式·重意诗例》）

他认为谢诗具有丰厚的意蕴，山水美景的绘写只是其表层，内里融合着作者深挚的情感和深刻的思虑。皎然对谢灵运是明显过誉了，他出于对远祖的钦慕，夸大谢灵运诗的优点。谢诗确有清新自然、真于情性的优点，但这优点并不具有普遍性。仍有不少谢诗有繁芜、雕缛之病，不都是自然天成。皎然忽略谢诗的缺点，刻意抬高谢诗的地位，甚至称其超越了"建安制作"，"尊之于儒，则冠六经之首"，这分明是徇私偏美的表现。清人方东树还指出皎然论诗的另一缺点："只空识其句法兴象而已，不得深究其作用措注之精微也。"[2]（《昭昧詹言》卷五）他说皎然评诗大多空谈、泛言，比如论谢诗不讲如何炼字、琢句以成自然的精妙之处，只说谢诗具有自然之质而已，缺乏说服力。

相较于对谢灵运的盛赞，皎然对颜延之诗几乎没有评语，对鲍照诗的评价也只有寥寥两句。《诗式·跌宕格二品·越俗》中云："其道如黄鹤临风，貌逸神王，杳不可羁。"[3]说明诗歌"越俗"一品须具有飘逸不羁的特质，并举鲍照《拟行路难》（"举头四顾望……中心凄怆不能言"）为例。鲍照许多乐府诗都具有"越俗"的品质，皎然所举鲍诗，开头格调似《古诗十九首》"出郭门直视，但见丘与坟""四顾何茫茫，东风摇百草"；中间运用蜀帝化身杜鹃鸟的典故，寄托诗人的悲愤之情；结尾二句内蕴无限愁苦、凄凉之意，"当时（南朝宋）忠孝铲地灭尽，犹有明远忽焉之一念，恻怆而不能言，其志亦哀也"[4]。此诗先写荒飒阔远之景，笔调疏朗；再用典故寄意，内敛沉挚；最后直

---

[1]　皎然著，李壮鹰校注：《诗式校注》，第 42 页。

[2]　方东树著，汪绍楹校点：《昭昧詹言》，第 126 页。

[3]　皎然著，李壮鹰校注：《诗式校注》，第 48 页。

[4]　王夫之选评，张国星校点：《古诗评选》，文化艺术出版社 1997 年版，第 48 页。

接抒情，笔锋昂扬。诗势有伏有起，正应"跌宕"之格。另外，皎然《诗议》中说："鲍参军丽而多气。"[1]抓住了鲍照诗的一大特征，丽而不靡，正因多气。鲍诗多气，故笔力劲健，诗作多具跌宕之格。

《文镜秘府论》（下文简称《秘府》）对"元嘉三大家"的态度同皎然一样，主要讨论谢灵运、鲍照诗的成败，忽视颜延之。《秘府·南卷·论文意》曰："自古文章，起于无作，兴于自然，感激而成，都无饰练，发言以当，应物便是。"[2]认为上乘的文章应属自然而作，有感而发，不假装饰，"发言以当，应物便是"。此说同刘勰《文心雕龙·物色》中的"适要"观相似，都反对雕琢夸饰，提倡恰到好处的描写。《秘府》推崇汉魏古诗，曰：

> 汉魏有曹植、刘桢，皆气高出于天纵，不傍经史，卓然为文。从此之后，递相祖述，经纶百代，识人虚薄，属文于花草，失其古焉。中有鲍照、谢康乐，纵逸相继，成败兼行。至晋、宋、齐、梁，皆悉颓毁。[3]

曹植与刘桢诗多"天纵"之气，不依靠经史彰显其才，而其才自然流露。曹刘以后，诗歌创作多属意描写花草细琐之物，无汉魏古诗的壮阔之气、浑然之气，中间仅有鲍照、谢灵运两家诗有"纵逸"[4]之气，但毕竟不如汉魏"天纵"之气，且两人诗作成败相间，可供指摘处不少。总之，汉魏以后诗每况愈下，呈"颓毁"之势。

---

[1] 皎然著，李壮鹰校注：《诗式校注》附录二，第 374 页。

[2] 遍照金刚著，王利器校注：《文镜秘府论校注》，第 278 页。

[3] 同上书，第 278、279 页。

[4] 王利器注："纵逸，谓放纵逸乐。曹植《酒赋》：'耽于觞酌，流情纵逸。'张华《博陵王宫侠曲》：'身在法令外，纵逸常不禁。'"谢灵运、鲍照有些诗作有享乐内容，感情外放，少含蓄敦厚之旨。见遍照金刚著，王利器校注：《文镜秘府论校注》，第 282 页。

《文镜秘府论·论文意》曰:"凡文章皆不难,又不辛苦。"[1]认为好的诗文"绝斤斧之痕","婉而成章"[2]。上等诗文不是用力做出来的,应该顺其自然,随性而发,意到笔来。《文心雕龙·神思》曰:"秉心养术,无务苦虑;含章司契,不必劳情。"[3]刘勰认为"本旨贵在自然","词章之学,雕琢之技,于文章中不为上乘也"[4]。《秘府》的"不难""不辛苦"同《文心雕龙》的"无务苦虑""不必劳情"如出一辙,都提倡写作贵在自然。《秘府》欣赏谢灵运的诗歌语言,称:

> 诗有饱肚狭腹,语急言生,至极言终始,未一向耳。若谢康乐语,饱肚意多,皆得停泊,任意纵横。鲍照言语逼迫,无有纵逸,故名狭腹之语。以此言之,则鲍公不如谢也。[5]

"饱肚"意来自王昌龄《诗格》:"诗有六式:四曰饱肚,调怨闲雅,意思纵横。谢灵运诗:'出谷日尚早,入舟阳已微。'此回停歇意容与。"[6]谢诗"饱肚意多",鲍诗"狭腹"语多。"饱肚"给人以闲雅、恬适之感,审美体验是轻松、愉悦;而"狭腹"给人以促迫、滞涩之感,审美体验是费力、紧张。故《秘府》从诗歌语言上说"鲍公不如谢",主要因为鲍照有些诗读起来费力、劳神,不如谢灵运诗轻松、自然。

综上所述,《诗式》《文镜秘府论》都看重谢灵运诗,忽视颜延之

---

[1] 遍照金刚著,王利器校注:《文镜秘府论校注》,第284页。
[2] 同上。
[3] 刘勰著,詹锳义证:《文心雕龙义证》,第987页。
[4] 同上书,第989页。
[5] 遍照金刚著,王利器校注:《文镜秘府论校注》,第291页。
[6] 同上。

诗，对鲍照诗有赞赏也有批评。他们看重谢诗，主要源于文章贵自然的文学观念，主张诗文创作应流露真性情，恰当地描写山水，反对雕琢、用力，推崇芙蓉出水、浑然天成、优游不迫的美学境界，这与撰者出身佛门有密切关系。

第五章 |
宋元"反绚崇淡"与"颜不如鲍，鲍不如谢"

宋代大部分文人持正统的儒家文学观，认为诗文写作最好有助于教化，内容积极，风格雅正，重视作家的人品，反对雕琢绮丽。苏门文人对《文选》的去取编次颇有意见，但并不妨碍他们对《文选》中作品的重视，以批评、矫正的态度重视《文选》所录作家的作品。他们0主张学汉魏古诗和陶渊明全集，十分崇尚陶诗外淡内腴的风格，提倡自然为文。理学家论诗主要看诗歌能否体现出纯正、明净之心，反对人工用力，持从容写诗的态度。宋人对"元嘉三大家"的评论，少而零散，对唐以前古诗的评论，主要集中在陶渊明诗上面。"三大家"中评论谢灵运的最多，其次为鲍照，颜延之几可忽略。到了元代，方回和刘履对《文选》及其中谢、颜、鲍诗歌，均作了全面、具体、深入的评论，诗歌观念继承宋人的雅正、自然观，看重诗人品格和诗歌的言志手法，但同时也注重写景、抒情等其他诗歌表现艺术。

第一节 "偶俪之文"不害"有补于世"

萧统"丽而不浮，典而不野"（《答湘东王求文集及〈诗苑英华〉书》）的文学观符合儒家传统的雅正观，他主张诗文内容与辞采并重，

《文选》所录作品大多秉承这一标准。然而宋代有些论者贬驳《文选》，正是因其重辞采的一面。宋代文学思想的主流是看轻辞采、重视思想内容，而非萧统那般辞意并重。多数宋人继承韩柳的古文观念，认为诗文创作的目的在于经世致用，虽然有些论者并未否定辞采的作用，但也谈不上重视。宋初古文家柳开、田锡、王禹偁等崇尚韩愈、柳宗元，提倡道统和文统。柳开云："吾之道，孔子、孟轲、扬雄、韩愈之道；吾之文，孔子、孟轲、扬雄、韩愈之文。"[1]（《应责》）他秉承传统的儒家文学观，认为诗文创作要有益于教化，"把道德与文章等同起来，反对和排斥文学创作中非道德的情感因素"[2]，认为不应该把精力放到辞藻、文采等"非道德"的因素上。田锡对文统的看法要比柳开开放，他没有反对文学情采的偏颇，而是把"儒家的道德理性，融合了道家的自然哲学和艺术精神"[3]。他在《贻宋小著书》中言："禀于天而工拙者，性也；感于物而驰骛者，情也……随其运用而得性，任其方圆而寓理，亦犹微风动水，了无定文；太虚浮云，莫有常态，则文章之有声气也，不亦宜哉！比夫丹青布彩，锦绣成文，虽藻缛相宣，而明丽可爱。"[4]田锡主张诗文随其情性，自然而发，"微风动水"，物无常态，故诗文亦随描写对象、作者心态的变化而变。他不排斥文章的声色，只要修辞得当，"虽藻缛相宣，而明丽可爱"。这种观念实与《文心雕龙·物色》中的情辞"适要"观相类，而"元嘉三大家"又不乏明丽、性情之作，如"初篁苞绿箨，新蒲含紫茸。海鸥戏春岸，天鸡弄和风"（谢灵运《于南山往北山经湖中瞻眺》），写景绘物对

---

[1] 柳开：《柳开集》卷一，中华书局 2015 年版，第 13 页。

[2] 张毅：《宋代文学思想史》，第 27 页。

[3] 同上书，第 28 页。

[4] 田锡著，罗国威校点：《咸平集》卷二，巴蜀书社 2008 年版，第 33—34 页。

偶精工，又极贴合自然的真实物态；"伤禽恶弦惊，倦客恶离声。离声断客情，宾御皆涕零。涕零心断绝，将去复还诀"（鲍照《代东门行》），以"伤禽"起兴，淋漓挥写倦客离情之悲，真正做到"感于物而驰骛"。王禹偁虽崇韩柳古文，但对丽采的态度似比田锡还要开明，"就是被柳开等人坚决反对的骈体文，王禹偁也有出色之作，其《黄州谢上表》就是宋初的四六名篇"[1]。

欧阳修的文学思想与田锡、王禹偁接近，他虽多作古文，提倡"经世致用"的文学观，但并不反对骈俪、藻饰，其《论尹师鲁墓志》中曾言"偶俪之文，苟合于理，未必为非"[2]，"合于理"便是写作内容要以弘扬儒家的仁义教化为目的，文采是为内容服务的。苏轼在《六一居士集叙》中言：

> 自欧阳子出，天下争自濯磨，以通经学古为高，以救时行道为贤，以犯颜纳说为忠。[3]

"通经学古"，学的便是孔孟之道，韩柳之文。欧阳修不否定骈俪是有前提的，只有益于"救时行道"的"偶俪之文"才是辞意俱佳的好文，他自己的《秋声赋》便是最好的例证，"摹写天时，曲尽其妙"[4]，充分发挥赋体铺排偶俪的特点，描有声之秋，如在耳边目前。不仅状物入微且含深意，写出"人之戕贼者，在意中无声之秋，尤堪悲矣。篇中感慨处带出警悟，自是神品"[5]。欧阳修之后的王安石推崇简洁明

[1] 张毅：《宋代文学思想史》，第31页。
[2] 欧阳修著，洪本健校笺：《欧阳修诗文集校笺》，《外集》卷二三，上海古籍出版社2009年版，第1917页。
[3] 苏轼著，孔凡礼点校：《苏轼文集》卷一〇，中华书局1986年版，第316页。
[4] 欧阳修著，洪本健校笺：《欧阳修诗文集校笺》，第480页。
[5] 同上。

快、不加雕饰的文风。他在《上人书》中言："且所谓文者，务为有补于世而已，所谓辞者，犹器之有刻镂绘画也。诚使巧且华，不必适用；诚使适用，亦不必巧且华。"[1]王安石认为文章最主要的功能为"有补于世"，辞采犹如器皿上的花纹，可有可无。判断文章好坏，就看"适用"与否。辞采若"巧且华"不会为文章加分多少，但若有"有补于世"的内容绝对占据九成之分，可见王安石的文学观念不如欧阳修通达。欧王均身居高位，既有政治家的身份又有文坛领袖的声名，他们都提倡传统的儒家文学观，认为文章写作应"有补于世"，但欧阳修也重视情采、文华，只不过用辞采为内容的表达服务。王安石在观念上认为辞藻不值一提，文章只需"适用"而已，虽然王氏自己有些文章也富辞采，但他认为那是自然流露的表现，无需言明，实际就是忽视辞采的作用。

124

第二节　苏门贬《选》与"崇陶崇淡"

苏氏父子的文学思想，与欧阳修等人有着明显的承继关系，如"强调经世致用，重视通经明古，反对浮华"[2]，崇尚自然的文风。苏洵在《仲兄字文甫说》中称"水"与"风"为"天下之至文"，此二物"无意乎相求，不期而相遭，而文生焉。是其为文也，非水之文也，非风之文也，二物者非能为文，而不能不为文也。物之相使而文出于其间也，故曰：此天下之至文也。今夫玉非不温然美矣，而不得以为文；刻镂组绣，非不文矣，而不可与论乎自然"[3]。苏洵认为写作应如风行水上，不期而遇，自然成文，"刻镂组绣"虽有人工之美，到底

---

[1]　王安石：《王临川全集》卷七七，上海书店1935年版，第21页。

[2]　张毅：《宋代文学思想史》，第52页。

[3]　吴文治主编：《宋诗话全编》，江苏古籍出版社1998年版，第一册，第283页。

不及文出天然之美。苏辙钦慕乃兄苏轼之诗"精深华妙"(《子瞻和陶渊明诗集引》),"缘诗人之义,托事以讽,庶几有补于国"[1](《亡兄子瞻端明墓志铭》)。苏轼诗"精深华妙"特点的形成与其崇陶学陶密不可分,他曾对苏辙讲述自己的读诗体会:

> 吾于诗人,无所甚好,独好渊明之诗。渊明作诗不多,然其诗质而实绮,癯而实腴,自曹刘、鲍谢、李杜诸人,皆莫及也。[2]

苏轼对陶渊明诗推崇备至,认为陶之前的名家如曹植、刘桢以及陶之后的鲍照、谢灵运、李白、杜甫诸人之诗,皆莫能及。他认为陶诗最主要的特点为"质而实绮,癯而实腴",外表初看似枯槁、平淡,内里实则丰腴、绮丽,醇厚多味。这既是陶诗最大的特点,亦是胜于他人之处。苏轼极为欣赏陶诗那一类外淡内绮的诗风,喜好层层发掘、细细品味诗中的"清厚静深"[3](《晁君成诗集引》)之美。

苏轼对《文选》颇有微词,他在《题〈文选〉》中说:"舟中读《文选》,恨其编次无法,去取失当。齐梁文章衰陋,而萧统尤为卑弱,《文选引》,斯可见矣。"[4]他举例: 苏武、李陵诗为伪作,却被选入;陶渊明好诗甚多,却少入选,讥讽萧统为"小儿强作解事者",甚至说从《文选序》便可证萧统见识的"卑弱"。《文选序》说明了编者的选录标准,不收经、史、子类作品,只收"沉思"与"翰藻"并重的文学作品。现在看来此选录标准本身就很有问题,如果说以"沉思""翰藻"并重为标准,那么经、史、子类有些作品,既富"沉思"又不

---

[1] 吴文治主编:《宋诗话全编》,第一册,第 901 页。
[2] 苏轼著,孔凡礼点校:《苏轼文集·苏轼佚文汇编》卷四,第 2515 页。
[3] 苏轼著,孔凡礼点校:《苏轼文集》卷一〇,第 320 页。
[4] 苏轼著,孔凡礼点校:《苏轼文集》卷六七,第 2093 页。

乏"翰藻",为何不选?既然已说不选经、史、子类作品,又为何选有史书中的序、论、赞部分,难道经、史、子中仅有序、论、赞符合"沉思"与"翰藻"并重的标准?这点显示出萧统选录思想的矛盾之处。苏轼不但就《文选》本身进行了批评,而且还大力批判五臣注释的《文选》,他在《书谢瞻诗》中言:"李善注《文选》,本末详备,极可喜。所谓五臣者,真俚儒之荒陋者也。"[1]又在《书文选后》中说:"五臣注《文选》,盖荒陋愚儒也……五臣既陋甚,至于萧统亦其流耳。"[2]他认为李善注不知胜五臣注多少,李善注详实严谨,五臣注"荒陋"迂腐,五臣注诚然有不少缺点,但也不像苏轼说的这么不堪(参见本章第二节)。苏轼似乎抱着泄愤的态度,把萧统与五臣等同起来,萧统"去取失当"本就引其不满,五臣注的荒谬百出更是惹其愤怒。苏轼对《文选》仿佛"恨不释手",感情上厌恶,行动上却在细读、深究,不得不说是种有意思的现象。苏轼还有《题鲍明远诗》:"舟中,读鲍明远诗,有字谜三首。"[3]《文选》未选鲍照的字谜诗,选其一首《数诗》,观诗内容,不全为游戏之言。《文选》所录鲍照作品仅占《鲍照集》的一小部分,有些鲍照的优秀作品未能入选。以苏轼批《文选》"去取失当"的态度,他所读鲍诗很可能出自《鲍照集》。苏轼以《文选》为读诗的"量尺",遍览李善注本和五臣注本,且结合作家全集,细心考察作家作品的真伪、诗旨及入选类别恰当与否。虽然他批评《文选》的不合理处及五臣注的荒谬处,但这正是其看重《文选》的表现。所谓爱之深责之切,苏轼叹恨《文选》"遗者甚多",其实是一种珍惜以至惋惜的态度。他未明言《文选》中亦有珠

---

[1] 苏轼著,孔凡礼点校:《苏轼文集》卷六七,第 2093 页。

[2] 同上书,第 2095 页。

[3] 同上书,第 2093 页。

玉，只恨遗珠太多，这是对《文选》寄予厚望却感失望的遗憾之情。如果苏轼不重视《文选》，大可不必细读、精读，并参考作家其他作品，花功夫指出《文选》的失当之处。

由于苏轼大力推崇陶渊明诗，苏门学士也纷纷把陶诗作为衡量诗歌好坏的"标杆"，凡近于陶诗自然华妙之风的诗歌，即称佳作；不类渊明诗风的，则视为下乘。黄庭坚《论诗》云：

> 谢康乐、庾义城之于诗，炉锤之功不遗力也。然陶彭泽之墙数仞，谢庾未能窥者，何哉？盖二子有意于俗人赞毁其工拙，渊明直寄焉耳。[1]

黄庭坚认为谢灵运、庾信之诗极尽"炉锤之功"，过于精练，用力过甚，不如陶渊明诗"直寄"自然。他认为谢庾二人太在乎旁人"赞毁其工拙"，有意于炫才逞技，故有矫作自然之弊，不及渊明无意工拙，而技自浑成，境自高古。陈师道《后山诗话》曰："鲍照之诗，华而不弱；陶渊明之诗，切于事情，但不文耳。"[2]他认为鲍照诗虽华丽却未陷靡弱，陶渊明诗比鲍照诗亲切、自然，但不如鲍诗有文采。陈师道拿鲍陶二人作比较，似有些许肯定华采，不满"无文"的思想，但他又有与之矛盾的表述："宁拙无巧，宁朴无华。"这里他主张诗作宁可拙、朴，也不要巧、华。其实陈师道要说明的是"华而有度"的问题。诗歌内容要真实、"切于事情"；表达应自然顺畅，稍加修饰。诗人应该把握好修辞的度，要做到"华而不弱"；如若做不到，还不如舍弃华采，老老实实地写真实之情景即可。

秦观称赞杜甫之诗，能集众家之所长，"陶潜、阮籍之诗长于冲

127

---

[1]　黄庭坚：《山谷外集》卷九，文渊阁《四库全书》本。
[2]　陈师道：《后山居士诗话》，中华书局 1985 年版，第 9 页。

淡；谢灵运、鲍照之诗长于峻洁"，杜诗"包冲淡之趣，兼峻洁之姿"[1]（《进论·韩愈论》），汲取前人诗歌的精华为己用，成其内容深广、姿态多变的大家风范。张耒《贺方回乐府序》中云："文章之于人，有满心而发，肆口而成，不待思虑而工，不待雕琢而丽者，皆天理之自然，而情性之道也。"[2]他认为文章应是情之所至、随心而作的产物，"不待雕琢而丽"的观点同于苏洵自然成文的观点。"诗非力学可致，正须胸中度世耳"[3]（陈师道《后山诗话》），诗歌写作不需刻意用力，应顺感情、心意的自然流露，情意浓时，汇聚于胸，不吐不快，或受景物感发，或受人事刺激，词句喷薄而出，皆非搜肠刮肚而得。

由于苏门一派推崇陶诗，宋代许多文人追求绚烂之极归于平淡的审美趣味，"形成了重襟怀直寄而不重具体物象刻画的创作思想。诗人所着意的不是感性形象的直观，也不是情绪的渲染，而是心灵的证悟自得，故不尚雕琢和藻饰，主张以简御繁，以淡寓浓"[4]。他们把陶渊明诗当作学习的典范，推崇渊明安贫乐道的人格，尤其赞赏他历尽沧桑还能保持悠然淳朴的品质；追慕陶诗冲淡的风格，进而欣赏与冲淡诗风相近的"清美""峻洁""静深"之风。《竹庄诗话·品题》引《雪浪斋日记》云："为诗欲词格清美，当看鲍照、谢灵运。"[5]此处说明鲍照、谢灵运之诗是"词格清美"的典范，后人欲要学诗，当学"清美"一类诗，以鲍谢之诗作为效仿的对象。"清美"体现在谢诗上为芙蓉出水之美，尤其是谢灵运那些游览、行旅诗的写景部分，清新

---

[1]　秦观：《淮海集》卷二二，文渊阁《四库全书》本。

[2]　张耒：《张耒集》卷四八，中华书局1990年版，第755页。

[3]　陈师道：《后山居士诗话》，第1页。

[4]　张毅：《宋代文学思想史》，第93页。

[5]　何溪汶著，常振国、绛云点校：《竹庄诗话》卷一，中华书局1984年版，第10页。

自然，给人以优游容与之感；"清美"体现在鲍诗上，主要为气足势劲之美，鲍诗"华而不弱"，正因有劲气行于诗间，感情充沛，读之令人有酣畅淋漓之感。

汪藻的文学观近于苏门一派，主张"理至而文随"[1]，"如风行水上"的自然观，反对绳削刻镂。他在《鲍吏部集序》中称赞当朝文风"自熙宁、元丰，士以谈经相高，而黜雕虫篆刻之习"[2]，尤其欣赏苏轼之文，"汪洋宏肆，粹然一本于经，而笔力豪放，自见于驰骋之间"[3]。苏轼的文风恰有合于鲍照诗风"如饥鹰独出，奇矫无前"[4]的一面。汪藻赞美鲍钦止的诗歌"高妙清新"[5]，有似于谢灵运诗风的一面。他对于"山林之乐"、隐士之义有独到之见，认为士大夫不如樵夫野叟能知山林之乐，樵夫野叟又不如士大夫能说明白"何以为乐"，"惟高人逸士，自甘于寂寞之滨，长往而不顾者"[6]（《翠微堂记》），足以得"山林之乐"。自汉魏以来，隐居山林者多矣，但鲜有能"甘心丘壑"之人。真正的逸士，终日"自适其适"，根本无暇亦不屑与外人道"山林之乐"。他认为陶渊明、谢灵运、王维身上有"高人逸士"的风范，"始穷探极讨，尽山水之趣，纳万境于胸中。凡林霏空翠之过乎目，泉声鸟哢之属乎耳，风云雾雨，纵横合散于冲融杳霭之间。而有感于吾心者，皆取之以为诗酒之用"[7]。汪藻认为陶谢诸人，能悠然逍遥于山林间，以自得之心，体自然之景，写自在之诗，可谓识隐逸之奥趣。

129

[1]　吴文治主编：《宋诗话全编》，第三册，第 2767 页。
[2]　同上。
[3]　同上。
[4]　敖陶孙：《诗评》，中华书局 1985 年版，第 1 页。
[5]　吴文治主编：《宋诗话全编》，第三册，第 2767 页。
[6]　同上书，第 2769 页。
[7]　同上。

第三节 "纯正从容"与理学家论诗

理学家论诗一方面主张平心静思，自然随性；一方面又主张养纯正之心、言经世之志。张载《杂诗·题解诗后》曰："置心平易始通诗，逆志从容自解颐。"[1]"平易""从容"的心态是读诗、解诗、作诗最好的状态。摒除功利、躁动之心，凝神静气，方能悟诗之正道。程颐曰："物之不齐，物之情也。"世间万物各有其态，人之所感各有不同，"其肃如秋，其和如春"[2]（《河南程氏遗书卷第二上·二先生语二上》），四时景异，各具其美，世间万象，人事百态，乃天然所具，不必强求划一。诗歌表现的便是这自然万象之状，变动不居之情，心随自然情、物的变化而变化。这是尚自然的文学观。朱熹在《诗集传序》中云：

> 人生而静，天之性也；感于物而动，性之欲也。夫既有欲矣，则不能无思；既有思矣，则不能无言；既有言矣，则言之所不能尽，而发于咨嗟咏叹之余者，必有自然之音响节奏，而不能已焉；此诗之所以作也。曰：然则其所以教者，何也？曰：诗者，人心之感物而形于言之余也。心之所感有邪正，故言之所形有是非。[3]

人的天性本静，受外物感发而动，出现"欲"，有"欲"便有"思"，进而有"言"，诗歌便是"言"的表现之一。诗歌语言贵在表现"自然之音响节奏"，真实、从容地表达诗人所见之物、所感之情。诗歌属于

---

[1] 吴文治主编：《宋诗话全编》，第一册，第384页。

[2] 程颢、程颐：《二程集》，中华书局1981年版，第33页。

[3] 朱熹：《晦庵先生朱文公文集》卷七六，《四部丛刊》本。

人心感受的产物，人心的"邪正"影响言行的"是非"，故须养纯心、善性。

理学家讲自然随性，他们非常看重《诗经》《三礼》《尚书》《春秋》等儒家经典，认为治学、养性须时时以儒家经典为榜样。程颢曰："学之兴起，莫先于《诗》。《诗》有美刺，歌诵之以知善恶治乱废兴。"[1]（《河南程氏遗书卷第一一·明道先生语一》）他很欣赏《诗经》的"美刺"手法。他还说：

> 圣人之心纯亦不已也……纯亦不已，此乃天德也。有天德便可语王道，其要只在慎独。[2]（《河南程氏遗书卷第一四·明道先生语四》）

圣人具有天赐的纯正之心，"心纯"才可做出如《诗经》般的雅正之语，《诗》雅因其含有表现"善恶治乱兴废"的"王道"之理。有人问程颐："作文害道否？"程颐答："害也。凡为文，不专意则不工，若专意则志局于此，又安能与天地同其大也？《书》曰：'玩物丧志'，为文亦玩物也……古之学者，惟务养情性，其他则不学。今为文者，专务章句，悦人耳目。既务悦人，非俳优而何？"[3]（《河南程氏遗书卷第一八·伊川先生语四》）程颐有贬低文学的思想，他认为"作文害道"，文为玩物，专心于文学创作，便会沦为"悦人耳目"的"俳优"，不利于对天地之道的体认。这里需要说明的是，他所批判的是"专务章句"之文，至如《诗经》那种陶写情性、揄扬大义之作，他是极为称赏的。二程的文学观还是偏向于儒家传统的雅正、美刺观的。

---

[1]　程颢、程颐：《二程集》，第 128 页。
[2]　同上书，第 141 页。
[3]　同上书，第 239 页。

相比之下，朱熹的文学观就比较中和。他既讲正心言志，"是以古之君子，德足以求其志，必出于高明纯一之地"[1]，德行端正，心地"高明纯一"，所作之诗才足以观，故先有德方有言。他又讲艺术表现，批评重辞藻轻言志的现象，"故诗有工拙之论，而葩藻之词胜，言志之功隐矣"[2]（《答杨宋卿》）。他认为诗歌的托寓言志与艺术表现都很重要，不可偏废。

朱熹说："大率古人作诗，与今人作诗一般，其间亦自有感物道情，吟咏情性，几时尽是讥刺他人？只缘序者立例，篇篇要作美刺说，将诗人意思尽穿凿坏了。"[3]他认为古人作诗，大多出于"感物道情，吟咏情性"，虽然也有部分诗歌以美刺、教化为目的，但并非篇篇如此，认为赋、比、兴"是做诗底骨子，无诗不有，才无，则不成诗。盖不是赋，便是比，不是比，便是兴"。他看重诗歌的艺术表现，赋、比、兴即艺术表现的手法，或以赋法直接摹物陈情，或用比法间接言志，或用兴法唤起读者无限思索，收到言尽意远之效。朱熹又言：

> 古人独以为兴于诗者，诗便有感发人底意思。今人读之无所感发者，正是被诸儒解杀了，死着诗义，兴起人善意不得。[4]

诗歌贵在含蓄蕴藉，能感发人，牵动人情感，使读者产生共鸣，并能给人以想象、思考的空间。他认为有些儒者解诗僵化、教条，"死着诗

[1] 吴文治主编：《宋诗话全编》，第六册，第 6128 页。
[2] 同上书，第 6129 页。
[3] 黎靖德编，王星贤点校：《朱子语类》卷八〇，中华书局 1986 年版，第六册，第 2076 页。
[4] 同上书，第 2084 页。

义"，专在美刺、讽喻、有无政教之用上着眼，实在是"兴起人善意不得"。朱熹是理学家里文学修养最高的，他从诗的情感体验中寻求性善的道德义理，强调诗的生命"感发"作用，而不是直接从社会政治的角度讲诗歌教化，这也是朱熹论诗的主要特点。

朱熹在《清邃阁论诗》中说：

> 《选》中，刘琨诗高。东晋诗已不逮前人。齐梁益浮薄。鲍明远才健，其诗乃《选》之变体，李太白专学之。如"腰镰刈葵藿，倚杖牧鸡豚"，分明说出个倔强不肯甘心之意。如"疾风冲塞起，沙砾自飘扬。马毛缩如蝟，角弓不可张"，分明说出边塞之状，语又俊健。[1]

《文选》只选刘琨诗作三首。在赠答类选两首诗：《答卢谌诗》（并书）和《重赠卢谌》，前者为四言体，后者为五言体。诗多用典，"托意非常"[2]，把壮志难酬之意寓于典故当中，雅正沉郁。在杂歌类选一首《扶风歌》，有汉魏古诗慷慨悲壮之风。朱熹于晋人诗中独重刘诗，看重的正是其沉郁悲壮的诗风，他批评齐梁诗"浮薄"，正因齐梁诗风为刘琨诗风的反面；他赞赏鲍照"才健"，亦因鲍诗有类于刘诗悲郁劲健的一面。朱熹说鲍诗"乃《选》之变体"，是就鲍照未入《文选》的其他诗作而言，比如《拟行路难》等七言、杂言乐府，《幽兰》等五言四句体小诗。但无论鲍诗入《选》与否，其诗风还是以壮郁为主，且发展成独具特色的俊逸之风，这种俊逸风格被后世的李白所发扬。朱熹举出鲍照《代东武吟》和《代出自蓟北门行》中的诗句为例，说明诗人是如何抒情言志，表达"倔强不肯甘心之意"，以及如何描写

133

---

[1]　吴文治主编：《宋诗话全编》，第六册，第6110页。

[2]　萧统编，李善注：《文选》，第三册，第1175页。

边塞苦寒之景的。整段话主要表现朱熹的文学趣向：崇"俊健"，反"浮薄"。

朱熹不但不喜齐梁诗的"浮薄"之风，还批评宋代诗歌中的"巧""密"之作，他在《答巩仲至》一文中提出作诗的根本准则，曰：

> 古今之诗，凡有三变。盖自书传所记，虞夏以来，下及魏晋，自为一等。自晋宋间颜谢以后，下及唐初，自为一等……然自唐初以前，其为诗者，固有高下，而法犹未变……以至今日，益巧益密，而无复古人之风矣。故尝妄欲抄取经史诸书所载韵语，下及《文选》、汉魏古词，以尽乎郭景纯、陶渊明之所作，自为一编，而附于《三百篇》《楚辞》之后，以为诗之根本准则。[1]

134　他说魏晋以前诗为一等，颜延之、谢灵运以至唐初（律诗形成前）之诗为一等，律诗出现以后至宋代诗，又为一等。他认为唐初以前的诗，虽然有高下之分，但"法犹未变"，此"法"即指："诗须是平易不费力，句法混成。"[2]（《清邃阁论诗》）这种诗法同苏门一派主张的自然省力说相同。朱熹说宋代之诗，"益巧益密，而无复古人之风"，便是批评宋诗过于"费力"，越来越讲究炼字铸句，巧密日甚，已失古人自然浑成之法。他提出纠正这种巧密、费力之病的方法为"抄取经史诸书所载韵语，下及《文选》、汉魏古词，以尽乎郭景纯、陶渊明之所作"，认真学习前代的优秀作品，以《诗经》《楚辞》为根基，以经史中的韵语、《文选》、陶渊明等诗为辅，仔细体会、揣摩古人的诗意和

---

[1] 朱熹著，朱杰人、严佐之、刘永翔主编：《朱子全书》，上海古籍出版社 2010 年版，第 23 册，第 3095 页。

[2] 吴文治主编：《宋诗话全编》，第六册，第 6113 页。

技法，久而久之，或能矫巧密之病。

由上述可知，理学家们的文学观大多秉承儒家传统的雅正观，重视诗歌的政教、兴寄之用，以儒家经典为学习的榜样；但同时又提倡从心、随性的自然文学观，反对费力、矫作地雕琢章句，主张吟咏真实的物象、纯正的感情。这种文学观与萧统提倡的"沉思"与"翰藻"并重的文学观，并无过多相悖之处。尤其是朱熹，还把《文选》列为学诗的必读之书，他所欣赏的刘琨、鲍照，均有入《选》之作。只不过萧统不仅看重诗文的思想内容，也很看重诗文的修辞表现，这与"二程"等理学家重义轻辞不同，倒近于朱熹重艺术表现的思想。

第四节　葛立方、严羽等评《文选》谢、颜、鲍诗

宋人对鲍照、惠休、皎然等人评谢灵运诗如"初发芙蓉"、清新华妙深以为然。叶梦得《石林诗话》卷下曰："'初日芙蕖'，非人力所能为，而精彩华妙之意，自然见于造化之外，灵运诸诗，可以当此者亦无几。"[1]前人认为灵运诗整体风格若"芙蕖"，叶氏则认为"初日芙蕖"是种极自然、极华妙的境界，即便是谢灵运诗，也并非篇篇能达此境；谢诗只有少数诗句有"初日芙蕖"之美，如"池塘生春草，园柳变鸣禽"，"世多不解此语为工，盖欲以奇求之耳。此语之工，正在无所用意，猝然与景相遇，借以成章，不假绳削，故非常情所能到。诗家妙处，当须以此为根本，而思苦言难者，往往不悟"[2]（《石林诗话》卷中）。"池塘""春草"并非诗人想象、拼凑的意象，而是作者不经意时偶然所见之景。这景恰好触动了诗人的心灵，喜悦之情油然而生，几乎脱口而出，诗句自然，"不假绳削"，直接描写眼

[1]　何文焕辑：《历代诗话》，中华书局 1981 年版，第 435 页。
[2]　同上书，第 426 页。

中春景，便能令人觉欣喜之情。跟随自己的眼睛、心情，真实地描写，便能写出自然如芙蕖的佳句，可惜并非人人能悟得此理。

"三谢诗，灵运为胜，当就《文选》中写出熟读，自见其优劣也。"[1]（强幼安《唐子西文录》）在谢灵运、谢惠连、谢朓三人诗歌中，灵运诗最佳，而灵运诗又以《文选》所录的那四十篇为佳。熟读《文选》中的"三谢"诗，反复涵泳、比较，便能自见灵运诗的胜处。

葛立方比较欣赏谢灵运、谢朓的写景佳句，他在《韵语阳秋》卷一中说：

> 诗人首二谢，灵运在永嘉，因梦惠连，遂有"池塘生春草"之句。玄晖在宣城，因登三山，遂有"澄江静如练"之句。二公妙处，盖在于鼻无垩、目无膜尔。鼻无垩，斤将何运？目无膜，篦将何施？所谓混然天成，天球不琢者与？灵运诗如"矜名道不足，适己物可忽""清晖能娱人，游子憺忘归"；玄晖诗，如"春草秋更绿，公子未西归""大江流日夜，客心悲未央"等语，皆得三百五篇之余韵，是以古今以为奇作，又岂尝以难解为工哉。[2]

他喜欢的是谢灵运和谢朓那些"混然天成"、有《诗经》之余韵的诗句，比如大谢的"池塘生春草"，小谢的"澄江静如练"，读起来没有隔膜，亲切、自然、平易，宛如目前。然而"二谢"诗中这类的句子，并不普遍。葛立方看到"二谢"诗写景的非"混然"处，他说："烟霞泉石，隐遁者得之，宦游而癖此者鲜矣。谢灵运为永嘉，谢玄晖为宣城，境中佳处，双旌五马，游历殆遍，诗章吟咏甚多，然终不若隐遁者

---

[1] 何文焕辑：《历代诗话》，第 443 页。
[2] 同上书，第 483 页。

藜杖芒鞋之为适也。"[1]（《韵语阳秋》卷二）谢灵运、谢朓的山水诗大多作于任职、"宦游"期间，所遇固有佳景，所作亦有鲜丽可人之处，但所体现的心境终不如无官在身的"隐遁者"来得从容恬淡。他认为"二谢"生活有奢侈的倾向，以"双旌五马"之姿游历山水，怎能得安然淡远之诗境。他列举欧阳修的诗作为"二谢"诗的反例，欧阳修虽也有官职，非真"隐遁者"，但他对待山水的态度，却是隐者的平和、淡然之态。他做过滁州太守，且任职期间留有写景之诗，其《游石子涧诗》云："麋麂鱼鸟莫惊怪，太守不将车骑来。"又云："使君厌骑从，车马留山前。行歌招野叟，共步青林间。"葛立方曰："游山当如是也。"[2]欧阳修不要车马、随从，他喜欢"藜杖芒鞋"，信步优游于山林之间，这点正不同于"二谢"游览的"阵仗"，因此欧诗的写景就要比"二谢"的写景更具闲趣，更能打动人心。先不论"二谢"游览山水是否总如葛氏所说的那般"骑从"相随，我们要注意的是葛立方对"二谢"的批评角度，他从诗人的生活态度出发，认为"二谢"奢侈，非隐遁者，心不平静，以至于展现的诗境也缺少冲淡清旷之味。这是以人品论诗品。他又在《韵语阳秋》卷八中说：

> 谢灵运在永嘉、临川，作山水诗甚多，往往皆佳句。然其人浮躁不羁，亦何足道哉！方景平天子践祚，灵运已扇摇异同，非毁执政矣。及文帝召为秘书监，自以名辈应参时政，而王昙首、王华等名位逾之，意既不平，多称疾不朝，则无君之心已见于此时矣。后以游放无度，为有司所纠，朝廷遣使收之，而灵运有"韩亡子房奋，秦帝鲁连耻"之咏，竟不免东

[1] 何文焕辑：《历代诗话》，第589页。
[2] 同上。

市之戮。而白乐天乃谓"谢公才廓落，与世不相遇。壮志郁不用，须有所泄处。泄为山水诗，逸韵谐奇趣"，何也？武帝、文帝两朝遇之甚厚，内而卿监，外而二千石，亦不为不逢矣，岂可谓与世不相遇乎？少须之，安知不至黄散，而褊躁至是，惜哉！其作《登石门诗》云："心契九秋干，目玩三春荑。居常以待终，处顺故安排。"不知桃墟之泄，能处顺乎，五年之祸，能待终邪？亦可谓心语相违矣。[1]

这段话就很明显是在批评谢灵运的人品了。葛立方认为虽然谢灵运的山水诗多有佳句，但因"其人浮躁不羁"，故所谓佳句，不足为道。谢灵运由于受王昙首、王华等人的构陷和排挤，颇不得志，心怀怨愤，经常"称疾不朝"，葛立方认为他这种做法很不可取，说可见其"无君之心"。按葛氏观念，如处灵运当时之境况，应该不畏谗言，据理力争，忠于职守，进谏述志，以表忠心，而不是"托病"逃避纷争，疏于职守。他还批评谢灵运"游放无度"，这与之前批评其"双旌五马"一个意思。他还不满白居易所写称赞谢灵运的诗歌，白诗说灵运"与世不相遇"，他认为宋武帝、宋文帝待谢灵运极好，然其诗却有生不逢时的表达，是不知恩的表现，亦为性格"褊躁"的反映。葛立方还说谢诗所云"居常以待终，处顺故安排"，纯属"心语相违"。这与前述汪藻认为谢灵运识隐逸之妙相反，葛氏批谢根本不识隐者之义，他从未真正安心静处于山水之间，总有不甘、不满的情绪潜藏于诗，虽常有"处顺"之言，按其人品、心性，岂能真"处顺乎"？故其遭杀身之祸的原因，有一部分当为性格所致。可见葛立方论诗，比较看重诗人的品性，由人品而论诗品，人品不佳，诗句再美也不会有佳境，他对谢

---

[1] 何文焕辑：《历代诗话》，第 547、548 页。

灵运诗的批评便是最好的例子。

严羽称赏有浑然气象的诗歌，他在《沧浪诗话·诗评》中说：

> 汉魏古诗，气象混沌，难以句摘。晋以还方有佳句，如渊明"采菊东篱下，悠然见南山"，谢灵运"池塘生春草"之类。谢所以不及陶者，康乐之诗精工，渊明之诗质而自然耳。[1]

他认为最好的古诗，当属汉魏之诗，"气象混沌，难以句摘"，整体皆佳。其次为晋诗，多佳句，少优秀的整诗。他欣赏陶渊明、谢灵运诗中的美句，但更偏爱陶诗，因为谢诗虽然"精工"，却不如陶诗质朴、自然，陶诗更接近浑然的汉魏古诗。他又说："建安之作，全在气象，不可寻枝摘叶。灵运之诗，已是彻首尾成对句矣，是以不及建安也。"[2]（《沧浪诗话·诗评》）谢诗的"精工"体现在高超的对偶技艺上，但却用力过甚，对偶过繁，缺少建安诗那种浑然的气象。严羽认为虽然谢诗不如陶诗及汉魏古诗，但在"元嘉三大家"中，谢诗当排首位，他有"颜不如鲍，鲍不如谢"[3]之说，又有"谢灵运之诗，无一篇不佳"[4]之言。虽然与前说（谢不如陶以及建安）有矛盾处，但他还是很看重灵运诗的。严羽还说："虽谢康乐拟邺中诸子之诗，亦气象不类。至于刘休玄《拟行行重行行》等篇，鲍明远《代君子有所思》之作，仍是其自体耳。"[5]他认为谢灵运《拟邺中诗》，"气象不类"建安诗，鲍照《代君子有所思》也不似汉魏旧制，他们所作诗虽称

[1] 何文焕辑：《历代诗话》，第 696 页。
[2] 同上。
[3] 同上。
[4] 同上。
[5] 同上。

拟古，实为"自体"。灵运精工有之，浑然少之；鲍照劲健有之，质朴少之，故皆不如汉魏古诗。

陆游谓诗歌大抵有三种类型，"得志"之诗、"不得志"之诗和"冲淡简远"之诗。其中"不得志"之诗源于"悲愤为诗"的文学思想。《淡斋居士诗序》曰：

> 盖人之情，悲愤积于中而无言，始发为诗。不然，无诗矣。苏武、李陵、陶潜、谢灵运、杜甫、李白，激于不能自已，故其诗为百代法。[1]（《渭南文集》卷一五）

这里讲诗歌发于"悲愤"，与之前韩柳的"不平则鸣"说同理。陆游特意举出陶渊明、谢灵运作为代表，便是看出他们的诗歌不仅有自然淡远的一面，而且含有"悲愤""不平"的一面。他又在《曾裘父诗集序》中展开这种"悲愤"说："古之说诗曰言志，夫得志而形于言"，"若遭变遇谗，流离困悴，自道其不得志，是亦志也。然感激悲伤，忧时悯己，托情寓物，使人读之，至于太息流涕，固难矣。至于安时处顺，超然事外，不矜不挫，不诬不怼，发为文辞，冲淡简远"，"岂不又难哉"[2]？诗歌所言之志，有"得志""不得志"的区别，"得志"之诗，多气韵流畅，语调昂扬，意象鲜丽，令读者心悦怡神，如谢灵运《从游京口北固应诏》；"不得志"之诗，多气韵沉厚，意象黯淡，"托情寓物"，使人感到悲郁难排，鲍照诗多有此种。他在《徐大用乐府序》中说："古乐府有《东武吟》，鲍明远辈所作，皆名千载。"[3]（《渭南文集》卷一四）陆游对鲍诗的欣赏，即有从"发愤为诗"的角

---

[1] 陆游撰，钱仲联、马亚中主编：《陆游全集校注》，浙江教育出版社 2011 年版，第九册，第 385 页。

[2] 同上书，第 392 页。

[3] 同上书，第 365 页。

度考虑的一面。又有一种诗，既非"得志"，亦非"不得志"，感情没有高兴抑或悲愤的明显起伏，作者表现出的心态为"安时处顺，超然事外，不矜不挫，不诬不怼"，诗风以"冲淡简远"为主，陶渊明、谢灵运多有此作。

真德秀赞同隋人王通的观点，认为文品与人品有莫大的关系。王通《文中子》中说谢灵运是小人，故"其文傲"。真德秀《日湖文集序》中言："祥顺之人，其言婉；峭直之人，其言劲；嫚肆者，亡庄语；轻躁者，亡确词；此气之所发者然也。"[1]性情温和，品德端正之人，其诗文必谨敛蕴藉；性格孤直、狂峭之人，诗文多劲语、露语，鲍照便是典型。真德秀是一位理学家，讲究"性情之正"，《问兴立成》云："古之诗出于性情之真。先王盛时，风教兴行，人人得其性情之正。故其间虽喜怒哀乐之发，微或有过差，终皆归于正理。"[2]他坚定地继承《诗大序》的文学思想，主张诗文创作应使人"趋于善而去于恶"[3]，要有政教之用；"喜怒哀乐"等情感的表达，只是助于读者明辨善恶的手段；诗"出于性情之真"而具德化之用，此为诗之"正理"。真德秀又在《跋豫章黄量诗卷》中说：

141

> 予谓天地间清明纯粹之气，盘薄充塞，无处不有，顾人所受何如耳……然才德有厚薄，诗文有良窳，岂造物者之所畀有不同邪……世人胸中扰扰，私欲万端，如聚蜣蚋，如积粪壤，乾坤之英气，将焉从入哉。[4]

他认为"才德厚"者，秉气"清明纯粹"；"私欲万端"者，秉气浑浊污

---

[1] 吴文治主编：《宋诗话全编》，第八册，第 7995 页。
[2] 同上书，第 7996 页。
[3] 同上。
[4] 同上。

邪。气清明，则文雅正；气浊邪，则文傲劲。他赞同王通批谢、批鲍的言论，不满《文选》的选录，编《文章正宗》，自谓补《文选》之失，申雅正之义；实则思想保守，过于强调"以人品论诗品"，而非以诗艺论诗，忽略了理学前辈论诗讲自然、从容的一面。

刘克庄与真德秀的文学思想有相近的一面，看重诗人品格，他慨叹谢灵运的傲肆性格导致其不得善终，说：

> 如"韩亡子房奋，秦帝鲁连耻"之句，谓之反形已具可也，康乐安得全乎？然康乐若以改物为耻，窃负而逃可也，为渊明亦可也。既仕宋，乃欲为子房、鲁连，于谊未有所安，悲夫！[1]

认为谢灵运的君臣观很有问题。如果他欲守气节，大可效仿陶渊明，甘心归隐山水，绝无半点惦念朝堂之心，但他做不到，往往是身在山林，心在庙堂。既然已经"仕宋"，就要想如何忠于职守，克己奉公，而不应常怀怨念，思效张良、鲁连，授人以"反形"之柄，落得个被杀的下场，可悲可叹！刘克庄对真德秀过于重世教之用的文学观有保留意见，他说：

> 《文章正宗》初萌芽，西山先生以诗歌一门属余编类，且约以世教民彝为主，如仙释、闺情、宫怨之类，皆勿取……凡余所取而西山去之者太半，又增入陶诗甚多，如三谢之类，多不入。[2]

刘克庄指出《文章正宗》多选陶渊明诗，少选谢灵运等人诗的原因，

---

[1] 吴文治主编：《宋诗话全编》，第八册，第 8355 页。
[2] 同上书，第 8355、8356 页。

在于谢诗少有"世教民彝"之用。然而并非只有与政教相关的内容才可入诗，天育万物，人秉七情，皆可入诗。从选录诗歌内容的丰富性来说，《文章正宗》不如《文选》，刘克庄对真德秀删其所选的不满，即是对过于看重政教思想的不满。他还说："诗至三谢，如玉人之攻玉，锦工之织锦，极天下之工巧组丽，而去建安、黄初远矣。"[1]诗歌发展到谢灵运、谢惠连、谢朓之时，"极天下之工巧组丽"，人造美臻于极致，而离建安、黄初的浑朴自然之风愈远。刘克庄虽重人品，但并不过分强调诗歌的政教之用，他反对华艳巧丽，主张学习建安诗风。

第五节　方回、刘履评《文选》谢、颜、鲍诗

元人认为学诗应该从《文选》刘琨、阮籍、潘岳、陆机、左思、郭璞、鲍照、谢灵运诸诗学起，"《文选》刘琨、阮籍、潘陆、左郭、鲍谢诸诗，渊明全集，此诗之宗也"[2]（杨载《诗法家数》总论）。《文选》本就选有陆左、鲍谢诸人的部分作品，但还远远不够，他们的许多优秀之作并未入选，应该把《文选》与鲍谢诸人的全集参看，多方考量各家的优劣不同，综而学之，唯陶渊明一家，应学"全集"。范梈《木天禁语》中云："《选》诗婉曲委顺，学者不察，失于柔弱。"[3]《文选》所录之诗的整体风格为"婉曲委顺"，外表华美精丽，内里温柔敦厚，选诗内容与形式并重，且多用"丽藻"的外表，包含"沉思"的内容，读者必须要反复阅读，剥开表层看内质，才能体会到作者真正的情思和心志，这正是"婉曲委顺"风格的表现。方回、刘履的诗

---

[1]　吴文治主编：《宋诗话全编》，第八册，第8356页。

[2]　何文焕辑：《历代诗话》，第735页。

[3]　同上书，第752页。

歌观念以儒家诗教观为主，看重诗歌的言志内容，以及"婉曲委顺"的诗风。

方回《文选颜鲍谢诗评》选录《文选》中谢灵运、谢瞻、谢惠连、谢朓、颜延之、鲍照等人的诗歌，一一加以点评，诗歌分类及先后次序依《文选》。方回评诗有继承前人"以人论诗"的因素，但他并不泥于以人品高下论诗品优劣，他主要从艺术表现的角度，说明诗人的性格对抒情言志的影响，如谢灵运孤高偏执，故多怨辞；鲍照自负又自卑，遂多不得志之语。

方回曰："晋以来士大夫，喜读《易》《老》《庄》，而不知谦益止足之义。率多怀才负气，求逞于浇漓衰乱之世。"[1]他批评晋宋时期的士大夫，恃才傲物，"不知谦益止足之义"，特意指出谢灵运的为人"非静退者"，有"负气"怨主的不良情绪。评谢诗《邻里相送方山诗》中的"资此永幽栖"句为"亦一时愤激之语耳"，认为灵运嘴上说归隐，实则心怀郁愤，且"终身不自悔艾，其败也，诗意亦可觇云"[2]。方回对谢灵运的性格行事非常不满，但又为之深感惋惜。他又评《还旧园作见颜范二中书》说灵运"有伐山开径不自收敛之悔，何邪？"[3]对其性格的孤执倔强，叹惋不已。评《晚出西射堂》中"节往戚不浅，感来念已深"二句，曰"感物而必及于情，人理之常也。不乐为郡，而怀赏心之人，至于抚镜揽带，恨夫鬓之老、衣之宽，则何其戚戚之甚邪"？评结尾两句曰：

> 谓安于世运之推移，徒有空言，不如寄于琴书，足以写幽

---

[1] 方回选评，李庆甲集评校点：《瀛奎律髓汇评》，第 1846 页。
[2] 同上。
[3] 同上书，第 1869 页。

独之无聊也。意深远而心恻怆，岂真恬于道者哉！[1]

方回认为谢灵运若果"真恬于道"，则心境自然平和，以归隐山林为乐，何至有如此"戚戚""恻怆"之言？他又评《游赤石进帆海》中"矜名道不足，适己物可忽"时说："矜名者道不足，名固不可矜也。适己者物可忽，'忽'字未安：以富贵为物，而忽之可也；以物为人物之物，但知适己而忽物，则不可也。"[2]认为谢灵运不善处人事，把自己看得太高太重，忽视所有外物，包括人情，实不可取，他叹息"灵运所以不能谢夭伐者，岂非于圣人之学有所不足哉！"圣人高于凡人处在于，能通达人情事理，以德服人，推己及人，教化万民；而不是像谢灵运那般唯我独尊，固执己见，合于我者则重视，异于己者则逃避、排斥、不合作、不配合，这样做不但不会使自己的思想得到认可，还会招来他人的反感，甚至是当权者的嫌忌。谢灵运的性格导致其不得善终，令方回感到可气又可怜。

方回评谢灵运《过始宁墅》时说："惜乎才高气锐，积以不参时政为恨，遂致颠沛云。"[3]又评《富春渚》中"万事俱零落"一句说：

> 怨辞也。志欲与庐陵有所为，虽未必曾有宰相之许，而襟期不浅。既为徐、傅所挤，则从前规度之事，俱无复望也。其怨深矣！"龙蠖"之屈以求伸，此谓心事明白；如爵禄外物，听其可有可无也。细味之，灵运实未能忘情于世，故如此作。[4]

145

---

[1] 方回选评，李庆甲集评校点：《瀛奎律髓汇评》，第 1854 页。
[2] 同上书，第 1856 页。
[3] 同上书，第 1877 页。
[4] 同上书，第 1878 页。

他其实深能体会谢灵运的不甘、孤独、痛苦之情，他看似批判谢灵运诗多怨辞，实则可惜谢灵运有才不得展的命运；处处点明诗人"未能忘情于世"，实则感慨灵运太过重情，太有原则，不肯屈己从人。方回在批评谢灵运性格的外表下，蕴藏着一颗痛惜怜悯之心。

相比之下，方回更欣赏颜延之的性格，他在评《北使洛》时说：

> 延之诗虽不及灵运，其胸次则过之。灵运尝入庐山，不为远法师所与，亦不闻其见交于渊明，延之独与渊明交好甚深。[1]

陶渊明隐居庐山附近，谢灵运几次过庐山，却没有与其交往，倒是与高僧慧远打过交道，但还算不上深交。颜延之则不然，他"独与渊明交好甚深"，不仅在渊明生时，多番探望，渊明去世后，还作有《陶征士诔》，情真意切。由此可见谢灵运的孤傲之性。陶渊明是真"静退"者，灵运一"非静退"者，怎能与之相交，方回不满处正在于此。又评颜延之《始安郡还都与张湘州登巴陵城楼作》结尾两句，言："初不明言'炯介''明淑'为进为退，而为'松竹'之句，则意在退也。"[2]颜延之的仕途比谢灵运要顺，结局又是寿终正寝，正与其胸襟旷达、能摆正心态的性格有关。"炯介""明淑"乃圣人得以垂范百代的高尚品格，颜延之心尚圣人之品，却自谦无圣人之才，诗云"请从上世人，归来艺桑竹"，实际要表达的是用我则竭诚尽力，不用则潇洒自处的思想。方回认为颜延之没有谢灵运偏执，进退有度，出入有理，做人应该向他学习。

方回标榜建安诗，拿谢、颜、鲍诗与之相较，凡近于建安诗风的即

---

[1] 方回选评，李庆甲集评校点：《瀛奎律髓汇评》，第1883页。
[2] 同上书，第1884页。

为佳作，不类建安的便落下乘。谢灵运《从游京口北固应诏》中"原隰荑绿柳，墟囿散红桃"一联，"艳而过于工，建安诗岂有是哉"[1]？建安诗气象浑然，少精雕艳丽之辞，"原隰"两句，已见人工雕镂之气。"如《古诗》及建安诸子，'明月照高楼''高台多悲风'及灵运之'晓霜枫叶丹'，皆天然混成，学者当以是求之。"[2]"晓霜"句就比"原隰"两句自然，无刻画痕迹。方回评《初发都》曰：

> 此诗排比整密。建安诸子，混然天成，不如此。陶渊明剥落枝叶，不如此。但当以三谢诗观之，则灵运才高词富，意怆心恒，亦未易涯涘也。[3]

灵运诗工整富丽，不如建安诗"混然天成"，即便如此，仍然饱含深情，在谢惠连、谢朓诗之上。方回评谢惠连《泛湖归出楼中玩月》时说灵运则"情多于景，而为谢氏诗之冠。散气胜偶句，叙情胜述景。能如是者，建安可近矣"[4]。与其说把近建安诗作为评判好诗的标准，不如说把"混然天成"、质朴清劲作为标准。他说："灵运山水之作，细润幽怨、纡馀开爽则有之矣，非建安手也。"[5]谢诗无论景物的描写还是感情的抒发，都比建安诗细致，"细"便有局限，不大气。他又评鲍照《玩月城西门廨中》说："此诗不似晋宋后人诗。"[6]鲍诗有《古诗十九首》和建安诗慷慨悲凉、意脉流贯的特质，不似"晋宋后人"多明丽对偶佳句，少梗概浑然全篇。

147

---

[1] 方回选评，李庆甲集评校点：《瀛奎律髓汇评》，第 1853 页。
[2] 同上书，第 1855 页。
[3] 同上书，第 1877 页。
[4] 同上书，第 1853 页。
[5] 同上书，第 1906 页。
[6] 同上书，第 1898 页。

方回评颜延之《秋胡诗》曰："此诗及《五君咏》，颜诗之最也。"称"原隰多悲凉，回飚卷高树。离兽起荒蹊，惊鸟纵横去"四句以及"岁暮临空房，凉风起座隅。寝兴日已寒，白露生庭芜"四句"颇有建安风味"[1]。刘履补注《秋胡行》曰："噫！古之贤妇能守其节义有如此夫。后人或有咏歌之者，词多不传，独延年此诗叙述周折，足以发其情志，虽若繁衍而不流于靡丽，亦可使人吟讽，而有以哀夫死者之不幸云。"[2]（《选诗补注》）方回在评谢朓《和王主簿怨情》中"花丛乱数蝶，风帘入双燕"时说："灵运、惠连、颜延年、鲍明远，在宋元嘉中未有此等绮丽之作也。"[3]颜、鲍、谢诗虽有未达建安高妙浑然处，时露精工雕丽之语，但仍保有真情自然之气，并未"流于靡丽"。

方回对"元嘉三大家"诗歌的评价，各有褒贬，但相较而言，更欣赏谢灵运一些。评《石壁精舍还湖中作》："灵运所以可观者，不在于言景，而在于言情。"[4]赞其所言之景，如"山水含清晖""林壑敛暝色""天高秋月明""春晚绿野秀"，"于细密之中时出自然，不皆出于纤组。颜延年、鲍明远、沈休文虽各有所长，不到此地"[5]。颜延之、鲍照写景的功力不及灵运，谢诗有些景句清新自然，颜鲍则不然。又谓颜延之《车驾幸京口三月三日侍游曲阿后湖作》"偶句栉比，全无顿挫"，"未可以望谢灵运也"[6]。灵运写景层次井然，如画卷徐徐展开，设色、布局随时变化，有灵动气；相比之下，颜诗写景就显呆

---

[1] 方回选评，李庆甲集评校点：《瀛奎律髓汇评》，第 1849 页。
[2] 刘履：《风雅翼》卷七，文渊阁《四库全书》补配文津阁《四库全书》本。
[3] 方回选评，李庆甲集评校点：《瀛奎律髓汇评》，第 1902 页。
[4] 同上书，第 1857 页。
[5] 同上。
[6] 同上书，第 1860 页。

板，只见"雕缋满眼"，少生气、灵气。谢诗之长，不单在写景，更在于言情。方回评《酬从弟惠连》曰："一笔写就，如书问直道情愫，既委曲，又流丽。"[1]又评谢朓《始出尚书省》言："诗排比多而兴趣浅。三谢惟灵运诗喜以老庄说道理、写情愫，述景则不冗，寄意则极怨，为特高云。"[2]前面讲过，谢灵运性格孤高，故"寄意极怨"，他少知己却又渴望知己，往往借景抒情，写寒凉、险峻之景，表现孤独、落寞之情；写清丽之景，表现无人共赏的惆怅。只不过寓情于景，所含之情内敛，不如直接抒情易于读者知晓。

　　方回对谢灵运的感情以惋惜居多，哀其不幸，恨其不自悔改；对鲍照则更具同情之心。他评鲍照《苦热行》时说："君视臣如草芥，则臣视君如寇仇"，"死地祸机，决无可全之理；而军赏微薄，则必失天下之心矣"[3]。薄情寡恩之君，不配得到臣子的忠心。结合方回自身经历可知，他任职期间，举城迎降，"晚而归元，终以不用，乃益肆意于诗，吟咏最多，亦不甚持择也"（顾嗣立《元诗选·方回小传》）。他的忠君观为：明君在上，必当尽忠职守；昏君在世，自不必忠。与其反抗连累无辜百姓受害，不若转投明主，减少不必要的牺牲。他的这种思想在鲍照诗歌的评论上，尤为突出。如评《代放歌行》言：

　　　　此诗之意，全在"夷世不可逢，贤君信爱才"四句。谓明君在上，可以仕矣……然士之处世，果逢明君，何为不仕？苟有一之未然，则不如蓼虫之安于苦也。[4]

鲍照原诗曰"小人自龌龊，安知旷士怀"，方回感同身受，认为小人盈

149

---

[1]　方回选评，李庆甲集评校点：《瀛奎律髓汇评》，第 1870 页。
[2]　同上书，第 1899 页。
[3]　同上书，第 1890 页。
[4]　同上书，第 1891 页。

朝,不若甘愿放逐,以苦为甘,君弃臣则臣亦弃君。评《代君子有所思》云:"诗意本亦常谈,但造语峭拔,而世之富贵骄淫不戒以颠者,比比是也,则其言岂可忽诸!"[1]鲍照用十二句诗写当朝者的奢靡生活,结尾借"多士"之口,代言君子毁于小人的愤慨和无奈。在评《代升天行》时又言:

> 寓言借喻君子,有高志远意拔出尘埃之表者,视世之卑污苟贱之人,直如禽虫之吞啄腐腥耳。[2]

方回很欣赏鲍照的人格,说他有旷士之怀,能视"卑污苟贱之人"如"禽虫",他对鲍照死于非命的结局,叹惋非常,评《拟古》时言:"然则照竟有荆州之殁,悲夫!"[3]同情、怜悯之意甚至超过对谢灵运的程度,这与方回自身的处境、观念更贴近鲍照有关。

方回在写给长子的诗《送男存心如燕二月二十五日夜走笔古体》中云:"不学执国柄,似道贪如狼。"[4]贾似道不学无术,因身为贵妃弟而至相位,贪得无厌,实在可恨。"鲁港出师败,虬臣叫九苍。数其十可斩,乃先窜炎荒。诛之木棉庵,身死国亦亡。为相亡人国,自合以命偿。匪我快私愤,人欲抽尔肠。"[5]历数贾之恶行,人人得而诛之,愤恨之情溢于言表。方回自谓才学过人,"廷试复第一",竟然遭遇不公,受小人陷害,"易置乙科首",心怀怨念,发出同鲍照一样的激言愤语。他评鲍照《数诗》结尾两句"十载学无就,善宦一朝通"

---

[1] 方回选评,李庆甲集评校点:《瀛奎律髓汇评》,第1908页。
[2] 同上书,第1892页。
[3] 同上书,第1907页。
[4] 方回:《桐江续集》卷二五,文渊阁《四库全书》本。
[5] 同上。

曰："紧要意在此。谓寒士之学十载不成，巧宦之人一朝通显。"[1]方回的处境，不正近于鲍照所言的境况？方诗又言："尔岂识臭香？萧艾压兰蕙。"怪当政者不识人才，却也无可奈何，只能自我慰藉"我心亦不忙"[2]。他还发出"仕宦天有命，岂由人低昂"的诘问，这是愤怒过后的心酸和无奈，鲍照《拟行路难》其四尝言："人生亦有命，安能行叹复坐愁？"这种自我宽解之语，实属无力改变现实的无奈之词，方回以己境、己情解鲍诗，深中诗人难舒之怀，可谓鲍照的异代知音。

后人多诟病方回的品行，"初回在宋，昵于贾似道。似道势败，回遂上书言似道十可斩"[3]（《元书·文苑列传》）。认为他缺少忠义之志，趋名逐利，"回行事尤丑缪，害及乡里。然诗实有重名于时，一时风雅胜流，皆乐与之接。晚益崇正学，人莫不重其言而怪其行"（同前）[4]。观其对谢、颜、鲍诗歌的评论可知，他很看重诗人的品格，"崇正学"之观，时时体现。《四库全书提要》评《文选颜鲍谢诗评》："此集所评，如谢灵运诗多取其能作理语，又好标一字为句眼，仍不出宋人窠臼，然其他则多中理解。""多中理解"正在于方回的"崇正学"思想，"殆作于晚年，所见又进欤？《文选》所选之诗多具有雅正的内容，评诗人若不具备"崇正学"之心，怎能理解诗中真意。《四库全书·桐江续集提要》又说："居心尤巧诈可鄙，然观其集中诸文，学问议论，一尊朱子，崇正辟邪，不遗余力。置其行而论其言，则可采者多。未可竟以人废其诗。"《四库提要》对方回的评价比较公允，无论他失节降元的行为如何为人所鄙，其"崇正辟邪"的思想还是很值

151

———————

[1]　方回选评，李庆甲集评校点：《瀛奎律髓汇评》，第 1897 页。

[2]　方回：《桐江续集》卷二五。

[3]　曾廉：《元书》卷八九，鼎文书局，第 2458 页。

[4]　同上。

得肯定的，四库馆臣说不可因人废诗，方回评谢、颜、鲍诗亦循此理。

方回之后，元代另一位对《文选》诗作大规模、具体评论的便是刘履，他编有《风雅翼》，共十四卷，前八卷为《选诗补注》，卷六专门补注谢灵运诗，颜延之、鲍照诗的补注均在卷七；第九、十两卷为《选诗补遗》（上、下），所补大多为歌谣类诗作，未补谢、颜、鲍诗；卷一一至卷一四为《选诗续编》四卷，实际所续皆为唐诗。《选诗补注》的体例为：先简介诗人的身世，再补注各诗。每首诗先解题再引原诗，再指出诗歌或"赋"或"比"或"兴"，然后补注词句，阐发诗义。

刘履指出谢灵运、颜延之、鲍照的诗歌多用"赋"法，少用"比""兴"之法。"赋"法写景多鲜明细致，画面感强；抒情直接畅晓，不隐晦不滞涩，容易让读者身临其境，感同身受。用此法的诗如谢灵运《晚出西射堂》：

> 灵运被谮出守，常不得意，因步出射堂而作此诗。言眺望城西，见物候之变而知节往，则忧思已不浅矣。况感鸟之含情者，尚劳爱恋，则我如何离去赏心之人，能不深念乎哉？且于抚镜揽带之顷，又知其渐至老瘦如此，虽欲遗情委化而不可得。然必善处而使之无闷，惟赖鸣琴以自遣耳。[1]

谢诗用大量的篇幅写秋景孤怀，描写直白畅晓，容易使人想见其景，体会其情。又如颜延之《始安郡还都与张湘州登巴陵城楼作》，刘履评曰："元嘉三年，延年既有中书之召，自始安还都因登巴陵城楼有感而作。是诗其言楚国山川形势之胜，瞻眺遐旷，而万古往还之迹，百代兴废之端，尽在目矣。即思当时之人一存一没，今日竟安在哉？要其

---

[1] 刘履：《风雅翼》卷六。

炯介而不泯者，惟在乎德之明淑也。我既无能及之，不若请从质朴之人，归树桑竹以乐夫闲居云耳。"[1]此诗写景宏阔，抒情慷慨，既有俯仰天地，万古同化的悲壮大气，又有崇德守志的儒雅淡洁之怀。再如评鲍照《咏史》：

> 此篇本指时事，而托以咏史，故言汉时五都之地，皆尚富豪。三川之人，多好名利。或明经而出仕，或怀金而来游，莫不一时骈集于京城，而其服饰车徒之盛如此。譬则四时寒暑各异，而今日繁华正如春阳之明媚。当是时，惟君平之在成都，修身自保，不以富贵累其心，故独穷居寂寞，身既弃世而不仕，世亦弃君平而不任也。然此岂亦明远退处既久，而因以自况欤？[2]

与谢诗、颜诗用"赋"法写自然景色不同，鲍诗用"赋"法写京城豪奢、人人逐利之况。又不像谢颜直接抒发己情，虽有悲凉之绪，仍有慰藉之语，鲍诗借历史人物抒情，且只用两句押尾，前面所有诗句皆为"赋"法描写，感情内敛之至，却又沉郁之至，颇具汉赋劝百讽一之味。

"比"法，多把人比作物，用物的形态、品质比喻人的状态、品格。属于"比"法的诗如颜延之《秋胡行》九章的末章，刘履评曰："此则述其妻自誓之词以终之，琴瑟高张必至绝弦，以比人之立节，期于尽命。声急由于调起，以喻词苦出于情切也，因言昔者相与结言，自谓终始不渝，今乃不意为别之久，而竟失其素行也。以君子之不义

---

[1]　刘履：《风雅翼》卷七。
[2]　同上。

若此，岂可复与之偕老耶！"[1]此诗把秋胡妻忠贞不渝、"立节尽命"的品格，比喻成琴瑟终之于弦绝，表现出对守志持操者的赞赏、对违志变节者的鄙夷。又如评鲍照《学刘公干体》："此亦明远被间见疏而作，乃借朔雪为喻。词虽简短而托意微婉，盖其审时处顺，虽怨而益谦。然所谓'艳阳'与'皎洁'者自当有辨。"[2]刘桢《赠从弟》云凤凰"徘徊孤竹根"，有凌云之志，"羞与黄雀群"，期待"圣明君"至，方展"来仪"之姿。鲍诗曰"集君瑶台上，飞舞两楹前"，也有盼明君垂青之意；"艳阳桃李节，皎洁不成妍"，方回评曰："雪之为物，当寒之时，则为其美。当桃李之时，则无所容其皎洁矣。物固各有一时之美也。"[3]士之骋才，当及盛年为佳，若长期怀才不遇，"被间见疏"，恐终湮灭"皎洁"之志，表现出诗人渴望明君的殷切之情，和对时不我待的深沉忧虑。

"兴"法，诗歌开头先写自然物象（暗含诗旨），有"比"的意味，后叙述他景或人事，再直接抒情言志。如《登池上楼》，刘履评曰："灵运自七月赴郡，至明年春，已逾半载，因病起登楼而作此诗。"[4]开头四句："潜虬媚幽姿，飞鸿响远音。薄霄愧云浮，栖川怍渊沉。"刘履曰：

> 言虬以深潜而自媚，鸿能奋飞而扬音，二者出处虽殊，亦各得其所矣。今我进希薄霄则拙于施德，无能为用，故有愧于飞鸿；退效栖川则不任力耕，无以自养，故有惭于潜虬也。夫进退既已若此，未免徇禄海邦，至于卧病昏昧，不觉

---

[1] 刘履：《风雅翼》卷七。

[2] 同上。

[3] 方回选评，李庆甲集评校点：《瀛奎律髓汇评》，第1908页。

[4] 刘履：《风雅翼》卷六。

节候之易，今乃暂得临眺。[1]

谢灵运看到春天万物复苏，一派欣欣向荣之景，对比自己长期离群索居的生活状态，孤独寂寥，感伤难以自禁，"盖是时庐陵王未废，故念及之。且谓穷达离合非人力所致，唯执持贞操，乐天无闷，岂独古人为然？当自验之于今可也"[2]。虽则孤寂，犹效虬龙深潜，飞鸿怀志，乐天养心，以待明君之用。又如评颜延之《秋胡行》九章的首章，"首述其始嫁之意，言椅梧倾凤，寒谷待律，犹影响之顾形声，故虽在远，必以类应，以兴女之待聘而嫁，既遂有家，则欢愿自此毕矣"[3]。开头用凤倚梧桐，煦风吹谷，引出后面贞女待嫁良夫之义，无论凤凰、梧桐、律风、寒谷，皆具共同的高洁品质，夫妇相匹，当然也要有共同的忠贞之志。再如鲍照《代东门行》开头"伤禽恶弦惊，倦客恶离声"，刘履言："起兴而为是曲备述，远途辛苦，中心忧伤，以明夫不忍遽别之情也。"[4]诗人一开始便奠定浓郁的伤别基调，以"伤禽"喻己，表达厌倦漂泊，四处为客，却又不得不离家远游的痛苦之情。"其言日落昏暮，家人已卧，而行者夜中方饭，所谓不相知者如此。且以食梅、衣葛为喻，则其忧苦自知，有非声乐所可得而慰者。其情意悲切，音调抑扬，读者宜咏歌而自得也。"[5]此诗起兴所用物象，令人触目惊心，感伤之情贯穿始终，悲慨至极。

155

　　方回和刘履均持有儒家雅正的文学观，尤重诗人的品格气节，评诗注意发掘作品的言志部分，但也不轻视抒情、写景等其他艺术表

---

[1]　刘履：《风雅翼》卷六。
[2]　同上。
[3]　刘履：《风雅翼》卷七。
[4]　同上。
[5]　同上。

现。方回评谢、颜、鲍诗，能从诗人的性格去考察诗风的成因，他以同情之心去尽量贴合作者原有之意。刘履以《诗经》"赋""比""兴"的表现手法为评诗标准，深入考察"元嘉三大家"诗歌的表现方式，且结合每首诗的写作背景，知人论世，着力彰显诗人的感情、心志。

第六章 |

明代复古与反复古者对 "元嘉三大家" 之评价

明代复古之风盛行，以前后七子为代表的复古家们主张 "古诗必汉魏"，但也不完全摒弃六朝诗。六朝诗中，明人多喜陶渊明、谢灵运诗，鲍照在元嘉三大家中的排位仅次于灵运。复古者多持诗格代降的观点，而反复古者则持一代有一代之诗的诗歌发展观。明代 "诗源辩体" 的思想比前代更为突出，尤其看重元嘉三大家的诗史转折地位，认为古体亡于元嘉。有些明人对复古思潮进行反思，认为时人没学到元嘉诗的精髓，多习其弊端。晚期诗评家论诗，主张重性灵、性情，评者多称赏谢灵运的澄净之性，"游具游情"（《古诗归》卷一一）；赞美鲍诗的俊逸、凌厉之气，但不满鲍诗音节促迫，写景不如灵运诗自然。诗评家对于《文选》所选谢鲍诗给予充分肯定，又选评不少《文选》以外的谢鲍诗，但补选诗作内容多重私情，艺术表现更为纤巧细腻。

第一节　明初 "尚气" 与鲍照诗地位的提升

宋濂在《答章秀才论诗》中表达了自己的古诗观："濂非能诗者，自汉魏以至乎今，诸家之什，不可谓不攻习也……元嘉以还，三谢、颜、鲍为之首，三谢亦本子建而杂参于郭景纯，延之则祖士衡，明远则效景阳而气骨渊然，骎骎有西汉风。余或伤于刻镂而乏雄浑之气，较之太康则有间矣。"[1]他认为谢灵运、谢惠连、谢朓、颜延之、鲍照，为元嘉至隋前时期诗人"之首"。三谢、颜、鲍之诗均有所祖，此观点继承钟嵘《诗品》所述，他尤赏鲍照诗有西汉气骨，"雄浑""渊然"，元嘉以后诗多"伤于刻镂"，无人能继"雄浑之气"。

明代虽然有不少人继承"重政教之用"的传统文学观，但仍形成了另一种文学倾向，重个人情怀的自由抒发。例如"陈谟论诗，主真率自然"[2]，他在《真率论》中言："君子之为道，或出或处，或默或语，从吾天性之自然，安吾素履之坦然，如是而已。"[3]君子发言必出于自然，从心顺性，思来情至，安之坦然，不强迫自己言规矩、刻板之语。陈谟又在《缙云应仲张西溪诗集序》中说：

> 诗兴如江山，谓其波涛动荡，冈峦起伏，毕陈乎吾前，然后肆而出之也，必贵乎有实，则绮丽奢靡者举不足矜；必肆而后出之，则搜抉肝肠者皆非自然也。此诗之至也。[4]

诗兴出乎自然，宏肆浩荡，如波涛汹涌，"冈峦起伏"，诗歌当作于诗兴勃发，不可抑制之时。写诗应写实，不应以"绮丽奢靡"为圭臬，应以自然从容为标准，摒弃"搜抉肝肠"的用力之辞。

陈谟"由于重自然天成，因之亦重气"[5]。他非常看重鲍照诗文中的俊逸之气，在《鲍参军集序》中云：

---

[1] 宋濂著，黄灵庚校点：《宋濂全集》，人民文学出版社 2014 年版，第 57 页。
[2] 罗宗强：《明代文学思想史》，第 84 页。
[3] 陈谟：《海桑集》卷三，文渊阁《四库全书》本。
[4] 陈谟：《海桑集》卷六。
[5] 罗宗强：《明代文学思想史》，第 85 页。

嗟夫，唐以来诗人，唯李杜为大宗。然至少陵赞"白也无敌"，则独举参军之俊逸媲焉。夫俊可能也，逸为难。俊如文禽，逸如豪鹰。凡能粲然如繁星之丽天，而不能回狂澜障百川者，以能俊而不能逸故尔。史称照古乐府文极遒丽。遒斯逸矣，丽斯俊矣。微少陵不足以知太白，微太白不足以拟参军也。虽然，文以气为主，以意为辅，以辞为卫。读斯集者，玩参军之辞必求其意，求参军之意必尚其气。[1]

鲍照诗文最突出也即最优秀的特质为：富含"俊逸"之气。陈谟认为"俊"与"丽"近，"逸"与"遒"近，"俊"多表现为灿若星河的美辞，"逸"则表现为狂澜百折的文势。然而"俊可能也，逸为难"，文气最主要体现在"逸"上，而要做到"逸如豪鹰"，非有充沛的情感、雄健的笔力不可，鲍照那些出色的诗文，无不具有深情厚意，且语出于不得不发，自然流贯，笔力劲健。"文以气为主，以意为辅，以辞为卫"，"意"为内容，多言雅正之志；"辞"为篇章字句的外层表现，不用刻意锤炼；"气"为"辞""意"相谐，情物双美的整体呈现，"气"足则"辞"自佳。后人学诗往往落入俊辞丽藻的魔障，不知真实写物、自然道情的"逸"气可贵。然"逸"气又非学而能得，乃诗人天生、独造所具，他人刻意效仿不来。唯李白天性豪荡，卓荦不群，诗富"逸"气，近于鲍照而又出乎其上。

第二节 "古诗必汉魏"思想下的谢、颜、鲍诗评

李梦阳有《文选增定》二十二卷，他肯定谢灵运之作，不满足《文选》所选的篇数，《刻陆谢诗集序》曰："'曹刘殆文章之圣，陆谢为体

159

---

[1] 陈谟：《海桑集》卷五。

贰之才'，故'五言者，不祖汉则祖魏，固也。其下者当效陆谢矣'。"[1]李梦阳把陆机、谢灵运看作继曹植、刘桢之后的诗歌"圣手"，他认为古诗中的最高级别当属汉魏诗，其次便为陆机、谢灵运之诗。他又在《章园饯会诗序》中指出，学六朝的最终目的是学骚雅："献吉（李梦阳）以复古自命，曰'古诗必汉魏，必三谢；今体必初盛唐、必杜，舍是无诗焉'。"[2]六朝诗尤其是当中的佼佼者谢灵运诗，赫然位于"复古"所应学习之列。

杨慎之前的复古思潮偏重主张古诗学汉魏，虽有个别人主张也学六朝，但六朝诗的地位自不能跟汉魏诗同日而语。杨慎却把六朝与汉魏并提，"为诗之高者，汉魏、六朝"[3]。他既重视汉魏、六朝，也重视盛唐，钱谦益说杨慎"乃沉酣六朝，揽采晚唐，创为渊博靡丽之词，其意欲压倒李何，为茶陵别张壁垒，不与角胜口舌间也"[4]。李梦阳、何景明的复古思想是把汉魏诗作为古诗中的第一等，六朝诗中只有谢灵运诗受到推崇，其余雕镂绮艳之作，鲜能入眼。杨慎的文学思想比李何二人开明，王士禛说："明诗至杨升庵，另辟一境，真以六朝之才，而兼有六朝之学者。"[5]杨慎学六朝诗，不局限于谢灵运一家或"三谢"诸诗，他广泛学习六朝诗的辞采华貌，学的是六朝诗明丽秀妍的风格，而非字斟句酌的雕画。《四库全书总目·升庵集提要》："慎以博学冠一时，其诗含吐六朝，于明代独立门户。"杨慎诗兼收并蓄，博洽涵容，既学汉魏、盛唐诗的浑成，又学六朝诗的情采。如《春

---

[1] 李梦阳：《空同集》卷五〇，上海古籍出版社 1991 年版，第 465 页。
[2] 钱谦益辑，许逸民等点校：《列朝诗集》，上海三联书店 1989 年版，第七册，第 3466 页。
[3] 杨慎：《丹铅余录》卷一三，文渊阁《四库全书》本。
[4] 钱谦益辑，许逸民等点校：《列朝诗集》，第七册，第 3778 页。
[5] 王士禛：《香祖笔记》卷五，上海古籍出版社 1982 年版，第 99 页。

兴》八首，作于嘉靖后期杨慎居昆明池边之高峣时，诗中多用对偶写云南丽景，有六朝词采的风味；诗人一生沦落，暮年谪居异乡，鲜明、丰富的意象中却时时渗透着悲情。"杨慎推崇六朝，是有分寸的。他并没有说六朝诗比盛唐诗好，他只是说六朝诗是盛唐诗的先声。"[1]这组《春兴》，有些对句的辞采、意象近于六朝诗，但整体兴象浑成，写景、抒情的布局，绝似杜甫《秋兴》，然杜诗本就融合有六朝诗的精妙之处。他又在《选诗外编序》中言：

> 诗自黄初、正始之后，谢客以俳章偶句，倡于永嘉；隐侯以切响浮声，传于永明……盖缘情绮靡之说胜，而温柔敦厚之意荒矣。大雅君子，宜无所取。然以艺论之，杜陵诗宗也，固已赏夫人之清新俊逸，而戒后生之指点流传。乃知六代之作，其旨趣虽不足以影响大雅，而其体裁实景云、垂拱之先驱，开元、天宝之滥觞也。[2]

161

谢灵运引领了诗多"俳章偶句"的风尚，直至南朝末期，诗歌渐废"温柔敦厚之意"，而"缘情绮靡之说"日胜。即便如此，六朝诗的体裁制作、艺术表现仍有可取之处，成为初盛唐诗的"滥觞"，连"诗宗"杜甫都学习六朝诗艺，后人应注意杜诗是如何把六朝诗化为己用的，而非盲目地直接模仿六朝诗的表层词句。

王世贞的诗歌观念比较通达，主张古诗学汉魏，兼及六朝。《艺苑卮言》卷一中说："世人《选》体，往往谈西京、建安，便薄陶谢，此似晓不晓者。毋论彼时诸公，即齐梁纤调，李杜变风，亦自可采……

[1]　罗宗强：《明代文学思想史》，第 374 页。
[2]　杨慎著，王文才、万光治主编：《杨升庵丛书》，天地出版社 2002 年版，第三册，第 105 页。

大抵诗以专诣为境，以饶美为材，师匠宜高，捃拾宜博。"[1]王世贞同杨慎的古诗观相近，主张兼学汉魏、六朝诗，尤其是《文选》所选之诗。他说"昭明鉴裁有余，自运不足"[2]（《艺苑卮言》卷三），肯定萧统所编《文选》存录了不少经典的古诗，但不满意萧统本人的文学创作。他主张"师匠宜高"，指以汉魏诗为最高标准，须重点学习；"捃拾宜博"，指六朝诗也不能偏废。"专诣""饶美"指作诗应该内容与辞采兼顾，而《文选》中的大多诗篇，恰恰符合"专诣""饶美"并具的标准，故应该通学《选》中各时代诗。

王世贞评诗也以能兼各代诗之所长为标准，如其评徐祯卿"乐府、《选》体、歌行、绝句，咀六朝之精旨，采唐初之妙则"[3]（《艺苑卮言》卷六），徐诗佳处在于合六朝辞采之华美与初唐声律之精妙。"徐昌谷有六朝之才而无其学，杨用修有六朝之学而非其才。"[4]（《艺苑卮言》卷六）徐祯卿有六朝诗人的才华，却无六朝诗人的学问；杨慎有六朝诗人的学问，却无六朝诗人的才华。有才无学，诗虽辞美，然乏深度，易流于浅浮；有学无才，诗虽意深，然少润泽，易失之沉晦。由前述可知，杨慎的诗歌并非沉滞晦涩，反而能"含吐六朝"（《四库全书总目·升庵集提要》），辞采流丽。

王世贞论诗讲究"才思""格调""境界"，"才生思，思生调，调生格。思即才之用，调即思之境，格即调之界"[5]（《艺苑卮言》卷一）。"才"大多出于诗人天赋，"才生思"不需用力搜寻、着意体现，而是自然形诸笔墨，发言为诗。"格调"为"才思"落实到诗作上的具

---

[1] 丁福保辑：《历代诗话续编》，中华书局 2006 年版，第 960 页。
[2] 同上书，第 997 页。
[3] 同上书，第 1045 页。
[4] 同上。
[5] 同上书，第 964 页。

体表现，"思生调，调生格"的过程少不了人工，但应做到极尽自然、了无痕迹，人工胜似天工。"格调"高者当如汉魏古诗之浑成，不可寻章摘句，而情辞、心志无不涵容于内，故境界自高。他说："谢灵运天质奇丽，运思精凿，虽格体创变，是潘陆之余法也，其雅缛乃过之。"[1]灵运天赐英才，又精思华妙，极人工之能事，秀词佳句清新雅致，看似无痕天成，实则巧之至也。谢诗"格体创变"处，在于精丽而自然，实为潘岳、陆机诗法的升华。"士衡、康乐已于古调中出排偶"[2]（《艺苑卮言》卷三），"排偶"最易于展现精思丽质，然于古体而言，"排偶"也最易破坏整诗的浑成之感，导致有句无篇的弊端。诗至谢灵运，浑成篇少，"雅缛"句多，格调为之一降。王世贞还说："延之创撰整严，而斧凿时露，其才大不胜学，岂惟惠休之评，视灵运殆更霄壤。"[3]（同前）谢灵运诗尚有自然清雅的佳句，令人暂忘雕琢之痕。颜延之诗却"斧凿时露"，雕缋满眼，徒具博学，竟不善用其才，较谢诗已差之甚远，更遑论汉魏古诗乎！王世贞认为颜诗唯《五君咏》"忽自秀于它作"，"语意既隽永，亦易吟讽"[4]（同前）。所谓"隽永"，指延之借咏古人抒发不得志之意，情感真挚沉厚，不似"它作"情思被丽藻所掩。

王世贞曾说："吾于诗文不作专家，亦不杂调，夫意在笔先，笔随意到，法不累气，才不累法，有境必穷，有证必切。"[5]（《艺苑卮言》卷七）他强调"文气"，"文气是诗文中强烈的感情的流动，是由

---

［1］ 丁福保辑：《历代诗话续编》，第 994 页。

［2］ 同上书，第 999 页。

［3］ 同上书，第 994 页。

［4］ 同上书，第 995 页。

［5］ 同上书，第 1069 页。

此种感情之流动所表现的气势"[1]。他欣赏自然的格调，认为诗作应自然地表现感情，要有个人的特色，主张先有己意，思绪积累到不得不发之时，再下笔为诗，方气韵流畅。诗无一己之思，上来便学古人，则形同抄袭，无甚新意，怎能具有感人之气？如其评李攀龙，曰：

> 五言古，出西京、建安者，酷得风神，大抵其体不宜多作，多不足以尽变，而嫌于袭；出三谢以后者，峭峻过之，不甚合也。[2]（同前）

王世贞认为李攀龙的五言古诗，学汉魏者神似，但此类诗作不多。学者有三两篇得汉魏诗之浑成易，若篇篇如此且独出新意则难。诗歌应富于变化，博采众家，不专以汉魏诗为楷模。然攀龙学"三谢"以后人诗，未习得精髓，"峭峻过之"，情采逊之。古体诗一写多，就落入前人窠臼，少自我特色，专意学前人诗歌表层，字模句拟，近于抄袭，刻板而乏生气。

王世贞主张学古而不泥于古，反对毫无己见地模仿前人，他说："剽窃模拟，诗之大病。亦有神与境触，师心独造，偶合古语者……其次衷览既富，机锋亦圆，古语口吻间，若不自觉。如鲍明远'客行有苦乐，但问客何行'之于王仲宣'从军有苦乐，但问所从谁'。"[3]学古的最高境界为"神与境触，师心独造"，诗人应以自己的情思、意志为主导，写亲身所历、所感，学古人的自然表现法，表现的是自己的情怀和思考，而不是照搬古人的写法和思致。诗作可以"偶合古语"，但要化为己用，使"古语"合乎自身的情境，形成"独造"之风。比如

---

[1] 罗宗强：《明代文学思想史》，第553页。
[2] 丁福保辑：《历代诗话续编》，第1066页。
[3] 同上书，第1018、1019页。

鲍照诗句"客行有苦乐，但问客何行"[1]（《从临海王上荆初发新渚》），近于王粲诗句"从军有苦乐，但问所从谁"[2]（《从军诗》）。鲍照的处境，多漂泊零落，他经常以"行客"自居，流露出愿明主垂青，使才志得骋的心意，"扳龙不待翼，附骥绝尘冥"。然而事实往往不如人意，鲍照并没有得到重用，"抚襟同太息，相顾俱涕零"，"客行"之悲在于没有归属感，不知道"所从"之主何时会弃我于不顾。相反，王粲诗歌意气风发，"所从神且武，焉得久劳师"，虽然身逢乱世，却幸遇识才之主，得以一展抱负，故不以从军为苦，反以为甘。同样的句式，王诗表现出昂扬的希冀，鲍诗表现出隐忧的苦虑：一为从军报国、踌躇满志；一为客随主便、满怀愁绪。鲍诗绝对做到了"偶合古语"，仅开头效法王诗的句式，感情、风格绝不相类，无怪乎王世贞举鲍照作为"师心独造"之例。

谢榛认为学古而不能失掉自己的特色，《四溟诗话》卷一曰："今学之者，务去声律，以为高古。殊不知文随世变，且有六朝、唐宋影子，有意于古，而终非古也。"[3]"文随世变"，时代更迭，诗文也应该有所发展，而不能停滞不前，后人学汉魏诗歌，"务去声律"，只从技术层面上考虑，苦于达不到汉魏诗的境界。其实，不必以难至其境为苦，每一时代的诗歌不仅含有前人诗歌的"影子"，且还具有自身的时代烙印，其为诗歌创作的累积性与创新性相结合的体现。谢榛举例说："六朝以来，留连光景之弊，盖自三百篇比兴中来。然抽黄对白，自为一体。"[4]（《四溟诗话》卷一）六朝诗的特点为"留连光景"，

---

[1]　鲍照著，钱仲联增补集说校：《鲍参军集注》，第 305 页。

[2]　王粲等著，俞绍初辑校：《建安七子集》，中华书局 1989 年版，第 87 页。

[3]　丁福保辑：《历代诗话续编》，第 1137 页。

[4]　同上书，第 1138 页。

重物色描写，精工巧丽。这种特点与六朝时代的审美风尚密切相关，同时又渊源有自，《诗经》当中的"比兴"写物手法，便是六朝诗写景咏物的源头，只不过《诗经》不沉溺于写景状物，往往点到即止；而六朝诗却大多不知止，沉溺于模山范水以致成弊。即便六朝诗有过于精工的缺点，但却不害其"自为一体"，"光景流丽"正是六朝诗的一大特色，且其精工的描写手法对后代诗歌的艺术表现影响巨大。"诗至三谢，乃有唐调"[1]（同前），"三谢"是六朝诗人的杰出代表，六朝诗的优缺点在"三谢"诗中均有体现，但唐诗正因学习了这些诗歌的长处，矫正其弊病，才开创了律诗的局面。

　　谢榛同王世贞一样，也重诗歌的"气格"，他说："诗文以气格为主，繁简勿论。"[2]（同前）"气格"是诗歌最重要也是最难呈现的，无论长篇短制，诗有灵气高格，方为佳作。谢榛引《扪虱新话》曰："诗有格有韵。渊明'悠然见南山'之句，格高也；康乐'池塘生春草'之句，韵胜也。"[3]（同前）诗歌须合理布局，小心安排字句，使人工看起来最大限度地贴近自然。比如"有格有韵"要求乐府、歌行体诗："凡起句当如爆竹，骤响易彻；结句当如撞钟，清音有余。"[4]（同前）诗歌开头应引人耳目，气韵饱满；中间应宛转圆融，气韵流畅；结尾当余音袅袅，意脉悠远。整篇诗应气足势劲，格高调远，使人回味无穷。谢榛又曰："格高似梅花，韵胜似海棠。欲韵胜者易，欲格高者难。兼此二者，惟李杜得之矣。"[5]（同前）"梅花"用来比喻诗之高古、质朴、清劲，"海棠"用来比喻诗之韵美、精

166

---

[1]　丁福保辑：《历代诗话续编》，第 1139 页。
[2]　同上书，第 1138 页。
[3]　同上书，第 1157 页。
[4]　同上书，第 1154 页。
[5]　同上书，第 1157 页。

巧、明丽。李白、杜甫诗，"格高"与"韵胜"并具，既能写浑朴之诗，亦能为精丽之作，声情朗炼，气勃墨酣，当为诗中"气格"至佳者。

　　谢榛不赞同陈师道认为陶渊明诗"切以事情，但不文耳"(《后山诗话》)的看法，他认为"渊明最有性情，使加藻饰，无异鲍谢，何以发真趣于偶尔，寄至味于淡然？"[1](同前)陶诗富有"真趣"，外表"淡然"，内含"至味"。陶诗与鲍照、谢灵运诗皆以"性情"著称，然渊明不致力，亦不屑"加藻饰"，一任天性情感自然流露；而鲍谢二人恰好相反，即使抒发真情，也多加藻饰，力求强化感染力。故鲍谢诗不如陶诗自然、蕴藉。谢榛不仅对谢灵运诗有微词，对其人更是大加批判，他说谢瞻和谢灵运都作有《宋公戏马台》诗，"是时晋帝尚存，二公世臣，媚裕若此。灵运又曰：'韩亡子房奋，秦帝鲁连耻。'何前佞而后忠也？"[2](同前)认为谢灵运当晋主未亡时，却身侍他主；后来当刘宋盛时，又发耻为人臣的愤语。其心有二、摇摆不定，"前佞而后忠"，为人谄媚、轻浮，把诗歌作为献媚的工具，格调低俗。谢榛又说："谢灵运拟魏文帝《芙蓉池》之作，过于体贴。宴贤之际，何乃自陈德业哉？"[3](同前)曹丕《芙蓉池作》叙夜游之乐，全诗大半写景，结尾"寿命非松乔，谁能得神仙？遨游快心意，保己终百年"[4]四句，抒发人生苦短、当及时行乐的感慨。谢灵运有公宴、侍游类诗作，题材、风格似曹丕《芙蓉池》，然谢诗中有"良辰感圣心"(《九日从宋公戏马台送孔令诗》)和"皇心美阳泽"(《从游京

---

[1]　丁福保辑：《历代诗话续编》，第 1161 页。
[2]　同上书，第 1141 页。
[3]　同上书，第 1142 页。
[4]　萧统编，李善注：《文选》，第三册，第 1032 页。

口北固应诏》）等颂圣之句，有媚主、邀宠之态。谢氏又有《拟邺中集》八首，其中《魏太子》一首仿曹丕口吻而作，中云"家王拯生民"，"自陈德业"，而曹诗并无相关"德业"之句。故谢诗拟作，未得曹诗真意。谢榛还批评谢灵运为人浮华、好奢，作诗夸大其词，露才扬己。"非德无以养其心，非才无以充其气，心犹舸也，德犹舵也。鸣世之具，惟舸载之；立身之要，惟舵主之。士衡、士龙有才而恃，灵运、玄晖有才而露。大抵德不胜才，犹泛舸中流，舵失其所主，鲜不覆矣。"[1]（《四溟诗话》卷三）谢榛"德以养心""才以充气"的观点，实乃继承前代理学家的文学观。他不仅批判谢灵运、谢朓心性不正，"德不胜才"，而且还批判与谢灵运并称的陆机，"夫'绮靡'重六朝之弊，'浏亮'非两汉之体"，"陆生之所知，固魏诗之渣秽耳"[2]（《四溟诗话》卷一）。批陆批谢，都因为他们的诗歌离汉魏诗愈行愈远，不仅站在诗艺愈发"绮靡"的角度批，而且从诗人的品格方面着力批。除称赏陶渊明一人，谢榛对六朝诗大体持贬多于赞的态度。

第三节　反复古者对六朝诗的态度

屠隆《论诗文》中云："论六朝者当就六朝求其至处，不必责其不如汉魏；论唐人者当就唐人求其至处，不必责其不如六朝……六朝冲玄如嗣宗，清奥如景纯，深秀如康乐，平淡如光禄，婉壮如明远，何必汉魏？"[3]汉魏诗浑朴，是汉魏时代的整体文艺风尚所造就的；六朝时代自与汉魏有别，时移世异，文学创作当然也要随时代而变化，不以浑朴为尚，并不代表六朝诗就不可取。谢灵运诗"深秀"，鲍照诗

[1]　丁福保辑：《历代诗话续编》，第1190页。
[2]　同上书，第1146页。
[3]　屠隆：《鸿苞》卷一七，《四库全书存目丛书》本。

"婉壮"，这些诗人的诗歌均有佳处值得学习，其诗作不仅有时代特点，而且还因人而异，各具千秋。他还列举了唐代沈佺期、宋之问、杜甫、李白、王维、孟浩然、韦应物、储光羲、王昌龄、高适、岑参等杰出的诗人为例，说他们"何必鲍谢"[1]，唐人从鲍照、谢灵运身上学到不少诗艺，但他们学习的目的不是成为鲍谢，而是要把前人诗歌的精华融会贯通，帮助自己提高诗歌的艺术表现力，最终超越鲍谢，成一家之体。屠隆用客观、发展的眼光考虑问题，具体问题具体分析，把诗歌放在当时创作的时代背景下，去考虑其优劣；而不是用后人当下的审美标准去轻议古人诗歌的好坏。他认为每一朝代的诗歌各有其特点，谁也不能完全像谁，亦不必像谁。又说："至我明之诗，则不患其不雅而患其太袭，不患其无辞采而患其鲜自得也。"[2]指出明诗的最大的弊病在于"太袭"、少"自得"。"太袭"是复古思潮的流弊，人人都想写出同汉魏、盛唐诗一样的作品，实属天方夜谭，掉入模拟字句、音韵、格调的魔障，无法自拔。沉溺于"袭"，不但继承不了古人的优点，反而失去自身的特点，千人一面、千篇一律，可谓诗歌发展的不幸。

169

邹迪光反对复古派的主张，他认为学诗不能偏学一时一人，应该师众家，主要落在"师心"上，他在《包山人遥青阁集序》中说："学诗者，先师孔孟，然后师屈宋，师曹刘，师阮谢，师沈师杨，师岑王，师青莲、少陵氏，已复去曹刘、阮谢诸家，而自师其心。"（《调象庵稿》卷二七）提倡广泛师古，兼收并蓄，不主一时一人。师古的最终目的为去古，要匠心独运，师本人之真心，此为作诗之正道。艾南英反对后七子，批评王世贞、李攀龙的复古观，推崇唐宋派。他于《再

---

[1]　屠隆：《鸿苞》卷一七。
[2]　同上。

答夏彝仲论文书》中言:"人中乃欲尊奉一部《昭明文选》,一部凤洲、沧溟集,弟所视为臭腐不屑者,而持此与弟争短长。"[1]当时人推崇《文选》,模仿古诗,尽学此书;又争相效仿当代人王世贞的《凤洲集》和李攀龙的《沧溟集》。在艾南英看来,这些人所推赏的对象,实在"臭腐"不堪,王李二人效《文选》诗作古诗,本就不伦不类,更何况那些效王李诗又作古诗之人,离汉魏古风差之何止千里?他虽未明说师从众家,但从其狠批当代人学诗眼光的局限性上看,艾南英的主张应同邹迪光相去不远。

第四节　源流辨体思想与"诗至元嘉而古体亡"

明人论诗尤讲源流递变,在不同时代诗歌的对比中,评介诗品的高下。以时代论,则汉魏、六朝诗依次而降;以同时代诗人论,则"元嘉三大家"中,谢灵运最高,鲍照次之,颜延之再次。胡应麟《诗薮》曰:"魏人赡而不俳,华而不弱,然文与质离矣。晋与宋,文盛而质衰;齐与梁,文胜而质灭。"[2]魏诗已有华美之句,然仍不失质朴之气,丽句偶见"不俳"。晋宋诗,丽辞渐胜朴质;齐梁诗,文采完全掩盖浑朴之质。"古诗浩繁,作者至众。虽风格体裁,人以代异,支流原委,谱系具存……灵运之词,渊源潘陆。明远之步,驰骤太冲……太白纵横,亦鲍近媺。少陵才具,无施不可,而宪章祖述汉魏、六朝,所谓风雅之大宗,艺林之正朔也。"[3]胡应麟的诗歌渊源观受钟嵘《诗品》的影响,谢灵运诗源于潘岳、陆机诗,鲍照诗源于左思诗。李白诗受鲍照诗影响,杜甫诗集汉魏、六朝诗之大成。凡名家能汲取前人

[1] 艾南英:《天佣子集》卷五,清道光刻本。
[2] 胡应麟:《诗薮》内编卷二,第22页。
[3] 同上书,第23页。

诗歌的精华，化为已用，终成一家之言。胡应麟认为唐诗深受前代诗歌的影响，"四杰，梁陈也；子昂，阮也；高岑，沈鲍也；曲江、鹿门、右丞、常尉、昌龄、光羲、宗元、应物，陶也。太白讥薄建安，实步兵、记室、康乐、宣城及拾遗格调耳"[1]。其中关于"元嘉三大家"的观点为：高适、岑参诗学沈约、鲍照，李白诗有学谢灵运的成分。

《诗薮》中论五言古诗曰："安仁、士衡，实曰冢嫡，而俳偶渐开。康乐风神华畅，似得天授，而骈俪已极。"[2]潘岳、陆机诗开"俳偶"先河，谢灵运诗看似自然，实乃"骈俪已极"。"何仲默云：'陆诗体俳语不俳，谢则体语俱俳。'可谓千古卓识。仲默称曹刘、阮陆，而不取陶谢。陶，阮之变而淡也，唐古之滥觞也；谢，陆之增而华也，唐律之先兆也。"[3]胡应麟赞成何景明的观点，认为谢灵运诗在陆机诗"体俳"的基础上，语又"增华"，为唐代律诗的"先兆"。他还列举古诗代降的例子，曹丕"朝与佳人期，日久殊未来"，谢灵运"圆景早已满，佳人犹未适"，江淹"日暮碧云合，佳人殊未来"，"愈衍愈工，然魏、宋、梁体自别"[4]。"愈衍愈工"最明显的体现在写景上，魏诗写景只为言志抒情的点缀，宋诗写景已占大半篇幅，但多粗笔渲染，景象多阔远，梁诗写景多工笔细描，渐以精巧之物代替阔远之景。

《诗薮》在歌行辨体上引鲍诗为例，说古体七言"纯用七字而无杂言，全取平声而无仄韵，则《柏梁》始之，《燕歌》《白纻》皆此体。自

---

[1]　胡应麟：《诗薮》内编卷二，第 35 页。
[2]　同上书，第 29 页。
[3]　同上书，第 29 页。
[4]　同上书，第 32 页。

唐人以七言长短为歌行，余皆别类乐府矣"[1]。"七言长短"歌行体，非自唐始，鲍照诗乃其肇始。《拟行路难》中便具此体。"元亮、延之，绝无七言。康乐仅一二首，亦非合作。歌行至宋益衰，惟明远颇自振拔，《行路难》十八章，欲汰去浮靡，返于浑朴，而时代所压，不能顿超。后来长短句实多出此，与玄晖五言，俱兆唐人轨辙矣。"[2]陶渊明、颜延之无七言诗，谢灵运仅有一二首，"歌行至宋益衰"不确切，杂言歌行正是刘宋时的鲍照开启了门户，后来唐人歌行多学鲍照此体。

胡应麟看到人主对于一代文风的引领作用，"曹氏父子而下，六代人主，世有文辞者，梁武、昭明、简文，差足继轨"[3]。"曹氏父子"以自身卓越的诗歌创作，促成建安风骨的形成。其后六代人主，少有文学之才，唯梁代萧氏父子，"差足继轨"。"萧统之选，鉴别昭融。刘勰之评，讥论精凿。钟氏体裁虽具，不出二书范围。至品或上中倒置，词则雅俚错陈，非萧刘比也。"[4]胡应麟虽然轻视梁代的文学创作，却看重《文选》《文心雕龙》《诗品》等著作，尤为赞赏萧统鉴别、选录作品的眼光，刘勰批评、议论之"精凿"以及钟嵘语言表达之雅俗共济。他又说："六代选诗者，昭明《文选》，孝穆《玉台》；评诗者，刘勰《雕龙》，钟嵘《诗品》。刘、钟藻骘，妙有精理，而制作不传。孝穆词人，然《玉台》但辑闺房一体，靡所事选。独昭明鉴裁著述，咸有可观。至其学业洪深，行义笃至，殊非文士所及。自唐以前，名篇杰什，率赖此书。功德词林，故自匪浅。"[5]胡应麟非常欣

---

[1] 胡应麟：《诗薮》内编卷三，第 41 页。
[2] 同上书，第 45 页。
[3] 同上书，第 46 页。
[4] 胡应麟：《诗薮》内编卷二，第 40 页。
[5] 同上书，第 146 页。

赏《文选》，认为唐前名篇，"率赖此书"，得以流传，肯定《文选》选诗的经典性。

胡应麟看到"元嘉三大家"处于诗史上的重要转折时期，说：

> 晋宋之交，古今诗道升降之大限乎……元亮得步兵之
> 淡，而以趣为宗，故时与灵运合也，而于汉离也。明远得记
> 室之雄，而以词为尚，故时与玄晖近也，而去魏远也。[1]

陶渊明诗得阮籍诗之冲淡，而启谢灵运诗之妙趣，但陶谢诗已经有别于汉诗的刚劲雄浑之风。鲍照诗得左思诗之雄健，但尚辞采，时与谢朓诗近，而离魏诗浑朴之风远矣。应麟又说："汉魏晋宋齐梁陈隋，八代之阶级森如也。枚、李、曹、刘、阮、陆、陶、谢、鲍、江、何、沈、徐、庾、薛、卢，诸公之品第秩如也。其文日变而盛，而古意日衰也；其格日变而新，而前规日远也。"[2]八代而降，文采辞藻日盛，"而古意日衰"；体格时有新变，"而前规日远"。

胡应麟肯定"元嘉三大家"在诗史上的地位，"宋齐自诸谢外，明远、延之、元长三数公而已。"[3]但"三大家"中，以谢灵运为首，鲍照次之，颜延之为末。他说：

> 宋称颜谢，然颜非谢敌也……非敌而并称何也？同时、
> 同事又同调也。百年之后，笃而论之……则康乐之外，无先
> 明远。[4]

颜延之因为与谢灵运年辈相当又同朝共事，都写有应诏典丽之诗，而

---

[1]　胡应麟：《诗薮》外编卷二，第143页。
[2]　同上。
[3]　同上书，第145页。
[4]　同上书，第154页。

得以被并提，但是"延之与灵运齐名，才藻可耳。至于丰神，皆出诸谢下，何论康乐！"[1]颜诗唯有"才藻"可与灵运较高下，"丰神"却远逊之。他比较欣赏鲍照，说：

> 宋人一代，康乐外，明远信为绝出，上挽曹刘之逸步，下开李杜之先鞭。第康乐丽而能淡，明远丽而稍靡，淡故居晋宋之间，靡故涉齐梁之轨。[2]

鲍诗有曹植、刘桢诗的遗风，对李白、杜甫诗影响深远。胡应麟看重鲍照在诗史上承上启下的地位，但与谢诗相比，又"丽而稍靡"，不如灵运"丽而能淡"。他批评隋人王通，"历评六朝文士，不取康乐、宣城、文通、明远，而极称颜延之、王俭、任昉文约以则，有君子之心。不知延之、俭、昉所以远却谢鲍诸人，正以典质有余，风神不足耳"[3]。王通论诗，以人品论诗品，认为谢灵运是小人，鲍照性格狂狷，故不取二人诗；但于"元嘉三大家"中独取颜延之，因其"有君子之心""文约以则"。胡应麟批他不知诗，指出颜诗"正以典质有余，风神不足"，而远不及谢鲍之诗。

许学夷持诗格代降的古诗观，说"汉魏、六朝，由天成以变至作用，由雕刻以变至绮靡，学者必先有得于汉魏，时或降格而为六朝，乃易为力；苟先习于六朝，而欲上为汉魏，岂易能乎？"[4]学古诗入门须正、立意须高，先反复琢磨、涵泳汉魏古诗的佳处，时时受汉魏风骨的熏陶，然后再学晋宋诗的表现技法，则游刃有余。齐梁陈诗无甚可取，不用深究细读。若上来便学六朝诗，则容易走入"绮靡"的

174

---

[1] 胡应麟：《诗薮》外编卷二，第 148 页。
[2] 同上书，第 149 页。
[3] 同上书，第 152 页。
[4] 许学夷：《诗源辩体》卷三四，第 316 页。

歧途，再无习得汉魏诗高妙处的可能。

许学夷持元嘉三大家处诗运转关之说，此观点近于胡应麟"晋宋之交，古今诗道升降之大限"的说法。《诗源辩体》中言："古诗以汉魏为正，太康、元嘉、永明为变，至梁陈而古诗尽亡。"[1]又曰：

> 至谢灵运诸公，则风气益漓，其习尽移，故其体尽俳偶，语尽雕刻，而古体遂亡矣。[2]

元嘉诗最显著的特征为"体尽俳偶，语尽雕刻"，汉魏古诗无此特质，即便偶有丽句，也是以自然为美，绝无浓墨重彩。诗至元嘉，丽句常见，诗歌技法多人工用力，少自然流露，故胡、许二人慨叹古体亡于元嘉。

许学夷赞同严羽"颜不如鲍，鲍不如谢"（《沧浪诗话》）的排名，说：

> 谢灵运经纬绵密，鲍明远步骤轶荡。明远五言如《数诗》《结客》《蓟门》《东武》等篇，在灵运之上。然灵运体尽俳偶，而明远复渐入律体。但灵运体虽俳偶而经纬绵密，遂自成体；明远本远步骤轶荡，而复入此窘步，故反伤其体耳。以全集观，当自见矣。沧浪谓"颜不如鲍，鲍不如谢"正以此也。[3]

他认为《文选》所选鲍照五言乐府当在灵运之上，谢五言诗与鲍照乐府本为不同文体，以《文选》中乐府类观之，谢仅入选一首，而鲍有八篇；但谢灵运其他五言山水诗近三十余篇入选，非鲍照可比。许学夷

---

[1]　许学夷：《诗源辩体》卷七，第1页。
[2]　同上书，第108页。
[3]　同上书，第115、116页。

赞谢诗"经纬绵密",乃看重其诗歌表现技艺,但不喜谢诗多"俳偶";他称赏鲍诗"步骤轶荡",乃看重其诗气劲爽,诗势开阔,但不喜鲍诗声律开唐律先河。在"元嘉三大家"中,许学夷最看重谢灵运的地位,把谢诗作为勘破古诗门径的"第一关",他称灵运诗"乃大公至正而无所偏,以汉魏、晋人诗等第之,其高下自见","国朝人笃好灵运,于其诗便为极至,凡稍有相诋,即为矛盾。故予之论灵运诗为破第一关"[1]。不仅许氏看到谢灵运的转折地位,于頔《吴兴昼公集序》中曰:

> 康乐侯谢灵运独步江南,俯视潘陆,其文炳而丽,其气逸而畅,驱风雨于江山,变晴昏于洲渚,烟云以之惨淡,景气为其澄霁,信江表之文英,五言之丽则者也。逮乎齐世,宣城守谢玄晖亦得其词调,函于风格不侔康乐矣。[2]

灵运诗上承潘岳、陆机诗而又胜之,五言山水,"气逸而畅",变幻多姿,丽而能则。谢朓山水诗"得其词调",却"风格不侔",已肇唐律之始。明人多以汉魏古诗为至高之境,而谢灵运诗为仅次于汉魏古诗的第二等诗,要学古诗,当从学灵运诗入手,而后方入汉魏诗门径。许学夷又说灵运佳句妙合自然,"今人笃好灵运,于其俳偶雕刻处字字摹仿,不遗余力,至其妙合自然者,则未有一语也,安知所谓'初发芙蓉'哉"[3]!他指出明人学谢诗的缺点,偏好作表面文章,字模句拟谢诗"雕刻处",而不懂得学习谢诗"妙合自然"的长处。学诗学不到精髓,无鉴别、取舍的眼光,可谓明诗之哀。

---

[1] 许学夷:《诗源辩体》卷七,第112页。
[2] 董斯张:《吴兴艺文补》卷九,明崇祯六年刻本。
[3] 许学夷:《诗源辩体》卷七,第110页。

第五节　"重情""重性灵"与谢、颜、鲍诗评

主"情"是明后期文学解放思潮中的一面旗帜，其所言"情"，多源于个人与现实的激烈冲突和饮食男女的生命欲求，注重文学的审美抒情特质和审美感染作用[1]。主"情"体现在诗歌评论上即为主"性灵"，以钟惺、谭元春、陆时雍为代表。评者普遍看重诗人的性情、灵心、妙趣，善于将心比心，把自己代入诗人的创作情境，发掘作者掩盖于辞藻下的真实情感。

钟惺、谭元春《古诗归》评颜延之道：

> 其《秋胡诗》《五君咏》，清真高逸，似别出一手，若尽屏颜全诗，不见于世，而独标此数首，向评为妄语矣。此予选颜诗意也。凡选古人诗极严刻，皆是爱惜古人处。[2]

颜诗素以整饬雕丽、错彩镂金为美，亦为人所诟病，这种评价以颜诗的辞章表现形式为出发点，然而钟谭把目光聚焦在"清真高逸"上，认为《秋胡诗》《五君咏》不似颜诗擅长的雕丽风格，情感的表达要比其他诗作明显，故被后人所赏者仅此二组诗而已。《古诗归》选颜诗，亦只选《秋胡诗》《五君咏》，称选诗"严刻"，正因"爱惜古人"，惜延之难得一见的"情胜于辞"和抗音吐怀的言志方式。

《古诗归》中评谢灵运称："灵运以丽情密藻发其胸中奇秀，有骨有韵，有色有香，时有字句滞累，即从彼法中带来。"[3]谢诗以"密

---

[1]　傅璇琮、许逸民等主编：《中国诗学大辞典》，浙江教育出版社1999年版，第112页。

[2]　钟惺、谭元春：《古诗归》卷一一，《续修四库全书》影印复旦大学图书馆藏明闵振业三色本。

[3]　钟惺、谭元春：《古诗归》卷一一。

藻"写"丽情",形式精美且具筋骨气韵,但有时"密"度过甚,导致"字句滞累",因其过于重视字法句法,但这并不妨碍钟谭二人对其诗情的欣赏。"康乐灵心秀质,吐翕山川",胸中有丘壑,写景富含情感。评《登江中孤屿》曰:"灵运是古今第一游山人,所以游具游情,丝毫可通之今日。"又说:"结伴共游,领略逼真,当为摘句写置舟舆间。"[1]谢诗云:"怀新道转迥,寻异景不延。乱流趋正绝,孤屿媚中川。"景句中无一字抒情,却分明能令人感到兴奋、欣喜之情,岛屿四周江流环绕,然而湍急、复杂的水势却阻挡不了诗人览奇寻胜之心。诗人满怀游览的热情,一心要穿越江流的阻挠,登上孤屿,不以道转景远为苦。所谓"游具游情",游览正为满足"寻异"之心,经历一番艰难跋涉,终于得见"孤屿"真容,怎能不令人愉悦激动?一"媚"字真真写出历险后获美景的欢欣之境。又评《登永嘉绿嶂山诗》云:"凡丽密诗,薄不得,浊不得,康乐气清而厚,所以能丽能密。"[2]诗句"丽密"容易落于绮靡,本非诗论家所赏,然《古诗归》不以谢诗"丽密"为病,正因其"气清而厚"。灵运写景多具生气,富于动态美,对山水、草木的描写栩栩如生,活灵活现,引人入胜。这种"清厚"之气,正是大自然赋予景物的生气。灵运写景写实,不但写真实之形,就连物象自带的生气也能真实呈现,故"丽密"辞调和以"清厚"气,纤秾适宜,不薄不浊,谢诗佳处正在于此。

《古诗归》评鲍照诗曰:"鲍照能以古诗声格作乐府,以五言性情入七言,别有奇响异趣。"[3]五言古诗以蕴藉浑朴为美,鲍照以此风格运用于乐府诗中,如评《代东门行》:"促节厉响,情思婉转,乐府

---

[1] 钟惺、谭元春:《古诗归》卷一一。

[2] 同上。

[3] 钟惺、谭元春:《古诗归》卷一二。

中古诗也。声响出于变韵，细读自悟。"[1]鲍诗云："离声断客情，宾御皆涕零。涕零心断绝，将去复还诀。一息不相知，何况异乡别。"游子伤别之情，描写得婉转淋漓，有汉魏同题材诗之风。两句一换韵，中有"涕零"顶针勾连，意脉流贯。又如评《代放歌行》："乐府拟不如代，拟必求似，代则犹能自出。作者择之。"[2]鲍诗以"今君有何疾，临路独迟回"的问句作结，看似以第三者的身份询问"旷士"不展才效国的原因，实则借"旷士"之口，大幅叙述小人以片言"分珪爵"的恶状，表达作者对现实的不满和愤慨。鲍照写代言体乐府，既是为现实所迫、不得直言的无奈，又是种借机抒愤的手段，正体现出诗人重性情的一面。《古诗归》中评《拟行路难》道："极悲凉，极柔厚，婉调幽衷，似晋《白纻》《杯槃》二歌，全副苏、李、十九首性情。"[3]

"苏、李、十九首性情"，常抒发时不我待、踌躇满志之慨，有以乐景写哀情的反衬手法，有以哀景写哀情的烘托手法。这些写景抒情的手法均体现在《拟行路难》十八首的写作中，而鲍诗的音韵更加婉转，情意更为幽隐，声情并茂、思志满怀，形成了"极悲凉，极柔厚"的整体风貌。又评《代夜坐吟》曰：

> 艳诗不深不艳。情艳中有痴人，无粗人。愈细愈痴，粗则浮矣，恶乎情？深微造极，士女皆无遁情，予将取为艳诗之宗。[4]

该诗写情细腻，把歌女"不贵声，贵意深"的希冀和隐约的惆怅伤感，

[1]　钟惺、谭元春：《古诗归》卷一二。
[2]　同上。
[3]　同上。
[4]　同上。

表现得丝丝入扣，撩人心弦。评曰"情艳中有痴人""士女皆无遁情"，乃是赞赏鲍照写情技艺的高超，不唯士子有精忠报国的深情，女子"愿得一心人，白首不相离"（《白头吟》）的贞情，其专一、热忱的程度与士子毫无二致。描写对象不分男女，当就一"情"字着眼，写出情真意切便为好诗。再如评《咏秋》道："寄情必深，造语必秀。与他处咏秋不同，如亲见古人运笔。"[1]鲍照此诗纯用比法，把自己喻成"秋兰"，表现好景不长，赏心人难得，不如"灵化"追随"别离人"的心理过程。诗情"纤巧，寂然伤人"[2]（王闿运评语）。《古诗归》少选《文选》中鲍诗的篇目，更多地选录《文选》未选的鲍诗。《文选》中的鲍诗内容雅正，多抒发与建功立业相关的得志或不得志之情；而《古诗归》还选有不少与建功立业无关的闺情私情之诗。可见，钟惺、谭元春选诗，看重的是诗歌写情的真挚程度，而非情感的内容。

陆时雍认为以"元嘉三大家"为代表的刘宋诗，开创了后代诗歌重声色表现的先河，他在《诗镜总论》中说：

> 诗至于宋，古之终而律之始也。体制一变，便觉声色俱开。谢康乐鬼斧默运，其梓庆之锯乎？颜延年代大匠斲而伤其手也。寸草茎能争三春色秀，乃知天然之趣远矣。[3]

陆时雍认为南朝宋时代，古诗之道渐亡，"体制一变""声色俱开"，这是种令人忧心的趋向。谢灵运、颜延之诗开始多有雕琢丽句，"池塘春草"看似自然无琢，实乃绘景写情的眼光愈发局限，竟寄望以"寸草

---

[1] 钟惺、谭元春：《古诗归》卷一二。

[2] 鲍照著，钱仲联增补集说校：《鲍参军集注》，第400页。

[3] 陆时雍选评，任文京、赵东岚点校：《诗镜》，第5页。

茎"览尽"三春色秀",诗至于此,离"天然之趣远矣"。陆时雍还说:"谢康乐诗,佳处有字句可见,不免硿硿以出之,所以古道渐亡。康乐神工巧铸,不知有对偶之烦。"谢诗字句"巧铸",多用对偶,"古道"亡于用人工表现天工。不过谢灵运的时代,只是开了"亡古"的先河,诗虽精丽,但仍含有一些自然之趣。"诗丽于宋,艳于齐。"[1]"诗至于齐,情性既隐,声色大开。"[2]刘宋诗工丽而典正,尚有清雅之气、宏阔之象;至于南齐,诗歌愈发绮艳,诗人溺于描写纤巧、细腻的景、情,声律、对偶更为讲究,气象、局度更为狭隘,典正之气骤失。故谓刘宋诗开启声色之门,而南齐诗使声色登堂入室,如入无人之境。

　　陆时雍评诗,在一定程度上继承钟惺、谭元春的重情说,但陆氏不像钟谭那般看重表现私情闺怨的诗歌。他很称赏谢灵运诗能写"性情","解缆及流潮,怀旧不能发"(《邻里相送方山诗》),"最得物态而指点甚便,良由性情超会,故至此"[3]。灵运与周围邻里话别,客船将行未行之时,最是伤情。缆绳已解,随水漂流,但"怀旧"之情满溢于胸,牵住诗人的脚步,迟迟不忍踏上离途。由此可见灵运"性情",珍视友人,重情重义。陆时雍又评"白云抱幽石,绿筱媚清涟"(《过始宁墅》),"语何悠旷。外有物色,内有性情,一并照出"[4]。灵运是真喜欢始宁故乡的自然景色,一"抱"字,一"媚"字,表面看似把自然物象拟人化,实为作者内心欣喜之至,想要热切拥抱故乡的山水。"熟读灵运诗,能令五衷一洗,白云绿筱,湛澄趣于清涟。"[5]

[1]　陆时雍选评,任文京、赵东岚点校:《诗镜》,第5页。
[2]　同上。
[3]　同上书,第121页。
[4]　同上。
[5]　同上书,第5页。

灵运对山水的热情、深情，常常包裹于清丽的绘景之中，使得语言多蕴藉、"悠旷"之味。寓情于景，方显情之沉厚。诗句内敛含蓄，清新怡人，宛如爱慕君子却含羞带怯的少女，未说一情字，却从体态神情上，处处流露心情。灵运景句未直接写情，却从物态的描绘中，处处体现心悦山水之情。

陆时雍在评《初发石首城》时说："语到真时，诗到至处，能令意象名言俱丧，此中何容下一闲言。'重经平生别，再与朋知辞'，九死一生，得此苦语。"[1]"重经平生别，再与朋知辞"句前有"寸心若不亮，微命察如丝"二句，可知灵运仕途之不顺，身被构陷，心甚不平。又"重经"两句后接"故山日已远，风波岂还时。迢迢万里帆，茫茫终何之"四句，表现出遭逢磨难后，身心俱疲之态，唯有知己、故友可慰心伤，然而友朋不能时时相聚，灵运内心孤苦至极，茫然至极。那种对故乡的眷恋之情，在身受贬谪、流离之后，愈演愈烈。该诗令人但见性情，不睹文辞，"意象名言俱丧"，读者的情绪始终被作者牵引，结尾"皎皎明发心，不为岁寒欺"，更是把那种倔强、孤高、不肯委曲求全又不舍别友辞亲的情感，升华到极致。谢灵运有颗赤诚之心，性灵澄净。陆时雍说：

> 谢康乐灵襟秀色，挺自天成。清贵之气，抗出尘表。大抵性灵物秒，诗之美恶，辨于此矣。陶谢性灵披写，不屑屑于物象之间。[2]

谢灵运的好诗，往往具有佳境、妙趣，人工巧似天工，让人不觉其用力于描绘物象，而物象自然跃然纸上，正所谓"不屑屑于物象之间"。

---

[1] 陆时雍选评，任文京、赵东岚点校：《诗镜》，第128页。

[2] 同上书，第119页。

谢诗的佳句与陶渊明诗风相近，"汉魏景物略而病于疏，唐人饰而嫌于伪。称情当物，正在陶谢间耳"[1]。抒情、写物恰到好处，不浓不淡，自然恬适，陆时雍赞美其秀句，语色"清冽""清峭""清旷"[2]，语色之"清"正源于性灵之澄澈，性情之真挚。当灵运屏蔽名利的束缚，全心全意投身到自然的怀抱中时，他的诗作便多自然、自得、自在气，"诗须观其自得"，"樵隐俱在山，由来事不同。不同非一事，养疴亦园中。中园屏氛杂，清旷招远风"（《田南树园激流植援》）。养病的同时亦在养心，归隐之事，但凭心境，"此为旷然遇而无罣。见古人本色，扽披不烦而至。夫咏物之难，非肖难也，惟不局局于物之难"[3]（《诗镜总论》）。灵运厌倦名利场的斗争，却又不得脱身，借养病之机调整自己的心态，使饱受摧残的心灵得以休复，大自然是最好的疗伤灵药。诗人没有心思去琢磨精辞丽句，"中园屏氛杂，清旷招远风"，哪有半点精丽的影子，"得趣既深，任意披写，佳境自成"[4]。灵运悟得山水乐趣，不想独美，希望能有知己与自己同赏佳景。"《诗》谓'独寐寤宿，永矢弗告'，此云'赏心不可忘，妙善冀能同'，皆是得趣深处。"[5]陆时雍评《石壁精舍还湖中作》曰："'昏旦变气候，山水含清晖'，简洁，淘尽千言得此二语。去缘饰而得简要，由简要而入微眇，诗之妙境尽此矣。"[6]又评《于南山往北山经湖中瞻眺》中句"俯视乔木杪，仰聆大壑淙。石横水分流，林密蹊绝踪"云："诗以本色为佳，自然为妙。'俯视'四语，只一布置景色，已

183

---

[1]　陆时雍选评，任文京、赵东岚点校：《诗镜》，第120页。

[2]　同上书，第120、122、124页。

[3]　同上书，第6页。

[4]　同上书，第124页。

[5]　同上。

[6]　同上。

悉此诗人造景不造词也。"[1]灵运写景佳句，妙在自然，"简要"而绝少"缘饰"。陆时雍还认为灵运不仅能写景中情，直接抒情也有佳语，如评《庐陵王墓下作》，"气格最遒，情长语短"[2]。陆时雍对谢灵运诗中性情的挖掘，不遗余力，通过他的评语，能使读者更容易感受到诗人真诚、净洁的心灵。

《古诗镜》评鲍照诗曰："鲍照材力标举，凌厉当年，如五丁凿山，开人世之所未有。当其得意时，直前挥霍，目无坚壁矣。骏马轻貂，雕弓短剑，秋风落日，驰骋平冈，可以想此君意气所在。"[3]陆时雍很欣赏鲍诗的"意气"，"快爽莫当，丽藻时见，所未足者韵耳。凡铿然而鸣、砫然而止者，声耳；韵，气悠然有余。韵则神行乎间矣。七言开遄跌荡，第少调度和美"[4]。表情达意，"快爽""凌厉"，所不足者乃诗歌韵律，"铿然而鸣，砫然而止"，少悠然舒缓之致，声节促迫。陆氏以为鲍照七言乐府"少调度和美"，殊不知"开遄跌荡"正为诗人本色。

陆时雍很欣赏《文选》中的鲍照乐府诗，他评《代东门行》曰："此诗直参汉制，第鲍诗棱厉，汉人浑浑耳。""居人"四句，"苦情密调，吐露无余矣"[5]。鲍照乐府有汉乐府的雄浑之气，而更加"棱厉"、激扬。《代白头吟》"骄嬧凌厉，意气咄咄逼人。文君诗决裂已甚，后之作者安得温语醒衷、婉词送款耶！"[6]虽代女儿言，却有男儿阳刚之气、忠贞之志的表达，"凌厉"惊人。《代出自蓟北门行》"棱

---

[1]　陆时雍选评，任文京、赵东岚点校：《诗镜》，第 126 页。
[2]　同上书，第 127 页。
[3]　同上书，第 5 页。
[4]　同上书，第 133 页。
[5]　同上书，第 134 页。
[6]　同上书，第 135 页。

棱精爽，筋力如开百斛弓"[1]。战士们从军报国、视死如归的伟岸坚毅的形象宛若目前，读之使人热血沸腾。

陆时雍认为鲍照的五言写景诗不如谢灵运，如其评《从登香炉峰》曰："山水景趣，谢灵运写得圆映，鲍明远写得精警。圆映得神，精警得意，然而灵运之境地超矣。"[2]鲍照写景"精警"，情意过于显露，多棱角；而灵运写景"圆映"，有含蓄蕴藉之美。"圆映"能拉近与读者的距离，使人轻松地代入情境；而"精警"则不容易使人产生亲近之感。又陆氏认为鲍照写景不如谢灵运自然，"霜崖灭土膏，金涧测泉脉。旋渊抱星汉，乳窦通海碧"（《从登香炉峰》），"精矣，而乏自然之致。良工苦心，余以是赏之"[3]。写景多用典故，不直写景之形态，晦涩难懂，艰深佶屈，实不如谢诗写景明白畅晓。但鲍照此类写景并不具普遍性，其《还都道中》"风急讯湾浦，装高偃樯舳"，"写得快净。笔趣稍钝，即带秽色矣。鲍照心开手敏，遇物遂成，可谓诗中一能言之品"[4]。景物描写极富流动性，生气盎然，极易抓住读者视线。又如陆时雍评鲍照《三日》道：

> 鲜翠照人。"提觞野中饮，心爱烟未开"，是适然境，亦适然语。凡景过即亡，情生即已，即使再陈前迹，恐意趣之非初矣。故诗中之意，画中之景，不可以有物求也。[5]

该诗状春游之景，人、物、事相得益彰，写来毫不费力，读者仿佛身临其境，跟随诗人领略春光的美好。陆时雍对《文选》未选的鲍照乐

---

[1]　陆时雍选评，任文京、赵东岚点校：《诗镜》，第135页。
[2]　同上书，第137页。
[3]　同上。
[4]　同上书，第140页。
[5]　同上书，第143页。

府，以"古""峻"为欣赏标准。《代淮南王》"最是古意"[1]，《梅花落》"孤标峻绝"[2]，《代夜坐吟》"清俊绝伦"[3]，《代雉朝飞》"慷慨绝色"[4]，《代白纻舞歌词》四首"丽而俊"[5]，鲍诗之"俊"，合辞采之清丽与意气之"凌厉"，写景、抒情毫无滞涩，当属自然高品。

陆时雍《古诗镜》所选颜延之诗，皆为《文选》所录，评语少且评价不高，他说："延之雕缋满肠，荆棘满手，以故意致虽密，神韵不生，语多蒙气。汤惠休谓'谢灵运似芙蓉出水，颜延之似错彩镂金'，此盖谓其人力虽劳，天趣不具耳。"[6]颜诗意密，"语多蒙气"，晦涩难读，缺乏神韵。诗人虽肯下功夫，然用力过猛，不具"天趣"，寡然索味。即便前人认为写得不错的《五君咏》和《秋胡诗》，陆氏也一笔带过，说"《五君咏》多以自况，结语崭然高峙"，"《秋胡》九首情寡词繁"[7]。

由上述可知，颜延之诗在明代的地位差谢灵运、鲍照甚远，谢鲍二人诗互有优劣，鲍照差可与谢灵运比肩，但到底略逊一筹。多数明人认为"元嘉三大家"诗，整体已开雕丽门面，去古益远；学谢鲍诗易学其辞章句法，难学其汉魏遗风、性情灵趣。

[1] 陆时雍选评；任文京、赵东岚点校：《诗镜》，第 146 页。
[2] 同上。
[3] 同上书，第 148 页。
[4] 同上书，第 146 页。
[5] 同上书，第 144 页。
[6] 同上书，第 113 页。
[7] 同上书，第 116 页。

第七章 |
清代"雅丽兼济"观与谢、颜、鲍排名的分歧

清人的文学观"雅丽兼济",这是对萧统《文选》序观的完美继承,既看重诗歌的言志功能,又重视诗歌的技艺表现、审美趣味。清代诗评家普遍对《文选》所选"元嘉三大家"之诗予以高度肯定,同时对于不少《文选》未选的谢灵运、鲍照诗亦持较高评价。从明末清初的王夫之有意抬高谢、鲍诗的地位开始,之后论者对二人诗的评价基本保持赞多于贬的趋势。清代"元嘉三大家"的排名有两大分歧,颜延之垫底基本成定论,鲍照与谢灵运一争高下。认为"谢高于鲍"的以叶燮《原诗》、方东树《昭昧詹言》为代表,认为"鲍优于谢"的以潘德舆《养一斋诗话》、贺贻孙《诗筏》为代表。

第一节　菲薄魏晋,抬高谢鲍——王夫之、陈祚明评"元嘉三大家"

王夫之很鄙视明人复古思潮"古诗必汉魏"的主张,他撰《古诗评选》,抬高六朝诗的整体地位,尤其是谢灵运、鲍照诗的地位,经常评二人诗上薄建安、太康,下凌一众唐人,直追《诗经》《楚辞》。陈祚明的古诗观亦近王夫之,不仅评价上予以"元嘉三大家"诗充分肯

定，更在选录上大肆添补《文选》未选之诗，有庶几囊括谢鲍整个诗集的态势。

一、王夫之《古诗评选》评谢、颜、鲍

王夫之有意抬高谢灵运诗的地位，把《文选》中谢诗夸得前无古人后无来者。如评《邻里相送方山诗》说："情景相入，涯际不分，振往古，尽来今，唯康乐能之。"[1]评《晚出西射堂》曰："自汉至今，二千年来更无一人解恁道得。"[2]评《游赤石进帆海》曰："迢然一起，即已辉映万年。"[3]评《于南山往北山经湖中瞻眺》曰："一命笔即作数往回，古无创人，后亦无继者。"[4]评《庐陵王墓下作》曰：

> 是古今第一首挽诗，亦是古今有数五言。如神龙天矫，随所向处，云雷盈动。变雅中得如许尽理成章者亦少，况汉魏以下乎？[5]

灵运该诗却比它诗深切动人，情绪外露。先不说该诗题材本与游览、行旅诗不同，写法自然不同；《文选》把此诗归入"哀伤"类，谢诗仅此一首，是以写情为主，不以写景为重。写哀情并不是灵运最擅长的，此首风格不同谢诗往调，故足惜，但若称"哀伤"类最佳，恐亦未必。灵运以前有潘岳《悼亡诗》，写情之感人肺腑，实在谢诗之上。再说王夫之称此诗为"古今第一首挽诗"，那么置陶渊明《挽歌》于何地？又如评《石壁精舍还湖中作》曰：

[1] 王夫之选评，张国星校点：《古诗评选》，第212页。
[2] 同上书，第213页。
[3] 同上书，第215页。
[4] 同上书，第219页。
[5] 同上书，第221页。

凡取景远者，类多梗概；取景细者，多入局曲。即远入细，千古一人而已。结局亦因仍委顺耳，而钩有金盏尾之力，收放双取，唯《三百篇》为然。[1]

灵运此诗确为写景佳作，王夫之很欣赏该诗的章法，绘景层次分明，远近粗细，描写得当。结尾四句写安于山水的淡远情怀，令诗歌显得意韵深远。但王夫之说谢诗有《诗经》之致，却为故意附和，以此抬高谢诗地位。灵运诗经常用《庄子》意结尾，与《诗经》风格相距甚远；若说章法倒有一些与《诗经》相似的地方，如先写景再写情，但《诗经》多四言，且风格以质朴、淡雅为主；谢诗多五言，且风格以精工巧丽为主。若说章法相似，则谢前的魏晋写景诗便有此章法，且已有精丽的景句，更近于灵运诗。但王夫之鄙薄魏晋诗，绝口不提谢诗受魏晋诗影响更大，而把功劳归结到千百年前的《诗经》上面。若按此思想，其后历代的名家诗篇都以《诗经》为渊源，但凡写得好的都可说成直追《诗经》了。这种好高骛远、任性妄议的诗歌观念，实不可取。

即便《文选》未选的灵运诗，王夫之仍然给予超高评价，如评《登上戍石鼓山诗》曰："自有五言，未有康乐；既有康乐，更无五言。"[2]把谢灵运五言诗直夸得天上有地下无。评《过白岸亭诗》曰："后幅无端生情，如孤云游空，映日成彩。"[3]他很欣赏灵运诗景中含情的一面。评《夜宿石门诗》曰："转成一片，如满月含光，都无轮廓。"[4]他还认为谢诗气象浑成。评《折杨柳行》曰："神情高朗，

---

[1]　王夫之选评，张国星校点：《古诗评选》，第218页。
[2]　同上书，第217页。
[3]　同上书，第220页。
[4]　同上书，第221页。

直逼汉人。"[1]该诗风格倒有些近于汉乐府和《古诗十九首》，说有汉人遗风可以，若论"直逼"程度却远远不够。评《燕歌行》曰："藏曲于直，极变而善止，与子桓一作旌戈相敌，正令平原作壁上诸侯。"[2]曹丕已有《燕歌行》珠玉在前，观灵运诗，无论题材、写法、风格均不出曹诗之圈，而曹谢二诗又都学《古诗十九首》写景抒情的笔法。谢诗可说是成功的拟作，中规中矩，或可说成曹诗的翻版，但论情思宛转、韵味流长，谢诗到底差曹诗一等。

颜延之诗虽不如谢灵运诗，但王夫之仍看重其诗气。如评《夏夜呈从兄散骑车长沙》曰：

> 从来以颜拟谢，颜之于谢非但寻丈之间也。谓颜一似翦采，其论亦苛。颜笔端自有清傲之气，濯濯自赏。乃其所以不足望谢者，往往立法自缚，欲令严肃反得凌杂也。又以其清傲者一致绞直，遂使风雅之坛有讼言之色。颜诗亦若有两种者，然《侍游蒜山》《赠王太常》诸作与《五君咏》如各出一手，乃其才本傲岸，而法特繁重，舍其繁重则孤露已章，本领之失，其揆一也。既资清傲之才，而能不称情唐突，抑无借雕裁自掩，则亦足以尽其长矣。[3]

王夫之说颜诗有"清傲之气"，是赏其博学多才，又有君子之风。他对颜诗有两种风格的看法很准确。颜诗应诏、侍游类作品，"法特繁重"，辞胜于情，有碍"清傲之气"的展现；而《五君咏》却辞不伤情、法不伤气，能够彰显诗人的心志、性情，"清傲之气"溢于言表。

---

[1] 王夫之选评，张国星校点：《古诗评选》，第38页。
[2] 同上。
[3] 同上书，第228、229页。

190

王夫之又评《还至梁城作》曰："不杂不竞，几于平矣。"[1]颜延之大部分诗歌，为诸如此类的平平之作，故差谢灵运远矣。但《始安郡还都与张湘州登巴陵城楼作》，"以此配谢，差可不远。微至虽所不逮，而清贵通远，亦堪与并立风轨"[2]。此诗具颜诗少有的"清贵"之气，兴象宏阔、"通远"，写景大气，结尾言归隐之志。除却结尾笔意近灵运诗，之前大幅的写景却是延之己意，景象平铺开来，大笔渲染，不似谢诗写景循序渐进、层层展开。按王夫之对谢诗的超高评价，颜诗此首得"以此配谢，差可不远"的评价，已经非常不错了。

王夫之论诗主神理、神韵、性灵、生气，这点继承了前人陆时雍《诗镜》的评诗主张。如评谢灵运《登池上楼》曰："始终五转折，融成一片，天与造之，神与运之，呜呼，不可知已！'池塘生春草'，且从上下前后左右看取，风日云物，气序怀抱，无不显者。"[3]此诗极尽宛转浑成之妙，写景极具章法，可谓人工之极矣，技法偏又使得出神入化，不见斧凿之痕，人工胜似天工。又评《入华子岗是麻源第三谷》曰："理关至极，言之曲到，人亦或及此理，便死理中，自无生气。"[4]评谢灵运《相逢行》曰：

> 乐府之制，以蹈厉感人，而康乐不尔，汰音使净，抑气使徐，固君子之所生心，非流俗之能穆耳也。[5]

宋明人有以灵运品格低下而贬低其诗品的评论，王夫之极力反驳这种观点，认为谢灵运有君子之心，故诗歌"汰音使净，抑气使徐"，"流

[1] 王夫之选评，张国星校点：《古诗评选》，第229页。
[2] 同上。
[3] 同上书，第214页。
[4] 同上书，第223页。
[5] 同上书，第37页。

俗"之人不可与讲康乐诗。他评谢灵运《悲哉行》曰："然使知者悼其深情，不知者亦欣其曲致，天生此尤物，不倾尽古今灵心不已。"[1]只有真正的赏心者、知音人，才能体会灵运诗中的"灵心"妙意，唯恨知己难觅。

王夫之看重鲍照诗歌之"气"，而"气"往往体现为声情相映。如评《代门有车马客行》道："鲍有极琢极丽之作，顾琢者伤于滞累，丽者伤于佻薄，晋宋之降为齐梁，亦不得辞其爱书矣。惟此种不琢不丽之篇，特以声情相辉映，而率不入鄙。"[2]鲍照五言古诗多琢丽之作，乐府则少有，源于疏朗之气行乎其间。又如评《代结客少年场行》道：

　　明远乐府，自是七言至极。顾于五言歌行，亦以七言手笔行之，句疏气迫，未免失五言风轨。但其谋篇不杂，若《门有车马》《东武》《结客》诸作，一气内含，自踞此体肠。[3]

五言诗多整齐句式，容易落下琢丽的弊端，但七言乐府，多隔句押韵，少对偶句式，且气韵宛转，意脉流贯，鲍照把七言歌行"宛转多气"的笔法运用到五言乐府上，毫无违和之处。王夫之又评《日落望江赠荀丞》曰："古今之间，别立一体，全以激昂风韵自致胜地。终日长对此等诗，即不足入风雅堂奥，而眉端吻际，俗尘洗尽矣。鲍集中此种极少，乃似剑埋土中，偶尔被发，清光直欲彻天。"[4]因为鲍诗饱含俊逸之气，所以并不以丽辞为累。鲍照五言古诗虽少有乐府诗那般气韵流转，但佳作同样声情饱满，风韵"激昂"。

[1]　王夫之选评，张国星校点：《古诗评选》，第38页。
[2]　同上书，第43页。
[3]　同上书，第44页。
[4]　同上书，第234页。

他还看到鲍照不同诗体具有不同的风格，如评《登黄鹤矶》曰：

> 鲍乐府故以骀宕动人，五言深秀如静女。古人居文有体，不恃才所有余，终不似近世人，只一付本领，逢处即卖也……故经生之理，不关诗理，犹浪子之情无当诗情。[1]

大家便是能驾驭不同诗体、不同风格之诗人，鲍照五言古诗一种风格，乐府又一种风格，各具胜场，皆有佳篇，足以当大家之名。王夫之又评《赠故人马子乔》三首其三曰："杜陵以'俊逸'题鲍，为乐府言尔。鲍五言恒得之深秀，而失之重涩，初不欲以'俊逸'自居。惟此殊有逸致，然一往淡远，正不肯俊语。五言自著'俊'字不得。吴均、柳恽以下，泊乎张籍、曹邺，俱以'俊'失之。"[2]鲍照五言古诗以"深秀"为美，乐府以"俊逸"取胜。王夫之认为，每种诗体固有其应有之风，五古就应"淡远""深秀"，不以"俊"为主要特质；批评自吴均到张籍等人诗，不懂诗体应具之风，皆学鲍之"俊"，而终不得诗之正理。

王夫之抬高鲍照诗地位的手段抬高谢灵运诗一样，称其赶超汉魏，直逼《诗经》。如评《代东门行》道："虽声情爽艳，疑于豪宕，乃以视《青青河畔草》，亦相去无三十里矣。"[3]不以"爽艳""豪宕"为病，正谓鲍诗本色，与汉诗《青青河畔草》相差无几。评《代放歌行》曰："浑成高朗，故自有尺度，不仅以俊逸标胜，如杜子美所云。"[4]"浑成高朗"乃汉诗之风，王夫之以为鲍诗具此风度，乃至高评价，"俊逸"为鲍照独特诗风，"俊逸"与"浑成"兼具，诗品故

---

[1]　王夫之选评，张国星校点：《古诗评选》，第232页。
[2]　同上书，第233页。
[3]　同上书，第42页。
[4]　同上书，第43页。

高。又评《赠故人马子乔》三首其一曰："重用兴比,恰紧处顾以平语出之,非但汉人遗旨,亦《三百篇》之流风也。"[1]比兴之法运用纯熟,甚至超出汉人,直追《诗经》。评其二曰:"珊枝无叶而有便娟之势,光润存也。参军诗愈韬愈远,其放情刻镂者,则皆成滞累。然岂徒参军为尔? 五言长篇,加以刻镂,其不滞累者鲜矣。愚用此以不慊于《采芑》《韩奕》,而况其余!"雕润光鲜,却不以刻镂为累,乃因情意诚挚,深得比兴之义,诗品不比《三百篇》之《采芑》低。

王夫之对鲍照的七言乐府评价极高,如评《代白纻舞歌词》三首曰:

> 其妙都在平起。平,故不迫急转。抑前无发端,则引人入情处,淡而自远,微而弘,收之促切而不短。用气之妙,有如此者! 呜呼,安得知用气者而与言诗哉?[2]

王夫之很欣赏鲍照乐府诗,既讲章法,又讲用情、用气之妙。他称鲍照为七言乐府的鼻祖,"七言之制,断以明远为祖何? 前虽有作者,正荒忽中鸟径耳。柞械初拔,即开夷庚。明远于此,实已范围千古。故七言不自明远来,皆莨稗而已"[3]。认为鲍照七言乐府为该种诗体的正宗,后人七言乐府不学鲍照,便为"歪门邪道"。王夫之评《代白纻曲》曰:"忽然集,唐然纵,言之耆然止,飘然远涉,安然无有不宜。技至此哉! 为功性情,正是赖耳。"[4]赞美鲍诗笔法纵横开阖,气韵满溢,极富性情,故感人至深。

王夫之对谢灵运和鲍照的四句体小诗评价甚高,如评谢灵运《自

---

[1] 王夫之选评,张国星校点:《古诗评选》,第 233 页。
[2] 同上书,第 45 页。
[3] 同上。
[4] 同上书,第 46 页。

叙》曰："二十字，括一篇檄文在内！……看他潇洒中血痕迸出！所恃以动人者，亦此足矣。此而不动，更数千言，又孰听之？始知陈琳未是俊物。"[1]谢诗写于临终前，生平一切激愤之情，全尽于此二十字。王夫之被谢诗的真情、深情所感动，他不仅批评后人作诗不知"以短胜长"之法，不懂得用有限的字句抒发深挚的感情，他还看轻陈琳诗，把谢诗一捧到底，灵运至死，连诀别诗都作得超越汉魏！王夫之又评鲍照《中兴歌》曰：

> 居然是《中兴歌》！《芣苢》《摽梅》为周家兴王景色，以此，虽然，非有如许声情，又安能入于变风哉？学我者拙，似我者死，此之谓也。[2]

他赞美鲍诗有《诗经》中《芣苢》《摽梅》之风。《中兴歌》本为十首的组诗，主要表达对刘宋文帝的歌颂之情，王夫之选其中一首[3]，诗中有美人、春情的描写，单看此诗纯关儿女私情，无颂圣之意。他说鲍诗似《芣苢》《摽梅》，观《诗经》此二篇，确写有女儿私情，但不少前人并非把它们看作纯抒情诗，而看作寓意周室兴盛的颂诗。王夫之以此认为鲍照《中兴歌》的笔法（以儿女情寓王朝升平之象）有《诗经》之风，还是有一定道理的。

　　王夫之对于情景交融的艺术表现形式领悟颇深，如评谢灵运《登上戍石鼓山诗》曰："谢诗有极易入目者，而引之益无尽；有极不易寻取者，而径遂正自显。"又说"言情则于往来动止缥缈有无之中"，"取

---

[1]　王夫之选评，张国星校点：《古诗评选》，第118页。
[2]　同上书，第119页。
[3]　鲍照原诗："白日照前窗，玲珑绮罗中。美人掩轻扇，含思歌春风。"见鲍照著，钱仲联增补集说校：《鲍参军集注》，第214页。

景则于击目经心丝分缕合之际"[1]。情与景会，自然生发，无须刻意以情就景，或因景寻情。"情不虚情，情皆可景；景非滞景，景总含情。神理流于两间，天地供其一目，大无外而细无垠，落笔之先，匠意之始，有不可知者存焉。"[2]景具生气，自带人情，下笔之先，已是情溢于胸，不得不发之时。写景清新明丽，便自然呈现欢喜愉悦之情；写景寒凉孤凄，便自然呈现抑郁悲伤之情。故景语亦是情语，非直接抒情才算写情，景中含情、情景交融，方为妙境。

王夫之对诗歌章法、句法也很看重，但他主张以章法体现"神韵"，"神韵"为筋骨，章法句法为皮肉，二者应该融合无间。如评《从斤竹涧越岭溪行》曰："谢诗亦往往分两层说，且如此诗，用'想见'两字，不换气直下，是何等蕴藉！抑知诗无定体，存乎神韵而已。"[3]又评《登永嘉绿嶂山诗》道："远者皆近，密者皆通，康乐之独致也。"此诗前十二句用赋法铺陈，后又用兴法，升华诗歌意蕴，犹如"精金入大冶"[4]，精工巧丽到极致反而有自然之韵。

二、陈祚明《采菽堂古诗选》评谢、颜、鲍

陈祚明的《采菽堂古诗选》是中国古代诗歌重要的选评本之一，这部著作虽然不曾入选《四库全书》，却被后来从事汉魏六朝文学研究的学者们经常提及。在以往的研究中，"陈祚明的诗学理念"虽有人涉及，但大多从整体上论说其"论诗主情"、重六朝诗等特点，尚缺少有力的具体分析来论述陈祚明选诗、评诗的眼光和特色；而关于"元嘉

---

[1] 王夫之选评，张国星校点：《古诗评选》，第217页。
[2] 同上。
[3] 同上书，第220页。
[4] 同上书，第216页。

三大家"的论述虽有不少，但没有专门论述陈祚明选评"元嘉三大家"之诗的文章。本书以陈祚明《采菽堂古诗选》中关于"元嘉三大家"诗歌的选评为研究对象，探讨陈祚明对于谢灵运、鲍照、颜延之的诗作的态度，以期加深对元嘉时期诗歌的认识，同时进一步了解陈祚明的诗学观念。

陈祚明的诗学观念受到钟惺、谭元春、陆时雍、王夫之选评古诗的影响，主张诗歌以言情为本。但他还认为辞亦不可偏废，他说"诗之大旨，惟情与辞"，"诗之不可废者，以其情与辞"[1]。情和辞是诗歌的重要组成部分，创作要以情御辞，以辞宣情。这种诗学观念体现在对"元嘉三大家"诗歌的品评上尤为显著，陈祚明对颜延之诗的选评，力求摒除华美形式的干扰，欲令颜诗内蕴的真情、深情得显。对于谢灵运诗，他能够深入体察作者的匠心独诣，以深情之语评深情之诗，帮助读者窥见诗人隐藏于山水之后的精神世界。他对鲍照诗，选多评简，乐府与古体兼顾，既不夸大其美，也不苛斥其病。陈祚明对后人如王士禛、沈德潜选评"三大家"之诗影响很大，他们的选诗标准和评价断语都有明显沿袭《采菽堂古诗选》的痕迹。

整体而言，陈祚明对"元嘉三大家"诗歌的评论，较为公允且有独到之处。《采菽堂古诗选》选颜延之诗作二十七首，谢灵运诗作七十二首，鲍照诗作一百二十八首，单从入选数量上来说，陈祚明认为"元嘉三大家"的排序为：鲍照第一，谢灵运第二，颜延之第三。但从具体评论上来看，陈祚明显然更为推崇谢灵运的诗歌，毫不吝惜赞美之词，相比之下，鲍诗和颜诗得到的评价就要逊色不少。不仅如此，陈祚明许多重要诗学观念的阐述，都体现在谢诗的评语当中，这是颜鲍

[1] 陈祚明评选，李金松点校：《采菽堂古诗选》，第1、2页。

两家绝对没有的"待遇"。故通过综合考察，陈祚明对"元嘉三大家"的排序应为：谢灵运居首，鲍照次之，颜延之为末。

陈祚明认为颜延之的诗歌"束于时尚，填缀求工"，并且"工琢未纯"，"以望康乐相去甚远"[1]。颜诗体现"时尚"的一面在于"喜用古事"[2]，元嘉时期的诗文创作普遍好用典故，有崇尚博学的倾向，但过于重视用典便会"弥见拘束"[3]。元嘉文学"时尚"的另一面是追求工整雕琢之美，诗歌注重字句锤炼，讲究辞藻华美。颜延之博才多识，用典与琢句自是不在话下。但诗歌毕竟要以言志抒情为旨归，延之并不缺少阅历和情感，只是偏重形式表现而已，就像陈祚明评颜诗道：

> 诗如金张许史大家命妇，本亦有韶令之姿，而命服在躬，华珰饰首，约束矜庄，掩其容态。暂复卸妆，闲燕亦能微露姣妍。[4]

华服美饰固然可以使人增添光彩，但也因其强大的"存在感"，而易令人忽略"命妇"天然本真的容态。又如王夫之所云："颜笔端自有清傲之气，濯濯自赏。乃其所以不足望谢者，往往立法自缚，欲令严肃反得凌杂也。"[5]颜诗过于讲求工琢，讲究法度，纵有深情，也容易被掩盖。

陈祚明较为欣赏颜延之诗中那些融情于景的句子。如《从军行》

---

[1] 陈祚明评选，李金松点校：《采菽堂古诗选》，第504页。
[2] 钟嵘著，曹旭集注：《诗品集注》，第270页。
[3] 同上。
[4] 陈祚明评选，李金松点校：《采菽堂古诗选》，第504页。
[5] 王夫之评选，张国星校点：《古诗评选》，第228页。

"'地广'六句，边景萧索。'卧伺'二语，写征人之劳殊切"[1]。六句关于边塞景象的描写，视角广大，天地俯仰间与冬夏变换间，萧索之气跃然纸上；"卧伺金柝响，起候亭燧燃"[2]二句，形象地写出了征人精神紧绷、时刻备战的辛劳状态。他评《夏夜呈从兄散骑车长沙》中"侧听"四句"景凄调健"[3]，"景凄"体现在"风薄木"（风使木薄）、"月开云"（月驱云散）、"夜蝉""阴虫"等意象上面，"调健"则体现在"侧听""遥睇""当夏急""先秋闻"等动词上面。此四句动静结合，笔触细腻，画面流动感强。《归鸿》"独辞不能无慨"[4]，以我之心体物遂发慨叹。"万有皆同春，鸿雁独辞归"，万物回春本是生机盎然的景象，鸿雁却辞南归北，独自踏上征途。诗人把鸿雁拟人化，写其不辞劳苦地独飞，全因"长怀河朔路"，拳拳恋北之心无时不在，故"缅与湘汉违"也不特别可惜。《始安郡还都与张湘州登巴陵城楼作》"'凄矣'四句，悲凉壮阔"[5]，"伤哉千里目""百代劳起伏"，悲凉在于登楼怀古、满目物是人非，壮阔在于视野的宏大和时间的永恒，感时伤怀之情铺天盖地席卷而来。颜延之《秋胡诗》九首情景处理得当，陈祚明称其"不类延之恒调，虽不逮古乐府，颇有魏人遗风"[6]。延之恒调多用典和雕琢之句，此九首《秋胡诗》却绝少使事，语言朴素流畅，风调类似魏人诗作，取意以感时叹命为主。

陈祚明对颜延之的《北使洛》《还至梁城作》二诗，赞赏有加。他

---

[1] 陈祚明评选，李金松点校：《采菽堂古诗选》，第506页。
[2] 逯钦立辑校：《先秦汉魏晋南北朝诗》，第1228页。
[3] 陈祚明评选，李金松点校：《采菽堂古诗选》，第509页。
[4] 同上书，第515页。
[5] 同上书，第515页。
[6] 同上书，第514页。

评《北使洛》云："离黍之感与行役之悲，颇能抒写。"[1]评《还至梁城作》道：

> 大好，佳作。起句便有作意……"倾侧不及群"，能写后归之状。"故国"以下，述中原萧条，俨然在目。结六句，造感苍凉，汉魏不远。以触目之至悲，感流年之易化，翻用解忧，此旨深曲。[2]

义熙十二年（416），刘裕北伐，克洛阳，颜延之"奉命北使洛阳，道中有《北使洛》《还至梁城作》二诗，文辞藻丽，为谢晦、傅亮所赏"[3]。诗人写作《北使洛》时，"傅亮已身为朝廷重臣，颜延之还是一个初出茅庐的文学青年，他对傅亮不能构成任何威胁，傅亮对其诗才也甚为欣赏"[4]。待到作《五君咏》五首时，颜延之虽然仕途不顺，但诗歌造诣可谓达到顶峰。"诗莫长于《五君》"[5]，"其声坚苍，其旨超越。每于结句，凄婉壮激，余音诎然。千秋乃有此体"[6]。如果说颜延之的应诏之作透着一股四平八稳的宫廷气，整饬华丽却不够感人的话，那么到了《五君咏》这里，诗人情感算达到"爆发"的程度，他借咏阮籍、嵇康等人，实以自况，抒怨泄愤，精雕的词句再难掩其喷涌的情绪。"延之疏诞，不能取容当世，见刘湛、殷景仁专当要任，意有不平。常言：'天下事岂一人之智所能独了。'辞意激

---

[1] 陈祚明评选，李金松点校：《采菽堂古诗选》，第510页。

[2] 同上书，第511页。

[3] 缪钺：《读史存稿》，生活·读书·新知三联书店1963年版，第131页。

[4] 孙明君：《玩世如阮籍，善对如乐广——元嘉诗人颜延之》，《古典文学知识》2015年第2期。

[5] 张溥著，殷孟伦注：《汉魏六朝百三家集题辞注》，人民文学出版社1963年版，第173页。

[6] 陈祚明评选，李金松点校：《采菽堂古诗选》，第514页。

扬，每犯权要"[1]（《南史·颜延之传》），延之有才却遭嫌怨，之前为傅亮所赏，后又转被亮嫉，受刘湛谗言所构，出为永嘉太守，意甚不悦，于是便有了这情辞卓越的《五君》之作。

陈祚明对谢灵运评价甚高，赞其诗"深得《三百篇》旨趣，取泽于《离骚》《九歌》"，"间作理语，辄近《十九首》"，"钩深索隐，穷态极妍，陈思、景阳，都非所屑。至于潘陆，又何足云？千秋而下播其余绪者，少陵一人而已"[2]。祚明认为谢诗源于《诗经》《楚辞》，起点颇高，与《古诗十九首》和曹子建诗相比，亦不逊色。他说：

> 谢康乐诗如湛湛江流，源出万山之中。穿岩激石，瀑挂湍回，千转百折，喷为洪涛。及其浩漾澄湖，树影山光，云容草色，涵彻洞深。盖缘派远流长，时或潴为小涧，亦复摇曳澄濚，波荡不定。[3]

"派远流长"是陈祚明对诗歌的高度评价之一，凡诗作若得殊似古人的评价，便代表祚明对其持欣赏肯定的态度。如他评谢诗《折杨柳行》"殊有汉人遗韵"，《悲哉行》"甚得风人兴体"，《君子有所思行》"托情是古人"[4]。《折杨柳行》有汉乐府伤时叹世的悲悯情怀；《悲哉行》运用《诗经·国风》的比兴手法，借眼前景寄思友情；《君子有所思行》类取《古诗十九首》那种富贵不由人的感慨之意。康乐每每取意前人，却能够融会贯通，他把前贤的精华转化为自己的风调，且自然流畅少有斧凿之迹。如陈祚明评其《燕歌行》"拟《燕歌》易得

---

[1]　李延寿：《南史》，第878页。
[2]　陈祚明评选，李金松点校：《采菽堂古诗选》，第519页。
[3]　同上。
[4]　同上书，第520页。

弱，差有劲笔"[1]。曹丕有《燕歌行》珠玉在前，缠绵悱恻，感动人心，后世仿作，在婉转致意上面，鲜有出其右者。灵运此诗不仅承丕诗之深情，更添"劲笔"，"秋蝉噪柳燕辞楹，念君行役怨边城"[2]，意象生动、感情分明。"念君"句后紧接"君何""岂无"两句，一为疑问，一为反问，同时化用《诗经》典故，感情层层强化，诗中把女主人公对征夫的深切之思，清晰有力地呈现在读者面前。

陈祚明评语的一大特色：景语亦是情语。此一特色在其评灵运诗上体现得尤为突出。翁嵩年为《采菽堂古诗选》所作序言曰"每诗下评骘，总不外乎言情"[3]，康乐诗的佳处在于"以游为学"[4]，实际上，祚明有些评语本身亦同游记散文，与康乐诗可谓相得益彰。如其评《登永嘉绿嶂山诗》道："盖阴隐苍深中，邃入忘返，几于不知旦暮。峭蒨沉黝之字，阳光熹微，左眺右瞻，疑误日月。至于昏曙，久经蔽翳，历览屡费寻涉之劳，徒讶驰景之速，故曰'奄'。"[5]陈氏仅就"奄"之一字而生发出如此评语，他对林中景色随时间推移而变化的描写，以及诗人行走其间赏景心态的揣摩，细腻入微，栩栩生动，仿佛与灵运同游所得之感，着实令人惊叹于祚明体察诗人作意的功力之深。

陈祚明能够深入体会谢灵运的诗心，他总评谢诗曰"大抵多发天然，少规往则，称性而出，达情务尽"[6]。祚明又何尝不是把自己放到康乐本人的位置，把自己置身于康乐所描绘的山水景色中，以满怀

[1] 陈祚明评选，李金松点校：《采菽堂古诗选》，第 521 页。
[2] 谢灵运著，顾绍柏校注：《谢灵运集校注》，第 211 页。
[3] 陈祚明评选，李金松点校：《采菽堂古诗选》，第 2 页。
[4] 同上书，第 519 页。
[5] 同上书，第 531 页。
[6] 同上书，第 519 页。

深情去理解、去贴近谢诗呈现的世界，欲做康乐的异代知音。陈祚明认为灵运诗天然少规、一往情深，他自己论诗，也应该以深情解深情，这在其对灵运"好奇独赏"之心的探察上面，表现尤为突出。如他评《石室山诗》道：

> 人如不爱尚好奇，此无性情者也。必若有深情者，一往无可奈何。故得一佳山水，如得良友，如得奇书，把玩徘徊，矜示千古。盖两美相合，真成奇遇，岂得已于怀哉！千载有此山，乡村之夫，岂能赏识？樵苏之子，犹或希踪。而一旦为我搜得，乐乎不乐乎？摘芳弄条，真是无可奈何，把玩徘徊之至意也。[1]

陈祚明认为"爱尚好奇"是性情中人的心理表征之一，性情中人往往视山水如"良友"、如"奇书"，珍而重之，用心描摹山水之美，"把玩徘徊"一刻不忍相离。此种心情凡夫俗子难以理解，唯康乐这般达情称性之人方可拥有。又如他评《于南山往北山经湖中瞻眺》道："赏奇者多爱，会心者独逢。'阳崖''阴峰''舍舟''停策'，境非一境，无不披涉，何逐逐也！径则趋其窈窕，洲则玩其玲珑，水则察其碛石，林则寻其绝蹊。置心险远，探胜孤遐，非众所领矣。"[2]"赏奇者"大多深情多爱，他们往往以极大的热忱去探寻人所罕知的胜景。因其深情，故不畏险远，是以所得之景独具魅力、令人心向往之。谢氏笔下山水之所以动人，超出众作不知几许，主要原因之一即为：康乐赏心独具，称性达情，见他人所未见，道他人所未道。

　　陈祚明对谢灵运诗心的体察还体现在：他能于自然愉悦的山水诗

203

---

[1]　陈祚明评选，李金松点校：《采菽堂古诗选》，第 533 页。
[2]　同上书，第 540 页。

里，看出康乐"郁怀难吐"的内心。谢灵运虽然出身于名门，但仕途并不平顺，尤其是出任永嘉太守之后。《永初三年七月十六日之郡初发都》诗后的评语中道：

> 康乐终身坐此忿悁，始出为郡，便尔抒吐，诗以见志，诚不可掩夫。[1]

灵运在此诗中表达了生不逢时的感想，他羡慕前人李牧、郤克，虽然有生理缺陷，却能够得到重用，"良时不见遗，丑状不成恶"。"谢灵运之出为永嘉太守，又与庐陵王有关"[2]，因其与庐陵王相善，遭到排挤，"出任"是被他人嫉陷的结果。《宋书·谢灵运传》中道："灵运为性褊激，多愆礼度，朝廷唯以文义处之，不以应实相许。自谓才能宜参权要，既不见知，常怀愤愤。"[3]可即便仕途受挫，康乐却仍然怀有"生幸休明世，亲蒙英达顾"的希望。另据杨勇《谢灵运年谱》载，元嘉九年壬申（432），灵运为临川内史，赴任过程中，途经彭蠡湖，作诗《入彭蠡湖口》[4]，"康乐迁永嘉，犹有录用之望，故往往言其不得已"，至再迁为临川太守，已是"无复可言矣，故其诗低徊反复，有怀不吐如此"[5]。此诗绝大篇幅用来描写山水之景，以及凭吊古人，仅"千念"二语言愁，余句不言愁，"正是深愁也"[6]。类似《入彭蠡湖口》借古抒怀的还有《入华子岗是麻源第三谷》一诗，"尔时康乐胸

204

---

[1] 陈祚明评选，李金松点校：《采菽堂古诗选》，第 524 页。

[2] 曹道衡、刘跃进：《南北朝文学编年史》，人民文学出版社 2000 年版，第 84 页。

[3] 沈约：《宋书》，第 1753 页。

[4] 刘跃进、范子烨编：《六朝作家年谱辑要》，黑龙江教育出版社 1999 年版，第 315 页。

[5] 陈祚明评选，李金松点校：《采菽堂古诗选》，第 548 页。

[6] 同上。

中，愁绪万种，不堪宣之笔墨，而抒吐于凭吊"[1]。陈祚明体会到康乐看似忘情于山水，实际却"非真爱隐"的深层心理。如他评《初去郡》时说："然公宦情本深，辞归，不爱作郡耳，非真爱隐，故结句未免有怨心焉。"[2]作此诗时，灵运称疾辞去"永嘉太守"之职，欲回故乡始宁休养。诗中云"负心二十载，于今废将迎"，看似意近陶渊明的"久在樊笼里，复得返自然"（《归园田居》），然而灵运的归隐游玩，实属于对现实失望后的无奈之举，他"出郭游行，或一日百六七十里，经旬不归，既无表闻，又不请急，上（文帝）不欲伤大臣，讽旨令自解"[3]。可见灵运不止单纯地赏玩山水，他更把山水视作抚慰心灵苦痛的"良药"，故其没有陶渊明那般发自内心的洒脱释然。

　　陈祚明讲究诗歌法度，他在关于谢诗的评语中，不仅就具体诗歌的作法进行分析，而且还大力阐明自己的诗学观念，在诸如发端、议论、使事、变化等问题上，均有独到见解。如《初去郡》后评语颇多，

陈祚明谈"诗不可犯"的问题曰："诗不可犯。凡景物、典故、句法、字法，一篇之内，切忌雷同。然大家名笔，偏以能犯见魄力。"[4]灵运此首《初去郡》乍看之下，犯了典故雷同的忌讳，起首二句便有两个典故，中段"无庸方周任，有疾像长卿。毕娶类尚子，薄游似邴生"四句又连用四典，可谓密集之致。细看可知，所用四典却"一例不嫌其同，此变法也"[5]。显然，祚明以灵运为大家，称此诗"以能犯见魄力"。他解释道：

[1]　陈祚明评选，李金松点校：《采菽堂古诗选》，第548页。
[2]　同上书，第536页。
[3]　沈约：《宋书》，第1772页。
[4]　陈祚明评选，李金松点校：《采菽堂古诗选》，第536页。
[5]　同上。

　　发端使事，中段、后段不宜复使事，此正法也；发端使

事，而中段复使事，且叠用古人，至于四语之多，此变法也。

细而味之，发端是以我论古人，此四语是以古人形我，用意

各别，何尝无变化乎？故能犯者，必有气魄力量足以运之，

迹似犯而神格不伤，然后可耳！[1]

灵运所用"周任""司马相如""尚子""邴生"四人典故，事迹各不相同，但都表现出不慕名利的志向，灵运借四人以自况。更令人称赏之处在于，诗中表示衔接的四个字："方""像""类""似"，意相近，形各异，毫无"犯"字之嫌，康乐用字之法高妙严谨如此！陈祚明还谈到用典曰："使事如将兵，以我运事者神，以事合我者巧，事与我切者当，事与我离者疏，强事就我者拙，强我就事者，不复成诗矣。"[2]祚明认为运用典故如同领兵打仗一般，也要讲究技法。典故的选取要合情合理，不能为了炫才，随手拈来，草草堆砌了事。典故运用恰当，方可体现诗人的感情志向。勉强使事，便不贴合感情；为贴近所用之典，而硬造作感情，更会"不复成诗矣"。

　　陈祚明很欣赏灵运诗之诗法，他赞《登池上楼》，"此首尤为秀杰，迢递圆莹，章法、句法、字法，尤臻神化"，"'池塘'句，自是神工。'生'字与'变'字同旨，均为候移之感，而'生'字以自然较胜"[3]。该诗写景层次井然，佳趣横生，融典故于抒情中，自然和谐。"池塘生春草"更是千古传诵的名句，"感物吟志，莫非自然"[4]（《文心雕龙·明诗》）。灵运有一颗敏感善察之心，"生"字之自然，

---

[1]　陈祚明评选，李金松点校：《采菽堂古诗选》，第 536 页。

[2]　同上。

[3]　同上书，第 527 页。

[4]　刘勰著，詹锳义证：《文心雕龙义证》，第 173 页。

在于草木生长本该如此，"生"本身就是池塘边春草的真实存在状态，无须描摹刻画，写出真实，即为自然。又如陈祚明在《郡东山望溟海诗》的评语中言："凡游览诗，以景中有情为妙。得是法，则凡景皆情也。"[1]陈氏认为，含情之景方为妙景，写作游览诗必须要情景结合。他还在评《初发石首城》中道："结应起句，法密。"[2]此诗开头"白珪尚可磨，斯言易为缁"，《毛诗》曰："白圭之玷，尚可磨也。斯言之玷，不可为也。"[3]白圭上的瑕疵，本就不伤其美，更何况可以被磨掉；然而他人言语上的玷污，却不易被抹掉，"人言可畏""众口铄金"即如此。康乐屡受谗言所陷，有才难施，郁结长怀。该诗起首便表明自己的洁志和被诬的怨愤，中间写景与抒情结合，结尾"皎皎明发心，不为岁寒欺"，与开头二句相呼应，再次强调诗人高洁的志向，以及勠力效国的诚心。

陈祚明对鲍照诗歌的评论比较公允，基本上"毁誉参半"。他认为鲍诗有拙率、生涩的缺点，却瑕不掩瑜，声调朴老、劲健。祚明独具慧眼，能深入体察到鲍诗风格特异的成因，他在总论中道：

> 鲍参军既怀雄浑之姿，复挟沉挚之性。其性沉挚，故即景命词，必钩深索异，不欲犹人。其姿雄浑，故抗音吐怀，每独成亮节，自得于己。[4]

鲍诗深晦沉滞风格的形成，在于其"即景命词，钩深索异"，而鲍照多钩索之举，则源于"其性沉挚"。鲍诗不仅有晦涩的一面，更有俊逸浏亮之风，其劲健之作，为人所赏。鲍诗劲健的风格，主要体现在"抗

---

[1] 陈祚明评选，李金松点校：《采菽堂古诗选》，第532页。

[2] 同上书，第547页。

[3] 谢灵运著，黄节注：《谢康乐诗注》，中华书局2008年版，第129页。

[4] 陈祚明评选，李金松点校：《采菽堂古诗选》，第563页。

音吐怀"上，诗人注重用音韵、声调来表达起伏的感情，又因"其姿雄浑"，"每独成亮节"，故自成一家。

陈祚明欣赏鲍诗中那些朴老劲健之作，如其评《代白头吟》"以直致见老"[1]，起首二句用比兴，取法《诗经》。"人情贱恩旧"[2]以下十二句，使事与抒情，配合有加。言志抒情，明晰流畅，是以"直致"；然因使事恰切、集中，故又显稳老典雅。此十二句，充分体现出作者"心赏犹难恃，貌恭岂易凭"的感慨与诘问。又如评《代东武吟》，"'宁岁'句劲。'腰镰'四句，摹写淋漓"[3]。"宁岁"句借子重、子反一年七奔命的典故，表现本诗主人公"寒乡士"，吃苦耐劳、不畏艰险的品格。"腰镰"四句，充分运用今昔对比的手法，以昔日骋战之雄豪，对比今日刈葵牧鸡之没落，倔强不甘之情立显。诗人还添加比喻于对比之中，"昔如韝上鹰，今似槛中猿"，形象准确地表现出主人公身份转变的悲哀之状。陈祚明称：

> 鲍参军诗如惊潮怒飞，回澜倒激，堆埼坞屿，荡滴浸汩，微寻曲到，不作安流，而批击所经，时多触阂，然固不足阻其汹涌之势。[4]

鲍照诗气勃势劲，祚明形容之语甚切。鲍诗如《代出自蓟北门行》，"'疾风'以下，神气飞舞"[5]，节奏紧凑，声情朗练。边塞苦寒之境描写生动，震撼人心；报国济世之志，跃然纸上，溢于言表。清人方

---

[1] 陈祚明评选，李金松点校：《采菽堂古诗选》，第 566 页。
[2] 鲍照著，钱仲联增补集说校：《鲍参军集注》，第 156 页。
[3] 陈祚明评选，李金松点校：《采菽堂古诗选》，第 566 页。
[4] 同上书，第 564 页。
[5] 同上书，第 567 页。

东树尝云鲍诗"元气浑沦，流注于篇内"[1]。他认为鲍照诗有元气丰沛、充塞字里行间的特点。此看法亦同陈祚明，如陈氏评《代结客少年场行》曰："壮心坌涌，一气所流，鸿亮无累。"[2]鲍诗意脉流贯，一气呵成，之所以"鸿亮无累"，主要在于有壮心诚志为不竭动力。诗若气勃，语必壮阔，这从《代陆平原君子有所思行》中"蚁壤漏山阿，丝泪毁金骨"句，可见一斑。李善注此二句曰："言谗邪之人，但下如丝之泪，而金骨为之伤毁也。"[3]鲍照仕途坎坷，常有怀才不遇之愤慨，又生活于主上疑贤嫉能的时代，所以诗句多有伤感、抒怨之辞。诗人郁结难遣，借比喻以抒情，表达对谗邪之人的憎恶，与对"众口铄金，积毁销骨"世风的不满与无奈。

在陈祚明对鲍诗的高评价中，有"调古"一种。如其评《代邽街行》，"殊有古意，起处兴意曲合"；评《赠傅都曹别》，"'风雨'二句，殊似汉人"；评《行京口至竹里》，"前段语语苍劲，末四句古质，有汉人之遗"[4]。鲍照吸取前代诗歌中的精华，"欲汰去浮靡，返于浑朴"[5]，同时又融入自己的深情与思考。他不单纯地模仿前人，以求去古不远；而是要形成自己独特的格调。如《拟阮公夜中不能寐》"以仿阮公，亦鲍家之阮调。得古名手临帖法"[6]。阮籍《咏怀》其一中句云："孤鸿号外野，翔鸟鸣北林。徘徊将何见？忧思独伤心。"[7]鲍诗中曰："鸣鹤时一闻，千里绝无传。伫立为谁久？寂寞空

[1] 方东树著，汪绍楹校点：《昭昧詹言》，第 136 页。
[2] 陈祚明评选，李金松点校：《采菽堂古诗选》，第 570 页。
[3] 萧统编，李善注：《文选》，第 1450 页。
[4] 陈祚明评选，李金松点校：《采菽堂古诗选》，第 572、587、591 页。
[5] 胡应麟：《诗薮》，第 45 页。
[6] 陈祚明评选，李金松点校：《采菽堂古诗选》，第 596 页。
[7] 阮籍著，陈伯君校注：《阮籍集校注》，中华书局 1987 年版，第 210 页。

自愁。"两诗都以鸟为主要意象，凸显一个"孤"字。两诗均写愁思，阮诗含蓄蕴藉，以鸟喻人；鲍诗以人观鸟，抒情直致。

陈祚明关于鲍照诗歌的评语，以短小精悍为主要特点。如其评《代挽歌》"壮郁悲凉"，《拟青青陵上柏》"流逸"，《园中秋散》"凄切"，赞《萧史曲》"结语亮"，称《梅花落》"跌荡可喜"，说《从拜陵登京岘》"写得荒飒"[1]。评语虽然只有寥寥几个字，却往往一语中的，直接点出鲍诗佳处或主要特色。另外，陈祚明对鲍诗中的秀美"句群"很是欣赏。如他称"花木乱平原，桑柘盈平畴。攀条弄紫茎，藉露折芳柔"（《代阳春登荆山行》）四句"秀"，《和王丞》"'夜听'四句，偕隐之情何长"，《日落望江赠荀丞》"'乱流'六句，浩荡不群"，《吴兴黄浦亭庚中郎别》"'奔景'四句，新警情长"[2]。

陈祚明评语简洁还体现在，通常整组诗只有一句评价。如其评《吴歌》三首"落落不近，去唐自远。三章章法有致"；《幽兰》三首"意浅浅，能令语苍"；《赠故人马子乔》六首"六首意并率，而句调差古"[3]。另一种简评方式为，只从组诗中挑几首作简要评论，如评《代白纻舞歌词》四首其三"苍然而来"，其四"语健"；《代白纻曲》二首其一"轻亮流逸"，其二"'含桃'句，劲，自《招魂》词中来"[4]。《拟行路难》选了七首，赞了其中三首诗的发端，评其三"起句突兀，兴意高古"，其六"起意无端，稍有致"，其七"起句每有远想，长于托兴"[5]。

陈祚明评赏鲍诗之优点，多能一语中的；叙其弊病，也是一针见

[1] 陈祚明评选，李金松点校：《采菽堂古诗选》，第 564、596、597、572、578、580 页。
[2] 同上书，第 571、585、586 页。
[3] 同上书，第 573、574、584 页。
[4] 同上书，第 575 页。
[5] 同上书，第 577、578 页。

血。他在总论中说鲍诗：

> 乐府则弘响者多，古诗则幽寻者众。然弘响之中，或多拙率；幽寻之内，生涩病焉。二弊交呈，每伤气格。要须观过知仁，即瑕见美。则以虽拙率而不近，虽生涩而不凡。[1]

"拙率"与"生涩"是鲍照诗歌的两个缺点，然而却不是致命的"硬伤"。"拙率""生涩"可能给读者阅读带来麻烦，不容易使人明白作者的用心，有伤诗歌"气格"。但此二弊，也不全是"无药可救"。多注意炼字、炼句，"琢句必百炼，宁生涩必不凡近"[2]，再加之抒情、蓄势的配合，还是能弥补些许的。如《与伍侍郎别》，"起二句虽率，承以'饮齗'二句，如画奔鹿，颇有致。'子无金石'以下，情至真率"[3]；又如《从临海王上荆初发新渚》"述情总是直，直故能尽，直故不深"[4]。直抒胸怀，虽然淋漓畅晓，但却容易流于拙率。好在诗人感情真挚、浓郁，即便语言有时不够蕴藉，以至"直故不深"，但仍能以劲健之辞、俊逸之气补之。

蒋寅说陈祚明"崇尚至情至性的自然流露，格外欣赏那种灵动生活之趣及苍古之风"[5]。他的这种诗学思想，在《采菽堂古诗选》中对"元嘉三大家"诗歌的选评上，表现尤为明显。他对"三大家"诗歌的选择以情辞兼善为标准，着力于探察诗人章句法式下的苦心孤诣，以情解诗，以情评诗。元嘉文学思想的主要特点之一是"在一个时间

---

[1] 陈祚明评选，李金松点校：《采菽堂古诗选》，第563页。
[2] 同上书，第591页。
[3] 同上书，第586页。
[4] 同上书，第589页。
[5] 蒋寅：《一个有待于重新认识的批评家——陈祚明的先唐诗歌批评》，《中国社会科学院研究生院学报》2011年第3期。

段落内并存着不同的艺术趣味"[1]，"三大家"即为代表，谢灵运、颜延之、鲍照同为刘宋时代的杰出诗人，然而三人的诗风却不尽相同，谢灵运以自然清新的山水诗见长，颜延之以精工藻绘的辞采名盛于时，鲍照则以劲健俊逸称雄。三人同代却是三人三色，"各不相师，咸矫然自成一家"[2]。

陈祚明评点的独到之处正在于，契合谢、颜、鲍"三人三色"的特点，评语随诗人风格而变化，同时极力发掘诗歌中那些被前人遗漏或鲜见的闪光点。对于矜庄密丽的颜诗，能够剥落华饰，参透内里，使颜诗焕发出情感的光芒。对于谢诗，陈祚明对其"少规往则"的自然之工称赏有加，他以一种非功利的审美心态去揣度谢灵运的摹景之句，以己情去贴合灵运之情，他不仅仅是在评诗而且是在融入诗中之境。评论鲍诗，陈祚明简洁有力，数字褒贬，明白畅晓，仿佛他也深受鲍照劲健诗风的感染，连评语也下得俊快如许。

第二节　吴淇《六朝选诗定论》评"元嘉三大家"

吴淇《六朝选诗定论》是继方回《文选颜鲍谢诗评》、刘履《风雅翼·选诗补注》后，又一全面、具体评论《文选》诗的力作。他继承方、刘二人的传统儒家雅正观，又继承其重诗歌体制、技艺分析的评诗特点，更加讲究字法、句法。吴淇与王夫之、陈祚明评诗最大的不同在于刻意将诗歌往儒家诗教上靠，"余之专论诗者，盖尊经也"[3]，《六朝选诗定论缘起》曰："道即理也。诗以理为骨，然骨欲藏不欲露。故诗人之妙，全在含蓄，留有余不尽之意，以待后来明眼

---

[1]　罗宗强：《魏晋南北朝文学思想史》，中华书局 2006 年版，第 140 页。
[2]　叶燮著，霍松林校注：《原诗》，人民文学出版社 1979 年版，第 4 页。
[3]　吴淇著，汪俊、黄进德点校：《六朝选诗定论》卷一，广陵书社 2009 年版，第 1 页。

人指破。"[1]吴淇认为诗歌应以含蓄蕴藉、温柔敦厚为旨归。他认为"选诗"是《诗经》的流变,而非骚赋的流变,曰:"《三百篇》与'选诗'两会,譬如巴巫之峡屹然对峙。"[2]骚赋在《诗经》与《文选》诗中间起到承前开后的作用。

吴淇抬高《文选》诗地位的做法,同王夫之抬高谢鲍诗的做法相同。《总论六朝选诗》曰:"《三百》,'选诗'之源;唐诗,'选诗'之流。"[3]"选诗"紧承《诗经》,开唐诗先河。他称赏萧统主编《文选》的功绩,"诗之兴,存乎人,犹存主持风会之一人"[4]。举汉武帝、魏武帝、魏文帝好文为例,而天下士人云集响应,成一时文学之盛况。之后"晋、宋、齐,亦莫不有好文之主倡之于上,故风流未坠"(同前)。梁世父子兄弟,笃好文学,留神翰墨,其时文学之兴不亚于汉魏时代。萧统以太子之身,召集文人学士编辑《文选》,不但有保存、汇集前人文萃之功,还引领了世人好文的风气,可谓功德大矣。故吴淇不以六朝诗为诗道之衰,反以之为兴。

吴淇认为后人受唐诗近体影响颇深,评六朝以前诗,往往语不中的。唯时代相近的刘勰、钟嵘评六朝诗多确解。他说:"唐人作诗者多,论诗者少。"宋、元、明人论诗者多,"统观诸贤之论,大抵去古遥远,人人有一近体唐制横在胸中,故其所论近体,靡不精到。至《选》中诸体,未极融彻。惟梁之钟嵘、刘勰,生乎唐前,彼其目中,只知有汉、魏、晋、宋、齐、梁而已,故其所为议论,与《选》旨多所符契"。

---

[1] 吴淇著,汪俊、黄进德点校:《六朝选诗定论》卷一,第36页。
[2] 同上书,第2页。
[3] 吴淇著,汪俊、黄进德点校:《六朝选诗定论》卷二,第43页。
[4] 同上书,第54页。

吴淇对"元嘉三大家"推崇备至，他说："至宋元嘉之时，谢灵运旷世绝才，横扬波澜，遂成巨观。实赖益寿导引其源，而又有宣远、惠连为之羽翼，是以极盛。此亦汉道之一派矣。而与为抗衡者，则颜延之。当时王僧达之流，附之者尤众，但余人诗入《选》者少耳。故宋之有颜云云，犹魏之黄初、晋之元康；宋之有谢云云，犹魏之正始、晋之南渡。但彼分标于初末，此并辔于同朝耳。厥后鲍照，以俊逸之才，取谢之精者，如《山中》《池上》等篇；撷颜之秀者，如《秋胡》《五君》诸咏，以为风骨，自成格调。虽不逮汉魏，而近以开宣明之派，远以肇太白之风，盖亦宋之杰匠矣。"[1]他认为颜谢二人诗，旗鼓相当，鲍照诗合二人之长，自成一家，肇李白之始。

吴淇特别注意所评之诗如何用章法更好地体现"诗言志"的功能，如评鲍照《咏史》，前七十字"写世人繁华，是客"，结尾十字"言君平寂寞，是主"，此诗"布格高卓，词炼得精警有力量。以十字敌彼七十字，尚有余勇可贾"。"身世两相弃"五字，乃"有激之言"，"毕竟世先弃君平，君平始弃世耳。李太白诗以此五字衍为十字，云'君平既弃世，世亦弃君平'，恰是君平先弃世矣，不知太白意在兴起下文'观变穷太易，探元化群生'云云"[2]。又评谢灵运《晚出西射堂》道："'羁雌'四句，远观于物，举世化离，喻兼善之事难作。'抚镜'句，近观于己，一身支离，惟独善之事可为。赏心者，随时自遣；鸣琴者，随时自度。可谓悟道之言。"[3]评谢灵运《过始宁墅》说该诗从首句至"还得"八句，写作者出守永嘉途经始宁旧居，感慨平生，凡人"一遇世间难为之事，不妨暂尔贬屈，曰：'吾

[1] 吴淇著，汪俊、黄进德点校：《六朝选诗定论》卷二，第53页。
[2] 吴淇著，汪俊、黄进德点校：《六朝选诗定论》卷一三，第336页。
[3] 吴淇著，汪俊、黄进德点校：《六朝选诗定论》卷一四，第360页。

不得已也，屈之今日，或可伸之明日；屈此一事，或可伸之他事。'乃日复一日、事复一事，习为固然。于是'耿'者化为'缁磷'，'介'者变而'疲苶'。彼其初意，岂料至此之甚哉！故曰：违志二十四年之久，直宛似昨日也。若只此一差之后，后来再不曾过得一日、做得一事然者"[1]。

吴淇还十分称赏能够体现诗人胸怀、心志的诗作。如评颜延之《北使洛》云："延年虽终仕宋，然晋一日未亡，其心固未尝一日忘晋也。"[2]颜诗云"临途未及引，置酒惨无言。隐悯徒御悲，威迟良马烦"，吴淇曰："是以临途不发，置酒无言。而仆马无知，亦若解人之意，而为之悲悯，为之威迟。故宁往失时，宁归愆期，此命一日不致，便是晋祚尚延一日也。"[3]评《始安郡还都与张湘州登巴陵城楼作》道："目之所望者山川，胸之所怀者古今。存是今人，没是古人。万古之往还，已成陈陈。没者何人？百代之起伏，徒尔劳劳。存者何人？'请从上世人'云云，乃言非古人吾谁与归？真是目空一世。具此胸怀，方足敌山川雄壮。"[4]该诗起首四句连用八个地名，俱为大山大川。连用地名造势，中间用虚字连接，用句法展现宏阔的兴象，宽广的胸怀。评鲍照《还都道中作》曰："古所谓志在四方，乃得志行道经营天下也。今一官自守，徒仆仆风尘耳，岂有所谓得志行道欤？"[5]吴淇很能体会鲍照游宦羁旅的伤感之情，他看出鲍照的不得志、不得已，同情其不为人赏、壮志难酬的命运。

215

---

[1]　吴淇著，汪俊、黄进德点校：《六朝选诗定论》卷一四，第 355 页。
[2]　吴淇著，汪俊、黄进德点校：《六朝选诗定论》卷一二，第 309 页。
[3]　同上书，第 309 页。
[4]　同上书，第 318 页。
[5]　吴淇著，汪俊、黄进德点校：《六朝选诗定论》卷一三，第 335 页。

第三节　论诗主章法——沈德潜、张玉谷、
方东树评"元嘉三大家"

沈德潜作为乾隆朝的诗坛盟主,其"格调说"影响巨大,论诗看重章句结构,前呼后应。张玉谷继承格调派的诗歌主张,论诗极为精细,对字法、句法的讲究比沈德潜更甚。方东树是"桐城派"的门人,以古文之法论诗,同样很重视诗歌法度,且还看重诗歌源流。

一、沈德潜《古诗源》评谢鲍颜

沈德潜《说诗晬语》卷上条七云:"诗贵性情,亦须论法。乱杂而无章,非诗也。然所谓法者,行所不得不行,止所不得不止,而起伏照应,承接转换,自神明变化于其中;若泥定此处应如何,彼处应如何,不以意运法,转以意从法,则死法矣。"他看重诗人琢磨章句的良苦用心,论诗讲究"活法"。"活"主要源自诗人的情意,无情无意,诗歌只徒有虚表,字句再如何精练,章法再如何严密,也不能打动人心。

沈德潜《古诗源》评谢灵运诗说:"大约经营惨淡,钩深索隐,而一归自然。山水闲适,时遇理趣,匠心独运,少规往则。建安诸公,都非所屑,况士衡以下。"[1]他继承王夫之、陈祚明菲薄魏晋诗的观念,认为谢灵运诗虽重人工,"经营惨淡",但却能使人工达到极致,反而"一归自然",山水诗有"闲适"之趣,鲜能看出用力刻画的痕迹。他评《游南亭》道:"起先用写景,第六句点出眺郊岐,此倒插法也。"[2]谢诗开头四句写夕阳下的山林远景,第六句点出诗人站在旅

---

[1]　沈德潜选:《古诗源》卷一〇,中华书局 2006 年版,第 196 页。
[2]　同上书,第 199 页。

216

馆高处远眺的动作，视线由远及近。可以看出谢灵运讲究章法，章法体现为描写顺序随着诗人游览视角的变化而变化。

沈德潜评鲍照诗曰"明远乐府，如武丁凿山，开人世所未有"，"抗音吐怀，每成亮节，其高处远轶机、云，上追操、植"[1]。对鲍照乐府予以极高的评价，认为晋以后乐府远不及鲍诗，又说鲍照"五言古雕琢与谢公相似，自然处不及"[2]。鲍谢五古均有雕琢的特点，但鲍五言雕琢过于谢诗，自然处少。沈德潜尤为欣赏鲍照诗的开头，如《登黄鹤矶》起首二句："木落江渡寒，雁还风送秋。"评曰："出语苍坚，发端有力。"[3]又如《拟行路难》十八首其中一篇开头："泻水置平地，各自东西南北流。人生亦有命，安能行叹复坐愁？"评曰："起手无端而下，如黄河落天走东海也。若移在中间，犹是恒调。"[4]鲍诗起首往往极具气势，音韵铿锵，兴象鲜明，一开始便能奠定全诗的感情基调，笔力雄健。

沈德潜评颜延之诗曰："惠休品为镂金错采，然镂刻太甚，填缀求工，转伤真气。中间如《五君咏》《秋胡行》皆清真高逸者也。"[5]他不认为颜诗全是"镂刻"之作，欣赏《五君咏》《秋胡行》有"清真高逸"之风。评《应诏宴曲水作诗》曰："八章次序有法，追金琢玉，不妨沉闷。"[6]沈德潜不以此诗雕琢为缺点，反而更欣赏该诗章法绵密，能使精辞丽句"次序"安排得当，无"雕缋满眼"的杂乱之象。

[1] 沈德潜选：《古诗源》卷一一，第 211 页。
[2] 同上。
[3] 同上书，第 217 页。
[4] 同上书，第 215 页。
[5] 沈德潜选：《古诗源》卷一〇，第 189 页。
[6] 同上书，第 190 页。

二、张玉谷《古诗评选》评谢、颜、鲍

张玉谷《古诗评选》继承沈德潜评诗讲章法句法的特点，十分看重诗歌的首尾呼应，以及中间的起承转合。如评颜延之《五君咏·阮步兵》曰："首二，以虽沦迹有识鉴双提。中四，沉醉越礼，顶沦迹说；寓辞长啸，顶识鉴说。后二，物不可论，反收识鉴；穷途恸哭，正收沦迹。此前后皆散，中四用整格。"[1]颜诗开头便点出阮籍其人的两个主要特征"沦迹"与"识鉴"，有领起全诗的作用。中间四句分别描写"沦迹"与"识鉴"的具体表现；结尾也是紧扣开头。张玉谷评谢灵运《游南亭》曰：

> 前六，先就夕霁写景，以久苦昏垫，挑出喜晴出游。"旅馆"句，点题引下。中四，即眺中泽兰芙蓉，指出春去夏来时物之变。后八，顶物变感到年衰疾作，而以秋来逝息旧崖，良知必能亮我，点明诗旨，曲折流动。[2]

他对该诗章法的解析比沈德潜更为细致、准确，把谢诗视角的转换、心境的变化都宛转生动地呈现在读者眼前。他又评鲍照《拟古》（河畔草未黄）曰："此拟思夫久从征役之诗。前四，从秋时景物叙起。寒妇夜织，点清诗主。中六，幻出他人还家，传闻其征役之苦，因就织上想到定改衣带，又就身上想到定异容色。后四，突然换韵，紧顶上文，醒出忧思，再回顾秋夜，醒出愁多。然后以镜尘琴网，独居冷况作收。音节铿锵之后，忽用曼声摇曳之，何等姿致。"[3]鲍诗写得气

---

[1] 张玉谷著，许逸民点校：《古诗赏析》卷一五，第351页。

[2] 张玉谷著，许逸民点校：《古诗赏析》卷一六，第364页。

[3] 张玉谷著，许逸民点校：《古诗赏析》卷一七，第379页。

韵流转，张氏评得也是情和意随，极近原诗风致。张玉谷的评语，不但能使人对"三大家"诗歌的章法、结构有更清晰的认识，更有利于读者深入体会"三大家"情绪、心态的变化。

三、方东树《昭昧詹言》评谢、颜、鲍

方东树作为姚鼐的弟子，把"桐城派"的古文观念运用到论诗当中。他主张以"元嘉三大家"诗歌的典实密丽，矫正宋明以后诗的轻率浮浅。他在《昭昧詹言》中评颜延之曰："颜诗全在用字密，典则楷式，其实短浅。其所长在此，病亦在此。然学者用功，先从颜诗下手，可以药伧父无学、率尔填砌之陋。"[1]又说："颜诗虽若伤密，不逮诸作者，然赵宋以后，轻滑、飒洒、便利、轻快之体，久不识此古音古貌矣。"（同前）"典则"、密丽既为颜诗长处亦为短处，但赵宋以后诗，多"轻滑"之体，正需要颜诗这般典密之风来矫正。"颜诗凝厚典质，钩深持重，力足气完，差与康乐相埒。但功力有余，天才不足，而奇观意外之妙，不及谢精警，又不及明远俊逸、奇峭、警拔，所谓词足尽意而已。"[2]延之学识渊博，作诗也很卖力气，句法绵密，有"凝厚"典正之气。但可惜与谢灵运、鲍照相比，显得"天才不足"，诗之生动妙趣，"词足尽意而已"。"颜比于谢，几于有'山无草木，树无烟霞'之病"，颜诗"不但不能活泼泼地，并不能如康乐之精深华妙"[3]。颜诗典则、整饬、呆板，犹如学识渊博却严肃守旧的夫子；谢诗既能清新自然，又能"精深华妙"，犹如活泼俏丽的妙龄少女，二者实不可同日而语。

［1］ 方东树著，汪绍楹校点：《昭昧詹言》卷五，第160页。
［2］ 同上书，第159页。
［3］ 同上书，第160页。

学诗当学前人长处，懂得识别何为前人所擅。方东树说：

> 颜诗以气体魄力胜，崇竑典则，有海岳殿阁气象，足以詟寒俭山林之胆，此其长也。不善学者，但成死句，余终不取。然正当以此与鲍谢同参，可以测古人优劣，而择所从也。[1]

颜延之擅长写宏阔之景，尤其是应诏、侍游诗中的写景，"有海岳殿阁气象"，不善学诗之人，往往学其辞采对偶，却不知如何呈现"崇竑"的气象。"颜延之每起庄重典则，横阔涵盖，有冠冕制作体势，兴象固佳。但久恐有流弊，成为装点门面，可憎也。"[2]颜诗如《应诏观北湖田收》和《车驾幸京口侍游蒜山作》，开头都大笔渲染皇帝巡游的盛大之势，以及远眺山河所见之景，"横阔涵盖，有冠冕制作体势"，兴象宏阔。但经常用此模式开头，僵化无新意，亦缺乏诗人独特的情思，流为"装点门面"的公式化语言，这是学诗者应当注意避免之病。

方东树对《文选》选颜延之《北使洛》有意见，他说：

> 起八句直书本事，然意卑词迫，直是低头说话，最引人不长进。"在昔"六句，在此篇为振起一篇，扼要警策处。"王猷"二句，一句束上，一句起下，入己之使。"阴风"以下十句，言己情……当日谢晦、傅亮赏之，昭明登之于《选》，阮亭、义门皆从而与之，吾以为皆未深校，附和滥吹而已……后半尤为不称，此是何事何题，前既称"期运""圣贤"以为颂，后又如此悲惨，于题为失体。[3]

---

[1] 方东树著，汪绍楹校点：《昭昧詹言》卷五，第159页。
[2] 同上书，第161页。
[3] 同上书，第162页。

他认为此诗最大的问题在于"失体"，延之既为宋公（刘裕）出使，且诗作前半颂圣，便应在后面的描写中保持这种基调，而不应该写那么多寒凉的意象，流露出"悲惨"的感情。方氏评语有生硬、牵强之嫌，观《文选》所选谢、颜、鲍行旅诗，大多写有寒凉之景，悲凄之情。这是《文选》"行旅"诗的主要特征（参见第一章相关论述），况且颜延之写的是实景、实情，深秋之际出使，所见尽为荒芜萧飒之景，怎能产生积极、明快的情思！故方东树评《北使洛》词卑"失体"不准确。

方东树很看重鲍照诗对唐诗的影响，他说："李杜皆推服明远，称曰'俊逸'，盖取其有气，以洗茂先、休奕、二陆、三张之靡弱。"[1]李白、杜甫最推崇鲍诗的"俊逸"之气。他还称其师姚鼐云："音响峭促，孟郊以下似之。"[2]认同鲍照诗在音韵方面对孟郊诗影响巨大。他还说："韩杜常师其句格，衣被百世，岂徒然哉！"[3]认为韩愈、杜甫诗的句法、格调学鲍诗处甚多。鲍诗能影响深远，"衣被百世"，与李、杜、韩等唐诗大家对其的学习、推崇密不可分。

方东树非常欣赏鲍诗精练、奇警而又俊逸、多气的特点，"明远虽以俊逸有气为独妙，而字字炼，步步留，以涩为厚，无一步滑。凡太炼涩则伤气，明远独俊逸，又时出奇警，所以独步千秋"[4]。他还认为鲍诗的另一面"涩炼典实"，"足以药轻浮滑率浅易之病"。[5]方东树不像王夫之等人那般轻视汉魏诗，他认为"鲍不及汉魏、阮公之浑浩流转，然故约之炼之，如制马驹，使就羁勒，一步不肯放纵，故成此

221

［1］　方东树著，汪绍楹校点：《昭昧詹言》卷六，第164页。
［2］　同上。
［3］　同上书，第165页。
［4］　同上书，第165页。
［5］　同上书，第166页。

体。故谢鲍两家，皆能作祖"[1]。鲍照、谢灵运诗虽不及汉魏诗浑然，但更讲究法度规则。

方东树认为诗歌就应该讲法度，鲍照诗"深固奥涩，语重法密，气往势留，响沉句峭，可为楷式"[2]。鲍诗正因"句法工妙，唐宋大家，常模拟之"[3]，而成为后世典范。他评诗常讲"楷式""祖法"，如评《绍古辞》（暖岁节物早）曰："此诗开孟东野。"评《学刘公干体》曰："前四句叙题，后四句两转，峭促紧健，皆短篇楷式。此皆孟郊所祖法。"[4]方东树不仅讲整体章法，还看重开头句法，他认为谢朓诗在琢句方面继承谢灵运、鲍照诗特点，又认为谢朓诗开头的句法，学"元嘉三大家"："昔人称小谢工于发端，此是一大法门。古人皆然，而康乐、明远、颜延之尤可见。大抵蓄意高远深曲，自无平率，然如颜延之特地有意，久之又成装点客气可憎，故又须兼取公干之脱口如白话，紧健亲切。然不善学之，又成平率。惟康乐、惠连、玄晖兼二美，无二病。"[5]谢朓诗的开头常被后人所赏，然却有明显承袭谢、鲍、颜的痕迹，方东树认为"三谢"诗的开头绝佳。他又称："鲍谢两家起句，多千锤百炼，秀绝寰区；与杜公峥嵘飞动，往复顿挫，皆为起句宗法。"[6]谢灵运、鲍照精心设计诗歌开头，往往用对偶起首，声情朗炼，气象阔远，二人与杜甫的起首技法，皆为后世所宗。

方东树认为谢灵运开炼字炼句一大宗门，他说：

> 大约谢公清旷，有似陶公，而气之骞举，词之奔会，造化

---

[1] 方东树著，汪绍楹校点：《昭昧詹言》卷六，第166页。

[2] 同上书，第167页。

[3] 同上。

[4] 同上书，第185页。

[5] 方东树著，汪绍楹校点：《昭昧詹言》卷七，第187页。

[6] 方东树著，汪绍楹校点：《昭昧詹言》卷六，第167页。

天全，皆不逮，固由其根底源头本领不逮矣；而出之以雕缛、坚凝、老重，实能别开一宗。[1]

谢灵运诗有似陶渊明诗"清旷"处，但词气雕缛，远不如陶诗自然天成。灵运实与渊明分道扬镳，自成一家。"谢公思深气沉，无一字率意漫下。学者当先求观于此。较之退之、山谷尤严。此实一大宗门也。"[2]韩愈、黄庭坚所推崇的"无一字无来处"，实源自谢灵运"无一字率意漫下"。"康乐乃是学者之诗，无一字无来处率意自撰也，所谓精深。"[3]不仅韩黄二人学谢诗技法，杜甫也学，"谢诗看似有滞晦，不能快亮紧健，非也；乃正其用意深曲，沉厚不佻，不可及处"，"杜子美作用多出此等。凡谢诗前面正面后面，按部就班，无一乱者，所以为老成深重。每层中有中锋煞科一语"，如《过庐陵王墓》，"叙述有序，步骤安闲，中锋煞科，一往情深，如吭而出"[4]。杜诗沉厚深重，曲折顿挫，当受谢诗章法启发不小。

方东树很欣赏谢灵运"人工胜似天工"的诗技，他说："古人不经意字句，似出己意，便文白道，而实有典，此一大法门，惟谢鲍两家尤深严于此。"[5]认为鲍照、谢灵运是用典的高手，能化典于无形，看似语由己出，这是二人学养深厚，诗技高超的体现。"谢公造句极巧，而出之不觉，但见其浑成，巧之至也，以人巧造天工"[6]，"谢公每一篇，经营章法，措注虚实，高下浅深，其文法至深，颇不易识。其造句天然浑成，兴象不可思议执着，均非他家所及。此所以能成一大宗硕

---

[1] 方东树著，汪绍楹校点：《昭昧詹言》卷五，第127页。

[2] 同上。

[3] 同上书，第131页。

[4] 同上书，第133页。

[5] 同上书，第128页。

[6] 同上书，第133页。

师，百世不祧也。今学谢诗，且当求观此等处"[1]。方东树认为灵运以前无"造句天然"之诗，只有汉魏、陶诗自然天成，非人造自然，谢诗开"人造天然"一大法门。

方东树认为鲍谢诗各具胜场，他不仅欣赏鲍诗的俊逸之气，还欣赏谢诗"气格紧健沉郁"[2]。但他也对谢诗有所不满，批评道："谢公不过言山水、烟霞、丘壑之美，己志在此，赏心无与同耳，千篇一律。惟其思深气沉，风格凝重，造语工妙，兴象宛然，人自不能及。"[3]灵运诗有模式化的倾向，缺少内涵；只在"风格""造语""兴象"方面可取。方东树还批评谢灵运的人格，说：

> 陶公说不要富贵，是真不要。康乐本以愤惋，而诗中故作恬淡；以比陶公，则探其深浅远近，居然有江湖涧沚之别。[4]

灵运"故作恬淡"，造作自然，不及陶渊明真性淡然，语自天成。他又说："读谢诗，令人无兴、观、群、怨之益。"[5]显然批评谢诗没有体现儒家诗教观，不够温柔敦厚。方东树还批评《文选》选有谢灵运的"滞诗"，不如王世禛的《古诗选》："阮亭不选《初去郡》，甚有见，此谢公滞诗也。《田南树园》亦同。康乐诗止以绿水天然为健，此等滞诗，何遽学也？"[6]方东树认为的"滞诗"中恰恰有"绿水天然"之句，"野旷沙岸净，天高秋月明"（《初去郡》），"中园屏氛杂，清旷招

---

[1] 方东树著，汪绍楹校点：《昭昧詹言》卷五，第131页。
[2] 同上书，第129页。
[3] 同上。
[4] 同上书，第129、130页。
[5] 同上书，第130页。
[6] 同上书，第133页。

远风"(《田南树园激流植援》)。他眼中的"非滞诗"当如鲍照《绍古辞》（开黛睹容颜），"序写春思清警"，"笔势一气振举，不似康乐滞塞"[1]。鲍诗意脉流贯，一气直下，描写、叙事、抒情明白畅晓，以此相较，谢诗确显"滞塞"。

方东树还对李梦阳学谢诗大加批判，他说："明代李空同号为学大谢，观其气骨轻浮，皮傅粗浅，即剽其句法，尚属影响，无论神明意蕴矣。"[2]李诗只知剽窃谢诗字句，徒学其表，"神明意蕴"无一能学。他又说："读谢公能识其经营惨淡，迷闷深苦，而又元气结撰，斯得之矣。醴陵、空同求之皮外，岂得为能知大谢者哉！"[3]灵运诗以气御辞，惨淡经营，"乃是学者之诗，可谓精深华妙。但学人不得其精深，而浮贪其华妙，则亦终归于词旨肤伪，气骨轻浮，如李空同辈而已"[4]。方东树批评李梦阳不懂谢诗"精深"。谢灵运作诗态度严谨，才多识广，却不任意挥洒，而是小心布置、安排章句；明人学诗只学皮毛，既无灵运之才，也不深思熟虑，专慕浮华，轻率之病甚矣。

第四节　鲍谢高下之争——以潘德舆、叶燮为代表

潘德舆论诗主儒家"温柔敦厚"的诗教观，他说："西晋以降，陆机、谢灵运、颜延年辈业已斗靡骋妍，求悦人而无真气。"[5]（《养一斋诗话》卷一）他认为颜谢诗重形式之美，只求悦人耳目，无个性、无真情，更离"无邪敦厚"的诗旨甚远。他有以人品论诗品的思想，其《养一斋诗话》卷一言：

225

---

[1] 方东树著，汪绍楹校点：《昭昧詹言》卷六，第185页。
[2] 方东树著，汪绍楹校点：《昭昧詹言》卷五，第126页。
[3] 同上书，第127页。
[4] 同上书，第128页。
[5] 郭绍虞编选，富寿荪校点：《清诗话续编》，上海古籍出版社1983年版，第2007页。

六朝两名士，一陆机，一谢灵运，其诗皆吾之所不喜，盖真性为词气所没，不待观其人而知其品之舛矣。[1]

陆谢二人诗，词胜于情，想必为人也非有真性情。他认为谢灵运诗最大的缺点便是"寡情"，"谢客诗芜累寡情处甚多，'池塘生春草'句，自谓有神助，非吾语，良然。盖其一生，作得此等自在之句，殊甚稀耳"[2]。谢诗以"芜累"为病，早在钟嵘《诗品》便已道出，至于"寡情"，鲜有如潘氏这般批评者，反倒是前人如王夫之、陈祚明等，认为谢诗深于性情。但潘氏说灵运少有"此等自在之句"，倒是事实。潘氏又说：

颜谢诗并称，谢诗更优于颜。然谢则叛臣也。颜生平不喜见要人，似有见地，然荀赤松讥其外示寡求，内怀奔竞，干禄祈进，不知极已。[3]（《养一斋诗话》卷三）

潘德舆认为谢灵运不忠；颜延之假清高，二人人品均不佳。品行不正之人的诗应"一概不选不读"，他不仅点名批评谢灵运，还认为曹操、阮籍、潘岳、沈约等人，亦品格低下，诗不可取。按他的这种诗歌观，《文选》显然收入不少品格低下之人的诗作，当然不能称为经典。潘德舆已经不是就诗论诗，而是因人废诗，这种诗歌观念过于偏激。"元嘉三大家"中，他唯独没有批评鲍照的人品，亦无关于鲍诗品格低下的言论，这已经说明了鲍诗在其心中的地位高过谢颜。

与潘德舆批谢相反，叶燮《原诗》则大肆抬高谢灵运诗的地位，称："若灵运名篇，较植他作，固已优矣，而自逊处一斗，何也？"他

---

[1] 郭绍虞编选，富寿荪校点：《清诗话续编》，第 2019 页。
[2] 同上书，第 2027 页。
[3] 同上书，第 2045 页。

认为谢诗毫无疑问优于曹植诗，又说：

> 六朝诗家，惟陶潜、谢灵运、谢朓三人最杰出，可以鼎
> 立。三家之诗不相谋，陶潜淡远，灵运警秀，朓高华，各辟境
> 界，开生面，其名句无人能道。左思、鲍照次之，思与照亦各
> 自开生面，余子不能望其肩项。[1]

叶燮认为灵运秀句无人能写，"大谢"为六朝头等诗家之一，鲍照诗虽
能独开一面，然太拘于俊逸一长，无甚通变，故次于灵运一等。"六朝
诸名家，各有一长，俱非全璧。鲍照、庾信之诗，杜甫以清新、俊逸归
之，似能出乎类者。究之拘方以内，画于习气，而不能变通。"鲍诗
"俊逸"本为特长，但篇篇若此，不免流于习气。叶燮不知灵运五言
几乎篇篇精丽，即便被人称赏的自然妙句，也是少数，且往往有句无
篇，"自然"并非灵运诗的整体风格。他只说鲍照、庾信、左思等人诗
拘于一长，却对谢诗的局限视而不见，可谓偏见。

　　贺贻孙虽也持儒家诗教观，但他没有拘泥于诗人的品格，而更看
重诗歌的艺术表现。《诗筏》曰："读延之（《秋胡》）诗，悲酸动人，
辄复不忍。若其浑古淡宕，汉魏而后，所不多得也。"[2]《秋胡诗》
以情动人，为颜诗中为数不多的佳品之一。他认为谢颜二人诗，互有
优劣。"然观康乐集，往往深密有余，而疏淡不足"，"延之诗自《五君
咏》《秋胡行》诸篇称绝调外，他如《赠王太常诗》《夏夜呈从兄散骑车
长沙》《还至梁城》及《登巴陵城楼作》，俱新警可喜，专以'铺锦列
绣'贬之，非定评也"[3]。贺贻孙为颜诗正名，延之不只会写华辞丽

［1］　叶燮著，霍松林校注：《原诗》外篇，第 62 页。
［2］　郭绍虞编选，富寿荪校点：《清诗话续编》，第 157 页。
［3］　同上书，第 160 页。

句，情景皆佳亦可为。他又说：

> 大约二君藻思秀质，如出一手，而光禄寄兴高旷，章法绵
> 密；康乐意致豪华，造语幽灵，又各有其胜也。颜谢二人作
> 诗，迟速悬绝，康乐惟以迟得，故多佳句。然颜集中《和谢
> 监》诸作，颇受板滞之累。谢诗虽多佳句，然自首至尾，讽之
> 未免痫重伤气。[1]

谢颜二人诗都有滞涩伤气的弊病，鲍照诗则逸气横行，尽脱二人之
弊。贺贻孙非常赞同杜甫对鲍诗"俊逸"的评价，他说："俊逸纯是天
分，清新而不俊逸者有矣，未有俊逸而不清新者也。子美虽两人（庾
信、鲍照）并称，然大半为明远左祖耳"，"明远既有逸气，又饶清
骨"。贺贻孙认为鲍照、庾信二人诗虽风格相近，但鲍诗当在庾诗之
上。他又说"俊逸易涉于佻，而明远则厚"，"明远与颜谢同时，而能
独运灵腕，尽脱颜谢板滞之习"[2]。贺贻孙认为鲍照诗要优于谢颜二
人诗。

鲍照五言诗的地位，有赶超谢灵运的趋势。田雯《论五言古诗》
中说"宋代诗人无出康乐之右者"[3]，认为谢灵运为刘宋第一诗人。
他非常赞同《南史》所载鲍照对谢灵运、颜延之二人诗歌做出的评
价，在他心中，谢诗"如初日芙蓉，自然可爱"，颜诗"若铺锦列绣，
雕缋满眼"已成定论，毋庸置疑。他更欣赏的是鲍照评诗的眼光，其
"论诗之善可睹矣"，"若夫明远挺拔名贵，俊伟光华，直与客儿并
驱，尤非错彩镂金者所及"[4]。田雯不仅认为鲍照五言诗可与灵运诗

[1] 郭绍虞编选，富寿荪校点：《清诗话续编》，第 160 页。
[2] 同上书，第 161 页。
[3] 田雯：《古欢堂集》卷一七，文渊阁《四库全书》本。
[4] 同上。

比肩，更赞美鲍照的乐府诗为汉魏以来最优，《论七言古诗》中曰："汉魏而下六朝，亦多长篇，惟鲍照为最优，虽曰乐府，实具七言之长。"（同前）鲍诗在清人眼中的地位可见一斑。

第五节　诗教结合诗艺——刘熙载论谢、颜、鲍诗

晚清刘熙载崇尚理学，看重诗人人品，他在《诗概》中说："诗品出于人品。人品悃款朴忠者最上，超然高举、诛茅力耕者次之，送往劳来、从俗富贵者无讥焉。"[1]忠孝朴实之人人品最佳，其人所作诗亦不差；归隐山林田园、自力更生者，人品仅次于忠朴者，诗品亦然；迎来送往、汲汲于功名利禄者，人品最为低下，其诗品亦卑劣。刘熙载又说："诗之所贵于言志者，须是以'直温宽栗'为本。不然，则其为志也荒矣。"[2]其诗歌观念显然以儒家诗教为主，"诗之言持，莫先于内持其志，而外持风化从之"[3]。他不仅注重诗人内在的心性、品德修养，还注重学识、世风等外在因素对诗人的影响。

刘熙载虽重诗人人品，但却不仅拘泥于以人品论诗，他还看重诗歌的艺术表现。对于前人如潘德舆所鄙薄的谢灵运人品，他并没有以此来评判谢诗的优劣，而从诗艺上来品评诗歌的高下。他说："谢才颜学，谢奇颜法，陶则兼而有之，大而化之，故其品为尤上。"[4]陶渊明诗之所以高于谢灵运、颜延之诗，在于陶能综两家之长，且"大而化之"。又说："康乐诗较颜为放手，较陶为刻意，炼句用字，在生熟深浅之间。"[5]谢诗之品位于陶颜之间，他没有陶诗自然，却又比颜

---

[1]　刘熙载撰，袁津琥校注：《艺概注稿》卷二，中华书局 2009 年版，第 395 页。
[2]　同上书，第 384 页。
[3]　同上书，第 386 页。
[4]　同上书，第 262 页。
[5]　同上书，第 263 页。

诗自然，精工之力常在有痕无痕之际。刘熙载认为后人学诗，"当相济有功，不必如惠休上人好分优劣"[1]，就像陶诗那样能综合谢诗的奇才与颜诗的法度，取长补短，融会贯通，如此方能成大家。他还善于发现颜诗的闪光点，论其"字字称量而出，无一苟下也"[2]。欣赏延之作诗态度严谨，学识渊博而又用心之至。看到颜诗风格的多样性，"延年诗长于廊庙之体，然如《五君咏》，抑何善言林下风也"[3]。刘熙载还继承前人的辨体思想，认为不同诗体当具与之相应的不同风格，"五言尚安恬，七言尚挥霍。安恬者，前莫如陶靖节，后莫如韦左司；挥霍者，前莫如鲍明远，后莫如李太白"[4]。七言古诗以"挥霍"为宗，应有纵横开阖之气，如其评鲍照诗："'孤蓬自振，惊沙坐飞'，此鲍明远赋句也。若移以评明远之诗，颇复相似。"[5]音韵流转，意脉悠长，诗势俊逸豪宕。鲍照七言歌行乃开山正宗之作，其后唯李白歌行具此正宗诗风。刘熙载对鲍照七言诗评价甚高，谓"明远长句，慷慨任气，磊落使才，在当时不可无一，不能有二"[6]。

综上所述，清初王夫之、陈祚明不以儒家传统诗教为评诗标准，他们继承晚明评诗主性情的一面，同时更加注重诗歌的神韵、气象。王陈二人对"古诗必汉魏"持反叛态度，极力抬高谢灵运、鲍照诗歌的地位。吴淇持传统的儒家诗教观，重诗歌的言志功能。沈德潜也看重谢鲍诗，论诗除了讲气韵外，还讲究格调、章法，其后张玉谷、方东树论诗均重技法，方东树更主张以元嘉诗沉厚之气矫宋后诗滑率之

---

[1] 刘熙载撰，袁津琥校注：《艺概注稿》卷二，第263页。

[2] 同上书，第264页。

[3] 同上书，第265页。

[4] 同上书，第336页。

[5] 同上书，第268页。

[6] 同上。

弊。鲍照乐府诗的地位在清代得到空前提高，连带其在整个诗史的地位也大幅提升；前代对于谢灵运诗自然与否的争论颇多，谢诗所获评价也时高时低。至清代谢鲍高下之争变得尤为激烈，鲍照五言诗的地位提升到几可与灵运颉颃的地步，但仍稍逊一筹；至于七言、乐府，鲍照所获评价之高，灵运实属望尘莫及。晚清刘熙载《诗概》评诗，复归儒家诗教观，但也不轻视诗歌的艺术表现，善于发现"元嘉三大家"诗各自的长处。

第八章 |
"古体主《选》"与后人对谢、颜、鲍诗作的追模

后人对"元嘉三大家"诗作的模仿与借鉴，以唐人最为突出，主要体现为三方面。其一，诗作有以"元嘉三大家"为典故的情况，以谢灵运为典故的，常表达寄情山水之志、珍视情谊之感；以鲍照为典故的，多引《芜城赋》表达人生感慨；还有写读谢鲍诗的感想的意在发掘谢灵运、鲍照的人格魅力与性情价值。其二，学其诗风；学谢诗者以学其山水诗（《文选》游览、行旅类）者为最多，学鲍诗者则以学乐府（《文选》乐府类及其他七言、杂言乐府）者居多。其三，拟作谢灵运、鲍照之诗，学二人诗体、章法结构。其四，后人诗中还多提谢、颜、鲍的两两并称。写诗称赏他人才华，常以能工"《选》"体、堪比、超越"三大家"之类的赞语为尚。

第一节 后人拟作谢灵运、鲍照诗

"元嘉三大家"中谢灵运、鲍照诗对后世影响较大，后人写诗常常模拟谢鲍诗体或诗风，抑或化用其诗句；后人评诗亦多有某某诗源自谢鲍之言。唐代是诗歌创作的高峰期，许多名家、大家都学习过谢鲍诗，如《李太白诗集注》卷三四云："李杜二子往往推重鲍谢，用其全

句甚多。"[1]谢灵运的山水诗，尤其是那些被《文选》游览、行旅类收录的诗歌，为后人山水诗的写作提供了良好的范例。而鲍照的乐府诗，除却被《文选》选录的八篇五言乐府外，《文选》未选的七言（杂言）乐府对唐人诗作影响巨大。

一、拟作谢灵运山水诗

后人诗作被评源出于谢灵运者，往往因其诗风精丽而又不失自然的特点；或者因其诗体仿谢，先写景再抒情、明理的结构。如王世贞《艺苑卮言》卷四曰："人知沈（佺期）、宋（之问）律家正宗，不知其权舆于三谢。"[2]"三谢诗"的共同特点便是富丽精工，多对偶秀句。沈佺期、宋之问的律诗风格近于"三谢"，当然便近于谢灵运诗风。又如许学夷《诗源辩体》评沈佺期七言古诗"朝霞散彩羞衣架，晚月分光让镜台""玳瑁筵中别作春，琅玕窗里翻成昼"等句曰"偶俪极工，语皆富丽"[3]。诗体虽为七古，但"偶俪""富丽"之风却像极谢灵运"富艳难踪"（《诗品序》）的五古诗风。

王维的山水诗受谢灵运诗沾溉亦不少，陆时雍《诗镜总论》曰："摩诘写色清微，已望陶谢之藩矣。"[4]王维诗风"清微"，介于陶渊明的冲淡诗风和谢灵运的清丽诗风之间。王维诗还有学《文选》诗的迹象，如《批点唐音》评其《赠祖三咏》"步骤《选》体"[5]，五言古诗有《文选》陶诗之风。《唐诗选脉会通评林》评王维《蓝田山石门精舍》，蒋一梅曰："挑在篮内便是菜，语入《选》。"周珽曰："从入蓝田

［1］　李白著，王琦注：《李太白全集》，中华书局 1977 年版，第 1526 页。
［2］　丁福保辑：《历代诗话续编》，第 1008 页。
［3］　许学夷：《诗源辩体》，第 145 页。
［4］　陆时雍选评，任文京、赵东岚点校：《诗镜》，第 6 页。
［5］　顾璘：《批点唐音》，明嘉靖二十年刻本。

水陆行径，叙到深憩精舍中情景，始以无心，终若有得。"[1]该诗近于谢灵运《石壁精舍还湖中作》，都先从时间写起，后面写景富于变化，流动性强，都体现出安然自适的恬淡情怀。但是王诗的写景比谢诗更细腻，语言更平易近人。另外，王维的应制诗，风格近于谢灵运、颜延之的应诏、侍游之作，如《奉和圣制从蓬莱向兴庆阁道中留春雨中春望之作应制》，《批选唐诗》评其"藻丽铿锵"，《唐诗选胜直解》评其"八句整炼精工，应制之尽美者"[2]。"藻丽""精工"恰恰为颜延之《车驾幸京口侍游蒜山作》和谢灵运《从游京口北固应诏》的风格。但王诗为七律，颜谢诗为五古。王诗铿锵精悍，几乎全篇写景，气象清明，语言流丽；颜谢诗典繁而晦，写景虽有阔远气象，但仅个别句佳，不及王诗整体浑融。

王夫之《唐诗评选》评储光羲《寒夜江口泊舟》云："储诗入处曲折，出路佳爽，亦始开深炼一格于近体。而甫以渊微，即尔振脱消息于康乐、玄晖之间。"[3]谢灵运、谢朓的五言古诗具有"深炼"之风，储光羲的五律继承此风格特点，却又能"振脱"，自有"清平"之风。其写景诗的大体结构与渴求知己的表达，近于大小谢；但储诗比大小谢诗更加自然易晓，少雕琢气，多人情味。王仲儒《历代诗发》评孟浩然《万山潭作》："襄阳山水间诗，境象兴趣，不必追摹谢客，而超诣处往往神契。"[4]孟诗闲静处有似谢灵运诗风，此首《万山潭作》就近于谢灵运《石壁精舍还湖中作》的"境象兴趣"。孟谢二人都善写清丽之景，表现轻松怡人的心境。孟诗曰："鱼行潭树下，猿挂岛

234

---

[1] 周珽集注，陈继儒批点：《删补唐诗选脉笺释会通评林》，《四库全书存目丛书补编》，齐鲁书社 1997 年版，第二十五册，第 519 页。

[2] 吴烶：《唐诗选胜直解》，清乾隆二十七年刊本。

[3] 王夫之：《唐诗评选》卷三，上海古籍出版社 2011 年版，第 107 页。

[4] 陈伯海主编：《唐诗汇评》，浙江教育出版社 1995 年版，第 524 页。

藤间。"谢诗云："芰荷迭映蔚，蒲稗相因依。"两诗都写有水中景物，孟诗不仅写植物，还写动物，谢诗却纯写植物。虽然两诗都具动感，但孟诗显得比谢诗有灵动之气。另外，孟浩然不仅表现自己的山水之乐，还写追求"游女"之乐，"游女昔解佩，传闻于此山。求之不可得，沿月棹歌还"（《万山潭作》），带有几分《诗经·周南·汉广》的"兴趣"，这又是谢诗所没有的。同样写山水，灵运诗常表现"孤身自处"，而孟浩然却不仅写自己还写他人，故孟诗的山水更具活力和人情味。

孟浩然对谢灵运的继承还体现在写景诗中的"光""色"运用。如谢灵运"《初去郡》中云：'野旷沙岸净，天高秋月明。'两句诗里没有颜色词，但有表现光的'净''明'二字。诗人描绘的是秋夜之景，虽为夜景却不暗淡，因为有月光照明和沙岸的返照，整个画面笼有一层皎洁之色，也属于透明之色，只用一种墨色来表现光影的浓淡即可。唐人孟浩然《宿建德江》中的'野旷天低树，江清月近人'绝似灵运此二句，只不过谢诗呈现的画面更为高远、干净、透亮，孟诗的画面不如谢诗的明亮，由于树木的吸光程度要大于沙岸的吸光程度，但孟诗比谢诗更具有人间气"[1]。

唐代除王维、储光羲、孟浩然等以山水诗著称的诗人学习谢灵运诗外，像李白、杜甫这样的大家也有明显学习谢诗之作。李白诗如《酬殷佐明见赠五云裘歌》：

> 故人赠我我不违，着令山水含清晖。顿惊谢康乐，诗兴
> 生我衣。襟前林壑敛暝色，袖上云霞收夕霏。群仙长叹惊此

235

---

[1] 孙歌：《都道唐人山水妙，岂知元嘉光色好——"元嘉三大家"诗中的光与色》，《文史知识》2017 年第 3 期。

物，千崖万岭相萦郁。[1]

其中"着令山水含清晖""襟前林壑敛暝色，袖上云霞收夕霏"三句，直接化用谢灵运《石壁精舍还湖中作》"山水含清晖"和"林壑敛暝色，云霞收夕霏"三句，李诗只在句首各添两个字。诗人写殷佐明赠送自己的"五云裘"，其制作巧夺天工，衣上所绘图案，正如灵运山水诗描写的一样，栩栩如生，悦目怡神。此诗为歌行体，虽然有明显借用灵运诗的痕迹，但却用得恰到好处。李白不仅把衣服写得活灵活现，简直就是人间极品，非一般死物、俗物可比；而且还赞美赠送者的眼光和对自己的情意；同时间接赞赏谢灵运诗的景句之妙，可谓"一箭三雕"。李白又写有《过彭蠡湖》：

> 谢公入彭蠡，因此游松门。余方窥石镜，兼得穷江源。
> 前赏迹可见，后来道空存。而欲继风雅，岂唯清心魂。云海
> 方助兴，波涛何足论？青嶂忆遥月，绿萝鸣愁猿。水碧或可
> 采，金膏秘莫言。余将振衣去，羽化出嚚烦。[2]

谢灵运曾写《入彭蠡湖口》，李诗"后来道空存"句化用谢诗"九派理空存"句；"水碧或可采，金膏秘莫言"二句化用谢诗"金膏灭明光，水碧缀流温"[3]两句。李白欣赏谢灵运，所以路过彭蠡湖，立马想到灵运曾经此地，且留下诗篇。他认为灵运"风雅"，"欲继"之。谢诗表达有虑念萦怀、山水弦歌难以销忧的感情；李诗正好相反，"云海方助兴，波涛何足论""余将振衣去，羽化出嚚烦"，充分体现出诗人洒

236

---

[1] 李白著，詹锳主编：《李白全集校注汇释集评》卷七，百花文艺出版社1996年版，第三册，第1225页。

[2] 李白著，詹锳主编：《李白全集校注汇释集评》卷二〇，第六册，第3199页。

[3] 萧统编，李善注：《文选》卷二六，第1249页。

脱、豪迈、不以凡尘俗事为忧的性格。李白还写有《入彭蠡经松门观石镜缅怀谢康乐题诗书游览之志》：

> 谢公之彭蠡，因此游松门。余方窥石镜，兼得穷江源。将欲继风雅，岂徒清心魂。前赏逾所见，后来道空存。况属临泛美，而无洲渚喧。漾水向东去，漳流直南奔。空蒙三川夕，回合千里昏。青桂隐遥月，绿枫鸣愁猿。水碧或可采，金精秘莫论。吾将学仙去，冀与琴高言。[1]

此诗与《过彭蠡湖》极为相似，诗题直接点明为"缅怀"谢灵运而作，故有字词袭用谢诗原作不足为怪。该诗同样表现潇洒、旷达的情怀，感情基调不似谢诗，只在字面上模拟一二。清人冒襄《谢康乐游山诗评》曰："余每谓康乐游诗，景空不从目入，味隽不由境出，寓目辄书，亦非恰评。'初日芙蓉，弹丸脱手'八字，为诗家妙评。求之艺林，其唐之李供奉。"[2]李白主要在诗风上继承谢灵运诗"初日芙蓉，弹丸脱手"的一面，但李诗体现的气度、胸怀，非谢诗所能达。李白以上两首关于彭蠡湖的诗作，都表达有欲学仙归去、远离尘网的意向，字里行间充溢一股豪气，仿佛"天大的事情，也看得不足一笑。这种风度，我们就称之为豪气"[3]。比较之下，谢灵运《入彭蠡湖口》则萦绕着一股郁结之气，"千念集日夜，万感盈朝昏"[4]，灵运显然摆脱不了凡尘的羁绊。

再看另一位大诗人杜甫对谢灵运诗的继承。朱鹤龄称杜甫《渼陂西南台》：

---

［1］ 李白著，詹锳主编：《李白全集校注汇释集评》卷二〇，第六册，第3202页。
［2］ 冒襄：《巢民诗文集·文集卷六》，清康熙刻本。
［3］ 李长之：《道教徒的诗人李白及其痛苦》，商务印书馆2011年版，第357页。
［4］ 萧统编，李善注：《文选》卷二六，第三册，第1249页。

此诗俱本谢康乐。"怀新目似击",即谢诗"怀新道转迴"也;"乘陵惜俄顷",即谢诗"恒充俄顷用"也;"外物慕张邴",即谢诗"外物徒龙蠖",又诗"偶与张邴合,久欲还东山"也;"知归俗可忽",即谢诗"适己物可忽"也;"取适事莫并",即谢《山居赋》"随时取适",又诗"万事难并欢"也;"身退岂待官",即谢诗"辞满岂多秩,谢病不待年"也;"老来苦便静",即谢诗"拙疾相倚薄,还得静者便"也。公云"熟精文选理"真不诬耳。[1]

杜甫此诗有多处化用谢灵运诗句,朱鹤龄举例说明杜甫所学谢诗有:《登江中孤屿》《入华子岗是麻源第三谷》《富春渚》《还旧园作见颜范二中书》《游赤石进帆海》《斋中读书》《过始宁墅》,诸诗皆为《文选》所选,故杜甫自言"熟精文选理"(《宗武生日》),诚不虚也。前面所举诗例,以学谢诗抒情、叙事的句子为主。然杜诗还有学谢诗写景之例。杜甫《前出塞》九首其七中"径危抱寒石"句,学谢灵运《过始宁墅》中"白云抱幽石",又杜甫《石柜阁》云:

季冬日已长,山晚半天赤。蜀道多早花,江间饶奇石。石柜曾波上,临虚荡高壁。清晖回群鸥,暝色带远客。羁栖负幽意,感叹向绝迹。信甘屏幰婴,不独冻馁迫。优游谢康乐,放浪陶彭泽。吾衰未自由,谢尔性有适。[2]

诗中"清晖回群鸥,暝色带远客"二句,化用谢灵运《石壁精舍还湖中作》中"清晖能娱人"和"林壑敛暝色"两句。谢诗写景清幽,给

---

[1] 杜甫著,仇兆鳌注:《杜诗详注》卷三,中华书局 1979 年版,第 185 页。

[2] 杜甫著,萧涤非主编:《杜甫全集校注》卷七,人民文学出版社 2014 年版,第 1863 页。

人以"优游"愉悦之感,杜甫此诗写景有谢诗风格,但感情却更为沉挚。

谢灵运的山水诗对柳宗元的诗歌创作有不小影响,后人常评柳源自谢,如明人田汝成《东览篇序》曰:"谢灵运幽踪雅致、流连萧散之怀,畅于永嘉而病于废政。柳子厚精裁婉托、郁快无聊之感,宣于柳州而失于尤人。"[1]柳宗元诗精炼之风似于灵运诗,两人的经历也有共通之处,都在被贬期间作出不少山水佳什,且都有因性格导致仕途坎坷的一面。清人顾嗣立曰:"柳子厚,唐之谢灵运。"[2]卢世潅评《柳柳州集》曰:"世多以韦柳配陶,夫韦与陶差近,柳则从谢灵运来。"[3]灵运诗对偶的技法对唐诗可谓影响颇深,"谢氏俳之始也,陈及初唐俳之盛也,盛唐俳之极也"[4](王世贞《艺苑卮言》卷四)。柳宗元描写山水常用对偶,景物刻画逼真,讲究色彩搭配,这些特点都受谢诗写景技法的影响。

白居易对谢灵运诗歌体悟深切,他在《读谢灵运诗》中言:

> 吾闻达士道,穷通顺冥数。通乃朝廷来,穷即江湖去。谢公才廓落,与世不相遇。壮志郁不用,须有所泄处。泄为山水诗,逸韵谐奇趣。大必笼天海,细不遗草树。岂惟玩景物,亦欲摅心素。往往即事中,未能忘兴谕。因知康乐作,不独在章句。[5]

[1] 田汝成:《田叔禾小集》卷一,明嘉靖四十二年田艺蘅刻本。

[2] 顾嗣立在元好问《论诗》三十首"一语天然万古新,豪华落尽见真淳。南窗白日羲皇上,未害渊明是晋人"下注:"柳子厚,唐之谢灵运;陶渊明,晋之白乐天。"见顾嗣立编:《元诗选·初集·甲集》,中华书局1987年版,第81页。

[3] 卢世潅:《尊水园集略》卷七,清顺治十七年刻卢孝余增修本。

[4] 丁福保辑:《历代诗话续编》,第1007页。

[5] 白居易著,谢思炜校注:《白居易诗集校注》卷七,中华书局2006年版,第603页。

白居易看到谢灵运山水诗的价值，"不独在章句"，他发现灵运隐藏在山水描写背后的深情，更关注诗人创作山水诗的动机——"壮志郁不用，须有所泄处"，先有壮志难酬、怀才不遇的郁念积于胸，再有需要排解、发泄郁念的冲动，然后才有山水诗的呈现。白居易把谢灵运山水诗看作为诗人排忧、解愁的手段，谢诗中的景象，大到天地湖海，小到草木花树，看起来使人赏心悦目，其实就灵运自身而言，写景的目的非惟"玩物"，而是"欲摅心素"，借自然之景排解心中的愁虑才是谢灵运山水诗的旨归所在。

宋人对谢灵运旷怀、雅致的一面多有发掘，如晁说之《书事学谢康乐》云：

> 南北夐绵络，同名圌与鄞。岁月老羁旅，何事勤所勤。情胜古今契，身以邪正分。清音幸先后，旷怀得朝曛。山腰转嘉树，风袖落闲云。盘磴去来迷，飞泉高下闻……少时喜诡俗，老境思逃群。不复梦江湖，赋诗心自欣。[1]

"山腰转嘉树，风袖落闲云。盘磴去来迷，飞泉高下闻"四句，有谢灵运景句的风格，视角变换、流动，有清新韵致，结尾四句抒情表现晁说之自己的心性，而非简单贴合谢灵运的心境。晁氏还有《再至直罗》："百叠荒山人迹绝，饥肠寒色自徘徊。多情只有谢康乐，美酒乐歌宁再来。"[2]诗为七言绝句，写得精致而富有兴趣，他觉得谢灵运"多情"，是欣赏其纵情山水，疏狂不羁的一面，而忽略其纵游废政的一面；他看重的是谢灵运的潇洒人格，而非他的仕途功绩。晁

[1] 傅璇琮等主编：《全宋诗》卷一二〇八，北京大学出版社1995年版，第二十一册，第13700页。
[2] 傅璇琮等主编：《全宋诗》卷一二一〇，第二十一册，第13747页。

说之还写有《拾康乐之意再作》："异时游子不须还，舍瑟含情醉醒间。今日烦君台上望，急挥苦泪湿千山。"[1]他发现谢灵运留恋山水的真实心理为留恋人情，宦游离乡非诗人所愿，山水实为寄情的载体，由此方能理解为何谢诗的景句常常具有景中含情的特点。把谢灵运疏旷一面引入山水诗写作的还有郭祥正，其《南山晚步简自宣长老》曰：

> 雨过南山紫翠深，团团仙露洒衣襟。碧云影里寒猿啸，玉涧声中怨鹤吟。期赴前林同茗酌，倦投盘石拣萝阴。凭谁寄语谢康乐，安用披榛故远寻。[2]

该诗为七律体裁，虽与谢灵运的五古山水诗有别，但其精练、对仗工整的写景，却继承了谢诗的特点；此诗优游山水、寻幽览胜的情致亦似谢诗。又林景熙《登谢客岩》开头前四句写奇险宏丽之景，后接"永怀谢康乐，坐啸山水城。旷代得真契，登临有余情"[3]四句，同郭祥正《南山晚步简自宣长老》写法一样，先写景再抒情，且称赏谢灵运疏旷的人格。徐钧对谢灵运的人格更为赞赏，他在《咏史·谢灵运》中道："眼空朝市爱山林，放浪登临寄笑吟。毕竟趋荣成异代，耻秦空抱鲁连心。"[4]放浪、疏狂导致命运不济又何妨，徐钧看重的是谢灵运轻视权威的反抗精神，"毕竟趋荣成异代，耻秦空抱鲁连心"，前人虽有对谢灵运人品的批判，但并不影响后人对灵运性格的追慕。

　　王世贞也反对以人品论诗品，他不认为谢灵运性格狂傲是缺点，

---

[1] 傅璇琮等主编：《全宋诗》卷一二一〇，第二十一册，第 13747 页。

[2] 郭祥正：《青山集》卷二四，文渊阁《四库全书》本。

[3] 林景熙：《霁山集》，《霁山先生白石樵唱》卷之二，明嘉靖十年刊本。

[4] 傅璇琮等主编：《全宋诗》卷一二一〇，第二十一册，第 42850 页。

其《书谢灵运集后》云：

> 余始读谢灵运诗，初甚不能入，既入而渐爱之，以至于不能释手。其体虽或近俳，而其意有似合掌者，然至秾丽之极而反若平淡，琢磨之极而更似天然，则非余子所可及也。鲍照对颜延之评骘而谓"谢如初发芙蓉，自然可爱；君若铺锦列绣，亦复雕缋满眼也"，自有定论。而王仲淹乃谓灵运小人哉，其文傲，君子则谦；颜延之有君子之心焉，其文约以则。此何说也？灵运之傲不可知，若延之之病，正坐于不能约以则也。余谓仲淹非能知诗者，殆以成败论耳。[1]

他看到灵运诗最有价值的地方在于"秾丽之极而反若平淡，琢磨之极而更似天然"，认为谢诗虽语近俳偶，却往往能把握住度，不以俳伤气；而颜延之诗却把握不住俳偶的度，常常伤于丽靡，这正是延之"不能约以则"的表现，说明颜诗的技法不如谢诗高。王世贞对于谢灵运、颜延之诗歌的评价还是比较准确的。又明人诗作有整篇学谢灵运者，如徐祯卿《学谢灵运赋华子岗诗赠赵建昌》：

> 朱峦蔚灵奥，云海互盘旋。阴霞绚石室，夹筱蔽清涟。翠羽纷啁哳，琼蕊合芬妍。桂岭屯苍霭，桃蹊迷紫烟。朝登郡楼望，佳气郁葱芊。挹景企嘉客，临风怀羽仙。冥赏非偶惬，神理岂虚传。建德寡民务，山水发清弦。顺性奚矫迹，知道在忘筌。非君秉渊尚，兹理谁为宣。[2]

徐诗"夹筱蔽清涟"句，学谢灵运《过始宁墅》"绿筱媚清涟"句；徐

---

[1] 王世贞：《弇州读书后》卷三，文渊阁《四库全书》补配文津阁《四库全书》本。

[2] 徐祯卿：《迪功集》卷二，文渊阁《四库全书》本。

诗先用大量篇幅写景，再以抒发玄理结尾的整体结构，极似谢灵运《入华子岗是麻源第三谷》，但表达的感情却有所不同。谢诗云："羽人绝仿佛，丹丘徒空筌。图牒复摩灭，碑版谁闻传？莫辩百世后，安知千载前。且申独往意，乘月弄潺湲。"[1]有种人在时间长河面前的卑微感，以及万古同湮灭的忧愁、孤独之感。而徐诗徒学谢诗之形，却学不到其意，结尾二句"非君秉渊尚，兹理谁为宣"虽也表达孤独之意，但感情的深挚程度却不如灵运诗。明人学谢诗多学其形，字模句拟，而难学其意、其神。

帅机《邹文谷学宪羼提诗稿跋》曰："先秦风雅姑置勿论已，五言诗起汉魏、苏李，以孟德、子桓为极，其诗浑厚圆转而高古难学。六朝缛丽精博而微伤气骨，然与其假汉魏而流于宋，又不若宗六朝而伤于靡也。今之学汉魏者皆宋耳，所谓画虎不成反类狗者也。惟晋诗典茂隽永，似朴而不示人以朴，立乎文质之间。谢灵运高朗奇丽，语俳而气则古，备乎二体之材，五言之榘矱准的无过是矣。今世无言晋诗者，乃若谢客，则学其迹易学，其声难学；其声易传，其神难用。"[2]他称赞灵运诗兼备文质，虽有俳偶之句，却含高朗之气，故不"伤于靡"。后人学不到谢诗的神韵，单习字面形式，往往"缛丽"伤气。帅机《喜谢灵运诗》云："谢客英词冠六朝，才兼二体思飘飘。声融金石如莺啭，但恨词工帙未饶。"[3]他肯定谢灵运诗歌的地位之高，赞美谢诗的声情气韵，只慨叹谢诗有时词过于工，且诗作不丰，令人有意犹未尽之憾。

---

[1]　萧统编，李善注：《文选》卷二六，第三册，第1250页。
[2]　帅机：《阳秋馆集》卷二，清乾隆四年修献堂刻本。
[3]　帅机：《阳秋馆集》卷一四。

二、对鲍照乐府的继承

后人创作以学习鲍照乐府的写法或诗风为主，但也学其五言诗深秀的特点。王世贞《艺苑卮言》卷一曰："七言歌行，靡非乐府，然至唐始畅。其发也，如千钧之弩，一举透革。纵之则文漪落霞，舒卷绚烂。一入促节，则凄风急雨，窈冥变幻；转折顿挫，如天骥下坂，明珠走盘。收之则如囊声一击，万骑忽敛，寂然无声。"[1]又说："古乐府、《选》体歌行有可入律者，有不可入律者，句法字法皆然。"[2]王世贞认为歌行与乐府有差别，歌行以七言为主，乐府却多五言。歌行极讲究诗势、章法、气韵，但乐府同样讲究，他说"《选》体歌行"指的便是《文选》乐府类中诗，有的一韵到底，有的中间换韵。其实鲍照以前的"乐府"与"歌行"并无多少区别，直到鲍照《拟行路难》十八首，多七言、杂言句，诗作隔句押韵、中间换韵，意分几层，转折顿挫，气勃势劲，才奠定了"歌行"的大体格调，为后世所效法。

王夫之对鲍照乐府可谓欣赏至极，认为鲍诗上薄魏晋（参见第三章第五节论述），下凌唐宋，中间唯李白乐府能与之抗衡。他评鲍照《代东武吟》曰："中间许多情事，平叙初终，一如白乐天歌行。然者，乃从始至末，但一人口述语耳，于《琵琶行》才占得一段，而言者之平生，闻者之感触，无穷无方，皆所含蓄。故言若已尽，而意正未发，自非唐宋人力所及、心所谋也。"[3]鲍诗笔力劲健，叙述、抒情紧密结合，且始终以逸气贯串，绝无半点拖泥带水。白诗同样以叙述为主，但长篇巨制，虽声情宛转，哀思动人，却不如鲍诗明快，能直击

---

[1] 丁福保辑：《历代诗话续编》，第960页。

[2] 同上书，第964页。

[3] 王夫之选评，张国星校点：《古诗评选》卷一，第44页。

人心。王夫之又评鲍照《拟行路难》诸篇："一以天才天韵吹宕而成，独唱千秋，更无和者。太白得其一桃，大者仙，小者豪矣。"[1]李白歌行受鲍照影响极大，二人都是天才卓绝者，李诗更以豪荡之气御鲍诗俊逸之气。王夫之评其中"对案不能食"说："土木形骸，而龙章凤质固在。高适学此，早已郎当，况李颀之卤莽者乎?"[2]高适、李颀根本学不到鲍照诗的风神。又评"君不见冰上霜"曰："看明远乐府，别是一味。急切觅佳处，早已失之。吟咏往来，觉蓬勃如春烟，弥漫如秋水，溢目盈心，斯得之矣。岑嘉州、李供奉正从此入。"[3]唐人中惟岑参、李白的乐府歌行得鲍照真传，"气"行满篇，溢于目，盈于心。

李白、杜甫均有诗作明显模仿鲍照诗，如李白《夜坐吟》，《唐诗归》中谭元春评道："似鲍参军'体君歌，逐君音，不贵声，贵意深'，而以'一语不入意'二句，露出太白爽决聪俊之致。"《唐宋诗醇》评曰："空谷幽泉，琴声断续，恩怨尔汝，呢呢如闻，景细情真。结语从鲍照诗翻案而出。"李诗云："掩妾泪，听君歌。歌有声，妾有情。情声合，两无违。一语不入意，从君万曲梁尘飞。"[4]李诗无论句式，抑或情思都极近鲍照《代夜坐吟》原诗，但李诗描写更为细腻。又如李白《白纻辞》三首其一：

> 扬清歌，发皓齿，北方佳人东邻子。且吟《白纻》停《绿水》，长袖拂面为君起。寒云夜卷霜海空，胡风吹天飘塞鸿。

[1] 王夫之选评，张国星校点：《古诗评选》卷一，第 46 页。
[2] 同上书，第 48 页。
[3] 同上书，第 49 页。
[4] 李白著，詹锳主编：《李白全集校注汇释集评》卷三，第一册，第 433—434 页。

玉颜满堂乐未终，馆娃日落歌吹濛。[1]

几乎全篇模拟鲍照《代白纻曲》二首其一：

朱唇动，素腕举，洛阳年少邯郸女。古称《渌水》今《白纻》，催弦急管为君舞。穷秋九月荷叶黄，北风驱雁天雨霜。夜长酒多乐未央。[2]

两诗皆具欢情丽辞的特点，均在前半描写歌女动人的丰姿舞态，形神兼备，惟妙惟肖；中间穿插两句描绘寒凉景象，与前面形成强烈的视觉反差；最后用及时行乐意结尾。再如李白《北风行》取鲍照《代北风凉行》诗意而作，写闺中思妇，伤北风雨雪、行人不归。鲍诗云："遥艳帷中自悲伤，沉吟不语若有忘。问君何行何当归？苦使妾坐自伤悲。"[3]李诗曰："幽州思妇十二月，停歌罢笑双蛾摧。倚门望行人，念君长城苦寒良可哀。"鲍诗以三、七言短篇为体，李诗则为杂言长篇体，李诗把鲍诗没有展开写的寒苦之景、哀切之思，全都具体描绘出来，且语言更有气势，更富感染力。

杜甫行役、赠别诗中的写景常学鲍照诗句法，如鲍照《上浔阳还都道中作》，"起六句叙题，交代明白。'鳞鳞'四句写景，兴象甚妙，杜公行役诗所常拟也"[4]。又如鲍照《吴兴黄浦亭庾中郎别》，"此与《上浔阳还都道中作》，后来杜公行役、赠送诗，竟不能出此境界。"[5]再如鲍照《代东门行》，"'遥遥'以下六句，写既别以后，

---

[1] 李白著，詹锳主编：《李白全集校注汇释集评》卷四，第二册，第640页。

[2] 鲍照著，钱仲联增补集说校：《鲍参军集注》，第221页。

[3] 同上书，第250页。

[4] 方东树著，汪绍楹校点：《昭昧詹言》卷六，第175页。

[5] 同上书，第177页。

情景兼至，杜、韩、苏皆常拟之"[1]。方东树说："杜韩皆常取鲍句格，是其才力能兼之。孟东野、曾南丰专息驾于此，岂曰非工，然门径狭矣。"[2]只有像杜甫、韩愈、苏轼这样的大家，才力渊深，借鉴鲍诗句格化为己用，"取之于鲍而胜于鲍"；孟郊、曾巩之辈，仅学鲍诗之形，虽然精工极肖，但乏风神、机杼。方东树还说鲍照《代东武吟》，"杜公《出塞》诗，有一首从此出"[3]。鲍诗曰：

> 主人且勿喧，贱子歌一言。仆本寒乡士，出身蒙汉恩。始随张校尉，召募到河源。后逐李轻车，追虏出塞垣。密途亘万里，宁岁犹七奔。肌力尽鞍甲，心思历凉温。将军既下世，部曲亦罕存。时事一朝异，孤绩谁复论。少壮辞家去，穷老还入门。腰镰刈葵藿，倚杖牧鸡豚。昔如鞲上鹰，今似槛中猿。徒结千载恨，空负百年怨。弃席思君幄，疲马恋君轩。愿垂晋主惠，不愧田子魂。[4]

杜甫《后出塞》五首其五云：

> 我本良家子，出师亦多门。将骄益愁思，身贵不足论。跃马二十年，恐辜明主恩。坐见幽州骑，长驱河洛昏。中夜间道归，故里但空村。恶名幸脱免，穷老无儿孙。[5]

杜诗可谓鲍诗的"浓缩版"，杜诗"出师亦多门"一句，合鲍诗"出身蒙汉恩""始随张校尉""后逐李轻车"三句。杜诗"跃马二十年，恐辜

247

---

[1] 方东树著，汪绍楹校点：《昭昧詹言》卷六，第179页。
[2] 同上书，第166页。
[3] 同上书，第180页。
[4] 鲍照著，钱仲联增补集说校：《鲍参军集注》，第159页。
[5] 杜甫著，萧涤非主编：《杜甫全集校注》卷三，第645页。

明主恩"两句，取意鲍诗"密途亘万里，宁岁犹七奔""弃席思君幄，疲马恋君轩。愿垂晋主惠，不愧田子魂"六句。鲍杜二人诗，均用对比手法，以军人年轻时意气风发的形象，对比弃用后潦倒孤寂的形象，令见者伤心、闻者唏嘘，不得不慨叹命运的无常与君主的寡恩。又杜甫《前苦寒行》中"汉时长安雪一丈，牛马毛寒缩如蝟"两句，化用鲍照《代出自蓟北门行》中"马毛缩如蝟，角弓不可张"二句。两诗均为乐府体，且都写有寒荒之景，但鲍诗更多的是抒情、言志，写战士不畏艰险、奋不顾身的报国之志；杜诗则以写景为主，情志的表现不如鲍诗厚重。

杜甫《奉赠韦左丞丈二十二韵》中有化用或取意鲍照《拟古》八首其二的诗句，如杜诗"甫昔少年日，早充观国宾""赋料扬雄敌，诗看子建亲"，取意鲍诗"十五讽诗书，篇翰靡不通。弱冠参多士，飞步游秦宫"[1]。两诗均在前半塑造了才华卓绝、见多识广的少年英杰形象。杜诗为乐府歌行，鲍诗为五言古诗，虽然体裁不同，但气韵意脉相类。杜诗又言："致君尧舜上，再使风俗淳"，"朝扣富儿门，暮随肥马尘。残杯与冷炙，到处潜悲辛"，"青冥却垂翅，蹭蹬无纵鳞"。他最大的愿望是辅助君主成就圣人治世之功，然而却怀才不遇，处处碰壁，心中苦闷、悲伤至极。鲍诗言："解佩袭犀渠，卷帙奉卢弓。始愿力不及，安知今所终？"[2]鲍照的"始愿"当如杜甫"致君尧舜"一样，鲍诗写出不得已而弃文从武，与"始愿"偏差不小的郁闷之情；杜诗写"青冥却垂翅"，连偏离"始愿"都算不上，简直是报国无门！杜诗前后对比强烈，感情沉郁深挚，比鲍诗更感人。

方东树评鲍照《代白头吟》曰："此诗固非常清警，然以杜公《佳

---

[1] 鲍照著，钱仲联增补集说校：《鲍参军集注》，第335页。
[2] 同上。

人》比之，则此犹为循行数墨，'经营地上'陈言，居然有死活仙凡之分。"[1]杜甫《佳人》曰："世情恶衰歇，万事随转烛。夫婿轻薄儿，新人已如玉……在山泉水清，出山泉水浊。"鲍诗曰："直如朱丝绳，清如玉壶冰。何惭宿昔意，猜恨坐相仍。人情贱恩旧，世议逐衰兴……心赏犹难恃，貌恭岂易凭。"[2]两诗均用"比"法，写佳人品格高洁、坚贞，杜诗比之为"清泉"，鲍诗比之为"玉壶冰"。杜诗"世情恶衰歇，万事随转烛"二句，化用鲍诗"人情贱恩旧，世议逐衰兴"二句。杜诗"夫婿轻薄儿，新人已如玉"二句后，有多句关于佳人心态的描写，那种失望、无奈、决绝的心情都具体、细致地呈现在读者面前。而鲍诗没有这种具象化的描写，直接用四句"何惭宿昔意，猜恨坐相仍""心赏犹难恃，貌恭岂易凭"道出佳人心中的怨念，不如杜诗宛转有韵致。以上所举杜甫借鉴过的鲍诗例子，除《吴兴黄浦亭庾中郎别》一首《文选》未选外，其余皆为《文选》所选，可见杜甫对《文选》熟悉至深。

除李白、杜甫外，其他唐人亦有不少诗作常被评为源出于鲍照。如《三唐诗品》评张九龄诗："其源出于鲍明远、江文通，次叙连章，见铺排之迹。"[3]张九龄诗的章法和铺排的特点，有学鲍诗的痕迹。《昭昧詹言》又说张九龄《感遇》十二首其七"本屈子、鲍照"[4]。《唐诗品》称沈佺期诗"意象纵横""词锋姿媚"，"其拙语如田家"，"其形器如木石，而更被华要"，"置之往哲之中，岂但叔源、明远变色者耶！"[5]认为沈诗辞采之美，以及描景状物的功力在嵇康、鲍照诗

[1] 方东树著，汪绍楹校点：《昭昧詹言》卷六，第181—182页。

[2] 鲍照著，钱仲联增补集说校：《鲍参军集注》，第156页。

[3] 宋育仁撰：《三唐诗品》卷一，考隽堂刊本。

[4] 方东树著，汪绍楹校点：《昭昧詹言》，第204页。

[5] 徐献忠著，周维德集校：《全明诗话》，齐鲁书社2005年版，第二册，第1281页。

之上。《诗学渊源》评崔颢"善为乐府歌行，辞旨俊逸，不减明远。《黄鹤楼》诗尤脍炙人口，为唐人拗律半格之始，实则晋宋七言歌行之变体也"[1]。崔颢诗充斥俊逸之气，一如鲍照诗。《唐诗选脉会通评林》周敬评崔颢《孟门行》曰："起得《选》意，含讽委婉。"[2]《文选》乐府诗中属鲍照乐府开头最工，周评崔诗得"《选》意"，便是指其有鲍照乐府起首的特点。

《诗学渊源》评李颀道："古诗犹是齐梁一体，独七言乐府雄浑雅洁，一片神行，与崔颢同一机杼。"[3]说李颀乐府像崔颢乐府，便是说李诗同样继承了鲍诗的特质。《三唐诗品》评李颀曰："五言其源出于鲍明远，发言清隽，骨秀神清。"[4]不单乐府，李颀的五言诗也继承了鲍诗"骨秀神清"的优点。《三唐诗品》评王昌龄道："其源出于鲍明远，缩作短篇，自成幽峭。"[5]王昌龄的绝句（尤其是边塞题材）有鲍照乐府的雄健之风。《唐风定》评王维《洛阳女儿行》曰："非不绮丽，非不博大，而采色自然，不由雕绘。"[6]王诗对美女姿容、神态的刻画，近于鲍照《代白纻舞歌词》《代白纻曲》中对美人的描写。至于"绮丽"而不"绮靡"，全因以气御辞，神行一片，这点又类鲍诗之风。王夫之还认为王维《辋川诗》源出于鲍照《采菱歌》[7]，王鲍二人所写皆为四句体组诗，且风格以轻松闲雅为主。胡应麟《诗薮》中说："五言绝句始自二京，魏人间作，而极盛于晋宋间。如《子夜》《前溪》之类，纵横妙境，唐人模仿甚繁。然皆乐府体，非唐绝

---

[1] 丁仪撰：《诗学渊源》，《民国诗话丛编》本，上海书店出版社 2002 年版，第 198 页。

[2] 周珽集注，陈继儒批点：《删补唐诗选脉笺释会通评林》，第二十五册，第 730 页。

[3] 丁仪撰：《诗学渊源》，《民国诗话丛编》本，第 198 页。

[4] 宋育仁撰：《三唐诗品》卷二。

[5] 同上。

[6] 邢昉编：《唐风定》，民国二十三年刻本。

[7] 王夫之选评，张国星校点：《古诗评选》卷三，第 119 页。

也。其间格调音响，有酷类唐绝者。"[1]他列举鲍照《中兴歌》为例："白日照前窗，玲珑绮罗中。美人掩轻扇，含思歌春风。"[2]认为鲍照的四句体小诗，已近唐人绝句的格调。

以上如此多的评语称唐人受鲍照的影响，可见鲍照诗在唐人眼中的分量之重。他们以鲍诗作为衡量诗歌好坏的标杆，获评"源出于鲍"者，被看作是一种较高的赞誉。唐人学鲍，把他当作应该赶超的对象，或者与之比肩，或者越居其上。唐人以诗歌创作实践，一边继承着鲍诗，一边推动着鲍诗的经典化进程。

宋人也在诗歌创作中推动着鲍诗的经典化进程，韩淲五言古诗《滕黄梅遗鲍参军集》曰：

> 商秋散惊飙，嘉客木兰舟。停桡以遵渚，意邈语绸缪。
> 遗我鲍照诗，遐叹睎前修。徂年易为急，悯默泾渭流。[3]

友人把鲍照诗集送给我，足见鲍诗之佳，值得人作为礼物，珍而重之；同时又说明鲍诗中的抒情，很能代表友人间的情谊。韩淲诗从侧面说明了鲍照诗在宋人中的受欢迎程度，以及宋人对鲍诗抒情特质的看重。又如徐钧《咏鲍照》曰："生际河清献颂文，尤工乐府丽春云。人言才尽何曾尽，深恐名高上忤君。"[4]他用七言绝句赞美鲍照，尤其称赏鲍照乐府，不仅欣赏鲍诗的辞采丽若春云，更对鲍诗"不能言""不敢言"的表达方式，理解深切。徐钧坚信鲍照并未才尽，他看出鲍照"深恐名高上忤君"的不得已，可谓了解之同情。

[1] 胡应麟：《诗薮》内编卷六，第112页。
[2] 鲍照著，钱仲联增补集说校：《鲍参军集注》，第214页。
[3] 韩淲：《涧泉集》卷四，文渊阁《四库全书》本。
[4] 傅璇琮等主编：《全宋诗》卷三五八五，第六十八册，第42851页。

第二节　后人诗作以"元嘉三大家"为典故

后人常在诗作中引谢灵运、鲍照为典，或路过谢鲍当年留下诗文的地方有感而发，或因谢鲍原作的风格、感情刚好符合诗人当下的心境，或因为谢鲍的经历、性格与自己相近而借以抒怀。典故不局限于用在与谢鲍原诗相同的体裁、题材上，他们更看重原作体现的情感，而非形式。

一、以谢灵运为典故

后人常在山水诗中引谢灵运为典故，这实际推动了谢诗的经典化进程。诗人或表现自己的潇洒从容之性近于灵运，或慨叹自己壮志难酬的境遇有似灵运，或以自身、他人才华与灵运相比。如李白《劳劳亭歌》云："我乘素舸同康乐，朗咏清川飞夜霜。"[1]诗人为展现自己的潇洒遨游之性，称与谢灵运同游，当然是看到了灵运性格与自己的契合处。当李白所处情境近于谢灵运时，作诗便会自然提到灵运，尤以赠别诗为显。如《寻阳送弟昌岠鄱阳司马作》云："尔则吾惠连，吾非尔康乐"，"与尔期此亭，期在秋月满。时过或未来，两乡心已断"[2]。模仿谢灵运《酬从弟惠连》，谢诗体现出诗人对其弟的深情厚谊，且有相期在暮春时会面的寄语，李诗也有相约于"秋月满"时会面的寄语。然灵运表现对其弟的留恋和盼望之情更为殷切，李白言"吾非尔康乐"，非不亲爱其弟，乃更希望他在任职地有所作为，自己可以生活得更好。"时过或未来，两乡心已断"，虽有难舍深情，但更希望彼此不为情所绊，表现出不同于灵运的洒脱之气。

---

[1]　李白著，詹锳主编：《李白全集校注汇释集评》卷七，第三册，第1097页。
[2]　李白著，詹锳主编：《李白全集校注汇释集评》卷一五，第五册，第2519页。

又如李白《送王屋山人魏万还王屋》：

> 缙云川谷难，石门最可观。瀑布挂北斗，莫穷此水端。
> 喷壁洒素雪，空濛生昼寒。却思恶溪去，宁惧恶溪恶。咆哮
> 七十滩，水石相喷薄。路创李北海，岩开谢康乐。[1]

和《与周刚清溪玉镜潭宴别》：

> 康乐上官去，永嘉游石门。江亭有孤屿，千载迹犹存。
> 我来憩秋浦，三入桃陵源。千峰照积雪，万壑尽啼猿。兴与
> 谢公合，文因周子论。[2]

两诗均为送友人路经谢灵运题诗处有感而作。李白所见之景与灵运相同，但笔下景物体现出的生气、活力却不同，李诗更为蓬勃奔发。谢灵运题诗的典故，只为激发李白的诗兴，而不为模仿谢诗而作。

王维《和陈监四郎秋雨中思从弟据》曰："忽有愁霖唱，更陈多露言。平原思令弟，康乐谢贤昆。"诗中用到谢灵运作有《愁霖》诗，且写诗给其弟惠连的典故，王维借典故表达自己同样写诗给从弟，感情之深与谢灵运无二致。陆龟蒙《奉酬袭美苦雨见寄》曰：

> 松篁交加午阴黑，别是江南烟霭国。顽云猛雨更相欺，
> 声似虓号色如墨。茅茨袤烂檐生衣，夜夜化为萤火飞。萤飞
> 渐多屋渐薄，一注愁霖当面落。愁霖愁霖尔何错，灭顶于余
> 奚所作。既不能赋似陈思王，又不能诗似谢康乐。[3]

曹植有《愁霖赋》，谢灵运有《愁霖》诗。陆龟蒙逢霖雨连绵，作诗抒

［1］　李白著，詹锳主编：《李白全集校注汇释集评》卷一四，第五册，第 2270、2271 页。

［2］　李白著，詹锳主编：《李白全集校注汇释集评》卷一八，第六册，第 2871 页。

［3］　陆龟蒙：《陆龟蒙诗全集》，海南出版社 1992 年版，第 129 页。

发"苦雨"之意，用曹植、谢灵运为典故，自谦诗才不及古人，其实写霖雨景象，精工细致，极尽真实，从绘景技艺上说可谓继承了灵运诗。结尾言"不能诗似谢康乐"，既赞美了灵运，亦是变相地自矜其才。

后人还有写诗感慨谢灵运命运的，如孟郊《品松》曰：

> 追悲谢灵运，不得殊常封。纵然孔与颜，亦莫及此松。
>
> 此松天格高，耸异千万重。[1]

他为谢灵运"不得殊常封"的蹭蹬仕途感到悲惋，诗为"品松"，实际是感慨人生，功名利禄、贵贱贤愚都会化为历史的尘埃，唯有松树能万古长青，慨叹人不如松。孟郊既为古人的命运而感伤，又在自我安慰，无论人生顺逆，反正生命都不会像松树般永久，不如做好眼前事，自己问心无愧便好。宋人华镇《过涧》云："两山分处水横流，渡水登山趣更幽。却忆当年谢康乐，等闲羁束为封侯。"[2]他也引谢灵运封侯事为典故，但与孟郊诗不同的是，华镇诗不仅感慨谢灵运的仕途坎坷，而且还含有对灵运不能彻底忘情于功名、寄身山水间的惋惜之情。

程颢《陪陆子履游白石万固》云：

> 白石万固皆胜地，主人为我携壶觞。况逢佳日俗所尚，
> 车马未晓填康庄。扶提十里杂老幼，迤逦千骑明戈枪。初听
> 鸣铙入青霭，渐见朱旆辉朝阳。遨头自是谢康乐，后乘独惭

---

[1] 孟郊著，华忱之、喻学才校注：《孟郊诗集校注》，人民文学出版社 1995 年版，第 411 页。

[2] 华镇：《云溪居士集》卷一三，文渊阁《四库全书》本。

元漫郎。侯来虽知有宾客，众喜更为将丰穰。[1]

程颢把自己比成谢灵运，“遨头”既是作者自述性格，自珍自赏，自喜自乐；又是对谢灵运优游、不羁性格的认同。该诗引谢灵运为典故，只是借谢灵运寄寓诗人自我的形象，若论诗作风格则更近陶渊明、孟浩然的田园诗风。晁冲之也把自己比成谢灵运，他在《东阳山人僻居》中说“平生丘壑心，水竹不满眼”，“爱山自比谢康乐，好士不减春申君”[2]。晁冲之把谢灵运看成是古往今来爱山乐水的代表人物（甚至是第一人），写自己喜好徜徉山水间，必拿谢灵运作比，如此才显得有格调。晁公遡《远望》云：

方知胜绝处，略已领其要。何必亲跻攀，辛勤事幽讨。平生谢康乐，往来永嘉道。此意当未知，蹑屐空至老。[3]

这亦是一首反用谢灵运游山意的诗例。谢灵运优秀的山水诗常常为亲身游历、“往来”后所得，而晁公遡说绝胜之景，远观便可“领其要”，不必亲自“跻攀”，劳心劳力地苦苦寻幽。他认为谢灵运不懂得“远望”之妙，亲自探险寻幽纯属徒劳。然非灵运不懂“远望”之妙，诚乃晁公遡不识游览之趣。刘宰《题永嘉寺壁》曰：

石泉飞下宝莲宫，似听钧天奏未终。千古风流谢康乐，可无屐齿此山中。[4]

他也是因为身处谢灵运生活、题诗过的地方，而自然以之为典故，不

[1] 傅璇琮等主编：《全宋诗》卷七一五，第十二册，第 8235 页。
[2] 傅璇琮等主编：《全宋诗》卷一二二一，第二十一册，第 13876 页。
[3] 晁公遡：《嵩山集》卷四，文渊阁《四库全书》本。
[4] 刘宰：《漫塘文集》卷一，民国嘉业堂丛书本。

但赞美灵运称赏过的景色，还赞美灵运其人才华横溢、潇洒风流。梅尧臣《题松林院》曰："静邃无尘地，青荧续焰灯。木鱼传饭鼓，山衲见归僧。野色寒多雾，溪痕夜阁冰。吾非谢康乐，独往亦何能。"[1] 这又是一首拿自己比较谢灵运的诗例，史称谢灵运游山，往往呼朋引伴，仆从相随，声势浩大；即便他的不少山水诗中表达有孤独、寂寞的情思，但从他多次表达对知己的渴望来看，灵运并非真心安于山水之人，他是不甘寂寞的人。梅诗言"吾非谢康乐，独往亦何能"，非为不能"独往"，梅尧臣正是清心寡欲，安于自处之人。

二、以鲍照为典故

后人写作以鲍照为典故，大多看重其诗赋的抒情特质，或因鲍照原作的感情基调符合诗人当下的处境、心态；或反其意而用之，鲍照原作情感悲伤，后人不拟其哀情；或因鲍作受到启发，暗喻自身才华不亚于鲍照。如李贺《秋来》云："桐风惊心壮士苦，衰灯络纬啼寒素。谁看青简一编书，不遣花虫粉空蠹。思牵今夜肠应直，雨冷香魂吊书客。秋坟鬼唱鲍家诗，恨血千年土中碧。"鲍照诗多有怨词恨语，常抒发壮志难酬、仕途蹭蹬的郁结之情，且多描绘寒荒凄险之景。李贺叹惋鲍照的境遇，重视鲍诗的抒情和写景，鲍诗的特点刚好符合李诗营造的兴象氛围，此鲍诗典故用得自然妥帖。

元人好在诗歌创作中引鲍照为典故，如何中《由宝塘舟行至临汝》："卢鸿十志看不足，爱雪贪行雪相逐。晴风吹散圮山寒，三十六陂水初绿。黄洲拿得罩篷船，松筠缭绕烟成渊。陂声叠下滩声恶，鲍照却歌行路难。"[2] 用鲍照《行路难》典作结，表现水势之急，但整

---

[1]　梅尧臣：《宛陵集》卷三七，《四部丛刊》景明万历梅氏祠堂本。
[2]　何中：《知非堂稿》卷四，文渊阁《四库全书》本。

首诗风格明丽自然，与《行路难》原意不甚相符。又如马臻《和湛渊白州判见寄吊鹤诗》二首："养尔山中伴百龄，偶因飘瓦便伤生。酒阑尚忆梅边舞，月冷空遗操里声。已断庄生忧射矢，谩传周穆化巡兵。西风一片凄凉意，鲍照才高赋不成。"[1]以鲍照作《舞鹤赋》为典结尾，既表达作者对鹤的怀恋深情，又暗示自己的才华堪比鲍照。宋无《答马怀秀兄弟见访》："移家连晚岁，屏迹值春寒。旧业遗松径，幽栖远杏坛。数椽容膝易，五斗折腰难。有客来排闼，无人为整冠。讽诗称鲍照，卧雪念袁安。下里余谁和，高山尔自弹。迎门屦齿折，扶病带围宽。"[2]鲍诗中常有对权贵的讽刺之语，作者以鲍为典，既称赏鲍照的人格，又暗喻自己品格之高。又如宋褧《送方公亮扬州教授》："莫作《芜城赋》，长歌藻泮诗。盘餐陈苜蓿，虚座拥皋比。彭蠡家何近，漳江棹不迟。春城且冰雪，能忘别离时。"[3]此诗为五律，反用鲍照《芜城赋》感伤之意，整首诗洋溢着轻松愉悦之情，诗为送别却不伤别。

又如杨宏道《自述》中句：

　　一朝人事变，万里塞尘侵。火燎倾巢燕，弓惊铩羽禽。半携陈国镜，百感少原簪。拟赋《芜城赋》，长吟《梁甫吟》。萧条君子泽，恒久士人心。[4]

他对世事无常的慨叹，对命途多舛的忧虑，对理想志愿的坚守，与鲍照诗、赋体现出的精神、情感何其相似。再如袁桷《伯宗学士悉知鄙作唐律叙谢》云："峨冠疏发老词臣，笔底花飞点点春。千里关山劳梦

［1］　马臻：《霞外诗集》卷九，文渊阁《四库全书》本。
［2］　宋无：《翠寒集》，明刻元人十种诗本。
［3］　宋褧：《燕石集》卷五，文渊阁《四库全书》补配清文津阁《四库全书》本。
［4］　杨宏道：《小亨集》卷四，文渊阁《四库全书》本。

寐，百年泉石换精神。芜城赋罢生新恨，夔府诗成叹绝尘。更有御园红芍药，生香一曲柘枝新。"[1]袁桷认为鲍照《芜城赋》和杜甫夔州时期诗歌，情辞俱佳，感人肺腑。以鲍杜为典，并不是说两人作品体现的情感符合袁诗欲抒之情，而是暗喻自己的才华不在鲍杜之下。

　　明清两代人非常看重鲍照诗赋的抒情性。范凤翼《附郡守朱冲宇书》曰："自京中与年翁时时把臂，论心慰甚，一别遂十二年，何堪怅结。近徼任贵郡，正思晤言为快，不知台驾何时至止？弟当与年翁游昆仑冈，读鲍明远赋，为十日饮。"[2]鲍照赋的艺术价值和思想情感价值，非常符合范朱二人的审美品位和价值取向，他们看重鲍赋的抒情，最适合用来表达自己的深情，以至欲边读边饮十日。曹学佺《马水部菊》曰："水部宅边旷，寒花霜后开。郁金香掩映，黄鹄语徘徊。鲍照多诗兴，陶公恋酒杯。晚姿应未尽，秋色故重来。"[3]此诗以鲍照、陶渊明并提，本身就肯定了鲍照的地位；言"鲍照多诗兴"，既是赞美其才华，又暗指曹氏自己可与之相比。陈继儒《雪中舞鹤》十首其一曰：

　　《舞鹤》曾披鲍照文，雪中妍态更纷纷。碧空摇曳仙人驭，缟素腾骧君子军。响作佩环敲夜月，影翻帘幕卷晴云。寒鸥饥鹊空相妒，云汉孤踪自不群。[4]

此诗取鲍照《舞鹤赋》意为七言律，辞采富丽精工，风格近鲍赋。以鲍赋为典，既赞美原作，又暗喻己作不次于鲍作。徐熥《赋得广陵涛送客之维扬》曰："万马声喧不暂停，满天风浪昼冥冥。遥连铁瓮千层

[1] 袁桷：《清容居士集》卷一五，《四部丛刊》影元本。
[2] 范凤翼：《范勋卿文集》卷三，明崇祯刻本。
[3] 曹学佺：《石仓诗稿》卷二，清乾隆十九年曹岱华刻本。
[4] 陈继儒：《陈眉公集》卷三，明万历四十三年刻本。

白，微露金焦两点青。吴楚山河分一水，齐梁烟月付中泠。伤心莫作《芜城赋》，好辨江干《瘗鹤铭》。"[1]这是一首送友人至扬州的诗歌，反用鲍照《芜城赋》意，不表达感伤之情，而以写景为主，兴象宏阔，含有对友人未来的憧憬祝福之意。沈懋孝《说鲍明远赤金如意赞》曰：

> 当年观《芜城》《舞鹤》二赋，及五七言选，俊妙之气溢于缣素，前史称"深华艳采如锦机"，有天吴紫凤，方之潘陆，又一时矣。《与妹》一书，后人不多选，翩翩乎绝尘哉！非晋以下诸人笔也……或以为鲍照才尽，不能如其始时，此赞岂其才尽时耶！岁月早晚，未可悬断，窃见江左自晋以来，才人妙士并遭时妒，机云、灵运不终其天年，一时在主君之侧，或在诸王馆下，好士宠文，不得比于建安、元康。[2]

沈懋孝对鲍照诗赋赞赏有加，对前人评鲍之语（俊妙之气、辞采华艳）深以为然。他不认为鲍照才尽，认为只因时代环境所限，鲍作多不敢言。他不仅看重《文选》所选的《芜城》《舞鹤》二赋，还看重《文选》未选的《登大雷岸与妹书》和《赤金如意赞》，认为两者声情饱满，一片神行，并不比《芜城》《舞鹤》的艺术价值低。又如孙永祚《邗关》云："吴客浮名薄，关河事壮行。囊书迎紫气，渡马跃青萍。琼观花无价，《芜城赋》有声。他年乘传过，应识弃繻生。"[3]诗人看重《芜城赋》的情感价值和艺术价值，鲍照过芜城有感而作赋，孙永祚过邗关有感而作诗，诗借鲍赋悲慨之情，表达自己壮志难酬之意，

---

[1]　徐熥：《幔亭诗集》卷九，文渊阁《四库全书》本。
[2]　沈懋孝：《长水先生文钞·四余编》，明万历刻本。
[3]　孙永祚：《雪屋二集》卷三，清顺治十七年古啸堂刻本。

既歌咏前人，又感怀自身。欧大任《刘子修归湖上居赠以长句》曰："射阳湖上烟树多，浊水奔流江作波。邗沟西北入淮去，一夜秋风渡漕河。竹西歌吹何年路，广陵回首瓜洲渡。胥泾不见浣纱人，参军只有《芜城赋》。"[1]这又是一首送别诗中用鲍赋为典的例子，由于《芜城赋》饱含深情，所以适合用于表现情意的送别诗中。姚燮《扬州四章》之四曰：

> 风宵推枕梦难安，古事横胸恣浩汗。空有《芜城》传鲍
> 照，更无太守识秦观。驿西屯火孤星白，天半霜钟一击寒。
> 江海浮名如许钓，欲从龙伯乞鳌竿。[2]

一写到扬州，好像不提鲍照《芜城赋》就不成好诗。姚燮当然肯定鲍赋的价值，但不满时人只知鲍照、不知他人的写作趣向。袁翼《扬州居士巷寓斋》云："竹西亭外啭黄莺，春梦催回昔昔惊。十里珠帘香雾隔，二分璧月酒船迎。板桥旧雨同心话，鞠部班头太瘦生。宋玉不招招鲍照，诗魂为我赋《芜城》。"[3]鲍赋启发了作者的诗兴，诗人下笔琳琅，写春景、春情婉约细腻，不用《芜城》悲伤意，暗诩诗才堪鲍才。再如郑世元《晚舟》曰："《芜城》鲍照身尝寄，雪夜山阴兴不凡。白小为蔬呼酒盏，绿沉漆竹点书函。螺头古佛漂零寺，鸭嘴吴娘过往帆。岁岁谋归归未得，也应三老笑青衫。"[4]此诗于乐景中寄惆怅之情，引《芜城赋》为典，表现诗人自身处境近于鲍照的飘零身世。诗云"岁岁谋归归未得"，赋言"天道如何，吞恨者多"，不仅用典故为诗作增华，更以鲍照其人为异代知音。

---

[1] 欧大任：《欧虞部集十五种·旅燕集》卷一，文渊阁《四库全书》本。

[2] 姚燮：《复庄诗问》卷一四，清道光姚氏刻大梅山馆集本。

[3] 袁翼：《邃怀堂全集》诗集前编卷三，清光绪十四年袁镇嵩刻本。

[4] 郑世元：《耕余居士诗集》卷三，清康熙江相书带草堂刻本。

三、以并称入诗

唐人常以谢、颜、鲍两两并称入诗，要么以此为比，赞美他人诗才；要么肯定谢、颜、鲍本人的诗歌成就。这正说明了唐人对"元嘉三大家"的重视。如李白《留别金陵诸公》言："至今秦淮间，礼乐秀群英。地扇邹鲁学，诗腾颜谢名。"[1]他称赞"金陵诸公"的才学超越颜延之和谢灵运，赞美他人的同时，间接肯定了颜谢的诗名。又如杜甫《遣兴》五首其五云："吾怜孟浩然，裋褐即长夜。赋诗何必多，往往凌鲍谢。"[2]杜甫赞美孟浩然的诗才，凌驾于鲍照、谢灵运之上。杜甫《遣怀》曰："忆与高李辈，论交入酒垆。两公壮藻思，得我色敷腴"，"乘黄已去矣，凡马徒区区。不复见颜鲍，系舟卧荆巫"[3]。诗人感慨"不复见颜鲍"，其实是怀念与颜延之、鲍照相当的"高李辈"，回忆友人、赞美友人的同时肯定颜鲍的地位。《礼部权侍郎阁老史馆张秘监阁老有离合酬赠之什宿直吟玩聊继此章》给事中冯伉曰："亦曾吟鲍谢，二妙尤增价。"[4]可见鲍照、谢灵运（谢朓）诗在唐人中的受欢迎程度。韩愈《荐士》曰："周诗三百篇，丽雅理训诰。曾经圣人手，议论安敢到。五言出汉时，苏李首更号。东都渐弥漫，派别百川导。建安能者七，卓荦变风操。逶迤抵晋宋，气象日凋耗。中间数鲍谢，比近最清奥。齐梁及陈隋，众作等蝉噪。"[5]韩愈对晋后唐前诗持批判态度，却肯定中间的鲍照、谢灵

---

[1] 李白著，詹锳主编：《李白全集校注汇释集评》卷一三，第四册，第2180页。

[2] 杜甫著，萧涤非主编：《杜甫全集校注》卷五，第三册，第1387页。

[3] 杜甫著，萧涤非主编：《杜甫全集校注》卷一四，第七册，第4120页。

[4] 彭定求等编：《全唐诗》卷三三〇，中华书局1980年版，第十册，第3688页。

[5] 韩愈著，钱仲联集释：《韩昌黎诗系年集释》卷五，上海古籍出版社1984年版，第527—528页。

运诗。唐人诗里提到颜、谢、鲍，尤其像李白、杜甫这样的大家，无疑加速了"元嘉三大家"的经典化进程。

第三节 诗以近"《选》体"，谢、颜、鲍为美

后人写诗称赏他人才华，往往以能工"《选》体"，堪比、超越"元嘉三大家"之类的赞语为尚。经常以"三大家"作为比较对象的行为本身，就说明了后人对他们的看重，进而巩固了"三大家"的经典地位。

一、诗学"《选》体"，所以好

朱熹认为李白、杜甫诗之所以好，主要原因之一为善学《文选》诗。他在《清邃阁论诗》中言："李太白终始学《选》诗，所以好。杜子美诗好者，亦多是效《选》诗。"[1]通过本章前两节的论述可知，李杜所学的谢灵运、鲍照诗，许多为《文选》所录。他们有时直接在谢鲍原句的基础上进行改造；有时取谢鲍诗意，融合己意，另铸伟词；有时把谢鲍诗风展现于不同体裁、题材上面。王世贞与朱熹的看法有异，其《艺苑卮言》卷四曰："《选》体，太白多露语率语，子美多稚语累语，置之陶谢间，便觉伧父面目，乃欲使之夺曹氏父子位耶！"[2]《文选》诗多含蓄蕴藉之语，而李白诗却多"露语率语"，杜甫诗多"稚语累语"，他认为李杜没有学到《文选》诗的精髓。这种看法属于以偏概全，李杜诗并非篇篇学《选》诗，亦非篇篇有"露语""累语"。况且《文选》诗也不是没有"露语""累语"，只能说李杜诗受到《文选》诗的影响，他们都很看重《文选》而已。不只唐人从

---

[1] 黎靖德编，王星贤点校：《朱子语类》卷八〇，第八册，第3326页。

[2] 丁福保辑：《历代诗话续编》，第1005页。

《选》诗中获得益处，后人好诗也得益于《选》诗的沾溉。如刘克庄《赠翁卷》云："非止擅唐风，尤于工《选》体。"[1]仇远说："近体吾主于唐，古体吾主于《选》。"[2]（方凤《仇仁父诗序》）他们以《文选》诗作为学习的榜样，不仅学其形，还学其神，以能近《选》诗为美。

二、以颜、谢、鲍为比，赞美他人

后人常以颜、谢、鲍作为比拟时人的对象，张说《齐黄门侍郎卢思道碑》云："昔仲尼之后世载文学……宋齐有颜、谢、江、鲍、何、刘、沈、谢、徐、庾。"[3]他认为"元嘉三大家"是前代杰出诗人的代表，或以能继之为荣，或以能胜之为傲。独孤及《唐故左补阙安定皇甫公集序》曰："其诗大略以古之比兴，就今之声律。涵泳风骚，宪章颜谢。至若丽曲感动，逸思奔发，则天机独得，非师资所奖。"（《毗陵集》卷一三）独孤及认为皇甫冉的诗源出于颜延之、谢灵运，有精丽的一面，但皇甫诗不拘泥于学古，往往匠心独运，"逸思奔发"。杨炯《王勃集序》曰："洎乎潘陆，奋发孙许，相因继之以颜谢，申之以江鲍，梁魏群材，周隋众制，或苟求虫篆，未尽力于丘坟；或独徇波澜，不寻源于礼乐。"[4]杨炯谓颜延之、谢灵运、鲍照等人虽为六朝文学的代表，但皆重辞章形式，而轻雅正之思，比不上王勃诗文辞意俱佳。

李白《经乱离后天恩流夜郎忆旧游书怀赠江夏韦太守良宰》云：

263

---

[1] 刘克庄：《后村先生大全集》卷七，《四部丛刊》影印旧抄本。

[2] 方凤著，方勇辑校：《方凤集》，浙江古籍出版社1993年版，第64页。

[3] 张说：《张燕公集·文集》卷二五，《四部丛刊》景明嘉靖本。

[4] 杨炯著，谌东飚校点：《杨炯集》卷三，岳麓书社2001年版，第23页。

"览君荆山作，江鲍堪动色。清水出芙蓉，天然去雕饰。"李白称赞韦良宰之诗，清新天然，比江淹、鲍照诗还要好。杜甫《戏寄崔评事表侄苏五表弟韦大少府诸侄》："忍对江山丽，还披鲍谢文。"称诸侄文才堪比鲍照、谢灵运。杜牧《寄宣州郑谏议》曰："大夫官重醉江东，萧洒名儒振古风"，"五言宁谢颜光禄"[1]。赞美郑大夫五言古诗赶超颜延之诗。杜甫《春日忆李白》中云"俊逸鲍参军"，赞美李白同时也赞美鲍照。杜甫《苏端薛复筵简薛华醉歌》又曰："近来海内为长句，汝与山东李白好。何刘沈谢力未工，才兼鲍照愁绝倒。诸生颇尽新知乐，万事终伤不自保。"[2]他再次说李白诗有鲍照之风，抓住鲍诗多抒发愁情的特点，称赞李白抒情之绝妙，连鲍照也拜下风。元稹《唐故检校工部员外郎杜君墓系铭》曰："掩颜谢之孤高，杂徐庾之流丽。"称赞杜甫诗超越颜延之、谢灵运诗。白居易《寄李蕲州》曰："下车书奏龚黄课，动笔诗传鲍谢风。"称赞李蕲州诗继承了鲍照、谢灵运诗风。宋祁《送黄昱秘校太平理掾》曰："中铨覆拟下慈宸，又作东西补掾人。去国虽逢零霰暮，过江未失杂花春。西山气爽聊持版，白纻袍余且制巾。星贯文稀堪乐事，联曹鲍照藻辞新。"[3]赞美黄昱文采堪比鲍照。王夫之在评鲍照《园中秋散》时，道出了其诗受后人欢迎的原因：

> 用韵使字俱趋新僻，早已开"松陵""西昆"一派。其寄
> 托俯仰具有深致，固自古度未衰。[4]

鲍诗无论在形式上，还是内容上，都对后人的创作有巨大影响。后人

---

[1] 杜牧著，冯集梧注：《樊川诗集注》卷四，上海古籍出版社1978年版，第287页。

[2] 杜甫著，萧涤非主编：《杜甫全集校注》卷三，第695页。

[3] 宋祁：《景文集》卷一七，清武英殿聚珍版丛书本。

[4] 王夫之评选，张国星校点：《古诗评选》卷五，第236页。

不单喜好模仿鲍诗，还喜好把鲍诗作为比拟对象，觉得诗近于鲍，是种荣耀。丁复《近仁台郎见示樊左司在南台时忆昨五首柯博士苏征君既为和之天台丁复侨居金陵草莽之臣也不能悉奎章故事钦睹皇潜飞之盛犹能记之僭用元韵以寓鼎湖之思云尔》："犹记奎章拥紫薇，五云流彩日扬辉。已颁玉果开春宴，亦赐金莲送夜归。俊逸诗篇凌鲍照，风流人物动崔徽。还怜杜牧《秋娘赋》，色线宁堪补舜衣。"[1]他钦慕文人学士会聚奎章阁时的盛况，赞美当时人诗篇俊逸，甚至超越鲍诗。袁枚《仿元遗山论诗》云："鲍照声名本不虚，海门吟稿冠南徐。佳儿佳句吾尤爱，书味清于水养鱼。"[2]赞美鲍海门诗文有鲍照之风，韵味十足。吴嵩梁《得觉翁和诗六叠前韵奉酬》曰："文章气节两难轻，苦劝浮沉似不情。桐树身孤君太直，卷葹心拔我犹生。前因省识今应悟，后世相知孰与评。词坛近来推鲍照，廿年湖海愧齐名。"[3]吴嵩梁用愧与鲍照齐名来表示自谦，实际暗指己之诗才和气节都近于鲍照。

［1］　顾嗣立编：《元诗选·二集》，第 864 页。
［2］　袁枚：《小仓山房集·诗集》卷二七，清乾隆刻增修本。
［3］　吴嵩梁：《香苏山馆诗集·今体诗钞》卷一四，清木犀轩刻本。

第九章 |
《文选》选作与"元嘉三大家"作品的经典性

本书主要考察《文选》所录"元嘉三大家"诗歌的经典化历史，同时揭示谢灵运、颜延之、鲍照三人在文学史上的地位变化过程。笔者从"传世性""耐读性""累积性""权威性"和"典范性"[1]等方面去挖掘"元嘉三大家"诗的经典价值和意义。

第一节　《文选》"元嘉三大家"作品的"耐读性"

《文选》之选对"元嘉三大家"诗经典地位的奠定起到重要作用，但要成为经典，首先必须保证作品本身具有很高的艺术性。诗歌应有审美价值和思想内涵，能供后世读者反复涵泳、品味、琢磨，要有"耐读性"。"三大家"诗整体来讲，具有富丽精工、雍容典正的特点，即为"元嘉体"的特点；分开来讲，谢灵运、颜延之、鲍照三人诗，又各具特色，互有优劣。谢灵运以清丽自然的山水描写见长，颜延之以章法绵密、用典铺排为能事，鲍照以气勃势劲、俊逸豪宕为本色。

"元嘉三大家"诗不仅具有较高的艺术价值，还具有丰厚的思想

---

[1]　参见詹福瑞《论经典》(人民文学出版社 2015 年版)相关论述。

内涵，《文选》所录诗更是以内容与辞采兼具为主要特质。《文选》"元嘉三大家"诗反映出了几种人类普遍具有的情感：怀才不遇的苦闷，知音难寻的孤寂，离乡远亲的悲伤，渴望报国的热忱，遭人嫉陷的郁愤，安于山水的自慰等。"游役去芳时，归来屡徂愆"，离家之时尚值韶华，远征久戍，游子憔悴，归家之途崎岖杳杳。颜延之《北使洛》与《还至梁城作》，写尽离黍之感与行役之悲，寒云凝笼空城，黍苗遍布高坟，中原萧条，触目生悲，感流年之易化，叹业望之难成。《秋胡诗》章法迤逦，宛转迢递，悲凉壮阔，摹写征夫思妇，情真志坚。元嘉诗之盛，不徒沉郁凄婉之风调，亦有昂扬慷慨之豪音。"投躯报明主，身死为国殇"（鲍照《代出自蓟北门行》），誓死报国，大义凛然，气骨不下建安。即便功名未竟，亦能寄情自然，"山水含清晖""清晖能娱人"（《石壁精舍还湖中作》），"谁谓古今殊？异代可同调"（谢灵运《七里濑》）。"元嘉三大家"从前贤身上寻求安慰，后人又从他们身上寻求精神给养，人类对于"知音"的渴求，可谓亘古不变的主题。

可以说，后人诗歌抒发的主要感情类型，有不少能从"三大家"诗中找到共鸣。尽管后人还选评、模仿了其他《文选》未选的三家诗，但他们所欣赏的诗歌风格、艺术表现、思想内容等，大多近于《文选》所选，这更加印证了《文选》选诗的经典性。

《文选》"元嘉三大家"诗在流传过程中逐渐具有了"累积性"的特质。李善、五臣注《文选》"三大家"诗，历代选本以《文选》为参照选录谢、颜、鲍诗，以及历代对三人诗歌的评点，都对"三大家"诗的经典化起到了推动作用。这些注释、选录、评点随着时间的流逝，层层附着于原诗之上，结合成不可分割的有机体；它们引导后人不断发掘原诗的艺术魅力和精神内涵，使"三大家"诗经过历史的淘洗，保留下精华。

例如，唐人吴兢评鲍照《代陆平原君子有所思行》曰："雕室丽色，不足为久欢。宴安酖毒，满盈所宜敬忌。"（《乐府古题要解》卷下）点明诗旨在于告诫权贵，荣华侈靡不足久恃，沉湎骄奢毁人甚深，应防微杜渐，居安思危。宋人严羽评曰："鲍明远《代君子有所思》之作，仍是其自体耳。"（《沧浪诗话》卷一）指出鲍照此诗有别于陆机原作，陆诗尚未跳脱《古诗十九首》伤时易逝、立功及早的慨叹，鲍诗却已突破慨叹，直指功业难成背后的原因，上位者骄淫嫉贤，况处众口铄金之环境，怎能有出人头地之机会！诗语鞭辟入里，悲愤之气沉挚流转，自是鲍诗当行本色。元人刘履注云："此篇戒富贵之人当虑患而防微也。"又云："盖为时君过奢，不能自谨，故特以此规讽之。且不敢指斥，故借多士为言耳。"（《选诗补注》卷七）说出鲍照难言之隐，用典、比喻、代他人言，皆因不敢指斥当权者，在那种动辄得咎的时代，不满、批判都须隐于"规讽"之中，一己之情须托于他人之口，以此保身，委屈之至。明人孙月峰评道："着意雕琢，然笔力劲，音调自是振拔。"（《重订文选集评》卷七）指出此诗虽有雕琢之暇，然而笔力遒劲，音调不同流俗，振聋发聩，令人深省。清人陈祚明评此诗"语必壮阔"（《采菽堂古诗选》卷一八），"壮"来自鲍照对豪奢世象描绘之真实，"阔"来自诗人揭露世象黑暗之深刻。鲍照《代陆平原君子有所思行》以"翰藻"摹写豪奢，以"沉思"寄寓讽诫，《文选》之选，独具慧眼；历代注评，各有生发，实令后人获益良多。

第二节　《文选》未选"元嘉三大家"作品的价值

《文选》的传播对于谢灵运、颜延之诗歌经典化的影响要大于对鲍照诗的影响。《文选》未选谢诗可称之为经典的作品，也以近于

《选》诗风格为佳。而鲍照诗不少经典之作，并未入《选》，尤其是七言、杂言乐府，唐后颇受推崇，开歌行体之先河。颜延之诗流传不多，经典之作，凡出于《文选》。

《文选》未选谢灵运诗经典之作，仍以游览、行旅类题材为佳。如《登永嘉绿嶂山诗》，把谢灵运的山游之好，描写得盎然淋漓。灵运不仅好游山，而且善游，游山之前，准备充分，"裹粮杖轻策"，方可搜奇深远；"澹潋"写出水光澄澈、摇曳明动之姿；"团栾"绘出竹丛蓬勃生长之势。水为可动之物，加"结"字，得渟蓄，意使之静；竹为形质之物，加"润"字，得晻霭，意又使之动。动中含静，静中蕴动。下接"屡迷"二字，知山行所遇溪涧，宛曲委折，连绵不穷。"林迥"句，是愈转愈深，所谓能写寻幽搜奇之意者。"眷西"四句，极意摹写窈冥之景。灵运处阴隐苍深中，邃入忘返，欣然不知旦暮。林深水迷之际，左眺右瞻，阳光熹微，至于黄昏时分，久经蔽翳，难免身疲体倦。忽讶驰景之速，兴犹未尽。山游至此，一往情深，读之使人沉醉。

又如《夜宿石门诗》，前四句，以朝游采芳，托出夜宿云石，点题而起。中间四句，即所闻写景，由鸟鸣循声定位，由落叶听音感风，不写视觉，专写听觉，正是夜宿神理。所闻愈清远，所衬夜愈静。后四句，以无人共赏妙景收住，独游而已，孤傲之感溢于言表，而又化用《九歌》中句，措辞深婉。清张玉谷曰："谢公诗，游览为多，《选》中所登数首，实能随题制变，尽相穷形，为此体独开生面，当与柳柳州诸游记，千古并传。"（《古诗赏析》卷一六）前述二诗与《文选》灵运诗游览类如出一辙，叙事点题，移步换景，情随景至，柳宗元游记颇有大谢山水诗之风神。

《文选》未选，却被后人视为经典的鲍照诗歌，首推《拟行路难》诸作。"泻水置平地，各自东西南北流。人生亦有命，安能行叹复坐愁！"以覆水肆流起兴，意高调急，下紧接年命如流水之意，揭露现实深刻沉挚。人生贵贱不齐，岂非天定？此诗虽承《古诗十九首》惜时重名之旨，然鲍照终不肯认命、委顺，愤而唱出生命的最强音，丈夫生世，岂能终日郁郁、裹足不前？酌酒长歌，本为自宽，实却"吞声踯躅不敢言"。起得高扬激愤，结得顿挫委曲。鲍照乐府长于缓急之变。《拟行路难》（愁思忽而至），起首四句以松柏满陵园为收煞，凄凉苍茫之感，充盈于心。中述由哀鸣不息、羽毛憔悴的杜鹃，联想到蜀帝魂化之典故，此为由实生虚。又从帝魂化身觅啄虫蚁的杜鹃，联想其生时之尊，是为由虚转实。"念此死生变化非常理"，生为虚幻，死亦何悲！看似以自然常理来自宽，实则"中心恻怆不能言"。结煞以缓为切，诗法犹如弈棋。

鲍照亦善写行役诗，如《发后渚》。前六句，就时序说辞家远行之状。"方冬"行役，却从江上气寒、仲秋霜雪引入，正为方冬苦寒先作铺垫。意在说寒，则乏衣是主，兼说乏粮，从军之苦可想而知。发渚尚未远，凄怆已萦怀。"凉埃"至"意逐"六句，正叙途中所历，景色荒寒，意绪愁惨。"孤光"十字，琢句生新；"途随"十字，束起本层，离乡日远，引出末意。结尾四句，以"分驰年"点醒行役，"惨惊节"缴醒方冬，忽感辞家经年，韶华已逝。以琴声断绝、感慨作收，着"为君"二字，实为己愿，行役之悲，恒久难弭。

第三节　"元嘉三大家"的传世意义

凡被称为"经典"的作品，必须具有"传世性"，能够经受住历代读者的考验，经受住不同审美眼光的挑选，跨越时间的局限，获得大多读者的集体认同。《文选》所录"三大家"作品，多半至今仍为人所赏，它们在历代的传播过程中，整体获得的赞誉要多过批评。其中，尤以谢灵运的游览、行旅诗，颜延之的《五君咏》，鲍照的乐府诗获评最高，受赏程度经久不衰。《文选序》言"事出于沉思，义归乎翰藻"，乃萧统编辑、选录作家作品的重要标准。《文选》在后世的流传过程中被大多数人认为是"六朝文学"的代表，是"藻丽文学"的代表。历代对《文选序》观念的接受，主要是以对"翰藻"和"六朝文学"的态度为代表。"元嘉三大家"的地位随《文选》地位而升降，随"翰藻"接受程度而变化，"选学"的兴衰关乎整个"六朝文学"的兴衰，当然也对"三大家"的评价有重要影响。

谢灵运、颜延之在南朝时期的文学地位颇高，所作许多诗文被视为经典，受到众人的传诵、效仿。《文选序》体现出萧统的文学观，结合其《与湘东王书》和《答湘东王求文集及〈诗苑英华〉书》可知，《文选》的选录标准是"沉思"与"翰藻"并重，是"雅丽兼具"，萧统与刘孝绰都崇尚文质彬彬的温厚雍容风格。但是后人却忽略了萧统的本意，只看到并崇尚《文选》"翰藻"的一面，抛却其"沉思""雅"的一面，使"翰藻"走向"绮艳"。谢灵运、颜延之享誉于南朝，作品有精工藻丽的一面，迎合了当时的审美趣味。鲍照年辈晚于谢颜，且出身寒门，作品又多七言（杂言）乐府，不如谢颜之作典丽、蕴藉，地位低于二者。鲍照地位虽不及二人，但他在南朝时期的文学影响亦不可小觑。

271

隋唐时期，"选学"兴起，人们非常重视《文选》所选之作，争相记诵、模仿。《文选》谢、颜、鲍之作必然也成为时人学习的典范。唐人学习最多者为《文选》谢灵运山水诗和鲍照乐府诗（包括《文选》未选之作），谢灵运在唐代的经典地位依然，颜延之地位有所下降，鲍照地位上升。至宋，《文选》虽然仍受到重视，但批评之声渐多，谢灵运、颜延之的作品散佚严重，只有鲍照诗文集保存较完整。宋人看重陶渊明，称赏其安贫乐道，崇尚自然冲淡之美，相应贬低谢颜之作，多数人反对"翰藻"，偏好"沉思"。即便未全盘否定谢颜之作，但其经典地位受到不小冲击，鲍照与谢灵运地位之间的差距再度缩小，颜延之地位继续下降。元代《文选》地位回升，《文选》谢、颜、鲍诗颇受重视，方回、刘履对《文选》三家诗雅丽并重价值的发掘，贡献巨大。颜延之地位回升，谢、颜、鲍齐名。明代，《文选》与"元嘉三大家"作品均受重视，明人补辑谢灵运、颜延之集，选评许多《文选》未选谢、颜、鲍诗，有穷尽、泛化的倾向，淡化了"选"的意义。前后七子，主张"古诗学汉魏"，对谢、颜、鲍近于汉魏的诗歌，予以高度肯定。晚明诗评家着力发掘谢、颜、鲍诗作的情感价值，评诗主性灵、性情。"元嘉三大家"中，谢灵运五言诗的经典地位更加牢固；鲍照五言诗的地位继续提升，仅次于灵运，但七言（杂言）乐府的地位大幅上升；颜延之的地位不及谢鲍已成定论。清代，选学兴盛，《文选》三大家诗普遍获得较高赞誉，《文选》未选三家诗也以近于《选》诗的作品受赏最多。谢鲍地位之争激烈，颜延之与二人差距过大，逐渐被边缘化。

我们现在的研究，应该把"元嘉三大家"作为中国中古文学的代表来看待，而不能把谢、颜、鲍整体当作经典来看。通观全书可知，谢、颜、鲍的地位在历代是有变化的。但大体而言，晚明以前谢诗地位最高，鲍诗地位逐渐与谢诗看齐，颜诗除在南朝地位颇高外，在其他时代地位不及谢鲍。严羽对"颜不如鲍，鲍不如谢"（《沧浪诗话》）的排名，基本代表了清以前人的观点；而今人眼中三者的排名则为"颜不如谢，谢不如鲍"。

教育对"元嘉三大家"的经典化有重要影响。当科举考试以诗文取士时，《文选》成为考生的必读书，《选》中"三大家"诗成为应学的典范，尤其是那些秀句，经常被列举出来点评、模拟。不仅古代的教育对"三大家"经典化有影响，现代教育亦然。自 20 世纪以来，各种名家编写的《中国文学史》都论及谢、颜、鲍，但对三人的评价却有高有低。在现代人的文学史观念里，鲍照的文学成就是三人中最高的，其次为谢灵运，最后为颜延之。有些《中国文学史》被作为大学教材，传播极广，影响颇深，书中的评论和例证，自然就影响到"三大家"的经典化。大体来讲，今人看重的谢颜诗，几乎都为《文选》所选；鲍照除《文选》所录作品外，还有许多未录之作受到赞誉。

"元嘉三大家"诗的经典化还与传播者的地位密切相关。《文选》本身就具"权威性"，萧统以太子之身主持编辑，以"略其芜秽，集其清英"（《文选序》）为主要目的，"以选立言"的活动起始就有自觉"经典化"的意识。南朝以后，《文选》地位有起有伏，谢、颜、鲍的排名也时有变化。值得注意的是，历代诗坛名家、文界领袖对《文选》及谢、颜、鲍的态度，很大程度上影响到"三大家"经典化的进程。例如，李白、杜甫以创作实践，继承谢灵运、鲍照诗的优点，或化用二人诗句，或模仿二人诗风，且能匠心独运，取于谢鲍而胜出其上。李杜的效仿活动无疑极大地推动了谢鲍的经典化进程。又如，苏轼对《文选》去取编次的批判，使得其后不少文人贬低《文选》及《选》中作家作品。苏门一派推崇陶诗，相应就贬低谢诗，鲍照入《文选》作品不多，但宋人更重鲍照全集。再如，明清两代的重要诗评家，王世贞、王夫之、沈德潜等，声名显赫，地位崇高，他们对"三大家"诗歌的评选就具有"权威性"，极大地影响到同代甚至后代人对谢、颜、鲍的评价。

唐代对于"元嘉三大家"经典意义的提炼，主要体现在对"三大家"人格价值的发掘上。尤其是"三大家"中的鲍照，在他身上唐人看到的是"何当与汝曹，啄腐共吞腥"（《代升天行》）以及"宁能与尔曹，瑜瑕稍辨论"（《见卖玉器者》）的守志者形象。鲍诗体现出的壮志豪情之于盛唐诸名家，苦虑愁怀之于晚唐诸诗人，无不具有着重要影响和强大的感染力。鲍照那傲然孤直、执着倔强的精神，直接影响到写出"安能摧眉折腰事权贵，使我不得开心颜"（《梦游天姥吟留别》）的李白，以及写出"不知腐鼠成滋味，猜意鹓雏竟未休"（《安定城楼》）的李商隐。即便唐诗耀眼辉煌，后人仍能从唐诗中找到受鲍诗沾溉留下的痕迹，那是诗人生命精神的延续，是包括鲍照在内的所有前辈诗人经世报国理想的继承。

后人对谢灵运诗价值的发掘，除却关于山水清音的审美价值方面，还体现在对其人格品性的发掘上。元方回曾数次表达对谢灵运的赞赏与惋惜之情，他认为大谢才富气锐、孤高自傲，不知收敛，以其不参时政为憾。又发现谢诗山水掩映下的郁结愤懑，意深远而心恻怆，慨叹灵运为俗人所忌，不得善终的命运。王夫之评价谢灵运能于山水中寄托怀抱，能看出灵运心目之间的期待，理解其赏心孤绝的缘由。正因不屑流俗，谢诗方有透脱微至之语。

颜延之诗虽因典富华饰受后人非议，但其为人品格却受到世人赞赏。每每谈及延之代表作《五君咏》，鲜有不为其深细之思、高洁之质所叹服者。"竹林七贤"本以高风亮节名盛于世，奈何山涛、王戎"中道变节"，追名逐利，以显贵被黜歌咏行列之外。颜延之诗才本傲岸，而法特繁重，如《诗经》有颂声，乐之有黄钟，虽偶失灵动自然，却另有一番雅正庄肃之风。明钟惺尝言读颜延之《五君咏》"如对名士，鄙吝自消，不敢复言俗事"。王夫之谓延之以五贤自况，"笔端自有清傲之气"，借咏五贤抒发己志，不附会、不唐突。颜延之虽身处庙堂之高，却能端方持重，保有清傲本性，他与陶渊明交善，所作

《陶征士诔》，不仅深谙渊明品格、志趣所在，亦以深情悼知音、托己怀。"廉深简洁，贞夷粹温，和而能峻，博而不繁"，写出渊明虽然喜好简单、清净的生活，却性格温纯，富于人情味。他待人随和、绝不盛气凌人、故作疏远，同时还能保持自己的原则、志节；渊明饱读诗书、学识渊博，却从不炫才逞技，为学为人谦敛低调。颜延之如若不是与陶渊明交往甚深、对其了解甚深，怎能道出此评！"畏荣好古，薄身厚志"，写出渊明一生之志，荣华莫近身，惟慕古风存。渊明心中有天地，能"视死如归，临凶若吉"，这份坦然面对世事变幻的胸怀，令延之折服，令后人膜拜。颜延之对陶渊明的称赏、悲悼，其实也体现出他本人的志趣所在，慕渊明之风、解渊明之志、寓一己之怀。

经典作家的人格价值具有传世意义，可感染同代人，可传承于后人。他们肉身虽灭，而精魂永存。知音生时难觅，死后异代可求，后人对前贤最好的纪念便是继承他们的精神，砥砺前行。

275

《文选》对谢颜诗经典化的影响要大于对鲍诗的影响，谢灵运、颜延之只有《文选》选录的部分篇目（《文选》录谢灵运游览、行旅诗，录颜延之《五君咏》《秋胡行》）可称为经典，谢灵运得到公认的经典诗作，十之八九出自《文选》所选；颜延之经典之诗则必出于《文选》；鲍照的经典作品要多于谢颜，且不局限于《文选》所选（《文选》所录鲍诗大多为经典，但鲍诗还有一些经典篇目《文选》未录）。另外值得一提的是，鲍照除创作方面有经典篇章传世外，其谢诗如"初发芙蓉，自然可爱"，颜诗若"铺锦列绣，雕缋满眼"的评语，亦堪称经典，对后人的谢颜诗评影响深远。

经典的形成是一个漫长而复杂的过程，经典的研究也是一项任重道远的工作。由于本人精力、学力所限，还有一些关于《文选》的传播与"元嘉三大家"经典化的问题没有进行论述。其实经典最大的价值在于，为后人树立了学习的典范，我们不仅要学习经典外在的笔法形式，更应该学习其内在的思想精神，以经典陶情养性，充实生命。

附　录 |

后世代表性选本选录"元嘉三大家"诗作情况

一、宋真德秀《文章正宗》

选录谢灵运诗：《登池上楼》《石壁精舍还湖中作》《过始宁墅》
　　　　　　《初去郡》《田南树园激流植援》《斋中读书》《石
　　　　　　门新营所住四面高山回溪石濑茂林修竹诗》

选录颜延之诗：《五君咏》
选录鲍照诗：《代东武吟》《代出自蓟北门行》《代东门行》《代白
　　　　　　头吟》

二、宋元之际陈仁子《文选补遗》

未录谢颜之作
选录鲍照乐府诗：《代蒿里行》《代白纻曲》二首（"朱唇动""春
　　　　　　　　风澹荡侠思多"）、《拟行路难》（十首：
　　　　　　　　1."奉君金卮之美酒"；2."洛阳名工铸为金
　　　　　　　　博山"；3."璇闺玉墀上椒阁"；4."泻水置
　　　　　　　　平地"；5."君不见河边草"；6."对案不能
　　　　　　　　食"；7."愁思忽而至"；8."中庭五株桃"；

9. "刬蘖染黄丝"；10. "君不见柏梁台")。

《拟行路难》题下注："萧统所集，独收五言，及观《行路难》之作，托兴幽远，遣言豪放，李杜往往撬其意而为词。则明远之才，盖有过人者。当时称曰鲍谢，而退之以为比近清峭不诬矣。"

选录鲍照五言诗：《建除》《赠故人马子乔》（"双剑将别离"）

三、明李攀龙《古今诗删》

选录谢灵运诗：《述祖德诗》《邻里相送方山诗》《从游京口北固应诏》《晚出西射堂》《登池上楼》《石壁精舍还湖中作》《过始宁墅》《登江中孤屿》《初去郡》《初发石首城》《田南树园激流植援》《斋中读书》《石门新营所住四面高山回溪石濑茂林修竹诗》《东阳溪中赠答》二首

选录颜延之诗：《五君咏》（《阮步兵》《嵇中散》）、《车驾幸京口侍游蒜山作》《直东宫答郑尚书》《始安郡还都与张湘州登巴陵城楼作》

选录鲍照诗：《咏史》《行药至城东桥》《上浔阳还都道中作》《代出自蓟北门行》《代结客少年场行》《代放歌行》《赠故人马子乔》《园中秋散》《从登香炉峰》《和王丞》《还都至三山望石头城》《观圃人艺植》《遇铜山掘黄精》《中兴歌》（"襄阳是小地"）

四、曹学佺《石仓历代诗选》

选录谢灵运诗：《邻里相送方山诗》《晚出西射堂》《登池上楼》
《游南亭》《游赤石进帆海》《石壁精舍还湖中作》
《登石门最高顶》《从斤竹涧越岭溪行》《登临海
峤初发强中作与从弟惠连可见羊何共和之》《酬
从弟惠连》《永初三年七月十六日之郡初发都》
《过始宁墅》《七里濑》《登江中孤屿》《道路忆山
中》《入彭蠡湖口》《入华子岗是麻源第三谷》《南
楼中望所迟客》《斋中读书》《折杨柳行》《燕歌
行》《长歌行》《君子有所思行》《种桑诗》《东阳
溪中赠答》二首、《登永嘉绿嶂山诗》《郡东山望
溟海诗》《石室山诗》《过白岸亭诗》《夜宿石门
诗》《初往新安桐庐口》

选录颜延之诗：《秋胡诗》《五君咏》《车驾幸京口侍游蒜山作》
《和谢监灵运》《夏夜呈从兄散骑车长沙》《北使
洛》《还至梁城作》《始安郡还都与张湘州登巴陵
城楼作》《为织女赠牵牛》《归鸿》《辞难潮沟》

鲍照无诗入选

五、钟惺、谭元春《古诗归》

选录谢灵运诗：《登池上楼》《游南亭》《游赤石进帆海》《石壁精
舍还湖中作》《从斤竹涧越岭溪行》《庐陵王墓下
作》《登临海峤初发强中作与从弟惠连可见羊何
共和之》《酬从弟惠连》《七里濑》《登江中孤屿》

《初去郡》《田南树园激流植援》《斋中读书》《东阳溪中赠答》二首、《登永嘉绿嶂山诗》《石室山诗》《登上戍石鼓山诗》《过白岸亭诗》《夜宿石门诗》《苦寒行》《发归濑三瀑布望两溪》《登庐山绝顶望诸峤》《夜发石阙亭》

选录颜延之诗：《秋胡诗》《五君咏》

选录鲍照诗：《代东门行》《代放歌行》《拟行路难》三首、《绍古辞》《学古》《咏秋》《代挽歌》《登庐山》《还都至三山望石头城》《代夜坐吟》《代淮南王》《代春日行》《梅花落》《行京口至竹里》《遇铜山掘黄精》

六、陆时雍《古诗镜》

选录谢灵运诗：《述祖德诗》《九日从宋公戏马台送孔令诗》《邻里相送方山诗》《从游京口北固应诏》《晚出西射堂》《登池上楼》《游南亭》《游赤石进帆海》《石壁精舍还湖中作》《登石门最高顶》《于南山往北山经湖中瞻眺》《从斤竹涧越岭溪行》《庐陵王墓下作》《还旧园作见颜范二中书》《登临海峤初发强中作与从弟惠连可见羊何共和之》《酬从弟惠连》《永初三年七月十六日之郡初发都》《过始宁墅》《富春渚》《七里濑》《登江中孤屿》《初去郡》《南楼中望所迟客》《入华子岗是麻源第三谷》《入彭蠡湖口》《道路忆山中》《初发石首城》《石门新营所住四面高山回溪石濑茂林修竹诗》《田南树园激流植援》《入东道路诗》《东阳溪中赠答二首》

《石室山诗》《登上戍石鼓山诗》《种桑诗》

选录颜延之诗：《五君咏》《应诏观北湖田收》《拜陵庙作》《赠王

太常》《直东宫答郑尚书》《北使洛》《还至梁城

作》《始安郡还都与张湘州登巴陵城楼作》

选录鲍照诗：《咏史》《行药至城东桥》《上浔阳还都道中作》《代

东武吟》《代出自蓟北门行》《代结客少年场行》《代

东门行》《代白头吟》《代放歌行》《玩月城西门廨

中》《拟古诗》三首、《代白纻舞歌词》四首、《代白

纻曲》二首、《拟行路难》十二首、《登黄鹤矶》《赠

故人马子乔》《日落望江赠荀丞》《发后渚》《园中秋

散》《登庐山》《从登香炉峰》《从庾中郎游园山石

室》《观圃人艺植》《采桑》《代蒿里行》《代棹歌

行》《代陈思王白马篇》《代朗月行》《代阳春登荆山

行》《侍宴覆舟山》《登翻车岘》《秋日示休上人》

《与伍侍郎别》《从过旧宫》《临川王服竟还田里》

《岁暮悲》《在江陵叹年伤老》《三日》《代雉朝飞》

《代北风凉行》《代空城雀》《代夜坐吟》《吴歌》

（"夏日樊城岸"）、《幽兰》（"帝委兰蕙露"）、《春

咏》（"节运同可悲"）

281

七、王夫之《古诗评选》

选录谢灵运诗：《述祖德诗》《邻里相送方山诗》《晚出西射堂》

《登池上楼》《游南亭》《游赤石进帆海》《石壁精

舍还湖中作》《登石门最高顶》《于南山往北山经

湖中瞻眺》《从斤竹涧越岭溪行》《庐陵王墓下

作》《富春渚》《七里濑》《登江中孤屿》《入华子
岗是麻源第三谷》《入彭蠡湖口》《道路忆山中》
《石门新营所住四面高山回溪石濑茂林修竹诗》
《田南树园激流植援》《东阳溪中赠答》二首、《自
叙》《登永嘉绿嶂山诗》《郡东山望溟海诗》《石室
山诗》《登上戍石鼓山诗》《过白岸亭诗》《夜宿石
门诗》《初往新安桐庐口》《七夕咏牛女》《相逢
行》《折杨柳行》《悲哉行》《燕歌行》

选录颜延之诗：《夏夜呈从兄散骑车长沙》《还至梁城作》《始安郡
还都与张湘州登巴陵城楼作》

选录鲍照诗：《代东武吟》《代门有车马客行》《代结客少年场行》
《代东门行》《代放歌行》《代白纻舞歌词》三首、
《代白纻曲》《拟行路难》九首、《拟古》二首、《学刘
公干体》《登黄鹤矶》《赠故人马子乔》三首、《登云
阳九里埭》《日落望江赠荀丞》《发后渚》《绍古辞》
《园中秋散》《和王义兴七夕》《采菱歌》三首、《幽
兰》一首、《中兴歌》一首

八、清陈祚明《采菽堂古诗选》

选录谢灵运诗：《述祖德诗》《九日从宋公戏马台送孔令诗》《邻里
相送方山诗》《从游京口北固应诏》《晚出西射
堂》《登池上楼》《游南亭》《游赤石进帆海》《石
壁精舍还湖中作》《登石门最高顶》《于南山往北
山经湖中瞻眺》《从斤竹涧越岭溪行》《庐陵王墓
下作》《登临海峤初发强中作与从弟惠连可见羊何

共和之》《酬从弟惠连》《永初三年七月十六日之郡初发都》《过始宁墅》《富春渚》《七里濑》《登江中孤屿》《初去郡》《南楼中望所迟客》《入华子岗是麻源第三谷》《入彭蠡湖口》《道路忆山中》《初发石首城》《石门新营所住四面高山回溪石濑茂林修竹诗》《田南树园激流植援》《会吟行》《拟魏太子邺中集诗》《斋中读书》《东阳溪中赠答》二首、《登永嘉绿嶂山诗》《郡东山望溟海诗》《石室山诗》《登上戍石鼓山诗》《过白岸亭诗》《初往新安桐庐口》《种桑诗》《夜宿石门诗》

选录颜延之诗：《应诏宴曲水作诗》《秋胡诗》《五君咏》《车驾幸京口侍游蒜山作》《车驾幸京口三月三日侍游曲阿后湖作》《拜陵庙作》《赠王太常》《和谢监灵运》《夏夜呈从兄散骑车长沙》《直东宫答郑尚书》《北使洛》《还至梁城作》《始安郡还都与张湘州登巴陵城楼作》

选录鲍照诗：《咏史》《行药至城东桥》《上浔阳还都道中作》《代东武吟》《代出自蓟北门行》《代结客少年场行》《代东门行》《代苦热行》《代白头吟》《代放歌行》《代升天行》《玩月城西门廨中》《拟古诗》《学刘公干体》《代君子有所思》《拟行路难》《登黄鹤矶》《赠故人马子乔》《日落望江赠荀丞》《发后渚》《绍古辞》《园中秋散》《登庐山》《从登香炉峰》《从庾中郎游园山石室》《还都至三山望石头城》《观圃人艺植》《代淮南王》《代春日行》《梅花落》《吴兴黄浦

亭庾中郎别》《赠傅都曹别》《行京口至竹里》《秋
夜》《遇铜山掘黄精》

九、王士禛选，闻人倓笺《古诗笺》

选录谢灵运诗：《述祖德诗》《九日从宋公戏马台送孔令诗》《邻里
相送方山诗》《晚出西射堂》《登池上楼》《游南
亭》《游赤石进帆海》《石壁精舍还湖中作》《登石
门最高顶》《于南山往北山经湖中瞻眺》《从斤竹
涧越岭溪行》《庐陵王墓下作》《登临海峤初发强
中作与从弟惠连可见羊何共和之》《酬从弟惠连》
《过始宁墅》《富春渚》《七里濑》《登江中孤屿》
《道路忆山中》《入彭蠡湖口》《入华子岗是麻源第
三谷》《南楼中望所迟客》《田南树园激流植援》
《斋中读书》《石门新营所住四面高山回溪石濑茂
林修竹诗》《登永嘉绿嶂山诗》《初往新安桐庐
口》《过白岸亭诗》《夜宿石门诗》《岁暮》

选录颜延之诗：《始安郡还都与张湘州登巴陵城楼作》《五君咏》
《车驾幸京口侍游蒜山作》《赠王太常》《北使洛》
《还至梁城作》《秋胡诗》

选录鲍照诗：《代东武吟》《代出自蓟北门行》《代东门行》《学刘
公干体》《拟行路难》《代白纻舞歌词》《登黄鹤矶》
《发后渚》《绍古辞》《园中秋散》《登云阳九里埭》
《登庐山》《从登香炉峰》《从庾中郎游园山石室》
《还都至三山望石头城》《观圃人艺植》《代淮南王》
《梅花落》《吴兴黄浦亭庾中郎别》《赠傅都曹别》

《遇铜山掘黄精》《秋夜》《蜀四贤咏》《登庐山望石门》《和王丞》《送别王宣城》《岐阳守风》《绍古辞六首》《代陈思王京洛篇》

十、沈德潜《古诗源》

选录谢灵运诗：《述祖德诗》《九日从宋公戏马台送孔令诗》《邻里相送方山诗》《从游京口北固应诏》《登池上楼》《游南亭》《游赤石进帆海》《石壁精舍还湖中作》《登石门最高顶》《于南山往北山经湖中瞻眺》《从斤竹涧越岭溪行》《过始宁墅》《七里濑》《登江中孤屿》《初去郡》《入彭蠡湖口》《入华子岗是麻源第三谷》《田南树园激流植援》《斋中读书》《石门新营所住四面高山回溪石濑茂林修竹诗》《岁暮》

选录颜延之诗：《应诏宴曲水作诗》《秋胡诗》《五君咏》《赠王太常》《宋郊祀歌》《北使洛》《夏夜呈从兄散骑车长沙》

选录鲍照诗：《咏史》《代东武吟》《代东门行》《代白头吟》《代放歌行》《玩月城西门廨中》《拟古诗》《学刘公干体》《拟行路难》《登黄鹤矶》《日落望江赠荀丞》《发后渚》《绍古辞》《代鸣雁行》《代淮南王》《代春日行》《梅花落》《吴兴黄浦亭庚中郎别》《赠傅都曹别》《行京口至竹里》《遇铜山掘黄精》《秋夜》

十一、张玉谷《古诗赏析》

选录谢灵运诗：《邻里相送方山诗》《从游京口北固应诏》《登池上

楼》《游南亭》《游赤石进帆海》《石壁精舍还湖中作》《登石门最高顶》《于南山往北山经湖中瞻眺》《从斤竹涧越岭溪行》《过始宁墅》《登江中孤屿》《初去郡》《田南树园激流植援》《斋中读书》《夜宿石门诗》

选录颜延之诗：《秋胡诗》《五君咏》《北使洛》

选录鲍照诗：《咏史》《代东武吟》《代出自蓟北门行》《代东门行》《代白头吟》《代放歌行》《拟古诗》《学刘公干体》《拟行路难》《日落望江赠荀丞》《发后渚》《代鸣雁行》《代淮南王》《代春日行》《梅花落》《赠傅都曹别》《行京口至竹里》

十二、王闿运《八代诗选》

选录谢灵运诗：《邻里相送方山诗》《从游京口北固应诏》《登池上楼》《游南亭》《游赤石进帆海》《石壁精舍还湖中作》《登石门最高顶》《于南山往北山经湖中瞻眺》《从斤竹涧越岭溪行》《登江中孤屿》《初去郡》《田南树园激流植援》《斋中读书》《夜宿石门诗》《述祖德诗》《九日从宋公戏马台送孔令诗》《晚出西射堂》《庐陵王墓下作》《还旧园作见颜范二中书》《登临海峤初发强中作与从弟惠连可见羊何共和之》《酬从弟惠连》《永初三年七月十六日之郡初发都》《过始宁墅》《富春渚》《七里濑》《初发石首城》《道路忆山中》《入彭蠡湖口》《入华子岗是麻源第三谷》《南楼中望所迟客》《拟魏

太子邺中集诗》《石门新营所住四面高山回溪石濑茂林修竹诗》《临终诗》《发归濑三瀑布望两溪》《入东道路诗》《善哉行》《陇西行》《游领门山诗》《命学士讲书》《种桑诗》《石室立招提精舍》《过瞿溪山僧》《苦寒行》《豫章行》《君子有所思行》《鞠歌行》《顺东西门行》《燕歌行》《折杨柳行》

选录颜延之诗：《应诏宴曲水作诗》《皇太子释奠会作诗》《秋胡诗》《始安郡还都与张湘州登巴陵城楼作》《应诏观北湖田收》《车驾幸京口侍游蒜山作》《车驾幸京口三月三日侍游曲阿后湖作》《拜陵庙作》《赠王太常》《和谢监灵运》《夏夜呈从兄散骑车长沙》《直东宫答郑尚书》《北使洛》《还至梁城作》《五君咏》

选录鲍照诗：《咏史》《行药至城东桥》《上浔阳还都道中作》《代东武吟》《代出自蓟北门行》《代结客少年场行》《代东门行》《代白头吟》《代放歌行》《代升天行》《数诗》《拟古诗》《学刘公干体》《代君子有所思》《岐阳守风》《送别王宣城》《登庐山望石门》《代陈思王京洛篇》《代挽歌》《咏秋》《拟行路难》《代白纻舞歌词》《代白纻曲》《登黄鹤矶》《赠故人马子乔》《日落望江赠荀丞》《发后渚》《绍古辞》《园中秋散》《登庐山》《从登香炉峰》《从庾中郎游园山石室》《还都至三山望石头城》《代鸣雁行》《代淮南王》《代春日行》《梅花落》《秋夜》《赠傅都曹别》

《行京口至竹里》《遇铜山掘黄精》《吴兴黄浦亭庾中郎别》《代堂上歌行》《代边居行》《代邦街行》《从拜陵登京岘》《蒜山被始兴王命作》《送从弟道秀别》《和傅大农与僚故别》《送盛侍郎饯候亭》《与荀中书别》《还都口号》《拟阮公夜中不能寐》《怀远人》《梦还诗》《苦雨》《秋夕》《和王护军秋夕》《冬至》《冬日》《望孤石》《山行见孤桐》《咏双燕二首》《夜听妓》《建除诗》《月下登楼连句》《与谢尚书庄三连句》

十三、今人余冠英《汉魏六朝诗选》

选录谢灵运诗：《邻里相送方山诗》《七里濑》《登池上楼》《登江中孤屿》《石壁精舍还湖中作》《从斤竹涧越岭溪行》《夜宿石门诗》

选录颜延之诗：《阮步兵》《嵇中散》《向常侍》

选录鲍照诗：《代东门行》《代放歌行》《代东武吟》《代出自蓟北门行》《拟行路难》七首、《赠傅都曹别》《发后渚》《咏史》《拟古》二首、《学刘公干体》

历代"元嘉三大家"诗评选录

从南朝至宋，关于"元嘉三大家"诗歌的评论大多零散，有些评论就诗人整体风格而发，泛泛而谈，且常把"三大家"与他人并论，鲜有关于诗篇的具体评论。唐宋时期，古诗注释，蔚然成风，许多对"三大家"诗歌的评论隐于注释之中，且以阐明字法、掌故来源为主，评论追求"无一字无来处"，少有关于诗旨、诗情、诗境的品评。元、明、清时期，涌现出不少就"元嘉三大家"诗歌集中而细致的评论，故附录选辑的评语，以明清居多。

历代谢灵运诗评选录

唐代

言安排之事，空有斯言；幽独不闷，唯赖鸣琴而已。

　　　　　（评《晚出西射堂》，见李善注《文选》卷二二）

言己孤游，非情所叹，而赏心若废，兹理谁为通矣。

　　（评《于南山往北山经湖中瞻眺》，见李善注《文选》卷二二）

吕延济：言非我情独为叹息，且赏此废此，是理谁能通乎？

　　（评《于南山往北山经湖中瞻眺》，见六臣注《文选》卷二二）

李周翰：言无敢望有识我心者，长怀代人，无有堪与同事……衰老始得逢令弟，开解我心胸也。

（评《酬从弟惠连》，见六臣注《文选》卷二五）

李周翰：君子道消，群佞在朝也。愤懑气结者，谓少帝时王见废也。今属大运已开，得申积日悲愁。

（评《庐陵王墓下作》，见六臣注《文选》卷二三）

张铣：猿鸣泉响感动人，使其忧伤，久念皆攒聚于心也。

（评《登临海峤初发强中作与从弟惠连可见羊何共和之》，见六臣注《文选》卷二五）

吕向：羁旅之心积于秋晨，秋晨游望展适怀抱……言旅客奔往，皆多伤苦于此。

（评《七里濑》，见六臣注《文选》卷二六）

宋代

真德秀评谢灵运诗

虬以深潜而保真，鸿以高飞而远害。今已婴俗网，故有愧虬、鸿也。

（评《登池上楼》，见《文章正宗》卷二二下）

《文子》曰：“莫监于流潦而监于止水，以其保心，而不外荡也。”

（评《初去郡》，见《文章正宗》卷二二下）

《庄子》：“牧马童子谓黄帝曰：‘有长者教予曰：若乘日之车而游襄城之野。’”郭象曰：“日出而游，日入而息也。车或为居。”《楚辞》曰：“载营魂而升霞。”

（评《石门新营所住四面高山回溪石濑茂林修竹诗》，见《文章正宗》卷二二下）

元代

方回评谢灵运诗

灵运之意，似谓乃祖功大赏薄，立此高论。太元八年十一月，谢玄破苻坚，谢石为大都督，玄为前锋都督，盖裨帅也。刘牢之、谢琰，功亦亚玄。明年二月，桓冲卒，朝议欲以玄为荆江二州刺史。谢安自以父子名位大盛，又惧桓氏失职怨望，乃以桓石民为荆州，桓石虔为豫州，桓伊为江州，而玄亦为徐兖二州刺史。晋之州刺史，如汉之州牧，而带都督军事，统十数郡，犹近世制置使、宣抚使，而权尤重，可以自杀郡守，入则为相，位不轻也。灵运此诗，似是虚言。

太元九年八月，谢太保安，奏请乘苻氏倾败，开拓中原。以徐兖二州刺史谢玄为前锋都督，率豫州刺史桓石虔等伐秦。玄至下邳，秦徐州刺史赵迁弃彭城走，玄进据彭城。九月，彭城内史刘牢之进据鄄城，河南城堡，皆来归附。太保安自求北征，加都督扬江等十五州诸军事。玄遣晋陵太守滕恬之渡江，据黎阳。朝廷以兖、青、司、豫既平，加玄都督徐、兖、青、司、冀、幽、并七州诸军事。十二月，刘牢之据碻磝、滑台，苻丕请救。玄遣牢之以兵二万救邺，馈米二千斛。十年四月，牢之为慕容垂所败，自邺征还。会稽王道子好专权，与太保安有隙。安出镇广陵避之，筑新城。八月，以疾还建康，卒。道子以司徒琅琊王领扬州刺史、录尚书都督中外诸军事。尚书令谢石为卫将军。十一年三月，黎阳翟辽、太山张愿叛，玄还淮阴。十二年正月，以朱序为青兖二州刺史，代玄镇彭城。序求镇淮阴，以玄为会稽内史。十三年正月，康乐献武公谢玄卒。十二月，南康襄公谢石卒。灵运第二诗盖专赋此事本末。"贤相谢世运"，谓安之殁也。"远图因事止"，谓琅琊王道子与安不协也。然亦孝武以昏主嗜酒色，无远略，委事道子，此所以当中原溃乱可乘之机，以谢安为相，玄、石、牢之为将，而无所成也。灵运诗但称乃祖高蹈之节，恐非康公本心也。《文选注》"高揖七州外"谓：舜分天下为十二州，时晋有七州，故云"七州"。予独谓不然，指康乐所解徐、兖、青、司、冀、幽、并七州都督耳。谓晋有七州，而高揖于其外，则不复居晋之土耶？非也。道子解玄七州都督，而为会稽内史，释兵柄于内郡，自是左迁。然玄亦尝疾笃，诏还京口，玄不以为怨。而灵运微有怨辞，盖以己之不得朝柄为望耳。

（评《述祖德诗》二首，见《文选颜鲍谢诗评》卷一）

当时赋诗，推谢瞻宣远诗为冠，所谓"巢幕无留燕，遵渚有来鸿"者也。宣远诗有云："圣心眷嘉节。"灵运诗亦云："良辰感圣心。"宋台既建，坐受九锡，则裕为君而晋安帝已非君矣，故二谢皆以"圣"称宋公。然犹立恭帝，改元元熙，至二年六月而后禅。使裕脱有王敦、桓温之死，以"圣心"为诗者能无患乎？《易》曰："有孚饮酒，无咎。"《诗序》曰："《鹿鸣》废则和乐缺矣。"此诗云"饯宴光有孚，和乐隆所缺"，善用事，又善用韵，建安诗则不如此之细，而必偶也。"在宥""吹万"用《庄子》语，明己尊宋公为圣人造化，以其许孔靖之归，得宽宥天下，生养万物之意。《文选注》："'腓'，音肥。《诗》：'百卉具腓。'毛苌曰：'痱，病也。今本作腓字，非。'《韩诗》薛君曰：'腓，变也，俱变而黄也。'""鸣葭"当作"鸣笳"。孔靖，《南史》有传，会稽山阴人。据传，靖昼卧，有神人谓曰："起，天子在门。"出见乃刘裕，靖因结交，以身为托。盖裕之私人，若他人也，岂敢于宋台初建而辞尚书令乎？此不足为高。

（评《九日从宋公戏马台集送孔令诗》二首，见《文选颜鲍谢诗评》卷一）

"怀旧不能发",谓义真、延之、慧琳也。晋以来士大夫,喜读《易》《老》《庄》,而不知谦益止足之义。率多怀才负气,求逞于浇漓衰乱之世。箕颍枕漱,设为虚谈。义真之昵灵运,虽未必果有用为宰相之言,史或难信。然灵运之为人,非静退者,徐羡之、傅亮排黜,盖其自取。"怀旧不能发",有不乐为郡之意;"资此永幽栖",亦一时愤激之语耳。羡之等废少帝,杀义真,自贻灰灭。义真之死,亦自不晦敛。灵运又终身不自悔艾,其败也,诗意已可觇云。

(评《邻里相送至方山诗》二首,见《文选颜鲍谢诗评》卷一)

《水经注》:"京口,丹徒之西乡,西北有别岭入江,三面临水,高十数丈,号曰北固。"今镇江府犹有北固楼,诗家绝景。灵运出为永嘉太守,满岁谢病去职。元嘉三年,既诛徐羡之、傅亮、谢晦,征灵运为秘书监,颜延之为中书侍郎。四年,文帝如丹徒,谒京陵。灵运以其秘书监从,故有应诏之作。灵运若曰:玉以为玺,所以戒诚信。黄以为屋,所以示崇高。圣人非以此为富且贵也,此二事为名教之用耳。推言之,则玉帛钟鼓,礼乐之事也。有道焉,以神理超乎形迹之外,则圣人所以制天下者也。用此四句为柱,引入黄帝、藐姑射、汾水之游以譬北固之谯,有庄老放逸意,何不用虞巡守、夏游豫事邪?自"昔闻汾水游"以至"墟囷散红桃",皆不过叙事述景。如"白日丽江皋",佳句也,老杜之"迟日江山丽"出于此。"原隰黄绿柳"一联,艳而过于工,建安诗岂有是哉?"皇心美阳泽"以下八句,言主上过于春阳之泽物,而己之拙不克工,惭于场驹之维絷,终愿闲退,方见议论。然作应诏诗,自来难作,如此已为佳也。"倒景"有两说:神仙家以日月皆在其下,谓之凌倒景;今以山临水而影倒,谓之眺倒景。孙绰《天台山赋》:"或倒景于重溟。"

(评《从游京口北固应诏》,见《文选颜鲍谢诗评》卷一)

《文选注》："永嘉郡射堂。"予谓自西射堂出西城门也。起句十字盖古体。"晓霜枫叶丹"与"池塘生春草"皆名佳句，以其自然也。"节往戚不浅，感来念已深"，灵运多有此句法。感物而必及于情，人理之常也。不乐为郡，而怀赏心之人，至于抚镜揽带，恨夫鬓之老、衣之宽，则何其戚戚之甚邪？"安排"，《庄子》语。郭象注谓"安于推移"，此则谓安于世运之推移，徒有空言，不如寄于琴书，足以写幽独之无聊也。意深远而心恻怆，岂真恬于道者哉！

（评《晚出西射堂》，见《文选颜鲍谢诗评》卷一）

池上楼，永嘉郡楼。此诗句句佳，铿锵浏亮，合是灵运第一等诗。"潜虬""飞鸿"，深潜高举，虚设二喻而谓己不能云浮川沉，有所愧怍。此诗体之变也。"进德智所拙，退耕力不任"，诗不可无此等语。又以四句纪事言情，又以四句赋早春时物，不特"池塘生春草"为佳句，"园柳变鸣禽"及"初景革绪风""新阳改故阴"亦佳句也。谓春之初日，革冬之余风。春为阳，冬为阴，亦谓以春改冬也。伤豳歌之祁祁，感楚吟之萋萋，欲归而从田也。索居离群，又所以极言夫所思之人也。惟"无闷征在今"一句有病。义真之废，固徐、傅之无上。灵运之出，犹得守郡。本亦自取，以为遁世无闷，则欺心矣。史：灵运于永嘉西堂思诗，竟日不就。忽梦见惠连，即得"池塘生春草"，大以为工。尝云此语有神助，非吾语也。按，此句之工，不以字眼，不以句律，亦无甚深意奥旨。如《古诗》及建安诸子，"明月照高楼""高台多悲风"及灵运之"晓霜枫叶丹"，皆天然浑成，学者当以是求之。

（评《登池上楼》，见《文选颜鲍谢诗评》卷一）

永嘉郡南亭也。按，灵运诗，永初三年七月十六日之郡，在郡凡一年。《邻里相送方山诗》曰："皎皎明秋月。"此赴郡之始，在少帝即位未改元之前也。《西射堂诗》曰："晓霜枫叶丹。"则在郡见冬矣。《池上楼诗》曰："池塘生春草。"则在郡见春矣。此乃夏雨喜霁之作，思欲见秋而归也。其归当在景平元年秋。景平二年五月少帝废，八月文帝即位，改为元嘉元年。所谓"赏心惟良知"，必指从弟惠连及何敬瑜、羊璇之流耳。三年始征为秘书监。

（评《游南亭》，见《文选颜鲍谢诗评》卷一）

"首夏犹清和"，至今以为名言。"瀛壖"，海之边岸也。南极海中有穷发之人。"天吴"，水伯也。其兽八首、八足、八尾，背黄青。"石华""海月"，皆海中可食之物。"扬帆""挂席"，古诗未尚大巧，故不嫌异辞而同义，犹前诗用"愧"对"怍"也。"仲连轻齐组，子牟眷魏阙。"《文选注》谓：仲连轻齐组而至海上，明海上可悦。既悦海上，恐有轻朝廷之议，故云"子牟眷魏阙"。予谓灵运意不然，其意乃是双举仲连、子牟，一是而一非之。矜名者道不足，名固不可矜也。适己者物可忽，"忽"字未安：以富贵为物，而忽之可也；以物为人物之物，但知适己而忽物，则不可也。适己之说，《史记》谓庄子也。晋宋间人老、庄之学终有偏处。灵运之病，正在于恣己自适，轻忽人物耳。"任公言"，亦出《庄子》，谓孔子围于陈，太公任往吊之曰："直木先伐，甘泉先竭。子其意者饰智以惊愚，修身以明污，昭昭若揭日月而行，故不免也。"此寓言不足凭。灵运所以不能谢天伐者，岂非于圣人之学有所不足哉！

（评《游赤石进帆海》，见《文选颜鲍谢诗评》卷一）

灵运所以可观者，不在于言景，而在于言情。"虑淡物自轻，意惬理无违。"如此用工，同时诸人皆不能逮也。至其所言之景，如"山水含清晖""林壑敛暝色"，及他曰"天高秋月明""春晚绿野秀"，于细密之中时出自然，不皆出于织组。颜延年、鲍明远、沈休文虽各有所长，不到此地。如石壁地名之类，自可看《文选注》。

（评《石壁精舍还湖中作》，见《文选颜鲍谢诗评》卷一）

此诗"密竹使径迷"，已似唐诗。《新序》荣启期曰："贫者士之常，死者人之终。居常待终，何忧哉！"灵运用此全语，曰"居常以待终"，恐灵运非贫者也。《庄子》："老聃死，秦失吊之，曰：'适来，夫子时也；适去，夫子顺也。'""安排"已见前注。排者，推也。能处顺，故安于造物之推移也。然灵运又岂能处顺者哉？"惜无同怀客，共登青云梯。"灵运每有赏心之叹，即义真所谓未能忘言于悟赏者。然则赏一也，有独赏，有共赏，灵运思夫共赏者，而不可得，则以独赏为憾。此尾句之意也，亦篇篇致意于斯。"心契""目玩"一联，谓内其实而外其华，先之以沉冥守道之说。自处高矣，焉得不为俗人所忌？

（评《登石门最高顶》，见《文选颜鲍谢诗评》卷一）

此诗述事写景。自"天鸡弄和风"以上十六句，有入佳句，可脍炙。然非用"抚化""览物"一联以缴之，则无议论、无归宿矣，此灵运诗高妙处。"不惜去人远"，谓古人也。"不惜"者，深惜之也。以独游山中，今人无可与同者也。"孤游非情叹，赏废理谁通。"谓己之独游于此，不以真情形之叹咏，则赏心之事之人既废，此理谁与通乎？意极哀惋。柳子厚永州诸诗多近此。"阳崖"谓南山，"阴峰"谓北山，"解作"谓雷雨，"升长"谓草木，用两卦名为偶，建安诗无是也。

（评《于南山往北山经湖中瞻眺》，见《文选颜鲍谢诗评》卷一）

七韵言游山之事，四韵言情，借《楚辞·山鬼》"薜萝"语以怀所思之人。"握兰""折麻"，将以遗之。心徒勤而不展也。"情用赏为美"，谓游山之情已独赏矣，而无知我心共赏之者，则何美之有？如此，则其事幽昧而无分别者。一说谓吾之真情以赏，知此山为美。事不明，顾不暇忧其不察也。以此观之，物虑可遗，而是非可遣矣。然则伐木开径，以致王诱之疑、孟𫖯之奏，此诗殆先兆也。"隩"，于到、于六二切，即隈也，江东人谓之浦。"陉"，胡径切，连山中断曰陉，岭小高曰岘，贤典切。"折疏麻兮瑶华，将以遗兮离居。"疏麻，神麻也。

（评《从斤竹涧越岭溪行》，见《文选颜鲍谢诗评》卷一）

"道消"，谓义真被杀，则以郁结愤懑。"运开"，谓文帝既立，可以申写悲凉。"通蔽"，本桓谭语，论汉高者，今用之，以明季札之于徐君，楚老之于龚胜。"解剑""惜兰"，举措异常，若通人之蔽者。然今日之恸，情理如此，则知昔人之非蔽也。灵运诗此篇未为致佳。

（评《庐陵王墓下作》，见《文选颜鲍谢诗评》卷二）

此诗二十一韵。初两韵引张邴事为柱。次五韵先言武帝旧眷，而徐傅废弑，因以见黜。次五韵自永嘉郡得归。贾谊投沙，马卿如邛，史鱼"两如直"，孙叔敖"三避贤"，皆善用事。"盛明荡氛昏"以下四韵，言文帝擢为秘书监，今乃酬素款而还故园也。"暴基即先筑，故池不更穿。果木有旧行，壤石无远延。"当是永嘉归始宁时，宅墅之役太盛，已招物论，故誓不再行增广也。后三韵平平缴尾，然终有伐山开径不自收敛之悔，何邪？

（评《还旧园作见颜范二中书》，见《文选颜鲍谢诗评》卷二）

此当是四章，章四韵，而《文选》不注。羊何共和之实，李白首用为诗，后人多用，谓羊璿之、何敬瑜也。"含酸赴修畛"，谓长路也，作"轸"非。"顾望脰未悁"，"悁"字当作"痟"。陆彦声诗曰："相思心既劳，相望脰亦悁。"谓引颈以望，未劳而身已隐也。《列仙传》："王子乔好吹笙，道人浮丘公接以上嵩山。"末句用此事，殆亦戏言：万一遇仙飞举，则与惠连永绝音问也。

（评《登临海峤初发强中作与从弟惠连可见羊何共和之》，见《文选颜鲍谢诗评》卷二）

详此乃是惠连访灵运于始宁山居，别去将往都下，至西兴阻风，以诗来寄，而灵运答也。一笔写就，如书问直道情愫，既委曲，又流丽。

（评《酬从弟惠连》，见《文选颜鲍谢诗评》卷二）

诸侯朝于天子曰"述职"，然《汉书·王吉传》云："召公述职，舍于棠下而听断。"则诸侯治事亦曰"述职"可也。灵运本期夏末视郡事，而秋乃成行也。见似人而喜，出《庄子》。交友久而中绝，曾子以为三费。出《韩诗外传》。灵运不胜去国之怀，故用此三事以寓念昔存故之意，不但怅然于庐陵义真也。李牧臂短，为手杖接手，坐赐死。晋郄克跛而登阶，齐妇人笑之，出《战国策》《左传》。"支离"，疏，形体不全；孔子游方之内，"方"，常也，依常教也，并出《庄子》。灵运用此四事，自况于丑恶疾病之列，而亦不敢自畔于礼法，犹幸而不见弃于明时也。相如以赵璧为瑕，惠子以魏瓠为无用。灵运又用此二事，谓英达之顾，虽荷义真；出为外郡，徐傅见挤，珍非赵璧，而弃如魏瓠也。"从来渐二纪，始得傍归路。"想灵运去会稽始宁，出仕逾二十余年，今乃因作郡而过家也。"将穷山海迹，永绝赏心悟。"自是佳句，然其义专在义真。义真于灵运尝云："未能忘言于悟赏。"而灵运终身亦有"赏心永绝"之叹。此诗排比整密。建安诸子，混然天成，不如此。陶渊明剥落枝叶，不如此。但当以三谢诗观之，则灵运才高词富，意怆心恒，亦未易涯涘也。

（评《永初三年七月十六日之郡初发都》，见《文选颜鲍谢诗评》卷三）

诗有形有脉。以偶句叙事叙景，形也。不必偶而必立论尽意，脉也。古诗不必与后世律诗不同，要当以脉为主。如此诗"剖竹守沧海"以下五联，十句皆偶，未为奇也。前八句不偶，则有味矣。"束发怀耿介"，当是年十五而涉世。倏复"二纪"，则三十岁矣。沈约《宋书·谢灵运全传》内有《山居赋》注，俟考。"拙"与"疾"相迫，而后得遂"静者"之志。"静者"，诗家多用，本于《论语》"仁者静"，但未详用"静者"二字谁为祖耳。此所以述出处本末也。期约乡曲三载而归，俾树枌榆，无孤始愿。此缴句，又自有味。灵运欲书满郡考，后乃一年移疾去职。盖其家温有余，无资于禄。惜乎才高气锐，积以不参时政为恨，遂致颠沛云。始宁县，今上虞之南乡。"茶"，奴结切。

（评《过始宁墅》，见《文选颜鲍谢诗评》卷三）

灵运归会稽始宁墅，从今渔浦溯富阳赴永嘉也。"定山""赤亭"，今如故。"伯昏""吕梁"二事，以言浙江之险坎之水。"洊至"，习乎险者也。艮之兼山，贵乎止也。"久露干禄请，始果远游诺。"谓久有补郡之请，今得永嘉，而遂远游之愿也。"宿心渐申写"，即所谓"幽期"者无可乖矣。"万事俱零落"一句，怨辞也。志欲与庐陵有所为，虽未必曾有宰相之许，而襟期不浅。既为徐傅所挤，则从前规度之事，俱无复望也。其怨深矣！"龙蠖"之屈以求伸，此谓心事明白；如爵禄外物，听其可有可无也。细味之，灵运实未能忘情于世，故如此作。以诗法论之，若无"平生协幽期"以下八句议论，前十句铺叙而已。

（评《富春渚》，见《文选颜鲍谢诗评》卷三）

《文选注》："桐庐有七里濑，下数里至严陵濑。"予作郡七年，往来屡矣，今人皆混而言之。任公之钓，志其大而不志其小，故所得者大。予谓此寓言，非所以拟严子。"迁斥"者，推移之义，非谓迁谪也。

（评《七里濑》，见《文选颜鲍谢诗评》卷三）

299

此今永嘉郡江心寺无疑。予三十年前甲寅、乙卯寓郡斋往游，见徐灵晖"流来天际水，截断世间尘"诗牌，不见此诗。至今永嘉称为"中川"者，因此诗也。"孤屿媚中川"，"媚"字句中眼也。"怀新道转迥"，此句尤佳。心有不纯，去道愈远，但恐灵运道其所道耳。"寻异景不延"，"异"字可疑。"云日""空水"之联亦佳。"表灵""蕴真"一联，似乎深奥。然从此说向神仙上去，则所谓"灵"与"真"者，仙也。故于孤屿之上，想夫昆仑山之神，而有信于安期生之术。安期，琅琊阜乡人，秦始皇东游，与语三日三夜者。西王母者，昆仑之神。

（评《登江中孤屿》，见《文选颜鲍谢诗评》卷三）

"牵丝及元兴"，初仕。"解龟在景平"，谓去郡。晋安帝初改隆安，至五年而改元元兴。是年三月，桓玄入京师。二年十一月，玄篡晋。三年二月，刘裕起兵，四月，玄伏诛。明年改元义熙，三月安帝还京师。自此尽十四年，恭帝改元元熙。尽一年，明年六月，刘裕篡晋，改元熙二年为永初元年。尽三年，少帝改元景平。明年文帝入，改永平二年为元嘉元年。自元兴之元至景平之元，凡二十三年。灵运初以袭康乐公，除散骑常侍，不就。此"牵丝"之始也。得非桓玄未反之先乎？其为琅琊王大司马参军，此则在反正之后无疑。中间迁太子左卫，率以沈约《宋书》细考。永初三年秋，出为永嘉太守。景平元年秋，谢病去职。作此诗，以彭宣、薛广德、贡禹为不足，以周任、司马长卿、尚子平、邴曼容自拟。刊本"妨周任"，决非"妨"字，非"仿"字即"方"字，"仿""像"类似，四字一义故也。或问予"野旷沙岸净，天高秋月明"，以笔圈之良是；"溯溪终水涉，登岭始山行"，点之则何义邪？曰：此于永嘉去郡如画也。永嘉城下溯潮江，过青田县，抵处州，始舍舟登冯公岭，出永康、东阳，非尝至其地不知也。《文选注》："'战胜'，明贵不如义。'止监'，明语不如默。"所注甚佳。战胜而肥，子夏事，出《韩子》。莫监流水，而监于止水，出《文中子》。"击壤"事出《庄子》《论衡》、周处《风土记》。

（评《初去郡》，见《文选颜鲍谢诗评》卷三）

"中孚""贝锦"之联甚佳。"微命察如丝"，"察"字尤佳。老子曰："夫惟道，善贷与善成。"贷，施也。灵运感文帝之宥己，故以"日月"喻之。旧说会稽之浮山，合于广东之罗山。庐山，在今江州。霍山、灊、皖，是在今舒州。三山，海中。九嶷，湘中。灵运方当治郡，略不及理人宣化事，专言游山，意太汗漫无归宿。万世之后，一遇大圣知其解者，是旦暮遇之。出《庄子》。晋人老庄之学，初用为清谈之资，而诗亦必出于是，一时之蔽也。

（评《初发石首城》，见《文选颜鲍谢诗评》卷三）

《楚辞》有云："涉江、采菱。"古乐府有《江南辞》。灵运时必有此二曲，其声急而怨，故引之以见故山之思，有感于此声也。"纵诞"之说非是。"得性非外求"，谓乐在内是也。吹万不同，而使其自已。"已"训止，言各得其性而止。出《庄子》。灵运意谓山水之乐，适我之性，而自足自止，无人能继我者。"纂"训继，则亦深僻矣。《明月吹》言笛，《广陵散》言琴，灵运当是作此音以写悲怨。"危柱""促管"，谓琴笛之音自缓而急，悲怨至此极也。诗尾应首，然有哀以思之意。

（评《道路忆山中》，见《文选颜鲍谢诗评》卷三）

彭蠡湖口，今江州湖口也。"石镜""松门"，《文选注》：张僧鉴《浔阳记》、顾野王《舆地志》各指其地。惟"三江事多往，九派理空存"，此二句者，知三江、九江，自晋宋时已不明矣。中江、南江、北江，先儒所辨，有《尚书》索玄在。分九派于浔阳，郭璞《江赋》云耳。后人亦不能定九派之迹，刘子澄《淳祐江洲图经》详著之，予已

301

别书订此诗。则灵运之所不详，后人姑存疑事也。"灵物""异人"以下，又归宿于仙道。"千里曲"，想当时有此琴操。徒作此曲，而仙灵不接，所以弦虽绝而心徒悲也。大抵以恍惚为宗，要为不近人情，胸中亦别无十分道理也。

（评《入彭蠡湖口》，见《文选颜鲍谢诗评》卷三）

华子期，甪里弟子。见《列仙传》。故老相传翔集此顶，故称华子岗。神仙茫昧，前后莫测。"且申独往意"，夫"独往"者，聊以自充俄顷之赏，非为尊古卑今而然也。

（评《入华子岗是麻源第三谷》，见《文选颜鲍谢诗评》卷三）

《文选》不注"会吟行"之义，详考乃是效陆机《吴趋行》。崔豹《古今注》曰："吴趋曲，吴人以歌其地也。"今曰"会吟"，非吴会之"会"，即会稽之"会"。今两浙，秦之会稽郡，汉之吴郡也。陆机之作曰："楚妃且莫叹，齐娥且莫讴。四座并清听，听我歌吴趋。吴趋自有始，请从阊门起。"以下十四韵皆述吴中风土人物。灵运之作，起句三韵同调，以下少一韵耳。铺叙夸张，别无高意，皆不可谓之佳作。"六引""三调"，《文选注》亦不详明。所引吴越六人，所谓"越叟"者，出《越绝书》："子胥战于槜李，阖闾军败，欲复其仇，师事越公，录其术。"又非范蠡，其人他书未尝见。东方朔就旅逸，出刘向《列仙传》，谓宣帝时，弃郎去避乱政，置帻官舍，风飘之去，后见会稽卖药。《汉书》无此事。余四人史可考。

（评《会吟行》，见《文选颜鲍谢诗评》卷三）

灵运始宁又北转，一汀七里，有园南门楼。南楼百许步，对横山，在今上虞。此迟客之所也。"迟"，去声，训待，而《文选注》音训为"思"，非是。江淹拟汤惠休云："日暮碧云合，佳人殊未来。"本灵运，不如灵运语意足，有来历。初与客期会于月望之夕，今月忽圆而客不至，所以为佳。淹所谓"日暮碧云合"，岂初以黄昏为期乎？故曰不如灵运之语意足也。

（评《南楼中望所迟客》，见《文选颜鲍谢诗评》卷四）

四句喝起，有议论。臧荣绪《晋书》："胡孔明有言：'隐者在山，樵者亦在山。在山则同，所以在山则异。'"灵运则谓吾非樵非隐，于中园养病而已。此所谓在山同，所以在山者异也。无井也，以涧代之；无塘也，以槿当之。罗户之木，对窗之山，迤逦则趋下岫，迢递则瞰高峰，谓皆出于自然。吾本寡欲，而得于劳力，即此为田园之事而功寡矣。其以人力为之者，唯开三径，以待赏心之友耳。《三辅决录》："蒋诩字元卿，隐于杜陵。舍中三径，惟羊仲、求仲从之游。"妙善同，出郭象《庄子注》。"赏心"二字，灵运屡用之，每篇必然。

（评《田南树园激流植援》，见《文选颜鲍谢诗评》卷四）

《文选注》："永嘉郡斋也。""虚馆绝诤讼，空庭来鸟雀。"恐是弃郡事则可。予尝寓永嘉郡斋，近时特为殷盛，未易以卧病治也。"耕稼岂云乐"，此一句似失言。偷一日郡斋之安，而笑夫碌碌朝列之人可也；谓胜沮溺，而耕稼亦在所卑，过矣。

（评《斋中读书》，见《文选颜鲍谢诗评》卷四）

诗题止是新筑幽居，终篇乃属意所思，有美人不来之叹。"感往虑有复，理来情无存。"此是说道理处，然老庄之学，不可强以吾儒性命道德通之。《庄子》所谓"乘日车"，郭象亦注不明，谓日出而游，日入而息，亦不足多穷也。

（评《石门新营所住四面高山回溪石濑茂林修竹诗》，见《文选颜鲍谢诗评》卷四）

序拟曹丕作。"良辰、美景、赏心、乐事，四者难并。"实灵运语，拟为曹丕诗者。又云："楚襄王时，有宋玉、唐景；梁孝王时，有邹枚、严马。游者美矣，而其主不文。汉武帝徐乐诸才，备应对之能，而雄猜多忌，岂获晤言之适？"予谓此序使其主宋武帝、文帝见之，皆必切齿。"其主不文"，明讥刘裕。"雄猜多忌"，亦能诛徐傅、谢檀者之所讳也。又况言与行皆躁而不静，作为韩亡秦帝之时。宋之禅晋，自义熙得柄，近二十年而篡。文帝在位，至元嘉十年，灵运坐诛，其创业三十年矣，而以愤辞轻为匡复晋室之语，不已疏乎？此序亦贾祸之一端也。况文帝以文自命，鲍照悟旨，伪作才尽，仅仅自全，灵运诚可谓不智矣！所拟八篇，于曹丕云："天地中横溃，家王拯生民。"于王粲云："排雾属盛明，披云对清朗。"此全是晋宋诗，建安无此。于陈琳云："夜听极星阑，朝游穷曛黑。"于徐干云："华屋非蓬居，时髦岂余匹。"皆不似建安。于刘桢云："朝游牛羊下，暮坐括揭鸣。""括揭"二字怪诡，《诗》云："鸡栖于桀，牛羊下括。"鸡栖于杙为"桀"，"桀"与"揭"音义同。"括"，至也。似不必如此立异。于应场云："官渡厕一卒，乌林预艰阻。"颇合实事。于阮瑀云："河洲多沙尘，风悲黄云起。"此两句颇哀壮。于曹植云："徙倚穷骋望，目极尽所讨。西顾太行山，北眺邯郸道。"此四句亦高古。然他皆规行距步，氅砌妆点而成，无可圈点，全无所谓建安风调，故予评其诗而不书其全篇。陈琳、徐干、阮瑀三子，《文选》无其诗，似不似固难悬断。然建安诗有《古诗十九首》规格。晋人至高，莫如阮籍《咏怀》，尚有径庭。灵运山水之作，细润幽怨、纡余开爽则有之矣，非建安手也。近世有《休斋诗话》者，谓灵运《拟邺中》八首，无一语可称，诚哉是言！今予于八首之中，提出其可资话柄者如前，亦已恕矣。

（评《拟魏太子邺中集诗》八首，见《文选颜鲍谢诗评》卷四）

明代

钟惺、谭元春评谢灵运诗

钟云：灵运以丽情密藻发其胸中奇秀，有骨有韵，有色有香。时有字句滞累，即从彼法中带来，如吴越清华子弟作乡语，听者不必尽解，口颊间自尔可观，效之则丑矣。

谭云：康乐灵心秀质，吐翕山川，然以谢家体局，微恨其板，必删去《过始宁墅》《登石门高顶》《入华子岗》《入彭蠡谷口》诸作，不畏人之所骇，不顾人之所爱，乃为真爱灵运。夫活则深、板则浅，岂可使后之有识者，恨灵运为浅哉！

（总评，见《古诗归》卷一一）

钟云："烟不兴"妙绝，在气象光景上看出，若更作"起"字，便索然矣。"兴""起"二字，不甚远，而异用若此，宜知之。

谭云：形容苦寒入微，非指饥言也。

（评《苦寒行》，见《古诗归》卷一一）

谭云：迁客真境，唐人"遇物遂遥叹""乡心遇物悲"皆本此，觉"遥叹"二字尤奇。

钟云：（存期得要妙）五字，迁斥中便宜。

钟云：弱甚，冗甚。

（评《七里濑》，见《古诗归》卷一一）

钟云：亦是俳语作起，便清洒。

钟云：此"愧"字难解，却妙。

谭云：梦中语，果然淡妙。予幼时疑其寻常，不知于无可喜中寻出趣味耳。"雨中山果落，灯下草虫鸣"，其妙如此。

钟云：读"兴阑啼鸟换"句，知"变"字之妙，妙在实着柳上。

（评《登池上楼》，见《古诗归》卷一一）

　　钟云：（远峰隐半规）五字工而活，幻而真，从来诗中落日妙语。

　　钟云：惜时人始知"未厌"二字之妙。

（评《游南亭》，见《古诗归》卷一一）

　　谭云：（首夏犹清和，芳草亦未歇）十字景物，不可易语，格亦高。

　　钟云：力劲在"犹"字、"亦"字。

　　钟云："阴霞"二字，非老于水下静观人不知。

　　谭云：（扬帆采石华，挂席拾海月）此等语，三谢滞累之习，不可以为佳而学之。

　　谭云："无端倪"三字妙，唐人多用之。

306 　　钟云：（有超越）三字极似虚舟，妙在一"有"字，用得着实而幻。

（评《游赤石进帆海》，见《古诗归》卷一一）

　　谭云：灵运是古今第一游山人，所以游具游情，丝毫可通之今日。如"遭物悼迁斥""远峰隐半规""芳草亦未歇""虚舟有超越""怀新道转迥""怀迟上幽室""幽人常坦步""清旦索幽异""山水含清晖""乘流玩回转""空翠难强名""异音同至听""岩峦寓耳目""景夕群物清""樵苏限风霄""早闻夕飙急，晚见朝日暾"。如与结伴共游，领略逼真，当为摘句，写置舟舆间。

　　钟云：（寻异景不延）此景亦真，惜说得不畅。

（评《登江中孤屿》，见《古诗归》卷一一）

　　谭云：（"行源"二句）每寻源未到源边，辄思此二语之确。

　　谭云："媚"之一字，景物间最不宜有。惟细者，自然生媚耳。幽极则媚，秀极则媚……"坦步"二字，是幽人真神情。

钟云：凡丽密诗，薄不得，浊不得。康乐气清而厚，所以能丽能密。

（评《登永嘉绿嶂山诗》，见《古诗归》卷一一）

钟云："索"字是用力字，却妙在自然之妙。

谭云：（樵苏限风霄）静者独步之言。钟云：幽奥在一"限"字。王昌龄"久之风棁寂，远闻樵声至"，耳目意想，略与此相同。

（评《石室山诗》，见《古诗归》卷一一）

谭云："阔""狭"字，从左右生得妙。钟云：游记中极力刻画语，使后人为之，不无击齿嚼舌之劳。

钟云：（日末涧增波）奇景奇语。"日末"字，创见。鲍参军用"川末"，唐人又用"风末""天末""苹末"，不足言矣。

（评《登上戍石鼓山诗》，见《古诗归》卷一一）

钟云：读书从丘壑山川，说到心迹寂寞，岂章句胸中。

钟云："丰暇豫"是病中受用，不然则苦矣。

谭云："怀抱"二字，深矣，非孟浪读书人所知；"戏谑"二字，快矣，非攒眉读书人所知。

钟云：将"戏谑"二字，替却忘寝忘食，可见读书不是苦事；作苦事看，便不必读书。

谭云：读书旷观之言。

谭云：一气读之，谢诗何尝不流！

（评《斋中读书》，见《古诗归》卷一一）

钟云："知耻"上着一"裁"字，有分寸。

谭云：真人自道之言，只是一不负心耳。

钟云：（心迹犹未并）五字地步甚不易言。

谭云：（顾己）二语厚于自待，妙于自反。

钟云：语温而重，如对古人，想见观古今怀抱乃尔。

谭云：好游人罢官，又说向游事，入妙。

钟云："终始"二字，是游记中好关目。

（评《初去郡》，见《古诗归》卷一一）

钟云：题妙，可庇其诗。谢诗又有《石门新营所住四面高山回溪石濑茂林修竹》，题妙甚，而诗以板偶，冗弱不称，故去彼取此。

谭云：人以为省事省心，不知实是作园林妙用。

钟云：富贵人作园亭，胸中有此二语（寡欲不期劳，即事罕人功），便无堆砌喧俗之病。

谭云：游客作园亭，方能不俗。使牖下俗人为之，必有丽而不清，整而不散之患，灵运岂是富贵人？又云：诗亦不辱题。

（评《田南树园激流植援》，见《古诗归》卷一一）

钟云：（"昏旦"以下四句）神情真与山水相关，不能伪作此数语。

谭云："清晖娱人"又下一"憺"字，更娱得妙。

钟云："愉悦"二字是高士闭门，真光景、真受用。然"偃"字自妙，莫与"掩"字例看。

（评《石壁精舍还湖中作》，见《古诗归》卷一一）

钟云："逶迤""迢递"，开后世律诗熟套恶对。

钟云：老杜许多舟行妙诗，不出五字（乘流玩回转）。

谭云：（想见山阿人，薜萝若在眼）动宕，不觉其用《楚辞》。

钟云：（结句）迂重语有深趣，莫作滞累看。

谭云：偶对中有景有致，机流句外。远过《湖中瞻眺》《石门新营》二首。

（评《从斤竹涧越岭溪行》，见《古诗归》卷一一）

谭云： 是过白岸亭时极得意，光景却是心手无可奈何之辞。

钟云： （空翠难强名）五字，极得题中"过"字之神。

谭云： （春心自相属）真胸中活宕之言。

钟云： （穷通成休戚）有情绪，读书观物，妙手灵心。

（评《过白岸亭诗》，见《古诗归》卷一一）

钟云： 一篇天籁文，五字（异音同至听）尽之，奥而约。

谭云： 自《离骚》多用美人、佳人、夫君称其友，入口无须眉气，只宜以我友、君子、故人等字还之。

（评《夜宿石门诗》，见《古诗归》卷一一）

钟云： 道消运开，不是寻常盛衰存没之感。

钟云： 妙在死后不思其好处，反若惜其所短，还有一段直谅忠告意思，真交情！痛极！恨极！

谭云： 王维《哭殷遥》亦同此情，觉此处深至些。

钟云："天枉"二字，合来妙，看不得、想不得。

（评《庐陵王墓下作》，见《古诗归》卷一一）

谭云： 放览留心，方觉耳目之妙。

钟云： 兄弟中朋友，人生至乐。

（评《酬从弟惠连》，见《古诗归》卷一一）

钟云： 写别情幽细。

谭云： 是舟中离境。

（评《登临海峤初发强中作与从弟惠连可见羊何共和之》，见《古诗归》卷一一）

谭云：（退寻平常时）此下，气质古。

（评《发归濑三瀑布望两溪》，见《古诗归》卷一一）

谭云："蔽"字，尽积峡之妙；"共"字，尽深壑之妙。钟云： 刻画异境。

钟云：（"平途"以下）六句质奥，是一短记。谭云：他人数十句写来，必不能如此朴妙。又云：如此大题目，肯作三韵，立想不善。

（评《登庐山绝顶望诸峤》，见《古诗归》卷一一）

钟云：写景静深。

钟云："星阑"字新。

谭云：同一六句，同一对偶，前首则奥，此首则韵。今之能奥者不能韵，降才殊耳。

（评《夜发石关亭》，见《古诗归》卷一一）

钟云：事境有趣。

谭云：戏语蕴藉。

谭云：同戏得妙！"就"字、"堕"字说云月，甚幻。

310 钟云：情辞是《子夜》读曲，而气质似高于晋宋，去李白反近。升降之故，有不可解。

（评《东阳溪中赠答》二首，见《古诗归》卷一一）

陆时雍评谢灵运诗

诗至于宋，古之终而律之始也。体制一变，便觉声色俱开。谢康乐鬼斧默运，其梓庆之鐻乎？颜延年代大匠斲而伤其手也。寸草茎，能争三春色秀，乃知天然之趣远矣。

"池塘生春草"，虽属佳韵，然亦因梦得传。"林壑敛暝色，云霞收夕霏"，语饶霁色，稍以椎炼得之。"白云抱幽石，绿筱媚清涟"，不琢而工。"皇心美阳泽，万象咸光昭"，不淘而净。"杪秋寻远山，山远行不近"，不修而妩。"猿鸣诚知曙，谷幽光未显""岩下云方合，花上露犹泫"，不绘而工。此皆有神行乎其间矣。谢康乐诗，佳处有字句可见，不免硜硜以出之，所以古道渐亡。康乐神工巧铸，不知有对偶之烦。惠连枒然肤立，如《捣衣》《牛女》，吾不知其意之所存，情之所在。

（《诗镜》总论）

谢康乐灵襟秀色，挺自天成，清贵之气抗出尘表。大抵性灵物秒，诗之美恶辨于此矣。陶谢性灵披写，不屑屑于物象之间。

（总评谢灵运，见《古诗镜》卷一三）

语气高岸。"达人贵自我，高情属天云。兼抱济物性，而不撄垢氛"，一似天马脱辔，矫首腾骧。"世屯既云康，尊主隆斯民"，嶷然高峙。

（评《述祖德诗》，见《古诗镜》卷一三）

"凄凄阳卉腓，皎皎寒潭洁"，又"野旷沙岸净，天高秋月明"，语何清冽，似枕流漱石得来。

（评《九日从宋公戏马台集送孔令诗》，见《古诗镜》卷一三）

"玉玺戒诚信，黄屋示崇高。事为名教用，道以神理超"，语超。"皇心美阳泽，万物咸光昭"，结撰精粹，他人费许澄练。二语品贵而韶。汉魏景物略而病于疏，唐人饰而嫌于伪。称情当物，正在陶谢间耳。

（评《从游京口北固应诏》，见《古诗镜》卷一三）

"解缆及流潮，怀旧不能发"，渊明"叩枻新秋月，临流别友生"，最得物态而指点甚便，良由性情超会，故至此。

（评《邻里相送方山诗》，见《古诗镜》卷一三）

"白云抱幽石，绿筱媚青涟"，语何悠旷。外有物色，内有性情，一并照出。

（评《过始宁墅》，见《古诗镜》卷一三）

"池塘生春草""杪秋寻远山""山远行不近"，非力非意，自然神韵。

（评《登池上楼》，见《古诗镜》卷一三）

"时竟夕澄霁，云归日西驰。密林含余清，远峰隐半规"，语色清峭。

（评《游南亭》，见《古诗镜》卷一三）

"首夏犹清和，芳草亦未歇"，佳韵自然。

（评《游赤石进帆海》，见《古诗镜》卷一三）

"乱流趋正绝"，此景人所不道，然言之自佳。"孤屿媚中川"，此山水赏心语，得趣既饶，故赋景自别。

（评《登江中孤屿》，见《古诗镜》卷一三）

"日暮涧增波"，语实景自在。

（评《登上戍石鼓山诗》，见《古诗镜》卷一三）

"野旷沙岸净，天高秋月明"，语气清旷无际。

（评《初去郡》，见《古诗镜》卷一三）

"樵隐俱在山，由来事不同。不同非一事，养疴亦园中。中园屏氛杂，清旷招远风"，得趣既深，任意披写，佳境自成。"清旷招远风"，最是胜句。《诗》谓"独寐寤宿，永矢弗告"，此云"赏心不可忘，妙善冀能同"，皆是得趣深处。

（评《田南树园激流植援》，见《古诗镜》卷一三）

"昏旦变气候，山水含清辉"，简洁，淘尽千言得此二语。去缘饰而得简要，由简要而入微眇，诗之妙境尽此矣。"林壑敛暝色，云霞收夕霏"，其言如半壁倚天，秀色削出。

（评《石壁精舍还湖中作》，见《古诗镜》卷一三）

"心契九秋幹，目玩三春黄"，情物融然无间。

（评《登石门最高顶》，见《古诗镜》卷一三）

颜延年《登巴陵城楼》起云："江汉分楚望，衡巫奠南服。三湘沦洞庭，七泽蔼荆牧。"灵运《石门新营》起云："跻险筑幽居，披云卧石门。苔滑谁能步，葛弱岂可扪。"当前景物，入手便办，略无龃龉羞阻。大家步武，端在此处。

（评《石门新营所住四面高山回溪石濑茂林修竹诗》，见《古诗镜》卷一三）

"俯视乔木杪，仰聆大壑淙""早闻夕飙急，晚见朝日暾"，俯仰恍惚，景物略具，描画妆点，无所用之。诗以本色为佳，自然为妙。"俯视"四语，只一布置景色，已悉此诗人造景不造词也。"野旷沙岸净，天高秋月明""春晚绿野秀，岩高白云屯"，但俱本色，风味自成。此诗人写照不写赞也，此是拥绝上流一着。"初篁苞绿箨，新蒲含紫茸。海鸥戏春岸，天鸡弄和风"，语气丰容，觉春色融和，恍然与对。"孤游非情叹，赏废理谁通"，此中深有领会。

313

（评《于南山往北山经湖中瞻眺》，见《古诗镜》卷一三）

"猿鸣诚知曙，谷幽光未显。岩下云方合，花上露犹泫"，郁郁乎清芬，渠自披陈物色，了不作一诗意。千古以来，几许渴羌而渊明独领其趣。樵夫渔父，日夕出没山水，而灵运独赏其神，终身于此而不觉，是以口不能道耳。"猿鸣"四语，亦只人眼前事，以谢见之，独亲而言之，独切也。"苹萍泛沉深，菰蒲冒清浅"，濯濯如洗。

（评《从斤竹涧越岭溪行》，见《古诗镜》卷一三）

一起情涌，结复颙颙无已。

（评《南楼中望所迟客》，见《古诗镜》卷一三）

气格最遒，情长语短。"晓月发云阳，落日次朱方。含凄泛广川，洒泪眺连冈"，一似自叙，一似告语。惠连《西陵遇风献康乐》："昨发浦阳汭，今宿浙江湄。"途踪旅次，乐与亲知，具道之也。

（评《庐陵王墓下作》，见《古诗镜》卷一三）

"顾望脰未悁，汀曲舟已隐""岂惟夕情敛，忆尔共淹留"，含情极妙。

（评《登临海峤初发强中作与从弟惠连可见羊何共和之》，见《古诗镜》卷一三）

语到真时，诗到至处，能令意象名言俱表，此中何容下一闲言。"重经平生别，再与朋知辞"，九死一生，得此苦语。

（评《初发石首城》，见《古诗镜》卷一三）

一起托兴便成，语无定轨，正如水注渠成。"殷勤诉危柱，慷慨命促管"，耿耿如诉，颇有余情。

（评《道路忆山中》，见《古诗镜》卷一三）

琴可知人，诗可知人。灵运"达人贵自我，高情属天云"，惠连"平生无志意，少小婴忧患"，此是二君写照，故曰诗可以观也。

（评《东阳溪中赠答》二首，见《古诗镜》卷一三）

清代

王夫之评谢灵运诗

乐府之制，以蹈厉感人，而康乐不尔。汰音使净，抑气使徐，固君子之所生心，非流俗之能穆耳也。

（评《相逢行》，见《古诗评选》卷一）

神情高朗，直逼汉人！

乐府自陆士衡以来，趋于平衍。康乐不屑入其窠臼，可谓独抱自将者，故与五言别为一体。

（评《折杨柳行》，见《古诗评选》卷一）

此自别有寄托，故视《折杨》《燕歌》，特为婉密。然使知者悼其深情，不知者亦欣其曲致。天生此尤物，不倾尽古今灵心不已。

呜呼，"佳人难再得"，非此之谓哉！

（评《悲哉行》，见《古诗评选》卷一）

藏曲于直，极变而善止。与子桓一作旌戈相敌，正令平原作壁上诸侯。

句句用韵，正以不促称圣。

（评《燕歌行》，见《古诗评选》卷一）

谑亦自雅。

（评《东阳溪中赠答》二首，见《古诗评选》卷三）

二十字，括一篇檄文在内！

看他萧洒中血痕迸出！所恃以动人者，亦此足矣。此而不动，更数千言，又孰听之？始知陈琳未是俊物。

315

（评《自叙》，见《古诗评选》卷三）

构撰高绝，从"荡荡上帝"来。千载而遥，遂无与为鼎足者。

屹然遂止，神武不杀。且更著论赞，即非述祖德诗！

伊吕、方召，非不可为言，而终不及，此理谁知之？

（评《述祖德诗》，见《古诗评选》卷五）

情景相入，涯际不分，振往古，尽来今，唯康乐能之！

（评《邻里相送方山诗》，见《古诗评选》卷五）

微心雅度，所不待言。"游至""兼山"，因势一转，藏锋锷于光影之中。得不谓之神品可乎？然此至谢集中，犹非极品，更有忘神而天者在。

（评《富春渚》，见《古诗评选》卷五）

平固自远！

"日落山照曜"，琢尽还归不琢。

（评《七里濑》，见《古诗评选》卷五）

且如"含情尚劳爱，如何离赏心"，心期寄托，风韵神理，不知《三百篇》如何？自汉至今二千年来，更无一人解恁道得。吟此而不知钦赏，更罚教五百劫噇酸酒牛肉去！

（评《晚出西射堂》，见《古诗评选》卷五）

始终五转折，融成一片。天与造之，神与运之。呜呼，不可知已！

"池塘生春草"，且从上下、前后、左右看取，风日云物，气序怀抱，无不显者！较"蝴蝶飞南园"之仅为透脱语，尤广远而微至。

（评《登池上楼》，见《古诗评选》卷五）

条理清密，如微风振箫。自非蘡旷，莫知其宫徵迭生之妙！翕如纯如，皦如绎如，于斯备。取拟《三百篇》，正使人憾《烝民》《韩奕》之多乖音乱节也。

即如迎头四句，大似无端，而安顿之妙，天与之以自然。无广目细心者，但赏其幽艳而已！且此四语承授相仍，而吹送迎远，即止为行，向下条理，无不因之生起。呜呼，不可知已！虽然，作者初不作尔许心，为之早计，如近日倚壁靠墙汉说"埋伏""照映"。天壤之景物、作者之心目如是，灵心巧手，磕着即凑，岂复烦其踌躇哉！

天地之妙，合而成化者，亦可分而成用。合不忌分，分不碍合也。于一诗中摘首四句，绝矣。"密林含余清，远峰隐半规"，随摘一句，抑又绝矣。乃其妙流不息，又合全诗而始尽。吾无以称康乐之诗矣！目倦而心灰矣。

（评《游南亭》，见《古诗评选》卷五）

迢然以起，即已辉映万年！

人之于海，亦如是耳。心不为溟涬所摇，而幽情自适，方解操管长吟。比见登岳观海之作，惟恐不肖，而为恫精骇魄之语。使尔，则已目眩首疾、水浆不能入口，而何敢作诗耶？彼人于未至之前，预拟一笨腔粗色相偿耳。此如田舍翁，着糨硬潞绸衫子入朱门，惭惶、惭惶！

（评《游赤石进帆海》，见《古诗评选》卷五）

入想出句，一如皎月之脱于重云。

（评《登江中孤屿》，见《古诗评选》卷五）

前十二句皆赋也，后又用之为兴。精金入大冶，何像之不可成哉？

远者皆近，密者皆通，康乐之独致也。他人远则必迂，密则必涩矣。

（评《登永嘉绿嶂山诗》，见《古诗评选》卷五）

此则所称"初日芙蓉"者也。

（评《郡东山望溟海诗》，见《古诗评选》卷五）

317

鸟道云踪，了然在人心目之间！而要不可为期待。

（评《石室山诗》，见《古诗评选》卷五）

谢诗有极易入目者，而引之益无尽；有极不易寻取者，而径遂正自显。然顾非其人，弗与察耳！

言情则于往来动止、缥缈有无之中，得灵蠁而执之有象；取景则于击目经心、丝分缕合之际，貌固有而言之不欺。而且情不虚情，情皆可景；景非滞景，景总含情。神理流于两间，天地供其一目，大无外而细无垠。落笔之先，匠意之始，有不可知者存焉。岂徒兴会标举，如沈约之所云者哉！自有五言，未有康乐；既有康乐，更无五言。或曰不然，将无知量之难乎！

（评《登上戍石鼓山诗》，见《古诗评选》卷五）

亦理、亦情、亦趣，逶迤而下，多取象外，不失圜中。

（评《田南树园激流植援》，见《古诗评选》卷五）

凡取景远者，类多梗概；取景细者，多入局曲。即远入细，千古一人而已。 结局亦因仍委顺耳，而有金钩钿尾之力。收放双取，唯《三百篇》为然。

（评《石壁精舍还湖中作》，见《古诗评选》卷五）

亦兴、亦赋、亦比，因仍而变化莫测。檃括得之《小雅》，寄托得之《离骚》，此康乐集中第一篇大文字。彼生平心迹不出乎山人、浪子、经生之域，如竟陵者，固宜其不知而讥为套语也。

谢每于意理方行处，因利乘便。更即事而得佳胜，如"早闻夕飙急"四语是也。他人则意动，专趋其意，不暇及矣。杜子美用此法，又成离迤。才授自天，岂可强哉！

（评《石门新营所住四面高山回溪石濑茂林修竹诗》，见《古诗评选》卷五）

一命笔即作数往回，古无创人，后亦无继者。人非不欲继，无其随往不穷之才致故也。

（评《于南山往北山经湖中瞻眺》，见《古诗评选》卷五）

亦往往在人意中。顾他人诗，入人意即薄劣，谢独不尔。世有"眼前景物"之说，谂此亦非不然。虽然，岂易言哉！

谢诗亦往往分两层说。且如此诗，用"想见"两字，不换气直下，是何等蕴藉！抑知诗无定体，存乎神韵而已。

（评《从斤竹涧越岭溪行》，见《古诗评选》卷五）

前幅妙手灵心，吹死使活，捉活令死；后幅无端生情，如孤云游空，映日成彩，无定质而良已斐然。

（评《过白岸亭诗》，见《古诗评选》卷五）

转成一片，如满月含光，都无轮廓。

（评《夜宿石门诗》，见《古诗评选》卷五）

详婉深切如此，而不一及生平！情感须臾，取之在己，不因追忆。若援昔而悲今，则为妇人泣矣，此其免夫！

是古今第一首挽诗，亦是古今有数五言，如神龙天矫，随所向处，云雷盈动。变雅中得如许尽理成章者亦少，况汉魏以下乎！

变化无方，而斟酌不僭，真所谓"顺帝之则"者也。

（评《庐陵王墓下作》，见《古诗评选》卷五）

可以直促处且不直促，故曰温厚和平。

结语又磬然而止，方合天籁！

（评《道路忆山中》，见《古诗评选》卷五）

抉微挹秀，无非至者。华净之光，遂掩千秋！

（评《入彭蠡湖口》，见《古诗评选》卷五）

理关至极，言之曲到！

人亦或及此理，便死理中，自无生气。此乃须捉着，不尔飞去！

（评《入华子岗是麻源第三谷》，见《古诗评选》卷五）

亦闲旷，亦清宛！秋月空山、夕阳烟水中，吟此萧然，岂不较"结庐在人境"为尤使人恬适？乃世人乐吟陶，而不解吟谢。则以陶诗固有米盐气、帖括气，与流俗相入，而谢无也。

（评《初往新安桐庐口》，见《古诗评选》卷五）

恰紧只两句，乃来回视之，通首皆缘此生。章法之妙，亦至斯邪！

翻新有无穷之旨，且令浅人不觉。

（评《七夕咏牛女》，见《古诗评选》卷五）

陈祚明评谢灵运诗

康乐公诗，《诗品》拟以初日芙蓉，可谓至矣，而浅夫不识，犹或以声采求之。即识者，谓其声采自然，如"池塘生春草"等句是耳。乃不知其钟情幽深，构旨遥远，以凿山开道之法，施之惨淡经营之间。细为体味，见其冥会洞神，蹈虚而出。结想无象之初，撰语有形之表。孟凯生天，康乐成佛，不虚也。智慧如此，所证岂凡？洵可称诗中之佛，贾岛外道，谬为魔推。吾今当奉康乐佛矣！

康乐情深于山水，故山游之作弥佳，他或不逮。抑亦登览所及，吞纳众奇，故诗愈工乎？龙门足迹遍天下，乃能作《史记》，子瞻海外之文益奇。善游者以游为学，可也。

康乐最善命题，每有古趣。

详谢诗格调，深得《三百篇》旨趣，取泽于《离骚》《九歌》。江水江枫，断冰积雪，是具所师也。间作理语，辄近《十九首》。然大抵多发天然，少规往则。称性而出，达情务尽。钩深索隐，穷态极妍。陈思、景阳，都非所屑，至于潘陆，又何足云？千秋而下播其余绪者，少陵一人而已。

谢康乐诗如湛湛江流，源出万山之中。穿岩激石，瀑挂湍回，千转百折，喷为洪涛。及其浩漾澄湖，树影山光，云容草色，涵彻洞深。盖缘派远流长，时或潴为小涧，亦复摇曳澄漾，波荡不定。

（总评，见《采菽堂古诗选》卷一七）

殊有汉人遗韵，而情思深切，凄其感人。

（评《折杨柳行》，见《采菽堂古诗选》卷一七）

托情是古人。"贫富岂相讥"句超，当亦不讥富人也。重"归"字韵。

（评《君子有所思行》，见《采菽堂古诗选》卷一七）

甚得风人兴体，感时物而思友生也。"檐上"数句轻倩。"终始"谓冬春之变。末二语，见触绪无非思。

（评《悲哉行》，见《采菽堂古诗选》卷一七）

320

"连峰"四句，"飞燕"四句，景物俱有清致。"肆呈""路曜"极佳。范蠡，功名士也，而出江湖；梅福，隐沦人也，而入城市，正有致。

（评《会吟行》，见《采菽堂古诗选》卷一七）

拟《燕歌》易得弱。差有劲笔。"秋蝉"句，自然时景，令人动情。

（评《燕歌行》，见《采菽堂古诗选》卷一七）

简雅得体。末二语，真若盛时礼宴，成观而退也。

（评《三月三日侍宴西池诗》，见《采菽堂古诗选》卷一七）

二诗亦粗举事迹，敷文特称，未睹佳胜。

（评《述祖德诗》，见《采菽堂古诗选》卷一七）

章体安雅。起四句时景清萧。"指景待乐阕"句，写送别甚妙。末六句，因自寓怀归之情，亦佳。

321

（评《九日从宋公戏马台集送孔令诗》，见《采菽堂古诗选》卷一七）

"在宥天下理，吹万群方悦""事为名教用，道以神理超"，理语入诗，气皆厚，不落宋人。然其胜处在琢，其逊嗣宗处亦在琢。"昔闻"以下十句工整，然不肥重。盖登临游眺，则景物与人相关。以我揽物，以物会心，则造境皆以适情，抒吐自无凝滞，更得秀笔，弥见姿态。"远岩"二句，光色掩映。"黄"字生新，"散"字萧远。结六句述志闲旷。

（评《从游京口北固应诏》，见《采菽堂古诗选》卷一七）

起二句便有作意，似怀土之思，惟憎行晚也。通首使事并新。

以手足之疾，形支离之情，殊异。连城千金，比方华重。借物揆己，废然思归。蹇迟之嗟，昭灼言表矣。

康乐终身坐此忿恨，始出为郡，便尔抒吐，诗以见志，诚不可掩夫。

（评《永初三年七月十六日之郡初发都》，见《采菽堂古诗选》卷一七）

"解缆"二句，别绪低徊。"衰林""秋月"，赋中寓兴。"含情"二句，触境自怡，而意能圆琢，望古不遥矣！余谓《十九首》工于炼意，此粗似之。

（评《邻里相送方山诗》，见《采菽堂古诗选》卷一七）

述情楚楚，章法迢递。"山行"以下，句句秀警。岩峭洲萦，境地可数百千里。"抱"字，"媚"字，自是古诗中句眼。"临回江"，"回"字佳，觉此字据胜。"基曾巅"，"基"字佳，使观大高甍过耳。便葺宇筑观，知归来之约必果。下四句可接。"登""顿""泂""沿"四字，中境地便已无尽。

（评《过始宁墅》，见《采菽堂古诗选》卷一七）

康乐宦情不浅，请郡之行，殊未满志。前诺宿心，云情壑意，皆有慨而发也。以虚字写境，弥觉森然在目，惟康乐能之。"稠叠""连绵""惊急""参错"，字中之意，不泛不浅。盖虚字须不远不近。浮而不切，病在远，远则泛；淡而不曲，病在近，近则浅。深识《上林》《子虚》用字之法，方能使虚字。康乐最善用经语。经语多庄，庄则不入风雅；易陈，陈则无复姿致。偶摘一二字，反觉尖秀高苍。若此"洊至""兼山"是也。自此以下，淋漓警动。"万事俱零落"句，不堪多讽。

（评《富春渚》，见《采菽堂古诗选》卷一七）

起二语便作一折。"孤客"二句，游目生感，百端交集。"潺湲"与"浅"字，有情；"照曜""根落"字，愈远。声光并活。此即虚字写景之上法也。"荒林""荒"字，"哀禽""哀"字，觉触目无非悲楚。"沃若",有色;"叫啸",有声。加"纷"字,则稠叠千林也;加"相"字,则啁哳万族也。十字中,字字不苟下。尝读《上林赋》,见其中林木鸟兽,森森聒聒,纷幡飞舞,叹为化工。此二句能得之。

诗不可废者,谓可以见志也。苟出述怀,纵欲饰情,而真旨必显。味安仁怀县之章,知其恋阙;咏康乐游山之什,识其轻郡。严子同调,有激云然。缘"石浅"数语,景中见情,与元亮"木欣欣""泉涓涓"者异矣!

（评《七里濑》,见《采菽堂古诗选》卷一七）

此应寄托土思,情伤迁宦。每写山川林壑,必取气色声光,是写神之法。"节往"二语健,使唐人为之,无此坚苍。"羁雌"四语,是《十九首》法。"离赏",指己含情,比物也。"华"字作虚字,圆妙。"缓促衿",语新拔。"衣带日以缓",已善言愁损之状。今曰"促衿"顿缓,增"促"字,多衬一层,是画家皴染法也。"安排徒空言",情至不觉道出,与右军"一死生为虚诞,齐彭殇为妄作"者同指。余所谓纵欲饰情,真旨必显,理固然也。惟后世修饰芜词,无谓而作者,不能识其真情。然亦不足观矣。

（评《晚出西射堂》,见《采菽堂古诗选》卷一七）

《谢氏家录》曰:"康乐每对惠连辄得佳语。后在永嘉西堂,竟日思诗不就。寤寐间,忽见惠连,即成'池塘生春草'。常曰:'此有神助,非吾语也。'"

此首尤为秀杰,迢递圆莹,章法、句法、字法,尤臻神化。初日芙蓉中,更属鲜妍。起句得诗人比意。"媚"字异甚,虬龙安于潜以顺,故"媚"响,字生动,觉有嘹唳之音。进德虽摘《易》语,实用"九四,进无咎也"之"进"字,言仕宦也。此二语自是实情。坐此登望之顷,不觉怆怀时序。

"初景"二句,写景写虚,大是妙手。"池塘"句,自是神工。"生"字与"变"字同旨,均为候移之感,而"生"字以自然校胜。此非晋宋人能办,所不类《十九首》者,《十九首》则并无好句可摘也。"祁祁"二句,所谓古雅。"索居"以下,一往情深。

（《吟窗杂录》）此语最属牵强。谓谢公以此（"池塘"二句）得罪,既属矫诬。况本云"寤寐间,忽见惠连,即成此句",都未云惠连所授。宋人论诗,不谙兴比之分。凡留连景物,咸谓托讽时事。注杜集者,支离附会,往往大愚,不知语中之旨,昭然可睹。兴有二义,相关与不,故自悬殊。曲解穿凿,读诗之大忌也。

"明月照积雪",语虽无奇,然能写佳境,则语亦佳矣。至于"池塘"二语,彼自感时序耳,乃咏情,非咏境也。何缘欲令其境之佳乎?诗必有谓而作,或咏境,或咏人,或咏情,或咏事,庸可混乎!言情至此,正与《三百篇》"杨柳""雨雪"之句相近,所以为超诣已。元美作《卮言》时,方尚填缀,若钟嵘所讥者,故终不能赏此自然之奏也。若其斥权文公之评,可为有见矣。

（评《登池上楼》,见《采菽堂古诗选》卷一七）

起四句分承,法密。"远峰隐半规",真景在目,画不能及。此四句中,便含久雨之苦。"泽兰"二语,有"渐"字、"始"字,则"被"字、"发"字始活。自短而长,由苞而长,物色生动。此康乐擅场,他人不能也。自春徂夏,期以秋归,章法迢递。从起四句,生"久痗"句;从"泽兰"二句,生"未厌"二句;从"未厌"二句,生"逝将"句,此之谓章法。古人结构法密,必无中篇突出一意,其来无端者。然亦不能迢递若此。"候秋水"语,有致。"偃旧崖","偃"字亦佳,既作态,亦古雅。

（评《游南亭》,见《采菽堂古诗选》卷一七）

起二句"犹"字、"亦"字，下笔先作一折，大有致。康乐最善发端，要其命思，无无致者，此所以为初日芙蕖也。"阴霞屡兴没"，夏云之状俨然，亦正从"淹晨暮"中生出。古人造语不苟如此。

"扬帆"二句，正见海流之安耳。"溟涨无端倪"二语，可当《海赋》，何其浩大！"虚舟有超越"，咏之使人身在空际。"矜名"二句，炼意甚圆。古诗妙在炼意，意圆则转，转则语工。要须取诸曲折，炼令停匀。不曲则浅，不匀则碍。浅则不须转，碍则不能转。自汉魏作者，皆深于此法，而康乐亦往往能之。

人诵古诗，惟取其词，不揆其意，可笑也。如"挂席拾海月"句固佳，然人骤见惊叹者，盖月既诗中佳色，加以"海"字，空茫亦复足耽，顺喉咏之，岂不超越？不知海月本蚌属一物耳。今试思挂席拾蛤、挂席拾蚌，足为佳句不乎？此二句妙在"扬帆""挂席"字。夫"石华""海月"，皆生波涛中。今"扬帆""挂席"，便可采拾，正见濒海风景，川石安流之境地也。至如"石华""海月"字，亦高雅，足资点染。作诗使物名述风土，字须拣择。有俚鄙不可入诗者，切须忌之。滥用能伤气格也。

325

（评《游赤石进帆海》，见《采菽堂古诗选》卷一七）

于未登孤屿前，先写一层，搜奇选胜，意见笃好山水。若此，情倍深，旨倍曲，发端构想，高人几许？作诗能用意者，难在得发端一语。既得，起句则循绪而下，滔滔不穷，自然章法迢递，通体灵警，无论古体、近体皆然。谢茂秦常谓作诗当先觅警句。是必补缀成篇，思理不贯，悖谬甚矣。"乱流"二句佳。绝流而渡，正尔时不意复有好景，忽得孤屿，悦目赏心，出于望外，觉此境倍佳耳。"云日"二句十字，足尽孤屿妙景。亦写景写虚法。予尝作《登金山诗》，深恐作江滨峰岭，多方属想，求肖水心，不如此十字自然是江中也。发端语不易得。每作古文词，亦如此。

（评《登江中孤屿》，见《采菽堂古诗选》卷一七）

康乐山游，搜剔深远，此诗能写之。发端用"裹粮"二字，便妙。"行源"二句，根此而出。"澹潋"写水、写光，"团栾"写竹、写势，皆虚景也。水动物，加"结"字，得湻蓄，意使之静；竹，形质之物，加"润"字，得晻霭，意又使之动。"涧委""委"字，妙，如见。一泻接"屡迷"字，涧非一涧，委非一委也。"林迥"句，是愈转愈深，所谓能写搜剔之意者。"眷西"四句，因极意摹令窈冥。盖阴隐苍深中，遂入忘返，几于不知旦暮。峭蒨沉黝之字，阳光熹微，左眺右瞻，疑误日月。至于昏曙，久经蔽翳，历览屡费寻涉之劳，徒讶驰景之速，故曰"奄"。奄，忽也。山游至此，一往情深，谁能尔尔？千古好游，无如康乐。即有如康乐者，亦无此曲笔纪之。

（评《登永嘉绿嶂山诗》，见《采菽堂古诗选》卷一七）

发端必写题。前一层言游览，则述所以游览之故，故佳。凡游览诗，以景中有情为妙。得是法，则凡景皆情也。题是望海，然篇中皆写目前物色，盖非写望海也，写望海之人之情也。望海期以豁眸销忧也。目前之物，可以销吾之忧，则眷眷不忘，何必言海乎？且海不易言，言海之语易枵、易拙，此又善于避就者也。不写海而写望海之人，因不写人而写销忧之物，此正取神情，遗形迹也。故观其咏目前物色，而望海之情可知。观其望海，而情可知。此非写销忧，正写忧也。以言写不言之隐，至矣哉。此诗所以不得不作乎？写目前物色句，并鲜秀。

（评《郡东山望溟海诗》，见《采菽堂古诗选》卷一七）

本好游耳，翻从政事中发端，迤逦而下，意曲旨远。写景必写虚。虚，神得，则境地始阔大，千圻万岭，何奇何胜不包！二语中"威摧"字，山形在目；"瀄汩"字，水声在耳。"峭"字、"驶"字，并活。大抵此地山水险异，诗亦穷极险异之态。"西茈""西"字，终疑或是郡西故也。意谓渔商危樵拾安，借寓己志，且贵逸乐耳。"渔商"，佳于"渔舟"，对"樵拾"方有致。"拾"字，既以生取新。"商"字，亦以叠见远。仅言渔舟，意易尽；兼言"渔商"，所包者多，故旨远也。古诗贵生不贵熟，贵远不贵近，康乐尤擅此理。唐以后语近，特缘太熟耳。

（评《游岭门山诗》，见《采菽堂古诗选》卷一七）

"莓莓"字，甚新。详义当是草逐水流，根定叶漂，长条披偃，翠带摇轻，似与俱去也。叠二虚字，使物态俨然，惟《三百篇》有此。人如不爱尚好奇，此无性情者也。必若有深情者，一往无可奈何。故得一佳山水，如得良友，如得奇书，把玩徘徊，矜示千古。盖两美相合，真成奇遇，岂得已于怀哉！千载有此山，乡村之夫，岂能赏识？樵苏之子，犹或希踪。而一旦为我搜得，乐乎不乐乎？摘芳弄条，真是无可奈何，把玩徘徊之至意也。

"虚泛""峥嵘"，写景亦活。"戎"字疑是"我"字。此恐即宕山矣。"征戎"二句，终属晦滞。寻省数四，或者戎汝也。《诗》"戎虽小子"，盖山灵汝我也。言非汝无远者，必也真仙遨游如王子乔者乎？则是总角之年，已能升举，是可羡矣，然亦大强。

（评《石室山诗》，见《采菽堂古诗选》卷一七）

每用题前一层意起。起二语警拔，且思旨缠曲。"欢愿"二句拙，以拙，故生；以生，故不近。"极目"四句，即是写景写虚之法。惟吞山川于胸中，故能吐云水于楮上也。其浩荡为何如？"左阔"即指涧，"右狭"即指岭，承下，法密。"白芷"二句，"竞"字、"齐"字，佳，咏之，觉青葱霍靡，扑人目睫。

以化工状物，随意入神，俄而写其大，则千岩万壑，包罗片语；有时写其小，则一花一草，淫漓单词。要归于境地俨然、景色生动而已。山游并感忧端，或遂激为旷旨。起结无不相应者，章法甚密。此首绾"摘芳"，度"愉乐"，微绪相承，密而又密。

（评《登上戍石鼓山诗》，见《采菽堂古诗选》卷一七）

人有深情者，于民物，爱亦当不浅。起四语，咏之恻然，足当《舂陵行》数篇。田间景亦有何致？而偏能写令佳。"千顷"四语，画不能及。"昀昀原隰"简，固佳。此四语繁，亦不厌。千古咏田间景，逊此为妙，若"良苗怀新""漠漠飞鹭"，一畦一垄耳！

（评《白石岩下径行田》，见《采菽堂古诗选》卷一七）

发论必寻远旨，定不犹人。"心迹双寂寞"，语妙。"寂寞"二字，便是读书至境。嗒然万虑俱屏，不觉醉心于简帙也。"虚馆绝诤讼，空庭来鸟雀"，大好读书处，皆摹神手。"怀抱"二句，超以读书为展戏谑，亦如游山水，此中有真味，知此方能手不释卷。公宦情终深，不觉自言曰"万事难并欢"也。白璧微瑕，乃在"阁"字凑韵。盖公诗体，对无不工者，何不云"既笑汉阴瓮"乎？缘"苦"字无出处，虚而不典；"阁"字顾不碍也。然安知当日非正读《论语》有感于沮溺耶？妄欲改之，终嗫嚅不敢发耳。

（评《斋中读书》，见《采菽堂古诗选》卷一七）

典切，情足副事，词足达情。"古人不可攀"四语，宛转自然，后人摹谢体，慕公新隽之语，每以奥曲求之，岂知又有此清折平易一种？

（评《命学士讲书》，见《采菽堂古诗选》卷一七）

此等诗典雅和愉，风人绝构，何无赏之者？最为得体。"疏栏"二句，大佳，便觉自近及远，森蔚数千万树也。务本事，亦复能有逸趣

328

如此。

（评《种桑诗》，见《采菽堂古诗选》卷一七）

起四句用古人发挥伟论，澜翻云涌。如此发端，何处得来？后人作诗好使事，要皆填缀耳，遂致摭实不灵，空疏之子翻相诟病。若使事如此，曾何嫌乎？使事如将兵，以我运事者神，以事合我者巧，事与我切者当，事与我离者疏，强事就我者拙，强我就事者不复成诗矣。又此四语耳，跌宕深警，绝大议论。后人谓诗不可用议论，亦非也。浅夫愚子，喋喋烦称，辨言纠缠，牵缀无味，以此伤格，不如作文。使诗如文，不复似诗，故曰不如作文，议论所以妨也。自非然者，若《十九首》"人生忽如寄"一段，若阮嗣宗"小人计其功，君子道其常"，若左太冲"贵者虽自贵，轻之若埃尘；贱者虽自贱，重之若千钧"，语愈畅，旨愈远，何足为病乎！因发端用古人竖论起，"无庸"四句，遂多引古人，排列篇中，淋漓横恣，呼来麾去，奇气越溢。吾谓使事如将兵，此则韩淮阴多多益善矣。"无庸方周任"，《文选》作"妨"，意亦佳。但详下三句，"像"字、"类"字、"似"字，正以一例见奇横，终作"方"字为是。

诗不可犯。凡景物、典故、句法、字法，一篇之内，切忌雷同。然大家名笔，偏以能犯见魄力。四语排比者，必须变化，此正法也；四语排比，而中一字虚字偏用，一例不嫌其同，此变法也。细而味之，一句各自一意。尚子、邵生虽相似，而一举其毕娶，一举其薄游。字面各异，何尝无变化乎？发端使事，中段、后段，不宜复使事，此正法也；发端使事，而中段复使事，且叠用古人，至于四语之多，此变法也。细而味之，发端是以我论古人，此四语是以古人形我，用意各别，何尝无变化乎？故能犯者，必有气魄力量足以运之，迹似犯而神格不伤，然后可耳！不则，宁以矜慎不犯为得也。"理棹"以下，写归途景物，欣欣得意，有若释重负者，殊乐也。然公宦情本深，辞归，不爱作郡耳，非真爱隐，故结句未免有怨心焉。

（评《种桑诗》，见《采菽堂古诗选》卷一七）

樵隐不同，樵者劳而隐者逸也。陡发此论，起甚奇。"清旷招远风"，大好胜地，有此地方可树园。此一句，包下文布置诸景。"卜室"八句，上四句树园，下四句园成，写境地之妙，山川纳入眼底，甚不易得此胜。有此胜，亦不能写之，犹不得也。结意亦超。"赏心不可忘，妙善冀能同"，此即爱尚好奇之心，不忘矜示于人耳。"同"字，重用韵。

（评《田南树园激流植援》，见《采菽堂古诗选》卷一七）

"清晖"二语，所谓一往情深。情深则句自妙，不须烹琢，洒如而吐，妙极自然。"出谷"以下，写景生动。"暝色""夕霏"，既会虚景；"映蔚""因依"，亦收远目。公笔端无一语实，无一语滞。若此"虑淡"二句，炼意法、理语圆好。惟不能轻物，故须轻之；惟于理易违，故须无违之。知其如此，而未化焉，诚有不能自主者。于是乎即景兴怀，爽然若失。以一时之悟，破昨者之迷。究极相推，用相喻遣，然知之非艰，行之惟艰矣！公之言及此，具见非不卓，其情则可睹矣。使果默而识之，乌有后尤？悲夫！惜哉！

（评《石壁精舍还湖中作》，见《采菽堂古诗选》卷一七）

"连岩"四句，窅冥迥深，摹写曲至。"活活""噭噭"，写声活。末段有终焉之志，九秋三春，故不相妨。

（评《登石门最高顶》，见《采菽堂古诗选》卷一七）

以公寻山搜险之情，缅想石门营居，故当僻绝。起四句其地可见。"胜地固心赏，得意无独知"，每眷眷于良朋，然复恒叹寡遇，亦足知朝市多而林峦少矣。"美人"二句，望思殷勤，风调则汉人之遗也。"俯濯"六句，淋漓横溢。享此乐固畅，因极写之，此欢忘死。《子虚》《上林》，极写山川其上、其下，以至东西南北，大奇致也。此俯仰上下，以二句当古赋通体，又以二句别辟思路，其奇为何如？其大为何如？杨升庵曰："'晚闻'二句，殊有变互。凡风起必以夕，此云'早闻夕飙'，即子美之'乔木易高风'也。'晚见朝日'，倒景返照也。""崖倾"二句，似有鬼工，百搜不获，千炼难成。写光写声，已是大难。今光则驰也，声则骤也，而写之俨然，岂人力可至乎？且此非写声、写光也，写玩此声光之人之情，其欢真可忘死。今对景能赏玩及此乎？即能赏玩，能写之乎？夫不能写者，是终不能赏玩者也。不能赏玩者，与之语，亦不解者也。故结句云然：嗟乎，智者岂易得哉！千秋惟公具此智慧，故应速得成佛。

（评《石门新营所住四面高山回溪石濑茂林修竹诗》，见《采菽堂古诗选》卷一七）

赏奇者多爱，会心者独逢。"阳崖""阴峰""舍舟""停策"，境非一境，无不披涉，何逐逐也！径则趋其窈窕，洲则玩其玲珑，水则察其碛石，林则寻其绝蹊。置心险远，探胜孤遐，非众所领矣。以玲珑写洲，意佳，是立山上望水中波荡，而土似摇，湖宽而洲若小；又乃洲非一洲，回曲联断，流环若穿，故类嵌空矣。会此远心，迎睐所接，遇乎天倪，一草一木，一禽一鸟，人惟观物，吾以知化。先提"解作"二语，盈天塞地，皆气机之流。"筐""蒲""鸥""鸡"，色泽容声，呈态献妍，与吾神通。摘"解""升"二字，用经笃致。由"初"字、"新"字，得"苞"字、"含"字，写出生意。有"苞"字、"含"字，觉"绿"字、"紫"字，鲜翠可餐；"戏"字、"弄"字，禽鸟灵动。尤妙在春岸和风，情迈观濠，与知其乐。山川物我，同游化机，胜领和酬。去尘万里，人远何伤！但悠悠天下，可遂无一人同者。然具此真赏，固未易有人同也。

（评《于南山往北山经湖中瞻眺》，见《采菽堂古诗选》卷一七）

夫真赏者惟日不足，闻猿警曙，睨谷待晨，稍能辨色，便复策杖。宿云未收，零露方滴，人方梦中，吾已岩际。具此情者，卧应惜夜之掷赏，起必攀晨而欣觌。匪云无厌，情不可已也。夫胜景以清幽为最，佳致以独赏为遥。清幽取其初，独赏爱其静。始晓宇开，群动未作，晨星犹在，曙色渐来。独树之前，一窗之望，徙倚静观，犹足自得。况有谷有岩，拂云披露，噭猿声里，香气花中，孤高幽寻，惟有一我，乐也奈何。隈爱透迤，岘探迢递。涧，吾知其厉急；栈，吾知其陵缅。以至萍觉深沉，菰临清浅，泉取其飞，叶耽其卷。盖随境所接，匪直见曲，匪滞见动，岂境独异哉！常人胸无深致，旷观鲁莽；幽人情深相寻，寓目必细。故洲渚以回复为佳，川流以潆转见态。吾所得之景，别有异景。游乎动静之间，审乎往来之介。康乐写景必写虚，得斯旨也，超世之识，所领既邃，孰能同之？爱乃忆想，山阿在眼，若遇有同此情，不惜心赠，而不可逢也。冥符至契，渊然逮兹，身世可忘，何复足恋！万端皆遣，此时此情，真即尔尔。但恐有造始感，无能终持。

（评《从斤竹涧越岭溪行》，见《采菽堂古诗选》卷一七）

有以不言言者，视以言言者，深矣。颂尧舜曰"莫罄"，颂夫子曰"不知"，空翠难强名，名之过卑矣。境佳在曲。幽人韵士，必结造近观之中，冥搜远域之内，令即目而是，曲乃易为，地诚胜矣。"空翠"句承远山，"渔钓"句承近涧，法密。"援萝"以下，即境引情，羡世同春，慨己独戚。虽云"理遣"，无解神伤。审后段属想之原，栖鸟萍鹿，即目所睹。因物感《诗》，缘《诗》伤己。对茫茫而交集，来匪无因；假洋洋以如忘，终不但已。"栖黄""黄"字，终未安妥，不知可作

"栩鸟"否乎？

（评《过白岸亭诗》，见《采菽堂古诗选》卷一七）

遂欲十日卧兰丛中矣，不得已而还宿，然固云际也。石上弄月，何尝不佳？兰渚既已萦怀，月色又复关抱，情深多爱之人，特有然者。"鸟鸣"四句，卧中领略。响既大殊，听偏独至。不有至听，此响委空。东坡所谓"何地无月，何处无竹柏，特无如吾两人者耳"。东坡幸有两人，康乐终身一我，悲哉，悲哉！晞发阳阿，傲睨一世。

（评《夜宿石门诗》，见《采菽堂古诗选》卷一七）

康乐天才殊胜，识解超超。同时之人，泂无其偶。观其嘲笑孟觊，兀傲之状，当亦难堪。爰使群流莫相攀诣，天下之大，人物之多，终身独行，能无阨塞？山中屡叹于美人，良有以也。此作结言。在先盱想，在后勤企之念，缠绵莫解，不知是何客能使康乐系心若此！无亦见似人者而喜耶？如此良夜，如此江楼，又有人如康乐者，而迟之，而不至，其人盖可知矣。而犹眷眷不忘，此康乐之厚也。"孟夏非长夜"二语，刻画至情，比《国风》"一日三秋"，此言尤警。人能兀傲者，傲其可傲。必逢知己，爱恋弥深。结交求泛爱，衷情常易迁，人不求所以不令人傲之虑，而嫉傲己者如仇，过矣。见傲者而远之，以为是不可近，失矣！

（评《南楼中望所迟客》，见《采菽堂古诗选》卷一七）

人情深者无所不深。见山水不忘，而与人独易忘，将有两性情哉！观康乐山游之诗，谅其于父子、君臣、夫妇、兄弟、朋友，亦非泛泛。于是作验之矣！"徂谢易永久"，名言，人不能道。人与人日相接，虽数十年不觉远也，骤而分襟，天各一方，月迁岁流，曾几何时，倏已改观。又况永诀以后，冉冉星霜，速何如哉！"延州"以下，极写哀思，然不自言哀，而借古人以形己之哀。谓公无实笔，无滞笔，其

333

作法与人殊也。论至人之见，忘哀乐，齐生死，必臻此旨。始离世情，然既挟天真，抟为形体，性岂无灵？情难便已。所接之物，定有缠绵。菩萨之心，异于自了，以有此情耳！通蔽本不相妨，当其未通动为识转，及乎非蔽，匪识能将。夫菩萨之心，随物兴慈，未论所接，况于已接，宁反恝然？人而无情，世无忠孝。释理非谬，于此信之。"一随往化灭，安用空名扬"，古今至感，命意若此，《十九首》岂能过之？常论康乐情深，而多爱人也。惟其多爱，故山水亦爱，友朋亦爱，乃至富贵功名，亦不能不爱。爱分现前，此取彼夺，不能徇节，亦是爱身。惟其情深，中有难已，蕴蓄在抱，亦匪顿忘。观墓下之作，哀惨异常。知忠义之感，亦非全伪，胸中隐隐，特不能发。至计无复之，有激始动耳。庐陵之哀，无关故国，以其爱友，征其念君也。

（评《庐陵王墓下作》，见《采菽堂古诗选》卷一七）

　　详此诗应作于罢郡归来之时。但永嘉瓯越，非闽也。康乐又未尝至闽。或瓯闽相临，往昔得通称耳。发论每深入一层，跌荡而出，起二句是也。"何意冲飙激"一段，是言庐陵，波及迁斥，自分终身。有"永绝平生缘"句，方知后来甄录之幸，真出望外。"浮舟"数句，极写险越若播州，非人所居。"两如直""三避贤"，摘字成句，甚雅。归园排四语，有随分自安之心，颇饶致趣。

（评《还旧园作见颜范二中书》，见《采菽堂古诗选》卷一七）

　　康乐生平少知己，忽得惠连，乐形梦寐。"末路值令弟"，非虚语也。首章命意，先写真爱之源，来径迢遥，亦是直述情愫。

　　凌涧寻室，已是空谷跫然；散帙问知，抑复赏心合志。"夕虑"句，投契真境，与山游不知昏晓，此情相同。

　　两美相合，彼此同旨，方望来章，果惠芳讯。"辛勤"二句，序来诗之旨，酬赠体应尔。

前三章回环，次序、章法不必言。此章用意倍曲。爱深而虞其阻，望切而疑其暌。末路得令弟相知方新，情固宜尔。苟骛华京，岂念空谷？来章幸惠，或得无忘；归轸未期，徒增跂想。一往皆真情。

每篇绾合，俱自然。此首作一折，生发佳致。对胜境愈怀良知，怀良知，正欲共此胜境。总属真爱，不能不惓惓望之。其源出于陈思《赠白马王》一篇。此体如马闲车轻，而又按辔徐行，款款不骤，章法承接，一丝不纷。至其情思缠绵，匠心直述，都无一字出于伪设。情真，语自佳。固知古人定无修词一法。

（评《酬从弟惠连》五章，见《采菽堂古诗选》卷一七）

临别之情，恻怆至此。后四句使人唤奈何。

"夕情敛"三字，善言人情。白日听睹既广，聊可寄情。向晦无为，耿耿孤露，情深人辙无所寄，便觉难堪。况增离索之感乎？

泉鸣猿响，亦何与于别离？而自我听之，无非愁绪。

335

此一章（攒念攻别心）更奇，更亮。排二句，诗人之常，故排三句，乃见变化。"高高"字妙，便觉杳不可攀，以起下文。本是不能别，翻云长绝徽音。康乐结想必深一层。若以常理，当言前期可必，握手非遥。偏能另发一意，弥见奇胜。此诗更饶作意。古淡不及前章，而凄惋过之。前章《十九首》之遗，此诗则楚调也。各有其胜。

（评《登临海峤初发强中作与从弟惠连可见羊何共和之》，见《采菽堂古诗选》卷一七）

慨然发端，便有无穷蕴结，更复典雅。"故山"数句，凄其嘹亮，结应起句，法密。此诗风调入汉魏非远，以其渐近自然。

（评《初发石首城》，见《采菽堂古诗选》卷一七）

情言亹娓。"鹭鹭""纤纤"，字活。加"方"字、"垂"字，更生动。物感春荣，人抱秋恨，悄劳何如？"隐轸""缅邈"，虚字可味。

"怀居"二语宛合，亦有致。古事即下文所指，俱自寻所感。

（评《入东道路诗》，见《采菽堂古诗选》卷一七）

起语亦得借古引今法。追寻一段，序曩日山中之乐，抒写极畅。康乐再斥以后，法益老，调益熟。淡而能古，质而多情。

（评《道路忆山中》，见《采菽堂古诗选》卷一七）

起句能穷水宿之况。"洲岛"二句，汹涌在目。"三江"已下，徘徊吊古，物色超异。通篇惟"千念"二语言愁，余句不言愁，而愁无极。吊古之情，正是深愁也。身世如斯，江湖满目，交集百端，乃至无语可述。"金膏""水碧"，亦有《天问》之旨乎？康乐迁永嘉，犹有录用之望，故往往言其不得已。至斥广州，已矣，无复可言矣，故其诗低徊反复，有怀不吐如此。

（评《入彭蠡湖口》，见《采菽堂古诗选》卷一七）

336

古人托神仙，每属不得已。尔时康乐胸中，愁绪万种，不堪宣之笔墨，而抒吐于凭吊。若不信有神仙者，此又不得已之至感也。"莫辨"四句，当与信陵君饮醇酒、近妇人同观，极哀之旨也。"险径"二句写峻绝，语超想外。结语申乘月独往之意，中有至理，语拙，然非晋人不能作。人生何知千秋？朝不能及夕耳！远谋皆迂，究竟俄顷是实，诚不吾欺。必也无生，方为了义。

（评《入华子岗是麻源第三谷》，见《采菽堂古诗选》卷一七）

清绝滔滔。

（评《初往新安桐庐口》，见《采菽堂古诗选》卷一七）

魏太子：前半风调不类建安，澄觞以下极意摹仿。

王粲："一旦值明两""岂顾乘日养"，仍是康乐本调。

陈琳：入情。

徐干：慨然远想。末四句语质情长，亦似魏人。

刘桢："朝游"四句，有致。

（评《拟魏太子邺中集诗》八首，见《采菽堂古诗选》卷一七）

"楚艳"二语琢。

（评《彭城宫中直感岁暮》，见《采菽堂古诗选》卷一七）

"明月照积雪"，允称名句。

（评《岁暮》，见《采菽堂古诗选》卷一七）

便是五绝体，雅有远情。

（评《答惠连》，见《采菽堂古诗选》卷一七）

亦饶胜引。

（评《初发入南城》，见《采菽堂古诗选》卷一七）

代答诗，语新警。

（评《东阳溪中赠答》二首，见《采菽堂古诗选》卷一七）

累任之后，忽发此愤，诚非情实。然吾谓康乐胸中，未忘此意，于其哀庐陵信之。

（评《诗一首》，见《采菽堂古诗选》卷一七）

殊有嗣宗《咏怀》之风。

（评《王子晋赞》，见《采菽堂古诗选》卷一七）

沈德潜评谢灵运诗

前人评康乐诗，谓"东海扬帆，风日流利"，此不甚允。大约经营惨淡，钩深索隐，而一归自然。山水闲适，时遇理趣，匠心独运，少规往则，建安诸公，都非所屑，况士衡以下。陶诗合乎自然，不可及处，在真在厚；谢诗追琢而返于自然，不可及处，在新在俊。千古并称，厥有由夫。陶诗高处在不排，谢诗胜处在排，所以终逊一筹。刘勰《明诗篇》曰："老庄告退，而山水方滋。"见游山水诗以康乐为最。

（总评，见《古诗源》卷一〇）

《庄子》曰："尧见四子藐姑射之山，汾水之阳。"理语入诗，而不觉其腐，全在骨高。

（评《从游京口北固应诏》，见《古诗源》卷一〇）

解缆二句，别绪低徊。含情二句，触境自得。

（评《邻里相送方山诗》，见《古诗源》卷一〇）

登顿沿洄，非老于游山水者不知。《左传》："初，季孙为己树六槚于蒲圃泉门之外。"杜注曰："槚，自为椟也。"始宁县，谢公故宅及墅在焉。兹因之官过此，故有末四句。

（评《过始宁墅》，见《古诗源》卷一〇）

虬以深潜而保真，鸿以高飞而远害。今以婴世网，故有愧虬与鸿也。薄霄，顶飞鸿；栖川，顶潜虬。《楚辞》曰："款秋冬之绪风。""池塘生春草"，偶然佳句，何必深求！权德舆解为王泽竭，候将变，何句不可穿凿耶！

（评《登池上楼》，见《古诗源》卷一〇）

起先用写景，第六句点出眺郊岐，此倒插法也，少陵往往用之。

（评《游南亭》，见《古诗源》卷一〇）

张衡《归田赋》："仲春令月，时和气清。"指二月言，此言首夏，犹之清和，芳草亦未歇也。后人以四月为清和，谬矣。《临海志》曰："石华，附石而生。""海月，大如镜，白色。"《庄子》曰："孔子围于陈，太公任往吊之。曰：'直木先伐，甘泉先竭。'子其意者饰智以惊愚，修身以明污。昭昭若揭日月而行，故不免也。"

（评《游赤石进帆海》，见《古诗源》卷一〇）

"怀新道转迥"，谓贪寻新境，忘其道之远也。"寻异景不延"，谓往前探奇，当前妙景，不能少迁延也，深于寻幽者知之。十字字字耐人咀味。"乱流"二句，谓截流而渡，忽得孤屿。余尝游金焦，诵此二句，愈觉其妙。

（评《登江中孤屿》，见《古诗源》卷一〇）

"眷西"四句，言深入苍翠中，几不知旦暮。左眺右瞻，疑误日月也。然此诗过于雕镂，渐失天趣，取其用意之佳耳。

（评《登永嘉绿嶂山诗》，见《古诗源》卷一〇）

"早闻"二句，总见光景之不同，"感往"二句，言悲感已往，而天寿纷错，故虑有回复。妙理若来，而物我俱丧，故情无所存。《庄子》牧马童子谓黄帝曰："有长者教予曰：'若乘日之车，而游襄城之野。'"《楚辞》曰："载营魂而升霞。"

（评《石门新营所住四面高山回溪石濑茂林修竹诗》，见《古诗源》卷一〇）

《易》曰："天地解而雷雨作，雷雨作而百果草木皆甲坼。"又曰："地中生木升。"诗中用经，无如谢公者。

（评《于南山往北山经湖中瞻眺》，见《古诗源》卷一〇）

"过涧既厉急"，用以衣涉水事。枣据《逸民赋》曰："握春兰兮遗芳。"《楚辞》曰："折疏麻兮瑶华，将以遗兮离居。"此云"勤徒结""心莫展"，言欲赠友而末由也，承上二句看便明。

（评《从斤竹涧越岭溪行》，见《古诗源》卷一〇）

凡物可以名，则浅矣。"难强名"，神于写空翠者。"止栩黄"，言黄鸟止于栩也，然终未妥。

（评《过白岸亭诗》，见《古诗源》卷一〇）

《汉书》曰："广德当宣，近于知耻。"谓彭宣、薛广德也。贡公，指贡禹；邴生，谓曼容。养志自修，为官不肯过六百石，辄自免去。子夏曰："吾入见先王之义则荣之，出见富贵又荣之。二者战于胸臆，故臞。今见先王之义战胜，故肥也。"《文子》曰："莫监于流潦，而监于止水。"

（评《初去郡》，见《古诗源》卷一〇）

"异音同至听""空翠难强名"，皆谢公独造语。

（评《夜宿石门诗》，见《古诗源》卷一〇）

吴淇评谢灵运诗

康乐颇能见意，故其诗最可玩味，勿以其昧明哲之道而忽之也。盖其才大心细，襟阔情深，而老于游。故其游览诸什，直摄山水之魂魄于五言之中，后世鲜出其范围者。

康乐之诗，横绝古今。由其前者而论之，《诗品》曰"源出于陈思，杂有景阳之体"，"而逸荡过之"。李梦阳曰，谢诗"六朝之冠也，然其体始本于陆平原，气格稍亚，时代使然耳。陆谢二子则又并祖曹子建"。《诗谱》曰："以险怪为主，以自然为工，李杜取深处多取此。"薛蕙："曰'清'，曰'远'，诗之至美者也。康乐以之，王孟、韦柳抑其次也。"由其同时而论之，汤惠休曰："谢诗如芙蓉出水，颜诗如错采镂金。"孙器之曰："谢康乐如东海扬帆，风日流丽；陶彭泽如绛云在霄，卷舒自如。"唐子西曰："三谢诗，灵运最胜。当就《选》中写出，熟读自见。"

陶谢齐名，于理各有所见。谢见得深，陶见得实。谢见得做不得，止于狂；陶见得做得，可称狷。论文各诣其至：陶诗和雅，《大雅》之才；谢诗悲愤，《小雅》之流。若以谢多涩句晦句，以为不如陶之通峭，不足与言诗矣。

（总评谢灵运诗，见《六朝选诗定论》卷一四）

曰"祖德"，是表玄德，非颂玄功也。玄功详载晋史，无容赘。灵运恐后人因功而掩其德，故作此诗。重三个"道"字，德即道之有得于己者。"达人"四句，以议论起，乃全诗纲领。"段生"十句，引古人之有道情神理者，见玄之功德远侔古人也。"委讲"二句，玄之由处而出以道也。尊主隆民，功有实济，此指未破苻坚以前而言，见破苻坚非侥幸成功。夫"委讲"，前此者尝论道矣；曰"改服"，前此者有初服矣，暗应"达人贵自我"句，不忍恝然于世。出"康世屯"，正应"高情属天云"句。

后篇"中原"二句，从晋乱起。"崩腾"二句，根"岂解已"，见乱之久。"河外"二句，根"中原"句，见乱之大。"拯溺"二句，见玄之成功以道也，应前"兼抱济物性"句。"秦赵"二句，即前"尊主隆民"，又说得拓些。"贤相"二句，见时不可为。"遗情"一句，见玄之功成而退以道也，应前"而不缨垢氛"句。合之总是完得"贵自我"三字。

刘辰翁曰："后诗专美谢安，盖安当时高卧东山，是有道情神理者。"此言大谬。盖前章"明哲"，后章"君子"，皆指玄，"贤相"方指安。试观其语意仍是以玄为主。王元美曰："安石没后，晋事不可为矣，玄所以拂衣而去。"是为得之。盖谢氏之功，莫大于破苻坚，然破苻坚者安也，玄因安成事者也。此际最难立言，言之则没其功，不言则没其实。此诗之妙，自前章及后章之半，并不及安，至末乃出"贤相"云云。其意以淝水之战，当坚者玄也，玄实有破坚之才；使得行其志者安也，安既没，事方不可为耳。此所谓不没其功，亦不没其实也。尤妙在称安为"贤相"，盖以《采薇》颂玄，而别归《天保》于安矣。

（评《述祖德诗》二首，见《六朝选诗定论》卷一四）

此诗与谢瞻同题，一字不差。谢瞻心中无事，故其诗只以"九日从宋公戏马台集"为主，而"送孔令"只于篇末略带之。康乐却是欲归不得无限牢骚，故通篇以"送孔令"为主。起句"季秋"云云，便为送行张本，只用"良辰"四句，略回顾题面。"良辰"二句，从"宋公"。"鸣葭"句，是"戏马台"。"兰卮"句，是"集"，似若宋公之出诸人之集止为九日也者。然"饯宴"云云，送孔令之礼亦于时成焉。"在宥"四句，见宋公量大能容，不以法绳下，故孔令得遂其归志，而叹己之不得与也。"骓棹"二句，羡他去得斩绝。"河流"二句，羡他去得快驶，观下文自明。言己不是念他途远辛苦效儿女子之情，却是羡他得急流勇退之道而深有愧心云。

　　《琅琊漫抄》谓，此诗首二句"见孔令避地之意，三句喻时，四句美孔。赋而比也"。"在宥"二句，"诗意微婉，喻宋公尤妙"。为此论者，最合诗意。盖此诗为送孔令，宜以孔令为主，而从宋公送孔令，尤宜以宋公为主。寒潭皎洁，写孔令已尽，却是从"阳卉凄腓"句楔出。子曰："岁寒然后知松柏。"不有凄腓之阳卉，安显皎洁之寒潭也？阳卉之凄腓，由于霜雪之苦，乃旅雁之所以欲去也。此四句，人但知其以景表时，不知乃以时喻时也。此等之时，难为致之。当日关天下治乱之机者，宋公也。"在宥"二句，虽写其未有天下而已据有天下之势，然借《庄子》语，言"在宥"者，谓其所藏蓄者深不可测；而"吹万"者，谓以小仁小义取媚于天下而不可语以至精之道也。以致"阳卉"云云，即广成子谓黄帝曰"而治天下云不待族而雨，草不待黄而落"也。夫孔在当时虽称贤哲，然不过急流勇退之人，何必如此深写？然孔令此时有归期，而康乐平昔有归志，此其相合处。故写孔令政写自己，写自己故不得深耳。

　　（评《九日从宋公戏马台集送孔令诗》，见《六朝选诗定论》卷一四）

　　此康乐之永嘉郡初发都作也。然古人作之郡诗多矣，未有谨书初发之日，且详纪其月、详纪其年者，而此题独书曰"永初三年七月十六日"者何？年，高祖之年也；月，少帝之月也；日，灵运初发都之日也。系高祖之年者，未逾年也；七月者，少帝之立甫逾月也；十六日者，去高祖之升遐无多日也。

旧注以"述职"二字，疑康乐为六月入觐，七月返棹。非也。观诗中"从来渐二纪，始得傍归路"，此的为初之郡也，但为尊者讳耳。若言己在高祖时，已曾为郡，今日之行，若述职而归郡然。"阑暑"者，言今日己之之郡，非朝命下而夕启行也。己之"理棹"，虽在七月，而为郡之命，已在高祖初晏驾之五月，是斩焉衰绖之中，固已改其父之臣矣。特以国丧之故，未忍即行，故期之七月耳。然何以不言国丧之故而托之待时而行者，亦为尊者讳耳。"秋岸"句，时虽已秋，"火旻"句，暑气犹未全退，当是国丧已除，定有勒令离都，不容一日缓者。"辛苦"云云至末，俱因发都而思归家也。"辛苦"句承上"火旻"句，即唐人诗所云"仕宦为亲友，亲友已零落"是也。"游子"句，谓暮年之人更不能堪此耳。此二句是下文之柱。"爱似"句承"辛苦"句来，去国者见似犹喜，交友者久而弥敬，怀土固人之常怀也。但男儿生则悬弧，志在四方，我如何持庄曾怀土之心，以谢彼志在四方之远度乎？盖以岁年已暮，犹困于远役，不得归家为可痛耳。然何为不得归而遂至暮年也？以仕宦故。何为仕宦也？以彼英达之知遇而未报故。盖其初年，亦未有仕宦意，常念古人如李牧、郤克，皆支离其形之人，爱遇良时，不以支离之故而见遗，皆能自立功业，以报知遇。乃余不独支离其形，而心游方外；更支离其德，宜见遗于时，幸际休明，亲蒙英达之知遇，不以支离见遗，亦如二子。然知遇之隆，不啻赵璧之下曾无寸补，竟似魏瓠之无用，以二子之义，内惭于心，思立报效。不意日复一日、年复一年，竟蹉跎二十余年，至今日而有之郡之行矣。使此行也，与归家之路绝相背驰，则亦无所感耳。乃今日之郡之行，即傍归路而行，而迫于简书，曾不得一过省。且永嘉边郡，远在天末，以暮年之人将穷历山海，而亲友相晤赏心之事，恐自此永绝耳。此一段应前"游子"句。通篇全在"始得傍归路"五字，若无此竟是一首思归诗矣。

（评《永初三年七月十六日之郡初发都》，见《六朝选诗定论》卷一四）

首二句将出守永嘉，既辞朝矣，此邻里相送之由。"解缆"云云，点明方山。方山下有湖水，相送至此，已业登舟矣。"怀旧不能发"，直写己依依之情。"析析就衰林"，衰林即湖岸山足之林，送者尚在林中，此曲写邻里绻绻之情。"皎皎明秋月"，亦照舟中，亦照林中，更写己与邻里脉脉之情。夫己之情，己所知也，故直写。己非邻里，未尽知邻里之情，故借林木之"析析就衰"曲写，而后以秋月之皎皎互写。"含情"以下，乃对邻里自言己志。谓己平生多情多感，一遇山水佳处，辄不能已已，是他自认一疾，如古之狂也。但积久弥年，生虑久谢，虽盈于情而实寡于欲，因缺于人而得全于天。有惟狂克念之意，此其平生之志也。将资此志，永与邻里共栖幽，岂知为作郡而有此久别哉！然其言志，只是自言己志，何尝计及邻里之同有此志否也？下言勉志，亦当是自勉。而乃拉邻里在内，曰"各勉日新志"者何？只是他志在"含情"云云，乃中山之事。虽一麾出守，所勉者仍"含情"云云之志，只缘他要加倍写"勉"字，却须于"志"字上用"日新"字。既用"日新"字，不拉邻里在内，将恐人谓山中一志，作郡又一志，未免疑其为致君泽民之志，故曰"各勉"。则作郡所勉之志，即山中邻里共勉之志。日新又新，决不令一息稍尘耳。"音尘"句，就上"各"字拈来，见他言志，却又都是写情，恰恰又是与邻里之情。

（评《邻里相送方山诗》，见《六朝选诗定论》卷一四）

人知灵运用《易》语箓诗词，不知灵运用《易》义立诗格。如此诗借未济富春以前，喻冒险而行，须重"坎"之义，曰"涉至宜便习"，截住前半；既济富春以后，喻于止知止，又须重"艮"之义，曰"兼山贵止托"，截住后半。若今日以前之年，是一灵运；今日以后之年，又是一灵运也。如此诗格，亘古无两，然却不是是今而悔昔。盖凡圣贤学问，要从人间险难中磨炼而成。苟不便习"涉至"而遽"止托"，乃告子之不动心也。此最善于《易》者。

（评《富春渚》，见《六朝选诗定论》卷一四）

小渊曰渚，深水也。水流沙上曰濑。前题《富春渚》，见其水深难济，故前诗止写其险急而不他及。七里濑亦富春之濑，长七里，子陵之遗踪在焉。于此吊子陵者，以濑因子陵而传也。然先写濑而始及子陵者，以此滩为浙东南之盛，纵无子陵，亦能自传也，故题曰《七里濑》。若诗正为此濑而作，而子陵不过我心之同然耳。

345

此诗只以"存期得要妙"一句为主，"得要妙"则学为有本，即"上皇心"，所谓大道之行也；"得要妙"则学为有用，即"任公钓"，所谓三代之英也。凡凭吊古人诗，须当具此一副大本领。不然，一遇盛名之古人即心誉口嗫，如尹夫人见邢夫人不觉自屈矣。康乐胸中眼中，实有不让子陵处，故特借他作印证，与仲弓胸中先有敬简一段大道理，而以子桑、伯子为问同意。故此诗开首绝不理论子陵，只写连日羁旅之苦，即一展眺若未尝望子陵也者，即望之所见，亦止见此"逝湍"及"浅水"云云，乃濑中之物事耳。于山，着"日落"，是日之夕矣；于林，着"沃若"，言岁之暮也，乃承上"逝湍"以起下文"悼迁斥"意。"遭物"四句写怀，亦止写自己之怀也。迁，移也。斥，去也。"物"，指上文云云。感物而悼，逝者如斯，盖一旦同濑而有悟于要妙然，而实非一旦之悟。存者，养也。期，即时也。时无一息不逝，心无一时不存，其得要妙，是平日集义所生者，非义袭而取之也。要妙既得，此心不为物迁，则居然上皇之心矣。既秉此上皇之心，则末世管晏之流又何足挂我齿颊耶？"目睹"以下方写子陵，然亦不是写子陵。若写子陵，则目瞩子陵之濑自宜想属子陵；而却别想一人，曰"任公"。何也？人生所难遇者喜起耳。子陵值建武之君，止作得巢许局面，徒能自善，不如任公东海之钓云云，自善而能兼善也。故既以上皇之心表自己之心，复以任公之钓，小子陵之钓也。但子陵之隐此，固是情关山水；而康乐之吊此，亦是未免有情，所谓异代同调者此耳。康乐亦只是见得才到，其实连子陵亦做不来。可知石勒不下光武，康乐不下子陵，俱是英雄欺人。

（评《七里濑》，见《六朝选诗定论》卷一四）

始宁墅者，谢之旧墅。别此二十四年，以出守永嘉始得便道一省，"过"者，如过路然。

自首句至"还得"句，因过旧墅而自感其平生之怀也。以"耿介"二字为骨。"耿"即下文"清旷"，"介"即"贞坚"。"逐物"犹随事也，"志"即耿介之志。"违志"二十四年之久，则"谢清旷""惭贞坚"，似无复往日耿介之怀矣。皆由于逐事推迁，渐渍而然。何也？凡人苟知自好，谁肯甘为"缁磷""疲苶"？一遇世间难为之事，不妨暂尔贬屈，曰：吾不得已也，屈之今日，或可伸之明日；屈此一事，或可伸之他事。乃日复一日、事复一事，习为固然。于是"耿"者化为"缁磷"，"介"者变而"疲苶"。彼其初意，岂料至此之甚哉！故曰：违志二十四年之久，直宛似昨日也。若只此一差之后，后来再不曾过得一日、做得一事然者。"拙疾"二句，言虽一事偶差，蹉跎至今，似为不幸。然而犹有可幸者，曰"拙"、曰"疾"。拙则事不任我，故心得静；疾则我不揽事，故身得静。身静心静，我更得却便宜。此二十四年，虽逐物推迁，而耿介之怀不致澌灭尽者，赖有此耳。"剖竹"二句，点明题面，以下俱写"过"字。"山行"二句，追写未到始宁路途之景，见得过始宁亦如此行道之例耳。"岩峭"二句，是遥望此墅；"白云"二句，是近望此墅；"葺宇"二句，已到此墅。谓此"临回江"者，我二十四年前所葺之宇也。"基曾巅"者，我二十四年前亦所筑之台也。"挥手告乡曲"，已过墅矣，直写出个过门不入意思。三载期归，兼"树枌榱"，皆告乡曲之言，并不与家人一语也。"树枌榱"，《左传》季孙之语。终老此墅，以遂其耿介之志也。然违志已是二十四年之久，何不此日即止，而又待三年满任之后，不虞其云云乎？当时亦盖有不得已者，姑为日损，仍恃有拙病在尚可支持，得此三年后决不可再耳。

（评《过始宁墅》，见《六朝选诗定论》卷一四）

登池上楼者，初登也。池即诗中池草园柳之池，楼在池上，池在园中，园在署侧，故诗中曰"倾耳聆""举目眺"，将波澜岖嵚写得稍远者，以明此楼本在郡署，与城上郊外之楼不同也。夫康乐以游览为性命，凿山开道，至伐木三百余里，乃永嘉山水之胜，甲于东南。到郡已数月矣，至今方登池楼，一聆一眺，正不知其数月中何以堪，今日亦何以堪也？

全诗妙处全在"衾枕昧节候"一句，为一章关锁。"潜虬"云云，皆衾中枕上想象出来的说话。"潜虬"句喻古隐成其为隐，"飞鸿"句喻见成其为见。若我今日将见而薄霄，既无进德之智，则不能"响远音"，而有愧于浮云之飞鸿；将隐而栖川，又无退耕之力，则不能"媚幽姿"，而有怍于沉渊之潜虬。故见不成见，隐不成隐，而浮沉于穷海之滨。到郡虽久，以抱有疢病，不离衾枕，至今节候皆昧，故欲暂登楼一"窥临"也。"倾耳"二句，是写窥临。"聆波澜"曰"倾耳"，"眺嵝嵚"曰"举目",是写出乍离衾枕人耳目儳态。"初景"二句是节，"池塘"二句是候。"祁祁"二句，是至此始不昧，政以形从前之昧，从前昧有昧之苦，今日不昧有不昧之苦。以两者而较，"索居易永久"，则昧者犹可言也；"离群难处心"，则不昧时更不可言也。"持操"句应首二句，回护"薄霄"等五句，言我虽浮沉于隐见之间，而于古人云云，亦无所愧怍也。细玩"池塘生春草"二句，的是仲春景。"初景"二句，却是初春景，妙在不昧时犹带昧意。盖康乐于去年七月十六日自京起身，比其到郡，当在秋冬之际，种种愤懑无从告诉，只是悠悠忽忽展转衾枕之中，其与节候只知有"绪风""故阴"耳。及当"窥临"之时，忽见"春草"云云，始知绪风为初景所革，故阴为新阳所改矣。不然，池塘之草胡为而生，柳边之禽胡为而鸣哉？以久昧节候之人，当此那得不伤祁祁之豳歌而惊时序之屡迁，感萋萋之楚吟而痛羁旅之无极耶？余尝览《吟窗杂录》，云康乐坐此诗得罪，"池塘"二句因托阿连梦中授此语。客有请于舒王曰："不知此诗何以得名于后世，何以得罪于当时？"王曰："权德舆已尝评之，公若未寻绎尔。"客退而求德舆集弗得，复以为问。王诵其略曰："池塘者，泉洲潴溉之地，今曰'生春草'，是王泽竭也。《豳风》所纪，一虫鸣则一候变，今曰'变鸣禽'者，候将变也。"由舒王此言观之，则于"鸣禽"句之下，即接以"祁祁"句，是叹周公之不作。"萋萋"句以庄舄自喻，谓其外补远郡，无异羁囚也。末四句，盖以遁世无闷之圣人自处，应前首句，即《易》之"潜龙勿用"，而以操文王羑里之操，应楚吟之感也。黄省曾谓康乐肆览《庄》《易》，乃不能以《易》自全，而反以招尤焉。良可惜夫！

（评《登池上楼》，见《六朝选诗定论》卷一四）

此是一首绝妙苦雨诗。首两句似是喜霁，却政是苦雨。观劈首

"时竟"二字，明有多许久雨望晴意思在前，"澄霁"上加"夕"字，明谓此日犹是大雨夕方霁耳。"云归"写霁，"西""日"写夕。"密林"句应"云归"，"远峰"句应"日驰"。"久痗"句是一篇之骨。"旅馆"句见久雨之苦，城中沉灶产蛙，无可游者，只得出眺城外之南亭。"泽兰"二句，久雨之后百卉皆萎，唯有泽兰芙蓉，原系水草，故反能应时而发，借以点出夏时。"未厌"二句，乃是追想苦雨之时。一年青春有几，都被霖雨占去，不曾见得一日好，故曰"未厌"。"泽兰"云云，正是夏月之诗，何云"已""移"也？盖时光迅速，曾不少停一瞬，日才中便昃，月才圆便缺，故曰已移。观下文"候秋水"，"候"字不是真个已过也。此所以感物而叹白发之星星，陡然猛警曰：予平生多病，情之所止，唯是药饵；但彼时尚属少年，又身在家中，到此白发星星，积病未消，不比少年之时。正宜在家，借药饵扶养，而乃在永嘉之南亭耶？斯何地也？而可久处耶？于是赌气，反为望雨之词曰：也不索此一日之霁，一发下到秋天，下得遍世界皆水，如《庄子》云云，那时却好乘此秋水汪洋，息景于我家旧崖。"崖"字即《秋水篇》"望崖而返"之"崖"。遍世界皆水，家中舍庐，岂不漂没，须偃卧于崖耳。此与《云汉》诗"靡有孑遗"同一形容。末二句，"赏心惟良知"，世人孰是康乐良知？毕竟有志莫亮耳。

349

（评《游南亭》，见《六朝选诗定论》卷一四）

首二句言时未盛暑，游尚可进，水宿赤石舟中，阴霞兴没已尽赤石之景，未及天下之大观。古人之游，有凌穷发者，我岂至此而倦周览之兴哉？于是又进帆海，"无端倪"写溟涨，见天下之观止此。"虚舟"句，己之胸怀与之相敌。此一段从"登东山而小鲁，登泰山而小天下"意脱出。仲连之蹈海、子牟之去国，皆有名心，由于道之不足。适己即道，物即名。任公之言，即适己之道，适己则名心不生，而天伐永谢矣。此六句，正发明"虚舟有超越"句。

赤石海滨，应因海映之而得名，霞之兴没以朝暮。"屡"字从"淹"字来。钟子曰："得水上看霞之妙。"

"川后"四句，字面虽鄙，然亦有味。上二句喻心之安静，下二句喻心之有得。

（评《游赤石进帆海》，见《六朝选诗定论》卷一四）

"射堂"，射圃之堂，"西"者讲武之地。诗无所取义者，以偶出所至也。即出之晚，亦是偶值。然却从"晚"字斗底警心，有晤于赏心之不可离。鸣琴，赏心之事也。射堂虽无所取义，"城西岑"乃射堂所望见者，妙在一"遥"字，下文俱从遥望来。"连障"句，峰岳之遥；"青翠"句，草树之遥。"夕曛"句承"青翠"句，正写一日已晚。上着"晓霜"句，虚补一岁已晚也。全要逗起下文，节往感来，显己之戚不浅，念已深也。"羁雌"四句，远观于物，举世仳离，喻兼善之事难作；"抚镜"句，近观于己，一身支离，惟独善之事可为。赏心者，随时自遣；鸣琴者，随时自度。可谓悟道之言。

（评《晚出西射堂》，见《六朝选诗定论》卷一四）

"初去郡"者，去郡之初也。不日者，义不系乎日也。即初去郡之不日，益知前之郡初发都，是系日兼系月系年之有指耳。但前诗题中，直书"永初"，而此却于诗补"景平"，明景平为少帝之年号，益显永初为高祖之年号。此诗补出景平，又以"元兴"配言。元兴者，晋安帝之年号也。是不惟有存没之感，具有兴亡之感，俱在二十年间，真大可痛也。

康乐之诗，语多生撰，非注莫解其词，非疏莫通其义，唯此作爽明可诵。玩全篇语意，似与陶"闲居三十载"诗同意，更加饰润，其杂取彭薛等六样人名，中惟彭薛、贡公两样人是一篇之客。而当客之主，乃达生之士，荡荡无名，而周任、长卿、尚子、邴生，皆主人之变相。至末"羲唐"云云始露出主人真面目也。首四句议论冒起，人生大节，不过出处。彭薛固是知退，贡公亦不是冒进，俱足优彼贪竞，然而不足称达生者，以名心未绝故也。予之素敦所尚，名心已断矣。或可以达生自许，然心虽如此，迹则未合。"无庸妨周任"，予固仕矣；"有疾像长卿"，却未尝做得仕的事业。毕婚类尚子，予当隐矣；"薄逝似邴生"，却又未尝做得隐的事业，只是与世浮沉耳。至今日方才恭承古人之意，促装而归，此所承之古人在彭薛等六样人之外，其云"古"者即下文"羲唐"之世，"人"者即击壤之民，乃上文"达生"之士也，以上述去郡之故已完。"牵丝"以下，又追诉始仕之年以至今日去郡，悔从前之非，唤明题中"初"字，见从今以后之是也。"负心"二字，即上"心迹犹未并"，"心"字乃所秉之"尚"也，孰为负之？曰"迹"也。迹即将迎，乃周旋世故之意，本与所尚相悖，故负此心也。

自晋之元兴及宋之景平，二十余年之间负心之事，不知积至几许；直至今日去郡，才废将迎之迹耳。此处正与陶诗反照：陶三十载曰"闲居"，是其得力处；此诗二十年曰"负心"，是其失算处。然人之德慧术知，在乎操心虑患。谢之失算处在此二十年，其得力亦在此二十年，故陶云"遂与世尘冥"，谢亦云"于今废将迎"也。"理棹"四句，去郡之路行得何等逍遥，与前"初发都"云云之辛苦自不同也。"野旷"二句，二十年久负之美景，今始不负。"憩石"二句，二十年久负之乐事，今始不负。到此境地真如癯以战胜而肥，流以止鉴而停，"即是羲唐化"，迹与心并；"获我击壤情"，心与迹并，洵可称"达生"云。

（评《初去郡》，见《六朝选诗定论》卷一四）

首四句直刺孟觊之谗。"寸心"二句，言其几危。"日月"二句，幸天子原其罪。"出宿"二句，复奉临川之命，"初发石首城"也。然题曰"初发"，诗何以云"重经"？盖重经者，指前有永嘉之行，见生平之迁斥非一；"初发"者，谓今有临川之行，伏后来之飘摇靡定。"朋知"，偶在建业之朋知。"故山"指始宁，距石首已远。况从此而临川，去之又远。而此身去后，谗在君侧，肆为媒孽，有如此江上风波者，岂复得生还故山耶？至此序题已完。以下又作自问自解之词，悠悠忽忽，若忘其为赴临川者也。曰此行也，将游罗浮乎？将有庐霍之期乎？将越海凌三山而游仙乎？将即屈谒舜而游湘历九嶷乎？然钦圣怀贤，在在动人悲思，何处是安身立命之所乎？我惟是圣贤之心为心，任小人百般媒孽，此心终不为所移耳。此等诗与楚骚并读可也。

（评《初发石首城》，见《六朝选诗定论》卷一四）

以声音起，以声音结，一诗大章法。盖感人最深者，莫如声音。其音弥精，其感弥深，此诗借写愤懑如抽葱然，层层递入直到无以加处。《采菱》楚调，《江南》越歌，乃声音之浅者；钟仪楚人，闻楚音而心绝；我固越客，宁闻越歌而不断肠？"断绝"二句，虽云念殊而虑同，正反言虑同而念殊。"存乡"二句，正是其念之殊也。尔只是存乡，我不止是存乡，乃忆乡中之山也；尔之存乡不过思积，我忆山中更加愤懑。"追寻"二句，回写山中乐事如此，尔乡中未必有也。"怀故"二句，极写道路中之愤懑，此正所谓"伤禽恶弦惊，愁人恶离声"之时，读诗者至此定谓其停歌罢吹矣。今却不然，偏要从新作起，且要比前番更精。何也？凡天下之愁人，皆天下之有情人也，天下惟有情人善于揽愁，亦惟有情人善于遣愁，故有以欢遣愁者，更有以愁遣愁者。以欢遣愁者，当愁之来自宽自解，勉强行乐以避愁锋。凡人有情往往如此，此遣愁之一法也。若夫至情之人从不避愁，岂惟不避且更相兜，如阮嗣宗每逢愁绝，偏要寻着穷途痛哭，此又一遣愁法也。

康乐正同阮法，故于闻歌断肠之后，更起丝竹曰《明月吹》、曰《广陵散》，较前《采菱》《江南》，不啻倍蓰，故曰"凄凄"、曰"恻恻"，直写到心里，不仅曰急、曰不缓，徒为震耳之音也。曰"危柱"、曰"促管"，又从发音之器上加写一倍凄恻；曰"殷勤"、曰"慷慨"，又从作音之人上加写一倍凄恻。然孰为诉之、孰为命之？此又至情之人以愁遣愁也。

（评《道路忆山中》，见《六朝选诗定论》卷一四）

客之倦于水宿者，以风潮故。"洲岛"二句，正写风潮。至于哀狖之鸣、芳荪之馥、绿野香秀、白云高屯，无限好景日，千念万感之人视之，无非风潮者，正所谓"难具论"也。于是舍舟而崖，远入松门而望，三江九派历历矣。"事"者，古人之事迹，如大禹九江既入之绩之类，然事既往矣，孰为继之？"理"者，即康乐后诗所蕴之真。如古圣观河而图，临洛而作《书》，皆因其理。其理空存，谁是作者？故"灵物吝珍怪"而不出，"异人秘精魄"而不见。金膏之明光已灭，水碧之流温久缀，所谓"天地闭，贤人隐"之时也。所以徒作思归之曲，转令忧念益甚耳。

353

（评《入彭蠡湖口》，见《六朝选诗定论》卷一四）

凡题事有不明意有未尽，则用自注。然自注有在题外者、在题内者，何以别之？在题外者，小书注附于题者也；在题内者，大书注并为题者也。此题止一"入华子岗"，又曰"是麻源第三谷"者，非有两地。甪里先生高弟华子所居之旧岗，正麻姑修炼处所之第三谷也。以麻姑照出华子，以谷照出岗上之泉，为诗中"羽人"以下一段文字缘起，而华子岗其根本也。是并根本缘起为一题，非少陵公自注之例矣。

首二句言华子岗属南州，地气偏热，桂树经冬不凋。"铜陵"二句，言此岗有谷，亦因地热，故涧泉不冻，流出于石磴之间。有此胜景，是宜隐沦之客所游，而肥遁之贤所栖。故在昔日甪里曾游，华子曾栖也。世人无知，辄以是谷之渺深，疑其中有神仙，无非谓其径险云云，不能深入以穷其极耳。然余则登其峰首，而升乎云烟之上矣。所谓神仙者，绝无其人矣。然人即升去，或有丹丘可征乎？丹丘我不能逢，或有其图牒在乎？图牒或磨灭，有其碑版在乎？不惟碑版也，万世之后，沧桑迁变，且并无此谷、无此岗，又安知千载前之有麻姑诸仙乎？我入此，且乘月弄泉，聊申我现前独往之意。如古人之风雩浴沂，岂为千载之上，真有麻姑诸仙，求其不死之术以为百世计乎哉？"古今"二字，正对"俄顷"二字，犹言古往今来。

（评《入华子岗是麻源第三谷》，见《六朝选诗定论》卷一四）

题曰《石壁精舍还湖中》，若云"在石壁厌而欲还"，则成何石壁精舍！此却曰"昏"、曰"旦"，若动、若静，俱堪娱人，令人忘还，是妙于写石壁精舍。若云一还便至湖中，则何必还？此却以"出谷"二句，明出俄延而行，一步不肯放过，而下遂接以"林壑"云云，见得一路好景。若云"湖中无可娱人"，成何湖中？又何必还？此却"芰荷"云云，正妙于写"湖中"。观"披拂"二句，则是石壁有精舍，而湖干亦有精舍。南径通精舍之径，东扉蔽精舍之扉。苟湖干无精舍，则趋者何所而偃者何地乎？然何以言湖中而不言湖干？景在湖中，而不在湖干之精舍，亦犹景在石壁而不在石壁之精舍也。但使石壁无精舍，无以历昏旦，曷由知气候之变乎？通篇俱写气候之变，而以"昏""旦"二字为主，句句俱从"还"字生意，却无一辞在地上实写。"山水"句，气候以旦而变也。"出谷"句，言日距落时尚早，可见上文"憺忘归"乃恋石壁之"清晖"，自旦留连至日平西也。"出谷"句，自石壁精舍步至湖中之彼岸，舍徒而入舟，日尚早，阳已微，将时阴寸

分刻量，正形"还"字之妙。且下文"林壑""芰荷"等物，俱从微阳
朦影中看出。"林壑"二句，乃入舟以后已离石壁，又回首将石壁景物
补完。石壁之气候为昏所变，又遂以"敛""收"二字扫去石壁之迹，
而以"芰荷"云云专写湖中。林壑、云霞，石壁之物色，芰荷、蒲稗，
湖中之物色也。"迭映蔚""相因依"，亦从微阳朦影中看出，极形其
多，以为"披拂"二字之案，而"披拂"二字又写暝夕舟行之意。"南
径"句，舍舟而岸也；"愉悦"句，归步于湖上之精舍也。愉悦者，一
日之游览淋漓尽兴，为"意惬"张本。"偃东扉"，至此群动皆息，正
养晦之候，为下文"虑澹"二句紧承此句，而末"摄生"固由"虑澹"
二句而推，实从全篇之理而推。盖物者累生之具，理乃养生之根。故
物缘属情，情感生虑，澹则缘绝；理静属性，性动生意；意惬则静极，
静极则养精。善摄者，去其累此生，存其善此生而已。此道即摄生之
道，而犹必曰"试"、曰"推"者，欲令读此诗者细体通篇。一连十六
句，不必关属，句句是说"虑澹"，句句是说"意惬"。且所云"昏旦
变气候"，分明《参同契》"动静看早晚"一段注脚。较郭景纯《游仙
诗》尤切实，其为陈子昂《感遇诗》之开山无疑。

355

（评《石壁精舍还湖中作》，见《六朝选诗定论》卷一四）

　　非先游江南，方游江北，正先游江北，方游江南。江南既倦矣，乃
回想我昔游江北。江北山水与我周旋久矣，今久不游，若朋友之久旷
然。于是又欲返棹游江北，乃未及江北，适于江中乱流正绝之处，得
此孤屿，因知首二句多少曲折，乃用"南""北"二字夹出一"中"字
也。然于未登孤屿之先，上着"怀新"二句者何？凡人行过旧路，多
不觉远，以"怀新"故，冀得见所未见耳。道既觉远，则日便觉促，总
是急急寻异，以见前倦于江南，非倦于历览也。"云日"二句，写孤屿
之景，正是所怀之新、所寻之异也。"表灵"，即"乱流"云云，言此等

山水皆表天地灵异之气。苟不知赏，则此中所蕴之真意，谁为之传乎？此所以新不能已于怀，异不能已于寻也。前段重一"新"字，后段重一"真"字。宇宙之理惟一真，蕴之为真，表之为灵。天地之化惟一新，怀之为新，寻之为异。

（评《登江中孤屿》，见《六朝选诗定论》卷一四）

晨寻夕在，写登处已明写出最高。"夕息在山栖"五字，是一篇之要领。盖用此句递过最高，将写最深也。"疏峰"四句，写山栖之深；"连岩"，加一倍深；"密竹"，又加一倍深。故以来忘去惑极摹之，挑动下文"沉"字。"活活"二句，夕息景物，谓此山楼最深者，以在最高，故去人境绝远；惟有活活之夕流、嗷嗷之夜猿耳。此又加了百倍深，挑动下文"冥"字。既沉既冥，自然与道相守而不携。所谓嘿而识之是也。"心契"句，道之体；"目玩"句，道之用；"居常"句，体中有用；"处顺"句，用中有体：皆从"沉冥"中来也。"惜无"二句，谓无人能领略此意。此"青云梯"三字，又点还最高，以明非此最高，安得此最深也。此诗正暗用《孟子》"舜居深山之中"意。舜之深在山中，此深在山之顶。

"沉冥"二字出《扬子》。李轨注曰："沉冥犹玄寂，泯然无迹之貌。"阮裕在东山萧然无事，内足于怀。王右军曰："古之沉冥，何以过此。"

（评《登石门最高顶》，见《六朝选诗定论》卷一四）

此诗当与《田南作》合看，田南是未成之园，故极力布置景事而冀同心人，止于末带曰"惟开"、曰"永怀"，不敢畅言之也。石门所住，已落成矣，故景事甚略，而独致意于美人之不还。其叹尘之凝席也，樽之酒无人倾而常满也；洞庭空波澜，美人不来也；桂枝徒攀，佳期无由敦而且路远莫致也；徒令人致望于霄汉之隔，而恻然鲜欢，抚所闻所见而生戚也。其惜美人不至，正惜所住之美耳。末"与智者论"，盖以园中布置之妙皆智者事，故云云。所以古人之诗，不苦粘题而无一字不合题者，此也。

（评《石门新营所住四面高山回溪石濑茂林修竹诗》，见《六朝选诗定论》卷一四）

樵，庸夫之事；隐，贤者之事。养疴之事，在非隐非樵之间。其事不同，所在之地则同。未树为山，既树为园，一也。在山在园，各顺人之所宜耳。"中园"二句，亦僻亦旷是好地。"卜室"句是好坐，"启扉"句是好向。"激涧"句即题中"激流"，所以灌园；"插槿"句即题中"植援"，所以卫园。"群木"二句，是园规模已成，众木众山，适凑成趣。于"卜室"云云，是有心作此以无心得之。凡园之前，最忌促逼。"靡迤"句是好案，"迢递"句是好峰，如此方成好园。园中不过一室、一扉、一泉、一援，此外无多营建，是为寡欲，不用劳心布算，如此已了树园之功。作室、作泉、作援，皆因地势自然。虽不乏人力，然亦罕矣。"惟开"四句，是向宽处说，不是向严处说。盖园当极僻极旷之处，又加激流植援，永与一切俗人隔绝。然吾只是隔断俗人耳，如羊仲、求仲其人者，何妨源源而来。永怀此二人者，以赏心之事不可忘，妙善与两人同之耳。曰"赏心"、曰"妙善"，则今日之树园，正为隐计，非止为养疴计。

（评《田南树园激流植援》，见《六朝选诗定论》卷一四）

书非寂寞人不能读，非"心迹双寂寞"亦不能读。"昔余"二句，心虽寂寞，迹尚未寂寞也。至于既归山川，"虚馆绝诤讼"，则心寂寞；"空庭来鸟雀"，则迹寂寞：如此方好读书。盖昔在京华未尝不读书，但不是斋中。曰"虚馆"、曰"空庭"，才指出"斋中"二字。然斋中可以读书，亦可以养病。"卧疾"句，找完斋中之余波。读书既在斋中，作文亦在斋中。"翰墨"句逗起读书之旁绪。此二句最是行文之巧机。"怀抱"二句正写读书，乃从夫子发愤忘食、乐以忘忧翻出新意。发愤云云，固是读书之法，然余之读书，亦乐亦忧，正不必忘忧。余之读书，亦寝亦食，正不必忘食。何也？凡人具有怀抱，但遇得意之事，则怀抱为之畅然乐；若遇不得意之事，则怀抱为之郁然忧，直以胸中之未达耳。若余之读书，凡遇古之善人善事，则为之赞叹勿衰，未尝不乐古人之乐。及遇古之恶人恶事，则为之愤恨不平，未尝不忧古人之忧，然于古人固未尝认真也。古今一戏场，古今之书一戏剧。余之读书，聊展戏谑耳。世人于古人之书既认真，故读书亦认真而专功焉。一日之间，废于寝、废于食。而余既读书为展戏谑，则戏谑无时不可展，故寝亦展、食亦展，固无时不读书耳。既笑又哂，正是戏谑、正是怀抱，亦疲岂乐，君子不出，乃所愿则达生耳。

（评《斋中读书》，见《六朝选诗定论》卷一四）

所期在夕，乃日甫颓而即望者，冀其先期而至也，日颓距夕无几时耳。路苟不长，或可赴得，长路漫漫，如何不迫？上句似宽一步实迫一步，此句似迫一步实宽一步。盖为所迟客原情，为下文留地耳。圆景早满，时已夕矣，而所迟客届期不来，然而未敢以为不来也。故下文"即事"云云，全妙在写夕。用圆景早满，假如魆黑之夜，写"望"字不着，且魆黑之夜，便无"即事""感物"，亦写"望"字神理不出。惟三五之夕，圆景彻夜，无时无"即事"，无时不"感物"，即无时不"怨睽携"云云，真所谓一夜一年也。而上特加"孟夏"句者，乃极写其怨凄也。"瑶华"句，彼未尝有信道来不来，"兰苕"句，乃怨凄之甚，无奈何自为消遣耳，然又以路阻故，不能往问彼之来不来也。搔首问行人，纯是望者一片虚想，过期而不来，仍不敢以为不来，然天明始有行人，又显其彻夜相望。

（评《南楼中望所迟客》，见《六朝选诗定论》卷一四）

首四句点明题面。"侧径"六句所眺之景，"俯视""林密"应"侧径"句，"仰聆""石横"应"环洲"句。"解作"六句，又感所眺之物。"解作"句是"化"，"升长"句是"物"。"初篁"四句是物之"升长"，而"解作"之"化"在其中。"抚化"二句，正根此六句来。"不惜"句应前"侧径"六句，为"去人远"。"但恨"句应"解作"六句，莫与同此"抚化""览物"也。"孤游"应首四句。"赏废"二字应"侧径"。"理""通"又应"解作"六句。盖去人不远，而"解作"云云之情，何由而通乎?

（评《于南山往北山经湖中瞻眺》，见《六朝选诗定论》卷一四）

凡天下佳山佳水，原非虚设。彼造物者实生之以供斯人明悟之用，故山水自关人意，而人自钟情山水。或因悟而及山水，或因山水而起悟，莫不本其情之浅深以为所得领略之分。孔子以乐山乐水为仁者智者之情，其"动静乐寿"四字，政从乐山乐水拈出道理来。故凡古今诗人，孰不情关山水之间? 而诗中康乐，尤是慧业文人，故其留心山水更癖，而所悟最深也。如此诗在诸作中，结构犹为完洁，而词调极响俊。前半纪行写景，后半因景得悟。其前半叙景处就题中翻起一波，盖诗之写景原为写悟。如此诗之悟，全由"苹萍"云云。本在溪行平稳处，而却于溪行之先先写一段渡涧越岭之险危，即伯牙学琴，从师蹈海，不见其师，但见洪涛沦日、鸟兽悲鸣，惊悸欲绝，然后有悟也。"逶迤"云云，极形其险危；而"猿鸣"云云，虽是晓行，却因山深谷暗，看得不甚分明，见此渡涧越岭如同夜行，是预先暗伏一倍险危也。见此一悟，不止在溪行"川渚"云云，而实兼"猿鸣"云云而得之耳。既因"猿鸣"云云而得悟，即当于"攀条"句下竟接"观此"句，却又起一波，曰此溪之美如此，而又有急涧绝岭，隔断世尘，如此奇境更必产有奇人。如《楚辞》所云"山阿人"者已仿佛在眼中，看见他被薜带萝之状矣；然而"握兰勤徒结"，乃是见因想生；"折麻心莫展"，终亦可想不可见也。情者理之实，着于景为用，契于心为赏。"情用赏为美"者，言情之胥用，以契于心为美也。事者理之迹，理隐于事昧而不显。既不得见此山阿之人，将与谁辨此理耶？然正不须见此人，我亦能辨得。观此"苹萍"云云，而尘垢之虑却已净尽，豁然一悟，而平生一切未了心案，至此发放已完。此一悟本是自悟，不是碌碌因人指点者。

小谢《京路夜发》"晓星"四句，正从此首四句脱出。小谢"晓星正寥落"二句，写将明；"犹沾余露团"略退一句，复写未明；"稍见朝霞上"，方写到十分明。此"猿鸣"句写已明，"谷幽"句又退写未明，"岩下"句又进写明，"花上"句又退写未明。盖小谢是"京路"，定要写明照见山川之修广，此诗是"涧行"，只要还写未明凑下陜陉之险逼。小谢是写感，"怀人去心赏"，故写得倦甚。此诗写悟，"情用赏为美"，故写得不倦。

康乐于山水处，只是心细、眼细、手细，故能凌前绝后也。谷即斤竹涧。其谷既幽而光尚未显，何由知为曙也？以猿鸣故。猿亦夜鸣，何由知曙？盖用《元康地记》"猿与猱猴不同山宿，临旦则相呼"之义，用代鸡鸣以别此地之为幽谷也。此二句乃在旅馆起身处。"岩下"二句，方出旅馆也。凡天之将曙，谷定生云，日光映之是为朝霞。此以"谷幽光未显"之故，而云又在岩下，日光不能映而成霞，止是云方合耳。露在花上者先晞，"花上露犹泫"，固是行的绝早，亦见谷中得日之迟。"逶迤"，是已行到涧边。隈，曲也。陜，涯也。言其路又弯又逼，且逶迤而长。山断曰陉，山岭曰岘，其言路一高一下，且迢递而长也。"过涧"句，涧之急已属而过矣。"登栈"句，岭之缅已陵而至矣。"川渚"以下，正写溪行。川渚者，溪之形；流者，溪之流。川渚之形径复可一望即得，而溪流之回转，妙有"逝者如斯"之意，故宜细玩之也。苹萍菰蒲，皆溪中之物。苹萍遇浅水则止，遇深流则泛。深水急流亦不泛，沉深则泛。菰蒲不生于陆，亦不生于深流，故曰"冒清浅"。"企石"二句，又溪傍之景，上句之妙在"企"字，下句之妙在"卷"字。

（评《从斤竹涧越岭溪行》，见《六朝选诗定论》卷一四）

此诗"圣灵""盛明"，旧注俱指太祖。上下文意不甚通。余反复再四始解。按，康乐去永嘉郡诗"牵丝及元兴，解龟在景平"。元兴，晋帝年号。"圣灵"是指宋高祖，盖云感高祖之眷而不肯归也。"何意"以下是高祖崩，徐羡之等作乱，以庐陵事见疑，出之永嘉，二年始归。"事踬"四句，言时不可为，己惟避贤而去，托身青云而已。"盛明"以下，是太祖既定乱，又思康乐，乃使颜范二公招之，故云云。"感深"二句，又许之出，但词在含吐之间，只云我"感深"不得不出。"曾是"云者，言虽出而我既反旧园，诉及往事，实出诚款，但看我旧好处云云，便知非虚饰之词，冀二公之见谅也。

（评《还旧园作见颜范二中书》，见《六朝选诗定论》卷一四）

王者之深居布令，凭玉玺以戒诚信。其出游也，乘黄屋以示崇高。无非事者，但事虽为名教用，亦或偶尔游豫以陶性怡情，其神理固超于名教之外者，此今日之游幸所以远接汾阳之驾也。"鸣笳"四句，写游北固。"远岩"四句，写游北固所见京口之景物。"皇心"二句，有王者与物借春之意。"顾己"至末，写从游。因眼前之景物想及山中景物，浩然动归林之兴。此诗有傲气，只是深藏不露耳。

（评《从游京口北固应诏》，见《六朝选诗定论》卷一四）

宋武帝子义真，封庐陵王。聪敏好文，与灵运游。武帝崩，废为庶人，寻遇害。有谗灵运欲立庐陵者，遂迁出之。后知无罪，追还。文帝问曰："自南行来，何所制作？"对曰："过庐陵王墓下作一篇诗。"即取"庐陵王墓下作"六字为题，见彼墓中之人特为夭枉而作诗其下者，情痛之极。由于理感之深，非有私也，与寻常哭挽之诗异矣。

题曰《庐陵王墓下作》，诗即句句注定"墓下"二字。王墓在朱方，即京口，南距云阳约百里。首句"发云阳"，曰"晓月"，起身特早，急急欲到墓下也。"次朱方"曰"落日"，穷目之力，急急欲到墓下也。"含凄"句，发云阳之时，舟中行尚未望见王墓，故止"含凄"于内。及至朱方，则泪下矣。泪下交睫则不可望，故挥洒其泪以眺王墓。不曰"墓"而曰"连冈"者，初过王墓未知所在。"眷言"二句尚是悬写，以后方是墓下也。"道消"句，谓王见害于徐，为君子道消。"运开"谓文帝即位，始得昭雪也。"神期"句，死后之灵爽一如夫生前；"德音"句，生前之音容不泯于死后。"徂谢"二句，叹时光之速，亦借松柏成行点缀题中"墓下"二字。"延州"以下云云，借故事以发议论，此乃康乐之创格。其云"心许""兰芳"，季子、楚老之通处，乃其识也。"解剑""抚坟"乃其蔽也，蔽于情也。若以识将之似可不蔽，然我今含凄洒泪近于蔽矣。第今日之恸，固为"情恸"兼为"理感"。虽具通识，有不能自持者。"脆促"二句，应"道消"句。"脆促"固已可哀，况兼辜"夭枉"，更异寻常乎？"一随"句应"运开"句，既已夭枉，今日之追崇，不过空名耳，何益哉！合此四句，正是"理感"而恸，"通蔽"两不相妨也。末结作字意，曰"举声"则凄，至此不能含；曰"泣以沥"，则泪至此不暇洒矣。

（评《庐陵王墓下作》，见《六朝选诗定论》卷一四）

其一： 首四句是谢绝外人。第四句并谢绝昆弟朋友，值令弟上着"末路"，见前此赏心之绝为已久矣。

其二： 凌涧来寻，只是意得，原不为问所知而来，"散帙"只是偶然兴趣。凌涧而来是一聚，凌涧而去是一散。前曰相值是一聚，今日相别是一散。总系因缘，其云聚散成离别，犹云今日之别离成于因缘。

其三： 述别后之思。望其音信，而果然寄诗也。"辛勤"句，来诗之自苦；"款曲"句，来诗之见忆。

其四： 此时有"务协"二句，惠连应是有事之建业，来诗未及归期，康乐硬为之期。"空谷"，所期之地；"暮春"，所期之时，殆欲其早去早来也。及见来诗，知其阻风于中途。则去时迟却一日，即归时迟却一日也，况阻风西陵非一日乎？故追计之。"洲渚"句一迟，"风波"句一迟，是皆迟之已过者。况此一到京华，又有京华之事，不曰事而曰"想"者，已到京华曰事，未到京华曰想，"想"，乃预计到京所作之事也。"务协"犹云定竣，恐以此或忘"空谷"之期也。此又是未来一迟。故前以诗来为慰心，此又以诗来为搅思，无非念望之切耳。

其五： 两人互相作诗之现景，俱在仲春。惠连却于挨仲春之前，追提出孟春。临行者，故为迟迟。灵运于挨仲春之后，预提出暮春，望归者冀其早早。"山桃"云云，正写仲春之现景，于"游遨"之上着一"善"字，与西陵之阻"屯雪蔽层岭"一段苦处相形，见其宜归。且仲春之景其美如此，若至暮春，其美不知，更当向好，故起句曰"暮春虽未交"作歇后不了语，见归之又宜早也。

大凡古人诗，其所取用景物，决无一字虚设，必有根据。如此诗"山桃"二句，不过点缀仲春之景事耳。不知绝有保意，桃隐秦人之居，蕨供商臣之食。"嘤鸣"从上文"空谷"二字生出。"空谷"二字又从首章"云峰"二字生出。盖康乐病谢人徒，非真病也，以斯人之徒无可与偕隐者耳。末年始得惠连，而开颜披心云云，是有空谷偕隐之期矣。一旦惠连别出，恐以京华之游而忘之，故写出"山桃"二句以讽之。而"嘤鸣"者，乃新出空谷之莺，见彼无知之物尚有嘤嘤相求之声，而人独暌违，弗遂兄弟鸣和之愿也。"郁陶"字取"象曰：郁陶思君"意。末释咨与劳，正思惠连之由。"咨"字，从《易》摘来，与"悔"字对，生于内者；"劳"字从《诗》摘来，与"逸"者对，生于外者。故曰：诗至谢客，《易》象《风》《雅》，合为一致矣。

（评《酬从弟惠连》，见《六朝选诗定论》卷一四）

此题共二十字，只"初发强中作与从弟惠连"十字是实。劈首"登临海峤"四字，是"发"的主意。"发"而曰"初"，此身尚在强中未到海峤，虽实而虚。末"见羊何共和之"六字纯虚，须连上"与从弟惠连"十一字作一句读之，言我已不及见羊何矣，子见羊何，共和此诗，分明借惠连转寄羊何，故题中不着此六字，读者亦未必能觉。及其既着此六字便觉诗中句句有羊何，此古人之神威也。若删此六字，题既不全，诗亦无味。

"杪秋"二句，起登临海峤，却是初发神理；"别山阿"，正是"初发"，曰"与子"言见子不见羊何也。

"日落当栖薄"，初发之第一夜也。"系缆临江楼"，作诗之地。"欲抑"二句，含有羊何，盖吾与子及羊何一生之欢在此。今乃抑之而为千里游，当此日落系缆江楼，岂是爱夕情好？亦为忆子而淹留耳。

借淹留以忆昔时之欢，却因淹留复增今日之叹。今情昔情，既以分虑，而况又值此秋色乎？悲端即秋色，下"秋泉"二句是也，应上"杪秋"字。"新别"即今情，专指惠连。"久念"即昔情，兼羊何在内。此章正作诗之由。

此言"与惠连"之由。"旦发"云云，俱是系缆临江时，屈指预计前边路程，言今夜宿此，明旦早发清溪，明夕便宿剡中。宿剡中之明日，便登天姥峰矣。"天姥岑"，即海峤。末四句，预写登临之妙。彼处高入云霄，返期都迷，我不能归；倘遇浮丘挹袖拍肩，我不肯归，与子永绝，况于羊何，我焉得不与子诗？子见羊何，焉得不共和此诗也。通篇只写得"山远行不近"五字，诗中语言，不得十分认真。谢家兄弟相赠答之诗，在谢集中另是一样。

（评《登临海峤初发强中作与从弟惠连可见羊何共和之》，见《六朝选诗定论》卷一四）

拟古之诗昉于陆机。陆自恃其才可敌古人，凡遇古便拟，初无成局。至宋谢灵运，更自负兼人之才，于是宗陆意而《拟邺中集诗》八首。其取材于邺下者，何也？才之难也。生不必同时，同时者未必聚之一地，又未必有人焉集之一处一时；而诸子生同时矣，魏武又能聚之一地，而文帝又能集之一宴之上，此真亘古未有之奇。而此八人者，又各各手笔不同，或清、或艳、或正、或奇，咸能自暨坛坫。谢贪其如此，因而取材，人各一首，盖直欲合天下之才以为一人之才者也。题曰《邺中集诗》八首，若地之有八维然，遂成一横局。至梁江淹时，汉道既备，而菁华亦将竭，于是上自古诗李陵下及休上人，千余年间，凡得三十家。仿其体，人各一首，是又欲以一人之才分为古今之才者也。题曰《杂体诗》三十首，若月之有三十日然，遂成一纵局。惟陆随篇而拟，无成局，故有去有存。而谢与江之诗，总是一篇，故存则俱存耳。

谢之拟诗，与陆不同。陆之拟诗并拟其字句，谢之拟诗止拟其声调。盖陆有诗斯拟，原有本诗样子在此。若谢欲拟邺中八诗，在原诗有文帝《芙蓉池》一作，《公宴》止刘桢、王粲、子建、应玚四首，余

365

陈琳、徐干、阮瑀三人，诗不见《选》，势不得字摹句效，只得取其平日之声调气格为之，平空代构。三子既为代构，余五首若仍如陆之字摹句效，则八首不相伦矣，故索性连五首亦正拟其声调气格也。江之拟法则兼陆与谢。

颜延年作竹林七贤咏，于中减却山涛、王戎二人，故题曰《五君咏》。康乐作建安七子诗，于中添却文帝一人，故题曰《拟魏太子邺中集诗》八首。一减一添，正有深意。其后杜少陵又有《八哀诗》。夫康乐诗寓一身之出处，犹延之咏五君；少陵诗关天下之治乱，则《论语》之记四科。其《饮中八仙》固游戏笔墨耳，然亦出于此。

凡拟古人之诗不是古人话说，却是自己话说，特借古人做个题目耳。故既拟诸子之诗，于每篇之上各缀数语，略如卫宏之小序、元晦之诗柄，而又代文帝总序于首，文更较著也。盖康乐自伤其才大不偶，故于诸子止写其丧乱流离之苦，或写其人品卓荦与不乐仕宦之意。即间有优渥之言，不过在游戏饮宴之小礼，总非有国士之知也。

前论以伤己才之不用于时而托之此诗，固是康乐之正意而非其隐情，盖有感于庐陵王义真之事也。史称康乐为性偏激，多愆礼度，朝廷唯以文义处之，不以应实相许。且自谓才能宜参权要，既不见知，常怀愤惋。庐陵王义真少好文籍，与康乐情款异常。少帝即位，康乐构扇异同，非毁执政。司徒徐羡之等患之，出为永嘉太守。史又称庐陵王义真，宋武之爱子，年十二从北征。武帝东归，留镇关中，后乱还朝封庐陵王。初，少帝为太子，多狎群小，武欲立庐陵，谢晦曰："德轻于才，非人主也。"寻为徐羡之等所害，康乐因作此诗。其托之魏太子邺下集诗者，盖以魏武屡有易储之意，太子、平原各竖羽翼。其他朝臣不具论，即此能文之彦，共在一宴之上者，不无异同。故所拟八诗，与江文通所拟三十体不同。文通心中无事，故词无轩轾；康乐心中有事，故意有低昂。所以分写八人之心，只是写平原一人之心事，盖借平原作庐陵影子以写自己心中之事耳。试将所拟八诗分为两局，反覆互校，如《春秋》传题比合之例，以观其构意之精妙。首章魏太子、末章平原侯植，序以"欢愉之极"与"忧生之嗟"比，而诗则一东赴北拱，取象于天；一"西顾""北眺"，实寄兴于地。此二诗如《春秋》之合题。二章王粲、三章陈琳，序以"自伤情多"与"述丧乱事多"比。而诗则一久困式微，尚且不忘旧京；一甫幸余生，便尔訾其故主。四章徐干、五章刘桢，以"仕世多素辞"与"所得颇经奇"比。而诗则一欲隐而不得隐，写其恬淡之心；一欲行而不能行，写其卓荦之气。六章应场、七章阮瑀，以"飘薄之叹"与"优渥之言"比。而诗则一"嗷嗷云中"，写其晚节之悲；一"翩翩河上"，写其少年之态：此上如《春秋》之两传脱母比题。更以二章王粲之"自伤情多"与六章应场之"飘薄之叹"比。两人魏武所拔士，昵于平原者也。故称其门第，一曰"秦川贵公子孙"，一曰"汝颍之士"。三章陈琳之自"述丧乱"与七章阮瑀之故"有优渥"比。两人者，由太子而进暖于太子者也，故称其权事，一曰"袁本初书记之士"，一曰"管书记之任"：已上如《春秋》之本传脱母题。四章徐干、五章刘桢，不必细析分搭，且将"少无宦情，有箕颍之心事"与"卓荦偏人，文最有气"，分作二股：一见心冥合道，故漠然两忘；一见气偏成性，故中立不倚。两人者，可此可彼之间者也。故序略其门第，而诗则补之：一曰"伊昔家临淄"，一曰"少小长东平"，盖六朝之风，轻权事而特重门第也。此如《春秋》寄传与两传公用股子所出者配搭。若二章王粲之"自伤"、六章应场之"流离"，再加末章平原之"忧生"，或三章陈琳之"述事"、七章阮瑀之"渥言"，再加太子之"尽欢"，如本传连母一头两脚题，合之是两传比题。若二章王粲、六章应场、七章平原，再加四章徐干、五章刘桢，乃本传之全题。盖康乐以平原拟庐陵，而以祖父为晋室之人望，故首拟仲宣而次取德琏，颍汝节义之遗风。伟长、公干，虽非切比，然亦借以明其心之恬淡、表其品之卓荦。康乐之兼仲宣等四子以寄意，亦如子路兼武仲等四子以成人云。至于八诗总出，似两传之合题，实则一传之全题。盖康乐所留心者，止平原一事之本末；而注意者，止仲宣一人之才望。故每题宜取两人为主，而以他股配搭。而陈琳、阮瑀，配搭而已，不得为命题之主，何也？陈阮二人，康乐似以比当时徐羡之及谢晦之徒。虽亦代为两人作诗，犹如风人之刺某人，即代某人之口气为诗也。如上综之、错之、参之、伍之，则作者之心事全露于此。故史所云"构扇异同"事莫须有，及观此诗云云，扇同为异，构异为同，摘此四字便可直抉作者之肾髓。后来"韩亡子房奋，秦帝鲁连耻"云云之诗，其焰毒实蓄于此诗之中。

魏太子：后诸诗之前，皆级数散语，如小序。魏太子下独缺者，业为太子作总序于总题之下、分题之上矣。总读之是八诗大序，分读之又太子一诗之小序也。

此诗后人有识其与文帝不相似，以其冒头太板重，而不知正妙于传文帝之意者。文帝将为太子之时，其势甚危，其意每不自安，故开口急急以前星自居，将以定诸子之志也。然却非盘空撰出，原从文帝《杂诗》"天汉回西流，三五正纵横"来。盖以庶星比陈思，则自比于前星，固其意所必至也。"天地"四句，盛称武帝功德，善则归君，见群贤来邺之由。"忝此"四句，自鸣其下士之怀，见今自集宴之由。"论物"云云，道同志合；"澄觞"云云，礼隆恩厚。总以见诸子之不可负己也。

首四句俨然颜延年"元天高北列"起法也。其下亦板重，较之《芙蓉池作》，风调自是天渊之别。然中间"倾心"云云，却是魏氏笼络诸子之意。史云"御之以术，矫情自饰"者此也。

王粲： 此诗总题为《邺中集诗》，《魏太子》《王粲》诸目分题也。原诗在当时止是"公宴"，各人各作，故不用分。此诗一手代作，故须分题。然弁数语于分题之下者，以为代本人作诗之柄，康乐隐情尽在此诸序之中。作者依此为柄而作，而读者依此为柄而读，斯得之矣。

诸子中唯仲宣才高而望重，故康乐首取以自况。其曰"秦川贵公子孙"，谓王为汉之世臣，犹曰"江表贵公子孙"，喻身为晋之世臣耳。"自伤情多"，不专指遭乱流寓时。其归魏以来，值子建有忧生之嗟，求一试而不可得，况仲宣耶？

首四句叙仲宣身遭汉室灵桓之乱，然而比于周之幽厉者，周虽亡于幽厉，赖桓文夹扶之力而再振。伊洛、函崤，汉之两京，本周之故都也。此意含蓄最深，须与宣远《张子房诗》参看，方知其指尔。"秣马"五句，叙其流寓荆州。沮漳之美，虽可安身而不足安心，不无式微之叹。然而自伤之情尚未大发于此，何也？仲宣之依刘表，苟全性命而已，本知其不足有为，无厚望也。"上宰"云云，妙在"奉皇灵"三字。魏武挟天子以令天下，能修桓文之业，故天下之侯伯宗之、长之，而仲宣因倾心归之也。受知于其父，宜报效于其子。魏武爱子建之才，以为类己，而仲宣亦以子建之才类魏武，因而加昵。使子建当时为储贰，仲宣佐之事业，必有可观者焉。无奈立子桓为太子，太子之与仲宣，宠遇不为不厚，但今日侍宴，明日陪游，曾一筹之莫效，其虚拘于邺下，依然不异流寓于荆州也。此仲宣之情，固与子建之忧相关，而自己不见用之意，较余子尤深矣。

修桓文之业以继魏武，子建做得；修桓文之事以继宋武，庐陵做不得。辅子建以修桓文之业，仲宣或可做得；辅庐陵以修桓文之业，康乐决不做得。但康乐自视过高，故独写此意于拟王诗中者，特借自伤之情，以表己之为王粲也。及其拟子建之诗此意反略，使人知平原侯植之为庐陵王义真耳。

陈琳：魏晋之世，本不重书记之任。至宋武帝将勤王，得刘穆之为记室，然后举事。及北征之役，穆之死，不得其人，遂仓卒东还。此书记之任所由重也。此诗于陈、于阮，皆略其出身而目以书记，似乎重之而实微之也。阮之管书记犹曰现任，而陈之任书记则系以袁本初，则微乎微矣。意者以孔璋比徐羡之，其云"述丧乱事多"，谓其经历世事既深，故手段最辣也。元瑜似指谢晦，故其词从末减耳。

八诗中惟拟孔璋一诗最丑。盖诗之首重者品，世未有无人品而能诗者。既曰"袁本初书记之士"，琳固于袁氏有优渥之恩矣。此诗却比袁氏于董卓，而甚至斥为蜚贼，果孔璋而出此，人品扫地矣，尚可言诗哉！

370

徐干：一连三句似乎词意重复，不知诸诗前序本分二义：上半论其本等为人，而下半乃论所代拟诗中之意也。唯徐刘二诗，上半又分为二："少无"句淡于世情，"有箕"句深于道情。故于太子、平原两无所党，而他人之各于其党者，宦情浓也。宦情既浓，则不得不以所党之人之心事相关，故不得自有其心事。辞者情之华，而心之苗，故有素心者始有素辞。观此诗之多素辞，则知干中别有心事，超然诸人之外，魏文欺其"有箕山之志"，见亮之至矣。

此诗静密幽秀，虽暂陪华屋，令人有"生刍一束，其人如玉"之想。

首五句，少无宦情。"外物"三句，有箕颍之心事，迫于世乱而不得遂。"末途"以下，仕世多素辞也。末"昔心"二字，应序"心"字、应首"昔"字。盖昔在临淄，曾见礼于汉室诸王之门，不过弄瑟置酒，原未事其事；今之在邺下，清论奏歌，游戏于魏诸公子之前，犹之在临淄时汉诸王之见礼，未尝有所变塞也。呜呼！抚今追昔，怅怅若失。此中之感慨最深，又不关箕颍之心事遂与不遂也。要知伟长是箕颍之心事，不是沮溺之心事。沮溺以乱而隐，箕颍以治而隐。伟长在康乐自拟中，乃无用之用。"少无宦情"，拟其少无竞进之情。"仕世多素辞"，若假以权不事纷张，素位而行。"有箕颍之心事"者，功成名遂身退，乃打算及末后一着也。

刘桢："卓荦"者，不羁之谓。"偏人"者，一偏之性。如古三疾之民不能化，亦不肯化，盖人之有气者也。"文最"句，照徐"有箕颍"句，谓徐深于道，故文帝叹其著述之才；刘足于气，故康乐服其篇章之美。"所得颇经奇"，谓拟刘诗者，较拟他诗所得更有经奇之词与意。盖彼之气足以助我之气故也。此足见公干文如其人、诗如其文、人如其诗，故谓之"卓荦偏人"。故平视甄氏，非卓荦人不能有此趣；"北面自珍"，非卓荦人不敢出此语。

371

古乐府有《东平刘生》，东平郡多卓荦之士。河兖、广川俱魏武初起之地。"北渡"二句，言从事之久，阅历之多，因知古今治乱之情。此人大可用，与他徒遭丧乱者异矣。"究平生"，将以吐其奇；"觉命轻"，将以酬所知，而卒不得大用焉。只是"朝游""暮坐"，礼数虚拘，乃易困于酒肉，非王公大人之尊贤也。夫以千古难构之遭逢，而仅仅如此。所以望凌霄之羽翼，而空羡其缤纷耳。即孟襄阳"徒有羡鱼情"意。

公干交太子，亦交平原，似持两可，而实两无所党，有党则不得称"卓荦偏人"矣。

应场：汉末党锢祸起，一时节义之士多出汝颍之间，如李元礼、陈仲举辈，故康乐取德琏以寓意也。

此诗仍用原诗"孤雁鸣云中"意起，然原诗何等风调，何等音节！

此诗未免稍减于原作，按，子建有《送应氏诗》云"我友之朔方"，此却云"汝颍之士"。德琏先世，当是朔产，徙居汝南。遭时流离，飘薄非一，而目之为汝颍之士者，谓其望之可比荀郭也。汝颍地近许昌，故托身得所，独早于诸彦。然而托身虽早，官渡一卒，既非所任，而乌林预艰，依然流离。及其晚节，正宜急急大用之时，而虚拘以饮燕之小礼，则终身无解于飘薄之叹云。

阮瑀：太子之集诸彦非一次，而康乐止取《选》中"公宴"之一日，故所拟皆即日之事。而元瑜之诗乃由今日河曲之游，溯及前此南皮之戏。所谓"优渥"也。谁优而渥之？太子也。太子曷为而优渥之？以其管书记之任也。其为魏武之书记欤？是太子之昵元瑜也。其为太子之书记欤？是元瑜昵太子也。可知余子之流寓自伤及抱飘薄之叹者，皆与平原侯亲昵者也。唯彼人卓荦而心箕颍者，中立而无所倚耳。然元瑜之管书记，差亲于文学之任，卒未咨其谋画也，总归于虚拘耳，徒有优渥之言，非有优渥之实。

首四句自叙其少年驰逐之事。河洲，好驰逐之地；风悲云起，好驰逐之时。云本无色，因风吹沙尘，映之而黄，再加以少年驰逐，河洲之上踏起沙尘，交凑一片，异样惨淡景色。少年人偏以为喜，故翩翩而不能已已。"庆云"二句，是得与诸子同朝；"躧步"二句，是得与诸子同宴。河曲游、南皮戏，抚今追昔，正是写独承"优渥"。"戏清沚""泛兰氾"，荡舟为乐，遥映前驰马之事，见不违其生平好尚，所以美比食苹也。

平原侯植：若曰为公子计者，当"不及世事"；"但美遨游"，则不取文帝之忌，颇嗟忧生，可感文帝之心。而乃屡请自试，漫作轻生之语，何为乎？此正善处人骨肉之变者。此见庐陵之变已非私，己之交庐陵非邪也。

按史，建安末，魏武杀杨修，子建始怀忧惧。康乐拟《邺下集诗》，谓子建有忧生之嗟，或以为太早。不知子建与子桓所处之世，不能并立。集邺之时，天子命魏世子丕为五官中郎将，是子桓已得为太子矣。子桓既为太子，则子建危矣，又何待杀杨修之后耶？故刘桢赠子建之诗题曰"五官中郎将"，康乐《拟邺下集诗》题曰"魏太子"。夫五官中郎将，臣之极爵，故子桓为之，子建亦曾为之。至太子者，君之副贰，子桓既立为太子，子建即欲自比于诸王不可得。何也？诸王与子桓无嫌，而子建有却也。所以康乐于《邺中集诗》之上大书曰"魏太子"，而分题之下，文帝仍以"太子"书，而余子皆书名，惟子建书名而系爵，则忧生之嗟，固已较著于此尔。

首四句写"美遨游"。"徙倚"六句，拓写遨游之美直到尽处。其内带出"不及世事"与"忧生之嗟"来。盖丈夫志在四方，太行、邯郸，距邺下甚近，犹然可望而不可至，则不及世事昭然矣。彼修衢之旁，袅袅白杨之下，往古来今不知断送多少世人，尽足动人忧生之嗟，然亦只是写得"忧生"二字影响。盖彼世人之断送于修衢之旁、袅袅白杨之下者，大半阴阳之患，而子建所患者人事也。下文"储君"云云，如笼中之鸟且惊且食，方是正写忧生之嗟。

余初读此诗，便疑为感庐陵之事，未敢以为确是。及反复细玩，至此"西顾"四句，始洞然信其不谬也。子建诗曰"甘赴江湘，奋戈吴越"，若此徒为子建咏也，则宜向东南而写，如左太冲之左顾右盼矣。而乃云"西顾""北眺"，不亦背乎？此明明故放破绽，以起问者，见此诗题虽云"平原侯植"，实是庐陵王义真替身耳。按宋史，武帝北伐，以幼子义真从。及刘穆之死，宋武仓卒南还，留义真于关中，则西北固庐陵所经营之处，故曰"顾"曰"眺"，代为庐陵惜之也。若庐陵当年能抚而有此，今日安肯受制于人也？因以"太行"暗替仲宣诗中"函崤"，以"邯郸"暗替仲宣诗中"伊洛"，最有线索、最有力气。怅望修途，白杨袅袅，庐陵已被谗而死矣。仍写其忧生之嗟者，殆死而犹有余悸欤？

（评《拟魏太子邺中集诗》八首并序，见《六朝选诗定论》卷一四）

禹行水，何处不至？但会稽地负海，禹始开之，会诸侯于此因名。而又其子孙之封国，故引为称首。"天文"以下，文稍泛，惟"连峰"二语，从顾长康"千峰竞秀，万壑争流"二语来得切，但词不甚练，不及原语耳。叙人物处，连用六句，不见排，却是练得几个虚字精工。

（评《会吟行》，见《六朝选诗定论》卷一四）

张玉谷评谢灵运诗

前六，先以天子尊崇，有时道超事外，为宸游发端，复引尧事陪出今游，典重曲折。"鸣笳"四句，正叙游山饮宴。"远岩"六句，铺写山中春景，以"皇心"十字勒住，则写景皆颂圣矣，得体。后六，落到己身，自惭龙遇，转念隐沦，竟以萦想长谣作收。应诏诗却如此用意，更超甚。

（评《从游京口北固应诏》，见《古诗赏析》卷一六）

此赴永嘉郡守时别邻里作。前四，直就辞京赴任，行至方山叙起。邻里相送，已含于"相期"二字中，却以己之怀旧不发，对面扑醒，用笔灵活。中四，接写别时之景。然"含情"十字，就景申情，引动下意，炼句耐思。后六，先以此去合宜自慰，旋以暂别无念慰人，勉志通音，两面双收作结。

（评《邻里相送方山诗》，见《古诗赏析》卷一六）

诗因赴任永嘉过墅而作，有不忘故土意。前六，追叙违志登朝，历时既久。"淄磷"十字，通首反提。"拙疾"四句，点明移疾出守，得过旧墅。"山行"八句，就一路到墅登涉之劳，卸到山水之胜，而以茸宇筑观，就墅景勒住。写景总在山水着笔，应前"清旷"二字。后四，告邻明订归期，树樏誓不孤愿，此别墅之情，即以应起"坚贞"二字也。

（评《过始宁墅》，见《古诗赏析》卷一六）

此因登楼而感离索之诗。前六，以虬鸿飞潜得所，兴起己之愧怍弗如，由于进退失据，为出守作引。"徇禄"四句，正叙出守徇禄卧病，以"衾枕"句作一挑笔，"褰开"句醒出登楼。"倾耳"八句，皆写登楼闻见之景。时物改变，隐含下"易永久"歌吟伤感，显起下"难处心"。后四，点清离索之时久心悲，而以特操自厉，缴应徇禄，无闷自宽，缴应卧病作收，脉缕细甚。

（评《登池上楼》，见《古诗赏析》卷一六）

此亦因游思归之诗。前六，先就夕霁写景，以久苦昏垫，挑出喜晴出游。"旅馆"句，点题引下。中四，即眺中泽兰芙蓉，指出春去夏来时物之变。后八，顶物变感到年衰疾作，而以秋来逝息旧厓，良知必能亮我，点明诗旨，曲折流动。

（评《游南亭》，见《古诗赏析》卷一六）

题似两截，却只重泛海。前六，就时景叙起，虚括赤石之游，跌出泛海。中六，正叙泛海。"溟涨"十字，真写得泛海神理出。后六，就海上触到逃名海上之仲连，江海恋名之子牟，醒出矜名不如适己，而以附任公言，得谢天伐，收出韬晦本心，极耐咀味。

（评《游赤石进帆海》，见《古诗赏析》卷一六）

诗有喜得奇境意。前四，以江边游历几周，折落怀新寻异，领入本题。中六，正叙绝流登屿。"云日"十字，写景清超。莫赏谁传，写出自矜得意。后四，即孤屿想到昆山仙境，真绝尘寰，而以安期得尽长年，拓空收住，余波亦好。

（评《登江中孤屿》，见《古诗赏析》卷一六）

此去官在途，自述其适志之诗。前四，援古彭薛、贡公扬之抑之，为去官作领笔。"伊余"六句，转入己身秉尚、谢名。吏隐究非真隐，为题前一开。"无庸"十句，正叙安分弃官，叠证古人，总计年岁，题面已了。"理棹"八句，接写去郡后在途水陆之景。"秋"字点出时序。后四，收足肥遁无疑之意。寄怀上古，则不特优贪竟，直可称达生矣，应起作结。

（评《初去郡》，见《古诗赏析》卷一六）

此诗自李善注以为在永嘉郡斋，诸本宗之，并为一谈。愚按"归山川""绝诤讼"等句，的是去郡后在家之诗，故移编在初去郡题之后。前四，以在京之不去丘壑，跌出已归之心迹寂寞，有势。中六，承"双寂寞"来，正写斋中读书景事，而"展戏谑"又为下引端。后六，以笑哂顶上戏谑，即仕农之苦，推之万事难欢，收出达生本旨作结。"子云阁"押韵欠妥，瑜不掩瑕。

（评《斋中读书》，见《古诗赏析》卷一六）

前四，以樵隐在山之不同其事，引起园居不同纵欲，用意幻甚。中十二，正叙题面，总见得变纷杂为清旷，皆因利乘便，无过求意，而以"不期劳""罕人功"收住。所谓在园养疴，宜如是也。后四，就园居补出求友作结。用《庄》注，亦能暗缴养疴。

（评《田南树园激流植援》，见《古诗赏析》卷一六）

此两截题格也。前六，先叙石壁之景，游壁之乐，而以"出谷"二句点清竟日，落到还湖。中六，则叙湖中所见晚景，趋径偃扉，又透题后。后四，总上两层，约指其趣，自悟悟人，咏叹作结。

（评《石壁精舍还湖中作》，见《古诗赏析》卷一六）

题似在湖瞻眺，详诗则过湖后，正在北山瞻眺也。前四，先将题面尽皆点清，是先出题法。"侧径"六句，眺中不变之景。"解作"六句，亦写眺中景，然在春时动植之物上说，初非复杂。后六，抚景流连，以致叹无人共赏收住。"解作""升长"，经语入诗而不觉腐，谢公所长。

（评《于南山往北山经湖中瞻眺》，见《古诗赏析》卷一六）

此三截题，过涧一截，越岭一截，溪行一截也。须看其点次错综处。前四，从山中晓景说起，字字刻画，三层皆冒。"逶迤"四句，总写从涧越岭，两句双点，两句双承，不作层递便团簇。"川渚"六句，独写溪行之景。前过涧已有水程，故以"屡径复""玩回转"蒙上文来，以清本位。"企石""攀林"，即引下意。"想见"四句，即景怀人，惜其莫遘。后四，则以赏辨虽难其人，而观悟自可遗遭，收到不妨独乐，用笔曲甚。

（评《从斤竹涧越岭溪行》，见《古诗赏析》卷一六）

前四，以朝游陪出夜宿，点题而起。中四，即所闻写景，不以目治而以耳治，是夜宿神理。后四，亦以共赏无人收住，而措辞又别。谢公诗，游览为多，《选》中所登数首，实能随题制变，尽相穷形，为此体独开生面，当与柳柳州诸游记，千古并传。

（评《夜宿石门诗》，见《古诗赏析》卷一六）

历代颜延之诗评选录

唐代

李周翰： 延年自言少时困于孤介之事，不能居少帝乱朝也。老时复谢幽静贞吉之道，亦不能就，为恋文帝之明德也。

（评《拜陵庙作》，见六臣注《文选》卷二三）

刘良：静思及于万物变化之理，伤我既往之年，入此穷暮之节。喻已年老也。

（评《赠王太常》，见六臣注《文选》卷二三）

李善：湛然不动谓之心，分别是非谓之识。

刘良：籍沉醉终日，率尔属文，初不苦思，词皆讽喻。

张铣：籍虽放诞不拘礼教，然口不评论臧否人物。当率意独驾，不由径路，车迹所穷，辄恸哭而返。此延年自托以为途穷者。

（评《五君咏·阮步兵》，见《文选旧注辑存》卷二一）

刘良：康非汤武，薄周孔，所以犯俗而罹流议。

张铣：（鸾翮有时铩，龙性谁能驯）皆以喻康，亦复自谓。

（评《五君咏·嵇中散》，见《文选旧注辑存》卷二一）

李周翰：言伶怀情不发，以灭闻见，犹闭关却归而无事。

李善：夫钟鼓以悦耳，荣色以悦目，今闻见既灭，声色俱丧，故鼓钟不足以为欢，岂荣色之能眩也。

吕向：伶尝作《酒德颂》，虽曰短章，情自此见。谓伶好饮，为居乱代，欲晦其才。延年自解将同比美。

（评《五君咏·刘参军》，见《文选旧注辑存》卷二一）

张铣：山涛举咸为吏部郎，三上武帝，帝不能用也。荀勖性自矜，因事左迁咸为始平太守。（屡荐不入官，一麾乃出守）此亦延年自喻。

（评《五君咏·阮始平》，见《文选旧注辑存》卷二一）

李周翰：（向秀甘淡薄，深心托毫素）谓秀志于著述，延年自喻好文。

（评《五君咏·向常侍》，见《文选旧注辑存》卷二一）

宋代

古今之诗，凡有三变。盖自书传所记，虞夏以来，下及魏晋，自为一等。自晋宋间颜谢以后，下及唐初，自为一等。

（朱熹《晦庵先生朱文公文集》，卷六四）

颜不如鲍，鲍不如谢。

（严羽《沧浪诗话·诗评》）

真德秀评颜延之诗

臧荣绪《晋书》曰："籍拜东平相，不以政事为务，沉醉日多，善属文论。初不苦思，率尔便成。五言诗《咏怀》八十余篇，为世所重。"

《名士传》曰："阮咸哀乐至到，过绝于人，太原郭奕见之心醉，不觉叹服。"

《世说》曰："初注《庄子》者数十家，莫能究其指要。向秀于旧注外为解义，妙析奇致，大畅玄风。"

（评《五君咏》，见《文章正宗》卷二二下）

元代

方回评颜延之诗

此诗九章，章十句，颇伤于多。陶渊明赋桃源、三良、荆轲，何其简而明也？然此亦善铺叙。"存为久离别，没为长不归"，犯苏子卿语，却用得好。"三陟穷晨暮"，谓"陟彼高岗""陟彼崔嵬""陟彼砠矣"，"三陟"字颇巧。"原隰多悲凉"以下四句，"岁暮临空房"以下四句，颇有建安风味。他所点者，皆可隽永。诗长篇为难，九折更端则不难矣。此诗及《五君咏》，颜诗之最也。李善《文选注》，东坡之所深许。无一事不见本根，无一字不见来历，皆博极群书，间亦有随文释义者。且如此诗"脱巾千里外，结绶登王畿"，注云："巾，处士所服。绶，仕者所佩。今欲宦于陈，故脱巾而结绶也。"能尽"巾""绶"之义极佳。又引东观汉记"江革养母幅巾"及《汉书》"萧朱结绶"事，可谓详细。然秋胡之仕于陈，止是鲁之邻国，而云"王畿"，恐颜延之一时寓言，虽以秋胡子为题，亦泛言仕宦之意。其注乃引《诗纬》曰："陈，王者所起也。"此意似颇未通。"戒徒在昧旦"，注引《易归藏》曰："君子戒车，小人戒徒。"李善时尚有《易归藏》也。"自昔枉光尘，结言固终始"，下五字亦作寻常看，观注乃知用《公羊》语"结言而退"，又《楚辞》"结佩纕以结言"，《周易》"归妹，人之终始"。前贤遣语，不妄如此。"高张生绝弦，声急由调起"，注上句"喻立节期于效命"，下句"喻兴于恨深"，余谓此意谓有所激者必出于不平耳。

（评《秋胡诗》，见《文选颜鲍谢诗评》卷一）

沈约《宋书》：颜延之领步兵，好酒疏诞。刘湛言于庐陵王义康，出为永嘉太守。延之作《五君咏》以述竹林七贤，山涛、王戎以贵显被黜。咏嵇康曰："鸾翮有时铩，龙性谁能驯。"咏阮籍曰："物故不可论，途穷能无恸。"咏阮咸曰："屡荐不入官，一麾乃出守。"咏刘伶曰："韬精日沉饮，谁知非荒宴。"此四句，盖自序也。

（评《五君咏》，见《文选颜鲍谢诗评》卷一）

此诗十三韵，无可取。《文选注》："《丹阳郡图经》曰：'乐游苑，晋时药园，元嘉中筑堤壅水，名曰北湖。'集曰：元嘉十年也。"予谓李善时有《丹阳郡图经》，有《颜延之集》，今皆无之矣。诗第二韵曰："蓄轸岂明懋，善游皆圣仙。"注云："蓄轸不行，岂是钦明懋德之后？善游天下，皆是睿圣神仙之君。"能通诗意，而理则无是也。前一韵曰："周御穷辙迹，夏载历山川。"言周穆王、夏禹，此乃复注曰："圣谓夏禹，仙谓周穆。"亦巧。

（评《应诏观北湖田收》，见《文选颜鲍谢诗评》卷一）

此诗十三韵。第四韵云："流池自化造，山关固神营。""化造""神营"四字可用。"春江壮风涛，兰野茂稊英"，上一句佳。末韵"空食疲廊肆，反税事岩耕"，亦平平。他皆冗而晦。

（评《车驾幸京口侍游蒜山作》，见《文选颜鲍谢诗评》卷一）

此诗十一韵。偶句栉比，全无顿挫。鲍明远以铺锦列绣目之，是也。本不书此诗，书之以见夫雕缋满眼之诗，未可以望谢灵运也。"山祇"之"跰"，"水若"之"警"，非不以字为眼。"瑶轸""藻舟"，又非不丽。下句皆尔，如无意何？"人灵骞都野，鳞翰耸渊丘。"《文选注》谓："'骞''耸'皆惊惧之意。'都野'，民灵所居。'渊丘'，鳞翰所聚。"予以正文避唐太宗名，以'民'为'人'，其语破碎无意。晋陵郡之曲阿县下，陈敏引水为湖，四十里，号曰曲阿后湖。今常州境。元嘉二十六年作。

（评《车驾幸京口三月三日侍游曲阿后湖作》，见《文选颜鲍谢诗评》卷一）

此诗十七韵。"松风遵路急，山烟冒垄生"两句平平，是处可用。他切题处冗而晦，无可书。盖从宋文帝上高祖冢也。

（评《拜陵庙作》，见《文选颜鲍谢诗评》卷二）

此诗十二韵。"玉水记方流，璇源载圆折。"事出《尸子》："凡水，其方折者有玉，其圆折者有珠。""舒文广国华，敷言远朝列。德辉灼邦懋，芳风被乡蓄。"此称王僧达。"侧同幽人居，郊扉常昼闭。林闲时晏开，亟回长者辙。"此四句谓僧达来访。然错综互对，古未见之。昔也"郊扉常昼闭"，以"侧同幽人居"也；今也"林闲时晏

381

开"，以"亟回长者辙"也。"庭昏见野阴，山明望松雪"，延之自述所居；下一句始自然。

（评《赠王太常》，见《文选颜鲍谢诗评》卷二）

此诗七韵。"夜蝉当夏急，阴虫先秋闻。岁候初过半，荃蕙岂久芬。"四句可书，"阴虫"一句尤佳。

（评《夏夜呈从兄散骑车长沙》，见《文选颜鲍谢诗评》卷二）

此诗十韵，惟"流云蔼青阙，皓月鉴丹宫"，一言东宫，一言中台，齐整，他皆可及。

（评《直东宫答郑尚书》，见《文选颜鲍谢诗评》卷二）

延之元嘉三年征为中书侍郎，灵运征为秘书监。其先，二人俱为庐陵王义真所昵。高祖崩，少帝立，徐羡之等屏二人，出为始安、永嘉太守，在永初三年秋。景平元年秋，灵运谢病归会稽。至是，徐傅既诛，文帝召用延之，自始安还朝，至此赠答。延之诗，用事用字皆有来历。谓如"弱植"，则子产语"其君弱植"；"端操"，则《楚辞》"内惟省以端操"；"窬步"，则《楚辞》"夫惟捷径以窬步"；"先迷"，则《易》"先迷失道"；"寡立"出《荀子》，"刻意"出《庄子》。"择方""穷栖"，无全出处。"方"字、"栖"字，经传皆有之。此用字之法，学者不可不知也。此四句，延之自谓也。"伊昔"以下四句，言向来立朝。"两闱"谓东宫、尚书省，"丹膡"以喻君恩，"玄素"以喻己节。"徒遭"以下四句，言少帝昏乱，衣冠乖阻。"吊屈"以下六句，言出为远郡，在湘思越，有怀灵运。"跂予""曷月"字，摘《毛诗》，用之尤雅。"皇天"以下四句，言文帝召用，惭己无补。"去国"以下六句，言解郡还家，补葺旧隐，有迟暮之叹。"亲仁"以下四句，称灵运赠诗；"歇""夺"二字俱佳。尾句谓"尽言非报章"，自撝不足以敌灵运，故曰"非报章"。此诗凡七八折，铺叙非不整矣，用事用字非不密矣，以鲍照之说裁之，则谓之雕缋满眼可也。如灵运诗："昏旦变气候，山水含清晖。清晖能娱人，游子憺忘归。"天趣流动，言有尽而意无穷。似此之类，恐延之未敢到也。如："桃李春风一杯酒，江湖夜雨十年灯。"未是山谷奇处。"石吾甚爱之，勿遣牛砺角。牛砺角尚可，牛斗残我竹。"乃山谷奇处也。学者学《选》诗，近世无其人。惟赵汝说近三谢，犹有鳌砌之迹，而失于舒缓，步步规随，无变化之妙云。

（评《和谢监灵运》，见《文选颜鲍谢诗评》卷二）

《文选注》："沈约《宋书》曰：'延之为豫章世子中军行参军。义熙十二年，高祖北伐，有宋公之授，府遣一使庆殊命，参起居。延之至洛阳，道中作诗一首，文辞藻丽，为谢晦、傅亮所赏。'集曰：'时年三十二。'"予味此诗，人所可及，所以书此诗者有二：东晋立国一百四年，义熙十二年，恰一百年足也。后四年，而刘裕禅洛阳。自惠帝朝丧乱，迄于怀愍蒙尘，百余年丘墟。延之"三川"之咏谓："伊瀍绝津济，台馆无尺椽。"予存此，所以考时论事也。义熙十二年，延之年三十二。元初三年，出为始安太守，当年三十八。元嘉三年，入为中书侍郎，当年四十二。元嘉十年，有《湖北田收诗》，当年四十九，是年谢灵运诛。至元嘉二十六年，有《京口蒜山后湖诗》，则年六十六矣。孝武登阼，为金紫光禄大夫，领湘东王师，则七十余矣。予存此，所以考年论人也。又因而论之。陶渊明元嘉四年卒，年六十三。延之为刘柳后军功曹，在浔阳与渊明情款。后为始安郡，经过渊明，每往必酣饮致醉。临去留二万钱与渊明，渊明悉送酒家。观此乃知延之诗虽不及灵运，其胸次则过之。灵运尝入庐山，不为远法师所与，亦不闻其见交于渊明，延之独与渊明交好甚深。以年计之，永初三年，渊明年五十八矣，长延之二十岁，亦可谓忘年之交也。延之后作《靖节征士诔》，书曰"有晋征士"，虽出于众志，而延之实秉易名之笔，其知渊明盖深也。"违众速尤，迕风先蹶。身才非实，荣声有歇。"延之诔书渊明，所诲如此。又书渊明："独正者危，至方则阂。"语其有得于渊明也多矣。故曰诗虽不及灵运，其胸次则过之。

（评《北使洛》，见《文选颜鲍谢诗评》卷三）

此诗十韵。"故国多乔木，空城凝寒云。丘垄填郊郭，铭志灭无文。木石扃幽闶，黍苗延高坟。惟彼雍门子，吁嗟孟尝君。愚贱同湮灭，尊贵谁独闻。"亦通论也，但不可及耳。

（评《还至梁城作》，见《文选颜鲍谢诗评》卷三）

此诗十韵。"江汉分楚望，衡巫奠南服。三湘沦洞庭，七泽蔼荆牧。"起句二韵，大概言地势。郊外曰"牧"，"荆牧"言七泽之野也。末韵"请从上世人，归来艺桑竹"，有感于"存没竟何人，炯介在明淑"而云。初不明言"炯介""明淑"为进为退，而为"松竹"之句，则意在退也。

（评《始安郡还都与张湘州登巴陵城楼作》，见《文选颜鲍谢诗评》卷三）

刘履评颜延之诗

赋也。"眇默"，远而无穷之貌。《楚辞》云："路眇眇而默默。""先"谓行时启之于前，"后"谓归时殿之在后也。"倾侧"，路险而车不正也。"群"，谓偕行者。"陈"亦国名，在梁之西南，即今陈州也。"郭"亦郭也，"铭"即志也。凡死者，志其官爵行事之实，刻诸墓门，则谓之铭。"扃"，闭塞也。"幽闶"，墓门也。"堙"，犹塞也，殷忧貌。《诗》云"忧心殷殷"。义熙十二年冬，晋太尉刘裕北伐，始有宋公九锡之授，诸府遣使往庆殊命。时延年为豫章世子参军，奉使至洛阳，还过梁城而作是诗。言道路险远，征役勤劳，而于息徒将夕之时，瞻望故国空城，已不胜其惨怆。况见丘垄之多，又皆荒颓若此，能不为之感伤焉！因思雍门固对孟尝君之言，则知千秋万岁以后，贤愚贵贱同一堙灭，岂独尊贵而能永存者乎？今我何为久游远道而自致忧念哉？史言："延之使洛道中作二诗，文词藻丽，为谢晦、傅亮所赏。"然其《北使》一篇，但怀怨叹，曾无王事靡监之忧，故不录。若此篇之睹景增怀，感今兴喟，自有人情之所不能无者，况其词之可观也。

（评《还至梁城作》，见《文选补注》卷七）

阮步兵：赋也。言阮公处虽沉晦，而内实精深。然其托酒昏冥，寓辞讽咏，或长啸若怀人，或逾礼以惊众者，盖见世道变故已甚，不可具论，是以不得不如此耳！正犹行者之遇途穷，能不为之深恸乎！故籍每率意独驾，不由径路，车迹所穷，辄恸哭而返，是岂无其意哉！

嵇中散：赋也。言中散与世不合者。本自神仙中人，故其语默，交际皆与人异，所以多迕流俗，如鸾翮有时而见伤然。其形虽被诛，实则仙去，岂非龙性之不可驯者乎？

刘参军：赋也。言伶善于内闭，则情欲自销，而外物不足以为累，故但韬光沉酒，假此以自适。谁知本非纵欲，而为荒耽也。观《酒德颂》所言，则其中心所蕴亦可见矣。

阮始平：赋也。言仲容材高质美，而又妙解音律。郭奕见之已不觉心服，而山公之推举，岂虚见耶！然荐者再三而不能用，权要一麾，乃遽出守，竟何以哉！此盖延年借以舒愤怨之词也。

向常侍：言向秀甘守淡薄，专心文词之间。探道必造其精微，观书不泥于章句。其为人如此，宜若无所累于外矣。然其素与交好之人，今皆逝去，因经旧游之地，追想曩昔之欢，则亦不免感伤而形于赋咏也。

愚谓五君，率皆负才放诞，轻蔑礼法，纵酒昏酣，遗落世事，当时士大夫莫不以为贤，谓之旷达。延年盖亦有取焉。此五咏者，其实自叙，大概为一麾出守而发也。虽复不免以词旨不逊得罪于众，然欲观五君一时之风致，殆亦不出此咏也。

（评《五君咏》，见《文选补注》卷七）

明代

钟惺、谭元春评颜延之诗

钟云：谢灵运"初日芙蓉"，颜延之"镂金错采"，颜终身病之。乃其《秋胡诗》《五君咏》，清真高逸，似别出一手。若尽屏颜全诗不见于世，而独标此数首，向评为妄语矣，此予选颜诗意也。凡选古人诗极严刻，皆是爱惜古人处。

（总评，见《古诗归》卷一一）

钟云："峻节"二语，虽不甚佳，已伏尽全诗之案。

谭云：（嘉运既我从）古甚。

钟云：太白"妾梦越风波"本此，然妙些。

谭云：只是"劳此"二字，却用得妙。

钟云：（寝兴日已寒）五字深感。

谭云：此语真朴有味，子美常用此"务"字。

谭云：着相"与"字，便不潦草。

钟云：善下虚字，有趣有力。

谭云："密"字下得深，"金玉声"三字便不庸浅。

谭云：淡语妙得光景。

钟云："入室问何之"，温甚。情事详婉，可想其叙手之暇。谭云：五字抵贺知章六绝句。

钟云：（物色桑榆时）此句妍而深，在"物色"二字。

钟云："望昏"二字，尽景惭叹，二字尽情。

谭云：《秋胡诗》只如此叙其事，化笔秀手。

钟云：（有怀谁能已）此语用作首句，便深婉。

谭云：古。钟云：板得有趣。

钟云：秋胡妻之死，毕竟为窥其夫之无情。昔人谓其妻死于议论，虽稍刻，实有至理。

谭云：予往评唐人《秋胡行》，云此题不必拟作，即欲作之，亦当别出思理，若又陈述其事，则雅畅古净，必不能过延之，是谓不善据胜者也。

（评《秋胡诗》九首，见《古诗归》卷一一）

谭云：七贤名盛，延之于其中黜却二人，如此眼中胸中，下笔何患不深细，何患不高洁！

（阮步兵）钟云："识密鉴亦洞"，用世、出世人俱少此五字不得，阮公之微，亦尽于此。

钟云：晋文王目步兵为慎，已是看得深一步矣，然实被阮公瞒过。其作用在此五字，盖英雄近疏，高士近密，各不相妨。

谭云：（长啸若怀人）五字，是咏怀诗所自出，不独得啸之神。

"长啸"二句写得又幽远、又豪爽，人不幽远则其为豪粗矣。阮公作人固深，延之亦好眼。

（嵇中散）谭云：此诗只此五字（吐论知凝神）深。

钟云：所谓悠悠忽忽，五字想出。

（刘参军）钟云：阮步兵做得用世事，伯伦一味避世。二诗下语各斟酌。

谭云："善"字有分寸。

钟云：读此五字（怀情灭闻见），知饮酒不易言，怀情尤深。

谭云：是大禅师。

谭云：（韬精日沉饮）好眼力。

钟云："韬精"更深于埋照。

谭云：古人看人文章如此。

（阮始平）钟云：（达音何用深）此语正深。

钟云：入山公，妙。

（向常侍）钟云：毫素非深心不能托，心非淡薄不深。读书作诗文，古人何曾浅看。

谭云："交吕""攀嵇"二语丑。"鸿轩""凤举"四字，不是他数人交情中语。

钟云：延年《五君咏》另换出一番心手，如对名士，鄙吝自消，不敢复言俗事。

（评《五君咏》五首，见《古诗归》卷一一）

陆时雍评颜延之诗

延之雕缋满肠，荆棘满手，以故意致虽密，神韵不生，语多蒙气。汤惠休谓"谢灵运似芙蓉出水，颜延之似错彩镂金"，此盖谓其人力虽劳，天趣不具耳。

（总评，见《古诗镜》卷一二）

"蓄轸岂明懋，善游皆圣仙"自是累句，"开冬眷徂物，残悴盈化仙"，谢灵运"皇心美阳泽，万象咸光昭"，工拙居然具别。

（评《应诏观北湖田收》，见《古诗镜》卷一二）

"恩合非渐渍，荣会在逢迎"，此是何语。"皇心凭容物，民思被歌声"，稍得爽然。"松风遵路急"，"遵"字无谓。

（评《拜陵庙作》，见《古诗镜》卷一二）

一起景色略尽。

（评《始安郡还都与张湘州登巴陵城楼作》，见《古诗镜》卷一二）

《五君咏》多以自况，结语崭然高峙。

（评《五君咏》，见《古诗镜》卷一二）

情寡词繁。

（评《秋胡诗》，见《古诗镜》卷一二）

清代

王夫之评颜延之诗

从来以颜拟谢，颜之于谢，非但寻丈之间也。谓颜一似剪采，其论亦苛。颜笔端自有清傲之气，濯濯自赏。乃其所以不足望谢者，往往立法自缚，欲令严肃，反得凌杂也。又以其清傲者一致绞直，遂使风雅之坛，有讼言之色。

颜诗亦若有两种者然：《侍游蒜山》《赠王太常》诸作，与《五君咏》如各出一手。乃其才本傲岸，而法特繁重。舍其繁重，则孤露已章，本领之失，其揆一也。既资清傲之才，而能不称情唐突，抑无藉雕裁自掩，则亦足以尽其长矣。此所录三诗是也。

389

（评《夏夜呈从兄散骑车长沙》，见《古诗评选》卷五）

不杂不竞，几于平矣。

（评《还至梁城作》，见《古诗评选》卷五）

以此配谢，差可不远！微至虽所不逮，而清贵通远，亦堪与并立风轨。

（评《始安郡还都与张湘州登巴陵城楼作》，见《古诗评选》卷五）

陈祚明评颜延之诗

延年本有风藻，亦娴古调。《五君》五咏，苍秀高超。《秋胡》九章，流宕安雅。而束于时尚，填缀求工。《曲阿后湖》之篇，诚擅密藻。其他繁挠之作，间多滞响。就其所造，工琢未纯。以望康乐相去甚远，岂独若汤鲍所喻哉！四言浅质，都无佳句，不足登选。颜光禄诗如金张许史大家命妇，本亦有韶令之姿，而命服在躬，华珰饰首，约束矜庄，掩其容态。暂复卸妆，闲燕亦能微露姣妍。

（总评，见《采菽堂古诗选》卷一六）

王元美曰："起六句与题有毫发干涉耶？"按四言虚冒潘陆、卢谌，往往并然，六句犹幸其少。

"日完"二句琢，句异。

前四句典切。"方旦居叔"，语更健。

入时月，有姿。

"析波"句佳。末二句（豫同夏谚，事兼出济）体题亦细。

犹能稍见文雅。若《释奠会作》板重，无味，起句"国尚师位，家崇儒门"，老生板对，唐律赋之不若，真有如元美所评者，故竟删之。

（评《应诏宴曲水作诗》八章，见《采菽堂古诗选》卷一六）

"地广"六句，边景萧索。"卧伺"二语，写征人之劳殊切。

（评《从军行》，见《采菽堂古诗选》卷一六）

铣注诗意，乃似延之不得从驾，恐题误，非也。正言古人有以不得从为憾者，今俨在行列，是空食也。起六句宏亮。"陟峰"四句秀。末寓自感，稍见低徊。

（评《车驾幸京口侍游蒜山作》，见《采菽堂古诗选》卷一六）

洵见工琢。"藐眄"二句稍有致。

（评《车驾幸京口三月三日侍游曲阿后湖作》，见《采菽堂古诗选》卷一六）

自叙其晚达。"否来"二句、"恩合"二句，殊得体。"衣冠"四句，稍见生动。结语颇宣戒慎之衷，公保善终以此。观其不乐于竣之要势，其为人可知矣！诗以见志，诚哉！

（评《拜陵庙作》，见《采菽堂古诗选》卷一六）

前段"玉""璇""龙""凤"，酬赠诗作尔许，殊俗。"侧同幽人"以下，稍佳。"庭昏"二句，秀出不群。"昼闭""晏开"，应作对，分作二联，意取变宕。

（评《赠王太常》，见《采菽堂古诗选》卷一六）

"侧听"四句，景凄调健。结能于琢句中延远思，此微近谢。

（评《夏夜呈从兄散骑车长沙》，见《采菽堂古诗选》卷一六）

前段迤逦而下，境地清出，琢句古秀。

（评《直东宫答郑尚书》，见《采菽堂古诗选》卷一六）

章法迢递，情旨畅越。"兴玩"句，韵未自然。

（评《和谢监灵运》，见《采菽堂古诗选》卷一六）

391

离黍之感与行役之悲，颇能抒写。前段纪程，简而贯穿有法。

（评《北使洛》，见《采菽堂古诗选》卷一六）

大好，佳作。起句便有作意。"昔迈先祖""今来后归"，行役同而己独苦矣！"倾侧不及群"，能写后归之状。"故国"以下，述中原萧条，俨然在目。结六句造感苍凉，汉魏不远。以触目之至悲，感流年之易化，翻用解忧，此旨深曲。

（评《还至梁城作》，见《采菽堂古诗选》卷一六）

清亮可诵。"凄矣"四句，悲凉壮阔。

（评《始安郡还都与张湘州登巴陵城楼作》，见《采菽堂古诗选》卷一六）

（"椅梧倾高凤"一首）自远相匹以兴，近而不终，发端有意。

插入此二章（燕居未及好、嗟余怨行役），以闲情间之，文势宽衍。

"昔辞"二句、"倾城"二句，宛转条递。

补入"相与昧平生"，用意密。

（"高节难久淹"一首）序事并肖。

增序往日一段，势愈缓，情愈紧。

章法绵密，布置稳贴，风调亦颇流丽，不类延之恒调。虽不逮古乐府，颇有魏人遗风。

（评《秋胡诗》九首，见《采菽堂古诗选》卷一六）

阮步兵：中竟排四语，不嫌调复。结即借阮语以伸悲侘，甚有致。

嵇中散：起语矫拔，结句极壮极悲。

刘参军：特有旷识，达人之旨，命语超诣。

阮始平："达音"二语，亦上章颂酒句之旨，取有会悟。结句寄慨不浅。

向常侍：言向恻怆，意亦殊恻怆也。

（评《五君咏》五首，见《采菽堂古诗选》卷一六）

有托之言同春，独辞不能无慨。

（评《归鸿》，见《采菽堂古诗选》卷一六）

沈德潜评颜延之诗

颜诗，惠休品为"镂金错采"，然镂刻太甚，填缀求工，转伤真气。中间如《五君咏》《秋胡行》，皆清真高逸者也。士衡长于敷陈，延之长于镂刻，然亦缘此为累。《诗》云"穆如清风"，是为雅音。

（总评，见《古诗源》卷一〇）

八章次序有法。追金琢玉，不妨沉闷，义山所谓句奇语重者耶。

（评《应诏宴曲水作诗》八章，见《古诗源》卷一〇）

宋为水德而主辰，故阴明之宿，浮烁而扬光。"沉禜"，所祭沉沦而沉静也。"禜"，祭名。"月御"二句，言天神降而月御为之按节，星驱为之扶轮也。

（评《郊祀歌》，见《古诗源》卷一〇）

用笔太重，非诗人本色。

（评《赠王太常》，见《古诗源》卷一〇）

《抱朴子》曰："闻之前志，圣人生率阔五百岁。"黍离之感，行役之悲，情旨畅越。

（评《北使洛》，见《古诗源》卷一〇）

（"刘参军"一首）《老子》曰："善闭者无关键而不可开。"言道德内充，情欲俱闭也。

（"阮始平"一首）阮咸哀乐至到，过绝于人。太原郭奕，见之心醉。山涛启事曰："咸若在官之职，必妙绝于时。"

（"向常侍"一首）秀尝与嵇康偶锻于洛邑，与吕安灌园于山阳。

（评《五君咏》，见《古诗源》卷一〇）

椅梧伫凤鸟之来仪，寒谷待吹律而成煦。言夫妇之相匹，如影响之相思也。

一章至四章，言宦仕于外，己之靡日不思也。

五章至六章，言遇于桑下，秋胡子下车，与之以金也。班彪《冀州赋》曰："感凫藻以进乐。"

此章（七章）言其母使人呼其妇至，乃向采桑者也。

（八章）言情之惨凄，在乎岁之方晏，日之将落，愈思游子之颜。此章申言五载中思慕情事。前章说相持矣，以常情言，宜即出愤语。此却申言离居之苦，急处用缓承，正是节奏之妙。

高张生于绝弦，喻立节期于效命。声急由乎调起，喻词切兴于恨深。《易》曰："归妹，人之终始也。"无古乐府之警健，然章法绵密，布置稳顺，在延之为上乘矣。

（评《秋胡诗》，见《古诗源》卷一〇）

吴淇评颜延之诗

史称颜延年尝私问鲍照以己与谢，照曰："谢五言如初日芙蓉，自然可爱。君诗若列锦铺绣，亦自雕缋满眼。"后人遂因此二语定二人优劣。不知此文人相轻，出于一时之戏言，不足为定论也。从来有性情之诗，有应副之诗。盛名之下，应副既多，岂能字锤句炼？而一味吠声之徒，争相传颂以为佳作，而不知非其本来面目也。《选》中所载，如《拜陵庙》《侍游京口》等诗，亦《雅》亦《风》，遂为杜少陵沉酣抑郁之嚆矢。其余《秋胡》等诗，亦不下潘陆。至于《五君咏》，更是创辟堂奥，前无古、后无今，何减"初日芙蓉"耶？

（总评颜延之诗，见《六朝选诗定论》卷一二）

夫子删《诗》，唯《风》为多，而《颂》则全录者也。其说有三：颂者，清庙之乐章，国之大典系焉，删一诗则缺一典矣。一颂以美盛德之形容，周初文武、成康，皆有圣人之德，故受之而无惭。一当时诸臣皆贤者，具有作颂之才，故佚诗不闻有《颂》也。汉魏以后，以乐府为乐章。《乐志》所在，且累牍矣。而《选》之所收，仅此二首，其意止于论文，非以备礼。而作颂之才不世出，群臣粉饰溢美之词，凉德之君，不足以当之也。

首章原本宋家受命乃郊祀之由。次章铺张盛礼，见孝飨之隆，无甚深意，但取其词之佳耳。其后谢超宗乃因其词，以为齐室郊祀之歌，以足征其佳矣。

（评《宋郊祀歌》二首，见《六朝选诗定论》卷一二）

古诗有《风》《雅》《颂》之分，惟《风》易辨，《雅》《颂》难别。

夫子自卫返鲁,乐正而后,《雅》《颂》各得其所。汉唐之世,诗道虽振,然《风》《雅》《颂》不复辨矣。明末武进孙文介公选唐人诗,以一人感遇之诗为《风》,一时述事之诗为《雅》,赞美之诗为《颂》,于诗义虽未尽当,其意固嘉。

(一章)此言释奠,所以养成太子之德,乃国家大典,不可不举。

(二章)此章颂圣,盖太子之释奠,奉命于天子也。

(三章)此言太学人材之盛,当以太子为表率也。"憬集""麇至""踵门""蹑屩",应题中"会"字。

(四章)此述古义,见释奠之礼出于古圣王之制,不可废也。

(五章)先将庙中执事分派妥当,方好行礼。

(六章)此章正写太子释奠。

(七章)此释奠别而宴享也。

(八章)此释奠毕,礼既成而归也。

395

(九章)此述得与释奠之盛礼,前四句统言从臣之幸,照题"会"字。末四句自谦,照题"作"字。

(评《皇太子释奠会作》,见《六朝选诗定论》卷一二)

宋文帝以乐游苑为曲水,元嘉十一年三日禊于此,且祖江夏、衡阳二王之镇,有诏会者赋诗,而止曰"应诏宴曲水"者,盖刺之也。饯二王赴郡大事也,自有专礼,不当以遂事出之,况游宴之余乎?故诗中详叙饯二王,而题不及,所以致刺云。

(一章)总叙宋德。

(二章)颂文帝。

(三章)美文帝之治化。

(四章)颂太子者,偶而预此游宴乎,抑为饯二王而出乎?

(五章)前四句谓彭城王为宰辅也。旧注云"昔高祖之子为王,同于文王之昭；今帝之子为王，又同武王之穆"是也。于"方旦"句未明。余谓：方周公之位与功而世则居虞叔之次也，此与叙太子同意。至"有晬"二句，方是叙出二王。"爰履"者，始出镇。"宁极"四句，言其任之重，正见送之者不当草草也。

（六章）首二句，点明三月三日。"开荣"二字，极写时物之佳，明见圣驾由此而出。"皇情"云云，只是一味想着游乐，何曾想到饯二王也。

（七章）"郊饯"二句，郑重言之。言出饯诸王出镇大事，饯之自有一定之所，不得借之曲水；饯之自有一定之礼，不当借之禊余。"幕帷"二句，草草借此曲水之滨，曰张帷、曰"画流"，则不筑坛矣。"分庭荐乐"二句，不过流觞曲水之故事，未尝为二王特特举觞，不可谓"君举有礼"矣。"事出兼济"，深刺其事之不当兼也。

末章自述己今日与宴，亦只是叨修禊之余施，亦未尝与饯二王。

（评《应诏宴曲水作诗》，见《六朝选诗定论》卷一二）

按：延年为晋豫章王世子中军行参军。义熙十二年，宋主北征，克复洛阳。有宋公之授，遣延年使庆殊命，参起居。此诗盖为使洛而作也。其"使洛"之上，加一"北"字者，鄙之也。洛阳，晋之故都尔，何鄙焉？当晋南渡都建业，宋主北征，遂专制于洛阳，有两都之嫌矣。曰"北使"者，亦云晋之边鄙焉尔。题既曰"北使洛"，则入洛时作矣，却于洛之阳城说起者，不成其为使洛也。宋王既殊命矣，更有此一使，其势益逼，故作起于阳城，则命犹未致，不成乎使也。其不曰"至阳城作"，而止曰"北使洛"者，言至阳城则是以阳城为主而洛为客矣。故削其至阳城，而但曰"北使洛"所以起问者，见是非也。延年虽终仕宋，然晋一日未亡，其心固未尝一日忘晋也。

此诗分三段。首段写"北"，却从东迤转，一路细细写去。"改服"句，始离家也。"首路"句，始出建业也。由吴而楚、而宋、而梁、而周郑，或舟、或车、或马，虚经过多少程途，枉受却多少辛苦。"前登阳城路"，是又于周郑之间，抽出近洛一个处所，立住讲话。二段写"洛"。"日夕"以下，全是追言洛阳未复以前一片荒惨光景，而归咎于经国之无人。然必自圣贤者，盖经国只用得圣贤，用不得英雄。凡英雄作事，难保其终也。末段写"使"。"王猷"句，是奉使之由。"嗟行"句，是奉使之时。"阴风"二句，虽是写时，却是偷转其笔于尽头处写"北"。盖"阴风"云云，惟极北塞外为然。洛阳天地之中，阴阳之会，况当恢复之后，自宜有浸兴浸盛之气象，而乃写得如此。虽极北塞外不啻过者，盖以洛阳未复，诚有荒惨如彼者；洛阳既复，晋事转不可言。故"阴风"云云，较之未复以前，其荒惨更甚耳。是以临途不发，置酒无言。而仆马无知，亦若解人之意，而为之悲悯，为之威迟。故宁往失时，宁归愆期，此命一日不致，便是晋祚尚延一日也。"蓬心"二句应"嗟行"句，总结前文。蓬非直达者，随俗之心少年人或有之；年已老矣，不意老年乃见此等事而又役役不休。无蓬之心，而有蓬之迹，那不伤极！

（评《北使洛》，见《六朝选诗定论》卷一二）

397

"还"，自洛还也。不言自洛，亦不成其为使也。前题不言阳城，至此乃言至梁城者，明所作之地，去洛未远也。

《楚辞》"目眇眇兮愁予"，注："眇，远视貌。心有所惊也。""默"即前无言意。然前虽无言，尚有惨意，至此不惟无言，更不敢有叹息之声矣。"轨路长"者，盖延年之来也，始而水路，中而山路，末而轨路。及其还也，则反以轨路为始。轨路近洛，故觉得较彼两路更长耳。"憔悴征戍勤"者，延年原非征戍而来，缘他奉使之时，适有北征之师同行，其还也亦与南归之师同行。故伤之曰我之憔悴盖同于征戍也。若奉命监戍然，非充宋公之使也。但其来时，尚未致命，恨其行之太速，故曰"昔迈先祖师"。及其还时，命已致矣，行之惟恐不速，故曰"今来后归军"。"振策"云云，正与前诗"临途"云云相反。"东路""东"字，是反映前题"北"字也。"极望梁陈分"，写梁城所望。延年生长江南，江南崇山峻岭，疆界难分；今到北方一望平衍，为梁为陈，疆场历历，便有"举目山河之异"之意。"故国多乔木"，则缙绅流离尽矣。"空城凝寒云"，则黎庶丧亡尽矣，独有萧萧丘垄耳。以下八句，止将丘垄写得惨然，而结以久客忧念之殷，盖有《左传》季孙祈死之意。言外见彼图王占霸者之为扯淡，或闻之而戒矣。

（评《还至梁城作》，见《六朝选诗定论》卷一二）

王者非民事不出，观北湖田收，此举甚正。首曰"周御"云云，反多了一番回顾。"飞奔"四句，写从驾之车骑未免太盛，似非为民而出之意。"开冬"以下云云，撰词虽少生涩，却有意。"开冬"即初冬也。"田收"，非刈田。盖田既刈毕，观其收藏，《豳风》所云"十月纳禾稼"，是田禾既刈，岁功成矣，故云"徂物"。然眷之不忘者，以开冬徂落之物虽已残悴，而化生之理，将复开先，已充盈其中矣。目行南陆，阳气所藏，是化盈于天也。烟曳寒谷，阳气所钟，是化盈于地也。木叶既落，霜封其条有似残悴，而松柏之翠不改，是化盈于物也。王者，上顺天、下顺地、中顺物以出政，故息人飨宴，以报丰岁通人之急，以备饥年。所谓"慎有余，补不足"，称物平施，无人不沾也。

（评《应诏观北湖田收》，见《六朝选诗定论》卷一二）

首四句起得典重。此延年奉文帝之命，来拜武帝陵庙之由。"逮事"云云，因武帝陵庙而思武帝旧日之恩也。"投迹"云云，谓为太子舍人。"早服"，旧注谓服事。"晚达"为宦达，不知此"达"字从《孟子》"操心危，虑患深，故达"来。谓少年凭恃血气服事之始，遽谓多少事业俱在吾身，故看得"身义重"。及至晚年阅历既多，故能"达生"也。"陪厕"云云，是延年于武帝虽无大用而恩亦不赏。其"恩合"本"渐渍"，"荣会"非"逢迎"，虽有宵小，决不能为害。至少帝时，始肆其毒耳。至于文帝，虽属"昌运"，非无"恩合"，非无"荣会"，然实不出宿好也。"凤御"云云，正序奉命拜陵庙也。"衣冠"四语，借衣冠、陵邑、松风、山烟，以写武帝之灵爽。杜甫两经昭陵诗之所祖。"皇心"，言武帝登遐未久，意其容物犹在圣心也，"歌声"犹系民心也。固宜千年万载，不磨其功德也。乃几何时，而已同尧舜之远，犹幸尽而复萌，有文帝继其武也。然却有朝廷别用一番人之意。其忧谗畏讥之意，见于言外，故曰"发轨"云云。

　　　　　（评《拜陵庙作》，见《六朝选诗定论》卷一二）

　　唐许浑《凌歊台诗》曰："宋王凌歊乐未回，三千歌舞宿层台。"或以为失实。盖宋高，固节俭之主也，当指文帝。观延年此诗及《城北田收》诗，其侍从之多、车骑之盛，此又有"江南进荆艳，《河激》献赵讴"之语，则三千歌舞，文帝洵有之，然却无宿凌歊之事也。余以为仍指宋高为是。盖此台乃宋高所建也。宋高固节俭之主，曷为而建此台也？宋高常有经营西北之志，故作台于宋之北边，亲览北方之形势而又恐人之我虞也，于是假名于凌歊，若避暑之离宫然。然既名凌歊台，则高矣大矣。宋高固节俭之主，曷为此高大之台也？台不高则望不远，基不大则台不高，且兼以备突来之虞而容宿卫。此宋高之深谋老算，敌人莫知、臣民莫知，即后世之子孙亦不知也。后世子孙，既不知其深谋老算，但见台之巍然高耳、恢然大耳，以为先王之奢于土木如此。土木既可奢，则车骑亦可奢，舟楫亦可奢，而声色亦何不可奢也。则今日之"山祇"云云，虽出于文帝，而实宋高有以启之也。大抵仁君以节俭示后，贵出于至诚，《孟子》所云"不可声音笑貌为之"也。不然，而耕具徒藏，彼方以为假矣。或曰：宋主凌歊，亦犹汉主好色，不过唐人借以咏唐事耳，非有实也。然则汉主固好色，而宋主亦非无因，借曰诬之，后曷不诬尧舜之君也？

（评《车驾幸京口三月三日侍游曲阿后湖作》，见《六朝选诗定论》卷一二）

题是侍游诗，却是不得侍游，想当从游诸臣作此诗，延年亦依其题而作耳。

首句是天。"元天"，乃中宫北极，太乙之常居，喻建业。次句是地。"日观"，在泰山之顶，王者东巡所至，喻京口及蒜山也。"入河"四句，引古。汉都咸阳，表里山河，极其险固者，今时特钟于建业也。"流池"应"入河"句，"山关"应"践华"句。又多写"园县"四句者，见吴京表里山河，险固更过于咸阳也。然此题为《幸京口侍游蒜山作》，然却多写建业，似与题不合。不知汉都咸阳，其家丰沛，在表里山河之外。宋都建业，以京口为咽喉，是所谓表里山河即其家也。此睿思之缠，原非无故，而圣驾之临，非犹汉高之归故乡也。"陟峰"二句，形蒜山之高。"春江"二句，是游蒜山所见之景。"宣游"二句，即晏子之发兴补助。"岳滨"二句，为诸侯度也。延年此等题，或写从游之盛，或写景物之美，皆极详细。此诗甚略者，以身未在而遥为摹拟耳。即下文"周南"云云，怅不得从意。

（评《车驾幸京口侍游蒜山作》，见《六朝选诗定论》卷一二）

此诗自分二段。前段是颂美，后段是遥怀。然遥怀与颂美，原不相属，而合为一诗，全是中间"侧同幽人居"为之关锁。盖颜之遥怀，非由他兴，即起于所居之景。两人既同居，则庭际之野阴、山头之松雪，必两人之所同见同望者，应有同怀，所以作诗赠之也。颜是当世名宿，王是新发少年，故"玉水"四句，以珠玉喻王，谓少年美姿，名虽尚秘，行将必彰也。"聆龙"二句，以瞯渊窥穴自负，王名之必彰，吾已知于其秘之日也。"舒文"四句，正是美王，连上文见吾之美实有所据，非为繁词以虚誉也。"侧同"以下，自述遥怀。郊近故曰常闭，林远故曰时开。闭曰"常"，永避俗人。开曰"时"，因回长者。此事之幽，两人所同也。庭为野阴所侵而昏，山因松雪所映而明。此景之遥，两人亦当同见同望也。即因山雪之明，静思而忽有所悟，万化顿浃于胸中。复因庭阴之昏，觉吾余年之已暮，而忽动徂生之感，因而乐往悲来，不能自已。此等遥怀，不知王亦同此否也，故聊引札以赠之云。

（评《赠王太常》，见《六朝选诗定论》卷一二）

传延年在永嘉，作《五君咏》以见志。当事者见之大怒，将点为远郡，于是屏居不豫人事者七载，此诗当作于此时。"炎天"句、"独静"二句是夜。"阒偶坐"，谓屏居，便伏"慕类"意。"对星分"，便伏"恻物变"意。下文"听""睇"在"临堂"，而"恻""慕"皆从"独静"来。堂前曷为见月？以云开故。云曷为而开？以风故。盖以喻文帝时也。然此风虽能开云，然实是薄木之风，一片阴气已钟于此。故蝉入夜而更急，虫未秋而先闻。此诗何时，兰蕙岂能久芬？物变如此，那得不感？感物如此，慕类之情，那得不殷？

（评《夏夜呈从兄散骑车长沙》，见《六朝选诗定论》卷一二）

此不得于君之感，借答郑以寓意。首四句总冒全题。"跂予"八句，直东宫；"君子"八句，答郑尚书也。句句相承相生。"对禁"云者，时己为太子官僚，旅东馆；郑，天子臣僚，属南墉。两庐俱在两官之前，若两禁相对然。而不能至和者，以两闱之隔故。而两闱之隔，又以皇居之险故。盖天子与太子两官，本是一体，固宜时时相通，而乃至于阻隔，由于太子之见猜忌。当日时势，应有不可明言者。大意谓天下莫尊于太子，亦莫亲于太子，而今犹然。况太子之僚属，实疏且贱，又何由见知于九重乎？下文"跂予"云云，虽是怀郑，兼是自恻。"起观辰汉"句，正应首句"环极"。辰汉，即天汉，天汉斜络竟天如环，诸宿无所不贯，唯当大辰心宿在焉。心，三星其中为天子，明堂前为太子。然述天子用中极之星，述太子乃用外宿之星，正见其隔而不通也。"流云"句，喻谗间；"皓月"句，见一片丹心无处可诉耳。亦说太子，亦说自己。"防密"为地所限，"漏穷"为时所限，心恻难堪，故一闻郑讯，即恻然感动也。然来词甚美，己虽不解，在郑则出于中诚，而在己亦可谓能信于友矣。上之获与不获，付命而已，己何觊焉！

（评《直东宫答郑尚书》，见《六朝选诗定论》卷一二）

观此诗"间衡峤""瞻秦稽"，是延年在始安，遥和康乐之诗。夫"达则兼善天下，穷则独善其身"，大丈夫亦欲兼善天下耳，独善其身不得已也，非其志矣。况处不成处，出不成出，播弃荒裔者乎？康乐原诗，已还旧国，尚有无限牢骚之意，况流落南裔，并旧国不可还者。是惟有吊屈湘浦、谒帝苍山而已。虽天子昭德，有振沉泥之意，奈予不能逢迎权贵，故决意于必还也。"幽门"三句，正和原题。"志不偕"，虽承上"还故里"，言独善之志不遂，实言兼善之志不遂云。

（评《和谢监灵运》，见《六朝选诗定论》卷一二）

此与《蒜山诗》同一起法，彼以"元天高北列"起，此以"江汉分楚望"起；彼是"侍游"题，写形势处务与帝王气象相敌；此是"登览"题，须与己之胸怀相敌。目之所望者山川，胸之所怀者古今。存是今人，没是古人。万古之往还，已成陈陈。没者何人？百代之起伏，徒尔劳劳。存者何人？"请从上世人"云云，乃言非古人吾谁与归？真是目空一世。具此胸怀，方足敌山川雄壮。

首四句二十个字，连用八个地名，中间只剩得四个虚字耳。且八个地名，俱是大山大川，非有压倒一世笔力如何支援得！看他"分"字、"奠"字、"沦"字、"蔼"字，只四个虚字，竟将八个大山大川载得绝稳，不减《禹贡》字法。古今诗人罕俦，唯杜少陵《秋兴》末章起句云"昆吾御宿自逶迤，紫阁峰阴入渼陂"十四字中，一连用六个地名，只以两个虚字贯之，曰"自"、曰"入"，虽出《禹贡》，然用以叙游，却另开境界。

（评《始安郡还都与张湘州登巴陵城楼作》，见《六朝选诗定论》卷一二）

延年托咏于五君者何也？七贤之中，惟嗣宗才识并优，中散才稍大于嗣宗而识不及，参军识优于中散而才并不及嗣宗。延年盖自负其才识如嗣宗，且嗣宗曾领步兵，而延年亦领步兵，嗣宗曾出守东平，而延年亦出守永嘉。嗣宗当猜讳之朝，遇文帝之忌刻，犹称其"至慎"，其操心也危矣、虑患也深矣。延年忧谗畏讥，恰与相符。故首咏嗣宗以自拟，写至"物故不可论，途穷能无恸"，真痛心酸鼻之极。然惧负才之累，故咏中散龙性之难化、智虑之难处；故咏参军冀关之善闭、精之善韬。次咏始平及常侍者，永嘉天末远郡，人罕至者，读书之外无事，故以始平况永嘉，而借常侍之淡薄，以明著作之意。且器为用世之具，爰有取于达音识微，道乃藏身之宝，深有取于探道托素，故咏始平，结以"屡荐"云云，盖有此不臣不友之本领，不能自持，乃至一麾出守，悔之也、惜之也。咏常侍结以"流连"云云，常侍作赋，虽止怀稽吕，然其时诸贤零落已尽，终以"山阳"一赋了却五君之案。此延年之托咏，分之虽为五人之诗，而合之实延年一人之诗也。

　　或曰："七贤名盛，延年于中黜却二人，如此胸中下笔，何患不细，何患不高洁！"此评似矣，然未尽者。谢遏道竹林优劣，谢公曰"先辈初不臧贬七贤"。即令王戎当删，山公作人，未可见黜。但延年之咏五君，以五人之沦落踪迹与己相类。至山公虽非大行，然身为吏部数十年，其志亦自少伸，故咏不及焉。却于小阮诗中补出，略如《春秋》寄传之义。此必见山公之不得与诗者，非如王戎之名迹俱削也。

　　前人固不臧贬诸贤，然诸贤亦未尝无优劣。题于五君，书官书名，都无异词，无所臧贬也。诗则或称公、或称官、或称字、或称名，一似有所优劣如《春秋》之例。然乃阮嗣宗称公，诗外之山巨源亦称公，固是跻山见咏不及者，非有心黜之。而向常侍称名，刘参军称名，亦非降刘。刘戒酒之词曰"天生刘伶，以酒为名"，取以暗伏"韬精"二句之义，又如《春秋》之变例然。非有所臧贬也。

　　阮步兵籍：做天下事业，全凭识鉴。识谓知几，鉴谓知人，故识不密则败成，鉴不洞则失人。五君中唯阮公识密鉴洞，做得天下事业。"沦迹"者，晦其迹也，迹者，识鉴之效也。能晦其迹，所谓善行无辙迹而不可寻也。然识直曰"密"，而鉴之"洞"，间着一"亦"字者，盖识无时不当"密"，而鉴或有时过"洞"，则伤物而物思反中之矣，故中四句双承"识""鉴"，而"物故"二句，专结"长啸"二句未了之意。"沉醉"二句承"识密"，识之含于内者曰"照"，识之发于外者曰"讽"。非无照也，以沉醉埋之；非无讽也，以寓辞托之。而又于中特着"似"字、"类"字，见阮公亦自"沉醉"、自"寓辞"，初未尝有意于"埋照""托讽"，而照自埋，讽自托，一因乎吾心之自然，是能沦其识之迹也。"长啸"二句承鉴洞，以贤者当吾之鉴曰"人"，以不肖当吾之鉴曰"众"。啸者世外之音，长啸所以怀人；礼者世中之法，越礼所以惊众。而又于中着"若"字、"自"字，见阮公亦止自"长啸"、自"越礼"，本未尝有意于"怀人""惊众"，而人自怀、众自惊，一任万物之各取，是能沦其鉴之迹也。虽然，犹有迹可沦也，"物故"云云，并无迹可沦也。何也？天下物之可论者，由物之不齐也。人之以论齐物者，由心之不齐也。物不可论，则因物付物而已不与，凡天下大小长短荣辱失得一切之物，皆归于齐矣。而是非善恶之物，尚有不齐者乎？善恶是非之物既齐，则无论其怀人也。青以现菩萨眼者，示菩萨之慈，即其惊众也；白以怒金刚之目者，示菩萨之悲也。途穷命驾之哭，与途穷反袂之泣，其悲天悯人之心，无有异也。结二句，上句一"故"字写出世弃阮公之故；末句一"能"字，写出阮公终不忍弃世之意，此真非流俗人所测者，故足为诸贤之领袖，而延年自托，引为称首云。

　　稽中散康：阮公出世入世，事俱做得。中散做得出世事，做不得入世事，以其"不偶世"也。其"不偶世"者，以中散世外餐霞之人，非世法中人也。"形解"二句，紧承"本自"句，默仙凝神，即"餐霞"也。"凝神"校阮之"埋照"，"默仙"校阮之"托讽"，其所得似若更深，但默仙验于"形解"，"凝神"知于"吐论"，未免尚有可寻，则以不能沦其迹故耳。"立俗"二句承首句"不偶世"，俗属世中，山属世外。"流议"，世中之人，钟会之徒在在皆是；"隐沦"，世外之人，孙登之徒千古无二。中散所治之"隐沦"即阮公所怀之"人"，中散所连之"流议"即阮公所惊之"众"。但前首"长啸"句在先，善善之意稍长；此首"立俗"句在先，疾恶之义更严。前首曰"若怀"、曰"自惊"，咸听物之来；此首曰"立俗"、曰"寻山"，皆执我而往。前首物不可论，则好善疾恶之意，俱泯于玄同；而穷途之恸，不见恶之可疾，而反有哀悯之心。此"鸾翮"之铩，乃是非必求其分明；而龙性弗驯，则疾恶必求其遂矣。在中散亦非有心违世，只欲"立俗"。立俗者，将使天下贪夫廉、懦夫有立志耳。所以一切世法不顾，一味我行我法，不知至人之所以周行天下而莫之遏抑者，只是无我。盖我与世不并立，从世则违我，从我则违世，必至之势也。而乡愿之徒，阘然自媚于世，是谓"偶世"。偶者对也，乃我与世分偏而治；又偶者合也，乃我与世同尘而处。夫两物相切，弱者受变，世常强而我常弱，则受变者必我矣。我既受变，又安能变世乎？是以为德之贼也。惟真狷者，薄今之世而不为，宁甘铩翮；真狂者，舍今之世而进取，决不移性。故闻其风者，贪夫廉、懦夫有立志，而天下之俗，赖以丕振焉。当此世道颓靡之日，自应少此人不得，《易》曰："亢龙有悔。"虽悔，龙也。《语》曰："凤兮！凤兮！何德之衰？"虽衰，凤也。不然，人得樊而畜之、圈而豢之矣，奚鸾龙之有！

406　　刘参军伶：诸诗皆综数事为柄，而此只是颂酒一意。前半虚描，后半实写。"灭闻见"正是"闭关"；"怀情灭闻见"，正是善闭关。"鼓钟"二句分承"灭闻见"，"韬精"单承"怀情"，见伯伦不是忘情于世者。"精"字是其经世本领。夫子曰："吾非斯人之徒与而谁与？"情也。"用之则行，舍之则藏"，精也。伯伦情则怀之，精则韬之，日以沉饮为事，谁从见之而谁从知之？然《酒德》一篇情见乎词矣，圣贤与世，只是一个"情"字，所谓"深衷"即此。

　　五首之中，阮与嵇、小阮与向，两两对仗，以其造诣相近也，似《春秋》之比合题。唯咏刘一章，另为格调，若《春秋》之单题，则以刘之"善闭关"，故无事实可纪，似较阮公之"沦迹"更深，何也？有行则有迹，有迹则可沦。"善闭关"并无行也，又安有迹可沦欤？此延年自负其狂不可及处。

　　阮始平：七贤中多才多艺堪资用世者，莫如阮仲容。称为"青云器"者，故别于"餐霞人"也。餐霞者，无用之用；而青云者，有用之器也。而轻弃之，所以可惜。又称为"生民秀"者，知乐谓之君子，知音而不知乐者，谓之凡民。仲容固知乐之君子，而超出于凡民之上者也，其达音也宜深矣。而却云"何用深"者，乐律之道至简、至易，深求之而反失。然音不用深而乐又须识微者，知音易，知乐难。乐之中，八音迭奏，而金奏尤微而难知。盖乐律之术，总包三度，而三度须连物体而论，与他术之空论度数者不同。此晏子所谓二体四物，乃一气三类五音之所基也。故丝之属音发于线，革之属音发于面，惟金之属音发于体。故乐律之在线与面者，未尝无为宫之黄钟，而黄钟之宫不寓焉。黄钟之宫，乐律之全体；黄钟为宫，乐律之分体也。汉京房之准，实为丝律也。其三分损益之法，皆依线论。太史公所述，古之竹律，亦止论线，其径围等杀面稍具而体未全。唯《国语》所载嘉量，钟律之法寓焉，作于周公。其圆中之方容深尺广尺，其音中黄钟之宫，所云"万事之根本者"此也。夫量之容深尺广尺，是谓黄钟立方之形，载有黄钟之面六，黄钟之线十二，故得称黄钟之宫也。然声音之发，不于物之实体而发于其体之空处，所谓有以为利，无以为用也。故敔发音于方之空中，钟发音于圆之空中。夫钟与敔，均以黄钟之空为度者也。敔之体不变，而钟为变体者，因乎金木之性也。金之性利制，故写而为钟，能变方为圆，且不用浑而用惰，复有弇侈以取发音之势，使之灵而且远焉。故诸律之中，钟律最难。《律书》"生钟分"云云，略言其大率，则黄钟之宫正，而诸律之宫皆正矣。仲容天姿既秀，而又好学深思，故能心知其意。其论荀勖云云，非徒以礼乐攻人之短也。故太原郭奕一见而心醉。"醉"字从"秦穆公闻钧天之乐而醉"来。然晋家当年制乐专任荀勖，仲容之论托之空言而已，犹能令人心醉如此，使与典乐如后夔，得一试其奇焉，更何如也？虽然，郭奕知乐之士也，故能知仲容之知乐，亦不过谓仲容为礼乐之选已耳。而山公乃荐以为吏部郎，毋乃用违其器乎？不知识乐者特其绪余耳。仲容固禀生民之秀，而为青云之器者也。乃古大司成论秀而升之领袖，天下青云之士以为仪型者也，况乎闻乐之德，可等百世。于乐能识微者，必于人亦能识微者也。《启事》曰："咸若在官之职，必妙绝于时。"山公盖欲其助理诠选之务也，奈之何山公荐之而不足，荀勖麾之而有余。荐曰"屡"，重词。麾曰"一"，轻词。"入"者难词，曰"不入"，又加难之词；"出"者，易词，曰"乃出"，又加易之词。沈存中曰："今人守郡，谓之'建麾'，出自延年此诗。"误也。此"麾"者，指麾之麾，非旌麾之麾。山公荐咸吏部郎，三上而武帝终不用。后为荀勖一挤遂出始平。盖延年被摈，以此自托耳。自杜牧之诗云"拟把一麾江海去，乐游原上望昭陵"，始谬习为故事耳。

五君中惟阮公才识卓越千古，中散有其才，伯伦有其识。故诗于三君，有"君子不器"之意，而仲容则下一"器"字。"达音"二句，正是器。"郭奕"二句，正见器于人处，"屡荐不入"，藏止于此；"一麾出守"，行止于此，所谓器也。

向常侍秀：延年自托于五君，虽重其人，亦爱其能文，故于诸君之文，各有所取，大约不离《文选》所收。可见古人为文，贵乎能传，不贵乎能多也。于阮取《咏怀》十七首，"寓辞类托讽"是也。于嵇取《养生论》，"吐论知凝神"是也。于刘明取《酒颂》一篇，谓"深衷从此见"也。于小阮无取，缘"识微在金奏"，不必以文见也。于向既取《怀旧赋》而兼及所注庄子《南华》，一见其探道之深，一见其交情之深，要皆根"甘淡薄"三字来，即武侯所云"淡薄以明志"也。人能甘淡，则心自深，心深斯可着天下之书。人能甘薄，则情自深，情深斯可交天下之士。试观常侍《庄子注》，乃借彼"毫素"，自托其深心，直抉道德之渊玄而非寻章摘句、卑卑作训诂之语者，令读之者，几不复辨向之注《庄》欤，《庄》之注向欤？彼冒而窃之者，真可丑也。载观山阳赋，即古之罩怀。大河之衷、太行之阳，竹林在焉。此日作赋之地，即昔年偕游之地。"交吕"二句，借常侍一人之交攀，写当时诸贤之以名节风流相尚也。"游"曰"流连"，昔何其盛！"赋"曰"恻怆"，今何其衰！此《感旧赋》之所由名也。嗟乎！古圣有训，治民必先获上，获上必先信友。乃山公之荐仲容，友非不信也，而上终不可获。何况常侍之赋山阳，一时知交零落尽矣。此而犹欲获上治民也，岂有幸哉？故延年假此一赋，归结咏五君之案，而一己之心事皆寓于此云。德成于己，名成于友。就成德而论，曰"道"形而上，曰"器"形而下，秀似优于咸。就成名而论，曰"醉"、曰"觐"是来"交"，曰"交"、曰"攀"是往交，咸似优于秀。但成是已成之器，如子贡之瑚琏；秀之于道，尚是璞子，如曾皙之见大意。且咸之造诣，与山郭不相远，故来交。而秀稍不逮嵇吕，故往交。其词虽有抑扬，其意无所优劣。

（评《五君咏》，见《六朝选诗定论》卷一二）

庐江诗曰《焦仲卿妻诗》，此应曰《秋胡妻诗》。今独目曰《秋胡诗》，所以专责秋胡也。既专责秋胡，何为旁写秋胡、正写洁妇？然正写洁妇，正所以专责秋胡也。夫为妇纲，奈何有贤妇而致之如此？且弃养亲之金，不孝莫大焉。是仲卿能有其妻，而秋胡不能有其妻也。学者读此诗，以秋胡为正面，则生戒心，而天下有孝子、有义夫；秋胡妻为正面，则天下有贞妇。此诗所关非浅，而旧诗谓刺为君之谊不终，恐太圣。《易》曰："苦节不可贞。"在秋胡妻尽可无死，谓苦节也。诗正传其苦节，以愧天下之见金夫而不有躬者。其注意在极写末章。然欲写末章，不得不写其五、其六、其七以为缘起；又不得不写其一、其二以为根本；则其三、其四及其八似可省，不知古诗之妙，全在虚处传神。诗欲传洁妇之神，而不写其四一章则太促；欲写其四而不写其三，则接落不下且不称而无以吸动下文。盖写一路萧条无聊光景，正为金挑张本。然欲为金挑张本，宜于反路之下写之，而乃写于初别者，何也？盖秋胡归路，即秋胡去路。去路如此，则归路可知。故只下"遵"字，遂接"昔""今"二字。虽时分春秋，俾学者以意会之可耳。且秋胡临行，以新婚犹有不忘其妻之意，故写此一段苦境；比其反也，则忘之矣，故不再述此。其三、其四，必不可省也。至若其八一章，正见洁妇明于夫妇之义，亦非薄于夫妇之情。省此章，便是一炉妇，且妒得无伦理。

古诗长篇，惟《仲卿妻诗》及此。然焦诗间出险调，语多警峭，自是乐府本色。此诗惟用平调，语最雅炼，自是古诗本色。后人作此等题目，只主议论，而古人则一味序事点景。盖序事即在点景内，议论即在叙事内，所以不可及。

首章首四句，托兴处是全篇冒子，下六句亦伏全篇血脉。"椅梧倾高凤"者，冀其百行不愆。"寒谷待鸣律"者，所以仰望终身者也。"远"字，直从先王制礼，明微别嫌，原本处说来，后来许多差错，皆从此一字生来。"影响"句，虽关锁上下语气，细观却有分定之意。"峻节"句，伏后见拒。"明艳"句，伏后见挑。"嘉运"二句，作满志之词，伏后愤极自沉。

玩"脱巾"二句，是说秋胡在家已受陈之聘，而为臣姑毕婚而去耳，故事事写得匆忙。在秋胡以新婚远别，临行亦当有一番光景。曰"戒徒在昧旦"则迫于时；"左右来相依"，则碍于人，俱为下文挑、拒张本。至秋胡本仕陈，诗曰"王畿"，勿泥其文可也。

同一路也，往曰"劳"，还曰"遵"，各有妙境。

于秋胡路上写一段景，亦于洁妇家中写一段景。于路上景写得短，于家中景写得长。在秋胡新婚远别，固人情所难堪，然一到官所，公务鞅掌，犹暂忘怀，故结云"劳此山川路"。此五年之内不须叙也。至新妇在家，壹郁谁诉？故尽写五年寂寞，以为第八章"有怀谁能已"张本。

"蚕月"二句，见洁妇不是独出。"佳人"二句，见不是私行。后"愧彼《行露》"句正映此。"倾城谁不顾"，乃言遇此倾城之色，谁能不顾，非指定多人围遮观看，如诗之咏罗敷者。

九章中惟此章多拙句。"虽为"二句，词不达意，须以首二章照之方明。"凫藻"句似拙，然形容好色人心眼如画。"义心"二句，人以此为拙，而不知其至快。"义心"在内，所守之正。"苦调"在外，其辞则婉。婉而正，故以金石之声比之。密者，无罅可入。合末章"高张"云云玩之，方得其妙。

此章"淹"字映前章"驰"字。"驰"字写重色人乍见时光景，"淹"字写既见后光景。自"弭节中阿"，其淹已久，但屈于"高节"不得不去，意中犹以为"难久"耳。"迟迟"，足之淹；"依依"，心之淹，总是一片恋恋不舍之意。故自桑野而前途、而门基、而堂、而室，一步一步细细写来。然前章"凫藻驰目成"，心驰、目驰、足驰，此止足淹、心淹者，从上"空复辞"来，兼伏下文"惭"意，故不复回头再望。

洁妇之与秋胡，五日夫妇耳，未有反目之素隙，其怨恨之意起于仓卒。诗于相持之下，却用"有怀谁能已"五字起调，却似有几百年之积恨深仇者。"聊用"以下，应其四结语，谓五年之间，无日不在念，见秋胡不可负此意。

此首起句，亦用声调比，与其六末二句同意。然前是拒他人，其

411

气平，故云云；此既知为丈夫，愤极矣，故云云。洁妇之操诚烈矣，未免古今第一个妒妇。他妒，妒人；此妒，妒己。

洁妇原有个妒种子在，"结言固终始"，正是下种子。但是一别五载，寂寞空闺，此种如同落在寒谷之中，无由萌芽；然却从空闺寂寞中培养的，这个种子越大了，所以一发不可遏。

原传直斥其不孝，诗止云"百行愆诸己"，至"谁与偕没齿"句，似太决绝。而前后词甚委折，似放宽一步，不知实是着紧一步。盖孝为百行之原也，最得风人之旨。

其拒外人也，则曰"义心"云云；其愤丈夫也，则曰"高张"云云。一用为结调，一用为起调，俱借声音为喻者。盖延年诗妙于传神，是于细若气、微若声处，描写洁妇之性情，那得不入三昧！

（评《秋胡诗》，见《六朝选诗定论》卷一二）

412　　**张玉谷评颜延之诗**

此因使洛而伤晋室凋残，并述行役之苦也。前八，历叙赴洛水陆经行之道。中六，则就入洛时，目中所见晋室乱后伤残之景致慨。后十二，点明使宋，补述岁暮行役之悲。蓬心既已，收应晋难；身亦飞薄，收应久役。颜诗此种，尚不致过于雕琢，有伤自然。

（评《北使洛》，见《古诗赏析》卷一五）

阮步兵：首二，以虽沦迹有识鉴双提。中四，沉醉越礼，顶沦迹说；寓辞长啸，顶识鉴说。后二，物不可论，反收识鉴，途穷恸哭，正收沦迹。此前后皆散，中四用整格。

嵇中散：前二，以不偶世、餐霞人双提。三四，顶餐霞人说。五六，顶不偶世说。后二，则就不偶世中，收足餐霞人。此前二用散，后六皆整格。

刘参军：前二，以善闭关、灭闻见双提。三四，顶灭闻见说。五六，顶善闭关说。后二，即借酒颂，正收善闭关，而灭闻见已在其内。此三四用整，前后皆散格。

阮始平：前二，以青云器、生民秀双提。三四，顶生民秀说。五六，顶青云器说。后二，则就出守反收青云器，而生民秀已在其中。此亦前后用散，中四用整之格。

向常侍：前二，以甘淡薄、托毫素双提。三四，顶托毫素说。五六，顶甘淡薄说。后二，独顶五六说，然说其作赋则托毫素，亦借收矣。此亦前后用散，中四用整之格。五诗皆能括举本人大端，绝无支蔓，面铸局炼句，已开五律之源。

（评《五君咏》，见《古诗赏析》卷一五）

首章，叙洁妇初嫁事。前四，比起，用笔不平。后六，正叙洁妇来嫁。"峻节""明艳"二意，统摄诸章。结语，又反起下文骤别也。诗题曰秋胡，而全以洁妇作主，故首章即从洁妇发端。

二章叙洁妇送别事。前四，蒙上新婚，点清良人远宦骤别。中四，叙别时景。后二，则洁妇送别时不言之隐。而"存为"句，正伏久役，"没为"句，又反伏夫妇而已反没也。

三章述秋胡行役事。前四，述途中事。中四，述途中景。后二，点醒宦游行路之劳。自述如此，而略不及思家之悲，已为薄情伏案。此章或解作洁妇意中想象之词，非。

四章叙洁妇家居事。前六，言别久岁积。后四，言空房冷景。而思慕其夫之情，只在，"行人远""为此别"。略一逗明，含蓄不露，正善留第八章自述地也。下章相遇既在春时，故上章与此章，皆在秋冬述景。

五章叙秋胡归途，适遇洁妇采桑事。前四，正叙秋胡方归。中四，忽接洁妇出采。后二，方在秋胡目中显出其妻之美，因而停驾。

413

"窈窕""倾城"，明艳一应。

六章叙秋胡遗金，洁妇却金事。前四，先就路远别久，注明两不相识之由。中四，正叙秋胡下车赠金。后二，则述洁妇辞金不受，忽作赞语，奇。"义心苦调"，峻节一应。

七章叙秋胡到家，与洁妇相见事。前四，蒙上来，叙明秋胡舍妇到家。中四，接写秋胡拜母问妇，母答以日晚将归。后二，方叙洁妇晚归，与夫相见。"惭叹相持"，应前领后。"美人"二字，明艳收场。

八章叙洁妇述怀事。前二，总提。后八，则以殊年岁、阻河关领入，下乃就一岁中，由春秋说到岁晏；就一日中，由明发说到日落，细细铺叙。而岁晏日落，不接春秋明发直下，撮叙在后，双顶作收，错综之甚。顶惭叹来，可竟接末章切责辞矣，此却补第四章所略，反将五载中思慕苦情详述。是急脉缓承法，亦是虚实互用法。

九章叙洁妇切责其夫，诀别自沉事。前二，亦用比意作提，配首章作章法。中四，切责之辞，直就初婚要结，说到久别行愆，将前几章一齐括尽。后四，则点清洁妇不忍同污，甘心赴水，以作总收，峻节之结局也。归愚师曰："无古乐府之警健，然章法绵密，布置稳顺，在延之为上乘矣。"品评极当。

（评《秋胡诗》，见《古诗赏析》卷一五）

历代鲍照诗评选录

唐代

李善：言身弃世而不仕，世弃身而不任。

（《评《咏史》，见李善注《文选》卷二一）

李周翰：叙征战苦辛之意。

（评《代出自蓟北门行》，见六臣注《文选》卷二八）

刘良：见乘白马者，故有此曲。言人当立功立事，尽力为国，不可念私。

（评《代陈思王白马篇》，见六臣注《文选》卷二七）

李周翰：此言防渐忌满之戒。

（评《代陆平原君子有所思行》，见六臣注《文选》卷二八）

吴兢评鲍照诗

其词与《从军行》同，而兼言燕蓟风物，及突骑悍勇之状，与《吴趋行》同也。

（评《代出自蓟北门行》，见《乐府古题要解》卷下）

古词云："出东门，不顾归。"言士有贫不安其居者，拔剑将去，妻子牵衣留之，愿共餔糜，不求富贵，且曰"今时清，不可为非"也。若鲍照"伤禽恶弦惊"，但伤离别而已。

（评《代东门行》，见《乐府古题要解》卷下）

古词："皑如山上雪，皎若云间月。"又云："愿得一心人，白头不相离。"始言良人有两意，故来与之相决绝。次言别于沟水之上，叙其本情。终言男儿当重意气，何用于钱刀也。一说司马相如将聘茂陵人女为妾，文君作《白头吟》以自绝，相如乃止。若宋鲍照"直如朱丝绳"，陈张正见"平生怀直道"，唐虞世南"叶如幽径兰"，皆自伤清直芬馥，而遭铄金点玉之谤，君恩以薄，与古文近焉。

（评《代白头吟》，见《乐府古题要解》卷上）

曹植"日月何肯留"，鲍照"家世宅关辅"。曹植又有《飞龙仙人上仙箓》与《神游》《五游》《远游》《龙欲升天》等七篇，如陆士衡《缓声歌》，皆伤人世不永，俗情险艰，当求神仙，翱翔六合之外。

（评《代升天行》，见《乐府古题要解》卷下）

曹植"白马饰金羁"，鲍照"白马骍角弓"，沈约"白马紫金鞍"，皆言边塞征战之状。

（评《代陈思王白马篇》，见《乐府古题要解》卷下）

陆机"命驾登北山"，鲍照"西上登雀台"，沈约"晨策终南首"，其旨言雕室丽色，不足为久欢。宴安酖毒，满盈所宜敬忌。与《君子行》异也。

（评《代陆平原君子有所思行》，见《乐府古题要解》卷下）

宋代

古乐府有《东武吟》，鲍明远辈所作，皆名千载。盖其山川气俗有以感发人意，故骚人墨客，得以驰骋上下。

（陆游《渭南文集》卷一四）

鲍明远才健，其诗乃《选》之变体，李太白专学之。如"腰镰刈葵藿，倚杖牧鸡豚"，分明说出个倔强不肯甘心之意。

如"疾风冲塞起，沙砾自飘扬。马毛缩如蝟，角弓不可张"，分明说出边塞之状，语又俊健。

（朱熹《朱子语类》卷一四〇）

杜《赠骥子诗》"熟精《文选》理"，则其所取亦自有本矣，如《赠韦左丞》诗，皆仿鲍明远《东武吟》"主人且勿喧，贱子歌一言"，然古《咏香炉诗》"四座且勿喧，愿听歌一言"。

（吴曾《能改斋漫录》卷八）

杜子美《上韦左丞》诗曰"丈人试静听，贱子请具陈。甫昔少年日，早充观国宾"云云，此诗正用鲍照《东武吟》意，照曰"主人且勿喧，贱子歌一言。仆本寒乡士，出身蒙汉恩"云云。前此应休琏诗尝曰"避席跪自陈，贱子实空虚"，而与杜同时如王维亦曰"贱子跪自陈，可为帐下否"。古诗尝曰"四坐且莫喧，愿听歌一言"。

（王楙《野客丛书》卷一九）

鲍照云"蓼虫葵槿"之类，言朝廷方盛，君上爱才，何为临路将去也。

（曾慥《类说》卷五一）

《乐府解题》曰："晋乐奏文帝'天天园桃，无子空长'，言虚美者多败。又有韩信高鸟尽，良弓藏，子房保身全名，苏秦倾侧卖主，陈轸忠而有谋，楚怀不纳，郭生古之雅人，燕昭臣之，吴起知小谋大，及鲁仲连高士，不受千金等语。若宋鲍照'凤楼十二重'，梁戴暠'欲知佳丽地'，始则盛称京洛之美，终言君恩歇薄，有怨旷沉沦之叹。"

（评《代陈思王京洛篇》，见郭茂倩《乐府诗集》卷三九）

虽谢康乐拟邺中诸子之诗，亦气象不类。至于刘休玄《拟行行重行行》等篇，鲍明远《代君子有所思》之作，仍是其自体耳。

（评《代陆平原君子有所思行》，见严羽《沧浪诗话》卷一）

鲍明远有《建除诗》，每句首冠以建、除、平、定等字。其诗虽佳，盖鲍本工诗，非因建除之体而佳也。

（评《建除》，见严羽《沧浪诗话》）

范晞文评鲍照诗

子建云："朝游江北岸，日夕宿湘沚。"潘安仁云："朝发晋京阳，夕次金谷湄。"刘越石云："朝发广莫门，暮宿丹水山。"谢灵运云："旦发清溪阴，瞑投剡中宿。"鲍明远云："朝游雁门山，暮还楼烦宿。"皆本《楚辞》"朝发轫于苍梧兮，夕予至乎县圃。"若陆士衡"朝采南涧藻，夕息西山足"，又江文通"朝食琅玕实，夕饮玉池津"，则亦本《楚辞》"朝食木兰之坠露兮，夕餐秋菊之落英。"

（评《拟古·幽并重骑射》，见《对床夜语》卷一）

（朱唇动）全类张籍、王建。

（评《代白纻曲》，见《对床夜语》卷一）

卦名、人名及建除等体，世多有之，独无以此为戏者。

（评《数诗》，见《对床夜语》卷一）

鲍照《东武吟》云："将军既下世，部曲亦罕存。"老杜《哭严仆射》云："素幔随流水，归舟返旧京。老亲如凤昔，部曲异平生。"善用古者自不同。若"丈人试静听，贱子请具陈"，则又用鲍明远"主人且勿喧，贱子歌一言"之句。又"身轻一鸟过"，亦用张景阳诗，张诗云："人生瀛海内，忽如鸟过目。"

（评《代东武吟》，见《对床夜语》卷五）

418

吴聿评鲍照诗

鲍照云"伤禽恶弦惊，倦客恶离声"，（黄庭坚）"断肠声里无形影，画出无声亦断肠"，盖以此也。

（评《代东门行》，见《观林诗话》）

胡仔评鲍照诗

鲍照《结客少年场行》云："骢马金络头，锦带佩吴钩。失意杯酒间，白刃起相仇。"杜子美《后出塞》云："少年别有赠，含笑看吴钩。"又《送刘十弟判官》云："经过辨丰剑，意气逐吴钩。"唐李涉《寄杨潜》亦云："腰佩吴钩佐飞将。"曹唐《买剑》亦云："将军溢价买吴钩。"韩翃《送王相公》诗云："结束佩吴钩。"

（评《代结客少年场行》，见《苕溪渔隐丛话》后集卷一）

叶庭珪评鲍照诗

《苦热行》："赤阪横西阻，火山赫南威。"西域有赤土身热之阪，火山常出火，为南方之威。

（评《代苦热行》，见《海录碎事》卷四上）

《白头吟》言人相知，以新间旧，不能至于白首。

（评《代白头吟》，见《海录碎事》卷一九）

元代

方回评鲍照诗

此诗八韵，以七韵言繁盛之如彼，以一韵言寂寞之如此。左太冲《咏史》第四首亦八韵，前四韵言京城之豪侈，后四韵言子云之贫乐，盖一意也。明远多为不得志之辞，悯夫寒士下僚之不达，而恶夫逐物奔利者之苟贱无耻，每篇必致意于斯。唐以来诗人多有此体，李白、陈子昂集中可考。而近代刘屏山为五言古诗，亦出于此，参以建安体法。"五都"，王莽立均官，洛阳、邯郸、临淄、宛、成都也。"三川"，周京河、洛、伊也。言都会处千金之子，不死于市，陶朱公语。"明经取青紫"，夏侯胜语。此四句起柱也。入"京城十二衢"，则专言长安矣。"君平独寂寞，身世两相弃"，明远以自叹也。《文选》谓"身弃世而不仕，世弃身而不任"，此语至佳。

（评《咏史》，见《文选颜鲍谢诗评》卷一）

此亦不得志诗。"鸡鸣"四句，照自叙早行也。"行药"有二意。晋宋间人服寒食散之类，服药矣，而游行以消息之。行药者，老杜诗："乘兴还来看药栏。"盖行视花草药物之意，亦通。"蔓草"以下叙景述事，言早起之人，不为仕宦，即为井市；怀金抚剑，近远不同，而同于奔竞也。故曰"争先万里途，各事百年身"。下文曰："开芳及稚节，含采吝惊春。"《文选》注"吝"字殊为费力。其说曰："草之开芳，宜及少节。既以含采，理惜惊春。夫草之惊春，花叶必盛。盛必有衰，固所当惜也。"又引孔安国《尚书传》曰："吝，惜也。"虚谷窃谓："吝"字可疑。岂以上文有"各事百年身"，故于此句避"各"字以为"吝"字乎？以愚见决之，当作"开芳及稚节，含采各惊春"为是。此盖有感于行药之际，见夫开芳含采之药物，及乎未老之时，而皆有惊春之色，以譬夫仕宦抚剑、市井怀金之徒。然当时之所谓尊而贤者，久永光显；吾曹之孤而贱者，则终于隐沦，坐成衰老，为谁而空苦辛也？故曰此亦不得志之诗。鲍照诗且未论，却于《注》中得王羲之诗一联，甚佳。羲之《答许询》曰："争先非吾事，静照在忘求。"此语谢灵运未之及也。

（评《行药至城东桥》，见《文选颜鲍谢诗评》卷一）

此诗尾句绝佳，守古人之节，不轻出仕，则焉得有越乡之忧乎？前段皆江路晓行暮宿之意。

（评《还都道中作》，见《文选颜鲍谢诗评》卷三）

此早从军而晚无成者。晋文公捐笾豆、弃席蓐，舅犯夜哭，出《韩子》。田子方赎老马事，出《韩诗外传》。能垂晋主之惠，则能不愧于田子之神矣，而后世之不愿弃席、老马者众矣。东武地本太山，当吟齐之土风。今照用题不拘，恐谓东武之人应募亦可。诗有笔力，如转石下千仞山，衮衮轰轰不可御，李太白诗甚似之。

（评《代东武吟》，见《文选颜鲍谢诗评》卷三）

此全用《楚辞·国殇》之意，"身既飞兮神以灵，魂魄毅兮为鬼雄"，张巡嚼齿穿龈之类是也。《西京杂记》："元封二年，大雪深五尺，牛马蜷缩如蝟。"少陵诗"汉时长安雪一丈，牛马寒毛缩如蝟"，鲍用又在先也。

（评《代出自蓟北门行》，见《文选颜鲍谢诗评》卷三）

此谓侠少，晚而悔者。朱家、郭解之徒，终贻悔吝，况区区杀人亡命子乎？可以为戒也。此诗专指洛阳。四关者，东成皋，南伊阙，北孟津，西函谷。双阙者，南北宫，乃秦始皇所创。"九途平若水，双阙似云浮"，此亦古诗蹉对句法。

（评《代结客少年场行》，见《文选颜鲍谢诗评》卷三）

此专言离别之难。诗四折，为二韵、三韵各二折。味至末句，则凡中有忧者，虽合乐也而愈悲，虽长歌也而愈怨，不特离别也。虚弓落雁，事出《战国策》："更羸于魏王射者。"盖寓言设譬，此所谓"伤禽恶弦惊"也。

（评《代东门行》，见《文选颜鲍谢诗评》卷三）

热者地之至恶，死者事之至难。蹈至恶之地，责以至难之事，而上之人不察，则天下士有去之而已。君视臣如草芥，则臣视君如寇仇。此诗连以十六句言苦热，一句用一事，富哉言乎？"毒泾""渡泸"，始入议论，谓所住之地，甚于秦人之毒泾，诸葛之渡泸。死地祸机，决无可全之理，而军赏微薄，则必失天下之心矣。

421

（评《代苦热行》，见《文选颜鲍谢诗评》卷三）

司马相如欲聘茂陵女，卓文君为《白头吟》。此用其题而广之也。沈约《宋书》："古《白头辞》曰：'凄凄重凄凄，嫁女不须啼。愿得一心人，白头不相离。'"广其意则不止夫妇间也。此诗可谓遒丽俊逸。黄鹄所从来远，而贵之；鸡所从来近，而日沦之，《韩诗外传》田饶语鲁哀公者。譬若薪燎，后者处上，文子语，亦汲黯语，盖远近前后之说也。"心赏""貌恭"一联，至佳至佳。

（评《代白头吟》，见《文选颜鲍谢诗评》卷三）

此诗之意，全在"夷世不可逢，贤君信爱才"四句。谓明君在上，可以仕矣。"一言""片善"，可致富贵，岂徒取虞卿之白玉璧，又将起郭隗之黄金台？而不急于仕者，果何所病而不进乎？起句用"蓼虫避葵菫"事,《楚辞》云"蓼虫不徙乎葵藿",言性不迁也。世间以苦为甘,以臭为香者,固有之。然士之处世,果逢明君,何为不仕?苟有一之未然,则不如蓼虫之安于苦也。

(评《代放歌行》,见《文选颜鲍谢诗评》卷三)

厌世故而求神仙,神仙果有之乎?张子房愿从赤松子游,以全功名也。梅福去为吴市卒,人以为仙,以避乱也。未必真有所谓升天者也。苏子由评李白诗:"语用兵则先登陷阵不以为难,语游侠则白昼杀人不以为非。"予以鲍明远诗辄续之曰: 语神仙则白日升天不以为无。若从尾句之意,则寓言借喻君子有高志远意、拔出尘埃之表者,视世之卑污苟贱之人,直如禽虫之吞啄腐腥耳。

(评《代升天行》,见《文选颜鲍谢诗评》卷三)

此游戏翰墨,如金石丝竹八音、建除满平十二辰、角亢氐房二十八宿,皆以作难得巧为功,非诗之自然者也。数者自一至十,始云"一身仕关西,家族满山东",末至"十载学无就,善宦一朝通",紧要意在此。谓寒士之学十载不成,巧宦之人一朝通显,如前九韵所云耳。

(评《数诗》,见《文选颜鲍谢诗评》卷四)

前六韵言月之自缺而满,又有感于节物之易凋。《文选注》:"华落向本,故曰'归华'。叶下离枝,故云'别叶'。"亦佳。后五韵言宦游休浣,偶值此月,具琴曲、设酒肴,当夕漏之云初,命驻车以同酌也。"沦"训波,小波曰"沦"。此诗不似晋宋后人诗。

(评《玩月城西门廨中》,见《文选颜鲍谢诗评》卷四)

此三首亦拟《古诗十九首》,如陆机也。第一诗惟用二事为博。宋景公使弓人为弓,九年乃成,曰:"臣之精力尽于此弓。"景公射之,余力益劲,犹饮羽于石梁,出《阙子》。吴贺使羿射雀左目,误中右目，出《帝王世纪》。诗意欲以一矢求封侯也。第二诗设为鲁客之讥富贵不以道得。"南国儒生"，照以自谓。乃独迷方失位，伐木置兔，而守其愚也。第三诗谓少年读书，晚节从戎。本非始愿，不知末路之为如何也。然则照竟有荆州之殁，悲夫！

（评《拟古》三首，见《文选颜鲍谢诗评》卷四）

遄龙山，出《楚辞》。"兹辰自为美"一句佳。雪之为物，当寒之时则为其美，当桃李之时则无所容其皎洁矣。物固各有一时之美也。

（评《学刘公干体》，见《文选颜鲍谢诗评》卷四）

此诗十韵。前述帝居皇阙之盛，而后叹其忽衰，雍门子撼孟尝君之意也。"筑山拟蓬壶，穿池类溟渤。选色遍齐代，征声匝邛越。"其盛如此。"蚁壤漏山河，丝泪毁金骨。器恶含满欹，物忌厚生没。"一朝有不可测者，则衰矣。一蚁之孔，可以倾山溃河；一丝之泪，可以铄金销骨。欹器满则覆，出《家语》。生之厚而之死地，出《庄子》。诗意本亦常谈，但造语峭拔，而世之富贵骄淫不戒以颠者，比比是也，则其言岂可忽诸！

（评《代君子有所思》，见《文选颜鲍谢诗评》卷四）

刘履评鲍照诗

按，《乐府解题》谓《东武吟》率皆伤悼时移事变之词，明远此篇，殆亦有所为而拟作欤？观其首言主人勿喧而后歌者，欲其听之审而感之速也。故下文历叙征役远塞之劳，穷老还家之苦。至篇末复怀恋主之情，而犹有望于垂惠。然不知其为谁而发也。

（评《代东武吟》，见《选诗补注》卷七）

此言汉时边塞警急，出师征战，正当严秋弓矢坚劲，敌阵精强之时。而其冒犯风霜，不避辛苦如此。大抵危乱之际，方见臣子之怀忠殉节，能弃其身而不顾也。岂亦因时多难，有所激劝而言之欤？

（评《代出自蓟北门行》，见《选诗补注》卷七）

鲍明远《结客少年场行》，至以侠客自居，然则阳源所见，殆有卓然度越诸子者矣。

（评《代结客少年场行》，见《选诗补注》卷七）

明远久倦客游，将复远行，恶闻离别之声，故以伤禽之恶弦惊者起兴，而为是曲。备述远途辛苦，中心忧伤，以明夫不忍遽别之情也。其言日落昏暮，家人已卧，而行者夜中方饭，所谓不相知者如此。且以食梅、衣葛为喻，则其忧苦自知，有非声乐所可得而慰者。其情意悲切，音调抑扬，读者宜咏歌而自得也。

（评《代东门行》，见《选诗补注》卷七）

赋而比也。君，明远自谓也。此殆明远为人所间，见弃于君，故借是题以喻所怀。言我既直且清，而宿昔相与之意，无可愧者，不知何缘而致此猜恨耶。盖世降俗薄，人情背驰，往往遗旧逐新，随时俯仰，见人稍有微隙，则张而大之。譬犹硕鼠之伤苗，苍蝇之污白。鸤鸠自远而至，方为贵美；而新刍之积前者，必见覆压也。其举申后、班婕妤之事，又以见君主溺于宠新，遂至变替。且谓心所亲赏者，犹难久恃，而况于貌恭者，岂可以深托之哉。亦以寓规讽之意云耳。篇末复言古来皆已如此，非独尔为然者，以自宽也。《卫风》云："我思古人，俾无讻兮。"其是之谓乎。

（评《代白头吟》，见《选诗补注》卷七）

此殆明远自中书舍人以后退归，当孝武之时，重于仕进，故作是曲以见志欤？首言蓼虫避葵堇而集于蓼，由其惯于食苦，不言非甘，以喻己之谢禄仕而穷居，安于处困，自以为高也。然众人所见者小，乃为之不堪其忧。安知旷士之怀，随时出处，视穷达为一致者哉。下文历言京城达官之人，四方远集，而朝夕不止，况乎时不可失，而贤君爱才，进用如此其易。今尔有何所病，乃独临路迟回而不进耶？盖明远之所不进，有难以语人者，故特设为它人之词以诘之。此即所谓不知旷士者也。

（评《代放歌行》，见《选诗补注》卷七）

此篇戒富贵之人当虑患而防微也。言出见其宫阙台池之盛，声色伎乐之繁，而但朝夕娱宴，无有穷已，然不知壮年岂得长存，乐意岂能长有？一言不谨，则易成大患；谗毁一生，则易致伤害，可不思所以豫防之乎？大抵器满者必倾，物盛者必灭，理之当然，宜常戒惧。明智之士服习事理，而于明暗几微之际，尤当审察也。详夫"天居""驰道"等语，盖为时君过奢，不能自谨，故特以此规讽之。且不敢指斥，故借多士为言耳。

（评《代陆平原君子有所思行》，见《选诗补注》卷七）

（"鲁客事楚王"一首）此明远自叹其守道而无所遇托。言有鲁客来事楚王者，其佩服之盛，宠顾之荣，及退食而鞍马仆从之众如此，是以亲疏远近无不歆慕之者。且富与贵，人所同欲，苟以其道得之，亦何所惧而不处焉。今南国之儒生，乃独迷其所向，而自致沦误，犹伐木者置之江湄，而望其为车；设置于此，而待狡兔之自至。奚可得哉？其词若自贬责，其实乃自许也。

（"幽并重骑射"一首）此亦托古以讽今之诗。言北方风气刚勇，俗尚骑射，故其人自幼肄习，所以驰骋捷疾，技艺精妙如此。且曰方今汉虏未和，边城警急，正当留我一矢，用以立功，而分符守郡也。此可见当时朝廷，多尚武功，苟能精于骑射，则刺史郡守不难得矣。

（评《拟古》，见《选诗补注》卷七）

（"胡风吹朔雪"一首）此亦明远被间见疏而作。乃借朔雪为喻，词虽简短，而托意微婉。盖其审时处顺，虽怨而益谦。然所谓"艳阳"与"皎洁"者，自当有辨。

（评《学刘公干体》，见《选诗补注》卷七）

此明远因行乐有感而作。言侵晨将出游，眺远郊，至城东门，方且延览景物，而行者之尘，已飞塞于路矣。观夫游宦从利之徒，扰扰营营，争先万里，莫不各为百年之身所累而然。殊不知百年之内，倏忽无几，惟当及此少壮，以进德修业，开布芳荣，何乃徒自含章，羞惊盛年之失。且尊贵而有德者，虽不免于形役，犹得以扬名后世。若此孤贱无闻之人，乃亦奔走其间，坐见衰老，不知端为谁而辛苦哉？盖亦勉人及时自树，不可徒为沦没也。

（评《行药至城东桥》，见《选诗补注》卷七）

明代

426

彭大翼评鲍照诗

乐府词，备言流金铄石，火山炎海之艰难也。若鲍照则言南方瘴疠之地，尽力征伐，而赏之太薄也。

（评《代苦热行》，见《山堂肆考》卷一六一）

刘宋鲍照作，叙佳人对月弄清弦也。

（评《代朗月行》，见《山堂肆考》卷一六〇）

乐府名，乃客游感物，忧思而作也。

（评《代悲哉行》，见《山堂肆考》卷一六一）

孙月峰评鲍照诗

气最劲，语最精，调最响，读之使人快。休文比之红紫郑卫，良然。

（评《代东武吟》，见清于光华《重订文选集评》卷七）

只是操调险急，故下句无懦响，虽温厚之意稍衰，然却奇俊。

"雁""鱼"句亦是颜谢对法，然却峭快自肆。"汉恩""胡霜"绝妙。此皆苦思深语，然亦何伤其俊逸。

（评《代出自蓟北门行》，见清于光华《重订文选集评》卷七）

词峰俊仄，写任侠正自当行，故更觉傲诡不伦。

凡炼对语不难，奇语不难，常语难。此特以单语、常语妙。

（评《代结客少年场行》，见清于光华《重订文选集评》卷七）

用换韵厉其促节，音调绝与《青青河畔草》相似。"梅""葛"两语，正与"枯桑""海水"句同法，皆是缓语承急调。

（评《代东门行》，见清于光华《重订文选集评》卷七）

形容苦热处不遗余力，胜士衡《苦寒》，然尚不及魏武。彼就实事写来，神采自溢，此只凿空撰出，安有真味？以上历数西南不堪光景，征戍其地，生全者寡。见国家用人，非有重赏不能得人死力。末以婉讽结出作诗之旨。

427

（评《代苦热行》，见清于光华《重订文选集评》卷七）

炼语工，构思细。

（评《代白头吟》，见清于光华《重订文选集评》卷七）

着意雕琢，然笔力劲，音调自是振拔。

（评《代陆平原君子有所思行》，见清于光华《重订文选集评》卷七）

（鲁客事楚王）特调。比前篇（"幽并重骑射"一首）稍平，然奇峭之气，犹自跨俗。

（十五讽诗书）典腴中神气自振。

（幽并重骑射）气劲而骨奇，调响而语峭，句含金石，字挟风霜。

（评《拟古》，见清于光华《重订文选集评》卷七）

起两语（胡风吹朔雪，千里渡龙山）俊快。

（评《学刘公干体》，见清于光华《重订文选集评》卷七）

未尽所长，然风调自劲快。

（评《浔阳还都道中》，见清于光华《重订文选集评》卷七）

钟惺、谭元春评鲍照诗

鲍参军灵心妙舌，乐府第二手，五言古却又沉至。鲍照能以古诗声格作乐府，以五言性情入七言，别有奇响异趣。

（总评，见《古诗归》卷一二）

钟云：促节厉响，情思婉转，乐府中古诗也。

谭云：声响出于变韵，细读自悟。

（评《代东门行》，见《古诗归》卷一二）

谭云：（傲岸平生中，不为物所裁）清韵之言。

钟云：千古傲岸人，尽此五字（不为物所裁），说得有品有骨。

（评《代挽歌》，见《古诗归》卷一二）

谭云：骂小人虽不甚浑，吾赏其痛快。

钟云：乐府，"拟"不如"代"，拟必求似，代则犹能自出，作者择之。

（评《代放歌行》，见《古诗归》卷一二）

钟云：极悲凉，极柔厚，婉调幽夷，似晋《白纻》《杯槃》二歌。又云：全副苏李、《十九首》性情，从七言中脱出，乐府歌行出入其中，游戏其外，可知而不可言。

谭云：（泻水置平地）开口愁肠，字字歌涕。不曾言其所以，不曾指其所在，自唱自愁，读之老人。

谭云：（剉蘗染黄丝，历乱不可治）不可无此等二句在此，或在中间突出亦妙，看其诗何如耳。

钟云：（尔时自谓可君意）自负得妙，自谦得妙，只是一极像。

钟云："答云"以下十二句，唐人所谓"马上相逢""凭君传语"

也。人于此处，不暇作如许语；能作如许语，不能如此。含露仿佛，尽传语口角之妙。

（评《拟行路难》，见《古诗归》卷一二）

谭云："咨嗟"着梅上，独妙。钟云：钟情不苟。

钟云："念其"字，多少爱惜！多少鉴赏！能使梅花有知，起而感谢。

谭云：又加"念尔"字，娓娓有情。

谭云：好款，又好想头。钟云：似稚、似老，妙！妙！

（评《梅花落》，见《古诗归》卷一二）

钟云："怨"字、"恨"字、"爱"字，结成一片。谭云：千古宕子学问。

谭云：（筑城思坚剑思利）忽插此句，结成古响。

（评《代淮南王》，见《古诗归》卷一二）

钟云：千古情人，只是一"解"字。

钟云：（不贵声，贵意深）二语正是含声未发，已知心意。

谭云：深微造极，士女皆无遁情。予将取为艳诗之宗。

钟云：艳诗，不深不艳。又云：情艳中，有痴人、无粗人，愈细愈痴，粗则浮矣，恶乎情。

（评《代夜坐吟》，见《古诗归》卷一二）

谭云：（微风起，波微生）复曰"微波生"，便繁矣。下面即不得叠用二"亦"字。钟云：（弦亦发，酒亦倾）二"亦"字，声意不尽。

（评《代春日行》，见《古诗归》卷一二）

钟云："昔貌"二字，山水间深远之思。唐人"既见万古色，颇尽一物由"本此。

谭云：幻冥高奇之致，笔舌间足以敌之。

（评《登庐山》，见《古诗归》卷一二）

钟云：细于观水之言，极确，极幻。

钟云："两江"以下多冗累，似不出俊手。

（评《还都至三山望石头城》，见《古诗归》卷一二）

谭云：（细人效命力）"效"字，看得细人甚深。

钟云："力"字，人说得出，"命"字，说不出。

（评《行京口至竹里》，见《古诗归》卷一二）

钟云：（往海不及群）"群"字，说云妙。老杜"孤云亦群游"，从此翻出。

谭云：不见骀宕之致，觉板气脱去，何也。

（评《绍古辞》，见《古诗归》卷一二）

钟云：（实是愁苦节）"实是"字，硬得妙。

钟云："留歌"妙，有深情。

（评《学古》，见《古诗归》卷一二）

谭云：如此题，不古则辱之矣，古极则秀。

谭云：（重拾烟雾迹）"迹"字，着"烟雾"上，幻不可言。

谭云：（松色随野深，月露依草白）秀远。为唐人妙手开山。

钟云：俳而能清，刻而能润。

（评《遇铜山掘黄精》，见《古诗归》卷一二）

谭云：（气暄动思心，柳青起春怀）千古同情。钟云：真有关情处。

谭云：（露色染春草，泉源洁冰苔）清心宛折，出没于草色水露之中，自然能为此语，不在苦吟。

（评《三日》，见《古诗归》卷一二）

钟云：（流风渐不亲）他处移不动，在"渐不亲"三字。

钟云：奇情必深，造语必秀。

谭云：与他处咏秋不同，如亲见古人运笔。

（评《咏秋》，见《古诗归》卷一二）

陆时雍评鲍照诗

鲍照快爽莫当，丽藻时见，所未足者韵耳。凡铿然而鸣，砐然而止者，声耳。韵气悠然有余韵，则神行乎间矣。七言开遥跌荡，第少调度和美。

（总评，见《古诗镜》卷一四）

"采桑"是摘二字为题耳，非专赋也。"早蒲时结阴，晚篁初解箨"，语脆可赏。

（评《采桑》，见《古诗镜》卷一四）

此诗直参汉制。第鲍诗棱厉，汉人浑浑耳。"居人掩闺卧，行子夜中饭。野风吹草木，行子心肠断"，苦情密调，吐露无余矣。

（评《代东门行》，见《古诗镜》卷一四）

吞声踯躅，自哂自嘲。"今君有何疾，临路独迟回"，此疾正难语人。

（评《代放歌行》，见《古诗镜》卷一四）

末四语楚楚整峭。

（评《代棹歌行》，见《古诗镜》卷一四）

骄嬉凌厉，意气咄咄逼人。文君诗决裂已甚，后之作者安得温语醒衷、婉词送款耶！

（评《代白头吟》，见《古诗镜》卷一四）

棱棱精爽，筋力如开百斛弓。

（评《代出自蓟北门行》，见《古诗镜》卷一四）

扼腕骯髒，是猛男儿语。

（评《代陈思王白马篇》，见《古诗镜》卷一四）

搔首平生，抚怀悲咤，是讽伏枥诗，击壶尽裂。

（评《代结客少年场行》，见《古诗镜》卷一四）

语极追琢。

（评《侍宴覆舟山》，见《古诗镜》卷一四）

"霜崖灭土膏，金涧测泉脉。旋渊抱星汉，乳窦通海碧"，语色巉翠，如凿石开山。山水景趣，谢灵运写得圆映，鲍明远写得精警。圆快得神，精警得意，然而灵运之境地超矣。

（评《从登香炉峰》，见《古诗镜》卷一四）

语语琢出，"地脯窥朝日"，巧凿混沌。

（评《从庚中郎游园山石室》，见《古诗镜》卷一四）

432

"木落江渡寒，雁还风送秋"，俊语挺出。

（评《登黄鹤矶》，见《古诗镜》卷一四）

清快欲绝。

（评《秋日示休上人》，见《古诗镜》卷一四）

"风急讯湾浦，装高偃楼舳"，写得快净，笔趣稍钝，即带秒色矣。鲍照心开手敏，遇物遂成，可谓诗中一能言之品。"举目皆凛素"，亦一佳句。

（评《还都道中》，见《古诗镜》卷一四）

"高柯危且竦，锋石横复仄。复涧隐松声，重崖伏云色"，景物入手，历落如次，语色亦老。

（评《行京口至竹里》，见《古诗镜》卷一四）

语色鲜绽。

（评《咏史》，见《古诗镜》卷一四）

（鲁客事楚王）意致深稳，绝有汉气。

（幽并重骑射）"兽肥春草短"，亦一佳句。

（评《拟古》，见《古诗镜》卷一四）

"容华坐销歇，端为谁苦辛"，正是不免，所以为叹。

（评《行药至城东桥》，见《古诗镜》卷一四）

"气交蓬门疏，风数园草残"，气韵绝胜，当与灵运争衡。

（评《园中秋散》，见《古诗镜》卷一四）

鲜翠照人。"提觞野中饮，心爱烟未开"，是适然境，亦适然语。凡景过即亡，情生即已，即使再陈前迹，恐意趣之非初矣。故诗中之意，画中之境，不可以有物求也。

（评《三日》，见《古诗镜》卷一四）

丽而俊。

（评《代白纻舞歌词》四首，见《古诗镜》卷一四）

433

《行路难》俱荡而不畅。

（评《拟行路难》，见《古诗镜》卷一四）

孤标峻绝。

（评《梅花落》，见《古诗镜》卷一四）

最是古意。

（评《代淮南王》，见《古诗镜》卷一四）

慷慨绝色。

（评《代雉朝飞》，见《古诗镜》卷一四）

哀音急节，苦语深衷。

（评《代北风凉行》，见《古诗镜》卷一四）

清俊绝伦。

（评《代夜坐吟》，见《古诗镜》卷一四）

许学夷评鲍照诗

乐府五言如"鸡鸣洛城里，禁门平旦开。冠盖纵横至，车骑四方来""骢马金络头，锦带佩吴钩。失意杯酒间，白刃起相仇""严秋筋竿劲，虏阵精且强。天子按剑怒，使者遥相望""疾风冲塞起，沙砾自飘扬。马毛缩如猬，角弓不可张"等句，最为轶荡，其气象已近李杜，元瑞谓"明远开李杜之先鞭"，是也。

（评《代结客少年场行》，见《诗源辩体》卷七）

明远乐府七言有《白纻词》，杂言有《行路难》。《白纻词》本于晋，而词益靡；《行路难》体多变新，语多华藻，而调始不纯，此七言之三变也。

（评《代白纻舞歌词》，见《诗源辩体》卷七）

434

明远诗如"申黜褒女进，班去赵姬升""虚容遗剑佩，实貌戢衣巾""嬛绵好眉目，闲丽美腰身""舟迁庄甚笑，水流孔急叹""匹命无单年，偶影有双夕""倏悲坐还合，俄思甚兼秋"等句，皆鄙言累句也。要亦是俳偶雕刻使然，非必皆有意为之也。

（评《浔阳还都道中》，见《诗源辩体》卷七）

谢灵运经纬绵密，鲍明远步骤轶荡。明远五言如《数诗》《结客》《蓟门》《东武》等篇，在灵运之上。然灵运体尽排偶，而明远复渐入律体。但灵运体虽排偶而经纬绵密，遂自成体。明远本步骤轶荡而复入此窘步，故反伤其体耳。

（评《数诗》，见《诗源辩体》卷七）

清代

王夫之评鲍照诗

空中布意，不堕一解，而往复萦回，兴比宾主，历历不昧。虽声情爽艳，疑于豪宕，乃以视《青青河畔草》，亦相去无三十里矣。

（评《代东门行》，见《古诗评选》卷一）

浑成高朗，故自有尺度。不仅以"俊逸"标胜，如杜子美所云。

（评《代放歌行》，见《古诗评选》卷一）

鲍有极琢极丽之作。顾琢者伤于滞累，丽者伤于佻薄。晋宋之降为齐梁，亦不得辞其爱书矣。惟此种不琢不丽之篇，特以声情相辉映，而率不入鄙，朴自有韵，则天才固为卓尔，非一往人所望见也。

（评《代门有车马客行》，见《古诗评选》卷一）

中间许多情事，平叙初终，一如白乐天歌行。然者，乃从始至末，但一人口述语耳。于《琵琶行》才占得一段，而言者之平生，闻者之感触，无穷无方，皆所含蓄。故言若已尽，而意正未发，自非唐宋人力所及、心所谋也。

"喧"，忘也，只此一字，含情不浅。

（评《代东武吟》，见《古诗评选》卷一）

满篇讥诃，一痕不露。

明远乐府，自是七言至极。顾于五言歌行，亦以七言手笔行之，句疏气迫，未免失五言风轨。但其谋篇不杂，若《门有车马》《东武》《结客》诸作，一气内含，自踞此体肠。要当从大段着眼，乃知其体度。若徒以光俊求之，则且去吴均不远矣。元嘉之末，雅俗沿革之际，未可以悦耳妄相推许也。

（评《代结客少年场行》，见《古诗评选》卷一）

（"桂宫"一首）一气四十二字，平平衍序，终以七字于悄然暧然中遂转遂收。气度声情，吾不知其何以得此也！

其妙都在平起。平，故不迫急转抑。前无发端，则引人入情，处淡而自远，微而弘，收之促切而不短。用气之妙，有如此者！呜呼，安得知用气者而与言诗哉？

七言之制，断以明远为祖何？前虽有作者，正荒忽中鸟径耳。柞栎初拔，即开夷庚。明远于此，实已范围千古。故七言不自明远来，皆莠稗而已。由歌行而近体，则有杜易简；由近体而绝句，则有刘梦得。渊源不昧，元唱相仍。若杜甫夔州以降，泊于元白、温李，更不知其宗风嗣阿谁矣！狐子野干，拖人入异类不少。

（"三星"一首）较有推排，而神光无损。

（"池中"一首）涓涓洁洁，裁此短章；顿挫沿洄，遂已尽致。自非如此，亦安贵有七言哉！

（评《代白纻舞歌词》三首，见《古诗评选》卷一）

忽然集，唐然纵，言之耆然止，飘然远涉，安然无有不宜。技至此哉！为功性情，正是赖耳。

（评《代白纻曲》，见《古诗评选》卷一）

《行路难》诸篇，一以天才天韵吹宕而成，独唱千秋，更无和者。太白得其一桃，大者仙，小者豪矣。

盖七言长句，迅发如临济禅，更不通人拟议。又如铸大像，一泻便成，相好即须具足。杜陵以下，字镂句刻，人巧绝伦，已不相浃洽。况许浑一流，生气尽绝者哉！

（"奉君金卮之美酒"一首）全于闲处妆点，妆点处皆至极处也。

（"洛阳名工铸为金博山"一首）但一物事，说得恁相经纬！立体益孤，含情益博也。

（"璇闺玉墀上椒阁"一首）冉冉而来，若将无穷者。倏然淡止，遂终以不穷。然非末二语之亭亭条条，亦遽不能止也。"春燕参差风散梅"，丽矣！初不因刻削而成。且七字内外，有无限好风光。与"开帏对景弄春爵"恰尔相称，此亦唐人"玉合子"之说，特不可以形迹求耳。

（"泻水置平地"一首）先破除，次申理，一俯一仰，神情无限。经生于此，不知费几转折也！大纲言愁，不及所事，正自古今凄断。

（"对案不能食"一首）土木形骸，而龙章凤质固在。高适学此，早已郎当，况李颀之卤莽者乎？

（"愁思忽而至"一首）入手以松为杀，结煞以缓为切，只此可通弈理。"愁思忽而至"五字，是一篇正杀着，更以淡漠出之。熟六代时事，即知此所愁所思者何也。当时忠孝铲地灭尽，犹有明远忽焉之一念，恻怆而不能言，其志亦哀也。

（"剉蘗染黄丝"一首）披心见意，直尔，在堂满堂，在室满室。非尔，故不办作歌行。

（"君不见柏梁台"一首）全以声情生色！宋人论诗以意为主，如此类直用意相标榜，则与村黄冠盲女子所弹唱，亦何异哉？

（"君不见冰上霜"一首）看明远乐府，别是一味。急切觅佳处，早已失之。吟咏往来，觉蓬勃如春烟，弥漫如秋水，溢目盈心，斯得之矣。岑嘉州、李供奉正从此入。特不许石曼卿一流，横豪非理，借马租衣，妆五陵叱咤耳！

（评《拟行路难》九首，见《古诗评选》卷一）

（"骛舲驰桂浦"一首）益平益远，小诗之圣证也。

（"要艳双屿里"一首）语脉如淡烟萦空，寒光表里。王江宁极意学此，犹觉敛舒未顺。

（"思今怀近忆"一首）王维《辋川诗》从此出。通首假胜真，真者益以孤尊矣。震艮阳，兑巽阴，正是此理。俗子但知面上肉耳！

（评《采菱歌》三首，见《古诗评选》卷三）

风雅绝世。

（评《幽兰》，见《古诗评选》卷三）

居然是《中兴歌》！《芣苢》《摽梅》为周家兴王景色以此。虽然，非有如许声情，又安能入于变风哉？学我者拙，似我者死，此之谓也。宋人以意求之，宜其愚也夫！

（评《中兴歌》，见《古诗评选》卷三）

鲍乐府故以骈宕动人，五言深秀如静女。古人居文有体，不恃才所有余。终不似近世人只一付本领，逢处即卖也。

"木落"，固江渡夙寒。江渡之寒，乃若不因木叶。试当寒月临江渡，则诚然乃尔。故经生之理，不关诗理；犹浪子之情，无当诗情。

（评《登黄鹤矶》，见《古诗评选》卷五）

戌削之极，不矜不迫，乃可许为名士。

后四句方分支缓承，遂已尽意。古人用法自有法外意，非文无害之为良史也。

（评《登云阳九里埭》，见《古诗评选》卷五）

（"蹢躅城上羊"一首）重用兴比，恰紧处顾以平语出之，非但汉人遗旨，亦《三百篇》之流风也。

（"寒灰灭更燃"一首）珊枝无叶而有便娟之势，光润存也。参军诗愈韬愈远，其放情刻镂者，则皆成滞累。然岂徒参军为尔？五言长篇加以刻镂，其不滞累者鲜矣。愚用此以不慊于《采芑》《韩奕》，而况其余！

（"松生陇坂上"一首）杜陵以"俊逸"题鲍，为乐府言尔。鲍五言恒得之深秀，而失之重涩，初不欲以"俊逸"自居。惟此殊有逸致。然一往淡远，正不肯俊语。五言自着"俊"字不得。吴均、柳恽以下，洎乎张籍、曹邺，俱以俊失之。

（评《赠故人马子乔》三首，见《古诗评选》卷五）

古今之间，别立一体！全以激昂风韵，自致胜地。终日长对此等诗，即不足入风雅堂奥，而眉端吻际，俗尘洗尽矣。鲍集中此种极少，乃似剑埋土中，偶尔被发，清光直欲彻天。

（评《日落望江赠荀丞》，见《古诗评选》卷五）

此又与三谢相为出入。鲍才大，或以使才成累，其有矩则者则如此。"孤光独徘徊"，发心泉笔！

（评《发后渚》，见《古诗评选》卷五）

（"凿井北陵隈"一首）鲍于乐府，特以爽宕首出。拟古多繁重，转换往往见骨。重而无见骨之病，此一两篇而已。

（"蜀汉多奇山"一首）一往寄兴，入手顾与轻微！庶几其来无端，其归不竭者已。夫人情固自如此，诗何可不然哉？

（评《拟古》二首，见《古诗评选》卷五）

纯合净畅！参军短章，固有此不失古道者。过八十字，即不能尔矣。

（评《古辞》，见《古诗评选》卷五）

（"胡风吹朔雪"一首）光响殊不似刘！刘俊，鲍本自俊，故鲍喜学之。然起二语思路远，遣句有神韵，固已复绝。

（评《学刘公干体》，见《古诗评选》卷五）

用韵使字，俱趋新僻，早已开松陵、西昆一派！其寄托俯仰，具有深致，固自古度未衰。

（评《园中秋散》，见《古诗评选》卷五）

役心极矣，而绝不泛澜。引满之余，大有忍力！"宵月向掩扉"，苦于索景，杜陵每于此诣入此等语。洗露难，函盖尤不易，此杜之所以终不及鲍也。

（评《和王义兴七夕》，见《古诗评选》卷五）

陈祚明评鲍照诗

鲍参军既怀雄浑之姿，复挟沉挚之性。其性沉挚，故即景命词，必钩深索异，不欲犹人。其姿雄浑，故抗音吐怀，每独成亮节，自得于己。乐府则弘响者多，古诗则幽寻者众。然弘响之中，或多拙率；幽寻之内，生涩病焉。二弊交呈，每伤气格。要须观过知仁，即瑕见美。则以虽拙率而不近，虽生涩而不凡。音节定遒，句调必健，少陵所诣，深悟于兹。固超俗之上篇，轶群之贵术也。所微嫌者，识解未深，寄托亦浅。感岁华之奄谢，悼遭逢之岑寂。惟此二柄，布在诸篇。纵古人托兴，率亦同然。而百首等情，乌睹殊解。无烦诠绎，莫足耽思。夫诗惟情与辞，情辞合而成声。鲍之雄浑在声，沉挚在辞。而于情，反伤浅近，不及子山，乃以是故。然当其会心得意，含咀宫商，高揖机云，远符操植，则又非子山所能竞爽也。要之自宋以后，此两家洵称人杰。鲍境异于庾，故情逊之；庾时后于鲍，故声逊之。不究此二家之蕴，即不知少陵取法何自。古今作者，沿溯有因。至于格调之殊，易地则合，固不可强加轩轾耳！

鲍参军诗如惊潮怒飞，回澜倒激，堆埼坞屿，荡潏浸汩，微寻曲到，不作安流，而批击所经，时多触阂，然固不足阻其汹涌之势。

（总评，见《采菽堂古诗选》卷一八）

壮郁悲凉。

（评《代挽歌》，见《采菽堂古诗选》卷一八）

其源出于古乐府，而伉壮之音，兼孟德雄风。结句不振。

（评《代东门行》，见《采菽堂古诗选》卷一八）

结体亦古，诗常格。起四句托兴，独有风致。

（评《代放歌行》，见《采菽堂古诗选》卷一八）

未有警句，其气尚健。"为尔一朝容"句强。

（评《代陈思王京洛篇》，见《采菽堂古诗选》卷一八）

以直致见老。"汉帝"句亦强。

（评《代白头吟》，见《采菽堂古诗选》卷一八）

"宁岁"句劲。"腰镰"四句，摹写淋漓。

（评《代东武吟》，见《采菽堂古诗选》卷一八）

"疾风"以下，神气飞舞。

（评《代出自蓟北门行》，见《采菽堂古诗选》卷一八）

语必壮阔。

（评《代陆平原君子有所思行》，见《采菽堂古诗选》卷一八）

华实翔鸣，叠作开合，故令语拙，见其朴而能老。此诗自应还鲍。

（评《代悲哉行》，见《采菽堂古诗选》卷一八）

故有俯视一世之概。

441

（评《代升天行》，见《采菽堂古诗选》卷一八）

诗颇淋漓尽情，句亦苍古，惜多生调、弱调，如"南廓悦藉短""百病起尽期"，俱强；"志士惜牛刀"，意晦。"阖棺世业埋"，"世业"字不切。"居者今已尽"，意亦晦。"撤宴式酒濡"，"濡"字韵强。"家世本平常"，旨不圆合。积此多累，甚为长篇之病。少陵所患，辄仿兹也。

（评《松柏篇》，见《采菽堂古诗选》卷一八）

摹写炎瘴之景，可称曲至。末可以讽庙堂，故佳。篇中亦不免强句。如"吹蛊病行晖"，"晖"字凑韵。"度泸宁具腓"，"宁"字无理。"昌志登祸机"，"昌志"字生。大家固不论，但在明远一何多累也？

（评《代苦热行》，见《采菽堂古诗选》卷一八）

壮心坌涌，一气所流，鸿亮无累。

（评《代结客少年场行》，见《采菽堂古诗选》卷一八）

简节顾老。

（评《扶风歌》，见《采菽堂古诗选》卷一八）

"花木"四句，秀。

（评《代阳春登荆山行》，见《采菽堂古诗选》卷一八）

运语极拙，述情颇尽，汉魏人顾自有此一种，如赵壹、程晓皆是。句宁拙涩，然自老，必无弱调及强押韵不可解处。

（评《代贫贱苦愁行》，见《采菽堂古诗选》卷一八）

殊有古意。起处兴意曲合。

（评《代邽街行》，见《采菽堂古诗选》卷一八）

结语亮。

442

（评《萧史曲》，见《采菽堂古诗选》卷一八）

落落不近，去唐自远。三章章法有致。

（评《吴歌》三首，见《采菽堂古诗选》卷一八）

生态。亦不似《子夜》之流，要自古劲。

（评《采菱歌》三首，见《采菽堂古诗选》卷一八）

意浅浅，能令语苍。

（评《幽兰》三首，见《采菽堂古诗选》卷一八）

（"桂宫柏寝"一首）华壮中有生致，以每句皆用虚字，颇活。末语摇曳。

（"三星参差"一首）苍然而来。

（"池中赤鲤"一首）语健。

（评《代白纻舞歌词》四首，见《采菽堂古诗选》卷一八）

（"朱唇动"一首）轻亮流逸。

（"春风澹荡"一首）"含桃"句，劲，自《招魂》词中来。

行路难诸篇，应是明远少作，语多俚率。其发端振响，大气磅礴，是为奇复所由，振眩千古耳！若循章究旨，意本浅近，无足为异。十八章中，仅存七首，颇复汎汎可诵矣。

（"泻水置平地"一首）起句突兀，兴意高古。

（"对案不能食"一首）"朝出"四句，写得真可乐。

（"愁思忽而至"一首）属想甚异。"似人髡"三字大无理，不若删此二句。

（"中庭五株桃"一首）起意无端，稍有致。

（"剉蘖染黄丝"一首）起句每有远想，长于托兴。

跌荡可喜。

（评《梅花落》，见《采菽堂古诗选》卷一八）

声情并古，流宕徘徊，三复不厌。

（评《代淮南王》，见《采菽堂古诗选》卷一八）

"蒿间"句"潜骇"字、"直"字，并生动，比意淋漓。

（评《代雉朝飞》，见《采菽堂古诗选》卷一八）

低徊比似，寄意差曲。

（评《代空城雀》，见《采菽堂古诗选》卷一八）

末六字情深，作几许波荡，缥缈出之。

（评《代春日行》，见《采菽堂古诗选》卷一八）

写得荒飒。

（评《从拜陵登京岘》，见《采菽堂古诗选》卷一八）

坚苍，其源亦出于康乐，幽隽不逮，而矫健过之。写景自觉森然。"巃嵸"二句"昔貌""前名"字无理，拟删之。

（评《登庐山》，见《采菽堂古诗选》卷一八）

结撰苍异。

（评《登庐山望石门》，见《采菽堂古诗选》卷一八）

琢句取异，用字必生，然固无强语。

（评《从登香炉峰》，见《采菽堂古诗选》卷一八）

"幽隅"二句，奇创。

（评《从庚中郎游园山石室》，见《采菽堂古诗选》卷一八）

"淖阪"四句切。结意宛折。

（评《登翻车岘》，见《采菽堂古诗选》卷一八）

撰语不近。

（评《登黄鹤矶》，见《采菽堂古诗选》卷一八）

444

（"踯躅城上羊"一首）言城上独早见日，兴已独悲。

（"种橘南池上"一首）古调。

（"双剑将离别"一首）六首意并率，而句调差古。"烟雨交将夕"，写得森然。

（评《赠故人马子乔》六章，见《采菽堂古诗选》卷一八）

述感直叙之章，调生态老。

（评《答客》，见《采菽堂古诗选》卷一八）

发端饶远慨，抒旨既旷，结词亦苍。"夜听"四句，偕隐之情何长！

（评《和王丞》，见《采菽堂古诗选》卷一八）

"乱流"六句，浩荡不群。诗本直率，而声态落落。

（评《日落望江赠荀丞》，见《采菽堂古诗选》卷一八）

率易，岂亦效休上人耶？

（评《秋日示休上人》，见《采菽堂古诗选》卷一八）

"奔景"四句，新警情长。"欢觞"十字，祖席语，警切。

（评《吴兴黄浦亭庚中郎别》，见《采菽堂古诗选》卷一八）

起二句虽率，承以"饮龁"二句，如画奔鹿，颇有致。"子无金石"以下，情至真率。

（评《与伍侍郎别》，见《采菽堂古诗选》卷一八）

"风雨"二句，殊似汉人。

（评《赠傅都曹别》，见《采菽堂古诗选》卷一八）

"欣悲"二句，峭拔。

（评《送盛侍郎饯候亭》，见《采菽堂古诗选》卷一八）

直叙情真，结句劲。

（评《与荀中书别》，见《采菽堂古诗选》卷一八）

典雅得体。明远又有此近情之作。

（评《从过旧宫》，见《采菽堂古诗选》卷一九）

述情总是直，直故能尽，直故不深。

（评《从临海王上荆初发新渚》，见《采菽堂古诗选》卷一九）

"潮上"句写景切。

（评《还都道中》，见《采菽堂古诗选》卷一九）

道行路之难，颇亦曲至。

（评《上浔阳还都道中作》，见《采菽堂古诗选》卷一九）

"似荆芽"语生，不若去此二句。"弘易"字晦，拟改曰"长息"。因"征夫"六句，写归情淋漓生动，不忍舍之。

（评《还都至三山望石头城》，见《采菽堂古诗选》卷一九）

"铤歌"以下八句，语语矜琢，生秀不恒。"凉海"字新。"贯"字、"被"字警。惜结语不振。少陵固亦钻仰鲍诗，每见涩强，正坐法此等，然固不弱。

（评《还都口号》，见《采菽堂古诗选》卷一九）

前段语语苍劲，末四句古质，有汉人之遗。

（评《行京口至竹里》，见《采菽堂古诗选》卷一九）

起句迤逦而下，别家故悲，方冬尤惨。琢句必百炼，宁生涩必不凡近。"孤光"二句超迥，殊有生动之致。

（评《发后渚》，见《采菽堂古诗选》卷一九）

"广岸"六句，景事警动。结句太生。

（评《岐阳守风》，见《采菽堂古诗选》卷一九）

物态己情，回环并写，备极动宕之致，调亦高亮，最为合作。如此诗，去陈思何远。

（评《咏史》，见《采菽堂古诗选》卷一九）

（"鲁客事楚王"一首）偏不作薄声利语，翻新出奇，句调宛转，甚古雅。

（"十五讽诗书"一首）直陈怀来，结句悠然感深，嗣宗、太冲之遗调。

（"幽并重骑射"一首）"石梁"二句，使事中有壮气。如此使事，是以我运古者。

（"凿井北陵隈"一首）每能翻新立论，其托感更深。

（"伊昔不治业"一首）故乱其绪，命旨纡回，语亦朴老。

（"束薪幽篁里"一首）固是实事真至，此等最为少陵所摹。

（"河畔草未黄"一首）写情曲折，本言思妇，偏道夫君，又从流传口中序出，何其纤萦！

（评《拟古》八首，见《采菽堂古诗选》卷一九）

（"橘生湘水侧"一首）兴而比也。兴意与比意，若离而合，大佳。

（“昔与君别时”一首）易“旍”为“旗”，终是未安，拟改曰“念如悬旍危”。

（“孤鸿散江屿”一首）警切。

（“暖岁节物早”一首）结句亦强，所谓宁生涩，不凡近者。

（评《绍古辞》四首，见《采菽堂古诗选》卷一九）

流逸。

（评《拟青青陵上柏》，见《采菽堂古诗选》卷一九）

（“胡风吹朔雪”一首）比体，一意回薄，固近公干。

（“白日正中时”一首）“乖荣”二句，造感激切。起二句，率。

（评《学刘公干体》二首，见《采菽堂古诗选》卷一九）

“素景”句佳。以仿阮公，亦鲍家之阮调。得古名手临帖法。

（评《拟阮公夜中不能寐》，见《采菽堂古诗选》卷一九）

颇多秀句，语亦得宜。

（评《临川王服竟还田里》，见《采菽堂古诗选》卷一九）

起有回致。“开芳”二句生，亦似可去。行药闲身于庄馗，见人奔走，自顾何为者？未忘富贵，人安能不叹？

（评《行药至城东桥》，见《采菽堂古诗选》卷一九）

凄切。

（评《园中秋散》，见《采菽堂古诗选》卷一九）

词闲而感迫，句多生秀。

（评《观圃人艺植》，见《采菽堂古诗选》卷一九）

写境苍凉。“蹀蹀”“瀼瀼”，叠字佳。“月露”句更活。结句正是怨，述怨须如此。

（评《遇铜山掘黄精》，见《采菽堂古诗选》卷一九）

情至，亦多隽语。不得志而思归也。发端言"衔泪"，以此结，亦极悲。

（评《梦归乡》，见《采菽堂古诗选》卷一九）

稍见轻俊。少陵以明远为俊逸，颇不甚。然其言，此首近之。

（评《玩月城西门廨中》，见《采菽堂古诗选》卷一九）

琢句总不群。冥搜取异，摘"尧为君"三字雅。

（评《喜雨》，见《采菽堂古诗选》卷一九）

明远诗惟是隐沦之嗟与时序之感。此首倍清切。

（评《秋夜》，见《采菽堂古诗选》卷一九）

孤异之笔，然能写水势。"万壑"句佳。

（评《望水》，见《采菽堂古诗选》卷一九）

写异景定能出。

（评《望孤石》，见《采菽堂古诗选》卷一九）

憭慄多悲。"不风"句尤奇。鲍诗殆句句苦吟而成思，偶遂诣辄臻奇致。古少是家。

（评《山行见孤桐》，见《采菽堂古诗选》卷一九）

何其缠绵！

（评《咏双燕》，见《采菽堂古诗选》卷一九）

属句超越。

（评《在荆州与张使君李居士联句》，见《采菽堂古诗选》卷一九）

沈德潜评鲍照诗

明远乐府，如五丁凿山，开人世所未有，后太白往往效之。五言古亦在颜谢之间。抗音吐怀，每成亮节。其高处远轶机云，上追操植。五言古雕琢与谢公相似，自然处不及。

（总评，见《古诗源》卷一一）

"食梅常苦酸"一联与《青青河畔草篇》忽入"枯桑知天风，海水知天寒"一种神理。

（评《代东门行》，见《古诗源》卷一一）

《楚辞》曰："蓼虫不徙乎葵藿。"言蓼虫处辛辣、食苦恶，不徙葵藿，食甘美也。"素带"二语，写尽富贵人尘俗之状，汉诗中所谓冠带自相索也。

（评《代放歌行》，见《古诗源》卷一一）

"凫鹄远成美"，言鸡以近而忘其美，鹄以所从来远而觉其美也，用田饶答鲁哀公语意。"薪刍前见陵"，陵，侵也。即譬如积薪，后来者处上意。

（评《代白头吟》，见《古诗源》卷一一）

张校尉谓张骞，李轻车谓李蔡。"七奔"，《左传》："吴入州来，子重、子反，于是乎一岁七奔命。""弃席"用晋文公事，"疲马"用田子方事，俱见《韩诗外传》。

449

（评《代东武吟》，见《古诗源》卷一一）

明远能为抗壮之音，颇似孟德。

（评《代出自蓟北门行》，见《古诗源》卷一一）

怨、恨、爱、并在一句中，是乐府句法。下"筑城"句，是乐府神理。

（评《代淮南王》，见《古诗源》卷一一）

声情骀宕。末六字比"心悦君兮君不知"更深。

（评《代春日行》，见《古诗源》卷一一）

（"泻水置平地"一首）妙在不曾说破，读之自然生愁。起手无端而下，如黄河落天走东海也。若移在中间，犹是恒调。

（"对案不能食"一首）家庭之乐，岂宦游可比，明远乃亦不免俗见耶！江淹《恨赋》，亦以左对孺人，顾弄稚子为恨。功名中人，怀抱尔尔。

（"刬蘖染黄丝"一首）悲凉跌宕，曼声促节，体自明远独韧。

（评《拟行路难》，见《古诗源》卷一一）

以"花"字联上"嗟"字成韵，以"实"字联下"日"字成韵，格法甚奇。

（评《梅花落》，见《古诗源》卷一一）

出语坚苍，发端有力。

（评《登黄鹤矶》，见《古诗源》卷一一）

琢句宁生涩，不肯凡近。

（评《发后渚》，见《古诗源》卷一一）

陶朱公曰："吾闻千金之子，不死于市。"住得斗绝，昔人所谓勒舞马势也。

（评《咏史》，见《古诗源》卷一一）

450

（"十五讽诗书"一首）《韩诗外传》："楚襄王遣使者持金千斤，白璧百双，聘庄子为相，庄子不许。"

（"幽并重骑射"一首）《阚子》曰："宋景公使弓人为弓，九年乃成。公援弓东面而射之，矢逾于西霜之山，集于彭城之东，其余力益劲，犹饮羽于石梁。"《帝王世纪》曰："羿与吴贺北游，贺使羿射雀。羿曰：'生之乎，杀之乎？'贺曰：'射其左目。'羿中其右目，抑首而愧，终身不忘。"

（"凿井北陵隈"一首）末即贤愚同尽意。

拟古诸作，得陈思、太冲遗意。

（评《拟古》，见《古诗源》卷一一）

（"昔与君别时"一首）易旌为旗，古人亦有此种强押。

（评《绍古辞》，见《古诗源》卷一一）

清而幽，谢公诗中无此一种，此唐人先声也。

（评《遇铜山掘黄精》，见《古诗源》卷一一）

少陵所云俊逸，应指此种。

（评《玩月城西门廨中》，见《古诗源》卷一一）

毛先舒评鲍照诗

鲍照《代东门行》，精到惊挺，真堪动魄。

明远《东门行》，一变一紧，节促而意多，妙笔当不逊陈思王。

（评《代东门行》，见《诗辩坻》卷二）

然《选》诗拙句，殆有甚者，陆士衡"此思亦何思，思君徽与音"，又"曷为复以兹，曾是怀苦心"，又"亲戚弟与兄"，又"偏栖独只翼"；潘安仁"周遑忡惊惕"，鲍明远"身热头且痛"，张茂先"吏道何其迫，窘然坐自拘"，江文通"浪迹无蚩妍，然后君子道"。散在篇帙，不觉锤拙，一经拈出，涉笔可憎。

451

（评《代苦热行》，见《诗辩坻》卷二）

何焯评鲍照诗

"密途亘万里"二句，语极奇，然乌有是理。"将军既下世"八句，波澜甚阔，已为老杜启行。

（评《代东武吟》，见《义门读书记》卷四七）

结语作悔艾之词，于诗教合矣。

（评《代结客少年场行》，见《义门读书记》卷四七）

直追《十九首》，又近景阳。鲍诗中过事夸饰，奇之又奇，顾少余味。此篇佳处，乃在真朴也。"一息不相知"二句，惊心动魄。

（评《代东门行》，见《义门读书记》卷四七）

方伯海评鲍照诗

写出一时声息之紧，应敌之猝，师行之速，征途之苦，许国之勇，短幅中气势奕奕生动，真神工也。

（评《代出自蓟北门行》，见清于光华《重订文选集评》卷七）

以极兴头起，以极冷寂收。少年为侠，究竟何益。

（评《代结客少年场行》，见清于光华《重订文选集评》卷七）

张玉谷评鲍照诗

此因荀不念己而告愁之诗。题首四字，不过触愁之端，意不重也。前八，先叙日落望江之景，然以旅人乏乐、薄暮增思领入，即对末句恋景意。中四，接上林云，就独鸟扬音落到游子心伤。赋中带比，"慕群"意已含在内。后四，只就荀之方当得意，不念旧交收住。而己之慕群恋景，已在其不念中点明，兜应极密，却极空灵。

（评《日落望江赠荀丞》，见《古诗赏析》卷一六）

诗分三层看：前四，追念前日之偶聚契合。中四，正叙目前之忽散系思。后四，遥计后日之独居难聚。纯以鸿雁为比，犹是古格。

（评《赠傅都曹别》，见《古诗赏析》卷一六）

前六，不说己之行役，突就冬天自京口至竹里，一路景物铺叙。是为倒插。中四，方顺落寒天日暮，客行劳顿。后四，忽又推开，泛论人必有事，就长河指点出俱难休息来。不粘不脱，收得灵动异常。

（评《行京口至竹里》，见《古诗赏析》卷一六）

此苦征役之诗。前六，就时序说起，点清辞家就道，行役在方冬，却从江上气寒、仲秋霜雪领入，正为方冬苦寒先作衬笔也。意在说寒，则乏衣是主，兼说乏粮，亦是错综处。中六，正叙途中之景。"孤光"十字，琢句生新。"途随"十字，束本段，即引末意。后四，以"分驰年"缴醒行役，"惨惊节"缴醒方冬，而以琴声断绝感慨作收。着"为君"字，又拓空得妙。

（评《发后渚》，见《古诗赏析》卷一六）

诗咏君平之寂寞也。前路铺排，都是反扑。前四，先就富者矜夸，递到贵者。"京城"四句，再就贵者赫奕，递到游客。"明星"六句，又就游客叙其奔走伺候，势利侧媚之形。一路写来，极其热闹。末二，忽以君平寂寞，身世两弃，对照陡收。跌得醒，勒得峭。

（评《咏史》，见《古诗赏析》卷一六）

（"幽并重骑射"一首）此拟少年思建边功之思。前二，点地点人，提明所事，总冒而起。"毡带"八句，铺写其骑射之精，驰逐之远。点次有虚实，位置亦错综。后四，方推开收出报国立功心事，却仍在射上着笔。气宕而格严。

（"凿井北陵隈"一首）此拟暮年放志行乐之诗。首六，突以凿井北陵，深不及泉，比起生事无穷，攻苦无益，壮时已误，岂堪轻掷暮年来，耸拔有势。"放驾"四句，正写放怀。"街衢"四句，就所见醒出富贵难留。末二，证古人，翻旧案，就回抱上截富贵难留中，并兜应首段学问无益，忽然勒住，极紧极峭。

（"河畔草未黄"一首）此拟思夫久从征役之诗。前四，从秋时景物叙起。寒妇夜织，点清诗主。中六，幻出他人还家，传闻其夫征役之苦，因就织上想到定改衣带，又就身上想到定异容色。后四，突然换韵，紧顶上文，醒出忧思，再回顾秋夜，醒出愁多。然后以镜尘琴网，独居冷况作收。音节铿锵之后，忽用曼声摇曳之，何等姿致。

（评《拟古》三首，见《古诗赏析》卷一六）

此借雪以自比。前四，言膺荐致身。后四，言畏谗避位也。起得突然，结得悠然。窃恐公干诗，反未能佳妙若此。

（评《学刘公干体》，见《古诗赏析》卷一六）

此赋《梅花落》本意也。前二，以杂树衬醒独为梅嗟，作领笔。中四，推原其故，先就可爱作一开势。花实叠句，而用韵却收上领下，格法比汉乐府《有所思》篇更为奇横。后二,点清零落逐风,借霜上以有华无质致慨作结。

（评《梅花落》,见《古诗赏析》卷一七）

此为行客念家之诗。前四追叙将出门事,突然比起,点出离情。宾御涕零,先用旁人作衬。"涕零"四句,接写诀别迟回,以一息暂离,尚不相知,挑醒异乡离别之恨。"遥遥"六句,点次就道行色,即以居人陪出行子。再写苦景一句,顿足行子肠断。后六忽插酸寒自知两喻,收出丝竹难以解忧,长歌弥起长恨,截然竟住,神理直逼汉京。

（评《代东门行》,见《古诗赏析》卷一七）

此慨小人不知旷士之诗。前四,以蓼虫生不识甘,突然比起,篇意全摄。"鸡鸣"八句,写小人之疲于奔竞,龌龊形状可怜。"夷世"八句,写小人之熟于揣摩,龌龊心事可鄙。后二,收到不知旷士之怀。妙在不作断语,即以小人诘语显出,以见自吐供招。又妙在不缀答语,竟就小人诘语缩住,以见不屑教诲。

（评《代放歌行》,见《古诗赏析》卷一七）

此拟弃妇自伤之诗,与卓文君原辞同意。前四,就丝冰为比,以己无惭德,猜恨何心,自诘而起。"人情"八句,悬揣猜恨之故,在于人心厌故,因而得进谗言,顿生嫌隙。随叠用四比,以申明之。后八,正说弃旧怜新之痛,却又援古为比,醒出心赏貌恭之不可凭恃,自来如此,不必抚膺收住。用一"君"字,若旁人指点者然,笔极灵活。

（评《代白头吟》,见《古诗赏析》卷一七）

此代从军老卒诉苦望恤之诗。前二设为诉主之言,领起全首。"仆本"十句,备述从军履历,与所至劳绩之事。张校尉、李轻车,皆备古以作影。"将军"八句,转到主亡侣少,世改绩湮,穷老归家之苦。"昔如"四句,感昔悲今,将上二层作一总束。后四点出终望收恤本旨,托物援古,双顶串收,便觉色腴音亮。

(评《代东武吟》,见《古诗赏析》卷一七)

此讥淮南王徒好神仙,致后宫生怨之诗。前五,点清篇主,提破病根,先叙当日求仙合药之事。"合神"四句,则揣其妄想丹成之后,欲与彩女游戏歌舞之乐,以"断君肠"字,显出必不可得来。神仙乐事甚多,而独言彩女,乃反引后宫怨旷也。"朱城"五句,方就宫女表明愿望之诚,炼句有味。后二,突插喻意,收出盛衰莫弃之旨,节拍入古。

(评《代淮南王》,见《古诗赏析》卷一七)

此拟立功边塞之作。前八用逆笔,先就边境征兵、胡强主怒叙起,为壮士立功之会,写一排场。中八,落出从军,铺写途路劳苦。朔方早寒,故多在寒上设色。后四收到立节效忠,偏以不吉祥语,显出无退悔心。悲壮淋漓。

(评《代出自蓟北门行》,见《古诗赏析》卷一七)

此闺怨诗也。前四,以雁为比,写聚而忽散之悲。后二,忽若自悔,而其实非悔,乃所以警游子也。托意深,运笔健。

(评《代鸣雁行》,见《古诗赏析》卷一七)

此言男女嬉游,各有所思,而每苦不相知也。前十六,半写春日陆游之乐,半写春日水游之乐,皆就男边说。"入莲"四句,则就女边说,亦兼水陆,却即夏秋写景。后二,总收醒出篇旨,声情何等骀宕。

(评《代春日行》,见《古诗赏析》卷一七)

("奉君金卮之美酒"一首)《行路难》诸章,大抵皆感愤不平之作。此为首章,却先以时光易逝,徒悲无益意,反冒而起。且作劝人之言,不就己说,取径幻甚。前四,劝人勿忧,先进以解忧之物也。

突用四句平排而起，气达而词丽。后六，说到流光易逝，宜节悲思，趁便以听歌行路，点清题目，作诸章之领笔，收到好景难留，醒出徒悲无益意。援古为证，妙在简峭。

（"洛阳名工铸为金博山"一首）此章设为闺怨，言人心易改，可为长叹也，皆就博山上着笔。前三，先说博山剗镂精巧，携手仙人，即将夫妇本当和好一照。"承君"四句，即顶博山，追叙从前承欢之乐，亦赋中有比。后二，忽然勒转君心忽异，仍就对博山上，跌出百年长叹来，收得不测。

（"璇闺玉墀上椒阁"一首）此章亦设为闺怨，言良时当惜，那堪久别也。前六，直就香闺佳人对景独酌叙起，若从旁人看出者，便与前首不复。幻出金兰之名，即有同心不可离居意，奇甚。后四，说出情来，却先说抱愁不乐，然后以愿双怅别，点眼作收。既得逆势，且忽用比意整笔，空灵矫健。

（"泻水置平地"一首）此章泛言生命不辰，难宽易感。不着边际，正复无所不包。前四，以泻水四流，比出赋命不一，无用叹愁，真有天上下将军之势。后四，欲宽不得，有感难言，妙在终不说破，意含而笔爽。

（"对案不能食"一首）此章言孤直难容，宜安家食，自咏怀抱，乃诸诗之骨也。前四，突然感慨而起，跌出生世不长，安能蹋躞，暗含仕途蹭蹬意，词旨郁勃。中六，透笔写出罢官归家，正多乐事。乃凭空想象，莫作赋景观。后二，援古自慰，收出孤直不容，当安贫贱本旨。笔势仍自傲岸。

（"愁思忽而至"一首）此章言富贵无常，不胜恻怆。独就杜鹃说，隐然直斥至尊。前二，从愁思出门领起，笔势耸拔。"举头"三句，先写所见园寝荒凉。"中有"六句，独就杜鹃指点出一富贵无常样子。后二，收醒章意，本欲忘愁，而转增恻怆，咽住得好。

（"中庭五株桃"一首）此章与"璇闺"章意同，而运局则异。前四，直赋春时桃开桃谢，为下引端。然中有两层比意，先众着花，比起和谐称意；从风飘落，比起离别惆怅也。后八，点清思妇见桃生感，实叙别久独居之悲。不恒称意，徒倚中宵，与比意一呼一应。

（"刬蘖染黄丝"一首）此章与"洛阳"章意同，而运局亦异。前二，言苦思心乱也，突用比出，笔势耸然。中六，追昔感今，言情宛至。后二，用意从"洛阳"章对此长叹翻进一层，更觉凄绝。

（"君不见蕣华不重朝"一首）此章与"愁思"章意相类，但彼就富贵者说，此就妖艳浮华者说。且彼就后日追溯从前，此就现在逆计身后，各各不同。前四，以蕣华易落，比起妖艳浮华之辈不能久存，兼男女说为是。中六，顶上来，并逆料其身死久后魂魄凄凉之苦，仍缴转难忆生前勒住。后二，收出鉴兹悲悒，当自熙怡篇旨。以君起，以君结，章法一线。"君不见"调，十九章中凡六见，独存此章，以见创体。

（"春禽喈喈旦暮鸣"一首）此章自伤久役，而怀其妇也。与"对案"章皆为实赋己事，亦诸诗之骨。前二，触物感情，春禽和鸣，反兴夫妇乖离也，通章领局。"我初"八句，先就己边说行役已久，志气消磨，发髭白素，恐不生还之苦。写得又可笑，又可哭。"每怀"二句，递落怀乡念人正意。只以"多悲声"三字一逗，下即幻出客语传情，空中楼阁来，最得文家避实避熟之妙。"忽见"八句，突接过客问答之辞，从叙次乡贯，闲闲叙入，急脉缓受也，递到妇有贞名，略作一顿。末六，仍就客言，以"亦云""又闻"另笔提起，申叙旧人之思念君子容颜非昔，且以人见余悲，劝其暂忘不得，陡然竟住。而己之闻言伤感，绝不一语兜收，却已隐然言外。学者解此用笔，自能惜墨如金。

457

据此章"白发素髭"几句，则参军作此诗时似在中年，乃其末章有"余当二十弱冠辰"语，早衰如此，大奇大奇。参军五言擅长，乐府诸章，更超忽变化，生面独开，固当与陈思王角雄争胜。杜少陵第以"俊逸"目之，窃恐不足以尽其美也。

（评《拟行路难》十首，见《古诗赏析》卷一七）

朱乾评鲍照诗

宋文帝二十三年，遣交州刺史檀和之讨林邑。宗悫自请从军，和之遣悫为前锋，遂克林邑。阳迈父子挺身走，所获未名之宝，不可胜计，悫一无所取，还家之日，衣栉萧然。此刺功高赏薄。戈船、伏波，盖指和之及悫也。

（评《代苦热行》，见《乐府正义》卷一二）

吴淇评鲍照诗

当晋宋波靡之余，振拔为难。出颜谢盛名之后，兴起匪易。参军挺尔奋举，以骏逸之气，运清丽之词。虽造诣之深不及颜谢，而其板重拙晦之语，淘洗净尽，居然自名一家之体。得与并驱者，唯谢宣城一人。然宣城工于琢句，而参军风骨更胜，复兼擅乐府之长。故同为唐人权舆，而参军尤为供奉所服膺已。

（总评鲍照诗，见《六朝选诗定论》卷一三）

"寒乡士"，无所缘而起；"蒙汉恩"，出身之正。曰"随"，曰"逐"，始终隶人部曲之下，权不得自夺。曰"始随"，曰"后逐"，复无定主也。将军下世，并无主矣。续曰"孤绩"，非较多言，乃言其得功危且难也。"密途"句是说远，"宁岁"是说久。"肌力"句，是身之苦；"心思"句，是心之苦。得功之危且难如此，非侥幸一旦者比，所以最为可伤耳。"穷老入门"跟上"部曲"离散来。"腰镰"句固是写穷，"倚杖"句固是写老，然曰"刈"，曰"牧"，亦陶荆州运甓之意。

"弃席"云云，犹是壮心不已。

（评《代东武吟》，见《六朝选诗定论》卷一三）

应是当时政令躁急，臣下有不任者，故借此以寓意。言平日无折冲之谋，以寝敌虑，及边隙一启，曰"征骑"，曰"分兵"，皆临时周章光景，以敌阵之精强故也。天子之怒，固是怒敌，亦是怒将士之不急急剪此朝食，故从战之士相望于道。当此时也，虽有李牧辈为将，亦不暇为谋矣。"箫鼓"云云，不惮于劳。"时危"云云，不惮于死，一片忠心，上之弗恤，死为国殇，何益于国哉！

（评《代出自蓟北门行》，见《六朝选诗定论》卷一三）

凡观古人之诗，却不在实实字面，却在几个虚字上，又是无要紧虚字。如此诗中之"去乡三十载"，人鲜不以为过文语耳。殊不知一篇关锁，全在此句。凡事有初中末，凡人有少壮老。人生百年耳，前三十年为少，少之时以好侠费；中三十年为壮，壮之时又以亡命费；末三十年虽得归，又以老费。然人生做事，全在壮年，此却重写老，轻写壮年，何也？因其轻而轻之，正是重写少年也。当少时只因负酒使气，遂至亡命，非有邪也。亡命凡三十载，此三十载中正是壮年做事时候，试问此三十年中无所为乎？观其归家而叹，正叹此三十年间，或不得有为，或为未成耳。至"升高"云云，亦是去乡三十年中，家下时势人情俱变尽。今之将相王侯，非昔之将相王侯者。曰"扶""罗"，曰"夹""列"，何王侯将相之多乎！我独不能取此，所以百忧交集也。

（评《代结客少年场行》，见《六朝选诗定论》卷一三）

按乐府有《东门行》，曰"出东门，不顾归"，乃妇人送别归而叹于室，词至哀切。参军所拟，乃代行者别后之词，分三段。"离声"六句是离别之情，"遥遥"六句是行路之情，"食梅"六句是行到所游之情。总以首二句内"离声"为主。"离声"者，即别亲友时所奏之丝竹。丝竹满座，乃游所所奏者，惟途中无丝竹，则用"野风吹秋木"五字补之。风吹秋木，本是无心，入离人之耳，则以为离声耳，满座丝竹亦然。

"将去复还诀"正拟原题"不顾归"。"一息"二句，正是不还诀之由。

落日辍驾，中夜始饭，游人的有此苦，上着"居人"句衬出，尤不忍堪，前连用两"恶"字写乍别，后连用两"苦"字写久别，中间行路，连呼"行子"，真令人应声落泪。"食梅"二语，是以缓语承急调，与古乐府"枯桑"二句同法。

（评《代东门行》，见《六朝选诗定论》卷一三）

"赤阪"一段，乱写热意，无伦次，似《楚辞》之南招。"毒泾"以下，见开边之功。夫人臣为君开疆展土，本为荣赏，然开疆展土之功，有大于戈船、伏波者乎？赏则宜厚矣、重矣，而乃薄且微如此。夫以士之重博君之轻，犹不可为，况以士之重尤不得博君之轻，则何为而为之？以士之重博君之轻，犹不为，况以万士之重博君之轻，又何为而为之？

凡古诗托兴之诗，有正面、有借面。此诗之借面，是说苦热。不止前半是苦热，即后半亦是苦热，若荣厚赏重，则人忘其热矣。此诗正面是说薄赏，以士重较赏、赏以薄，况蹈必死之地辛苦万状乎？前苦热一段，正形赏薄。

（评《代苦热行》，见《六朝选诗定论》卷一三）

《白头吟》始于卓文君，而词内所引班去赵升，乃后来故事。拟乐府者，特借古题，非如八股之拟摹古人口气也。

首四句自称其德，言己无取弃捐之道。女子之品最重清直，曰

"朱丝绳"（即瑟弦）、"玉壶冰"，足见清直之至，"何惭宿昔意"，一清到底，一直到底，未尝一日少变。不知今日之猜恨，何为而迭至也？"人情"四句，写普天之下，尽是负心男子，那个不负恩弃旧、记小忘大？又陪以"世议"云者，负恩弃旧在男子沦惑丧心固然，而无奈旁人议论亦逐兴衰，可见满世界全无一个公道，即谚曰"墙倒一例推"者。所以毫发一瑕，丘山难胜，真大可危也。"食苗"四句，泼口痛骂新人，鼠与蝇皆人所极憎之物。"申黜"四句，引古为证。最苦在"周王"二句，使今日新人之宠仅如我昔日也。则一黜一进，一去一升，止足相当，犹可安之为命。惟"日沦惑""益嗟称"，十倍于我之畴昔者为可愤恨耳。末四句，亘古以来止有"貌恭"，那有"心赏"！谓为"心赏"者，皆女子痴心也。

凡乐府此等题，皆是臣不得事君。但他题是忧人妒己，此题偏是己先妒人。妒有两德：曰猜、曰恨，一虚一实最为狠毒。妒者不自知也，方自以为清，且以为如冰之清、如玉壶冰之清也；自以为直，且以为如绳之直、如朱丝绳之直也。不知直则激而少容，清则察而无徒，则是直与清者乃猜恨之别名，但妒者见人不见己耳。直则攻人之恶，人将谋我之短；清则形人之浊，人将疑我之假。是浊与枉未必猜恨，而直与清固猜恨之的质也。恩谓情，旧谓义。有恩有旧，所谓兴也。当此时，无有猜也，焉有恨也？无有恨也，焉有猜也？忽有一日，不知缘分将尽，不知人情陡变，于无意之中忽然坐一微尘。此一微尘，是恨耶云云、是猜耶云云。丘山难胜，不于渐积，而即在此毫末之微也。可知恩与旧尚不足恃，清与直又何足恃也！恃其直，则食苗之硕鼠仇我矣；恃其清，则玷白之苍蝇玷我矣！恃其恩，凫鹥之美方以远成矣；恃其旧，薪刍之后且见凌矣。凡此者，皆未事之先虑。何也？凡天下有胜己者则妒其胜，与己等者则妒其等，不如己者又妒其或己

461

等、或更胜己也。"申黜"二句，妒其等己。"周王"二句，妒其胜己。惟"凫鹄"二句，未等、未胜之前，虑之不胜虑，最为苦恼也。

（评《代白头吟》，见《六朝选诗定论》卷一三）

截"鸡鸣"以下十八句论之，是放臣代小人之言。合通篇二十二句论之，是作者代放臣之言。题曰《代放歌行》，"代"字盖指作者代放臣。

此诗起首断作四句，下即作小人讥诮放臣之言到底。此格正与潘尼《迎大驾》稍似。夫蓼虫习于蓼之苦，而不知葵堇之甘，犹小人习于龌龊，而不知壮士之怀。壮士即放臣。"鸡鸣"以下八句，言富贵人之多。"夷世"以下八句，言人得富贵之易。"今君"指放臣，谓有何疾而独见放也。此皆小人讥诮放臣之言。篇中"纵横""四方"等字是横说，远近皆如此；"鸡鸣""平旦"等字是竖说，朝暮皆如此；"一言""片善"等字是退一步说，他无取富贵之才；"岂伊""将起"等字是进一步说，他无取富贵之志。写来浓甚、热甚，真是龌龊，真是习苦不知甘也！至"贤君"云云，尤小人口吻，足令放臣痛哭欲绝。凡忠直之士，以谗见放，虽甚无聊，静中或可以理自遣；最苦者从旁有不在行人，絮絮聒聒，以不入耳之言来相讥讪，愈难堪矣。此作费尽苦心，追取"放"字神髓，乃知旧评之妄。

（评《代放歌行》，见《六朝选诗定论》卷一三）

前半自述平生，至"穷途"云云，言平生阅历多矣、久矣，用世事业做不得，方思出世，正与陈图南对朝士意合，此诗之最正者。

游仙诗，只如一首咏怀诗，绝无一切铅汞气习。从师交友是求仙人第一要紧事，此独拈出。末结仙人渡世溺情，语最警切。

（评《代升天行》，见《六朝选诗定论》卷一三）

按乐府有《君子有所思行》，盖登山而见世人之奢泰，因思古之贤哲也。此虽用乐府题，而体则古诗，故不用"行"字，却于题上添一"代"字，言当今之世并无君子，故代为之词云。

士衡作只从"城郭"庐室上一层层说进去，如剥葱然。剥出个营生博奥人，调甚奇诡，自是乐府之体。此叙事处，伦次一些不乱，然只是平衍，固是古诗之体。

（评《代陆平原君子有所思行》，见《六朝选诗定论》卷一三）

总重"客行惜日月"一句。"崩波"句，客行之速不可留，以艰险也。"昨夜""今旦""侵星""毕景"，是写"惜日月"。"鳞鳞"四句，写"不可留"。古者男子生而悬弧，志在四方，忧在越乡，非古节矣，参军岂乏古节哉？古所谓志在四方，乃得志行道经营天下也。今一官自守，徒仆仆风尘耳，岂有所谓得志行道欤？"未尝"云云，固是诗人之言，非实也。

（评《还都道中作》，见《六朝选诗定论》卷一三）

咏史，止咏得君平一事。前一段写世人繁华，是客；末二句，言君平寂寞，是主。通计一诗才八十字耳，写客处费却七十字，写主处仅仅十字，且十字内，"身世两相弃"五字又是两下关的。只是布格高卓，词炼得精警有力量。以十字敌比七十字，尚有余勇可贾。

举世繁华如此，那得不弃君平！举世繁华如此，君平那得不弃世！诗用"两相"字者，有激之言。毕竟世先弃君平，君平始弃世耳。李太白诗以此五字衍为十字，云"君平既弃世，世亦弃君平"，恰是君平先弃世矣，不知太白意在兴起下文"观变穷太易，探元化群生"云云，亦如夫子之既老不用，退而删述之意，故先作决绝之词耳。毕竟君平终身不欲弃世。

（评《咏史》，见《六朝选诗定论》卷一三）

病而服药。行者，欲其药之行也。城东桥，行药所至也。诗中为名为利之人，乃桥上所见，因而有感，乃感之缘；抑多病而多感，又感之因也。然题虽曰"行药"，而诗中一字不及者，似是此事不雅驯，故托之行药耳。嗣后诗人屡用入诗，如"偶因行药到前村"等，亦只是囫囵用之，未有的注也。唐李商隐有《转药》一诗曰："郁金堂北画楼东，换骨神方上药通。露气暗连青桂苑，风声偏猎紫兰丛。长筹未必输孙皓，香枣何劳问石崇？忆事怀人兼得句，翠衾归卧绣帷中。"此诗字字刻画"转药"二字，余最喜其"忆事"二句，深得药转神理。盖药转者不用出行，只在楼东堂西，目无所见，感只在心，故曰"忆事怀人"。若行药则须远至，故因目见而感及"开芳"云云也。

　　"鸡鸣"云云，是早起。"扰扰"云云，更有早起者。然我之鸡鸣而起，临陌历阛，只为行药，初不为利。彼扰扰营营之徒，尽是孳孳为利者。"蔓草"四句，不是写景，正为写人张本。除险如高隅，人行不到，故生蔓草，若修杨所夹，其间正是人所行之通津。塞路飞尘，正是扰扰营营之人蹴起来的。"怀金"句承"市井"，"抚剑"句承"游宦"，"争先"句又承"抚剑"句，"各事"句又承"怀金"句。"怀金"者，虑为人之所谋；"抚剑"者，兼有谋人之意。"万里"谋之远，"百年"谋之长，争先各事，正摹他孳孳为利处，却把鸡鸣而起意亦摹得出。以上六句，虽游宦与市井平对，然市井之人，怀金从利，止为身计；游宦之人，争先万里，而遂至不顾其亲，则又侧重游宦一边。以下六句议论，专承"游宦"也。"开芳"二句，《选》注谓人当韬光，于上文意不通。余观参军《咏史》诗，有"繁华及春媚"五字，忽得此二句之解。此诗"及"字、"春"字即《咏史》之"及"字、"春"字也。"稚节"亦春也，"开芳"即繁华。人若得志而据要津，在少年之际，何等繁华！他人见此繁华，未有不惊者。若韬敛其光彩，而甘心陋巷，则鲜不忽略之矣，故曰"吝惊春"也。下"尊贤"句，正应"开芳"

句；"孤贱"句，正应"含彩"句。盖人生富贵穷通有定分，"尊贤"自合"照灼"，"孤贱"自合"隐沦"，从古而然。彼扰扰游宦之人，抚剑辞亲，不过为百年计耳。乃容华坐歇，百年倏忽，弹指之顷，争先万里，恁地苦辛，端为谁乎？此参军之所以深感也。

（评《行药至东城桥》，见《六朝选诗定论》卷一三）

全章一"骑射"二字为主，分言其事，曰"骑"、曰"射"，合言其用，总曰"驰逐"也。幽并骑射之地，成于风俗，故曰"重""少年"。骑射之时，成于性情，故曰"好"。下"毡带"二句写骑，"石梁"二句写射。"毡带"二句，写少年马上装束，正写骑，暗带写射。"兽肥"二句，正写驰逐，见射之巧。末四句又将射写得郑重。按，古者六艺之科，射御并重。兹独重言射者，驰逐之事，昉于晋，荀吴毁车崇卒之后，御道已废。惟今日之射，犹是古之道也，将以古道报吾君父尔。此诗人占地步。

465

"鲁客"云云，把人间富贵尽情写出，令人热中。止形出末四句，是从"不义而富且贵，于我如浮云"来，却又跨进一步曰：以道得之，犹且不处，况不义乎？

首章说武，二章说文。"留我一白羽""伐木清江湄"，藏器于身也；"将以分虎竹""设置守羵兔"，待时而用也。三章承上文，"十五"二句言其学，"耻受"二句言其问。"古人风"是三代之英，不是相如、仲连一流。观下文"羞""耻"二句可见。"两说"二句，言我舌端笔力都来得，纵横之事，我非不能为，只是耻而不为耳。"聊城"句是应"笔锋"，指射书事。"白璧"乃相如事，应"舌端"。旧注引《庄子》，误矣。"晚节"云云，是学问不见于世，宁从世务，弃文就武，即子行三军之意，决不为纵横之事也。然弃文就武，出于时势之不获已，非其始愿。"始愿"乃古人之风云云是也。"今"指现前，力不及阻，于时势也。在于我者，文重而武轻。在于时者，武重而文轻。轻文者轻道也，所谓君子道消也。消之又消，伊于何底？故曰"安知今所终"。

（评《拟古》三首^[1]，见《六朝选诗定论》卷一三）

此诗旧注，以"雪"比小人，"桃李"比君子。非也。有一辈小人自有一辈小人行事，前人之术巧矣，后人更有巧者。前人必为后人所倾，故小人猖獗肆志，各有其时，把个时势尽是小人回转据住，何日是君子道长之时乎？

此诗"胡风吹朔雪，千里度龙山"，谢诗"朔风吹飞雨，萧条江上来"，唐诗"北风吹早雁，日夕渡河飞"，此三诗递相祖述，各有奇妙。雪是无自力的，故曰"吹"、曰"度"，全凭风之外力。雨稍有自力，故于雨上加一"飞"字，是半虚半实，故不曰"度"，曰"来"，乃自力与外力合并。雁之自力犹强，故于曰"吹"、曰"度"之外，更加一"飞"字，全是虚字。古人之精于体物如此。

（评《学刘公干体》，见《六朝选诗定论》卷一三）

百事中皆写"善宦一朝通"，只末第二句"十载学无就"五字是本意，与前《咏史》同格。

（评《数诗》，见《六朝选诗定论》卷一三）

此与谢法曹诗参看。谢题曰《泛湖归出楼望月》，先书地后书事；此题曰《玩月城西门廨中》，先书事后书地，命题各有意思。凡古人作诗，只以题为主，题中所有不敢遗，题中所无不敢赘，题之前后位置不敢乱。

玩月诗中，却句句是怀人诗，然不可作怀人诗看，乃是《玩月城西门廨中》诗也。今夜玩月在何处？在城西廨中。此中闷闷，故借怀人

---

[1] 鲍照有《拟古》八首，吴淇评其中三首（"幽并重骑射""鲁客事楚王"和"十五讽诗书"）。

以抒之也。首六句曰"西南楼""东北墀",映下"千里"。曰"蔽珠栊"、曰"隔琐窗",映下"与君同",乃追未望以前初生之月,光犹未满,不能照远之意。及十五六夜月满矣,无处不照,故曰"千里与君同"。"君"指何人?即结语"情人"是也。"徘徊"句,不是玩月,乃是怀人。徘徊既久,不觉夜已深矣。"归华"云云,把月下一派清光写成十分萧条,惜无人与同玩。既无与同,此月可以不玩,但我在宦风尘,又连日辛苦,幸遇此暇,又不可不惜此一遣也。"蜀琴"云云,才是正写玩月,然琴曰《白雪》、曲曰《阳春》,此癖中人,谁能和者?故酒未阑而漏已残矣。回轩不是兴尽,酒未阑,亦不是已醉不能更饮,全要逗出"留酌待情人"。然情人既隔千里,如何待得?余在浔江,闻峒民有歌曰《思欢苦》:"行也思,睡也思。行时思欢留半路,睡时思欢留半床。"此歌虽俚,可喻此意。

首四句是扇对格,曰"如玉钩",曰"似蛾眉",虽有两拟,只是一月,始见西南,末自映东北。

（评《玩月城西门廨中》,见《六朝选诗定论》卷一三）

王闿运评鲍照诗

后半首刻意悲凉。

（评《代东武吟》,见《湘绮楼说诗》卷八）

用十二分力量作边塞诗,是唐人所祖。

（评《代出自蓟北门行》,见《湘绮楼说诗》卷六）

结句与《代东武吟》结四句同调。

（评《代出自蓟北门行》,见《湘绮楼说诗》卷八）

《结客少年场行》云:"骢马金络头,锦带佩吴钩。失意杯酒间,白刃起相仇。"突出奇语,虽微持轶,而气自壮。

（评《代结客少年场行》,见《湘绮楼说诗》卷八）

鲍明远《东门行》云："涕零心断绝，将去复还诀。一息不相知，何况异乡别。"此等句则所谓惊心动魄，一字千金也。"居人掩闺卧，行子夜中饭。野风吹草木，行子心肠断"，比张司空"巢居"二句胜矣，终不若"枯桑"二语也。

（评《代东门行》，见《湘绮楼说诗》卷八）

方东树评鲍照诗

借题，不必切地，不如隋炀帝。此劳卒怨恩薄之诗。《小雅·杕杜》，先王劳旋役之什，所以为忠厚也。后世恩薄，不能念此，故诗人咏之，亦所以为讽谏，此所以为原本古义，用张骞、李蔡，仿诗人南仲、方叔耳。前十二句，抵一篇叙文。"密途"，近途也。"时事"二句顿挫。古人无不断之章法，断则必顿挫。"少壮"四句，叙今现在情事。"昔如"八句，反复自申，咏叹淫液，笔势回旋，跌宕顿挫。一往奔放，流畅清利，而又雄厚，不轻不薄，又不乏真味。杜公《出塞诗》，有一首从此出。

（评《代东武吟》，见《昭昧詹言》卷六）

以从军出塞之作，蓟北多烈士，故托言之。起四句，叙题有原委，简洁。凡文字援据，虽有详略，必具端委。诗叙事述情亦然，必具端末，使人易了。但不得冗絮纤琐迂缓，反令人不明了。如此起边师，救朔方，皆分明交代题事。"严秋"十二句，写边塞战场，情景激壮，苍凉悲慨，使人神魂飞越。"雁行"以下，一字不平转。"时危"四句，收作归宿，为豪宕，不为凄凉，以解为悲，从屈子来。陈思、杜公皆同。本集"幽并重骑射"等篇亦然。

（评《代出自蓟北门行》，见《昭昧詹言》卷六）

此诗用意稍浮，无甚精深，而词气壮丽。起六句，追叙少时豪侠之失。"去乡"二句，结上起下，顿束。"升高"以下，为盱豫之悔，亦所以为讽也。

（评《代结客少年场行》，见《昭昧詹言》卷六）

此拟古叙别之作耳。起八句，说将别之情，"一息"二句顿住，最沉痛。"遥遥"以下六句，写既别以后，情景兼至，杜、韩、苏皆常拟之。"食梅"以下总收，情文笔势，回折顿挫，一唱三叹。此皆为行者之言。

（评《代东门行》，见《昭昧詹言》卷六）

《东武》言旋卒，此言旋帅。拟《出车》，亦以讽恩薄也。

写炎方地险艰，字句奇峭。"生躯"以下归宿。

（评《代苦热行》，见《昭昧詹言》卷六）

吴汝纶评鲍照诗

伤时移事易，容华徂谢也。此专言苦战老将伤时事之移易。

（评《代东武吟》，见《古诗钞》卷四）

469

本言轻生重义，慷慨以立功名者，此则兼言晚节坎壈之状。

（评《代结客少年场行》，见《古诗钞》卷四）

晋安王子勋之乱，临海王子顼从乱。明远为临海王前军参军，此诗盖忧乱之旨。

（评《代东门行》，见《古诗钞》卷四）

前言苦热瘴毒，末言从军死地，劳多而赏薄。

（评《代苦热行》，见《古诗钞》卷四）

参考文献 |

B

《鲍参军集注》,鲍照著,钱仲联增补集说校,上海古籍出版社 1980 年版。

《鲍照集校注》,鲍照著,丁福林、丛玲玲校注,中华书局 2012 年版。

《鲍照和江淹》,曹道衡著,《齐鲁学刊》1991 年第 6 期。

《鲍照诗接受史研究——以南北朝至唐代为中心》,罗春兰著,复旦大学 2004 年
　　博士论文。

《白居易集笺校》,白居易著,朱金城笺校,上海古籍出版社 2003 年版。

《白话文学史》,胡适著,上海古籍出版社 1999 年版。

《八代诗史》,葛晓音著,中华书局 2007 年版。

C

《曹植集校注》,曹植著,赵幼文校注,人民文学出版社 1984 年版。

《岑参集校注》,岑参著,陈铁民、侯忠义校注,上海古籍出版社 1981 年版。

《沧浪诗话校释》,严羽著,郭绍虞校释,人民文学出版社 1961 年版。

《重订文选集评》,于光华集评,国家图书馆出版社 2012 年版。

《采菽堂古诗选》,陈祚明评选,李金松点校,上海古籍出版社 2008 年版。

《陈寅恪魏晋南北朝史讲演录》,陈寅恪著,万绳楠整理,黄山书社 1987 年版。

《从〈文选〉看中古作家的地域分布》,曹道衡著,《齐鲁学刊》2004 年第 6 期。

《从乐府诗的选录看〈文选〉》，曹道衡著，《文学遗产》1994 年第 4 期。

《从"诗笔之辨"到文体三分——论"赋"在南北朝的再发现与其文体学意义》，胡大雷著，《文学遗产》2015 年第 2 期。

D

《迪功集》，徐祯卿著，文渊阁《四库全书》本。

《杜诗详注》，杜甫著，仇兆鳌注，中华书局 1979 年版。

《杜甫全集校注》，杜甫著，萧涤非主编，人民文学出版社 2014 年版。

《杜甫戏为六绝句集解》，杜甫著，郭绍虞集解，人民文学出版社 1978 年版。

《杜甫评传》，陈贻焮著，北京大学出版社 2003 年版。

《道教徒的诗人李白及其痛苦》，李长之著，商务印书馆 2011 年版。

《读史存稿》，缪钺著，生活·读书·新知三联书店 1963 年版。

《东汉文化中心的东移及东晋南北朝南北学术文艺的差别》，曹道衡著，《文学遗产》2006 年第 5 期。

E

《二程集》，程颢、程颐著，中华书局 1981 年版。

《20 世纪〈文选〉学研究》，傅刚著，《上海师范大学学报》2014 年第 5 期。

F

《风雅翼·选诗补注》，刘履著，文渊阁《四库全书》补配文津阁《四库全书》本。

《范勋卿诗文集》，范凤翼著，明崇祯刻本。

《赋史》，马积高著，上海古籍出版社 1987 年版。

G

《古诗评选》，王夫之选评，李中华、李利民校点，上海古籍出版社 2011 年版。

《古诗笺》,王士禛选,闻人倓笺,上海古籍出版社 1980 年版。

《古诗源》,沈德潜选,中华书局 2006 年版。

《古诗赏析》,张玉谷著,许逸民点校,上海古籍出版社 2000 年版。

《古欢堂集》,田雯著,文渊阁《四库全书》本。

《古诗考索》,程千帆著,武汉大学出版社 2008 年版。

《古诗文要籍叙录》,金开诚、葛兆光著,中华书局 2005 年版。

《中古文学文献学》,刘跃进著,江苏古籍出版社 1997 年版。

《高僧传》,慧皎著,汤用彤校注,汤一玄整理,中华书局 1992 年版。

H

《韩昌黎诗系年集释》,韩愈著,钱仲联集释,上海古籍出版社 1984 年版。

《韩昌黎文集校注》,韩愈著,马其昶校注,上海古籍出版社 2014 年版。

《晦庵先生朱文公文集》,朱熹著,上海古籍出版社 2010 年版。

《后山居士诗话》,陈师道著,中华书局 1985 年版。

《汉魏六朝百三家集题辞注》,张溥著,殷孟伦注,人民文学出版社 1960 年版。

《汉魏六朝辞赋》,曹道衡著,上海古籍出版社 1989 年版。

《汉字的魔方——中国古典诗歌语言学札记》,葛兆光著,复旦大学出版社 2008 年版。

《汉魏六朝诗六种》,黄节注,人民文学出版社 2008 年版。

《汉魏六朝唐代文学论丛》(增补本),王运熙著,复旦大学出版社 2002 年版。

《汉魏六朝乐府文学史》,萧涤非著,人民文学出版社 1984 年版。

《汉魏六朝诗选》,余冠英选注,人民文学出版社 1978 年版。

《汉魏六朝的思想和文学》,(日)冈村繁著,陆晓光译,上海古籍出版社 2002 年版。

《黄淮流域和中古学术文化》,曹道衡著,《文史哲》2004 年第 3 期。

《胡小石论文集》,胡小石著,上海古籍出版社 1982 年版。

《胡小石论文集续编》，胡小石著，上海古籍出版社1991年版。

《蕙风词话》，况周颐著，王幼安校订，人民文学出版社2006年版。

J

《江淹集校注》，江淹著，俞绍初、张亚新校注，中州古籍出版社1994年版。

《建安七子集》，王粲等著，俞绍初辑校，中华书局1989年版。

《建康实录》，许嵩著，张忱石点校，中华书局1986年版。

《旧唐书》，刘昫著，中华书局1975年版。

《郡斋读书志校证》，晁公武著，孙猛校证，上海古籍出版社1990年版。

《霁山集》，林景熙著，明嘉靖十年刊本。

《姜斋诗话》，王夫之著，人民文学出版社2006年版。

《金明馆丛稿二编》，陈寅恪著，生活·读书·新知三联书店2009年版。

《解释学·美学·实践哲学：伽达默尔与杜特对谈录》，（德）汉斯-格奥尔格·伽
达默尔、（德）杜特著，金惠敏译，商务印书馆2005年版。

K

《空同集》，李梦阳著，上海古籍出版社1991年版。

《科举史话》，王道成著，中华书局1988年版。

L

《论山水诗与陈郡谢氏之关系——兼论"庄老告退，而山水方滋"》，汪春泓著，《文
学遗产》2015年第6期。

《六朝琅琊颜氏家族文化与文学研究》，常昭著，山东师范大学2011年博士学位
论文。

M

《孟浩然诗集笺注》，孟浩然著，佟培基笺注，上海古籍出版社2013年版。

《漫塘文集》，刘宰著，民国嘉业堂丛书本。

《明代文学思想史》，罗宗强著，中华书局 2013 年版。

《门阀士族与永明文学》，刘跃进著，生活·读书·新知三联书店 1996 年版。

N

《南齐书》，萧子显著，中华书局 1997 年版。

《南史》，李延寿著，中华书局 1975 年版。

《南北朝文学编年史》，曹道衡、刘跃进著，人民文学出版社 2000 年版。

《南朝诗歌思潮》，詹福瑞著，河北大学出版社 2005 年版。

《南北文风之融合和唐代〈文选〉学之兴盛》，曹道衡著，《文学遗产》1999 年第 1 期。

《南朝文风和〈文选〉》，曹道衡著，《文学遗产》1995 年第 5 期。

《南朝文学史上的王谢二族》，曹道衡著，《文史知识》2000 年第 1 期。

《南齐诗"谢灵运体"及"傅咸、应璩体"辨析》，童岭著，《兰州大学学报》2012 年第 3 期。

《廿二史札记校证》，赵翼著，王树民校证，中华书局 1984 年版。

O

《欧阳修诗文集校笺》，欧阳修著，洪本健校笺，上海古籍出版社 2009 年版。

P

《骈体文钞》，李兆洛选辑，中州古籍出版社 1990 年版。

《潘天寿论艺》，潘天寿著，卢炘选编，上海书画出版社 2010 年版。

Q

《全宋诗》，傅璇琮等主编，北京大学出版社 1995 年版。

《全明诗话》，徐献忠著，周维德集校，齐鲁书社 2005 年版。

《全三国文》，严可均辑，马志伟审订，商务印书馆 1999 年版。

《全唐诗》，彭定求等编，中华书局 1980 年版。

《清代〈文选〉学研究》，王小婷著，上海古籍出版社 2014 年版。

《清诗话》，丁福保辑，中华书局 1963 年版。

《清诗话续编》，郭绍虞编选，富寿荪校点，上海古籍出版社 1983 年版。

《清前谢灵运诗歌接受史研究》，王芳著，复旦大学 2006 年博士学位论文。

《清容居士集》，袁桷著，《四部丛刊》影元本。

《青山集》，郭祥正著，文渊阁《四库全书》本。

《劝学篇》，张之洞著，广西师范大学出版社 2008 年版。

《七缀集》，钱钟书著，上海古籍出版社 1994 年版。

R

《阮籍集校注》，阮籍著，陈伯君校注，中华书局 1987 年版。

《人类困境中的审美精神》，刘小枫主编，东方出版中心 1996 年版。

《饶宗颐集》，饶宗颐著，花城出版社 2011 年版。

S

《宋书》，沈约著，中华书局 1974 年版。

《宋史》，脱脱等著，中华书局 1975 年版。

《宋诗选注》，钱钟书著，生活·读书·新知三联书店 2004 年版。

《宋诗话全编》，吴文治主编，江苏古籍出版社 1998 年版。

《宋代科举与文学》，祝尚书著，中华书局 2008 年版。

《宋文帝刘义隆文学雅集述略》，罗建伦著，《云南大学学报》（社会科学版）
    2013 年第 5 期。

《宋代〈文选〉学研究》，郭宝军著，河南大学 2009 年博士学位论文。

《宋代文学思想史》，张毅著，中华书局 2006 年版。

《宋明理学与文学》，马积高著，湖南师范大学出版社 1989 年版。

《诗评》，敖陶孙著，中华书局 1985 年版。

《诗论》，朱光潜著，朱立元导读，上海古籍出版社 2001 年版。

《诗归》，钟惺、谭元春选评，《续修四库全书》影印明闵振业三色本。

《诗镜》，陆时雍选评，任文京、赵东岚点校，河北大学出版社 2010 年版。

《诗薮》，胡应麟著，中华书局 1962 年版。

《诗学渊源》，丁仪著，上海书店出版社 2002 年版。

《诗品集注》，钟嵘著，曹旭集注，上海古籍出版社 1994 年版。

《诗式校注》，皎然著，李壮鹰校注，人民文学出版社 2003 年版。

《诗国高潮与盛唐文化》，葛晓音著，北京大学出版社 1998 年版。

《苏轼诗集》，苏轼著，王文诰辑注，孔凡礼点校，中华书局 1982 年版。

《苏轼文集》，苏轼著，孔凡礼点校，中华书局 1986 年版。

《岁寒堂诗话校笺》，张戒著，陈应鸾校笺，巴蜀书社 2000 年版。

《元史》，宋濂等著，中华书局 1976 年版。

《升庵诗话笺证》，杨慎著，王仲镛笺证，上海古籍出版社 1987 年版。

《删补唐诗选脉笺释会通评林》，《四库存目补编》本，周珽集注，陈继儒批点，齐鲁
　　书社 1997 年版。

《说诗晬语》，沈德潜著，霍松林校注，人民文学出版社 1979 年版。

《三唐诗品》，宋育仁著，考隽堂刊本。

《四库全书总目》，永瑢等著，中华书局 1960 年版。

《生活的艺术》，林语堂著，群言出版社 2010 年版。

《隋书》，魏徵等著，中华书局 1973 年版。

《隋唐五代文学思想史》，罗宗强著，中华书局 2003 年版。

《盛唐歌行论》，薛天纬著，人民文学出版社 2006 年版。

《士族的挽歌》，詹福瑞、李金善著，河北大学出版社 2002 年版。

476

《审美之维》,（美）赫伯特·马尔库塞著,李小兵译,广西师范大学出版社2001年版。

《试论梁代学术文艺与〈文选〉》,曹道衡著,《南京师范大学文学院学报》2003年第3期。

《史通》,刘知幾著,上海古籍出版社2008年版。

《〈史记〉文学经典的建构过程及其意义》,张新科著,《文学遗产》2012年第5期。

《衰世文学未必衰——以魏晋南北朝文学为中心》,徐公持著,《文学遗产》2013年第1期。

T

《陶渊明集笺注》,陶渊明著,袁行霈笺注,中华书局2003年版。

《陶渊明论》,魏耕原著,北京大学出版社2011年版。

《唐音》,顾璘批点,明嘉靖二十年刻本。

《唐风定》,邢昉编,民国二十三年刻本。

《唐诗评选》,王夫之选评,李中华、李利民校点,上海古籍出版社2011年版。

《唐诗选胜直解》,吴烶著,清乾隆二十七年刊本。

《唐诗汇评》,陈伯海主编,浙江教育出版社1995年版。

《唐代科举与文学》,傅璇琮著,陕西人民出版社1986年版。

《唐诗综论》,林庚著,人民文学出版社1987年版。

《唐诗排行榜》,王兆鹏编,中华书局2011年版。

《唐诗杂论》,闻一多著,傅璇琮导读,上海古籍出版社1998年版。

《通典》,杜佑著,中华书局1984年版。

《谈艺录》,钱钟书著,中华书局1974年版。

《同源异象——颜延之、谢灵运诗风异同论》,白崇著,《江西师范大学学报》2007年第4期。

W

《文选》，萧统编，李善注，上海古籍出版社 1986 年版。

《文心雕龙义证》，刘勰著，詹锳义证，上海古籍出版社 1989 年版。

《文选颜鲍谢诗评》，方回著，上海古籍出版社 1993 年版。

《文献通考》，马端临著，中华书局 1986 年版。

《文章辨体序说》，吴讷著，于北山校点，人民文学出版社 1998 年版。

《文体明辨序说》，徐师曾著，罗根泽校点，人民文学出版社 1998 年版。

《文选版本研究》，傅刚著，北京大学出版社 2000 年版。

《文选学》，骆鸿凯著，中华书局 2015 年版。

《文镜秘府论汇校汇考》，卢盛江校考，中华书局 2006 年版。

《文学经典的挑战》，孙康宜著，百花洲文艺出版社 2001 年版。

《文学经典的建构、解构和重构》，童庆炳、陶东风主编，北京大学出版社 2007
    年版。

《〈文心雕龙〉的风格学》，詹锳著，人民文学出版社 1982 年版。

《文选之研究》，（日）冈村繁著，陆晓光译，上海古籍出版社 2002 年版。

《〈文选〉对魏晋以来文学传统的继承和发展》，曹道衡著，《文学遗产》2000 年第
    1 期。

《〈文心雕龙〉论才思与风格的关系》，詹锳著，《河北大学学报》1980 年第 2 期。

《〈文心雕龙〉对作家作品风格的评论》，詹锳著，《河北大学学报》1983 年第
    2 期。

《文体与风格》，詹锳著，《河北大学学报》1985 年第 3 期。

《〈文心雕龙〉批评当时不良文风的矛头指向》，王运熙、奚彤云著，《文史哲》
    2011 年第 3 期。

《〈文选〉李善注引唐前别集述论》，刘志伟、刘峰著，《中州学刊》2014 年第
    8 期。

《文选学三题》,穆克宏著,《文学遗产》2015 年第 1 期。

《王维集校注》,王维著,陈铁民校注,中华书局 1997 年版。

《王文公文集》,王安石著,上海人民出版社 1974 年版。

《王士禛〈阮亭古诗选〉编撰缘由、背景及旨向刍议》,谢海林著,《文艺评论》
　　2013 年第 6 期。

《韦应物诗集系年校笺》,韦应物著,孙望编著,中华书局 2002 年版。

《魏晋南北朝文学思想史》,罗宗强著,中华书局 2006 年版。

《魏晋风度及其他》,鲁迅著,吴中杰导读,上海古籍出版社 2000 年版。

《魏晋南北朝文论全编》,穆克宏、郭丹编著,江苏教育出版社 2004 年版。

《魏晋南北朝史论丛续编》,唐长孺著,河北教育出版社 2000 年版。

《伟大的传统》,(英)弗·雷·利维斯著,袁伟译,生活·读书·新知三联书店
　　2009 年版。

《为什么读经典》,(意)伊塔洛·卡尔维诺著,黄灿然、李桂蜜译,译林出版社
　　2006 年版。

《玩世如阮籍,善对如乐广——元嘉诗人颜延之》,孙明君著,《古典文学知识》
　　2015 年第 2 期。

X

《谢灵运集校注》,谢灵运著,顾绍柏校注,中州古籍出版社 1987 年版。

《谢康乐诗注》,谢灵运著,黄节注,人民文学出版社 1958 年版。

《谢宣城集校注》,谢朓著,曹融南校注集说,上海古籍出版社 1991 年版。

《谢朓诗论》,魏耕原著,中国社会科学出版社 2004 年版。

《谢灵运诗歌的用典特色辨析》,吴冠文、陈文彬著,《武汉大学学报》2013 年第
　　4 期。

《新唐书》,欧阳修、宋祁著,中华书局 1975 年版。

《新校订六家注文选》,萧统编,李善、吕延济等注,俞绍初等校订,郑州大学出版

社 2013 年版。

《萧统评传》，曹道衡、傅刚著，南京大学出版社 2001 年版。

《萧统的文学观和〈文选〉》，曹道衡著，《文学遗产》2004 年第 4 期。

《续资治通鉴长编》，李焘著，中华书局 1985 年版。

《咸平集》，田锡著，罗国威校点，巴蜀书社 2008 年版。

《霞外诗集》，马臻著，文渊阁《四库全书》本。

《小亨集》，杨宏道著，文渊阁《四库全书》本。

《湘绮楼诗文集·湘绮楼说诗》，王闿运著，马积高主编，岳麓书社 1996 年版。

《先秦汉魏六朝诗歌体式研究》，葛晓音著，北京大学出版社 2012 年版。

《先秦汉魏晋南北朝诗》，逯钦立辑校，中华书局 1998 年版。

《现代文选学史》，王立群著，中国社会科学出版社 2003 年版。

《西方文论关键词》，赵一凡等编著，外语教学与研究出版社 2006 年版。

《西方正典》，（美）哈罗德·布鲁姆著，江宁康译，译林出版社 2011 年版。

Y

《庾子山集注》，庾信著，倪璠注，许逸民校点，中华书局 1980 年版。

《玉台新咏汇校》，吴冠文、章培恒等汇校，上海古籍出版社 2014 年版。

《乐府诗集》，郭茂倩编，中华书局 1998 年版。

《乐府诗述论》，王运熙著，上海古籍出版社 2014 年版。

《韵语阳秋》，葛立方著，中华书局 1985 年版。

《永嘉四灵诗集》，徐照等著，陈增杰校点，浙江古籍出版社 1985 年版。

《元诗选》，顾嗣立编，中华书局 1987 年版。

《元嘉文学研究》，白崇著，浙江大学 2006 年博士学位论文。

《元嘉三大家研究》，时国强著，陕西师范大学 2008 年博士学位论文。

《元代诗学通论》，查洪德著，北京大学出版社 2013 年版。

《元嘉三大家永嘉郡事迹考》，钱志熙著，《中国典籍与文化》2015 第 4 期。

《燕石集》，宋褧著，文渊阁《四库全书》补配清文津阁《四库全书》本。

《艺概注稿》，刘熙载著，袁津琥校注，中华书局 2009 年版。

《艺苑卮言校注》，王世贞著，罗仲鼎校注，齐鲁书社 1992 年版。

《阳秋馆集》，帅机著，清乾隆四年修献堂刻本。

《义门读书记》，何焯著，中华书局 1987 年版。

《阅读文学经典》，周庆华、王万象、董恕明著，五南图书出版公司 2007 年版。

《一生的读书计划》，（美）克里夫顿·费迪曼著，花城出版社 1981 年版。

《异域之眼·兴膳宏中国古典论集》，（日）兴膳宏著，戴燕译，复旦大学出版社
    2006 年版。

《颜延之与刘宋宫廷文学》，孙明君著，《文学遗产》2012 年第 2 期。

《〈颜延之集〉版本源流考论》，杨晓斌著，《古籍整理研究学刊》2012 年第 1 期。

《颜延之的人生命运及其著作的编辑与流传》，杨晓斌著，《文学遗产》2012 年第
    2 期。

《颜延之生平与著述考》，杨晓斌著，西北师范大学 2005 年博士学位论文。

《颜延之研究》，石磊著，东北师范大学 2012 年博士学位论文。

481

Z

《中国书院史资料》，陈谷嘉、邓洪波主编，浙江教育出版社 1998 年版。

《中国书院史》（增订版），邓洪波著，武汉大学出版社 2012 年版。

《中国诗学大辞典》，傅璇琮等主编，浙江教育出版社 1999 年版。

《中国文学批评史》，郭绍虞著，百花文艺出版社 1999 年版。

《中国思想史》，葛兆光著，复旦大学出版社 2001 年版。

《中国思想史论》，李泽厚著，安徽文艺出版社 1999 年版。

《中国美学史·魏晋南北朝编》，李泽厚、刘纪纲著，安徽文艺出版社 1999
    年版。

《中国气论探源与发微》，李存山著，中国社会科学出版社 1990 年版。

《中国雕塑史》，梁思成著，百花文艺出版社 2006 年版。

《中国制度史》，吕思勉著，上海教育出版社 1985 年版。

《中国历代书论选》，潘运告编注，湖南美术出版社 2007 年版。

《中国文学大辞典》，钱仲联等总主编，上海辞书出版社 1997 年版。

《中国中古诗歌史——四百年民族心灵的展示》，王钟陵著，人民出版社 2005
年版。

《中国古代审美文化论》，吴中杰主编，上海古籍出版社 2003 年版。

《中国文学史》，游国恩等主编，人民文学出版社 1963 年版。

《中国文学史》，袁行霈主编，高等教育出版社 1999 年版。

《中外学者文选学论集》，俞绍初、许逸民编，中华书局 1998 年版。

《中国文学批评史大纲》，朱东润著，章培恒导读，上海古籍出版社 2001 年版。

《中国艺术的生命精神》，朱良志著，安徽教育出版社 2006 年版。

《中国印刷史》，张秀民著，韩琦增订，浙江古籍出版社 2006 年版。

《中古文学理论范畴》，詹福瑞著，河北大学出版社 1997 年版。

《资治通鉴》，司马光编著，中华书局 1976 年版。

《朱光潜美学文集》，朱光潜著，上海古籍出版社 1982 年版。

《朱子语类》，黎靖德编，王星贤点校，中华书局 1986 年版。

《张子全书》，张载著，商务印书馆 1935 年版。

《竹庄诗话》，何溪汶著，常振国、绛云点校，中华书局 1984 年版。

《直斋书录解题》，陈振孙著，上海古籍出版社 1987 年版。

《知非堂稿》，何中著，文渊阁《四库全书》本。

《昭明文选研究》，傅刚著，中国社会科学出版社 2000 年版。

《昭明太子集校注》，萧统著，俞绍初校注，中州古籍出版社 2001 年版。

《昭昧詹言》，方东树著，汪绍楹校点，人民文学出版社 1961 年版。

《庄子集解》，王先谦著，中华书局 1987 年版。

《增订书目答问补正》，张之洞编著，中华书局 2011 年版。

《增订注释全唐诗》，陈贻焮主编，文化艺术出版社 2001 年版。

《钟嵘〈诗品〉"颜延论文，精而难晓"考释》，廉水杰著，《中国文化研究》2013 年春之卷。

后　记 |

　　本书是在我的博士论文基础上增订修改而成的，从"传世性""耐读性""累积性""权威性"和"典范性"等方面揭示"元嘉三大家"作品的经典价值和意义。"元嘉三大家"指南朝刘宋时期三位代表性诗人谢灵运、颜延之、鲍照。这一并称，在中国文学史上影响深远。讨论"元嘉三大家"在历代诗学史的地位及对历代诗坛的影响，是中国诗学研究一个有意义的课题，进而对我们认识刘宋诗歌的传播影响、南朝文学的历史意义，具有重要参考价值，且有助于读者理解经典、思考经典、传承经典，增强对传统文化的自信心、自豪感。

　　为避免使问题的讨论迷失于浩瀚的历代文献中，本书选择从《文选》的传播与"元嘉三大家"经典化进程这一独特视角进行考察，以《文选》所录"三大家"作品为基点，从后代选、评、拟等角度揭示不同时期、不同文学流派对"三大家"诗文价值、意义及文学史地位的认识，考察其经典化的过程。《文选》作为我国现存最早、最完整的一部诗文总集，其中所选"三大家"作品，被后人视为经典。《文选》的选录是"元嘉三大家"经典化进程的一个重要节点，《文选》在后世的传播及地位的升降成为"三大家"作品经典性的重要参照。后代选家选"三大家"之作，多以《文选》为参考；"三大家"为后人所赏的名篇佳句，也大多出自《文选》所选；历代效仿、借鉴"三大家"之作，亦多以《文选》所录为典范。由这一独特视角，可以清晰地描绘出"元嘉三大家"及其诗歌经典化的进程。

　　"桃李春风一杯酒，江湖夜雨十年灯。"回想自己的求学、工作经历，感慨纷然。我与"元嘉三大家"的初识在西安，本硕七年于陕西师大的读书经历，对本人性格志趣的影响颇深，西北朴质沉厚的历史气息滋养我成长，有幸能对硕导魏耕原先生如陶谢般高洁的人格耳濡目染。后来负笈东行，我于京津求学三载，得以跟随詹福瑞、查洪德两位先生进行学习。两位导师不仅学问渊深，助我在学业上获益匪浅，更在精神上给我以诸多鼓励，使我能以平和、积极的心态，去面对学习、生活中的困难。我的博士毕业论文，从开题到定稿，倾注了两位先生许多心力，每一次探讨问题的过程都弥足珍贵，有手稿，有电子稿，看着查师色彩斑斓的批改痕迹，詹师字字珠玑的评语意见，我的内心感动不已。感动于导师们的严谨负责，甚至连标点符号的错误都予以指正；惭愧于自己并没好好继承先生们的严谨学风，论文写作仍有遗憾。导师们不仅关心我的学业，还关心我的生活，就像家人一样，尽量站在利于学生的角度考虑问题，提出可行的意见，无论讲课，还是谈话，从未声色俱厉过，始终给人以如沐春风之感，令我从一个"闷葫芦"逐渐变得开朗善言。

　　时光飞逝，那些披星戴月赶高铁、挤北京高峰期地铁的场景还历历在目，南开园里开过的海棠仿佛还有残红，转眼却是春去夏来，我已入赣五年。我感受过"浔阳江头夜送客"的情谊，醉心过庐山烟水的神秀。步入社会工作这几年来，深觉古人诚不我欺！原来读诗只是诗，识其字未解其意，会其意未感其情。如今，有了生活经历的积淀后，我愈发能理解"元嘉三大家"诗中之情意，巧的是其中谢灵运、鲍照二位诗人，也曾短暂地于庐山生活过，且留下过美妙的诗篇。诗歌最主要的功能为抒情言志，而情志与作者的经历息息相关，读者若能与作者产生共情，势必有类似的心路历程。近年来我最大的感受是"江山之助"于古诗经典化功不可没。如果没有从西到东、由北到南的生活经历，我不会对祖国的大好河山领略至深，正因为用脚步丈量过、用眼睛记录过、用心生活过，所以我才能读出三大家笔下的山水之美。如果生活里没有遇到过挫折，那么我就无法深入体会三大家寄寓山水背后的沉挚真情。

本书的成形，除了要感谢所有的师友外，更要感谢我的家人！从小到大，我一直被父母当作掌上明珠，他们对我照顾得无微不至，给予我人世间最温暖、最强大的支撑。从博士毕业那年起，我陆续见证了家人、朋友的生老病死，也是到了现在，我才对古诗里那些悲容华易逝、叹建功及早、劝及时行乐、渴望知音、借山水自慰等情感感同身受，深以为然。想来，这就是经典的魅力吧。我不敢妄称为古贤的异代知音，但他们却是我的启明星，可以让我在晦暗狼狈的日子里，仍能眼里有光，心中有爱。

2022 年 5 月末